长篇武侠小说

铁血残阳

TIEXUE CANYANG

甘　臻◎著

时代出版传媒股份有限公司
安徽文艺出版社

图书在版编目（CIP）数据

铁血残阳/甘臻著. —合肥:安徽文艺出版社,2016.3（2022.5重印）
ISBN 978-7-5396-5673-1

Ⅰ.①铁…　Ⅱ.①甘…　Ⅲ.①章回小说－中国－当代
Ⅳ.①I247.4

中国版本图书馆 CIP 数据核字（2016）第 010820 号

出 版 人：朱寒冬
责任编辑：张　堃　刘姗姗　　　　　　　装帧设计：徐　睿

出版发行：时代出版传媒股份有限公司　www.press-mart.com
　　　　　安徽文艺出版社　www.awpub.com
地　　址：合肥市翡翠路 1118 号　邮政编码：230071
营 销 部：(0551) 63533889
印　　制：三河市人民印务有限公司　（0316）3650588

开本：710×1010　1/16　印张：23　字数：450 千字
版次：2016 年 3 月第 1 版　2022 年 5 月第 2 次印刷
定价：69.80 元

目　录

引　子　1466年的一场战事

二十万明军将大瑶山北麓方圆几里的地方围得水泄不通。

战斗异常惨烈。明军动用了火绳枪、火炮、云梯。

力量悬殊。抗暴民众苦战三天三夜，惨遭失败，全军覆没。

明军死伤过半。

大瑶山北麓，尸横遍野，血流成河，瘴气迷蒙。

战斗结束时，明军将十几名俘虏过来的瑶山少女押上囚车。接着，他们浩浩荡荡离开战场。

这就是明宪宗成化三年春天发生在大瑶山的那场战事。

历史有案可查。

第一章　凤凰孤岛恶浊弥漫,全真弟子利剑出鞘

恶 人 岛

大瑶山西北一百里处,有一座山叫凤凰山。

凤凰山的北面有一个湖,叫凤凰湖。

凤凰湖上有一座岛,却不叫凤凰岛,而叫恶人岛。

为什么叫恶人岛?因为岛上住着三个大恶人。恶人一:钟乐煞,恶人中的老大,杀人是他的唯一嗜好。恶人二:钟乐盗,偷盗越货是他的拿手好戏。恶人三:钟乐爽,专做抢劫良家妇女的勾当。这三人被称为恶人三煞。

恶人岛有这三人,可谓恶名远扬。方圆百十里,人人闻之胆怯,恶而远之,谁还敢踏足恶人岛及其周边半步?

但是,姜成武昏迷了三天三夜之后,就是在这个恶人岛上醒来的。

姜成武醒来时,看看四周,自己身处一间长期无人打理的破旧不堪的石屋。外面的阳光透过石屋仅存的一扇窗户照射进来,室内显得格外明亮。石屋的门是开着的。空气清新。他伸了个懒腰,却感觉到浑身多处伤口隐隐作痛。他抬起头,看看门外,心生疑虑,自言自语地说了一句:这是什么地方!

这是恶人岛啊。一个披头散发的中年男人从外面走进来,说道。

姜成武警视此人,有些诧异。此人上穿花格衬衫,下穿马裤,不胖不瘦,脸上却有着两道明显的疤痕,像天空中的两道彩虹从他的长脸上拉过。他走到姜成武面前,眯起天生的小眼,说道:哈哈,你终究没死。

姜成武见他这身装扮,以及脸上的伤疤,就知道他不是什么好人,不忍正视,便没好气地问:你是谁?

中年男人眯起的小眼舒展开来,手一挥,说道:我是恶人老三钟乐爽啊,你应该听说过的。

姜成武阴沉着声音说道:没听说过。

恶人老三钟乐爽讨了个没趣,微微一震,他瞪起眼睛审视着姜成武,然后摇摇头,很失望地叹了一口气,说道:孤陋寡闻。

姜成武置身此地,恶人老三是他见到的唯一的人,这是他回避不了的。所以他问:是你救了我?

钟乐爽又是摇摇头,说道:恶人不做善事的,我何曾救你?

姜成武仍然迷惑,自言自语地说:这世上还有人自甘堕落,要做恶人的? 我怎么会在这里?

恶人老三突然向前几步,走到姜成武跟前,双手一拍,说道:你是我从死人堆里捡回来的,哈哈,我没有救你。

姜成武更是不解,问:为什么?

恶人老三说道:他奶奶的,你废话还真是不少,捡回了一条命,还问为什么,世上哪有这么多为什么!

姜成武不再言语。他终于忆起几天前大瑶山那场惨烈的战事。一个个的亲人和乡亲在他面前倒下,死去。场面伙伙,惨绝人寰,不忍目睹。我身边所有人都死了,我为什么没有死! 表妹呢? 姜成武依稀记得,他昏迷前,曾见到表妹。表妹纪姑娘被明军押上囚车,很快就从他的视线里消失了。

恶人老三开始在室内走来走去,他似乎有些烦躁。走了一会儿,他说道:他奶奶的,好不容易抢来一个妮子,却咬舌自尽了。

姜成武听他这么一说,顿生恶感,因身体虚弱,不好发作。他扭过头,闭上眼睛,懒得理会恶人老三。

恶人老三并不生气,仍然晃来晃去。他说道:他奶奶的,我告诉你吧,我将你捡回来,是要你做我徒弟,你以为我做好事啊?

姜成武惊异地睁开眼睛,转过头,对恶人老三说道:我不做恶人的徒弟!

恶人老三停下脚步,怒目圆睁,长脸挤成圆脸,圆脸上的横肉要从两道彩虹边暴出,他龇牙咧嘴地说道:你说什么? 他奶奶的!

姜成武斩钉截铁重复一遍:我不做恶人的徒弟!

恶人老三脸上横肉飞舞,喊道:你没有这个胆子! 然后,一跺脚,怒发冲冠,奔出室外。

姜成武抬起头,朝门口啐上一口,说道:死则死矣,我怎么会做恶人的徒弟!

大约一盏茶的工夫,恶人老三又从门外大步流星地走进来,这回他却像换了一个人似的。他走到姜成武躺着的木板床前,垂手而立,脸上堆起笑,对姜成武说道:你的命都是我捡的,做我徒弟有什么不可以的?

姜成武不理睬。恶人老三又说道:我从屁孩时候起就没求过人,今天算我求你了,成不? 他近乎是哀求姜成武了。姜成武仍然没好气地说:我不做恶人的徒弟。

恶人老三这回并没有暴跳如雷。他说道:我会给你时间的。然后转身走出门,边走边说:这世道是怎么了? 所有人都不愿意做我徒弟,连死人都不愿意,他奶奶的。姜成武是他从死人堆里救出的,所以他视姜成武为死人了。

姜成武的身体一天一天地好起来。他终于可以在室内行走,并可以走出门去。沉寂了七八天之后,他第一次呼吸到外面的空气,顿觉沁人心脾,赏心悦目。这个小岛,就像一颗璀璨的明珠镶嵌在美丽的凤凰湖上,只是美丽的风景被恶人所占有,姜成武想起来,心里总不是滋味。岛上丛林茂密,前方几十米远的湖边有一排小木屋依稀可见。姜成武想,这里除了恶人老三,莫非还居住着其他人? 接着他又想,与恶人老三居住在一起,近朱者赤,近墨者黑,还能不是恶人吗? 接着,他又想到自己,与恶人待在一起,终究不是好事,有机会,还是离开这里为妙。因为好奇,他还是向着那排小木屋走去。

小木屋几间连成一排,有些破旧,此时却静得出奇,自然是没有人居住的迹象。有一扇门是敞开着的,姜成武探身进入,里面尽管有些暗,但所有物什却看得清楚。什么器皿,什么刀具,还有大箱小箱的,都摆放一隅,有些凌乱。姜成武猜想,这定是恶人老三从外面抢来的东西,不干不

4

净。姜成武往里走,推里面的房门,门却是锁着的,推不开。姜成武只好转身走到外面。他沿着一条被树木掩映着的小路没走出几步,就到了湖边。有一艘小船扣在湖边的一棵古柳下面。原来恶人老三就是通过这艘船与外界联系的,也许恶人老三就是用它把自己带到这个小岛的。船停在这里,恶人老三去了哪里?

姜成武正疑虑之间,突然前方湖面上漂起一艘小船,由远而近,与眼前古柳下的船只一般大小。姜成武断定那恶人老三外出回岛,他立即转身,匿于密林之中的一棵大树后面,仔细地观察着眼前的变化。

那艘小船很快靠近小岛,接着从船上一连串地下来六个人,大摇大摆依次走上岸来。前面三人,模样有些相像,披头散发,满脸横肉。为首的年龄稍大些,一看便是这些人当中的老大。姜成武恍然大悟,恶人老三,原来是在恶人兄弟当中排行老三。那前面的自然是恶人老大、恶人老二了。后面的,年纪稍轻,定是他们的徒弟。一行人径直向小木屋走去。临进屋时,恶人老三停下脚步,对恶人老大说道:老大,我去看看我那徒弟。恶人老大停在门口,转身对恶人老三说道:死人一个,他不认你的,你杀了他算了。恶人老二站在一旁讥讽道:老三,你这一生注定没有徒弟的,死了这份心吧。恶人老三不理会,跨开脚步,边走边说:他会是我的徒弟,你们等着瞧。留下身后一串笑声,恶人老三消失于木屋门前场地。

姜成武跟在恶人老三身后。恶人老三走进石屋,不一会儿便怒气冲冲奔出屋外,见到路边闪身而出的姜成武,脸上立马堆上笑容,说道:徒儿,你终于好了。姜成武没好气地说:我不是你徒儿。恶人老三脸上的笑容顿失,但他并不生气,说道:你不做我徒弟,我老大便要杀了你,你也离不开这个小岛,你又何苦?姜成武不理会。恶人老三接着说道:走,我带你去见老大。

姜成武说道:你老大便是你老大,恶人一个,我为什么要见他?

恶人老三说道:他是恶人老大,是这个岛的岛主,抬头不见低头见,你终究是要见他的。

恶人老三说完,由不得姜成武反对,抓起姜成武的手,就往那排小木

5

屋走去。姜成武不好执拗,要杀要剐,见见又有何妨?

靠东头的那间木屋,门是开着的。恶人老三拉着姜成武的手走进去。恶人老大正坐在一张木椅上,向身边垂立的两个徒弟训话。恶人老大脸上也镶着一道疤痕,这道疤痕从前额横过,将他的前额分成阴阳两界,上面亮闪,下面阴沉。恶人老大着一身黑衣,整个人活脱就是牛魔王一个。他见恶人老三拉着姜成武进来,便对两徒弟喝道:你们俩滚到外边去,等会找你们算账。

恶人老三说道:老大,这便是我徒儿。

恶人老大眼睛瞪着姜成武,恶气逼人,似乎要将姜成武灼化了似的。他转眼对恶人老三说道:这就是那个死人?

恶人老三点点头。姜成武并不畏惧,他对恶人老大说道:我不是他的徒弟。

恶人老大脸变得像猪肝似的,青筋和横肉暴出。他从木椅上跳起,上前一步,对着姜成武吼道:你说什么!你不是他的徒弟,在这个岛上,你可以说不吗?!说罢,便"唰"地从腰边抽出长刀,直逼姜成武的面门,似要劈下去。哪承想,姜成武面不改色,镇定自若。恶人老三见势不妙,连忙上前,对恶人老大说道:老大且慢。恶人老大的长刀在空中定格。恶人老三朝恶人老大打个手势,说道:凡事没有那么急的,他终究要做我徒弟,老大息怒。

恶人老大瞪了一眼姜成武,然后收起长刀,朝恶人老三和姜成武摆摆手,示意他们出去,自己转身走向木椅。恶人老三朝恶人老大双手作揖,毕恭毕敬地说道:谢老大。然后,拉起姜成武的手逃也似的出了木屋。

到石屋门前,恶人老三松开姜成武的手,说道:老大的长刀出手,没有停下来的理,今天却是例外。老大是希望我收徒的,你说不做我徒弟,他是真的生气了,你要知道,他从来都是杀人不眨眼的。姜成武站在那里,默不作声。恶人老三闪进石屋,然后从里面扛出一把长刀走到姜成武跟前,说道:让你见识一下我们恶人三兄弟的长刀。长刀原本挂在石屋不显眼处,姜成武并没有注意,现在长刀在恶人老三面前晃动,寒光四射,夺人眼球。接着,恶人老三使出了长刀夺命霹雳煞,他一个纵身,跃出十米开外,人形刀影,"嚓嚓嚓",似闪如电。接着,手起刀落,一棵碗口粗的大树被他拦腰削过,轰然倒地。长刀锋利无比,削铁如泥,夺命霹雳煞如此厉害,姜成武惊叹不已。

恶人老三收身,一个前滚翻,掠到姜成武跟前,问道:你想不想学?

姜成武摇摇头,说:不想。姜成武明白,如果他说想学,恶人老三定然要他答应做徒弟的,此乃万万不可。

恶人老三板着面孔说道:他奶奶的,你脑子总是不开窍。说着,恶人老三将姜成武丢在一边,提着长刀,向恶人老大的木屋走去。姜成武当下就想,这石屋坚固结实,他们为什么还要住那边木屋呢?

恶人老三这一去,很长时间不见回来。姜成武倒落得清静,在石屋美美地睡了一觉。第二天醒来,他伸伸懒腰,走出门去,在岛上乱石丛林间转悠。他绕了个弯,见四下无人,又来到昨日的湖边。那艘小船仍然停在那里,仅此一艘。姜成武寻思,我为什么要在这个岛上与恶人为伍,何不乘这艘小船离开这里呢?我要为我的父母殓葬,还要去找寻我的表妹,在这里我一天也待不下去。他见四下无人,纵身跃上小船。但是,他解不开小船泊岸的缆索。说是缆索,其实是一条结实得不能再结实的铁链。铁链扣在那棵古柳上,有一把坚固的铁锁锁着。姜成武寻不到钥匙,只好用手掰它,又从岸上捡起一块利石劈它,但都无济于事。因为离小木屋近,又是白天,姜成武怕声响过大,会引来恶人三煞的注意,只好放弃。他离开了那艘小船,回到石屋。

又过了半天,恶人老三才提着长刀从外面进来。见姜成武坐在木板床上,不自然地干咳了一声,问道:你想不想报杀父之仇?

姜成武抬起头,看着他,将信将疑,说道:自然是想了。

恶人老三似乎很高兴,凑近几步,对姜成武说道:那我们就遂了你愿,今晚行动。

姜成武更是疑虑,问:你知道我的杀父仇人是谁吗?

恶人老三耸耸肩,自鸣得意,说道:我自然知道。他停顿了一会,接着说道:杀你父母的是明军,明军的指挥官你知道是谁吗?

姜成武说道：杨千里。

恶人老三说道：不错，他是广西都使。

姜成武突然想起恶人老三说过的话，反唇相讥，说道：你怎么会帮我报杀父之仇呢？岂不是在做善事？

恶人老三说道：恶人不做善事的，明军多次围剿凤凰山，要铲除我们恶人三兄弟，我脸上的剑伤、我老大首徒之死，就缘自杨千里的一次攻山，我们自然要找他报仇的，另外……他停顿了一会儿，脸上现出一丝诡秘的笑容，说道：他的那两个小妾貌若天仙，我们抢了来，岂不是享受不尽？你如果做我徒弟，我便赏一个给你，你就过上神仙一般的生活了。

姜成武"呸"的一声，打碎了恶人老三的自我陶醉。他说道：我父母的深仇大恨我自然要报的，但不是和你。你报你的仇，与我何干？

恶人老三挨了当头一棒，他摇了摇头，叹了一口气，说道：世上还有你这种不开窍的人，你自己决定吧，反正我们晚上是要行动的，这也是老大定下的事。说着，他头也不回地走出了石屋。

姜成武坐在那里，想想恶人老三刚才说的话，有一半还是有道理的。明军广西都使杨千里，长期欺压百姓，并指挥军队围剿大瑶山，屠杀我父母和乡亲，罪大恶极，千夫所指，我恨不得一刀劈了他以解心头大恨。只是我报我的仇，光明正大，何须与恶人三煞搅在一起？我还是不去的好。转念又一想，我随他们一起，我只是要报我的大仇，并不是与他们同流合污，与他们黑吃黑有很大的不同。更重要的是，我表妹被杨千里他们掳了去，我必须救我的表妹，这正好是个机会，我去又何妨？退一步想，我随他们而去，即使行动不成功，我可以乘机离开恶人岛，离开他们，岂不是好事一桩？恶人老三为什么要动员我一起去呢？他定是怕我一个人留在岛上想办法跑了。

主意已定，姜成武便向小木屋走去。刚走到小木屋门前场地，恶人老二的徒弟狗子拦住了他的去路。姜成武说道：我找恶人老三。狗子对他还算客气平和，说道：他们正商议事，不便打搅。姜成武转身，回到石屋。大约一个时辰，恶人老三兴冲冲地跑到姜成武面前，喘着粗气说道：你找我？姜成武第一次主动找他，让恶人老三喜形于色。

姜成武冷冷地说道：我决定参加你们的行动。

恶人老三喜出望外，说道：真的？那太好了，我去跟老大说。

说着，恶人老三奔出屋外。

都使府疑案

傍晚时分，恶人老三让姜成武换上夜行服，几个人跟在恶人老大后面就出发了。许是担心姜成武背负长刀显眼碍事，而且他根本就不会使用长刀，所以他们就送了一把匕首给他当武器。

他们乘坐的就是姜成武白天见到的那艘船，另一艘却牢牢地钉在岸边。恶人老大的两个徒弟阿三、七斤，恶人老二的徒弟狗子分别撑篙划桨。恶人老大瞪了一眼姜成武，一声不吭坐于船舱一隅。恶人老二见了姜成武，不屑一顾。姜成武这时才看清，恶人老二是恶人三兄弟当中唯一脸上没有疤痕的人，很是独特。姜成武坐在那里，恶人老大看他不顺眼，欲要发作，被恶人老三讨好似的打了个手势给顶回去了。姜成武这小子确实不识相，自个儿像恶人兄弟似的坐在这里，哪像阿三、七斤、狗子他们主动干活。恶人老三冲姜成武也是近似讨好地一笑，那样子就像是徒弟见到师傅一般，少见少见。

船向凤凰山驶去。不到一盏茶的工夫，一直沉默不语的恶人老二霍地站起身来，他走到姜成武面前，突然伸出手，一掌打到姜成武的后背上。姜成武猝不及防，身子一倾，差一点趴下。恶人老三大惊失色，连忙上前，欲搀扶姜成武，不想姜成武很快就坐起来了。恶人老三抬起头，对恶人老二说道：老二，你这是干什么？恶人老二鼻孔里发出两声怪叫，然后说道：这小子应该去划桨，他没有资格坐在这里。

恶人老三说道：你不该这般对待他。

恶人老二说道：我又不想收他为徒，为什么要那么客气？

两人说话间，姜成武站起身，走到船舱外。他刚刚站定，阿三便朝他努努嘴，提醒他脚下有一支桨。姜成武弯腰拾起，加入他们划船的行列。

船舱内，恶人老二回到自己的座位，转身对恶人老大说道：老大，这小子有功夫。

恶人老大有些疑虑,他等着恶人老二说下去。恶人老二停顿了一会,说道:如果是常人,我这一掌,他早趴到地上动弹不了。

恶人老二这一说,恶人老三却喜形于色。他跨步上前,对恶人老二说道:他有功夫,那是再好不过的,更适合做我的徒弟。

恶人老大终于开口,他说道:也许是他的内力让他没有死掉。老三,我给你一个月的时间,他如果不做你的徒弟,我就把他杀了。

恶人老三心想,一个月时间他应该回心转意,够了,便说道:老大,我听你的。

船很快就停靠到凤凰山脚下,几个人鱼贯上了岸。然后,疾行穿过凤凰山,又过了几个时辰,大约子夜时分,他们便到了南宁城。

南宁是广西的首府,更是一座古城。唐朝贞观八年(634年),唐太宗定名为邕州。元朝泰定元年(1324年),中央政府为取南疆安宁而定其名为"南宁",南宁由此得名。说南宁是一座森林中的古城,也不为过。姜成武随他们赶到城市外围时,就见黑魆魆的茂密的丛林将古城包裹,中间有几处亮光在闪烁。那亮光就出自这个古城的几处客栈和官府的院落。恶人三煞一行七人如幽灵一般扑到杨千里都使府附近的密林当中。如此熟门熟路,令姜成武颇为诧异。在恶人岛养伤那阵子,姜成武见到恶人老三他们也就那么几次,原来他们是为今夜的行动探路布阵。恶人心恶,脑子却精明得很。

都使府戒备森严。院落很大,红墙碧瓦延伸到黑暗的尽头。围墙外面,不时有兵士巡逻,步伐整齐划一,似是受过严格训练,是一等一的正规的精兵了。趁兵士巡防的空当,恶人老大示意行动开始。听了这话,恶人老三却走到恶人老大跟前,说道:让我徒儿在这守候接应吧。恶人老三担心姜成武武功不济,如果进了大院,很可能有去无回,这样他就没有徒弟了。不想,恶人老大却瞪了一眼姜成武,对恶人老三说道:如果被他们杀了,那是他的命。别看恶人老大平时对恶人老三礼让三分,但真正行动起来,却是说一不二的,管你是恶人老三还是恶人老二。恶人老三不好反对,只好让姜成武跟着自己。恶人老大一个飞掠,便越过墙头。

接着是恶人老二、阿三、七斤、狗子。恶人老三正欲飞掠时，突然想起身后的姜成武，他一个侧身，伸手便抓起姜成武的后领，像老鹰抓小鸡一般两人一同飞越了高墙。

高墙之内，前方的几处光线穿透院内黑乎乎的树木直到开阔的场地。场地中间，同样有兵士在巡逻。那光线是由前方一座房屋所悬挂的灯笼发出。恶人老大等人借助树木的掩映，避开兵士，迫近房屋的拐角。恶人老大停下脚步，转过身，用手指了指恶人老三和姜成武，示意他俩在此守候，然后和恶人老二等蹿上二楼。之前，他们就已经探明，二楼就是广西都使杨千里的行宫。尽管有重兵把守，三步一岗，五步一哨，但恶人三煞都是当今武林高手，这些岂能难倒他们？何况他们早已多次踩点，斩杀杨千里，似是十拿九稳。

半个时辰之后，恶人老三见上面没什么动静，朝姜成武看看，似有疑虑。姜成武朝他努努嘴，意思是他应该上去查看。恶人老三正欲一展轻功上楼，突然停下来，他看看姜成武，立马打消了上楼的念头。也许是担心，他上去了，姜成武乘机逃走，或者向兵士报信，那后果就严重了。如果徒弟没了，在老大、老二面前，在江湖上，岂不是一辈子抬不起头来？所以，他不能离开姜成武半步，他必须看着姜成武。这个徒弟，无论如何，都不要让他跑了。

两人在下面静候，终于听到上面有轻微的声响。这声响还不足以惊动那些巡视的守卫，恶人老三和姜成武却明白恶人老大等人楼上的行动展开了。声响很快又停了下来，一切都归于沉寂。恶人老三与姜成武面面相觑，不明就里。又过了一会，轻微的声响由上而下。恶人老大等人依次落到姜成武面前。恶人老二身后背了一个大包袱，包袱里面显然是人。恶人老大示意立即撤离。恶人老三见恶人老大等人一展轻功向来时的方向掠去，并未跟进，而是抓起姜成武的一只手，纵身飞掠，上了二楼。二楼宽阔的走廊里着实站了几个人，但都是被点了穴位的都使府的护卫，木偶一般。恶人老三和姜成武越过这些木偶，向里探行，直到一间亮着灯光的房子。这间房子，门是开着的，光线不是很亮。两人走进去，才知道这光线是从里面的一间卧室发出。两人进了卧室，就见一张大床之上,坐着两个女人。两个女人端庄秀丽,却面露惊恐之色,她们是被捆绑着的,嘴里塞着绵绸,很显然,她们也是被人点了穴位的。女人见恶人老三和姜成武进来,以为是救她们的,眼露惊喜之色,但她们看到恶人老三脸上的伤疤时,顿生失望。那真是坏人前脚走,恶人后脚又跟来了。惊喜的倒是恶人老三。他瞳孔放得很大,面部肌肉堆积如山,大金牙都露了出来。他走到其中一个女人跟前,小声对姜成武说道"快",便将那女人扛到肩头。姜成武却站在那里一动不动,这让恶人老三有些吃惊。他扛着女人转过身,看着坐在床沿的另一个女人对姜成武说道:这女人是你的了。姜成武不为所动。恶人老三有些震怒,但又不好发作,终又无可奈何,愤愤地叹了一口气,扛着女人转身离开。姜成武只身跟在后面。他们避开巡视的兵士,很快掠到墙外。

这一切都做得极为巧妙,偌大的一个都使府,层层重兵把守和巡视,居然让这里的主人——堂堂的都使大人杨千里突然之间就消失了,无影无踪。

恶人老三在林地停下脚步,将肩上的女人放下,他环视四周,却不见恶人老大一行人的踪影。心想,他们也许打道回府了。但他不急于离开,眼珠一转,对姜成武说道:你在这里守着,我去去就来。说着,一个纵身,又向都使府掠去。也许恶人老三觉得在这个林区,一会儿的工夫姜成武也跑不到哪儿去,他就是向都使府护卫通风报信也不至于产生严重的后果,所以他放心地去了,是为那府中的另外一个女人。

姜成武见眼前的女人乞求地看着他,有些不忍,便走上前去,对她说:你答应我不要出声,我便解了你的穴位。女人吃力地点了一下头。姜成武点开女人的穴位,将她嘴里的绵绸拿掉。女人蠕动了一下身子,正要说话,被姜成武制止了。姜成武说道:我解开你的穴位,是要问你几个问题,你如实回答。姜成武料想,这女人定是杨千里的小妾,杨千里指挥明军,屠杀他的父母和乡亲,是他绝不饶恕的仇人,"恨"屋及乌,因为这个,他自然对面前的女人没有什么好感。女人点点头。

姜成武看了一下四周,厉声问道:不久前大瑶山的那场战事,你可知道?

女人胆怯地看着他,回答:知道。

姜成武问:官兵抓了十几个女孩子,你听说了吗?

女人点点头。

姜成武问:可知她们现在何处?

女人迟疑了一会儿,说道:她们被押往京城了。

姜成武大为吃惊,问:什么,她们被押往京城?

女人点点头:嗯。

姜成武又问:杨千里为什么没有前往京城?

女人说道:由都察院左都御史韩雍亲往广西督军,将她们押往京城的,估计还在路上,杨千里没有去京城。

姜成武问:你怎么知道得这么清楚?

女人:杨都使告诉我的。

片刻宁静。女人看出姜成武凝眉寻思,便试探着央求:这位大哥,你放了我吧。姜成武想想也是,杨千里被抓获,留着她也没有什么意义,反倒让恶人老三又添一恶。更何况,我也没有必要在这里耗着,我得去救表妹。她被押往京城,只会凶多吉少,我不如在路上拦截他们,救出表妹。三十六计,走为上计。这样想着,他便三下五除二将女人身上的绳索解开,说道:你走吧。女人惊喜万分,双手作揖,连声感谢,转身便跑。跑了几步,又折身回来,问姜成武:敢问少侠尊姓大名?姜成武看她并非不善之辈,回答:我姓姜。女人又是双手合拳,说道:谢谢姜少侠。说毕,调头就跑,很快就消失在夜幕中。姜成武有些纳闷,女人为什么不回都使府,却朝着城区其他方向逃命?莫非她已知道杨千里生还无望,不如一走了之?女人走后,姜成武突然意识到该是自己逃离的时候了。他脚底抹油,居然也朝着女人离开的方向奔去。但是,他还没有走出丈许,就听见都使府人声响起,呐喊,吆喝,此伏彼起,接着是硬器撞击的声音,接着,有人惨呼。不一会儿工夫,那恶人老三如幽灵一般从天而降,直落到姜成武面前。姜成武大惊失色,双脚钉在地上再也不能挪动半步。

恶人老三将肩上的女人放下,看看四周,疑惑地问姜成武道:那个女人呢?

姜成武摆出一副死猪不怕开水烫的架势,说道:我将她放了。

恶人脸上青筋暴起,问:你这是干什么?

姜成武朝他耸耸肩,不说话。恶人老三大怒,他正欲发作,却发现身后大批黑影向这边追来。他立即将捆绑着的女人扛起,对姜成武说道:我们走。姜成武想想自己错失逃离的机会,如果留在这里,只会被官兵缉拿,那定然就是这场劫案的帮凶,一查他又是恶人族的一员,不要说脱身救表妹,连命都保不住,我还是走为上策。于是,他又跟着恶人老三向外掠去。

这一狂奔,就奔了十里。发觉后无追兵,他们才停下来。恶人老三觉得背着女人奔跑需要气力,便将女人的穴位点开,并解除女人身上捆绑的绳索,让女人自己走。姜成武借着月光,仔细一看,这女人正是都使府卧室坐在床上的那位,着实美丽。恶人老三眉飞色舞,早已将刚才的怒气一笔勾销,对女人说道:你好生听话,我们便不会对你怎么着。女人本来就紧张,见这人一副恶相,突然想到,这不是恶人三煞当中的一人,还能是谁?不想则已,一想更是惊恐失色。女人看看姜成武,对恶人老三哀求道:你大人大德,放了我吧。恶人老三一听这话,来了精神,说道:我恶人岂有大德?你是我的女人了,你以后就知道我怎么个恶法。女人眼泪都出来了,哭道:都使大人作恶多端,与你们结仇,不关我的事,你们放了我吧。恶人老三笑道:我对那个什么都使大人不感兴趣,那是老大的事,我只对你小美人感兴趣,哈哈。说着,突然伸出手在女人的脸颊上摸了一下,喝道:走。女人哀求无望,只好垂头丧气地跟在他后面。

他们向恶人岛方向走去。

全 真 剑 影

姜成武没有机会逃走,只得跟着恶人老三回到了恶人岛。

不过,他也没有失望到极点,至少那广西都使杨千里被恶人老大等人劫持到了恶人岛。恶人老大如果杀了他,也算是为我报了杀父之仇,对我来说,好事一桩。如果我能亲手杀了他,那是再好不过的了。

那女人被恶人老三安置在石屋里,他将她的双手反缚着,并将门窗关闭,以防她逃走。姜成武则被安排在前排木屋,与恶人老二的徒弟狗子同居一室。姜成武现在明白了,他们为什么留着石屋不住,那是因为石屋坚不可摧,牢不可破,被他们囚禁着的人是无法逃出的。姜成武走到木屋的时候,正看见杨千里被吊在木屋门前的一棵大树上。他的手被捆绑着,他两边站着恶人老大的徒弟阿三、七斤。杨千里瞪着一双恐惧的眼睛看着姜成武,也许他觉得姜成武与那几个恶人面相不同,是他求生的唯一希望。他近乎哀求地看着走向自己的姜成武。他想都不会想到,姜成武走到他面前,怒发冲冠,突然抡起拳头,就是一击。那一拳正好打中他的面部,很是有力,杨千里嘴角很快流出鲜血。杨千里求生的希望就被这一拳打灭了,但他忍住痛,一声不吭。

姜成武打过一拳之后,就回到自己的木屋房间。狗子正在屋内擦拭自己的长刀,见姜成武进来,主动让座,并说道:我叫狗子,山西人。姜成武一屁股坐到木板床上,他与狗子不熟,也没心情与狗子说话,便没好气地说道:山西人怎么会跑到这里?狗子并没在意他说话的表情,对他说道:前几年我在老家杀过人,逃到南方,硬是被恶人老二逼着做他徒弟,这都两年了。姜成武说道:那你也做了不少恶事。狗子说道:我也是被逼的,以后你就会明白的,刚开始做恶事,心里不安,渐渐就习惯了。姜成武沉默不语。狗子又说道:恶人老三寻遍天下,终于有了你。姜成武立即说道:我不是他徒弟。

过了一会,阿三走进木屋,通知姜成武和狗子出去。两人来到门外场地,就见恶人三兄弟站在那里,手里都拿着长刀,旁边还有七斤。他们的前方,那棵大树下面,杨千里正跪在地上。杨千里并不像先前那样恐惧,他似乎已经预感到自己的死期已到,心里反而平静,神态自若。恶人老大手提长刀,吼道:杨千里,你也有今日。杨千里怒视着恶人老大,不作声。恶人老二站在一旁,说道:老大,别跟他啰唆,一刀结果了他算了。恶人老三也跟着附和:是啊,老大。恶人老三说过之后,突然想起什么似的,扬起眉毛,对杨千里说道:杨千里,有一件事,我要对你说得明白,也要让你死得明白,你那美女小妾也在这里,就在后面的石屋,你想不想见她？杨千里听到这话，先是一震，然后抬起头来，瞪大眼睛看着恶人老三，那眼里满是疑虑和恐惧。杨千里也许心想，他们明明是劫了我一人的，怎么连我的小妾也不放过？不过，就算这恶人说的话是真的，那又何妨？我死期将至，见她又有什么意义？想到这，杨千里重新低下头，根本不理会。恶人老三本以为杨千里定要见小妾最后一面，没想到他这般不近人情，也罢。当下他说道：老大，你送他去西天吧。

　　恶人老大果然不再说话，举起长刀。正在这时，姜成武终于按捺不住自己的情绪，一个跨步，走到恶人老大身边，说道：且慢。众人被这突如其来的举动震住了，恶人老大的长刀停在空中。姜成武走到杨千里跟前，对恶人老大，也是对杨千里说道：我有几句话要问这个人。众人疑惑不解。姜成武直视着杨千里，说道：我问你，瑶山民众抗暴，你为什么要指使手下官兵将他们斩尽杀绝？杨千里终于抬起头，看了一眼姜成武，说道：我只接受都察院左都御史韩雍的指令。姜成武更加愤怒，但他控制住自己的情绪，说道：这么说，韩雍是这场战事的幕后总指挥？杨千里说道：正是。姜成武怒目直视，说道：你杀了那么多乡亲，今天也是死有余辜，我要亲手杀了你，为我死去的父母和乡亲报仇。说着，他走到恶人老三跟前，伸手提起他身上别着的长刀，砍向杨千里。但是，他哪里有恶人老大眼疾手快？恶人老大此时已手起刀落，杨千里就这般身首分家，一命呜呼了。恶人老大杀了杨千里之后，不屑地看了一眼姜成武，说道：这里哪有你的份？说着，转身走向木屋。姜成武愣在那里，不知如何是好。倒是恶人老三走到他跟前，用手拍拍他的肩膀，拿回自己的长刀。阿三、七斤很快将杨千里的尸首扔到湖里。众人散去，这里很快归于沉寂。

　　姜成武和狗子一起回到木屋。狗子说：杨千里杀了你父母？姜成武点点头。狗子又说道：你今天也算是报了仇。狗子近乎讨好似的找姜成武说话，姜成武爱理不理。接着两人就沉默不语。姜成武从这个岛上醒来，就没打算与这些恶人为伍，所以与他们并没有多少话说。狗子也算知趣，不再没话找话，转身出去了。姜成武坐在木凳上闷闷不乐。原来屠杀我父母和乡亲的始作俑者是韩雍，我定要找他算账的。但是我武艺不精,身陷孤岛,他韩雍远在京城,身居高位,我又如何找他算账呢?不管怎么样,我都不会放弃,就是粉身碎骨,我也要勇往直前,找韩雍报仇。

恶人老三这时在干什么?姜成武突然想到他。杨千里被杀后,他就去了后面的石屋,准是不干好事。那杨千里死是死了,但他的小妾并非就是坏人,说不定她是杨千里抢来做小妾的,被威逼就范。如果她本来就是受害者,我们又何必加害于她?

姜成武想到这,便走出木屋,来到石屋门前。他来得正好,那石屋里的声音已在他耳边响起,由小而大。女人哀求的声音,不时地被恶人老三的淫笑所打断。姜成武有些愤怒,上前一步,猛敲石屋的门。里面的声音顿时消失。过了半晌,恶人老三才将门打开。见到姜成武,大为吃惊,脱口而出:他奶奶的,你又要坏我的好事。姜成武才不管他有气没气,对他招招手,说道:你过来。恶人老三有些纳闷,跟在他身后,走到石屋和木屋之间的场地上。姜成武停下来,转过身,对他说道:你希望我做你徒弟?

恶人老三脸上的愤怒和疑惑烟消云散,转而横肉堆积,喜上眉梢,说道:当然希望,这么说,你愿意啦?

姜成武却没有那么愉快地答复他,而是严肃着面孔说道:如果你将你的武功毫无保留地教给我,我便叫你师傅,做你徒弟;不然,你就是杀了我,也是不可能的。

恶人老三思索了一会,然后点头说道:好哇好哇,你做我的徒弟,武功自然是要传授给你的了,他奶奶的,你终于开窍了。接着,他两手握拳,兴奋地自言自语道:我有徒弟了,我有徒弟了……

姜成武打断他的话说道:我现在还不是你的徒弟。

恶人老三收住笑容,说道:我知道的,我听你的,我什么时候教你武功呢?

姜成武说道:现在开始。

恶人老三有些迟疑,他转身看看石屋,又看看姜成武,似有不忍,但又不好拒绝,终于说道:好吧,我们走。

接着,两人沿着林区小路,来到这个岛的东边场地。恶人老三走到场地中间,对姜成武说道:我先教你拳术,再教你长刀夺命霹雳煞。

恶人老三虽然恶,头脑却是这般简单。他为了圆有徒弟的梦,竟然将自己的武艺悉数传给姜成武。姜成武本来就有武功基础,经他这一传授,如虎添翼,武功可谓突飞猛进。但是,在恶人老三面前,他总是摆出一副进益很慢的态势,让恶人老三永远都觉得他的进步不够快,所以,恶人老三想让他叫自己一声师傅,时机总是未到。姜成武将恶人老三的注意力和精力都吸引了过来,那女人终究没有受到恶人老三的更严重的欺辱,算是相安无事。她先是被囚于石屋,渐渐地也可以走动了,甚至走出石屋。在这个孤岛上,恶人老三知道她是逃不掉的,留着她在,还怕享用不到?

姜成武潜心习武,在这个岛上平静地度过了一个多月。接着,让他意想不到的事情就发生了。

南方的夏天总是来得很早。真正的夏天还没有到,这里已是高温流火。植物被太阳烧烤,恶人岛四周云气蒸发。到了夜晚,岛上无风,树上的蝉鸣吵得人心头发慌。室内闷热,姜成武和狗子就将地铺打到外面。姜成武想着白天的武功套路,又想着表妹和仇人韩雍,睡不着。睡不着,又安静不下来,姜成武便起身在岛上漫步。穿过木屋门前场地向西,是一片茂密的丛林,几无路径。姜成武刚停下脚步,就听见密林深处传来鼾声。姜成武心想,莫非恶人三煞就睡在里面。他绕了一个弯,抄到侧面,果然有一条小路通向密林。姜成武向里探行,就听见鼾声越来越大,接着,一个十余米见方的林中空地呈现在他面前。借着月色,他看见恶人三煞横七竖八地躺在石上或长凳上,鼾声如雷,活死人一般。难怪晚上很少看到他们,原来他们并不在木屋,而是在这里。他们独享这里的宁静。姜成武心想,我武功太过平淡,不然我可以就此将他们灭了,然后逃离该岛。

姜成武怕被他们发现,就此离开。他沿着密林小径,向西走去,很快就到了湖边。湖面平静,湖水碧波荡漾,远处凤凰山黑魆魆巍峨挺拔。这种意境,姜成武心里更觉沉重。凤凰山那边,就是大瑶山,大瑶山就是我的家乡。但是,经过那场战事,我的家乡已经面目全非。那里草木枯荣,土地荒废,人丁缺失,我就是回去了,也找不到记忆中的美好景象。姜成武心情沉重,感叹一声,继续往前走。不出几步,他突然看到前方有一个人影。那人影在湖边树下来回走动。姜成武停下脚步观察,才看出人影就是阿三。阿三定是受恶人老大差遣,在湖边巡视,以防外界趁夜袭岛。这些天,恶人三煞并不差遣姜成武夜间巡视,是存了戒心的。一是怕他逃跑;二是觉得如果有外人来袭,他不通报,而与对方为伍,开方便之门,那岂不是让恶人三煞自掘坟墓?姜成武还不是恶人老三的徒弟,恶人三煞可没有那么笨。

姜成武退后几步,坐到湖边一块石上。他的正西方,是凤凰山山脉延伸的坡丘。恶人岛四面环水,外围又是四面环山,这个坡丘就是四面当中最平坦的区域了,也是隔湖离岛最近的地方。恶人三煞乘船往返不经过这边捷径,是因为他们要借助凤凰山复杂的地形掩护。姜成武坐在那里想,如果我能拿到船索的钥匙,我就能划船从这里离开了。可是那钥匙定是在恶人老大等人手里,拿到它谈何容易?

夜色更深,困意来袭,姜成武欲起身回转。正欲转身时,他却突然看见北边湖面升起几条小船,正向这边驶来。姜成武揉揉眼睛,没错,共有三条小船驶向这里,越来越近。姜成武本欲立即离开,并将这个消息转告恶人三煞,转念一想,迈出的脚步又停了下来。这几条小船来袭,定是针对恶人三煞的,我为什么要向他们通风报信?恶人三煞,作恶多端,死有余辜,我为什么要与他们为伍,助纣为虐?来袭岛的应该是武林正义之士,或者是恶人三煞的仇人找上门来,算是为民除害,好事一桩。但是,他们也有可能是官兵。杨千里失踪,官府也许猜到是恶人三煞所为,这就派兵剿杀,救杨千里于恶人魔爪。他们哪知道,那杨千里早已身首异处,喂鱼去了。这些人来袭也好,他们杀了恶人三煞,我反而得救了,这几条船,说不定就是我的救星。

那几条船悄悄驶近,离阿三那边远得很,并没有引起阿三的注意。很快,船就靠岸了。姜成武清楚地看见船上人鱼贯上了岛,足有二十余人,他们手里都提着剑,一看便是武当全真教的人。姜成武心想,恶人三煞定是与武当全真教结了仇,他们找上门来了。这些人向木屋方向掠去,姜成武躲在密林之中,然后悄悄地跟在他们后面。

很快双方就交上了火。因为狗子睡在木屋门前的场地,定然是他们第一个要斩杀的对象。不到两分钟,狗子就一声惨呼,倒在地上。姜成武没有听到恶人三煞他们的动静,倒是那恶人老大的两个徒弟阿三、七斤冲到木屋门前场地,与全真教弟子展开一番厮杀,很快,又是惨呼声起。一向视徒弟为自己生命的恶人三煞,仍然没有动静。姜成武想,莫非是怕了,或者见人多势众,已然乘船逃离了这里不成?恶人岛如此不堪一击,恶人三煞何以生存到现在?

阿三、七斤受伤倒地后,再也没有起来。全真教弟子向木屋迫近。有人推了木屋的门,那间屋正是姜成武晚上睡觉的住所,接着,四五个人进入,里面很长时间并没有打斗的迹象。不一会,里面的人又出来了,与外面的人会合。看来,他们已将木屋搜了个遍,一无所获。

众人向木屋后方转移,很快就贴近石屋。全真教弟子仔细倾听了一会石屋里面的动静,然后将门踹开。他们还没有进屋,就听见女人的尖叫声,接着,就是哭声。全真教弟子亮起火折,见是女流之辈,并不耽搁时间,又拥向屋外。

正在这时,"嗖嗖嗖"声起,接着,全真教弟子当中有人哀呼,接着有人倒地。很显然,场地之外有人向他们施发暗器,施发者定是恶人三煞无疑。全真教弟子向场地中间合拢,摆出铜墙御敌阵势。这时,一位长者挥剑而起,在人群中飘忽,抵挡从不同方向发来的暗器。此人长发飘飘,轻功上乘,挥剑自如,姜成武所见,感叹不已,此乃武当高人也。一阵喧哗之后,这里重新安静下来。全真教人个个警觉,不敢懈怠。正在这时,密林之中,突降三人。那三人不是别人,正是恶人三煞。全真教阵势顿时变形,场地上很快形成双方对峙之势。恶人三煞站定后,恶人老大站在三人中间,他手提长刀,声如洪钟,道:又是武当臭道士,张真人,这次我们是该了结了。他话音刚落,张真人一个纵身便掠到恶人三煞面前,挺剑向恶人三煞当中的老大刺去。他这招叫"利剑穿心"。恶人三煞见势散开。恶人老大闪身躲过一剑,立即釜底抽薪,挥刀逆砍,两人就这般地交上手了。张真人连发十招,环环紧扣,招招凌厉。恶人老大见招拆招,不时反击,最后拿出自家的看家本领长刀夺命霹雳煞,但是却没有伤着张真人,反倒让张真人寻着机会一剑点中肩部,皮破血流。恶人老二、恶人老三见状,立马挥剑合围。张真人以一敌三,引发全真教弟子悉数加入进来。

一番混战,全真教弟子不时有人倒下,恶人三煞几乎都身负剑伤。形势一边倒,最后,恶人三煞被全真教弟子围困在中间。全真教弟子正一步步地向恶人三煞逼近。恶人老大右手提刀,左手按住右臂,见势不妙,朝老二、老三使了一个眼色。说时迟,那时快,三人同时纵身,腾空而起,如同大鹏展翅,直落入密林之中,很快就消失于他们眼前。张真人当机立断道:追! 接着,全真教弟子挥剑拥向密林。

姜成武突然想起狗子身负重伤,是死是活,应该去看看。他见所有人潜入密林追杀,便一个纵身,从一棵大树后面探入木屋门前场地。果不其然,那狗子躺在地上,浑身是血,奄奄一息。而他的身侧,阿三和七斤却是陈尸地上,卿卿性命,毁于瞬间。姜成武走上前,搀扶起狗子。狗子十分感动,他抽搐着身子,伸手指了指刚才姜成武来时的方向,有气无力地说:快,湖边。姜成武料他是不想落入全真教手中,特此选择逃生的路线。姜成武心想,狗子都这样了,我又何必要将他交到全真教弟子手里呢? 交出去,那也是死路一条。姜成武背起狗子,很快掠入林中,向着岛的西边方向转移。

全真教弟子急于追杀恶人三煞,誓要永绝后患,姜成武带狗子转移,并没有引起他们注意。姜成武很快就到了湖边。他将狗子轻轻地放到一棵树下,从兜里拿出金创药给他的伤口疗伤,狗子又是感激不尽。姜成武轻声对狗子说:这里并不安全。不想,狗子却说道:我们在这里等,师傅他们会来的。姜成武有些吃惊。恶人三煞被全真教弟子追击,凶多吉少,生命堪虞,狗子怎么就能料定他们会来的呢? 来了,也会引来大批的全真教弟子,哪有机会逃脱? 狗子看出姜成武的疑虑,指着湖面,对姜成武说道:这里是这个岛离对岸最近的地方,师傅他们来了,遇到危急情况,就从这里离开,乘船是不可能的了。姜成武急切地问:你师傅他们被全真教弟子追杀,你能断定他们会来的吗? 狗子点点头,肯定地说道:会的。接着,他坐起身子,脸上现出痛苦的表情,咬咬牙,说道:现在,你没有听到打杀声,说明师傅他们在与全真教那些臭道士周旋,师傅他们是在调虎离山。姜成武仍是疑虑,问:调虎离山?狗子说道:不错,师傅他们将那些臭道士引到东边,然后抽身回到这边,带我们逃脱该岛。姜成武恍然大悟,仍心存疑虑。这里既无船只,也无隧道,怎么就能离开呢?

狗子躺下身子,他用手按着自己的身体,他全身的几处伤口仍在隐隐作痛。姜成武却不敢懈怠,他全神贯注地注视着外面的动静。落到全真教手里,也不知道他们会怎么处置他,即使不是一剑要了他的命,那也不会轻易放过他的。与恶人三煞在一起,那就是恶人一个,自己永远也逃脱不了与恶人三煞一般的命运。犹豫之间,姜成武还是听了狗子的话,静静地等候恶人三煞的到来。

大约一盏茶的工夫,姜成武就听见轻微的脚步声临近,接着,三条黑影就掠到了湖边,正是恶人三煞。他们停下脚步,看着湖面。这时,狗子突然发声,说道:师傅。声音不大,恶人三煞听得分明,三人同时转过身。看见姜成武和狗子,恶人老二、恶人老三又惊又喜。恶人老二见狗子受伤,连忙上前,双手按住狗子后背,给他输送真气疗伤。过了一会,恶人老大看看后面,说道:快,我们走。接着,恶人老二将狗子扶起。姜成武没受伤,自然不要搀扶,也不希望恶人老三与自己亲近,一个跨步,就掠到了湖边。这时,恶人老二将狗子托起,背在身后,对恶人老大说道:老大,我们走。这时,后面突然响起全真教弟子的呐喊声和脚步声,很显然,他们知道恶人三煞逃到了这里,正向这边追来。

张真人果然带领全真教弟子追到了这里,他们气势如虹,见到恶人三煞和姜成武他们,停下脚步。张真人喊道:看你们能往哪里逃,还不束手就擒!说着,全真教弟子黑压压地向恶人三煞这边迫近。恶人老大感觉自己这么几个人根本不是全真教门下的对手,大势已去,硬拼只有死路一条,突围才是唯一的出路。当下,他朝恶人老二、恶人老三使了一下眼色,然后对张真人咆哮道:臭道士,你抓不到我的,后会有期。说着,第一个掠入水中。接着,惊人的一幕出现了。他并没有潜入水中,而是蜻蜓点水,脚踏着水面向对岸掠去,很快整个人就消失了。张真人和全真教弟子都惊呆了，姜成武也大为惊异。江湖上已然绝迹的水上漂功夫，竟然活灵活现地展现在他们面前，而且出自恶人老大之身，这太让人觉得不可思议了。张真人等人惊叹、疑虑之际，惊险的另一幕又发生了。只见恶人老二突然弯腰将狗子背到肩上，跃入水面。姜成武还没有反应过来，就被恶人老三提着胳膊跃入水面，跟在恶人老二后面，向对岸掠去。姜成武被恶人老三拖行，感觉湖水不断地拍打着双脚。很快，他们就到了对岸，将全真教一干人马远远地丢在恶人岛上望"湖"兴叹。

姜成武都不敢回想恶人三煞刚才的举动，水上漂功夫他不仅没见过，连听都没听说过，这太神奇了。恶人三煞怎么会有如此过人的本领呢？我要是学到这种功夫就好了。姜成武转念又想，恶人三煞有这么高的功夫，何惧全真教弟子，为什么还要逃跑呢？

西南恶首乌

姜成武被恶人老三提到岸边，恶人老大手提长刀早已站在那里等候。这种时候，恶人老二仍然不忘奚落恶人老三，说道：他不叫你师傅，何不将他扔到水里喂鱼？恶人老三拍打着身上的水珠，不作理会。

恶人老大冲恶人岛上的全真教人一阵咆哮，牙齿咬得嘣嘣响，然后恶狠狠地对恶人老二、恶人老三说道：我们走！

几个人向凤凰山疾行。恶人老二仍然搀扶着狗子，并不落伍。狗子突然问：师傅，我们莫非弃岛？狗子有疑虑，是因为以前官兵或各大门派袭岛，恶人三煞逃跑后都不会远离岸边，而是等攻岛的人离开后，他们又重新回到岛上，这次却不同。这次是直上凤凰山。恶人老二正想开口，不料，恶人老大却狠狠地哼了一声，冲狗子说道：闭嘴，我们会回来的。恶人老大折损俩爱徒，心情本来就不好，偏偏恶人老二的徒弟不知趣，冒出来说话，这不是找抽吗？

疾行一个时辰之后，连恶人老二也沉不住气了，他搀扶着狗子终究是很吃力的，他问道：老大，我们去哪里？

恶人老大这时才从牙缝里挤出一句话来，说道：我们上凤凰山，最近风声太紧,四面来袭,我们驻守恶人岛,只会腹背受敌,成瓮中之鳖,凤凰山才是我们更为广阔的天地。这似乎是一次战略转移。恶人老大平时很少言语,看似头脑简单,但是,说话做事,却是经过深思熟虑的。

恶人老二、恶人老三想想也是,便附和着说道:老大说得对,我们听老大的。老大心情不好,他们自然要让老大心理平衡些才是,所以说话相当地温和。

这时,天色已是大亮。凤凰山被绿色覆盖,深邃而厚重。松竹密布,热气横流。他们到了山顶。这里峰高林密,他们在一棵大松树下面歇息,顿觉阴凉气爽。姜成武心想,恶人老大真会选地方,此处地势险要,易守难攻,恶人三煞登高望远,可以主动出击,进退自如,比恶人岛要好得多。恶人老大一屁股坐到地上,恶人老三走到他身边,用手轻轻地拍了一下他肩膀,说道:老大,阿三、七斤他们是你的好徒儿,他们是为保护我们而死,我们定要为他们报仇的,老大,你要节哀顺变。恶人老三不说则已,一说反而让恶人老大悲从心中来,恨从胆边生,他愤愤地哼了一声,又将牙咬得嘣嘣响。恶人老三见他这样,不好再说什么,悻悻地走到一边自己凉快去。恶人老大总算平静下来,他抬起头,看到身侧的狗子和姜成武,气又不打一处来。他冲他们哼了一声,瞪着眼,吼道:你们俩去弄些树木,我们要在这里建一座木屋。他说这话,全然不顾及狗子身上还有伤。想想也是,自己的徒儿都死了,这俩小子倒好,一副优哉游哉的样子,谁能受得了?

接下来的几天,他们终于将木屋建成。木屋也仅两间,一大一小,恶人三煞一间,姜成武和狗子一间。火热的夏天,这座木屋给他们带来些许凉意和惬意。恶人三煞神出鬼没,有事无事都很少叫上狗子和姜成武。姜成武也好多天没有跟恶人老三学功夫了。他去找恶人老三,恶人老三总是不在屋里。姜成武心想,莫非他们又去了恶人岛,或者去寻全真教的人复仇去了,或者去干些杀人越货的勾当?这样也好,他和狗子留在这里倒也清静。

姜成武随身携带的金创药起了奇效,狗子彻底痊愈了。接下来,他对狗子的恶感减弱了。通过了解,狗子也没有他想象的那样恶毒。他从小在家犯了案,误投恶人三煞门下,被他们唆使和威逼,干了不少的坏事。狗子一再说道:我是被逼的。接着,在一个晚上,狗子见隔壁房间无动静,终于告诉了姜成武一个惊人的秘密。狗子说道:恶人三煞也是受制于人。姜成武大为吃惊,好奇地问:他们天马行空,独往独来,受制于谁?狗子说道:我也不太清楚,我只知道,师傅收我为徒时,将一粒药丸送到我嘴里,让我吞下,并要我发毒誓,做恶人老二的徒弟,以后只准专心做恶事,如果有违,那药丸在体内发作,就会剧毒攻心,直至五脏俱裂,全身暴腐而亡。狗子更进一步地说道:那药丸不仅我服过,我师傅也服过,甚至恶人三煞另二煞也服过,这是我师傅告诉我的,谁让他们服下,我不得而知。

姜成武问:你做恶人老二的徒弟多长时间了?

狗子回答:两年了。

姜成武问:何以毒性没有发作?

狗子说道:此药丸叫半年散,到半年就要发作,而每到发作之时,师傅必将另外一粒药丸让我服下,说是解药,但只能缓解半年,不能根除,所以我和师傅他们每隔半年都要服用解药,保全性命,这就是受制于人。

姜成武有些疑虑,既像是对狗子又像是自言自语道:谁有这么大的本领让恶人三煞受制于他呢!

不想狗子却说道:何方高人,师傅从来没对我说过,我也从未见过,但不管怎么说,也是恶人一个。

姜成武仍然疑虑,又说道:既然是高人,又是恶人一族,为何各大门派攻岛,他弃恶人三煞而不顾呢?

狗子无奈地叹息了一声,摇摇头,说道:就是,我们只能听天由命,睡吧。

第二天一早,姜成武和狗子就被敲门声惊醒。姜成武揉揉惺忪的双眼,起来开门,他看见的却是恶人老三站在门口。恶人老三见到姜成武,一把拉住他的手,说道:好徒儿,过来。说着转身就走。姜成武只好跟在他后面,说道:我不是你徒弟,你带我到哪里去?恶人老三并不生气,而是将姜成武拉到恶人三煞居住的那间木屋。姜成武走进木屋,就见恶人老大和恶人老二坐在屋子里的一棵横放着的木料上。恶人老三对姜成武说道:老大有话对你说。

姜成武看着恶人老大,心里有些犯怵。恶人老大从来都是对他横挑鼻子竖挑眼,不屑,愤怒,几次想要他的命。这回见他,定是没有什么好事,而且这次却没让狗子来。姜成武从他们的脸色看,就知道自己处境不妙。

恶人老大抬头看了一眼姜成武,脸上的横肉开始堆积,疤痕越陷越深,说道:小子,你的要求都达到了,现在你要拜我老三为师。

恶人老三站在一边附和着说道:是啊,我教你拳术和长刀夺命霹雳煞,你应该拜我为师了,这是说好了的,今天正好老大老二在,他们可以为我们做见证的。

姜成武这时才知道恶人老大要他来的目的,他们串通好了的,便说道:现在拜师为时尚早,长刀夺命霹雳煞我根本还没有学到四成。

恶人老三在一旁说道:你做我徒弟,我还可以继续教你的。

恶人老大听姜成武这么一说,眼里放出一道绿光,他有些愤怒了,说道:你说什么,你不做他徒弟?今天由不得你。

恶人老二坐在边上终于说话。他调侃道:识时务者为俊杰,你今天拜老三为师,那是你的福分,万事大吉,如果你不拜,老大便要砍了你。说着,他用手在空中做了个砍人的手势,口中"咔嚓"一声。

姜成武仍然无所畏惧,他说道:我不做他的徒弟。他真的有些固执迂腐,不识时务了。

恶人老大终于愤怒了,只见他手提长刀,从座上一跃而起,对着姜成武就要砍下来。恰在这时,恶人老三似有准备,挺身而出,他喊道:老大且慢。老大高高举起的长刀再一次地在空中定格。他怒目横对,对恶人老三说道:老三,你这是何故?恶人老三双手握拳,对恶人老大说道:饶他一命,长刀夺命霹雳煞他确实只练到四成,另外,我们现在正是用人之际,也需要人手的。恶人老大看看恶人老三,又恶狠狠地看了姜成武一眼,终于收起长刀,但他还是朝姜成武飞起了一脚,然后趁姜成武受惊之机,突然将一粒药丸塞进他嘴里,用手"啪嗒"一下,那药丸滑进了姜成

26

武的喉咙。恶人老大恶狠狠地说道:滚!

姜成武一个趔趄,差一点跌倒,恶人老三就势拉了他一把,姜成武才跨出门去。他边走边用手挤勒自己喉咙,干咳几声,那药丸早已进了他的肠道,哪里能够吐得出来。姜成武回到自己的住处,一屁股坐到木板床上,心情极度郁闷。狗子见状,上前一步,问:你怎么了? 姜成武摇摇头,说道:他们让我吃了半年散。狗子并不感到吃惊,他安慰姜成武,说道:跟他们在一起,这是迟早的事。狗子接着又说:他们可能有什么预谋的行动,担心你坏他们的事,所以要这么做。姜成武想想自己命运如此多舛,不知如何是好,他无可奈何地叹了一口气。

不到一盏茶的工夫,恶人老三来到姜成武的身边,态度极其温和,几乎是讨好似的说:你别怪老大,这是他定下的规矩,那药丸是半年散,半年我们就会给你解药,不会有危险的。姜成武不理会他。恶人老三又说道:我现在教你长刀夺命霹雳煞,如何? 姜成武仍然不吭声。狗子在一旁说道:但学无妨。姜成武终于站起身来,看了一眼狗子,跟着恶人老三走出门去。恶人老三似乎很高兴,他慢下脚步,与姜成武并肩,然后说道:老大给你起了个名字,你原叫姜成武,在我们恶人三煞的徒弟中排行老五,老大说,就叫你小五。姜成武任他怎么说,就是沉默不语,随他到了山顶边缘密林之中的一块场地。他的想法很简单,一定要练成长刀夺命霹雳煞。

一晃又是半月。姜成武真的将长刀夺命霹雳煞练到了八成,恶人老三喜在心里。姜成武在想,我要不要叫恶人老三一声师傅呢。单是恶人这厢,我是万万不能的,但是,看他连日来,对我却是悉心照料,百般呵护,在恶人老大面前两次救下我的命,教我武功没有半点保留,更何况他一开始就是我的救命恩人,按理,是应该叫一声师傅的,以示谢意,不然,我也会被认为出了礼数的。想到这,姜成武自嘲地一笑,自语道:他如果要求,我叫他一声师傅又何妨?

但是,接下来的事却没有他想象的那样顺理成章。在凤凰山,他和恶人老三再也没有单独的机会履行一种简单的仪式,结成所谓的师徒关系。恶人老三一连几天,不见踪影。不仅是恶人老三,连恶人老大、恶人老二也是。恶人三煞不愧是恶人三兄弟,亲密无间,行动都是一起的。不过,这样也好,姜成武和狗子倒落得清静。姜成武白天练功,晚上回到木屋睡觉,有狗子在,并不感到寂寞,想想自己服了半年散,他只好打消了逃跑的念头。

突然有一天晚上,恶人老三跑过来对姜成武说:我们现在回恶人岛。姜成武和狗子有些吃惊,问:现在? 恶人老三点点头,说道:是啊,老大让我来通知你们。凤凰山山高林密,夏天像一个蒸笼顶在空中,住得久了,感觉很不自在,自然比不上恶人岛清凉,去就去。姜成武和狗子二话没说,立即收拾行李,随恶人老三走出木屋。他们刚走到屋外的场地上,突然看见半空中出现一道光环,由远而近。姜成武和狗子大为惊异。姜成武转眼看看恶人老三,恶人老三却心生恐惧,嘴角开始抽动,身体有些颤抖。那光环缓缓移动,慢慢靠近他们,姜成武这时才看清光环当中站着一人,人与光环徐徐降落,接着,那人走出光环,光环慢慢熄灭。原来是个黑衣女子。女子长发披肩,长裙飘逸,额上有一块亮片很是明显。姜成武被眼前的场面震慑了,这时他才注意到,恶人老三早已双手合十跪在地上,像一个虔诚的正在祷告的佛教徒。女子正向他们走近。姜成武发现这女子面色阴沉,却有一番艳丽,不同凡响。突然,恶人老三喊道:恶人老三拜见恶姑圣使。接着,他身侧不远处,同样响起恶人老大、恶人老二的声音:恶人老二、恶人老大拜见恶姑圣使。接着,狗子也跪下了。姜成武一个人傻傻地站在那里,不知如何是好。

恶姑圣使停下脚步,伸出一只手,在空中升起,如同托起一件物什。她扫了一眼在场所有的人,然后对恶人老大那边说道:恶首乌传谕,恶人三煞听谕,六月二十七日子时,务请带领自己的恶人弟子赶至黔灵山,不得有误。恶人三煞异口同声说道:遵谕。恶姑圣使转过头,看了一眼姜成武,问恶人老大:这人是谁? 恶人老三连忙说道:是小徒小五。恶姑圣使逼视着恶人老三,说道:见到恶姑圣使,他为什么不下跪,你把他杀了。恶人老三颤抖着身子站起,将姜成武往下按,一边按一边对恶姑圣使说道:圣使开恩,他刚来,未拜师,不经事。姜成武只好跪了下来。恶姑圣使手一挥,说道:你好好教导他。说着,转过身,伸手点亮光环。这时恶人老大突然说道:恶姑圣使留步。恶姑圣使并没有走进光环,而是停下脚步。恶人老大说道:恶姑圣使开恩,半年散已到期,解药已用完。圣使听罢,从裙兜里拿出一个小药瓶抛给恶人老大,说道:这里是四粒,你们用吧。说着,恶姑圣使迈步走进渐渐亮起的光环,接着人与光环徐徐升起,越过树梢,渐行渐远,最后消失于空中。

恶姑圣使走后,所有人站起身来,舒了一口气。恶人老大手里拿着瓶子,边走边说道:恶姑圣使这次为什么只给四粒解药,我们只能用半年的了,这如何是好。恶人老二在一旁说道:暂且用着吧,用完了,她不来,我们只好去黔灵山讨要,他们需要我们做事,自然是要让我们活着的。恶人老三连声附和:是啊,老二说得是。恶人老大轻轻地叹了一口气,突然想起什么似的说道:六月二十七日,就是后天,我们今晚还是好好休息吧,明天一早出发。说着,将瓶盖揭开,将瓶中药丸发给恶人老三及狗子、恶人老二,姜成武自然没有。

回到屋里,姜成武自言自语地说道:半年散由恶人老大实施,解药却是恶姑圣使到期发放,恶首乌就是利用这种手段控制一帮恶人。狗子说道:我是第一次见恶姑圣使,她那么漂亮,哪像恶人,为什么要做恶人呢?姜成武说道:受制于人。狗子点点头,说道:也是,两年没见到过恶姑圣使,两年都有解药,但是,她这次只给了四粒解药,莫非她以后要半年来一次不成?姜成武若有所思,说道:也许正如你所说,也未尝不可。两人沉默了一会,狗子说道:你知道恶首乌手下有多少恶人吗?姜成武摇摇头,说:我怎么知道。狗子说道:前不久,我听师傅说,上千人,他控制西南一片山区,人称西南恶首,他自己也称自己为恶首乌,手下被称为恶人族。姜成武甚是吃惊,感觉不可思议。天下恶人太多,岂不令人恐惧。

姜成武又问:恶人三煞功夫了得,却受制于恶首乌,仅仅因为半年散吗?

狗子说道:那当然,你以为他们不怕死啊。

姜成武无语。狗子突然想起什么似的,说道:你很佩服恶人三煞的功夫?

姜成武说道:功夫了得,可惜用在作恶上。

狗子说道：其实他们功夫并不深，每次各大门派和官兵来攻岛，他们斗不了多长时间，就落荒而逃，我原来也很崇拜他们的，后来觉得他们功夫不过如此，如果是单挑，别说他们每一个人都斗不过全真教张真人，就是合起来，也不一定是张真人的对手，只不过恶人三煞为非作歹，恶名在外，让人以为功夫了得。沉默了一会，狗子又说道：我告诉你吧，他们那水上漂的功夫都是假的。姜成武大为不解，问道：水上漂的功夫怎么会是假的呢？狗子点点头，肯定地说道：当然是假的。他说道：很久以前，他们就将木板平铺到恶人岛与近岸的水面之下，用绳索系着，绳索的另一头是石头，目的就是便于逃生，危急之时，乘船而逃，极不安全，他们从木板上逃离，看似在水面上飞掠，那木板隐于水面之下大约五寸，那张真人及其弟子哪里能够看到，以为他们真的会水上漂功夫呢。姜成武听到这里，恍然大悟，感叹一声，说道：原来如此。

六月二十七日子夜，他们如期赶到黔灵山。黔灵山位于贵阳城西北十里之处，山体被密林所覆盖，灵气十足。黔灵山原名唐山，明代以前，因其生于边僻，埋没于荒烟寒雨中，尚未被世人所关注。自明洪武开始，有一个叫顾成的人登游此山并发现圣泉之后，一经宣传，山中景点始被世人所称道，陆续有人慕名而来，久而久之，黔灵山闻名遐迩。山上有弘福寺，为佛门一高僧所建，是烧香纳客的好去处。但是，突然有一天，黔灵山却被恶首乌所占领，成了一座令人恐惧的山，世人闻而却步。黔灵山如恶人岛一样，因为被恶人所占，臭名远扬。恶人三煞带领姜成武和狗子上山的时候，被恶首乌手下恶徒认出，一路引领，直至山中弘福寺。这些恶人族一袭黑衣，个个披头散发，魔鬼一般，让人见了不寒而栗。

弘福寺外烛光点点，甚是明亮。场地上有恶徒把守，足有十余人。进到里面前厅，有恶徒分列站立。往里是一个后院，院内又是恶徒若干。再往里，便是大雄宝殿。两位恶姑上前引领，直至宝殿中央。殿内光线较暗，仅在墙边一台座上有一支蜡烛在燃烧，整个殿内安静得很。姜成武抬头望去，这时才看清前方中堂之下有一座太师椅，太师椅上坐着一个人。此人身材高大，长发飘落，面色阴沉，眼里泛着绿光。他身后的墙上镶着一把长刀，那长刀寒光四射，比恶人三煞手里的长刀还要长，还要亮。此人身侧站着一位恶姑,姜成武一眼便认出,她便是前些天去凤凰山传谕的那一位恶姑圣使。姜成武看着椅上那人,心想,这一定是恶首乌了。

此人正是恶首乌。恶人三煞见到恶首乌,齐刷刷地跪到地上,双手合十。狗子和姜成武见状,便也跪下。恶人三煞和狗子齐声说道:弟子(徒孙)拜见恶首乌,聆听恶首乌教诲。姜成武自认自己还不是恶人老三的徒弟,所以他没有叫。按他的性格和秉性,他能跪下已经是不错的了。但这又岂能逃脱恶首乌的眼睛。

恶首乌咳嗽了一声,绿眼珠逼视着恶人老大,说道:大瑶山无望,凤凰山那一带地盘不稳,你的人马还是那寥寥几个,你该当何罪。姜成武第一次听到恶首乌说话,心里瘆得慌,这哪是一个正常男人的声音,不阴不阳,恶声恶气。恶首乌说罢,恶人老大脸上的青筋暴起,豆大的汗珠不停地从脸上渗出,滚落到地上。恶人老大颤抖着身子,说道:小的罪该万死,恳请恶首乌恕罪,只因那官府和武当山的全真教弟子三番五次攻山,牵扯小的精力。此时,殿内静悄,姜成武几乎听到所有人的心跳和呼吸。恶首乌说道:这说明,你们脑力不济,功力不精,你们统统在此禁闭,我派人接管凤凰山。恶人老大连忙呼喊:恶首乌不要。恶人老二、恶人老三也同声说道:不要。看来,他们知道禁闭是什么,所以恐惧。这时,侍立在旁一直不言语的恶姑圣使,看了一眼姜成武,倾一下身子,对恶首乌说道:黔灵山还要完成重要的任务,现在正是用人之际,还请恶首乌高抬贵手,暂免禁闭,让他们戴罪立功。正说着,突然有两恶姑来报:滇池八丑火速赶到,殿外静候。恶首乌抬一下头,看了一眼恶姑圣使,说道:叫他们进来。然后对恶人三煞说道:向恶姑圣使磕三个头,滚。恶人三煞和狗子连忙向恶姑圣使磕了三个头,站起身来。姜成武跪在那里却没有磕头,直接站起身来,跟着他们走出殿外。他这动作又被恶首乌和恶姑圣使看在眼里,但是,他们并没有发怒,姜成武也觉蹊跷。接着,滇池八丑,手提长刀,鱼贯而入。八丑就是八丑,一个个青面獠牙,面目丑陋。

恶人老大等人走出殿堂,被两恶姑引领至院落场地。恶姑说道:几位在此静候。说罢,转身而去。他们这一静候,就等了两个时辰,所见是一茬一茬的人手提长刀鱼贯而入，又一个一个带着不同的表情而出，直到院内站满了恶人一族。这时，天色微亮。姜成武站在那里很是吃力，但又不能坐下，只好硬撑着。天气本来就热，又被恶首乌训了一顿，恶人三煞心有余悸，脸上大汗淋漓。终于等到恶姑圣使出来，但却没见到恶首乌。恶姑圣使走到殿门外，伸手徐徐托起，对面前恶人一族说道：恶首乌有谕，今晚戌时恶人一族全体出动，攻打青城山，违令者，死，出发之前，请在山上歇息。

说过之后，恶姑圣使转身进了大雄宝殿。

第二章　青城演绎夺印大戏，大难不死拜师学艺

青城派

黔灵山树木丛生，热风习习。

姜成武在一棵大树下面席地而坐，很快就靠在树干上睡着了。几步之外，恶人三煞和狗子也在树荫下歇息。整个山上林间，三三两两，都是恶人一族，黑成一片。

姜成武睡了一会儿，刚刚醒来，突见恶姑圣使站在跟前，他这一惊非同小可。恶姑圣使莫非是在林间巡视，不经意间走到自己跟前？抑或是刚才在大雄宝殿自己有所不敬，恶姑圣使是要惩罚自己？姜成武抬头看着恶姑圣使，见她一袭黑衣长裙，眉清目秀，端庄娴淑，虽然面色有些阴沉，但却并无杀气。她额上的亮片原来是文身印记，夜晚似有微光发出，现在才算看明白，并无玄机。姜成武甚至在想，这样一个俊俏的女子，如果不是穿一身黑衣多好，如果不是恶人一族多好。恶姑圣使上前一步，双手徐徐托起，对姜成武挥了一挥，说道：你跟我来。姜成武朝恶人老三那边看了一眼，恶人三煞和狗子仍在闭目歇息，便站起身来，跟在恶姑圣使身后。

恶姑圣使走进弘福寺，穿过前厅，经过院落，进了大雄宝殿，姜成武紧随其后。那支蜡烛仍在燃烧，整个殿内却空无一人。那两位恶姑哪去了？恶首乌又去了哪里？恶姑圣使为什么要带我来这里？姜成武很是疑惑。

姜成武疑惑之际，恶姑圣使走到蜡烛台边，伸手从台下取出一把长刀，转身走到姜成武面前，将长刀托起，对姜成武说道：黔灵山有五把金质长刀，这是其中一把，我将它赠予你，希望你配得上它。恶姑圣使领他

到这里,是因为在黔灵山所有人当中,唯独他没有长刀,恶姑圣使发现后,要为他配上一把,仅此而已,姜成武想到这里,如释重负。姜成武伸出双手接住长刀,说声"谢谢"。恶姑圣使难得地嚅动一下嘴唇,似有微笑,对姜成武说道:青城山一战,生死难料,也许它对你有用。姜成武欲言又止。这时,恶姑圣使慢慢地伸出一只手来,示意姜成武也将手伸过来。姜成武愣了一下,将手伸过去,与恶姑圣使握在了一起。恶姑圣使手心冰凉,这令姜成武有些吃惊。但是,很快她的手就温暖了。恶姑圣使脸上显出难得的笑容,她目光柔和,神态安详,朝姜成武点点头,便拉着他的手向门外走去,直到大雄宝殿门口,才松下他的手。她停下脚步,示意姜成武回到林地。姜成武看了她一眼,似乎看出她目光当中的柔情,然后,迈开大步走出。恶姑圣使虽然是恶人一族,姜成武此时却有一种异样的感觉。这是怎么了?她到底是谁?

姜成武回到林地,不时地用手擦拭着那把长刀,越擦越喜欢。他终于将藏在身上的匕首扔了,收起长刀。晚戌时,恶人一族已在弘福寺外场地集合,两乘大轿已停在弘福寺门口。恶首乌和恶姑圣使各乘一辆,外面不见其人。接着,轿中传出恶首乌的怪声,"出发!"恶人一族,近千人,追随两乘大轿,浩浩荡荡向山下进发。

恶人族似乎一点也不是乌合之众。他们组织严密,上下似是一心,气势非同一般。他们日夜兼程,避开官府耳目和城镇,于第三天傍晚到达青城山外围。姜成武甚是纳闷,恶人族为什么要远道攻剿青城山呢?难道他们之间有什么重大的仇怨不成?

青城山这边,已是严阵以待。早在一天前,青城派接到传报,黔灵山恶人族即将来犯,他们作了周密的防守部署,并将此消息火速通知各大门派。现在,峨眉、武当驰援人马已经到位,而少林、昆仑、华山等派正在赶来的路上。但是,即便如此,青城派仍然不敢掉以轻心。

恶人族不知道是有意还是有气,偏偏选在这个时候攻山。这个时候,正是青城山多年来最虚弱的节点上。因为,这个时候,青城派没有掌门人。青城派掌门人常年两个月前与恶人族乌不朽在贵州六盘水决斗,同时毙命。那乌不朽正是西南恶首乌的父亲。恶首乌带人攻山由此而发。常年死后,青城派由四大护门元老常明、赵怀远、郑重、毕克主持。常明是掌门人常年的儿子,青城派有人推举他任新一代掌门,被他推辞。青城派只好从长计议商讨推选掌门人之举。掌门人还没有推出,恶人族就来攻山了,真不是时候。恶人族围到山下,四大护门元老急了,当下商议,推举常明为代掌门人,指挥抗敌。常明这下不好推辞了,但他在会上也提出自己的主张,说道:传令所有青城派门下,此次恶战,谁擒了或杀了恶首乌,谁便是我青城派公认的掌门人,其他门派之弟子,同样适用。大敌当前,他这一说,其他三大护门元老同声响应。

武当全真教前来驰援的领军人物便是张真人。他带领全真教门下弟子前去恶人岛剿杀恶人三煞,却让恶人三煞跑了。他回到武当山,稍作休整后,便向全真教掌门人张冠雄再次请缨,前去恶人岛,誓要剿灭恶人三煞。正在这个时候,武当接报,恶人族要攻打青城山。张真人请缨驰援,要在青城山与恶人三煞决一雌雄,张冠雄同意了,并调拨全真教精英弟子二十余人随往。峨眉前来驰援的,为首的便是在武林享有极高名望的掌门人释疑师太,她带领峨眉精英高手近百人前来,这些峨眉高手,个个英姿飒爽,巾帼不让须眉。因为青城山离峨眉山很近,是峨眉山的第一道屏障,峨眉派如此重视,大阵仗驰援也在情理之中。

恶首乌抬起头,朝山上眯起眼睛瞅了半晌,终于发号施令:攻山! 接着,恶人族如脱缰野马,一个个地手舞长刀,向山上冲去。黑影满山遍野,刀影闪烁辉映。姜成武跟在恶人三煞身后,心里很是矛盾。青城、峨眉、武当,是自己从小就敬仰的名门正派,我却与恶人为伍,与他们为敌,我良心何在? 助纣为虐,弃明投暗,我还是正常的人吗? 我表妹知道了,岂不是要唾骂我一辈子,不与我一刀两断才怪呢。想到这,他放慢步伐,不想,那恶人老三却一边提刀奔跑,一边侧过身对姜成武说道:小五,快,我们要争得头功的。姜成武像没听见一样,仍然没有提速,恶人老三见状,以为他体力不支,就势过来拉起他的手,向山上冲去。

他们冲到山腰上,一排房屋挡住他们的去路。房屋的所有的门都是开着的,灯火辉煌,却不见一个人。恶人三煞终究没有抢到头功。冲到前面的恶人族门下,止步于房屋门前场地,他们腾出一条道,等候恶首乌的到来。不一会,恶首乌和恶姑圣使分乘的两台大轿一前一后停到了场地中央。这时有恶人上前禀报:前方房屋空无一人。恶首乌很快从轿中发出怪声:给我往里搜。接着,恶人族蜂拥进了房屋,又从房屋向后方渗入。不一会,后方来报,未见人影。恶首乌哈哈大笑,笑声响彻山野,让人瘆得慌。接着,他怪腔怪调地喊道:往山顶进发。这一排房屋以及后面的场地、房屋,是青城派的固定场所的一部分。平时,这里弟子云集,是青城山的第一道门户,自然也是恶人族攻山的必经之地。现在,这里何其空旷,静寂。青城派弟子去了哪里?

恶人族蜂拥向山顶冲去。正在这个时候,突然山上"嗖嗖嗖"声起,飞镖暗器,似是万箭齐发,铺天盖地而来,从每一个人的耳边划过。接着,恶人族中哀号声此伏彼起。有人喊道:不好,有暗器。恶人族冲在最前面的,损伤自然最大。疑虑,惊恐,辨不清方向,恶人族奋力抵挡着,止步不前,他们只好等候恶首乌发号施令。恶首乌仍然坐在轿中,那些飞镖暗器射到轿上,纷纷落下,发出"当当当"的声响。恶首乌喊道:继续攻山。

飞镖暗器突然停了。恶人族向山上移动。除了伤残或死去的,剩下的,不足来时的半数。恶人族总觉得自己人多势众,武功高强,却低估了青城派的飞镖暗器。要知道,青城派立足于武林,靠的就是飞镖暗器和长枪。姜成武啧啧称好。恶人族中了青城派的埋伏,说明青城派正是有备而战。

恶人族接近山顶的时候,突然飞镖暗器又起。这一次比上一次更加猛烈。恶人族又是倒下一片,那些幸存的,自然是恶人族中武功高强之人了。这倒下人当中,就有狗子。狗子胸前中了一镖,惨呼一声,就倒了下去。恶人老二喊了一声"狗子",便走过来。狗子不说话,只朝他师傅有气无力地摇了摇头。恶人老二愤怒道:你在这歇着,我去杀了他们来带你回去。说罢,提着长刀向山顶上冲去。姜成武见状,走到狗子身边,俯下身子将狗子搀起,靠在自己身上。狗子说:我这下回不去了,我也见不到我爹娘了。姜成武心中一酸,连忙从兜中拿出金创药,要给狗子敷上。狗子摇摇头,说道:没用的,你还是留着吧。狗子自知那飞镖已插到他心脏深处,根本没有生还的可能,对姜成武说道:我对师傅敬重,那是不得已的,人为时势所迫,你才是我今生今世唯一的朋友,我更敬重你,我要走了,希望你想办法从恶姑圣使那里得到半年散解药,一走了之,凤凰山不是我们待的地方,恶人族也不是我们一族。说着,他喘了一口气,头一耷拉,死了。姜成武心情沉重,将他安放好。这时,他耳边响起恶人老三喊自己的声音,便迈开步伐,向山上奔去。

飞镖暗器又突然停了。恶人族心生狐疑,怕中埋伏,放慢了脚步。正在这个时候,突然山顶上亮起了火把,接着,火把越来越多,成燎原之势。恶人族这一惊非同小可,他们哪敢再往山上冲,一个个地你看看我我看看你,止步不前。恶首乌看到这种情形,咆哮道:给我上!恶人族只好又往山上冲去。但是,他们还没有迈开步伐,山上的火把顿时熄灭了,眼前突然冒出无数的手持长枪的青城派弟子,呐喊声惊天动地。很快,双方就交上火了。

原来,青城派接到恶人族攻山传报后,一边向各大门派通报求援,一边做了精心的准备。恶人族人多势众,武艺非同一般,青城派与之单打独斗,很难取胜,所以,他们决定,既要拖延时间等待八方来援,更要设伏,打心理战,打有准备歼灭战。他们在山腰那块场地设空城计,将所有的主力转移到山上,灵活机动,并形成高压态势。山顶火把亮起时,他们在沿路密林之中设伏了很多的青城派弟子,待火把熄灭时,这些青城派弟子突然从恶人族身边冒起,他们打的就是这种心理战,伏击战,让恶人族心下紧张,猝不及防。

青城派本来就对恶人族深恶痛绝,早就想铲除它,现在送上门来,岂能便宜了他们。有峨眉、武当助势,又行正义之名,青城派可谓越战越勇,越战越强。双方恶战两个时辰,各自损伤大半。恶首乌见恶人族门下死了这么多人,仍然在山路上拼杀,并没有多大进展,眉宇一凝,示意另一乘轿中的恶姑圣使前往督战。那恶姑圣使一个纵身,飞出轿外,直接掠入人阵。但是,恶姑圣使还没有来得及发号施令,就被杀入阵中的青城派护门元老常明单挑上了。常明杀红了眼,看到恶姑圣使从轿中掠出,知道此人定是恶姑圣使,他放下身边的恶人族弟子,一个飞掠,挺枪直逼恶姑圣使面门。恶姑圣使确实身手不凡,她一个转身,躲过一枪。接着,她连向常明发出三枚暗器,并提刀向常明进攻。常明是使暗器的高手,自然也能躲过。两人就这样你攻我防,见招拆招,大战几十回合,居然难分胜负。接着,青城派护门元老赵怀远挺枪加入,形成二合一攻势,恶姑圣使急转直下,中了常明一枪。青城派的长枪锋利无比,恶姑圣使闪得快,长枪仅是点了一下她肩部,在她肩部开了一个长口子,她用手按住肩部,鲜血从指缝里渗出。恶姑圣使一个飞掠,收刀纵身掠到恶首乌身边,俯身说道:报告恶首乌,青城派有峨眉、武当助势,我方损失惨重,是否回撤,请发谕令。她话音刚落,恶首乌又是近乎咆哮似的在轿中喊道:死也要冲上山顶,杀光青城派。恶姑圣使只好称是,转身加入战队。

不到半个时辰,姜成武就见恶人老二被张真人一剑刺中胸口,倒在了地上。恶人老大上前喊一声"老二",并无答应,他怒目圆睁,牙齿咬得嘣嘣响,一个转身,便提刀向张真人砍去。恶人老三见状,也未及施救恶人老二,直接提刀冲向张真人。可怜那恶人老二,胸口中了剑后,血流不止,很快就不省人事,见了阎王。又是半个时辰,恶人老三被张真人一剑砍去一只胳膊,整个人滚下山来,差一点撞上姜成武,那胳膊还在空中飞舞。恶人老大、恶人老二两人恶斗张真人时,并不占上风,后来又有青城派护门元老郑重加入,形成二对二,恶人老三更是不在张真人话下,三下五除二,就被张真人削去一只胳膊。姜成武见状,连忙上前将恶人老三搀住。恶人老三胳膊端还在喷血,他将自己一生珍视的长刀扔掉,伸手按住受伤的胳膊端,咬着牙对姜成武说道:他奶奶的,我们敌不过他们的,我担心老大。姜成武二话没说,将他搀至密林中的一棵大树下,让他躺着,以避开人群,然后从兜里掏出金创药给他敷上。恶人老三疼痛难忍,汗珠不断地从额上渗出。姜成武给他敷药的时候,无意中撞到了他腹部的伤口,他又是痛苦地哀号一声。原来,他腹部也中了张真人一剑,姜成武只好将金创药又给他腹部敷上。但是,金创药只能医治外伤,更严重的是,张真人刺中他腹部的一剑,伤及内脏,鲜血外流不止。姜成武将自己的外套脱下按在他腹部,外套很快就湿透了,腥味四溢。恶人老三知道自己将不久于人世,有气无力地对姜成武说道:小五,我命休矣,我担心老大,如果我走了,你就跟了我老大吧。姜成武按着他腹部不语。恶人老三又说道:你能不能叫我一声师傅,这样,我走也安心了。姜成武迟疑未决,恶人老三又说道:如果老大死了,你就自己走吧,但在走之前,一定要从恶首乌或恶姑圣使那里弄到解药,我们听从恶首乌和恶姑圣使,也是被逼的。说着,还没有等到姜成武叫一声师傅,就头一扭,一命呜呼了。

姜成武将恶人老三安置好,站起身来,这时他看见山下有火折亮起,火折很快形成一条长龙,向山上流动,速度很快。上方拼斗中,突然有人喊道:少林、昆仑、华山增援的人马已到,正在上山。此人话音刚落,恶人老大却滚到姜成武面前。他抬头看了一眼恶人老三,还没来得及说半句话,就头一磕地,见了阎王。他趴在地上,姜成武这时才看清,他后背上插着一把剑,闪亮闪亮的。恶人三煞,武功高强,雄霸一方,却还不到一个时辰,就在姜成武面前相继死去。姜成武倒是有点怜惜恶人老三,虽然他不是自己的师傅,但对自己也算是有恩,他要是不作恶该有多好。姜成武对着恶人老大摇了摇头,理也不理就转身坐到恶人老三身边的树下,静候青城派来人处置自己了。这种时候,他逃生也是枉然,他去找恶首乌或恶姑圣使讨要解药更是徒劳,他们杀红了眼,怎么会有心思给他解药呢?姜成武叹息一声,耷拉着脑袋,整个人靠到大树上,心想,我也是恶人一个,死则死矣,听天由命吧。

姜成武靠在树下,看到恶首乌从轿中飞出,他长发飘飘,眼里泛着绿光,很快就与张真人、常明等人交上手。恶首乌出手气势不凡,随手抛出一个霹雳闪,将常明击出十余丈远,摔到地上,伤势不轻。接着,张真人、赵怀远、郑重前来合围,同时向他使出绝招,但都被他一一化解。他们从姜成武的面前山路上,打到身后的密林之中,接着又往山后打去,突然就不见了。不仅恶首乌,姜成武这时更是不见恶姑圣使,甚至也不见滇池八丑。

山下少林、昆仑、华山各派增援人员已然上山,很快就与恶人族交起手来。一个多时辰,恶人族已是所剩无几。各大门派胜利会师。常明忍住剧痛,说道:恶首乌受伤不轻,应该不会逃远,我们追。接着,他们满山追缉恶首乌。

姜成武靠在那棵大树下面,并没有引起人们的注意。这倒让姜成武愁住了。自己是站起来,向青城派自首呢,还是从这密林一走了之。那恶首乌和恶姑圣使不见鬼影,我是无法从他那里讨到解药了。我就是投向青城派,他们也是无法救我的,这半年散,不是一般的毒药,除了恶首乌和恶姑圣使,还没听说谁能解了它。正踌躇间,突然一个黑影跌跌撞撞地跑到自己的身侧,双手扶住大树,显然他受伤了,显然他没有看到他身侧下方的姜成武。这个人不是别人,正是恶人族首领恶首乌。恶首乌大口地喘着气,一只手按住自己胸口,看来他体力有些不支。他刚刚站定,后面就传来脚步声,接着黑影幢幢。恶首乌见势一个侧身,躲到树后,见到姜成武靠在树上,以为是死人或者受伤昏迷者,干脆弯下身子,与姜成武并排躺在树下。那些追他的人从树边一闪而过,并没有注意到他俩,接着往山下追去。姜成武挨着恶首乌的身子,才感觉到恶首乌伤势不轻,他几乎是奄奄一息。姜成武突然出手,点中恶首乌膻中穴。恶首乌很是惊愕,但毫无反抗之力。

姜成武说道:恶首乌,我不想伤你性命,也不打算将你交给青城派,我只想寻你解药,我吃了你半年散,希望你交出它。恶首乌这时才明白,身边这个人就是恶人族门下弟子,他似乎看到了希望,对姜成武说道:你有金创药吗?姜成武点点头。恶首乌说道:你解了我穴位,将金创药给我疗伤,我便给你解药。姜成武相信了他的话,从衣兜里拿出金创药,给恶首乌身上的多处伤口疗伤。接着,又解开他膻中穴。恶首乌穴位被解开后,像换了一个人似的,立即伸手卡住姜成武的脖子,厉声说道:你是恶人族门下,怎么敢向恶首乌提要求,你不想活了吗?姜成武大惊失色。恶首乌又说道:你想要解药是吗?先背我下山,到了黔灵山自然会给你。姜成武被他卡住脖子,只好点点头。恶首乌松了松手,见四下无人,才让姜成武站起身来。姜成武刚刚站起,恶首乌突然伤口发作,他用手捂住胸口,在地上不停地翻滚,疼痛难当。姜成武连忙将他扶住,问他怎么样了,恶首乌却说不出话来。姜成武这时才看出,他的胸口有鲜血涌出,金创药根本止不了。姜成武只好将刚才给恶人老三止血的衣服拿过来,将他伤口按住。但是,没有用。恶首乌气息微弱,接近昏迷状态。姜成武知道他如恶人老三一样,中了张真人的剑或者青城派的长枪,活不长了,便拍拍他的头,对他说道:你快告诉我,解药在哪?恶首乌哪里能够说话,又哪里能够告诉他。姜成武仍然不放弃,又拍拍他的头,问:你说话呀!恶首乌这回更是彻底无声,因为他死了。姜成武叹息一声,将恶首乌放到地上,想起什么似的,从他身上衣服口袋里翻找解药,但是,他一无所获。他大失所望,只好将他的尸体移到一边,正欲站起身来,却发现身边突然之间,站着好几个人。

姜成武抬头望去,他们正是常明、张真人、赵怀远、郑重、毕克,接着,人越来越多,包括青城派弟子,少林弟子。

掌门人之位

恶人族首领、罪大恶极的恶首乌死了,恶人族其他的恶人死的死,伤的伤,不死的也作鸟兽散。恶首乌死在了青城山,所有青城派的人都认为是姜成武最后杀死了他。

按照青城派代掌门常明所说,谁杀死恶首乌,青城派的掌门人之位就应该属于他。这也是青城派四大护门元老在会上达成的共识。但是,兑现这项承诺也引发了一些争议。争议的焦点是姜成武是恶人族门下。恶人一族,人人得而共诛之,怎么可能做青城派的掌门呢?青城派是名门正派,如果他做了青城派的掌门,这岂不成了江湖上最大的笑话了。所以,包括护门元老赵怀远、郑重、毕克三位在内的青城派大多数人都反对姜成武做青城派的掌门。姜成武倒是对掌门人之位一点兴趣也没有,他只想离开青城山,去找他的表妹。但是,他根本走不了,因为青城派护门元老常明力排众议,执意要姜成武留下来做青城派的掌门。他说:四大护门元老事前商议的事不能更改,应该言而有信,这是各大门派都知悉的事。另外,当时也定过,不仅青城派门下弟子,杀死恶首乌便可做青城派掌门,其他门派也同样适用。更何况,我观察姜少侠,发现他眉宇之间，正气十足，不像作恶之人。恶人族门下，并不是所有人都愿意做恶人，他们也有被逼的，我们应该因人而异。他这一说，三大护门元老转而支持他，接着，其他青城派的弟子也开始支持，更何况有少林、峨眉、武当、昆仑、华山等门派的人见证支持。最后，青城派上下一致拥戴姜成武做掌门人。

姜成武听到这个消息，并不是那么兴奋，他执意要向常明请辞。他请辞的理由也很充分。一者他有要事在身，他必须要去做。那就是去救他的表妹，他虽然没有对他们说，但是他心里有数。二者，他身中半年散，半年一到，他命即休矣，如何能做得了掌门人呢？做几个月青城派的掌门人，有何意义？三者他只是习武者，对武林门派并没有太多的了解，他只是听说，掌门人必须有很深的武功，有很好的操守，有大智慧的眼光，他一个没见过世面的年轻人，怎可担当？但是，以常明为代表的青城派并没有接受他的请辞。在他们看来，这都不是理由。他们说所有青城派弟子都可以与他共进共出，一起完成他的心愿。经他们这一劝说，姜成武不好坚持了，他接受了青城派掌门人之位。

掌门人登位大典选在了一个秋高气爽、风和日丽的日子。姜成武是准掌门人，山中大事自然不要亲力亲为，皆由青城派四大护门元老操办，他们分工协作，一切都准备得井井有条。武林各大门派也纷纷派出重量级人物到场助兴，共同见证这一时刻。他们都是当今武林响当当的人物，如少林无方可从大师，峨眉派释疑师太，武当派张真人，华山派掌门人鲁天智，昆仑派掌门人桂守一。

但是典礼进行到重要时刻，即姜成武正要从常明手里接过青城派金字长枪和掌门人之印时，却出现了一个出乎所有人意料、事先并未安排的插曲。突然一个近似于天外之音的声音，从空中传来，敲击现场所有人的耳鼓，"且慢！"人们搜索着声音的方向，只闻其声，不见其人。所有人面面相觑。音落之后，一切又归于沉寂，主持典礼仪式的常明宣布：典礼仪式照常进行。但是，他话音刚落，一个长发飘飘的蓝衣老人从天而降，直落到典礼台的前方场地上。所有人大为吃惊。此人七旬有余，隔空而降，落地有声，可见他功力深厚。无方可从大师、释疑师太、张真人、鲁天智、桂守一,还有常明等人看到他的真人后,皆大惊失色。此人是谁?此人正是青城派原掌门人常年之弟、息隐江湖已达三十年的常运。他今天怎么冒了出来?

常明上前一步,说道:叔叔!

但常运并不理会常明,直接走到姜成武跟前,用手指着他说道:你是谁?你有什么资格做青城派的掌门?

突如其来,姜成武被眼前的场景惊住了,他有些发愣,站在那里不知道说什么好。常运根本没有耐心听姜成武解释什么,他一个纵身,以迅雷不及掩耳之势,从常明手里夺得金字长枪和掌门人之印,回到原地。他长发一抛,哈哈大笑,声音洪亮,响彻云霄。常运功夫了得,似乎是在不经意之间就从常明手中夺得青城派两大圣物。常明大为惊骇。坐在台上青城派三大护门元老赵怀远、郑重、毕克同时站起身来。接着,坐在场地前方的无方可从大师、释疑师太、张真人、鲁天智、桂守一也纷纷站起身来。这种搅局,不仅出乎他们的意料,更是令他们义愤填膺。

常明这时才定下神,对常运说道:叔叔,这是为何?

常运又是哈哈大笑,笑过之后,他说道:三十年前,这掌门人之位就是我的,现在我回归本位,你应该感到高兴才是。

说着,他转过身,对现场所有人说道:从现在开始,我就是青城派掌门人,如有不服,请上前过了老夫这一关。

他这一说,释疑师太就有些气愤,她站在那里,看了一眼常运,说道:青城派定掌门人,向来都要经过严格的程序,姜掌门也是在特殊时期挺身而出才当选为掌门人的,常兄这种巧取豪夺,从中搅局,实在不妥。

常运又是大笑,他说道:当年意气风发、娇柔可人的释疑师太,如今也做了峨眉派的掌门人了,可喜可贺,不过,释疑师太还是管好峨眉自己的事为好,伸手干涉别人的事,应该不是老尼姑的风格。当年,就是你们这些人助我那老哥常年当上青城派掌门的,现在有什么资格在这里说风凉话,别人的事最好不要插手。

释疑师太正要发作,被身旁的无方可从大师制止了,无方可从大师举起右手,对她说道:阿弥陀佛,我们还是要听听青城派内部的意见。

这时,赵怀远上前几步,说道:请允我说几句话,大师明鉴,当年祖师爷曾定下遗训,师傅与师叔比武定掌门,那次比武,师叔你输了,所以当年掌门人之位应该由师傅继任,刚才师叔所言,说掌门人之位几十年前就应该属于你,有失偏颇。赵怀远是青城派四大护门元老中最年长的,所以他要站起来说话。他说过之后,郑重、毕克也上前说道:是啊,师叔。其他青城派弟子也随声附和。

常运突然大怒:全都是屁话,当年比武,是你们定下的所谓规矩,而且是在我受伤的时候进行,难道这不是胜之不武吗?一直沉默不语的张真人,这时对常运说道:当年之事,何必提起,这都三十年过去了。常运一听到这话,更加火冒万丈,他吼道:三十年,谈何容易,你知道这三十年我是怎么过来的吗?这时常明又说道:叔叔,有话好说,青城派总会商议到万全之策。常运转过身,冲常明说道:有什么可商量的,青城派掌门人我是坐定的了,我这就去安顿一些事务,很快便会回到这里,青城派所有弟子听之,愿意留下的,便留下;不愿意留下的,可以走人。

常运说完,正欲转身离开,一直站在一旁的姜成武说道:我本来是不想做青城派掌门人的,他们动员我做,我就做了,只是你这种做法令我不齿,现在我倒不想将掌门人之位让给你,你拿了金字长枪和掌印也没有用。常运听到这话,停下脚步,转过身来,怒目横对,说道:你小子是从哪里蹦出来的,胆敢在这里说话,你既不是青城派弟子,又与青城派无任何渊源,你凭什么要做青城派掌门人,难道青城派都死光了不成?姜成武针锋相对,说道:你这般说来,是把自己当作青城派的一员了,既然是青城派的一员,就要按青城派的规矩来,巧取豪夺,怎能赢得青城派弟子的心悦诚服,又怎能不让天下人耻笑?常运听了这话,反而平静了一些,说道:心悦诚服,是靠拳头,青城山一个青城派弟子不留,我也要做定青城派掌门人之位,谁敢拦我?重整青城派,岂能靠你们这些泛泛之辈?说着,他又上前一步,用手指了指姜成武,说道:你过来,我看你有什么功夫做青城派的掌门人。姜成武站在那里一动不动。常运一个纵身,掠到姜成武跟前,伸手就是一拳。这一拳似乎没有什么预兆,也没有用气用力的过程,就打在了姜成武的胸口上,姜成武猝不及防,被震出好几米远,倒在赵怀远的身上。姜成武从小习武，那也只是听从父亲健身强体之教诲，并没有真正从师，后进恶人岛，从恶人老三那里学得长刀夺命霹雳煞，虽有进益，但也不是行走江湖可依之本，这个时候他才知道，自己所学多么肤浅，在高手面前，自然不堪一击。

所有人大惊失色。青城派四大护门元老同时挺身而出，将姜成武护在中间。姜成武吐了一口鲜血。常明急切地喊了一声"姜掌门"。姜成武用手擦了一把嘴角的血，渐渐地恢复过来，对常明摇了摇头，说道：我没事。也许是常运受了四大护门元老对姜成武的关切和力挺的刺激，也许他今天是有备而来，要在众人面前露几手高超的武功，以示威慑，只见他一不做二不休，又一个纵身飞掠上前，对着常明出手就是一拳。那一拳打在常明身上，常明身子一震，顷刻倒下，血从鼻孔里流出。幸亏常明有所准备，提振内力护体，不然后果不堪设想。而常运出拳所形成的强大的气场，又将姜成武和三大护门元老震出好几步之远，差一点跌倒。姜成武再次受伤，郑重被台上一排木凳拦住，腿部受伤。毕克手撑在一位青城派弟子身上，才没有倒地。

常运原是青城派门下，看家功夫自然是青城派长枪，现在却使得一手精湛的拳术。这种拳术出手太快，功力太强，江湖上很少有人见识，无方可从大师却看出这便是江湖上多年不见的冲气拳。这种拳功源自少林寺，只有内力深厚的人才能使出。刚才常运打姜成武的时候，只用了三成的功力，如果他使上六成以上的功力，那姜成武岂能活命。看来，常运已经看出姜成武内力不足，功夫不深，并不想一拳打死他。而他针对常明的，也仅是用了五成的功力，也许他念及常明是他侄儿的缘故吧。

气氛骤然紧张凝重。青城派弟子顾及常运是本门前辈，四大护门元老也没有指令他们与常运为敌，他们一个个欲上还休，止步不前。倒是无方可从大师有些看不下去了，他觉得这个时候应该制止青城派同门厮杀。只见他从座位上站起，双手合十，口念"阿弥陀佛"，然后，他对常运说道：他们对你并无攻击，常施主为何出手伤及同门！

常运并没有将无方可从大师放在眼里，大声说道：我惩戒本门弟子，大师何须多言。

这时，释疑师太也站起身来，对常运说道：我们受青城派盛情邀请，特来见证青城派掌门人登位大典，青城派发生的事就在我们眼前，自然与我们有关，我们不能视而不见。

常运哈哈大笑，说道：老尼说这话，还嫩了点，要多管闲事，可以放马过来。

常运自恃武功高强，是真的不将现场所有人放在眼里了。鲁天智终于受不了这等刺激，一个纵身，跃上场地，挺剑就是一个直刺，那剑带着寒光，"嗖嗖嗖"，逼近常运。常运一个闪身躲过，就势将手中金字长枪逆袭，长枪与利剑碰在一起，发出刺耳的声响，鲁天智只感觉手心酸麻，那利剑差一点脱落。常运还没有真正使招，华山派掌门鲁天智就已经感觉到自己内力不够。但是，在众人面前，他不甘示弱，一个"鱼鹰扑水"，突然使出连环火星剑，近身直逼常运的面门。说时迟，那时快，常运一个闪身，避开剑锋。但是，一剑不及，一剑又至，不然怎么叫连环火星剑呢？常运还是被连环火星剑的最后一击伤到了耳朵。常运用手捂了一下耳朵，显然耳朵被划破，鲜血从指缝里渗出。他心中一凝，我明明使出近八成的内力，欲将他的利剑震落，哪想到，他居然迎难而上，硬要偷袭我，大有与我玉石俱焚之意。三十年，我自认学得绝世武功，原来他们这些人武功进益也是不可小视。不然，这鲁天智何以做得华山派的掌门人。我既然来了，就得一不做二不休，不给他们可乘之机，不然，这些人群起而攻之，我如何是好。

常运并没有闪得很远，而是一个纵身掠到鲁天智跟前，就势伸出右手，提神运气，然后，手一推，似无形，冲气拳喷薄而出。一眨眼的工夫，就见那鲁天智被震出丈余之远，倒在地上，口吐鲜血。所有人都被眼前这场面震慑了，他们面色凝重，你看看我，我看看你，不知如何是好。倒是那姜成武，不知道天高地厚，总感觉今天的事与他息息相关，一腔热血，刚刚恢复过来，就从赵怀远手里夺过长剑，一个箭身，直扑向常运。他一面飞扑，一面说道：你不配做青城派掌门人，你与恶人无异，我要与你同归于尽。他这不是叫同归于尽，也不是玉石俱焚，而是以卵击石。常运根本不担心他们一个一个地上来与他单打独斗，他有点担心的是现场所有的人围攻自己,所以,他希望以强势立威,尽早脱身。等坐稳了青城山,何愁那些所谓的名门正派与我为敌。

看到姜成武提刀向自己扑来,常运一点也不惊讶。这小子我本来要留他在青城山的,所以没有伤他,他居然如此不识相,我只有废了他才是。接着,他抬手提气。姜成武冲到他面前,还没有近身,他一个闪身,便一拳击中姜成武。姜成武整个人一震,向后退去。谁知常运却一不做二不休,一个跨步,握拳又向姜成武掠去。所有人看得呆了,这一拳下去,姜成武岂不是必死无疑?

姜成武也许命不该绝,就在这个时候,无方可从大师从空而降,如幽灵一般闪到姜成武和常运中间,将常运的冲气拳接住了。轰然一响,气流四散。姜成武受冲击倒地。无方可从大师与常运面对面站在中间,如同两座雕塑,不一会,两人豁然分开,各自向后退去。常运差一点跌倒,他内脉有一些紊乱,手脚发麻,头昏脑涨。他以为冲气拳所向无敌,没想到无方可从大师却能接住,并将气力给顶了回去。常运强作镇定,看了一眼无方可从大师。见他站在那里,泰然自若,常运心想,我遇上高人了,无方可从大师已经不是从前的无方可从大师了,此人功力无限,与他硬战,我讨不到任何便宜,在这里耗下去没有多大意义,三十六计,走为上计。常运将那青城派的掌门人之印揣到腰间,手握青城派金字长枪,一个纵身,便越过众人,向山外飞掠而去。

张真人走上前,说了一句"无量天尊",问无方可从大师:大师怎么样?

无方可从大师抬起头,活动了一下身子,说道:老衲没事。

姜成武倒在地上不能动弹。他脸色发乌,口吐鲜血,全身抽搐,接着就昏迷了过去。张真人和无方可从大师等人围拢过来。无方可从大师上前,伸手给他把脉,大师面色顿时凝重。常明急切地问:大师,姜掌门怎么样?无方可从大师说道:他体内有毒,又中常施主的冲气拳,心脉受损,毒性正在发作,现在他脉象紊乱,心律不齐,伤势很重。赵怀远、郑重、毕克齐声说道:那怎么办!无方可从大师抬起头来,看看常明,又看看张真人,说道:他需要及时治疗,不然命休矣。所有人面面相觑。常明更是急得头上冒汗。这时,无方可从大师双手合十,口念"阿弥陀佛",

然后对常明说道:老衲可否带姜施主回少林寺医治?

所有人舒了一口气,姜成武总算有救了。常明回头看看赵怀远、郑重、毕克,然后对无方可从大师说道:那是再好不过的了,有劳大师。

常明话音刚落,无方可从大师将姜成武挽起,对常明说道:事不宜迟,老衲这就告辞,后会有期。说着,将姜成武背到肩后,一展轻功,向山下掠去。随他一起的少林弟子,一同从人们的视线里消失了。

一场掌门人登位大典,被常运搅局,竟然这般草草收场。

少林俗家弟子

相传,北魏时期,天竺国有一位高僧名叫跋陀,他传经布道来到中国,很得中国皇帝孝文帝的赏识。为了表达对这位和尚的敬仰之意,孝文帝吩咐手下人给跋陀修建一座寺庙。经多方考察,并征得孝文帝同意,这座寺庙就选在河南登封少室山麓五乳峰下,名曰少林寺。因为这里丛林茂密,又地处幽静,是建寺的好地方,少林寺因此得名。但是,跋陀在此没待多长时间,就回去了。三十二年后,天竺国另一位高僧菩提达摩来到少林寺传授禅法。少林寺逐渐扩大,僧徒日益增多,声名大振,因而被誉为"禅宗祖廷,天下第一名刹"。达摩被称为中国佛教禅宗的始祖,少林寺自然就是禅宗的祖廷。

姜成武醒来的时候,是在少林寺的一个禅床上。他身边站着一个和尚,叫觉悟。觉悟不像一个出家人,此时脸上表情喜形于色,他说道:你醒啦,太好了,我去告诉师傅。说罢,转身欲走。姜成武看着他,问:这是在哪里?觉悟停下脚步,对姜成武说道:这是在少林寺啊,你叫我觉悟就行。姜成武抬头看看四处,这确是少林寺的一个禅屋。灰墙青瓦,空空如也,只有佛香佛塔,只有蒲团,只有禅床,只有神龛。我是怎么到这里的呢?姜成武脑海里一转悠,就想起青城山那惊心动魄的一幕。常明等四大护门元老怎么样了?张真人他们怎么样了?还有无方可从大师呢?他与常运硬拼硬,能不受伤吗?那可恶的常运后来又将如何?思来想去,他又将眼光转向觉悟,问:我怎么会在少林寺呢?觉悟说道:你是师傅无方可从大师从青城山背回来的。说着,觉悟端来一杯水给他喝。姜成武又看了一眼觉悟,突然想起,这觉悟和尚他在青城山见过的,只是当时没有和觉悟和尚说过话而已。觉悟看他喝水,在一旁说道:恶人族攻打青城山,我随师傅去的,见过你,也很佩服你,你了不起。说罢,走出禅屋。

一阵脚步声由远而近,接着,觉悟、无方可从大师和几个和尚走进屋内。姜成武看见大师,有些惊异,说道:大师是你?

无方可从大师双手合十,口念"阿弥陀佛",然后说道:善哉善哉!

姜成武很是激动,对无方可从大师说道:多谢大师搭救。

无方可从大师俯下身子,给姜成武把脉,然后说道:姜施主身体虚弱,需要静养。说罢,站起身,与姜成武告别。姜成武欲要支撑起身子相送,但没有成功。

接下来的日子,姜成武在觉悟和尚的精心照料下,渐渐好起来。很快,他与觉悟和尚成了好朋友。觉悟比他大两岁,原名叫李恨水,老家在河南安阳乡下。觉悟在很小的时候,家乡发了一场大水,他的家被冲毁,父母被卷走,他成了孤儿,所以他后来给自己取了名字叫李恨水。十年前,他慕名来到少林寺,做了一名和尚,从师无方可从大师,法号觉悟。姜成武感觉自己和觉悟和尚的经历有一些相似之处,都是孤儿,都远在他乡,只不过觉悟和尚有多年在少林寺的平静生活,而他这几年却过着非人一般的生活。

接下来的日子,姜成武的身体康复了。当然,他的康复也是相对的。他只是治好了伤病,但他体内的半年散剧毒并没有解除,这才是他的最大隐患。

姜成武身体康复了之后,开始对少林寺里面的一切来了兴趣,特别是少林功夫。他恳求觉悟和尚教他功夫,觉悟却严肃着面孔说道:你不是少林弟子,我不能教你功夫的,少林寺有少林寺的规矩。姜成武好奇地问:是不是要剃度才能做少林寺弟子啊?觉悟说道:那也未必,根据你的情况,你是青城派掌门人,不是那么容易做少林弟子的,除非……姜成武看出了希望,急切地问:除非什么?觉悟说道:除非你做少林俗家弟子。姜成武想想很在理,我想学少林功夫,但我不能永远待在少林寺的,我还要找我的表妹,我没有功夫怎么能救我表妹呢,我没有功夫又怎么能报杀父之仇呢?做一名俗家弟子未尝不可。觉悟和尚进一步说道:你可以拜我师傅为师,这样我们就是师兄弟了,有苦同吃,有难同当,多好。姜成武喜形于色,他愉快地点点头,说道:好啊。

接着,姜成武由觉悟和尚引领,拜会无方可从大师。令他们意想不到的是,无方可从大师非常愉快地接受了他们的请求,收姜成武为弟子。无方可从大师收姜成武为徒,自然有他的考虑。姜成武虽然出自恶人族,但并不受恶人族影响,出淤泥而不染,性格敦厚,品质优良,一身正气,更是武林可造之才,定能担当大任。所以,无方可从大师听说姜成武要拜自己为师,自然愉快地接受了。无方可从大师是姜成武敬仰的前辈,姜成武拜他为师,心里有着说不出的喜悦。他终于一改过去与恶人为伍,被威逼认师的窘态,可谓扬眉吐气,全身心地得到释放了。

姜成武习武是从罗汉拳开始的。罗汉拳,因少林门人供奉释迦牟尼,并视此拳取十八罗汉之姿,故此得名。觉悟和尚告诉他说,罗汉拳主要手法有隔、迫、冲、闪、点、举、压、钩、抄、抛十一种,腿法讲究腾、滚、扫、弹四大变化,使罗汉拳要上下相随,步随手变,身如舵摆,灵活多变,出手注意"夺中"和"护中",劲力要求刚柔相济。觉悟引用拳谚说道:"要想罗汉好,三正里面找。"所谓"三正",是指的手要正,身要正,马(即步)要正,这是基础功夫。练好"三正",才能保持稳定。姜成武这是平生第一次系统地修炼一些基本功,提升内力和出击的千变万化,哪像恶人老三教他的长刀守命霹雳煞,看似凶猛,其实还是表面功夫。几个月下来,姜成武内力提升很快,罗汉拳出精出彩。无方可从大师看到他罗汉拳学到精髓,出神入化,甚是满意。

罗汉拳之后,无方可从大师送给他一本书,叫《少林金刚拳》。少林金刚拳是在罗汉拳的基础上更深一层的武功套路,也是少林寺的看家之宝,少林寺因为它,威震四方。姜成武如获至宝,很快就与觉悟和尚一起修炼起来,如醉如痴。

但是,随着时间的推移,姜成武突然意识到一个严重的危机正向自己逼近,那就是自己所服的半年散。半年散半年爆发期就要到了。他内心沉重,阴郁就挂在脸上。觉悟和尚很快就发现了他的变化,关切地问他有什么心思,但说无妨。姜成武终于对他说了。觉悟很是吃惊,有这种事!他很快就将此事告诉了无方可从大师。无方可从大师并不惊讶,他本来就知道姜成武体内有毒。他收姜成武为徒,授他武功,就是要提升姜成武内力,便于排毒治疗。无方可从大师给他把脉。一把脉,无方可从大师眉宇就开始凝聚。姜成武脉象明显已经出现变化,极为紊乱,死亡危险正在向他逼近。无方可从大师不无忧虑,看来,他对半年散也是束手无策。无方可从大师站起身来,什么话也没说。倒是站在一旁的觉悟急切地问:师傅,他怎么样?无方可从大师凝眉说道:你扶他到床上歇息。说着,便走出门去。

无方可从大师很快便将此事告诉了方丈俱空契斌大师。姜成武身中剧毒的事惊动了整个少林寺。方丈俱空契斌大师主持召开了一次寺内禅事会,参会的除方丈俱空契斌大师和无方可从大师外,还有藏经阁、研摩院等方面的高僧。会上商议决定,由研摩院子宽大师牵头成立救治小组,立即行动,务必赶在半年散到期之前研究出解毒方案。少林寺用心良苦,但是,半年散不是一般的毒药,而是世上几乎无解的剧毒。恶人族恶老乌不朽当初研制出半年散,却没有研究出一劳永逸的解药,他那解药也只具备解半年之毒功效,却不能根除,等于无解。少林素有解毒巨擘的称誉,它如果解不了,那世上更是无人能解。

半个月过去了,无解。子宽大师脸上的表情一天也没有舒展过,他感到压力太大。还有半个月半年散就到期了,子宽大师能没有压力吗?

突然有一天,有人向无方可从大师禀报,青城派三大护门元老来访。青城派与少林寺一向友好,青城派护门元老光临,少林寺自然隆重接待。不仅无方可从大师,连少林寺方丈俱空契斌大师也出面了。

姜成武听说青城派护门元老来了,喜不自胜。他鲤鱼打挺从躺着的床上翻起,与觉悟和尚一起随同无方可从大师来到知客堂,只见常明、赵怀远、毕克坐在堂中的一排椅子上。常明等三人见无方可从大师进来,连忙站起,双手合十,说道:有劳大师垂见。无方可从大师双手合十,说阿弥陀佛,示意常明等人就座。常明等人并没有就座,因为他们见到大师身后的姜成武,很是惊喜。姜成武上前几步,走到常明等人跟前,说道:见到你们太高兴了,郑师傅呢? 常明伸出双手,握住姜成武的一只手,关切地问道:姜掌门,你的伤完全好了? 似乎岔开了话题。姜成武点点头。常明松开双手,侧过身,对无方可从大师说道:多谢大师救治姜掌门。无方可从大师又是"阿弥陀佛"。这时,方丈俱空契斌大师一行人走进堂中,见到常明等人,右手升起,阿弥陀佛。常明说道:惊动方丈,实有不安。俱空契斌大师示意常明等人坐下,自己和无方可从大师分别坐在常明等人对面的木椅上,姜成武和觉悟等人分立两侧。

无方可从大师说道:三位元老远道而来,定是有要事通报敝寺,直说无妨。

常明看看赵怀远、毕克,说道:半个月前,青城派遭遇大劫,特向大师禀报。

所有人脸上表情凝重。常明接着说道:我那叔叔常运半个月前带人血洗青城山,我们敌他不过,才逃出青城山,师弟郑重为救我们,付出生命,青城派弟子伤亡大半,幸存的一部分有的投靠常运,有的被他控制。

无方可从大师说道:阿弥陀佛,常运还是来了,罪过罪过。

方丈俱空契斌大师眉宇凝聚,说道:他的功夫真如师弟所说?

无方可从大师说道:他练成了冲气拳,十成足矣。

方丈俱空契斌大师一抹胡须,说道:练成冲气拳,一般需要五十年的时间,而且是武学资质丰厚的人,以前不曾听说常运修炼冲气拳,这三十年,难道他走了捷径不成。

无方可从大师说道:三十年隐身不见,定是专学冲气拳,不知道他师从何方神人。

方丈俱空契斌大师对常明等人说道:你们有何打算?

常明说道:此番来寺,一是探望姜掌门,并向他说明青城派遭劫实情,商量对策,二是向贵寺通报青城派之变故,以应对日后江湖之变。

方丈俱空契斌大师说道:阿弥陀佛,多谢常施主信任敝寺,青城山遭劫,老衲感同身受,希望你们商量好对策,需要敝寺配合支持,敬请明说。

方丈大师这句话，已然说得明白。青城派变故仍然是青城派内部之事，少林不好出面厘清摆平。但是，青城派变故，也是武林之事，危及武林正义以及各大门派的声誉，少林不能不管。

无方可从大师在一旁说道：方丈师兄说得是，这事得从长计议。你们在少林寺多住些时日，商量好对策，青城派变故，少林绝不袖手旁观，我们愿意听取贵方建议。

常明等人同声称谢。无方可从大师接着说道：你们远程来此，就在此住些时日，这里由觉悟照应你们，有什么情况，他会及时通告，我们这就告辞。说着，方丈俱空契斌大师、无方可从大师两人站起，转身向门外走去，除了姜成武和觉悟外，其他和尚跟着走向室外。大师等人走后，觉悟对常明等人说道：我带你们去客从斋。常明等人站起，随觉悟和姜成武走出知客堂。

几人来到客从斋，常明对姜成武说道：姜掌门，你伤全好了，我们甚是高兴。他话音刚落，觉悟和尚突然说道：他不仅伤好了，他现在已经是我们少林寺的俗家弟子，还学了我们少林的功夫。常明、赵怀远、毕克甚是惊喜。赵怀远说道：甚好，甚好。姜成武想起郑重已死，青城派又失去那么多弟子，心情有些沉重。他说道：郑师傅为了青城派牺牲了自己的生命，我们定要为他报仇，还有那么多死去的青城派弟子。常明黯然神伤，说道：是啊，我们四兄弟出生入死二十余年，现在少了一位，我们很难过，这笔账只能算在常运身上。赵怀远、毕克义愤填膺，同声说道：此仇，我们定是要报的。常明先前一直称常运为叔叔，现在直呼其名，可见常运是真的伤到他内心深处了，令他憎恨不已。

常明对姜成武说道：我们此番前来，就是要请姜掌门出山，带领我们重整旗鼓，重新夺回青城山。姜成武看看觉悟，又看看常明等人，若有所思，说道：只怕我辜负你们的期望了，我武功平平，根本不是常运的对手，另外，这掌门人之位还是常师傅你坐合适，我全力协助你。他这么说，是有他的苦衷的，因为他中的半年散之毒很快就要到期了，至今无法破解。常明等人有些急了。常明说道：掌门人之位，还是不要推了，你最合适，我们定当全力支持你，青城派，我们交给你，最放心。赵怀远在一旁也说道:是啊,姜掌门,你为人侠义,敢于担当,英勇无畏,这些都令我们敬佩,为了青城派,你就别推辞了,请受我们一拜。说着,三人同时握拳敬拜。姜成武甚是感动,他拱手说道:我姜成武才识浅薄,武艺不精,承蒙各位师傅看得起,从今往后,我定当勇往直前,鞠躬尽瘁,死而后已,与各位师傅同心协力,誓要重返青城山,重整青城派。常明等人欣喜若狂,你看看我,我看看你,同声说道:好! 觉悟在一旁受到感染,上前一步,说道:我支持姜师弟。不过,他还是当着常明等人的面提醒姜成武:你身上的剧毒还没有解除,师傅们正在想办法医治,你岂能回青城山呢? 姜成武凝神,感慨地说道:师傅们为我费尽了心血,我不想再难为他们了,所谓生死由命,富贵在天,就听天由命吧。

他们在少林寺小住了两日,便向方丈俱空契斌大师、无方可从大师等人辞行。方丈俱空契斌大师、无方可从大师很是担心姜成武身上的毒,但见他们去意已决,也不好挽留,只好祝他们逢凶化吉,渡过劫难,并差遣觉悟带新配置的药物随行,掌握一切动向,及时通报少林寺。无方可从大师甚至叮嘱姜成武道:青城派掌门人之位争,凭你们之力,只可智取,不宜强攻,切记。姜成武点点头,与大师辞别,然后离开少林寺,踏上了通往青城山之路。

青城山自古就有"青城天下幽"的美誉。有诗云:青山如黛绿水畔,城外山寺客意浓。其诗很美,但是,现在,时过境迁,山寺被占,客意再也浓不起来了。

姜成武与常明等人很快就赶到了青城山脚下。他们在青城山北麓一个不为人所知的深谷安顿下来。这里地处幽静,四周险要,似乎就是一个人迹罕至的无人区。

常明等人选择这里,是经过周密考虑的。这里不仅地势险要,不易为常运等人觉察,更重要的是,这里通山有径可循,向下半里之地,便是开阔地带。过去,青城派就将它作为青城山的腹地,强敌来袭时,他们可以迅速转移,保存实力。所以,青城派作为武林一大派别,生生不息,绵延一千余年,是有其自身的生存之道的。只是,最近这一场浩劫,来得太突然,太猛烈,使得青城派上下措手不及,无力抗争,惨不忍睹。

常明等人分析,常运带人占领青城山,自认青城派掌门,我们既不能硬拼硬,也不能依靠外部的力量,只能依靠我们自己,依靠我们大家的智慧。姜成武说道:常师傅说得对,我们首先要摸清常运等人在青城山的动向,并救出被常运所控制的青城派弟子,如果能夺得掌门人(哪怕是窃取)之印,那就是再好不过的了。常明等人点头称是。

于是,在一个月白风清的夜晚,他们五个人从谷底出发,一路向山上潜行。

青城山依旧。青城山山中那两排木屋依旧。灯火星星点点依旧。只是多了常运手下人的巡视。姜成武等人循着后山唯一的窄道,掠到山顶。夜深人静,这里无人觉察他们的到来。那常运夺得青城派掌门人之位,料定其他各大门派不好插手青城派内部的事,又觉得常明等人武功平平,近期不会贸然来犯,所以他正做着他的春秋大梦,陶醉于自己的喜悦之中。他自然不会想到,姜成武、常明等人会从后山来袭。山顶有一排木屋,姜成武他们循木屋而上,就见木屋上方有两扇窗户亮着灯光。姜成武示意他们绕到木屋侧面。木屋侧面,往前几步,便是万丈悬崖。他们沿着木屋墙脚,向木屋前方场地探行。

木屋是上下两层。木屋门前的场地上,有几棵一人合围的松树耸立其中。场地外围是茂密的丛林。木屋的屋檐下,悬挂着两盏马灯。姜成武在后山看到的木屋窗户上的亮光,便是这马灯映照所致。马灯的下方,有四名蓝衣人站立,他们双手交叉在身后,目光炯炯有神地观察着周围的动静。常明和赵怀远、毕克等人侧身察看,这四人皆不是原青城派的弟子,可能是常运所属之人。姜成武很快就发现身边有一棵大树,他用手暗示常明等人,自己一个纵身上树,然后悄然上了二楼。二楼的灯光较为明亮,但见两蓝衣人站在楼道上把守。姜成武猜测,他们守着的房间定是常运的寝室。这间房,原是常明腾出来让给姜成武做住所的,现在已经被常运侵占,姜成武心里很不是滋味。二楼只有穿过走廊才能到达房间,姜成武怕惊动蓝衣人,过早地打草惊蛇,只好往回撤。但是,他纵身上树的时候发出的轻微声响,还是惊动了二楼的蓝衣人。其中一个蓝衣人大叫:谁?接着,这人从墙边拿出长枪,向这边奔来。接着,所有的蓝衣人都被惊动了,他们纷纷向墙脚这边迫近。

目标暴露,姜成武等人只有撤出。但是,他们准备向屋后撤离时,却被几个从二楼突降的蓝衣人拦住了去路。他们向屋前场地退避,这边更是被蜂拥而至的蓝衣人所堵。前后被堵,腹背受敌。他们低估了常运及其手下的实力和智慧。常运所属之人,个个都是高手。姜成武等人只好向中间收拢,正面向外。这时,一个瘆人的声音在姜成武等人的耳边响起,哈哈哈哈,阴冷恐怖。接着,姜成武等人看到了长发飘飘的蓝衣人常运从天而降出现在他们面前。常明轻声对姜成武等人说道:我们一定要突围出去。不想,他的声音还是被常运听到了。常运又是哈哈大笑,说道:送上门来了,你们还想走吗?姜成武等人必须突围,很快便与常运手下的蓝衣人拼上了。刀光剑影。常运双手叉腰,站在一边观战。姜成武已经不是以前的姜成武了,这段时间,他在少林寺休养练武,武功大有进益。对这些蓝衣人,姜成武再也不会心慈手软,留他们情面。他疾恶如仇,挥拳扫腿淋漓尽致,他越战越勇,蓝衣人一个个地在他面前倒下。但是蓝衣人越来越多,有些蓝衣人居然就是青城派的弟子,这么短的时间,他们就已经被常运威逼和收买,为他卖命,对青城派三大护门元老及姜成武、觉悟和尚视若敌人,大开杀戒。很快,赵怀远就受伤了,他被曾经的青城派手下围攻刺中了左肩,鲜血直流。而毕克更是被常运手下蓝衣人残忍地砍去了一只手,毕克再也忍耐不住,发出一声惨呼,重重地摔在地上。常明赶过来救毕克,结果被纵身而起的常运雷霆万钧的一个扫堂腿,击出丈许之外,撞到一棵大树上,轰然倒下。常明嘴角流着血,身上多处受伤,很快昏迷过去。姜成武见状,对觉悟喊道:救他们。觉悟一直伴随在姜成武身边,一边护着姜成武,一边拼力厮杀。听到这话,见毕克和常明受伤,生命危在旦夕,便一个纵身,奋不顾身掠到常明身边,将常明揽起,然后,又飞掠至毕克身边,用另一只胳膊将毕克抱起,以冲天的爆发力,向外一跃,滚下山去。赵怀远见势,大喊一声"姜掌门",催他速撤,便向蓝衣人横刺几枪,一个鲤鱼打挺,跃入林中。

姜成武见他们安然撤出,便一个纵身向山下飞掠。但是,他被常运挡在了前面。姜成武只好对常运使出少林罗汉拳。拳拳有力,招招凌厉,常运很是吃惊,但是这些招数还是被他一一化解了。姜成武闪身转至木屋拐角,重新调整内息,欲出其不意,给常运致命一击。但是,他再次发起的攻势比常运慢了半拍,常运尾随而至,抢起的冲气拳喷薄而出,轰然一声,直将姜成武整个人击到墙上,然后,姜成武又滑落到地上。常运一个箭步上前,朝姜成武又飞起了一脚。姜成武冥冥之中,只感觉自己整个人被常运飞来的一脚挑起,擦着墙体,腾云驾雾,跌向他来时看着都有些心慌意乱的万丈悬崖。

恶 姑 圣 使

悬崖直落千万丈,幽谷无声天地远。

姜成武昏迷了一天之后醒来,感觉自己浑身是伤,几乎动弹不得。他忍住剧痛,从衣兜里掏出金创药给自己敷上,疼痛才稍微缓解。

上午的阳光透过茂密的树林稀稀点点地洒落到他身上。他透过树木,依稀看见悬崖峭壁,高耸入云,他都不敢相信,自己是从那上面摔下来的。姜成武心中感慨,要不是这些树木挡住了我,我岂不是早就粉身碎骨了?不过,摔死了也好,反正我是要死的人了,摔死总比药效到期发作痛苦不堪暴毙而亡更好。死则死矣,只是太便宜了常运这个心狠手辣的大恶人,杀父之仇没法报了,也不能见上表妹一面,甚是可惜。但现在我没死,说明我命不该绝,我就不能说死即死矣。我没死,就有机会找常运算账,就有可能见到表妹一面。为了表妹,我真的不该想着死,我要活着。

常师傅怎么样了?赵师傅、毕师傅怎么样了?觉悟怎么样了?他们都受了伤,能否逃过常运等人的魔爪?想到这里,姜成武双手合十,向天祈祷,望上天保佑他们逃过一劫,生命无忧。

做完了这些之后,他有意无意地看看四周,突然,不远处的地面上躺着的一个黑衣人引起了他的注意。定是青城派弟子从悬崖上摔落致死。这黑衣人命运真的很悲惨,他定是被自己的青城派前辈常运所害。这恶毒的常运,为了做青城派的掌门人,不知残杀了多少青城派的弟子。所谓顺我者昌,逆我者亡,正是常运这般恶人的生存哲学。他与西南首恶恶首乌何异。

他看着那黑衣人,突然发觉黑衣人在蠕动。他以为自己看错了,揉了揉眼睛,一点不错,那黑衣人确实在蠕动,显然还没有死。很快,黑衣人抬起头来,扭了扭脖子。姜成武不看则已,一看更是惊异。这黑衣人分明是个女的。虽然是背面,但姜成武能看清她的秀发和耳侧白皙的皮肤,那银饰的耳坠更是在树荫下闪闪发光。姜成武不曾见过青城派有过女弟子,如果她不是青城派女弟子,那她是谁?

姜成武喊道:喂,你还好吧?

听到声音,那女人缓缓地转过头来。姜成武仔细一看,更是惊骇。这哪是什么青城派女弟子,这分明是黔灵山恶人族恶姑圣使。天哪,我刚才被恶魔常运击下悬崖,怎么在这里又遇上恶人了。我是怎么了,难道永远都摆脱不了恶人吗?

恶姑圣使看到姜成武也是吃惊。她嘴角流着血,眼里布满血丝,看着姜成武不说话。姜成武不知如何是好。但他看到恶姑圣使脸上痛苦的表情时,忍不住还是问了一句:你怎么样? 恶姑圣使回过头去,没说话。姜成武自讨没趣。两人沉默了一会,姜成武又问:我这有金创药,要吗? 过了半晌,恶姑圣使转过头来,对姜成武点点头。姜成武站起身来,从兜里拿出金创药,慢慢地走到恶姑圣使身边,对她说:给。

恶姑圣使并没有接金创药,而是吃力地将自己上衣领口的丝带抽开,那黑衣徐徐降落,恶姑圣使在姜成武面前裸露出自己雪白的背部和背部下面红色的上襟束胸。姜成武第一次见女人的雪白的背部,心慌意乱。表妹如花似玉,冰清玉洁,他仅是拉过她的手,何曾见过她漂亮的肌肤。但是,他很快就看到了恶姑圣使束胸之下,腰部之上,有一块苹果一般大小的伤口,非常震惊。伤口已经溃烂,紫血凝成厚厚的血渍。姜成武弯下身子,将金创药敷在她的伤口上。恶姑圣使一阵抽搐,她咬着牙,眉头紧皱,很长时间才舒缓下来。姜成武给她上过药后,将她的衣服拉起披上,然后,站到她身边的一棵树下。

恶姑圣使终于开口说话。她说道:你算是救了我的命。

姜成武不言语。恶姑圣使又说道：你是被常运击下悬崖的？

姜成武点点头，问：你怎么知道？

恶姑圣使说道：我也是被他击到这里的。

姜成武甚是吃惊。恶姑圣使与常运既无纠葛，也无怨仇，她怎么会被他打下悬崖呢？

恶姑圣使看出他的疑虑，并不释疑，而是转移话题，对姜成武说道：大难不死，也是天意，我饿了，你能否摘些果子来吃？

恶姑圣使还是一副颐指气使的架势。姜成武转过身，走进密林。不到一袋烟的工夫，他又折回了，手里捧着一些野果子。他走到恶姑圣使面前，将野果子递给她。恶姑圣使脸上第一次显出和颜悦色。她伸手接过，张嘴就咬。咬了一口之后，见姜成武站在那里不动，便说道：你也吃啊。姜成武跟着也吃起来。

恶姑圣使吃了两个果子之后，自言自语地说道：我没想到会在这里见到你。停了一会，她又说道：当初第一眼看到你，便觉得你与众不同。

姜成武不明其意，问：我只是平常人一个，圣使何出此言？

恶姑圣使说道：但是，你之前对我不敬，要是别人，按照恶人族的规矩，你早就被杀了，但我没有杀你，我也不知道为什么，今天看来，确是因果。

姜成武说道：当时要是杀了我，便没有了以后的波折和磨难，那便是好了，现在生不如死，有什么好？

恶姑圣使瞪着眼看他，说道：在这里，也仅是受点皮肉之苦，何来生不如死？

姜成武若有所思，说道：我父母被官兵所杀，我孤苦伶仃，风雨飘摇，唯一的亲人表妹被掳，天各一方，我想救她，无能为力，先前身陷恶人岛，耳闻目睹都是杀人抢劫越货之恶事，并参与其中，实属常人之不为。青城山遇险，捡回一命，你说过是天意，天意是天意，但是，它不能改变我的命运。姜成武说到这里，停顿了一会，又说道：恶人三煞让我服的半年散，很快就要到期了，半年散不同其他的毒药，到期没有解药即毙命，一个知道自己悲惨命运的人只能如此苟且偷生，难道这还不是生不如死吗?

恶姑圣使突然笑起来。姜成武见她如此开心,心想,恶人就是恶人,一点同情心也没有,这种人总是把自己的欢乐建立在别人的痛苦之上,如此这般,我又何必对她说这些,对牛弹琴,毫无意义。恶姑圣使突然说道:生不如死,遇见我就对了。姜成武想起恶姑圣使在凤凰山给恶人三煞发放解药之事,认为她说这话,似乎是给自己安慰和希望,她身上定是带了解药。

恶姑圣使说道:念你对我有恩,实话告诉你吧,我们都是半年散的受害者。

姜成武急切地问:你也服了半年散?

恶姑圣使点点头,说道:正是,很快就到期了。

姜成武问:你不是有解药吗?

恶姑圣使说道:不错,不过,解药只有两粒,对我来说,只能延缓一年的生命,过了一年,我如你一样,死路一条。

姜成武感叹一声,说道:原来如此。

恶姑圣使说道:半年散的解药都在恶首乌那里,他每年按人头分发,由我执行,现在他死了,我们根本不知道他将半年散的解药放在何处,我们回到黔灵山找了个遍也未找到。

姜成武大失所望,原来恶姑圣使并没有解药,那只得听天由命了。

恶姑圣使说道:我说你遇见我就对了,是因为我这里有两粒解药,看在你救我的分上,到时候我们各服一粒,但这只能延缓我们半年的生命,以后就由不得我们自己了。

姜成武不为所动。他说道:生死由命,那两粒还是你自己用吧,我死则死矣。

恶姑圣使说道:你不想见你表妹了?

姜成武被她这突如其来的一句话问住了。是啊,刚才还在想,为了表妹,我要活下去,现在又死则死矣,我是怎么了?姜成武随即说道:当然想。

恶姑圣使说道:人死了,什么都没有了,如果你延缓半年生命,一切都有机会,我们为什么要放弃呢?

姜成武面有难色,说道:只是那解药应该你自己用的,我不能这么做。

恶姑圣使说道:我生命多延续半年,又有什么意义?到头来,还得死,你说过你命运多舛,其实我的命也好不到哪儿去。

姜成武总认为恶姑圣使恶人一个,狐假虎威,颐指气使,没想到她也有自己的苦衷,她也有着与众不同的坎坷的命运。恶姑圣使这么一说,姜成武倒觉得她与以前大不同,换了一个人似的。她虽是恶人,但也有女人正常的一面,似乎有些通情达理,似乎懂得关心人,更何况,她为了延缓他人生命不惜缩短自己的生命。姜成武这样想着,似乎有些感动了。他觉得恶姑圣使并没有自己先前想象的那么恶,她如我一样,也有苦衷,人在恶人族,身不由己。

恶姑圣使说道:你别以为我与生俱来就是恶人,你也别以为我永远就是恶人。我八岁的时候父母双亡,从那时开始,我由我的叔叔带大,你知道我叔叔是谁吗?他就是恶首乌。姜成武甚是诧异。恶姑圣使继续说道:在那个环境长大,我不可能不是恶人,但我是叛逆的,总想离开黔灵山,我多次离家出走,但结果都是被我叔叔找回来。我叔叔怕我再犯,便让我也服了半年散,这样他就可以控制我了。你看我唯叔叔是从,鞍前马后,那也是不得已的。我叔叔对我一向很恶,我对他一点感情也没有,我甚至有些恨他。有些人做恶人,是身不由己,被逼无奈,他做恶人是从骨子里的,毫无悔意。现在他死了,他想做恶人也做不成了,这是天意。

姜成武感叹道:原来如此。

恶姑圣使说道:我本来是彻底解脱了,只是这半年散,始终是我心头的一道阴影,所以我跟你一样,生不如死。但是,我比你坚强,我根本就没有想到死,我只会珍惜我有限的时光。

姜成武觉得她说得不无道理,点头表示赞同,但他仍有疑虑,问道:恶首乌死了,那恶人族呢?现在你是他们的头了?

恶姑圣使说道:我才不管什么恶人族呢,恶人族幸存者本来就不多了,他们早已一盘散沙,应该做鸟兽散了吧。

姜成武又想起什么似的问:你是怎么摔到这里的呢?

恶姑圣使说道:我说我是来找你的,你相信吗?

姜成武摇摇头,说道:我不相信。

恶姑圣使说道:我一开始并不是来找你的,我是来给我叔叔殓尸的,我想他恶是恶,但他是我叔叔,我必须这么做。我潜到青城山,才知道你加入青城派并准备做青城派的掌门人,我没有找到我叔叔的尸体,所以我决定找你。

姜成武问:为什么找我?

恶姑圣使说道:反正我没地方去,找到你,我可以加入青城派啊。另外,找到你,我也可以动员你回到黔灵山,你别误会,我并不是要你回黔灵山做恶人族的首领,重整恶人族,而是要你和我一道改造恶人族,这不是很好的主意嘛!

姜成武略一思考,问:你怎么知道我会答应你的要求呢?

恶姑圣使脸上一笑,说道:我没有办法左右你的决定,但我可以努力。你做青城派的掌门人,并不是出自你的本意,也许我可以说服你回黔灵山,如果说服不了,我就决定做青城派的弟子。

姜成武也是一笑,说道:你是恶人族,你就不怕青城派杀了你?即使不杀你,他们又怎么会收你做青城派的弟子呢?

恶姑圣使说道:你也是恶人族,你都做了青城派的掌门,我又有什么不可以加入青城派呢?何况你受制于我,你要知道,我们两人的命运是联系在一起的。

姜成武这下知道眼前的恶姑圣使一点也不简单,她聪明伶俐,很有主见,很会把握机会,他不得不佩服。姜成武问:你还没有说你是怎么摔到这里的。

恶姑圣使说道:我要找你,自然是避开青城派的耳目,直接找你。谁知道世事变得太快,我找你的时候,这里早已变换大王旗了,我与常运交手,他居然使出冲气拳,我就是被冲气拳击下悬崖的,常运伤我不轻。

姜成武说道:既已如此,我们得想办法走出这里。

恶姑圣使说道:那是,我们得一起走出去。

接下来的几天,恶姑圣使的伤势渐渐好转,已经完全康复。一天早上,姜成武还没有醒来,她就去了溪边。姜成武醒来的时候,她已经回到了姜成武跟前。姜成武揉揉惺忪的双眼,看见她时,大吃一惊。站在他面前的,已不是昔日的恶姑圣使,而是一个眉清目秀、如花似玉的少女。她秀发飘逸,眉宇有神,嘴唇红润,身材别致,额上的文身亮片也不见了。姜成武看了一眼之后,都不敢正视她了。恶姑圣使大胆地看着他,说道:你不觉得我很美吗? 姜成武不好意思地点点头,说:很美。恶姑圣使又说道:我叫何茵,你以后叫我这个名字,我已经不是什么恶姑圣使了。姜成武点点头,说道:何茵,这名字很好。

恶姑圣使说道:以后我们永远都不要提恶人族了,从今天开始,从这里出去,我们就会去掉身上的恶气,我们完全可以开始一种新的生活。

姜成武看着她,很干脆地点了一下头,说道:我也不是什么小五了,我叫姜成武。

白 眉 大 侠

两人沿着溪边往下方探行。

没走出多远,就见丛林之中的崖边有一个洞口。这个洞口很是隐蔽,要不是走到跟前,是很难发现的。姜成武和何茵很是好奇,一同走到洞边。他们伸手拨开树枝,就见洞里有些黑暗。何茵示意进去看看,姜成武点点头表示赞同。

走里洞里,越发黑暗。何茵亮出火折。这个洞着实不小,里面有石桌、木椅,尽管有些陈旧,凌乱不堪,但却有人住居的迹象。姜成武很是诧异,这里应该有人居住,但却不见人影。何茵拿着火折,四处察看,就见里边又有一个圆门。圆门大开,里面更加黑暗。何茵和姜成武小心翼翼地走向里面。他们刚走到里面,突然一声野兽般的咆哮声在耳边响起,震耳欲聋。姜成武和何茵被吓了一跳,心里瘆得慌。接着,是死一般地沉静。姜成武大着胆子对着发声的地方喊道:你是谁? 为什么在这里？没有人回答他。何茵又重新亮起一支火折，这时他们才看清，里面洞壁下方的地上坐着一个人，眼里喷着火，正怒视着他们。

此人身材高大，衣衫褴褛，方脸宽额，更突出的是，一道浓密的白眉横陈额下，熠熠闪光。姜成武试探着向前两步，双手抱拳，说道：老前辈，我们无心打扰，见谅见谅。白眉老人仍然怒视着他们，不说话。何茵也上前一步，依在姜成武身旁，说道：老前辈，你怎么会待在这里呢？

白眉老人突然站起，又发出一声咆哮。随着他的起身，一阵叮叮当当的铁器的声音响起。姜成武和何茵这时才看清他手上和脚上都带着镣铐。原来，他是被人囚禁在这里的。何人所为？这里地处深谷，外人难以走近，谁把他囚在这里，他又是如何得以生存的呢？姜成武和何茵顿生疑窦。

姜成武又说道：我们并无恶意，只是从此经过，看见这个洞，甚是好奇，就进来了，不想在这里见到老前辈。

白眉老人皱一下眉头，沉思了一会，终于开口说道：你们是什么人？

姜成武这下也算是舒了一口气，但是，他却不好回答白眉老人的问题。他总不能说自己是恶人族门下的吧，说青城派掌门也不合适，他真的不知道说什么好了。这时，何茵却说道：他是青城派掌门人姜成武。

白眉老人有些诧异，更是有些疑惑。过了一会，他说道：青城派掌门人不是常年吗？

姜成武说道：常年半年多以前，与西南恶老乌不朽在贵州六盘水交手，双双死亡。

白眉老人眉头一皱，说道：是这样。

何茵说道：青城派几个月前推举姜成武为掌门人，但是掌门人登位大典那天，常运搅局，将青城派掌门人之印和金字长枪夺去，后又率人占领青城山，自认青城派掌门人。

白眉老人说：最近山上热闹非凡，原来经历这么多的变故。他说话比以前平和了许多，更是没有了那种愤怒。

姜成武趁机说道：你带着镣铐极为不便，我们帮你打开它吧。说着，正欲上前解开白眉老人身上的镣铐,不想白眉老人却说道:这镣铐你是打不开的。

姜成武问:这镣铐是何人所为? 有什么办法能打开它呢?

白眉老人若有所思,既是对姜成武又像是自言自语地说道:这镣铐是东厂千户英布所为,要打开它,世上只有两种利器可为。

东厂? 姜成武和何茵异口同声问:哪两种利器?

白眉老人说道:一种是少林金刚拳,一种是承影剑。

少林金刚拳? 姜成武岂不是太熟悉了。他当少林寺俗家弟子时,无方可从师傅就曾赠他一本《少林金刚拳》,要他修炼,他虽然只练到几成,但可以一试。姜成武自告奋勇走到白眉老人跟前,提拳用气,然后对着地上的铁链用力一击。铁链"当啷"一声,但却没有断开。白眉老人第一次露出笑脸,说道:没有用的,你的少林金刚拳也就三成。

姜成武又是吃惊,他怎么知道我的少林金刚拳也就三成? 然后说道:那怎么办? 不过,可以找我师傅。

白眉老人问:你师傅是谁?

姜成武说道:无方可从大师。

白眉老人脸上显现着敬畏之情,说道:你是少林弟子?

何茵在一旁说道:应该是俗家弟子。

白眉老人摇了摇头,对姜成武说道:无方可从大师也解不开这镣铐,因为他的少林金刚拳还没有达到登峰造极之地,当今世上,恐怕没人能用少林金刚拳打开镣铐。

姜成武不相信这种说法。少林寺高手如云,少林金刚拳是少林寺镇寺武功,怎么可能无人能解呢? 也许白眉老人没见识到,所以有些失望罢了。

何茵说道:少林金刚拳无解,那么承影剑呢? 我们在哪里能找到它?

白眉老人又是摇摇头,说道:承影剑已经在世上消失多年,谁人也不知道它在何处。

姜成武若有所思,问:前辈被困在这里有多长时间了?

白眉老人说道:两年有余。

姜成武和何茵很是惊诧,难怪白眉老人不知道常年已死。何茵问:你一个人被困在这里,何以生存?

白眉老人看看身后,说道:你没看见这铁链很长吗? 我可以到洞口摘野果子吃的。

姜成武说道:真难为老前辈了。接着,他想起什么似的问:东厂千户何以囚你?

白眉老人说道:东厂爪牙遍地,欺上瞒下,无恶不作,他们不会放过每一个妨碍他们的人。

何茵突然想起什么似的说道:多少年前,有一位白眉大侠,行走天下,保护忠良,专门与东厂作对,欲要铲除东厂黑恶势力,莫非那位白眉大侠就是老前辈您?

白眉大侠昂起头,说道:不错,东厂邪恶,人人得而诛之。

何茵又说道:好一个无门无派、独来独往的白眉大侠。

姜成武听了这话,立即双手抱拳,说道:原来是白眉大侠,请受晚辈一拜。接着,何茵也伸手恭拜。

白眉大侠哈哈一笑,说道:免了。

姜成武突然问:老前辈,东厂之人心狠手辣,千户英布为何没有杀你,而将你因在这里呢?

白眉大侠说道:他当然不会杀我,因为他没有从我身上得到《天罡影功》秘籍。

姜成武和何茵从来都没有听说过这本秘籍。姜成武问:"天罡影功"是一种什么功?

白眉大侠说道:是一种至上境界的硬气功,我已参练一段时间,只可惜它现在不在我身边。

何茵问:它在何处?

白眉大侠看着两人,略一停顿,说道:它在很远的地方,只等我重获自由才能找到它。我只有亲历的印象,凭感觉也许能找到,没有具体的路线可寻。

如此重要的武功秘籍,白眉大侠也许有意不说,这完全可以理解。

几个人光顾着说话,这时才感觉到饥肠辘辘。何茵说道:老前辈,你们聊着,我去弄些吃的来。说着,她走到洞外。不一会,她就双手捧着野果走了进来,递给白眉大侠一个。白眉大侠也不客气,伸手抓起野果就吃。姜成武和何茵看在眼里,笑了,跟着也吃起来。

吃完野果,白眉大侠说道:两年来,你们是唯一与我说了这么多话的人,而东厂的人每隔三个月都要来一趟,逼我交出《天罡影功》秘籍,我怎么可能便宜了那帮狗奴才?

姜成武深有感触地说道:我们没有办法救老前辈出去,很是惭愧,我们自己终究还是要出去的。白眉大侠说道:我在这里倒也清静,练不了《天罡影功》,还可以练其他的,你们大可不必为我劳神。姜成武说道:我们出去后,师傅应该练成了少林金刚拳,我想他会来救你的。白眉大侠朗声笑道:小兄弟,你有这份心,我已非常满足。你们放心地去吧,不必担心我。何茵在一旁插话道:那就好,那就好。

白眉大侠凝眉思忖,问:你们这番出去,去哪里呢?

姜成武说道:我回少林寺一趟,告诉无方可从师傅这里发生的一切。然后,我要去京城。

白眉大侠问:去京城?

姜成武说道:是啊,我要去京城,找我的表妹。

白眉大侠又问:你表妹怎么会在京城呢?

姜成武说道:几个月前,大瑶山民众抗暴,被官兵血腥镇压,我表妹被囚,听说已押往京城,不知道她怎么样了。

白眉大侠说道:那定是押往紫禁城了。

姜成武问:紫禁城?

白眉大侠说道:不错,一些王公贵族喜欢把战场上俘虏的妙龄少女送往宫内,为皇族或大官所用,视为奴仆。

姜成武更是为表妹的命运担忧,说道:若是这样,我更要找到她。

白眉大侠又问:是谁主导了这场抗暴战事呢?

姜成武说道:是韩雍。

白眉大侠眉头微皱,说道:都察院左都御史韩雍?

67

姜成武点点头,说道:就是他。

白眉大侠说道:此人心狠手辣,嗜杀成性,当今皇帝却很赏识他,只怕你此去凶多吉少。

姜成武说道:纵便如此,我也要找韩雍算账。

第三章　卧龙山疾行思表妹，百药堂惨案存悬疑

卧龙山遇险

姜成武、何茵采摘了大量的野果放在洞里，以备白眉大侠充饥，然后与白眉大侠告别，离开洞穴。姜成武转身对何茵说道：我们就此别过，后会有期。何茵愕然，问：你让我到哪里去？姜成武不知说什么好，愣在那里。何茵说道：我既无亲人，也无家，你叫我到哪里去？我不如跟你一道找你表妹，路上有个伴，何乐而不为？姜成武凝思片刻，还是答应了她。

他们沿着谷底向下方探行。走在密林之中，何茵说道：要是白眉大侠与我们一道，那该多好。姜成武为表妹的命运担忧，心事重重，何茵说的话，他几乎没听见。何茵见他无语，也就不好再说什么。两人就这样默默前行。

一个时辰之后，他们终于走出山谷。眼前豁然开朗，他们看到的是一片广阔的绿色平原。这个时候，姜成武的心情开始好转。田地里到处都是农人在劳作。远处的村庄炊烟升腾，鸡犬之声相闻。姜成武与何茵贪婪地呼吸着山外的泥土暗香的空气，顿觉沁人心脾。

又行两个多时辰，他们来到一座小镇，名曰遂宁。遂宁是个古镇，却因观世音闻名遐迩。城郊有一个卧龙山，那上面有一尊巨幅观世音菩萨雕像，城里城外，不断有人前往祷告祈福。关于观世音的传说，当地有一首广为流传的民谣："观世音菩萨三姐妹，同锅吃饭各修行，大姐修到灵泉寺，二姐修到广德寺，只有三姐修得远，修到南海普陀山。"灵泉寺与卧龙山相距不远，可见观世音与遂宁的渊源。他们来到镇里，却见行人稀少。何茵说道：我们去卧龙山瞻仰观世音去，如何？

姜成武好奇地问：观世音？

何茵说道：是啊，几年前我到过卧龙山，那里有一尊观世音雕像，前去瞻仰的人很多，有人说，观世音有求必应，很灵的。

姜成武说道：几年前，你是恶人一族，你怎么也去卧龙山呢？

何茵说道：我是和另外一位恶姑执行任务来到遂宁的，我们两人卸下恶人服饰，前去卧龙山向观世音祈祷，说明那时候，我们并不是一心向恶的。

姜成武问：祈祷什么？

何茵说道：祈祷是心里的活动，不能告诉外人的，你以为我真的是恶人一族啊。

姜成武呵呵一笑，说道：你说过，你从来都不想做恶人的，这我相信，我们走。

说着，两人奔向卧龙山。

卧龙山嵬嵬雄崛，山上有一座平台，观世音菩萨雕像屹然挺立。这座平台，就是皇帝赐封的观世音的著名道场。何茵引着姜成武走上道台，站在观世音菩萨巨像下面。两人驻足，双手合揖，虔诚祈祷。祈祷之后又开始俯首默拜。做完这些之后，两人心下释然，愉快地下山。何茵上次拜观世音，是许了愿的，希望尽快脱离恶人族，这个愿很快就实现了，她这次来，自然是为还愿。姜成武哪里知道个中秘密。两人下到山脚，姜成武侧过身，对何茵说道：我们还是不进城了，直接向东，赶路要紧。何茵点头称是。

卧龙山通往外面，有一条林荫山石小道。两人行走在这条道上，何茵没话找话，说道：几年前，我和一位恶姑来此，就在这条路上遭遇全真教的围追堵截，我身负重伤，那位恶姑死于剑下，我总算逃到黔灵山。她说这话的时候，全然没有预感到今天又是几年前事件的重现。原来，他们在卧龙山上的时候，就已经引起了全真教弟子的注意。全真教四处追杀恶人族，自然认得恶姑圣使何茵，自然不会放过这个最好的机会。张真人正好在遂宁，卧龙山上的全真教弟子火速向张真人通报。这场危机迫在眉睫，但姜成武和何茵哪里知道。

夕阳西下。姜成武与何茵正往山外赶，突然面前降下六七个全真教弟子拦住去路,其中就有张真人。姜成武和何茵大惊失色。何茵说道:不好。姜成武也事感不妙。何茵示意姜成武,应该想办法逃走,姜成武点头称是。他们不约而同地往后撤退,不想,后面也是被卧龙山赶过来的全真教弟子堵上了。全真教弟子足有十余人,姜成武和何茵被堵在山道中间,突围,谈何容易。姜成武沉着应对,他双手抱拳,对张真人说道:青城派姜成武有要事前往少林寺,就此借过,请张真人放行。张真人用手一抹长须,说道:无量天尊,姜掌门有要事前往,无可厚非,为何要与恶人为伍?姜成武看看何茵,对张真人说道:她名叫何茵,先前与我一样,误入恶人族,早已革心洗面,重新做人,请张真人网开一面,让我们通行。姜成武话音刚落,张真人身旁的首席大弟子钟小林说道:她就是恶姑圣使,姜掌门本来就是恶人族门下,两人在一起,同流合污,沆瀣一气,还有什么话可说呢?他说这话,另有全真教弟子附和道:恶人就是恶人,什么青城派掌门。张真人看着姜成武,面露难色,他略一寻思,便说道:请姜掌门出山,我们自然不会为难青城派,但是,这个恶姑圣使,务必留下,我们要带她去武当山按律惩处。说着,张真人让出一条道,让姜成武通行。

　　但是,姜成武并没有挪动脚步,他看看何茵,然后对张真人说道:我已说得明白,她是何茵,请张真人允我与她一同前往。姜成武说毕,钟小林突然说道:万万不可,我们全真教怎么可能放过恶人一族?何茵并不感到紧张,她倒对姜成武仗义执言很是感动,但又怕连累姜成武,便对他说道:你走吧。姜成武听她这么一说,更加不能丢下她独行,于是说道:我们自然要一起出去的。这时,何茵从袖囊里掏出一粒解药,递给姜成武,说道:这是半年散解药,你到时候服下,不要管我。姜成武突然脸色沉重,他对何茵说道:我要与你一起出山,并不是因为这个,也许你误会了,请你收起吧。何茵面露难色。这时钟小林提高嗓门说道:我们可没有闲工夫看你们卿卿我我,姜成武,你快走吧,不然,别怪我们剑下无情。姜成武斩钉截铁地说道:张真人既然不肯成全,后生只有得罪了,我定要与何茵一起出山的。张真人很是震惊,他对身边弟子说道:拿下恶人族恶姑圣使。

　　张真人一声令下,全真教弟子鱼贯而上,很快在姜成武他们周围筑起全真教陀螺方阵。姜成武和何茵背靠背，不停地变换角度，共同应对四面来袭。很快，方阵收缩，一场看似寡不敌众的拼杀开始了。钟小林第一个冲到何茵面前，挺剑直刺她的面门。姜成武一声"小心"，何茵应声闪避，躲过一剑。哪知道，钟小林刺的是从师傅张真人那里学来的太极连环刺，一剑不中，第二剑，接踵而来。这一剑不偏不斜，正好击中何茵肩部。利剑在她肩上划出一道血口。何茵啊的一声，腾出一只手握住伤口。姜成武问：你受伤了？何茵说道：我没事，你走吧。姜成武转身护住何茵，随手冲出一拳，钟小林被姜成武一拳击出人阵，丈许之地差一点倒下。这一拳就是姜成武在少林寺学得的罗汉拳。其他的全真教弟子仍然轮番进攻，不时有人受伤退后。何茵又一次受伤。她催促姜成武道：你还是快点走吧，别管我。姜成武认定的事怎么可能更改，他誓要保护何茵脱险。就在这个时候，张真人纵身一掠，就掠到了姜成武跟前，还没等姜成武反应过来，就给了他力道看似轻柔却胜似雷霆万钧的一掌。姜成武身子一颤，一个趔趄，差一点就摔倒了。他和何茵顿时分开，两人同时腹背受敌。张真人丢下姜成武，转向何茵。他们对姜成武是留有余地的，毕竟顾及他是青城派掌门人的情面，而对何茵，就没有那么心慈手软了。

还不到半个时辰，何茵后背中了张真人一剑，这一剑比以前更甚，又是在过去的伤口上。紫血渗出衣外，直往下流。何茵使出全身的气力，掠入路边密林。姜成武见状，无心恋战，丢下与自己拼斗的几个全真教弟子，纵身一跃，向何茵所去的密林掠去。看见何茵躺在地上，他使出全身最大的气力，将何茵挽起，向密林深处飞身掠进。一眨眼的工夫，这两人就不见了。

张真人面色凝重，用剑指着路边密林，说道：追！但是，全真教弟子追了一个多时辰，纷纷回报，不见姜成武和何茵的踪影，两人从他们的眼皮底下逃脱了。

毛 神 医

姜成武背着何茵,这一飞掠就掠到山外十余里远的清河镇,他们终将全真教的人彻底甩开。

他们到达镇上的时候,已是黑夜。清河镇不大,属遂宁管辖。姜成武考虑到何茵伤势很重,只好在此停留,治她的伤要紧。

清河镇唯一的客栈,坐落于镇的北边。客栈不大,有些简朴。姜成武背着何茵到客栈的时候,店小二满脸堆笑,迎道:"客官幸运得很,整个客栈,仅剩一间客房,就在二楼,客官不妨看看。"姜成武二话没说,就住了下来。何茵一直处于昏迷状态,额上汗珠渗出。姜成武将何茵放到床上,拿来热毛巾敷在她额上。接着,他又将她翻身,解开她上衣,欲给她后背的伤口上金创药。但他看到她后背的伤口时,他惊愕了。她的伤口已经溃烂,全是瘀血。姜成武发觉何茵伤成这样,金创药可能根本无法医治。看着何茵昏迷不醒,呼吸虚弱,姜成武急了。他连忙下楼,叫来店小二,问:这个镇上,可有郎中?不想,店小二却说道:你问我问对了,这个镇上,确有一位小神医,他叫毛小山,人称毛神医。姜成武很是欣喜,连忙从兜里拿出几个铜板递给店小二。店小二自然欣喜,接过铜板,脚底生烟,很快就从房间消失了。

不到一袋烟的工夫,店小二又回到了房间。他上气不接下气,对姜成武说道:毛神医已答应救治,你们这就可以去了。姜成武二话没说,立即背起何茵,跟在店小二后面,出了房间,出了客栈。

毛小山住处是一座独门独户的院落。店小二敲门,出来开门的是两个药童铭儿、婉儿。铭儿、婉儿没说话,便将姜成武他们引到里屋。店小二见状,什么话也没说,便回去了。院落里屋是一间中堂,中堂的里边有一个隔屏。姜成武他们进去的时候,毛小山就从隔屏里出来。他已届中年,身体微胖,眉宇有神。他走到堂屋中间,示意姜成武将何茵放下。姜成武便将何茵放到身侧的一张木床上,他自己已是有气无力。放下何茵,姜成武正要说话,却被毛小山止住了。毛小山弯下身子,给何茵把脉,面色渐趋凝重。把过脉后,毛小山对姜成武说道:她气息微弱,脉象有些混乱,生命垂危。姜成武说道:她的伤在背部。并急切地问:毛神医可否救她?

毛小山凝神说道:为医之道,当然是治病救人,只是她体内先存剧毒,后历外伤,背后的伤口已受感染,体内剧毒已浸内脏。

姜成武双手抱拳,对毛小山说道:毛神医一定要救她。

毛小山点点头,吩咐两药童铭儿、婉儿道:将外面的门关闭,熄灯,任何人不得打扰。说罢,示意姜成武将何茵移至内室。两药童铭儿、婉儿应声走出堂屋。姜成武立即抱起何茵,随毛小山进了内室。内室不大,有一张木床,姜成武将何茵放置在木床上,毛小山示意姜成武到外面堂屋休息。姜成武只好回到外面堂屋,心神不宁地等候着。

一个时辰之后,仍然不见里面动静,姜成武一边在室内来回踱步,一边焦急地等待着。突然一阵猛烈地敲门声划破夜晚的宁静。姜成武心想,莫非又是来寻医治病的。敲门声停了一会,又起。令人心悚。这时,两药童铭儿、婉儿走到外面,但他们并没有开门,很快又回到室内。他们重新回到姜成武身边,看看姜成武,不知如何是好。两药童铭儿、婉儿自然知道,毛神医给人治病,从来不希望有人打扰的。但是,外面敲门声,一阵紧似一阵,令人瘆得慌。而且敲门声不是出自一个人之手,铭儿、婉儿在屋内急得团团转。

大约半个时辰后,毛小山从里屋出来,手里拿着毛巾,边走边擦汗。他走到姜成武面前,说道:你们暂到内室回避,我去开门。姜成武听了他的话,跟着铭儿、婉儿走进内室。借助微弱的灯光,姜成武看见何茵躺在床上,气色似有好转。他走上前,问:何茵,感觉好点好吗?过一会儿,何茵微微睁开眼,看着姜成武,轻声说道:我这是在什么地方?姜成武回答道:这是在清河镇毛神医家,是毛神医给你治疗的。何茵点点头,闭上眼,说道:谢谢你。姜成武正要说话,此时他听到外面的脚步声,便打住了。接着,他们就听见毛小山对来人说道:谁人需要救治?来人粗声粗气,说道:去去就知。毛小山说道:本人治病有三个前提,一是知其真实姓名,二是知其何门何派,三是如果我有病人,病人治好后,我才会接诊。

毛小山话音刚落,来人就扯着嗓子吼道:哪来这么多废话,我家尊师在遂宁受伤,你速去救他。毛小山不卑不亢,说道:我说得够明白的了。来人又吼道:这由不得你,你不去也得去。说着,似乎是亮家伙的声音。

片刻的宁静。毛小山平静地说道:你们逼我,我也没办法,我进去一下。说着,姜成武就见毛小山进了里屋。他正要说话,不想毛小山却伸手止住了他。毛小山轻声说道:我们走。姜成武有些愕然。毛小山又对铭儿、婉儿说道:收拾行李,现在就走。姜成武知道毛小山说这话,已是不容置疑了,便两手托起何茵。铭儿、婉儿很快就收拾好了行李。毛小山示意,走里屋密道。几个人神不知鬼不觉,就从这里消失了,丢下什么尊师的弟子在堂屋里焦躁不安地来回踱步,全然不顾。

姜成武两手托抱着何茵,跟在毛小山身后疾行十余里,才停歇下来。何茵早已醒来,她微睁着眼看着姜成武,心里有着说不出的甜蜜。她从小孤儿一个,在恶人族的环境里长大,见到的都是叔叔恶首乌的威严、毒辣和恶行,哪里有这种与异性接触温馨甜蜜的感受。毛小山见后无追人,才舒了一口气,对姜成武说道:总算安全了,不然我等命已休矣。姜成武将何茵放到草地上躺下,问:此话怎讲?毛小山说道:来求医的人说尊师,那定是天柱神尊了,他原是无名之辈,在天柱山隐居,自立门派,这些年,天柱神尊依仗自己练就的绝世神功,使得天柱门派异军突起,威震江湖。但是天柱门派并不是什么名门正派,他们与天下武林为敌。姜成武凝神说道:原来是这样,他练的是什么绝世神功?毛小山说道:碧血剑法。姜成武很是惊诧,随口重复了一遍:碧血剑法。他连听都没听说过。姜成武说道:既然有此神功,他为什么还会受伤呢?毛小山说道:可能他遇到高人了,想必就是张真人。姜成武仍然好奇,接着说道:张真人功夫了得,不然这天柱神尊怎么会受伤呢?毛小山凝神说道:想必张真人也是受伤了。姜成武又是诧然,说道:张真人如果受伤了,他弟子那么多,应该去清河镇向毛神医你求医啊,倒是那天柱神尊的手下跑得那么快。

毛小山说道:张真人手下弟子众多,这里离武当山也不算远,他如果受伤,自然要回武当山医治,不会轻易求人的。姜成武突然想起什么似的,问:毛医师刚才说,不然我等命休矣,有如此严重吗?毛小山说道:这个你有所不知,天柱神尊让人看病,是不留活口的,与其死,我为什么要给他看呢?姜成武感叹一声,说道:原来如此。歇了一会,毛小山说道:我们还是赶路吧。一直跟随在毛小山身后的铭儿突然问:师傅,我们去哪里?毛小山一边走一边说:我们回京城。

姜成武几乎是瞪大了眼睛看着他,问:什么?我们去京城?毛小山很肯定地说道:是的,我们去京城,只有去京城,我们才有可能救她。姜成武仍然不解,他本来以为毛神医看过何茵的伤之后,何茵应该好起来的,没想到,何茵竟然伤得这么严重。因为要治何茵的伤,姜成武只好听从毛小山的话,将何茵背起,跟在毛小山身后,向北行进。

走在路上,姜成武突然又问:毛医师应该知道何茵的身份,为什么还要给她医治呢?姜成武说出这话,不想毛小山却停下脚步,他看着前方,说道:我自然知道她的身份,她是恶姑圣使,我也知道你的身份,你是姜成武,青城派掌门人,你也曾是恶人族一员,你问我为什么要给她医治,我告诉你,并不是因为她是恶人,也不是因为你是青城派掌门人,而是因为半年散。毛小山继续说道:因为你们体内都中了半年散,半年散是世上剧毒之药,发明它的人早已经死了,而解药管理严格,分发严密,而且世上仅存的解药也只能解半年毒效,并不能一次治根,我追踪它多年,连弄一粒半年散解药都难上加难,更何况是研制真正的解药了。何茵受伤,并无大碍,但是,她体内的半年散就要发作了,这才是她的致命要害。我们必须赶在她体内毒剂发作之前,赶至京城,为她医治,另外,我要提醒你,你体内的半年散也快到发作期了,时间紧迫。

姜成武想起何茵身上已备两粒半年散解药,便说道:毛神医也不必过于匆忙,她身上已带了半年散解药,能延缓半年生命,毛医师可以利用这个时间慢慢研究。毛小山说道:这个我也明白,但是,如果她服了半年散解药,我就没有办法研制了,因为我想用她身上带的解药来做研究。毛小山既然对半年散如此感兴趣,他给何茵疗伤时,自然不会错失查找她是否随身携带解药的机会,凭着半年散解药散发出的暗香,他很快就能断定解药在何茵身上。姜成武接着说道:她身上带着的解药是两粒。毛小山停下脚步看看何茵,又看看姜成武,笑而不语。这时,伏在姜成武背上的何茵似乎听明白了他们的对话，低沉着声音说道：半年散解药我仅带两粒，我想这两粒，能延缓我和姜成武半年的生命。毛小山说道：这么说，如果你们体内半年散发作，必然要吃了这两粒解药，那我岂不是无药可研了，这样的话，我倒是希望我们赶到京城之前，你们体内的剧毒最好不要发作。毛小山说罢，继续赶路。姜成武跟在他身后，又问：我们必须赶到京城才有希望吗？毛小山说道：只有去京城，我才能找到我师傅。姜成武又是诧异，问：你师傅？毛小山说道：是啊，我师傅，我是他派到南方来追踪半年散的，现在我弄到了半年散解药，我自然要回到京城向师傅禀报。这时，铭儿在一旁对毛小山说道：师傅，去京城，见到师傅的师傅，我们就应当叫他祖师爷了。婉儿也抬起头，天真地问：是这样吗？师傅？毛小山伸手拍拍婉儿的头，说道：就叫祖师爷，乖。两药童相视而笑，高兴得很。

疾行在路上，何茵时而苏醒，时而昏睡，姜成武他们时而赶路，时而停歇。走了一程，何茵睁开眼睛，对姜成武说道：我们歇一会吧，我兜里有银两，你去弄一辆马车来。何茵看姜成武时而抱着自己，时而背着自己，很是辛苦，才想了这么个主意。姜成武似是恍然大悟。他很快就看见前面有一个客栈，便与毛小山会意，打算在客栈小憩。走进客栈，他将何茵放置到一张椅子上，便向店小二打听马车的事。店小二自然又是百事通，只要给他银两，他就会满足你的要求。一袋烟的工夫，一辆单匹马车就停在了客栈门前。姜成武和毛小山很是欣喜，而两药童铭儿、婉儿高兴得几乎跳起来，他俩身子一蹿就爬上了马车。姜成武将何茵安置在马车的后边座位上，自己坐到前面，一拉马缰，马车很快就离开了客栈。

姜成武一边驾车，一边问毛小山：毛神医，那天柱神尊怎么会与张真人交上手呢？他们之间也有过节不成？车速很快，姜成武说话的声音很大，坐在马车上的所有人都听见了。毛小山也大着嗓门，说道：天柱神尊可能是冲着武林大会而来。姜成武更是疑虑，说道：武林大会？毛小山说道：是啊，武林大会。中原武林大会，每十年举办一次，武林各大门派非常看重，不仅不会错过，而且定要拿出看家本领，谁都想当武林霸主。姜成武说道：天柱神尊自然可以在武林大会上一展雄心，为何要与张真人过早地交手呢？毛小山说道：你想想，天下武林，当今剑术，自然首推武当、峨眉，张真人太极连环剑法已是出神入化，天柱神尊倚重的也是剑术，他的碧血剑法炉火纯青，所以他自然要与张真人一试高低了。姜成武说了一句"原来是这样"，引得两药童铭儿、婉儿大笑。铭儿、婉儿异口同声说道：姜叔叔，你很喜欢说"原来是这样"。何茵靠在车上，一路呼吸新鲜空气，清醒了许多，她一直很少说话，这时也不忘对毛小山说道：毛神医，你明明知道我是恶姑圣使，却仍然救我，我得谢谢你。何茵对毛小山说的话，姜成武似有同感。他一路上也在纳闷，据他的观察，毛小山为人正派，做事耿直，他为什么要救何茵的命呢？难道真的是为了半年散？毛小山哈哈一笑，说道：我毛小山治病救人，先治的是病，然后才是人。停顿了一会，毛小山又说道：应该是我感谢你们才是，我刚从青城山附近回来，就遇到你们，使得我对半年散及其解药的研究更近了一步。姜成武放慢速度，侧过身对毛小山说道：你对半年散的研究可能就止于我们俩了，半年散及其解药，发明它的人乌不朽已经死了，发放它的人恶首乌也死了，恶人族也已灭亡，半年散也许就此在世间绝迹，花费很大的气力研究它，是否值得？毛小山不以为然，提高嗓门说道：半年散被称为天下第一奇毒，即使它不在江湖流传，但是，如果我们研究它，了解并掌握了它的毒性及解毒之道，这对其他毒物的研究岂不是有很好的借鉴作用，更何况中毒的人就在眼前。

马不停蹄。行至河南境内时，姜成武就有了想去少林寺一趟的想法。姜成武开始担心起觉悟等人的命运来。觉悟师兄在青城山是否受伤？如果他没有受伤，或者没死，他应该回到少林寺了吧？可是，他怎么可能不受伤呢？常师傅他们现在怎么样了？想到这里，他对毛小山说道：很想去少林寺看看我师傅，并将在青城山的遭遇向师傅禀告。毛小山摇摇头，说：时间紧迫，只要活着，还怕重逢无日？何茵只是暂时稳定，明后天就很难说了，你体内的毒，也就在几天内发作，我们还是赶往京城为妙。姜成武看看何茵，何茵脸上仍然是一副痛苦状，便不好坚持自己的意见。

穿过大别山，越过几座城市，他们走进一遍林区。进入林区还不到一里路程，姜成武就看见前方人影憧憧，似是在打杀。他放慢马速，很快就看出前方道路中间及两旁似是一番混战。混战的是对立两派，各有十来号人，黄衣人与黑衣蒙面人交手，各有伤亡。正前方不远处，更是有一辆马车停在路中间，挡住了姜成武他们的去路。马车上方飘着一面旌旗，"龙门镖局"四个大字很是显眼。临近前方马车的时候，姜成武一拉缰绳，停了下来。前方混战演变成一场恶战，异常惨烈，有人惨呼，有人倒地身亡。大家注目凝神观察时，突然一个黄衣人奔到姜成武跟前，口里喷出一股鲜血，直挺挺地死去。两药童铭儿、婉儿见到这状况，连忙掩住眼睛，不忍观看。毛小山看这阵势，对姜成武说道：龙门镖局被人劫镖了。

龙门镖局，姜成武自然不曾听说，但毛小山、何茵却知其盛名。中原之地，谁人不知龙门镖局。龙门镖局主人魏震天，不仅练就一手响当当的飞镖功夫，更是将龙门镖局经营得如日中天，如火如荼。龙门镖局让人津津乐道、称慕不已的是，成化帝曾经亲赐御镖金字，威震天下。龙门镖局行走中原大地，近似于皇纲，谁敢动龙门镖局的镖呢？但是，天下之事，谁又能料得，龙门镖局就是在光天化日之下被人劫镖了。龙门镖局押镖的师傅都是一色的黄布镖服，但是，倒下最多的恰恰是黄衣人。大约一个时辰，前方的拼杀已见分晓。龙门镖局仅剩的一位少年镖师被五六个黑衣蒙面人围在中间，黑衣人正将包围圈不断缩小。一个黑衣人的头领冲着黄衣少年说道：魏晓天，你还是束手就擒吧。魏晓天啐了一口，说道：青天白日，为何不敢亮出身份！黑衣人再也没有与魏晓天语言交流，直接说道：上。接着，五六个黑衣人杀向魏晓天。

毛小山自始至终观察着这场拼杀，眉宇渐渐凝聚。不仅毛小山，姜成武、何茵，还有那两个小药童也全神贯注地观察着前方。眼见龙门镖局的魏晓天突然受伤，何茵说道：姜少侠，我们应该救魏少侠。姜成武看看毛小山，似是不假思索，纵身一跃，掠入黑衣人阵，出手就是一拳，将其中一黑衣人打倒。黑衣人措手不及，很快由攻势转为守势。黑衣人头领怒道：哪里冒出个多管闲事的人来，与你何干？姜成武说道：路见不平，拔刀相助呗。龙门镖局魏晓天因姜成武相助，信心更足，突然发镖，将一黑衣人击毙。黑衣人头领见这位爱打抱不平的少年功夫不弱，又见那马车上坐着一男一女两成年人,定是武功高强之人,这个时候不如见好就收,免得伤亡更大,于是他冲着其他几位黑衣人说道:我们撤。说着,这伙人丢下倒毙的同伙,一溜烟地窜入林区,很快就消失了。黑衣人走后,魏晓天走到姜成武跟前,双手抱拳,说道:多谢这位少侠相助,龙门镖局魏晓天万分感谢。姜成武随即抱拳,说道:不谢不谢。魏晓天接着说道:敢问少侠大名?姜成武说道:魏少侠过奖了,我是姜成武。魏晓天说道:姜少侠,多谢。

接着,毛小山下车察看魏晓天伤势。魏晓天受黑衣人袭击中了刀伤,并不严重。魏晓天见随行的黄衣人仅剩下他一人,心情自然好不到哪儿去,但他还是能够控制住自己的情绪,可见他经世历练,少年老成。姜成武随即从衣袋里拿出一小包金创药递给魏晓天,哪知魏晓天拒绝了。魏晓天说道:我们经常出行的人,自然要随行常备一些药品的,姜少侠还是留着自己用吧。姜成武只好将金创药收起。接着,他们一起察看倒毙在地的黑衣蒙面人。他们将黑衣人的面具揭开,发现他们面部及身上并无明显的标识,黑衣人的身份难以查证。魏晓天很是感慨地说:他们做得如此巧妙,我只有回去禀告家父。毛小山说道:令尊应该是龙门镖局主人魏震天大侠。魏晓天说道:正是家父,先生尊姓?姜成武在一旁介绍道:他便是毛神医。魏晓天双手作揖,说道:原来是毛神医,失敬失敬。毛小山说道:令尊才是受人敬仰之辈。接着,魏晓天便要告辞。姜成武很是关切地问:魏少侠独自押镖,路上仍然有危险,是否在此等待援助?魏少侠说道:死了这么多弟兄,我回去怎么跟家父交代呢?好在镖还在,我定要将镖送到目的地。出了这林子,前方会有人接应,不会再出问题了,姜少侠请放心。姜成武这才与魏晓天告别。魏晓天说了一声"后会有期",便坐上马车,伸手一拍马背,那马立即迈蹄,向南驶去。

姜成武和毛小山重新回到车上,几个人继续向北疾行。

百毒真经

走在路上,姜成武打破沉默,风趣地对毛小山说道:毛神医先前说过,看病要符合三个前提条件,何茵的伤毒并未好转,我刚才就见毛神医直接给魏少侠看伤了,这岂不是有损自己的诺言？说罢,纵声一笑。

毛小山并不生气,反而和颜悦色地说道:看伤与疗伤是有区别的,我并没有违反自己的诺言,连你的伤毒,我也要等治好何茵之后再作安排。说罢,也是呵呵一笑。

姜成武说道:我仅是开个玩笑而已,毛神医仁爱之心,令小弟敬佩,我们身藏剧毒,毛医师就是医不好,我们也是要感激的。

毛小山说道:我只对病人的伤毒感兴趣,自然也有信心。

说着,两人同时大笑。

接下来,又是一路疾行。他们再也没有遇到像在河南林间那样的插曲了。第二天傍晚,他们终于到达京城外围。要进入京城西郊,自然要经过守城护卫的盘查,好在毛小山本来就是在京城行医,握有出入京城的通行令牌,所以,他们也没遇到麻烦,就进到了西郊百药堂。

西郊百药堂,在京城甚至在整个北方,声名远播。百药堂堂主叶去病,在武林及医药界享有崇高的威望。有人称他为百药之王,有人说他为京城解毒第一高人,也有人道他武功高强,不仅仅是这些,更有人说他,以百药堂为根据地,经营着自己的庞大帝国。他与一些皇亲国戚保持着联系,京城的一些达官贵人更是有求于他,对他敬畏三分。他既是百药堂堂主,更是一位神秘的高人。

对于师傅叶去病,毛小山了解得并不是那么多。平时他尊从师教,潜心行医,其他的几乎从不涉足。为了研究半年散,他受师傅差遣,离开京城,先在贵州福泉,后是四川遂宁清河,两地一待就是一年。虽然对半年散研究毫无进展,但是,至少他现在能将半年散及中毒者带回来,已是非常不容易,更何况,这一年当中,他医治其他类型的疑难杂症不计其数。他相信,他的努力,师傅一定会给予肯定的。现在回到这里,想着很快就能见到师傅,毛小山心里有着说不出的惬意。

几个人刚刚走到百药堂的院门,毛小山就感到有些异样。虽然是傍晚,但是,天还没有完全黑下来,百药堂却是大门紧闭,甚至连一线灯光也没有,显得极为静寂。这是毛小山在京城的时候从来没有过的。毛小山示意姜成武他们放慢脚步,自己走上前,这时他才看清百药堂的大门上贴着交叉的两个封条。毛小山更是诧异了。他用手推推大门,门是锁着的,推不开。姜成武站在他身后,也觉蹊跷,说道:这里出了什么状况?怎么会被官府查封呢? 毛小山面色凝重,他自言自语地说道:师傅,师傅去了哪里?

接着,毛小山带着姜成武等人绕到百药堂院子后面墙边,然后对两药童铭儿、婉儿说道:你们两个守在这里,照看何阿姨,我和姜叔叔进去查看。铭儿、婉儿点头称是。很快,毛小山就和姜成武翻墙入内。毛小山这翻墙的动作,让姜成武看出他功夫不浅。

院子里七零八落,像被人打劫后的状况。院子后面的一排房屋,门窗破损。姜成武亮起火折,他很快就发现,院子的地上,四面的墙体,到处都是血迹,腥味四散,甚至有些恶臭。两人走进屋,里面的状况更令他们震惊。桌椅没有一个是完整的,药柜横七竖八,药材散落一地,这里血迹更甚。毛小山看到这种状况,心都沉到了脚底。他突然疯了似的,在屋里翻找,一边翻找一边喊着"师傅"。但是,他一无所获,极度失望,整个百药堂,哪里有师傅叶去病的身影。不仅见不到师傅,连昔日的伙计也不见其人,更不见其尸,毛小山眼里渗出了血丝,他悲愤地说道:师傅定是遭人毒手,其他伙伴也定是遭人毒手,这是谁干的? 我师傅一向为人低调,治病救人,为什么他们要跟他过不去? 姜成武心里也很难过,但他还是安慰毛小山说道:你师傅生死未卜,你冷静些,也许我们能够找到他。他这句话倒是让毛小山冷静了许多。毛小山看着师傅曾经伏案的桌子,悲愤地说道:师傅很少外出的,有人血洗百药堂,他怎么可能避得开呢? 更何况,以我对师傅的了解,师傅为人坦荡,做事光明磊落,敢于担当,他平时就是与百药堂的伙伴们打成一片的,他怎么可能不与他们在一起,而自己逃过一劫呢?

姜成武凝思说道:什么人这么歹毒? 他们为什么要这么做?

毛小山仍然沉浸在悲痛之中,说道:我也不知道为什么,我师傅生前不会得罪什么人的。

姜成武又说道:他们不仅仅是杀人灭口,好像是在寻找什么东西。

姜成武一句话似乎提醒了毛小山,只见他迈开大步,直奔里面的一间房子。姜成武也不假思索,跟在后面。毛小山进了里屋,将摆在面前的一个药柜推开,欲打开墙边的一个机栝。但是,机栝不灵,像是被人动过似的。他干脆用力推里面的一扇墙。姜成武上前帮忙,终于将那扇墙推开。这面墙被推开后,里面是一间密屋。毛小山走进去,又是大失所望。这里也是凌乱不堪,早已被人破坏。毛小山走到一个铁皮的柜子前,用手抚摸着柜子,里面空空如也。毛小山悲愤到极点,他有气无力自言自语道:他们是冲着它而来,他们要了师傅的命。

姜成武问:你说什么?

毛小山看着那铁皮的柜子,对姜成武说道:《百毒真经》。

姜成武惊奇地问:《百毒真经》?

姜成武自然惊奇,因为《百毒真经》他从来没听说过。

毛小山说道:这是一部介绍世上奇毒以及解毒方法的奇书,据传它是由唐代医药家、被称为"药王"的孙思邈所著,流传至今。因为是孤本,世人只知道孙思邈所著《千金要方》,却不知道他的《百毒真经》也是传世之作,更是为世人乃至武林人士竞相争夺之宝。

姜成武感叹道:他们定是为了《百毒真经》,只是伤了你师傅。

毛小山说道:我定要查明真相,为师傅报仇。

姜成武又开始感叹毛小山命运与自己有相似之处。他好奇地问:你可以推定,是哪些人为《百毒真经》而来的呢? 事前应该有迹象的。

毛小山若有所思,摇摇头,说道:我离开京城一年多,与师傅也只是有两次飞鸿传书,根本不知道这里最近发生的事,无从推断。

姜成武说道:这里既然是官府封存,说明官府已经插手此案,我们可以去官府打听。毛小山似有所悟,点点头,说道:这也不失是一个好办法,不过,京城本身就是一个多事之地,当今皇帝登位不久,百废俱兴,京城就像是一个大染缸,帮派林立,我等之人,很容易成为别人的俎上之肉,任其宰割。姜成武说道:那我们还是慎重一些为好,私下里打探。毛小山点点头。过了一会,姜成武想起什么似的说道:既然《百毒真经》是一部关于奇毒以及解毒的奇书,那半年散之毒,上面自然有其解毒之法

83

了。不想,毛小山却摇摇头,说道:《百毒真经》我读过大部,上面并没有提到半年散,这也正是师傅命我追踪半年散,以及他老人家亲自研制半年散解毒之法的原因,只可惜,半年散解药未成,他老人家却走了。姜成武安慰他道:他老人家有你这样的弟子,自然感到欣慰,这里现在是不能待了,当务之急,我们先找一个安身之所,然后再想办法。

毛小山这时才算真正冷静下来,赞成姜成武说的话。两人决定离开百药堂,找一家客栈或者农家暂住,再作计议。但是,正当他们转身之际,毛小山突然又想起了什么,一个转身,奔到这间密室师傅的床边。那张床已经断裂,但床头的那个盒子还在,盒子破损不堪,除了一张破碎的发黄的纸,什么都没有。毛小山将盒子捧起,仔细看了一遍,还是那张纸。毛小山之所以想起这个盒子,是因为它是师傅的随身之宝。师傅经常将一本笔记本锁在里面。那本笔记本是师傅每天的思考所得。但是,这本笔记也不见了,只剩下一张破碎的纸。毛小山将那张破纸抓起,借助姜成武手中的火折,将纸在盒上展开。上面的字迹很是潦草,纸又被搓揉得皱皱巴巴。尽管很难辨认,毛小山还是认出了其中的几个字。半年……千年……雪参……长白。

两人站在那里,思来想去,不知其意。毛小山说道:也许这只是师傅平常的心得,没什么的。姜成武说道:这要与其他的文字连起来,也许才能明白其意,我们还是走吧。毛小山又若有所思,说道:也许它是师傅临死之前刻意留下的,好让我过目,他一定有什么寓意要传达给我。姜成武干脆说道:我们将它带在身边,回去再行研议。毛小山点点头。接着,两人走出密室,出了百药堂,与在外面的铭儿、婉儿及何茵会面。

他们连晚赶到一家客栈借宿。毛小山有些失望地对何茵说道:我师傅被杀,研制半年散解药很难指望有结果,你还是将解药吃了吧,至少它能延续你半年的生命。说着,他转过身,又对姜成武说道:姜少侠,等半年散发作时,你也吃了解药。接着,他像是对他们又像是自言自语地说:我只有将师傅的事料理之后,才能专心研制半年散解药,半年之内,希望我的研究能够成功,并给你们带来转机。

不想,何茵这时说道:你们进百药堂,发现什么没有?

姜成武回答说:百药堂被封,里面的人都被杀,他师傅叶堂主也被人杀害,毛神医猜测来人定是冲着《百毒真经》,因为《百毒真经》不见了,官府也已介入此案。

何茵若有所思,然后说道:《百毒真经》失传已久,怎么会在百药堂呢?

毛小山说道:《百毒真经》确是在我师傅那里收藏。

何茵恍然大悟,说道:恶人族千方百计寻它无果,原来它流落在北方,在百药堂堂主手里。

姜成武说道:很多人为它丧命,现在它又不知道落在谁人手里了,它真的有这么重要吗?

何茵说道:可能世上只有百药堂堂主才能真正读懂它,发挥它的价值,只可惜,百药堂堂主也死了。

毛小山说道:我定要找出杀害我师傅的真凶,定要找回《百毒真经》。

毛小山说着,又将那纸条拿出来展开,仔细端详。何茵很好奇,坐起身子,问:这是什么? 姜成武告诉她,这是在百药堂密室发现的,应该是叶堂主的手迹。何茵对姜成武说道:你拿过来我看看。毛小山会意,便将纸条拿给何茵过目。何茵一看,脸上的表情一展,对姜成武说道:姜掌门,我们体内的剧毒有解了。姜成武和毛小山不知其意,疑惑地看着她。何茵说道:半年,就是半年散,千年就是千年雪参,什么地方有千年雪参呢? 那自然是东北长白山了。姜成武和毛小山你看看我,我看看你,又看看何茵,终于恍然大悟,异口同声说道:是啊,我们怎么没想到?

百药堂堂主叶去病,在徒弟毛小山赶回京城之前,就已经研制出解除半年散剧毒之法,解药就是长白山千年雪参。百药堂堂主叶去病,被人称为当代药王,可谓名不虚传,只可惜,他还没有真正享受到自己研制出的成果,就死于非命,这真是上天对他的不公平。姜成武想到这里,就觉得悲悯。

第二天,何茵身上所中的半年散终于发作。她心如刀绞,脸色发紫,口吐白沫,大汗淋漓。毛小山看到这种状况,对何茵说道:速服半年散解药。姜成武连忙给她倒来凉水。何茵忍耐不住,只好从衣兜里拿出解药,服了它。大约半个时辰后,何茵疼痛解除,脸色恢复常态,只是身体有些虚弱。毛小山对她说道:你好好休息,没事的。何茵自然知道半年散解药的奇效,只是她服迟了时日,她症状不明显时所出现的疼痛,她以为是伤痛,不然怎么会遭此折磨。她休息了一天之后,终于彻底恢复元气,连伤痛也已消除。姜成武欣喜地对何茵说道:太好了。何茵站起身子,从衣兜里拿出仅剩的一粒半年散,走到姜成武跟前,说道:你也服了它吧,我看你的气色,是半年散很快就要发作的迹象。姜成武看看毛小山,毛小山说道:你服了它吧,它对我已经没有什么研究价值了,我真没用。姜成武接过解药,端起凉水,便服了它。何茵感慨地说道:这半年时间,我们去东北寻千年雪参应该足够了,老天有眼,我们早死不得。她说的话尽管有些悲伤,但还是引得毛小山等人呵呵大笑。

到了傍晚,毛小山对姜成武说道:你们在此,我去去就来。何茵已经康复,毛小山觉得他应该做自己更重要的事了。

姜成武问:你去哪里?

毛小山说道:我去查看百药堂有什么动静。

姜成武说道:我和你一道吧。

何茵也在一旁说道:我们一起。

毛小山见姜成武和何茵态度坚决,便同意了。他吩咐两药童铭儿、婉儿在客栈静候,不得外出,三个人稍作准备,便出发了。他们来到百药堂门前的林荫道上,远远地就看见有两个人从百药堂的正门出来,然后将门锁上,贴上封条。姜成武当下就断定,这两人是官府的当差。毛小山见两人走出,朝姜成武和何茵挥挥手,三个人悄悄地跟在这两人的后面。

月白风清,北方秋天的夜晚,尽显寒意。一高一矮两当差的,出得百药堂,便沿着环城河一路向北。走了一程,两人见四下无人,才开始说起话来。矮个说道:这人就是这么简单,堂堂的百药堂堂主,一夜之间,说没就没了。高个说道:哪天不死人,就看人是怎么死的,叶堂主死得叫人生疑,也死得令人惋惜。矮个说道:他死得着实叫人生疑,百药堂的人没有一个不是死得面目全非,叶堂主都没有保得全尸,这些人太残忍了。高个说道:谁会这样残忍呢? 矮个摇摇头,说道:隔了这几天,师爷为什么还要叫我们来查看现场呢? 高个说道:师爷自然有他的考虑。矮个说道:师爷觉得百药堂案背后有很深的背景,是这样吗? 高个说道:也许是吧,这事惊动了皇帝,不然怎么会让王爷负责这事呢,它也轰动了整个北京城。

两人说着,便转入市区的一条街道,然后来到一座红墙碧瓦的宅院。这个宅院临街,异常显眼。红漆铜环的大门已是紧闭,门檐两侧的灯笼高高挂起,红光四射。大门的上方朱漆大字"慕容府"熠熠生辉。两人走到门前,伸手扣敲铜环,很快,大门就开了,两人回头看看街道两侧,然后走了进去。大门接着紧闭。

三人隐于街道一侧,姜成武对毛小山说道:他们说的师爷定是这慕容府的主人了。毛小山点点头,说道:他听命于王爷,应该是王爷的手下。何茵在一旁说道:由王爷来破这个案子,应该会有结果的,我们还是回去吧。毛小山点点头。三个人接着往回走。

慕容府的主人就是慕容秋。他确实是大明穆王爷朱见治的幕僚。而穆王爷朱见治,是当今成化帝朱见深的弟弟,先帝明英宗朱祁镇的第八子。穆王爷深得当今皇上的信任,可谓权倾朝野。皇上让他来查办百药堂疑案,足见当今圣上对此案的重视。

回到客栈,毛小山突然说道:慕容府的主人慕容秋,应该就是三十年前的武状元,他武功了得。何茵说道:这很正常,王爷手下的师爷自然不是一般的角色。姜成武对毛小山说道:由王爷查案,毛神医可以省去一部分的精力,你可以将百药堂重新开起来。毛小山有所疑虑,说道:我也这么想过,不过,现在还不是时候。何茵说道:这也不失是一个好办法,你可以向官府申请。毛小山说道:并非易事,就怕到时候百药堂开业了,我坐不到一天,就步了师傅的后尘,死于非命。何茵摇摇头,说道:不,你师傅死于非命,是有人冲着《百毒真经》,现在《百毒真经》不在了,谁人还会为难你呢,更何况,你是叶堂主的徒弟,让百药堂重新开张,名正言顺。姜成武劝慰毛小山说道:是啊,你将百药堂重新开张,叶堂主在天之灵一定会感到欣慰,你完全可以这样做的,试想,百药堂乃京城老字号,远近闻名,它怎么能断呢? 更何况我们都可以帮你。姜成武说了这话,不想何茵却插话道:我们何以帮助,我们还要去东北呢,只有寻得千年雪参,保全我们的生命,我们才可以真正地帮助毛神医。姜成武被何茵一说,一时语塞。

两人这一分析和劝说,真的让毛小山有点动心了。是啊,有人害了师傅和我的同伙,毁了百药堂,我为什么不能高举师傅的旗帜,撑起师傅的事业,完成师傅的遗愿,重新让百药堂开张呢? 正在这时,何茵突然问毛小山道:毛神医,我们来京城之前,你师傅叶堂主知道吗? 毛小山若有所思,说道:我们避开天柱门派恶徒之后,我悄悄地向师傅发过飞鸿传书,他老人家应该知道我们就快回京城的。何茵凝思苦想,然后却又摆出一副若无其事的样子。

百药堂的秘密

毛小山完成了向官府申报的手续,百药堂经过一番整修后,真的重新开张了。

毛小山俨然就成了百药堂的新任堂主。姜成武和何茵接受毛小山的挽留,暂时留在百药堂,协助毛小山。加上两药童铭儿、婉儿,百药堂里也算是人影憧憧了。

百药堂的名头是明摆着的。开业第一天,就有附近的居民奔走相告,前来抓药或道贺。接着,一传十,十传百,百药堂门庭若市。前来百药堂的,除了抓药或者治病的,也有打听有关百药堂的事,很多人更是对叶堂主的死表示惋惜和同情,向叶堂主的弟子毛小山表示慰问,他们义愤填膺,希望官方尽快查案,将杀害叶堂主的凶手绳之以法。三天下来,毛小山、姜成武等人就忙得不可开交。到了傍晚时分,等客人走后,毛小山终于对姜成武说道:我们得雇几个帮手。姜成武等人表示赞同。到第四天的下午,百药堂里就有了十来号人。这与叶堂主在世时的场景已是相差无几,百药堂风采依旧。

但是，到第五天的时候，百药堂里突然来了几个人。他们都是清一色的年轻人，为首的是一个白面书生模样的瘦高男人，脸上白得几乎没有血色。来人问毛小山，食人花的果实有没有？毒蜘蛛的牙齿有没有？蝎子尾有没有？毛小山就觉得奇怪。这些明明是世上剧毒无比的药材，他们为什么要这些。毛小山问：为什么要这些药材呢？它们毒性很强。来人说道：你尽管抓些便是。毛小山走进里屋，当着他们的面翻找了一番，然后对他们说，这些药都没有，需要些时日才能进到。瘦高男人脸色大变，怪腔怪调怒道：这是什么百药堂，还是毁了的好。说着，袖子一挥，几个人就冲出门去。

毛小山觉得奇怪的，不仅仅是因为他们要抓这些奇毒药材，更重要的是，他以前在百药堂的时候从未见过这些人来抓过药。他们不仅得到的百药堂开业的风声快，而且直冲着那几种奇毒药材而来。莫非他们知道百药堂里有这些药，或者他们另有目的？毛小山将自己的疑虑告诉姜成武和何茵，他们也觉得蹊跷。蹊跷是蹊跷，他们也没当作一回事。这个世上，什么人都有，你怎么猜到他们每个人的心思。百药堂一切如常。

但是，就在当天晚上，毛小山及所有人都安睡了的时候，突然几个黑影掠入百药堂的院落。他们趁百药堂人熟睡之际，潜入里屋，助借微弱的火折光，将里面的药柜翻了个遍。他们拿走了一些药材。这一切都做得悄无声息。第二天，当毛小山、姜成武他们醒来的时候，才发现有人劫店了。几个人大吃一惊。什么人有如此高强的功夫，神不知鬼不觉，穿梭于百药堂几乎每一个房间。毛小山想起来，就有些后怕，这些人如果要他们的命，那岂不是易如反掌？

这件事，穆王爷手下师爷慕容秋很快就知道了。他委派自己手下干将，一个名叫秦少石的人，前往百药堂查看。秦少石来到百药堂的时候，毛小山、姜成武和何茵甚是吃惊，这秦少石不就是那天晚上到百药堂来过的一高一矮当中的那个高个嘛，他们一路跟踪他到慕容府，原来他是师爷手下的得力干将。那矮个也跟在他身侧，秦少石叫他卫国。毛小山配合调查，清点了一下丢失的药材，一一禀报。秦少石什么话也没说，带着卫国就走了。

秦少石走后,毛小山将姜成武和何茵召集在一起。毛小山说道:我猜测,我师傅就是被那些人害死的。毛小山认定昨晚光顾百药堂的,是那个白脸瘦高男人及其手下,他指的就是他们。姜成武问:何以见得?毛小山说道:他们血洗百药堂的时候是冲着《百毒真经》而来,我师傅不愿意交出《百毒真经》而被杀害,《百毒真经》到手,他们又是冲着《百毒真经》里面提到的制毒药材而来。何茵说道:毛神医分析得也许是对的,但是,我就觉得奇怪,百药堂的案子已经交由王爷查办,他们为什么还敢再闯百药堂呢?他们就不怕王爷知道并追究?姜成武附和着说:是啊,他们胆子太大了。毛小山说道:这只能说明他们背后的靠山很大。姜成武说道:不把王爷放在眼里,难道是皇帝不成,皇帝没必要这般偷偷摸摸。何茵说道:那自然不是皇帝,但是他们来头不小,这是肯定的,不知道他们会不会再来,我们应该提防着点。

　　他们还是来了。是在深更半夜。毛小山、姜成武等人已是熟睡,结果他们被外面的打杀声惊醒了。他们纷纷起床,小心翼翼地走到窗前,就见院子里足有上十人在一起拼杀。姜成武很快发现,这是秦少石、卫国等人已经与那瘦高男人一伙交上手了。秦少石与黑衣瘦高男人拼了十余招,那瘦高男人略胜一筹,显然他并不想置秦少石于死地,出招并非绝杀。突然,有一个人惨呼倒地。秦少石撇开瘦高男人,前去查看,显然倒下的是他自己的随从。瘦高男人并没有趁机追杀,却突然下令:撤。一转眼的工夫,瘦高男人及其手下一溜烟地蹿出院墙,消失于黑夜之中。黑衣人走后,毛小山、姜成武等人打开屋门,走进院子里。秦少石这时已将受伤的那人扶起,对毛小山说道:快,救他。毛小山连忙走到秦少石跟前,弯下腰,给伤者把脉。伤者已是昏迷。一把脉,他面色一凝,对姜成武说道:速将他抬到里屋。姜成武还没有走过来,秦少石就已经将伤者托起,抱到里屋。毛小山重新给他把脉,并观察他身体变化,然后对秦少石说道:秦大人,他没得救了。秦少石脸色大变,对毛小山说道:他是我出生入死的兄弟,毛神医务必救他。站在一旁的卫国也说道:是啊,毛神医。毛小山还是摇摇头,说道:他不仅受的是剑伤,中的也是奇毒,毒液已浸入五脏,难以清除,我这里也没有这种解药。秦少石很是着急,脸上冒出豆大的汗珠。他焦急地拍打着伤者的肩膀，然后将他重新抱起，对毛小山说道：我速将他带回慕容府救治。但是，当他将伤者刚刚抱起时，伤者头一耷拉，就咽了气。秦少石很是震惊，他嘴一收拢，眼睛里几乎渗出血来，他显然为兄弟的死悲愤到了极点。这死去的人便是他手下除卫国之外的另一名得力干将，被他称为兄弟的张琼。

姜成武上前安慰秦少石，毛小山也劝慰他。秦少石这才恢复平静。他将死去的同伴放下，对毛小山说道：他们为什么有这种奇毒？毛小山凝神说道：可能他们已经拿到了《百毒真经》。秦少石说道：他们得到了《百毒真经》，仍然不放过百药堂，他们这么快就研制出了这种毒剂了吗？毛小山说道：百药堂应该是京城药材最齐全的店铺，他们再回百药堂，是很正常的。秦少石说道：他们上次已经偷去了奇毒药材，为什么还要冒着风险再来呢？毛小山说道：这个我也很纳闷，也许他们没有完全得到他们想要的东西。秦少石点点头，随即吩咐手下在百药堂外围守卫，自己和卫国先行离开了。

秦少石走后，毛小山等人回屋就寝。姜成武却睡不着，独自一人走出后门，在百药堂侧面的一片林地漫步。明月当空，树影婆娑，姜成武心情却好不起来。他感觉自己就像一只漂浮在水中的浮萍，任凭风吹雨打，始终辨不清方向。先前被人救起，本来是好事，却误入恶人岛，后又阴错阳差做了青城派的名不正言不顺的掌门人，掌门人没坐实，却鬼使神差地来到了京城。姜成武感叹自己的命运从来就没有自己掌握过。我为什么就不能自己掌握和主宰自己的命运呢？姜成武走到一棵古柳树下，深深地叹了一口气，却突然想起这是在京城。是啊，脚下的土地就是京城的土地。我表妹不是被押往京城的吗？韩雍不是也在京城吗？我朝思暮想，要到京城，这不就是京城吗？我必须要想方设法见到我表妹，见到表妹，我们再商量找韩雍报仇。我虽然武功平平，但是，我绝不放弃寻找表妹和找韩雍报仇的念头。

姜成武正想着，越来越激动，刚刚平静下来，又突然感觉到有人跟在自己的身后。他转过身来，却是何茵。何茵也是思绪反复，睡不着，便打算一个人安静地走走。走到林中，就看见一个黑影在前方移动，仔细一看,却是姜成武,心中自然一阵欣喜。两人也算是心有灵犀,偏偏在这个夜深人静的夜晚,不约而同地在百药堂外相见。姜成武看见她,不知道说什么好。倒是何茵开口说道:我这是第一次到京城,感觉很特别。何茵说话的声音很小,很温柔。姜成武抬头看看月亮,仍然不知道说什么好。何茵走到他跟前,又说道:你是不是在想着救你表妹?姜成武转过身,看着何茵,点点头。姜成武就觉得何茵着实聪明,似乎能猜透他的心思。何茵说道:你到了京城,这是很好的机会。姜成武说道:是啊,但是何其之难。何茵又说道:难,也比你在遥远的地方空想好,毕竟离实现愿望更近了一步。姜成武觉得何茵说的也是,现在已在京城,离表妹更近了。何茵突然说道:你喜欢你表妹?何茵这一问,姜成武不好意思回答了。何茵又说道:喜欢就是喜欢,有什么不好意思回答呢?姜成武说道:我表妹被押往京城,不知道身在何处,境况如何,他们怎么可能好好待她呢?我为表妹的命运担忧。何茵问道:你表妹知道你还活着吗?姜成武不无感慨地说道:表妹一定以为我死了。

何茵受姜成武情绪的影响,有些感伤,她自言自语地说道:我要是有人担心我的命运就好了。姜成武见她这么一说,只好安慰起她来,说道:我们都是你的朋友,自然担心你的命运。何茵冲姜成武莞尔一笑,说道:认识你,也是我的荣幸,只可惜……何茵话到嘴边没有完全说下去,姜成武自然不知道她要说什么,他接过她的话茬说道:说起来,我倒是应该谢谢你的,没有你的半年散解药,我可能活不到今天了。何茵看着姜成武,说道:下一步,你怎么打算?姜成武说道:我要找我的表妹。何茵说道:我们只有半年的生命期,那东北千年雪参是否能寻到还未可知,我们只有争取,时间对我们来说,极为宝贵,我觉得我们应该立即动身去东北。姜成武说道:无论如何,我都要见到我表妹,不见她一面,我死了都会遗憾的。何茵叹了一口气,说道:你死了,还会遗憾吗?你的心情我能理解,但是,如果你连生命都延续不了,见了你表妹,也只会给她带来痛苦。何茵知道,姜成武思表妹心切,自然没有考虑到自己生命的危险期限。姜成武自言自语地说道:见了我表妹,死也足矣。何茵摇摇头,轻轻地叹了一口气,说道:我们还是回去休息吧。说罢,转身往回走,姜成武便跟在她身后,两人回到百药堂。

第二天一早,秦少石和卫国就来到百药堂。毛小山因为要问诊,就由姜成武出面招呼他。秦少石站在院子当中,问姜成武:昨晚百药堂可有动静?姜成武回答说:昨晚相安无事。秦少石听了姜成武说话的口音,突然问:你是哪里人?姜成武回答说:广西瑶山人。秦少石审视着姜成武,说道:我是广西梧州人。姜成武很是惊喜,说道:我们不远,是同乡。秦少石点点头。姜成武感觉与秦少石亲近了许多。

姜成武示意秦少石、卫国坐到椅子上,自己很快递上两杯茶,并端来一个木凳,坐到他们身边。姜成武看着秦少石,说道:秦大人,你了不起,能在京城的官府当差,而且还是师爷的手下。秦少石却不以为然,说道:什么当差的,讨口饭吃而已。你别叫我秦大人,我不是什么大人,应该是你秦兄。姜成武受宠若惊,笑道:好啊,秦兄,我叫大人也觉得别扭,以后我就叫你们秦兄、卫兄。秦少石和卫国相视而笑。过一会儿,姜成武又好奇地问秦少石:你是怎么到京城当差的?秦少石说道:自小家里穷得叮当响,我娘送我当兵的,后被王府的师爷招募来。姜成武有些羡慕地说:那是再好不过的了。秦少石转过身,突然问:你是怎么到京城的呢,不会是一路寻医问诊到此的吧?姜成武摇摇头,不无感慨地说:我就不同了,我早前中了恶人族的半年散,毛神医要带我到百药堂来医治,就到了京城。姜成武考虑到秦少石是官府的人,并没有将自己的身世完全告诉他。秦少石凝神问道:半年散?姜成武点点头。秦少石说道:吃了恶人族的半年散,除了恶人族自己的解药,没听说有其他解药能解的。姜成武说道:是啊,我也只有半年的生命期,不过,认识你,是我极大的荣幸。姜成武向来不会恭维人,他说这话,也是出自内心的真诚。秦少石说道:那也未必就是半年的生命期,我们现在正在追查《百毒真经》,也许那上面有半年散的解毒之法呢?姜成武说道:没有用的,毛神医说过,《百毒真经》也没关于半年散解毒之法的,不然他师傅叶堂主也不会派他到南方寻半年散的中毒者以及恶人族的解药了。秦少石耸耸肩,说道:半年散这么厉害,《百毒真经》无解,叶堂主也没有办法解它,更何况,叶堂主死了,那怎么办?姜成武感慨地说道:怎么办,我只有半年的生命期。秦少石安慰他道:你也别灰心,有机会我带你去见一下师爷,也许他有办法。姜成武说道:恐怕很难,少林寺各位师傅曾经为我想尽了办法,也无济于事。秦少石说道:呵呵,也许你命不该绝呢,谋事在人,成事在天。

秦少石说这些话,姜成武就觉得他与其他官府的人不一样,更是与那些镇压乡亲们的明军不一样。他为人直率,有同情心,是可以把他当作朋友交往的人。姜成武说道:有机会定会去拜会师爷,荣幸之至。姜成武想,师爷是王爷的重臣,位高权重,如果拜会他,得到他的帮助,那岂不是就能打听到表妹的下落了? 这时,毛小山从里屋走了出来,看见秦少石,连忙上前打招呼。秦少石说道:昨晚侵袭百药堂的,是东厂和锦衣卫的人。毛小山大为惊异,说道:百药堂向来与东厂及锦衣卫的人挨不着边,他们为什么要对百药堂下手呢?秦少石说道:那名瘦高男人,就是东厂的千户,名叫英布。他的手下应该是锦衣卫的缉差,受他调遣,或者已经归编东厂。毛小山和姜成武听了,又是惊疑。姜成武脱口而出:千户英布! 秦少石抬起头,看着他,问:怎么,你认识?毛小山连忙摇摇头,看看姜成武,说道:不认识。姜成武说道:我只是听说过他,不认识。他很快恢复镇静,问:东厂为何要对百药堂如此感兴趣呢?秦少石说道:这就是问题所在,可能不仅仅是为了《百毒真经》。秦少石说罢,便起身告辞,说要向师爷禀告一些事。接着,他手一挥,与卫国向外走去,百药堂换防下来的卫士跟在他身后一起走出了百药堂。

何茵这时走出里屋,来到姜成武身边。姜成武看看何茵,对毛小山说道:就是那个将白眉大侠困于青城山脚下的东厂千户英布?毛小山凝思说道:应该是他。何茵突然插话道:又是东厂,早前就已听说,东厂到处插手,坏事做绝,已是臭名昭著。毛小山说道:但是,当今圣上却是非常赏识他们,不仅委以重任,而且偏听偏信。何茵说道:什么当今圣上,我看也是昏君一个。毛小山看看周围,见两卫士在院落里巡视,并没有注意,便暗示何茵还是谨言慎行为妙。何茵朝姜成武做了一个鬼脸,便不说话了。

百药堂平静地度过了半个月的时光,这很难得。王府查案仍无着落。这时,北京的深秋骤然而至,早上起来,第一缕霜降已将百药堂前前后后的地面上染上了银白的一片。姜成武就是踏着这浅浅的白霜来到百药堂后面的那片林地。他要坚持修炼武功。无方可从大师曾对他说过,练武贵在持之以恒。他从出了少林寺,并从青城山辗转到京城,很长时间没有修炼功夫了。这几天,他又重新捡起,夜以继日发奋修炼。少林金刚拳他已练就了四成,他坚信,照这样练下去,一定能够成功。他甚至会想,如果早些时日练成了少林金刚拳,那因禁白眉大侠的镣铐就可以早些时候打开了。何茵知道他一早就要练武,便也跟了来。不仅何茵,连那两个小药童铭儿、婉儿,也早早地跟了来,站在远处模仿姜成武动作练起来。姜成武聚精会神地练,他们跟在他后面学。一练一学,就是两个时辰,他们已是大汗淋漓。姜成武停下来,他们也跟着停下来,然后一起回到百药堂。

到了晚上,秦少石和卫国又来到百药堂。这回,秦少石并没有查问百药堂的情况,也没有直接找毛小山问话,而是径直走到姜成武跟前,对他说:师爷想见你。姜成武看看毛小山,又看看何茵,问:什么时候?秦少石说道:你现在跟我走。毛小山在一旁催促道:你去吧。姜成武点了一下头,便跟秦少石、卫国走出了百药堂。

姜成武跟在秦少石、卫国后面,沿着环城河,然后穿街走巷,就到了慕容府。慕容府内戒备森严。秦少石因为是师爷手下的得力干将,或者说心腹,他进慕容府自然不需要通报。走进慕容府的大门,穿过宽阔的院中场地,秦少石丢下随从卫士,将姜成武直接带到一座红墙碧瓦的房屋,然后进了里面的一间,即是中堂。姜成武跨进门,就见一位长须老人端坐在一张太师椅上,目光炯炯有神地注视着来者。秦少石走上前,拱手说道:报告师爷,姜成武已到。姜成武有些拘谨,他连忙上前,拱手说道:姜成武叩见师爷。慕容秋看着姜成武,呵呵一笑,然后抬手示意他坐下。秦少石立即走到姜成武身前,伸手示意姜成武坐到师爷身侧的一张木椅上。姜成武就势坐下。

慕容秋待姜成武坐下后,轻轻地咳嗽了一声,问:你是广西瑶山人?

姜成武想起,自己只是与秦少石在一次交谈中说过自己是瑶山人,这么快,秦少石就将这信息告诉师爷了。姜成武回答:是的。

慕容秋又问:你是什么时候离开瑶山的?

姜成武回答:今年春天。

慕容秋说道:你记得今年春天发生在大瑶山的一场战事吗?

这场战事他刻骨铭心,他怎么会不记得。姜成武在脑海里追忆,自己并没有对秦少石说过那场战事的,师爷怎么知道。知道也没什么,知道更好。姜成武很干脆地回答:记得。

慕容秋说道:你说说看。

姜成武开始有些担心了。师爷会不会与镇压大瑶山农民抗暴的明军是一伙的呢,或者与韩雍官官相护,同流合污也未不可。知道我是那次战事的幸存者,所以特意带我到这里是问。我这次来了,可能就回不去了。他们定是将我交到韩雍手里,以罪治我,到头来,我必死无疑。想到死,姜成武反而无所畏惧了。他心想,我都死过几回了,有什么可怕的,我不如如实说出,看他们能把我怎么样。想到这,姜成武说道:苛捐杂税,民不聊生,他们百般欺压百姓,百姓只有起来抗暴,他们对百姓实行残酷地镇压,连妇孺也不放过。

慕容秋问:他们是谁?

姜成武有些义愤了,他斩钉截铁地回答:他们是韩雍及其杨千里等人指挥的明军。

慕容秋说道:杨千里是被你们所杀?

姜成武说道:我是很想亲手杀了杨千里,只是没有机会,杨千里是被恶人三煞所杀。

慕容秋瞪大了眼睛,他看了一眼秦少石,然后说道:南宁都使府疑案杨千里被杀,原来是恶人三煞所为?

姜成武说道:不错,我亲眼所见,恶人三煞虽然杀了杨千里,但是,他们也不在世上了。

慕容秋说道:他们死于恶人族的一次攻山?

姜成武这下不得不佩服师爷了。师爷身在京城,对天下之事,了如指掌。他点点头,说道:不错,他们死于青城山。

慕容秋说道:我交给你一个任务,你能否答应完成?

姜成武说道:那要看是什么任务。

慕容秋突然一声大笑,眉宇舒展,长须飘动,说道:你不必多虑,你完全可以轻松完成的任务。

这时,秦少石在一旁说道:师爷对你很是信任。姜成武经秦少石这么一说,担心也觉多余的了,便说道:师爷请吩咐。

慕容秋说道:你回去将瑶山那场战事原原本本地写在案上,交与我,我要的是真实的情况,不得有假,而且,这是你个人的任务,与别人无关,我不希望有任何人知道。

姜成武觉得这个任务他是可以完成的,便回答道:我答应师爷。

慕容秋很是欣慰,说道:好,这两天由秦少石陪伴你,我要你后天交文案来。

姜成武点点头,很干脆地嗯了一声。

慕容秋这时站起身来,他走到姜成武跟前。姜成武立马站起。慕容秋拍拍他肩膀,对他说道:从今往后,我希望你是慕容府的常客。

姜成武这时感觉有点受宠若惊了。他连声对慕容秋说道:谢谢师爷。师爷冲着他微微一笑,然后转身去了里屋。秦少石走到姜成武跟前,示意他离开,并和卫国一起一直将他送到百药堂。

百药堂已是夜深人静。秦少石和卫国退出后,姜成武走到自己的寝室准备就寝。当他点亮油灯时,却发现床头摆放着一封信。姜成武连忙上前拿起,将里面的信展开一看,突感震惊。

信是何茵写的。全文如下:

姜掌门,或者叫你姜少侠,你拿到这封信时,我已经离开百药堂了。去哪里,当然去东北长白山。我本来是想和你一起去的,两个人的力量一定比一个人强,但是,我觉得你不会去的。我知道你有心思,你要见你的表妹,你还要报你的仇,这个时候,你是不可能离开京城的。所以,我考虑再三,还是选择一个人去。

原谅我没有当面向你告别。我觉得这样悄悄地离开更好。时间太紧迫了,我们不能再等了,我必须去寻千年雪参,我很眷恋我不做恶人族后的生活,我不想在半年之后就这般地死去,我想你也是,生命是最可贵的,我们还有更好的生活,我们不能放弃。

我希望我尽快寻得千年雪参,这样我们都得救了。如果你完成了你的心愿,我还是希望你尽快到长白山来,我们一起共同面对奇迹的出现,那该多好。

姜少侠,你是我遇到过的最善良也是最为正直的男人,遇到你,是我一生的荣幸。说句心里话,我有点喜欢上你了。我知道,我们之间不可能,你有你的表妹,但是,我还是要说出来。我没有勇气当面对你说,只好在此对你坦露心迹了。如果我不说,我真担心以后没机会说了,说出来,我心里舒服多了。我虽然离开你,但我还是希望你好好珍惜自己的生命,照顾好自己,我永远都会祝福你。

最后告诉你一件事,这是我的判断,仅供你参考。我认为百药堂堂主叶去病并没有死。既然我们所有人都没有见到他的尸体,你就相信我的判断应该是不错的。时间可以证明我的判断。

离开你,是因为想再次见到你。今生今世,希望我们能再次相见。

何茵呈上

第四章　穆王爷处境显堪忧,郡主无虞情窦初开

穆　王　爷

何茵的离开,让姜成武感到太突然。何茵希望姜成武与她一起去长白山,但是,姜成武心事重重,好几件事根本就没有理出个头绪,这个时候,他觉得不便和她一起走。何茵一心要寻解药,是为自己,也是为了姜成武,她当然不可能让时间白白地流逝。所以,她等不了姜成武,要只身前往长白山。对于这点,姜成武是能够理解的。他何尝不想与她一起去呢?

何茵这封信,更是勾起了姜成武对何茵的回忆。何茵本是恶人族恶姑圣使,她与她叔叔恶首乌也是貌合神离,恶人族解散后群龙无首,她就追寻姜成武而来,与恶人族一刀两断,并决心改邪归正,做一个正常的女人。姜成武亲眼看出她的变化,亲身感受到她的温和、正直和睿智。一个人不怕犯错,关键是犯了错之后,要及时改正。何茵就是这样的一个人。她现在已经完全成了一个侠义、正直的女人了,这是一件多么可喜可贺的事。姜成武为她高兴。姜成武回忆起何茵的音容笑貌来,他有点舍不得她离开了。她那么美丽、飘逸、灵气,更是善解人意。如果她在身边,以她的聪明才智,那定是他最好的参谋和帮手。但是,她还是离开了。

她离开了,姜成武很多事情就要独自面对了。现在,他要做的,就是完成师爷交代的任务,他要把大瑶山发生的那场战事原原本本地记录下来,然后交给师爷。他之所以愉快地答应了师爷,是因为他对师爷有着直观的好感,也是对秦少石这位同乡的信任。他相信他们。他要完成自己的任务,他就不能不这样做,也必须相信他们。

于是,他展开纸墨,拿起笔,一边回忆,一边一字一句地在纸上写起来。写了一会儿,他抬头看看身侧墙边的药柜,突然又走了个神。他想起何茵在信中写到百药堂堂主叶去病并没有死。为什么所有人都认为叶去病死了,而她何茵却这么肯定地认为他没有死?我怎么就没有想到,甚至连一点怀疑也没有?

都说叶去病死了,但是所有人都没有见到他的尸体,这就留下疑点。因为叶去病死得面目全非,所以就难以辨认吗?秦少石和师爷并没有说到叶堂主的死,他们为什么这般谨慎?如果叶堂主真的被杀身亡,而且《百毒真经》也被东厂的人所得,那么,他们为什么还要三番五次地再到百药堂呢?难道仅仅是为了抓药?这些确实是个疑问。姜成武想,也许何茵的判断是对的,我宁愿相信她说的话,百药堂堂主叶去病并没有死。

叶去病没有死,那他身在何处呢?受伤在逃?藏匿在无人知晓的地方?被东厂的人控制住或者囚禁了?被王爷及其手下人保护起来甚或被囚禁?姜成武疑虑重重,百思不得其解。

这时已是夜深人静。毛小山见姜成武房间还亮着灯,便走到门旁轻轻地敲了一下门,然后将门推开,对姜成武说道:时候不早了,休息吧。姜成武很干脆地回答一声"好的",便站起身来,以掩饰他正在伏案写字的状态。毛小山并没有在意,转身走了。姜成武重新拿起笔墨,又开始做记录。

也仅用了两个晚上,姜成武终于将大瑶山那场战事的实况记录在一沓纸上,然后郑重其事地交给秦少石,由秦少石代交给师爷。秦少石接过文稿,说道:我代师爷谢谢你。姜成武点点头,越发感觉到这些文字的分量,他突然问:师爷为什么要我写这些情况呢?秦少石说道:师爷要你这样做,自然有他的道理,这对他来说,应该很重要,对你也很重要,将来你就会知道的。秦少石这样一说,姜成武便不好再问了。想想,这也许是我应该做的事,也就罢了。

接着,一切依旧。白天,姜成武帮毛小山抓药,记账,接待病人,晚上和早上,他便来到小树林,开始练功。少了何茵,那两药童铭儿、婉儿仍然不间断地跟着他练习,虽然学之皮毛,但总归是有益的,他们乐此不疲。

突然有一天下午,秦少石对姜成武说道:师爷请你去一趟。姜成武便与毛小山打声招呼,跟着秦少石就来到慕容府。进了慕容府,他没有见到师爷,秦少石吩咐他在中堂歇息,便出去了。姜成武就觉得奇怪,师爷要见他,却又让他歇着,看来并不是什么要紧的事。大约等了一个多时辰,姜成武就听见外面的说话声和脚步声由远而近,接着,就见师爷引着几个人走进了中堂。姜成武不看则已,一看眼睛都瞪得老大。进来的人除了师爷慕容秋和秦少石外,居然还有自己的师父无方可从大师、全真教张真人、峨眉派掌门人释疑师太、华山派掌门人鲁天智、昆仑派掌门桂守一,他们的后面还跟着他的师兄觉悟和尚等人。无方可从大师神态自若。姜成武又惊又喜,他站起身,直接走到无方可从大师跟前,说道:师父,你怎么来了?无方可从大师也觉诧异,他轻舒眉宇,念道:阿弥陀佛。所有人看到了姜成武,都觉诧异。姜成武接着走到觉悟和尚面前,拉起他的手,说道:师兄,见到你,太好了。觉悟侧身看了一眼无方可从大师,然后对姜成武展颜说道:好,好,你没死就好,没想到在这里见到你,阿弥陀佛,太好了。两人相见甚欢。秦少石待他们所有人都进了屋后,自己却走出屋外。

师爷何许人也。他身在京城,却将当今各大门派的绝世高手请到这里,可见其在武林中所享有的地位和人脉。他们在此聚会,莫非有什么重要的事需要协商不成?

慕容秋见大家似乎都很熟悉,很是高兴,示意他们都坐下。无方可从大师等人分成两排坐到早就摆放在那里的椅子上。师爷慕容秋坐在中间的一个太师椅上,他的一侧正中间的位子摆放着一个太师椅,无人就座。觉悟等人并没有安排位子坐,便站在无方可从大师等人身后。姜成武本来要与觉悟站在一起,但师爷却示意他坐到前排的椅子上,与无方可从大师及张真人等人并列。师爷坐定后,用手指着姜成武,对大家说道:想必大家也知道,他是青城派掌门人姜成武,王爷邀大家赴京协商要事,青城派自然不能缺席的。他说过之后,众人点头附和。其实,师爷不说,他们也熟悉姜成武。接着,慕容秋说道:大家稍等片刻,王爷很快就到。无方可从大师等人很平静，姜成武却心潮澎湃。姜成武都不敢相信自己的耳朵了。是不是自己听错了，王爷很快就到，王爷会到这里来？这怎么可能？但是，师爷就是这么说的，怎么可能听错呢？我真的要在这里见到王爷了？这是真的吗？

　　过了一会，秦少石从屋外走了进来，他径直走到师爷跟前，弯下腰对他耳语一番。师爷听毕，便站起身来，对大家说了一句"稍候"，便跟在秦少石身后走了出去。师爷刚走，坐在两排椅子上的所有人都站了起来，他们表情严肃地站在那里，静静地等候着王爷的到来。很快，一阵爽朗的笑声从门外传来。接着，师爷第一个进门，他在前面引路，身后进门的便是穆王爷，接着是王爷的两个贴身护卫。穆王爷身材高大，黑眉白须，面色红润，他身披蟒袍，步履稳健，跟在师爷的后面款步走到刚才那张空着的太师椅前，刚刚站立，所有人同声说道"拜见穆王爷"。穆王爷扫视了一眼，又是爽朗地一笑，坐了下来，然后朝大家摆摆手，示意大家坐下。

　　王爷与武林各大门派的这场聚会，并没有安排在穆王府，这不难看出王爷定有他自己的考量。也许是为了慎重起见，这样可以避人耳目。但是有一点可以看出，穆王爷对师爷慕容秋极度地信任。师爷打着王爷的旗号给各大门派发帖，各大门派自然响应。

　　姜成武生平第一次见到穆王爷，心里生出一番敬畏。因为那场战事，他本来对官府里的人，甚至对当今的皇上都没有什么好感，王爷自然也不例外，但是因为受秦少石的影响，以及对师爷的初步印象，他就相信了，官场里也有好人。穆王爷应该与那些欺压百姓的官僚有所不同。他结交的都是名门正派，他对人平易近人，和蔼可亲，这就很难得。

　　穆王爷开口说道：无方可从大师，好久不见了，别来无恙？

　　无方可从大师双手合十，说道：阿弥陀佛，托王爷的福，老衲尚可。

　　穆王爷又说道：本王让师爷通知你们来，是有要事与你们协商。

　　众人异口同声说道：王爷请吩咐。

　　穆王爷说道：明年，又轮到十年一次的中原武林大会了，上次会议已议定，这一次的武林大会地址选在京郊燕山。我想知道，大家可有什么考虑?

穆王爷点出这个话题,出乎所有人的意料。穆王爷是冲着明年的武林大会而来。

穆王爷接着说道:最近武林,相对还算平静,但是,每到武林大会前夕,总是要起一些波澜的。当今圣上登位不久,更希望天下太平,武林亦是。所以,在这个时候,请大家来京城一聚,是要听听大家的意见。

接着是片刻的宁静。师爷慕容秋打破沉默,说道:穆王爷说了,武林是相对平静,但是,我们不能忽视小的波澜已经开始涌现,我们应该共商对策,防患于未然。

快人快语的华山派掌门人鲁天智接着说道:今天青城派掌门人姜成武也在场,但是他的掌门人之位已被人攫取,这应该是武林的一大耻辱,只是我们不好插手青城派内部的事。

不久前,华山派受邀参加青城派掌门人姜成武登位大典,结果因为常运从天而降搅局,姜成武掌门人之位没有坐实,鲁天智还与常运交上手,受伤不轻,所以,就武林和他鲁天智来说,这确实是一大耻辱。

说到青城派,又说到姜成武,姜成武不能不站起来说话了。姜成武大着胆子,说道:王爷在上,姜成武不才,被青城派四大护门元老推举接任掌门人,不想,常运前来搅局,后又血洗青城山,现在青城山被常运所掌控,青城派名存实亡,本人实乃忧心,还望王爷明示。

穆王爷看着姜成武,眉宇一凝,说道:常运几十年隐身不见,看来这次是有备而来,难道他的功夫真有那么厉害?

这时无方可从大师站了起来,先是"阿弥陀佛",然后说道:在青城山,老衲曾经与常运交过手,他的武功着实不弱。

那次交手,是在常运多次出手消耗部分功力之后,无方可从大师并没有占他上风,可见常运武功之强。

穆王爷说道:常运一个人大闹青城山,后又带人血洗青城山,他有恃无恐,敢与天下武林为敌,难道他背后更有高人指点不成?

一直沉默寡言的释疑师太这时站起,冲着穆王爷说道:王爷说得对,那次青城派掌门人登位大典,常运应该知道各大门派会有重要人物前来道贺,他单枪匹马闯入,并不把现场所有人放在眼里,要知道,凭他的武功是不可能力克群雄的。

说罢,释疑师太便坐了下来。接着,无方可从大师、姜成武等也坐了下来。穆王爷挥手,示意他们都坐着说话。这时,慕容秋说道:常运揣摩大家的心理,这是青城派的掌门人登位大典,他前去夺印,要做青城派的掌门人,这自然是青城派内部的事,其他各门各派自然是不好出手相助的。

穆王爷问:他使的是什么功夫?

姜成武回答说:冲气拳。

穆王爷说道:源自少林寺的冲气拳?

姜成武肯定地说道:不错。

无方可从大师面露尴尬之色,他说道:罪过,冲气拳确实出自少林寺,至于是何原因为常运所掌握,老衲也不甚清楚。

慕容秋说道:听说常运的冲气拳已练至十成,锐不可当。我担心,他会在武林大会上发难,大家要有心理准备和对策。

穆王爷说道:这是很有可能的,他现在出山,自然是冲着武林大会而来,搅局青城派掌门人登位大典,血洗青城山,只是他重出江湖的第一步,这一步就是要给天下人立威,制造人为的恐慌。我们须小心为是。

鲁天智拱手说道:王爷,我有一个提议,不知可否?

穆王爷:请直说。

鲁天智说道:我们可以组织各大门派武林高手前往青城山,将常运抓获,在明年的武林大会上进行公审,还武林一个公道正义。

张真人说道:这主意未尝不可。

穆王爷说道:这主意可行,但是方式方法要得当,武林大会召开在即,武林尽量不要出现大的波澜,师爷慎重考虑一下。最近,我听说天柱神尊练成了碧血剑法,还听说东北冒出了个天池白头翁,此人面相善良,其实邪门邪术,心狠手辣,东北之地,人心惶惶。

张真人说道:天柱神尊,我与他交过手,此人武功不弱。

穆王爷脸上显出忧虑的神情,说道:我在想,这些人如果冲着武林大会而来,我们应该如何面对,这些人做大,对武林、对大明江山都是个威胁。

张真人说道:这次武林大会我们应该防止出现上次武林大会神秘光头老翁搅局的事。

无方可从大师这时说道:周全起见,我们确实应该协商一个应对的办法。

张真人、释疑师太很赞同无方可从大师的意见。张真人说道:这些人是在暗处,他们似乎已在行动,采取的方法又是各个击破,武林各大门派只有联合,才能克敌制胜。

穆王爷点点头,对慕容秋说道:这个我们要好好研究,师爷与各派商量一下此事。

慕容秋立即倾一下身子,对王爷说道:谨记王爷吩咐。

穆王爷环视四座,展颜说道:你们有什么想法,尽管提出,武林之中,正邪不两立,各大门派只有精诚团结,才能众志成城,铲除邪恶,维护武林正义。

众人齐声说道:谨听王爷教诲。

姜成武这时突然想起白眉大侠,他大着胆子对穆王爷说道:白眉大侠被东厂的千户英布囚禁于青城山脚下,不知何故,望王爷查明,还白眉大侠一个自由身。

穆王爷说道:这个我也听说了,东厂直接听命于皇上,我们不可贸然行事,得选择时机,我想会有结果的。

穆王爷略有停顿,然后提高嗓门说道:你们都是我大明的栋梁之材,吾皇登基不久,百废待兴,人心思稳,武林应该是一支稳定的力量,在这重要的历史时期,我们更希望武林能有所担当,发挥自己的能量,维护武林正义,为大明江山稳定做出自己的贡献。

接着,穆王爷站起身来,他看了一眼在座的所有人,说道:本王召你们来,就是要你们商议明年武林大会事宜,我希望这次武林大会不会出现乱局,我们要早做准备,希望武林盟主在名门正派当中产生,我们拭目以待,你们接着商议,本王先行告辞。穆王爷说完,便转身离开了。所有人站立目送。穆王爷走后，师爷慕容秋与大家继续商议。直到傍晚，师爷才拿出一个初步方案出来，各方皆感满意，会毕，师爷留各位用餐。

无方可从大师刚被慕容秋送出门，姜成武跟在他身后，对大师说道：师父，可否在百药堂停留呢？我在那里居住。

无方可从大师略有所思，说道：老衲有要事在身，须赶回少林寺，姜掌门，这就别过。说罢，便与师爷、张真人、释疑师太等人告别，与觉悟一起离开。无方可从大师只是在少林寺的时候对姜成武说过"为师"，其他时间，他都直呼姜成武为姜掌门，似是有意为之。

姜成武还没有来得及与无方可从大师、觉悟师兄一聚，他们就匆匆离开了，这让姜成武有些失落。一连几天，他都沉浸在与觉悟师兄朝夕相处的回忆中。他暗自庆幸觉悟师兄从青城山回到了少林寺，觉悟好好的，并且与师父在一起。他心下释然。想到青城山，他自然又想到了常运。前些天，慕容府聚会时，各大门派前辈商议由峨眉释疑师太牵头，组织武林精英，前往青城山，进行一次突击行动，逼迫常运交出青城派掌门人之印和金字长枪，并将他囚禁，待到明年武林大会，对他进行公审。常运窃取青城派掌门人之位，这虽然是青城派内部的事，但其违反武林正义，天下武林不能坐视不管。释疑师太提议，这次突击行动一个月后展开。姜成武既兴奋，又觉惶恐。兴奋的是，武林前辈为他主持公道，一起擒拿常运，还青城派本来的面目，惶恐的是，自己武功不济，参加这次行动，只怕给前辈丢脸，拖他们的后腿。时间还有一月，我要好好练功才是。

接下来，姜成武的生活一如既往。白天帮毛小山忙里忙外，晚上夜深人静的时候，他就来到那片小树林开始了苦练。

有时，他也想到了表妹。表妹是世界上最美丽最善良也是对他最好的女人，与表妹相处的时光，是他人生最幸福的时光。你情我愿，相濡以沫，如果没有那场战事，他和表妹应该结成夫妻了。谁知道，天逆人愿，如今，他们近在咫尺，却远在天涯。他开始担心起表妹的处境来。表妹身处逆境，人生地不熟，身边连一个亲人都没有，她多么孤单，又多么凄凉，如果我不救她，谁又能救她呢？表妹一定以为我死了，想象着表妹无

106

望无助的表情,姜成武心都要泣血了。

一天早晨,秦少石只身一人来到百药堂。姜成武与他单独在一起交谈时,终于将表妹的事对他说了。秦少石很是吃惊。他对姜成武说道:你怎么不早说?姜成武似乎看出了希望。秦少石说道:韩雍每次战事,都会将俘虏来的少女送往皇宫,由皇室差遣,皇室挑过之后,剩下的送给大臣们做奴婢,这些少女一旦离开家乡,就像泥牛入海,音讯全无,你根本没办法找到她们,如果你早说,她们刚被押往京城,也许王爷出面,向韩雍讨个人情,能找着她,但是,她们被遣入皇宫,王爷也不好过问了。

姜成武听了这话忧心忡忡,问:王爷出面,能否打听到她呢?我到现在连她是死是活都不知道,好想见她一面,或者至少知道她还活着就好了。

秦少石瞪大了眼睛,说道:你说得轻巧,你说让王爷出面,王爷就出面了吗?王爷每天都有重要的事,怎么会为你个人的事拉下脸面费尽周折呢?除非……

姜成武听出了话中有话,急切地问:除非什么?

秦少石说道:除非找师爷。

姜成武真的看出了希望,讨好似的对秦少石说道:你向师爷说说,师爷定会帮忙的,呵呵。

秦少石看了一眼姜成武,笑了。笑过之后,他说道:平时我看你敦厚老实,甚至有些木讷,没想到,你倒机灵得很。

姜成武嘻嘻一笑,说道:你帮人帮到底,就当做善事。

秦少石一本正经地说道:我帮了你,能有什么回报?你将你的少林金刚拳传授于我?

姜成武说道:少林金刚拳只传授少林弟子,师训不可违,除了这个,其他的,我能做到的,定会做。

秦少石哈哈一声大笑,说道:除了这个也没什么了,不难为你,如果我们打听到了你表妹的消息,你请我喝酒就是。

姜成武一连说了好几个"行"字,又说道:我与你一醉方休。

秦少石问:你表妹叫什么名字?

姜成武回答:纪小兰,我叫她兰儿,她是广西贺县人。

秦少石用心记下,然后问了一些其他的事,便离开了。

姜成武大半年来难得地开心,他似乎有了一种很快就能有表妹信息的预感,他甚至设想,如果有了表妹的信息,他就有可能见到表妹了。

但他并没有让喜悦的心情溢于言表,因为他知道打听表妹的事并不是一天两天能就做到的,所以他必须耐心地等待。他仍然抓药、问诊,忙前忙后,毛小山与他朝夕相处,也没看出他内心的变化。到了晚上,他又来到小树林,借助火折,偷偷打开《少林金刚拳》秘籍,暗自练功。他来到百药堂这些天,沉心研习,武功已是大有进益。《少林金刚拳》武功秘籍他已熟记于心,他自己都感觉到了这种强功在自己身上的体现,他甚至很自信地认为,少林金刚拳,他已练到了六成。但是,这远远不够。他知道,练少林金刚拳,越到后来,越是难上加难。师父无方可从大师内力深厚,武功高深莫测,也从来没说过练到十成的功力,何况是我? 我除了加倍练习,岂能懈怠?

这样一去又是半月。京城的冬天如期而至。接着,下起了第一场大雪。整个北方大地已是银装素裹,白皑皑的一片。两药童铭儿、婉儿早上起来,见到厚厚的积雪,欢呼雀跃,连忙跑进院子里堆起了雪人。南方的孩子哪里见过这么大面积的厚厚积雪。

秦少石上次走后,一连半月没有回到百药堂。也许是因为百药堂最近没有东厂的人来打搅,或者他有其他很重要的事做,姜成武倒是真的想看到他。他越是长时间不来,姜成武越是担心表妹杳无音信。百药堂的案子仍然是一宗悬案,什么人做得如此巧妙,如此高超,王爷竟然也是束手无策。

但是平静之中总是孕育着变化,越是相安无事,越是有着无常的变动和机会在等待着姜成武。秦少石上次走后,真的将姜成武所托之事放在了心上。他几乎是第一时间将这事向师爷报告了。师爷很是吃惊,说道:还有这事,既然都在京城,他们表兄妹如果能够相见也是情理之中的事,我们为什么不做这成人之美的事呢? 于是,他们真的开展了行动。师爷慕容秋住在京城多年,自然有一些人脉,包括韩大将军韩雍的手下。

所以，这事他们并没有惊动穆王爷，也没有惊动韩雍大将军，居然也打听到了一个确切的消息。那就是，姜成武的表妹纪姑娘，被韩雍他们押往京城，现已发配到皇宫，也就是紫禁城了。至于在皇宫何处，师爷不得而知。皇宫之地，除了王爷，并不是他随便可进的。

秦少石得知这个消息后，踩着厚厚的积雪，来到百药堂，也算是在第一时间告知了姜成武。姜成武喜出望外。他抬头看着深邃的天空，自言自语地说道：苍天有眼，我表妹还活着，真是太好了。是啊，活着就有希望。姜成武沉浸在这突如而来的喜悦之中，久久不能平静。还是秦少石打破了他内心的狂热，说道：你说过的，我们去喝酒，一醉方休。

接着，两人来到百药堂不远处的一个酒肆，要了一坛酒。姜成武点了几个菜，两人便喝起来。

酒过三巡，秦少石黯然神伤，情不自禁地说道：姜老弟，我告诉你，我如你一样，也是孤儿，我刚出生的时候父母就已亡故，我对我父母没有任何的记忆，我是我叔叔带大的。在我十六岁的时候，我叔叔被人所害，至今我都不知道杀害我叔叔的凶手是谁，我在京城也是举目无亲，幸好师爷收留了我。姜成武身边认识的人当中，那么多都是孤儿，这是什么世道。秦少石这么一说，姜成武感同身受，说道：我们命运如此相似，不过，你的境遇比我要好，你有师爷，是一件多么幸运的事，不过，我认识你，是我的荣幸。秦少石举起酒杯，对姜成武说道：姜老弟，不说这些了，喝了这杯酒，我要对你提个建议。姜成武端起酒杯，很干脆地说道：好，秦兄，你尽管说。两人同干而尽。秦少石说道：如蒙姜老弟不弃，我提议，我们做个拜把兄弟。姜成武甚是感动，说道：秦兄抬举我，十分荣幸。

接着，两人当着酒肆店小二和所有客人的面，举行了一个简单的结拜仪式，结为兄弟，不求同年同月生，但求同年同月死。仪式结束后，两人举杯同庆，引得酒肆的客人鼓掌助兴，举杯庆贺。整个酒肆好不热闹。

两人心情愉快，酣畅淋漓。姜成武爽快地从衣兜里掏出银两，"啪"的一声拍到桌上，对店小二说道：小二，结账，不要找了。店小二就站在附近，连忙跑过来，收起银两，一阵窃喜。秦少石哈哈大笑。接着，两人手挽着手，走出酒肆，踏上厚厚的积雪。两人似醉非醉，边走边大笑。走了很长的一截路,才郑重道别,各自回去。

姜成武生平第一次喝这么多酒,也是生平第一次这么开心兴奋。第二天醒来的时候,他仔细地品味昨晚与秦少石在一起喝酒的情形,会心地一笑,自己这么能喝酒,想不夸自己都不行。毛小山见他面露喜色,问:又想表妹啦,这么开心?姜成武冲他一笑,不言语。毛小山进了诊室,姜成武自个坐到自己的座位上,一边回忆,一边又是发笑。

这时候,一阵银铃般的说话声,打破百药堂的宁静。百药堂好长时间没有这种清脆的女人说话的声音了。姜成武好奇得很,听到声音,本能地倾着身子向门外探听。眼还没有眨一下,他就看见一个美丽得似乎不那么真实的女孩活脱脱地站在他面前。姜成武揉揉眼睛,一点不错,就有这么一个美丽女孩站在他面前。接着,这个女孩的后面又站出两个女孩来,似是她的同伙。前面的女人浓眉大眼,长发披肩,上着绣花小袄,下着蓝花裙裤,分外妖娆,她应该是京城某大户人家的小姐。她后面的两个女孩穿着要朴素得多,定是她的丫鬟了。大小姐见到姜成武,眼睫毛一闪,问道:小师傅,你给我拿一服藏红花。姜成武一时没有反应过来。大小姐又说了一遍。姜成武顿时醒悟,手足无措。他慌忙站起,走到药柜前抽出一个标明“藏红花”的抽屉,然后转身拿起一个钳子。这时,他才想起问客人需要多少,他问:请问小姐,买多少?他说话似有口吃,引得大小姐发笑。大小姐说道:要五两。姜成武便按要求称出五两,递给大小姐。大小姐并没有接,她身后的丫鬟上前一步,接过药材,另一个丫鬟上前付了银两。大小姐冲他一笑,便转身向外。很快,三个女孩像一阵清风从姜成武面前消失了。没有消失的、站在他身侧的却是毛小山。毛小山什么时候站在这里,姜成武全然不知。姜成武仍然看着门外,不忍侧目,毛小山伸手在他眼前晃了晃,这才打断他的憨态,让他顿显窘迫。毛小山揶揄道:人都走远了,你看什么看。姜成武朝毛小山傻傻地一笑,低下头来。其实,他心里没有什么非分之想,只是好奇,一个出身名贵的京城大小姐,怎么会亲自到百药堂来抓药呢?

毛小山摇晃了一下脑袋,说道:你如果现在出门看一下,也许就知道她是谁了。姜成武看着他,将信将疑,真的站起身来,奔出门去。他站在百药堂门前,远远地就看见刚才那三个女孩踏着厚厚的积雪,向城里走去。她们的后面,居然跟着威风凛凛的八名皇家护卫。天哪,这女孩什么来头?

毛小山走到姜成武身后,姜成武回过头,问:她是谁?

毛小山说道:她是谁,说出来吓你一跳,她是穆王爷的千金郡主。

姜成武听毛小山这么一说,着实是瞪大了眼睛。

百药堂堂主

《少林金刚拳》第十章:"远之拳足,近之膝肘,靠之以摔,相机以擒。"

姜成武悉心练武,孜孜不倦,少林金刚拳突飞猛进,按秘籍进度,竟然已至八成。达到这种境界,常人难以想象,全是凭借姜成武天资聪颖,从小在大瑶山山林历练出来的结实的体格和潜质。他一走进这片小树林,就到了忘我的境界。死去的恶人老三曾经说过,也许他就是练武的料。恶人老三说过的话,就这一句让他记得清楚,其他的全然没有印象。

是啊,我要救我的表妹,我要报父母乡亲之仇,我没有深厚的武功怎么行?

夜深人静,唯有姜成武在这片小树林里手舞足蹈,左腾右挪。那两药童铭儿、婉儿,终究没有坚持下来,早早地回了百药堂。姜成武如入无人之境,练至四更时分,才停息下来。杜甫诗曰:"四更山吐月,残夜水明楼。"借着夜色,姜成武依稀看见环城河对面的楼影,以及处处辉映的积雪。一股寒风袭面而来,他打了一个冷战。这时,他才想起回百药堂歇息。刚走几步,突然看见前面有一个人站在林间的雪地上,姜成武大为吃惊。这个人身材健硕,上穿黑袄,站在那里背对着他。这人既不是毛小山,又不像秦少石,他会是谁呢?姜成武一边往前走,一边思忖。这人会不会来者不善?或许是同道之人,见我习武,便要会一会。或许他就是东厂的什么人,要拿我是问。姜成武回百药堂,必须从这人身边经过,这人拦在这里,自然是冲着他而来。是福不是祸,是祸躲不过。姜成

111

武不想多事,只想回去睡个好觉。他只好硬着头皮往前走,从他身边过去。

姜成武走至这人身边快要越过时,这人突然说道:且慢。姜成武停下脚步,双手握拳,暗运内力,以防这人突然袭击。这人慢慢地转过身来,姜成武侧过身,抬头一看,却是一位老者,并无杀气,姜成武这才放松状态。姜成武看着他,不说话,倒是老者说道:你是姜成武?

姜成武有些吃惊,但很镇定,回答说:正是。

老者说道:你跟我来。

老者说话言简意赅,斩钉截铁,不容置疑。姜成武心想,这老者不像是不善之人,他既然这么说,定是有什么事需要让我明白,我去也无妨。于是他跟在老者的身后。

老人并没有转身,而是向百药堂方向走了一截路,才转入林中的另一条小径。这条小径被积雪覆盖,几乎无人走过,姜成武就纳闷,这人是从什么地方过来的,如此神秘。穿过密林,这条小径的尽头竟是环城河边。河边有一棵一人合围粗的古柳。老者从河沿,弯腰走到古柳下,然后用手搬开一块青石板,老者示意姜成武跟着他进去。姜成武又是吃惊,这分明是一个地洞。这地方,他以前来过的,这棵古柳他也熟悉,但就是不曾发现古柳的下面有一个地洞。古柳是最好的障碍物,地洞口做得如此巧妙,别说是他,就是其他行人,谁又能发现呢?

地洞渐行渐宽,很快就能直立行走。姜成武跟在老者身后,连火折都不需要亮起,因为这个地洞,每隔几米之处,便有蜡烛光照耀。姜成武心想,定是这老者长期住在这里打理,使得这里如世外桃源般的光鲜。老者将姜成武引至一间较为宽敞的石屋,示意姜成武坐到一条小木凳上。姜成武这才正面看清老者的面目。老者圆脸宽额,面色红润,皱纹满满,上撇浓眉,下蓄黑须,头发黑白相间,看岁数应至花甲。老者待姜成武坐下后,又问了一遍:你是姜成武?

姜成武很干脆地点点头,回答说:不错。

老者在姜成武面前坐了下来,脸上显出悦色,说道:你知道我是谁吗?

姜成武摇摇头。这老者,以前从未见过,姜成武怎会知道他是谁。

老者稍有停顿,然后一字一句地说道:我是百药堂堂主叶去病。

这下姜成武眼睛瞪大了。尽管之前,何茵臆断过,百药堂堂主并没有死,但是今天听老者这么一说,又见了老者本人,他仍然吃惊不小。他眼睛直视着老者,问:你不是已经死了吗?

老者摇摇头,感叹一声,说道:所有人都以为我死了,但是我并没有死,我就是百药堂堂主叶去病,百药堂堂主只有我一人。

姜成武听老者这么一说,当然相信。他点点头,也是感慨地说道:原来你就是百药堂堂主,很高兴在这里见到你。关于百药堂堂主,他听到的除了他的死讯,都是正面的传闻,所以他这样说。姜成武说道:百药堂被洗劫,叶堂主没有受伤吧?

叶去病摇摇头,说道:如果没有这个密道,我也许早已死在百药堂了,他们几乎杀死了我所有的伙计。

姜成武关切地问:他们为什么要这么做? 他们是谁?

叶去病凝神说道:他们是东厂的人,自然是冲着我和《百毒真经》而来。

早前在百药堂的时候,姜成武就已听过毛小山和秦少石的分析,与叶堂主所说,基本吻合。姜成武问:《百毒真经》已被他们所掠?

叶去病叹了一口气,说道:怨我无能为力,《百毒真经》为贼人所掠.

姜成武又问:真是东厂所为?

叶去病点点头,说道:不是他们还能是谁。

姜成武感慨道:东厂的人真是为所欲为,无恶不作。

叶去病又深深地叹了一口气。沉默了一会,他说道:你知道我为什么要找你来吗?

这正是姜成武要问的问题。叶去病为什么选择我呢? 他完全可以找毛小山或者秦少石,甚至是王爷的。他们不仅可以信任,而且可以帮他,甚至保护他。但是,叶堂主,像是有选择的,他找的是姜成武,这是为什么?

姜成武看着叶去病,摇摇头,回答:不知道。

叶去病舒展眉宇,说道:也许你可以帮我。

姜成武有些诧异,重复了一遍叶去病说过的话:也许你可以帮我。然后问道:我怎么帮你呢?姜成武心想自己身在京城,学识肤浅,武艺不精,人生地不熟,怎么可以帮他呢?穆王爷是皇帝身边的人,手下高手如云,叶堂主为什么不找穆王爷呢?

叶去病说道:我选择你,不会有错,本来我可以找穆王爷的,但我考虑再三,暂时还不妥,穆王爷虽然势力强大,手下高手众多,但是京城派系复杂,穆王爷与东厂的人暗中较劲,矛盾深厚,如果我现在找王爷,只会将这事过早地暴露于天下,引发王爷与东厂的正面冲突,这会连累穆王爷的。

叶去病自从百药堂被劫后一直未露面,但是,这外面的情况他并不陌生。百药堂重新开张,东厂的人多次侵扰,穆王爷插手调查此案,他全都知悉。姜成武恍然大悟,原来我们每天所做的,都是在他老人家的眼皮底下进行的。试想,百药堂被洗劫,身为百药堂堂主的他,只要活在世上,怎么会袖手旁观呢?这时,姜成武才觉得,叶堂主选择在这深夜,与我见面,是很自然的事。但是,他要我怎么帮他呢?即使我想帮他,是否就能帮得上呢?

姜成武这时抬头看看石屋的四周,这里静寂得很,这个地道,想必是叶堂主多年的杰作。他转又对叶去病说道:后生才疏力薄,不知道如何帮你。

叶去病面露慈祥之色,对姜成武说道:姜少侠不必为虑,你完全可以做到的,这对你也是帮助。

对我自己也是帮助?姜成武好奇地问:叶堂主要我怎么做?

叶去病一字一句地说道:我要你去帮我夺回《百毒真经》。

姜成武本来就应该想到叶堂主会有这个要求的,但是从他嘴里说出,姜成武仍然有些震惊,因为要夺回《百毒真经》,那就是要与东厂的人对抗,这无异于与虎谋皮。试想,那东厂千户英布,连武功高强的白眉大侠都被他困于青城山下,我一个区区年轻后生,又如何与他斗得,只怕我还没有吹动他一根汗毛,就已经粉身碎骨了。一个千户就能如此,何况一个东厂？穆王爷位高权重，与他们相斗，尚无压倒之势，我又能如何？这个任务说得轻巧，叶堂主这一出口，就已经将我压得喘不过气来了。我是接还是不接？不过，话又说回来。东厂作恶多端，欺上压下，处处残害忠良，人人得而诛之，作为武林后生，也应像武林前辈那样，维护武林正义，惩恶扬善，义不容辞。我不接这个请求，谁又能接？

姜成武很干脆地说道：我很愿意去做这件事，只是，凭后生之力，如何能夺回《百毒真经》呢？

叶去病冲姜成武摆摆手，说道：这个姜少侠不必为虑，我自然会有办法。

姜成武双手握拳，说道：悉听尊便。

叶去病站起身来，向前一步，用手拍拍姜成武的肩膀，对他说道：你答应我，我就安心了，今天你还是回去早点休息吧，到时候我会找你的，另外，我们相见之事，暂不可对外人说，包括毛神医、秦少石，甚至穆王爷，可否？姜成武很干脆地嗯了一声，然后站起身来。叶去病将姜成武引至洞口，与姜成武告别，说道：姜少侠习练《少林金刚拳》切不可停歇，这是非常有益的。姜成武点点头，然后走出洞外。

回到百药堂，姜成武躺在床上，辗转反侧。自己在百药堂已有些时日，竟然不知道百药堂下面还有一条秘密通道通到环城河边。许多人都以为百药堂堂主叶去病死了，但他却活着好好的，王爷他们竟然不知道。何茵真是聪明，所有人当中，唯有她独自断定叶堂主没有死，果不其然，她真是高人。叶堂主要夺回《百毒真经》，防止它留在东厂那里为祸四方，他选择了我，难道是看重了我身怀绝技不成？我每天在他洞边练武，他是应该看到的，只是我没有发现他而已。他活着，为什么不让他的徒弟毛小山知道呢？给毛小山一个惊喜多好？毛小山智慧多多，我们可以一起商量对策的，但是我答应过叶堂主的，这个秘密是不可以告诉他的。思来想去，也想不出一个头绪来。姜成武没有接着往下想了，因为困意侵扰着他。他很快就进入了梦乡。

第二天晚上，姜成武继续在林中练武，直到子夜时分，他没有见着叶堂主。

第三天晚上,姜成武继续在林中练武,直到子夜时分,他仍然没有见着叶堂主。他直接去了河边,那棵古柳在寒风中耸立,姜成武看到了那块青石板,青石板将洞口盖得严严实实,姜成武没有想起要去揭开它。他站在那里不到片刻工夫,就回到了百药堂。

第四天晚上,姜成武继续在林中练武,直到子夜时分,他终于见着了叶堂主。叶堂主走到他跟前,悄声对他说道:我们走。接着,他们一同走进洞里。

叶去病将他引到那间石屋,仍然让他坐在上一次的那条凳子上,然后对他说道:我带你见一个人。

姜成武很是诧异。叶堂主要带我见一个人,那会是谁?这条密道除了叶堂主和我,哪里有第三人?毛小山和秦少石也不可能在这里,他带我见谁呢?叶去病并没有坐下,他对刚坐下的姜成武挥挥手,说道:你跟我来。姜成武像被他牵着鼻子一样,站起身来,跟在他后面,向石屋里面阴暗的角落走去。

石屋里面还有一个洞口。两人进了洞口,穿过一段窄窄的密道,便是一个开阔的近似于石屋的地方。这里烛光微弱,但姜成武分明看得见一个老人坐在一张圆桌边,一只手伏在桌上。这人背对着他,一头白发。姜成武在脑海里搜索着此人的可能身份,一无所获。叶堂主将姜成武引到老人身边,示意他坐下。姜成武坐到老人身侧的一个石凳上。叶堂主对白发老人说道:前辈,这就是姜成武姜少侠。片刻没有反应。姜成武正欲抱拳道明,话刚到嘴边,就见白发老人靠近姜成武这边的左耳动了一下,接着他慢慢地转过身来。姜成武只好将到嘴边的话打住。白发老人几乎与姜成武面对面,姜成武这时才看清,白发老人除一头白发外,连眉毛和胡子都已花白,满脸皱纹几乎深到骨髓,要是那两个药童铭儿、婉儿见了,定是被吓到哭泣,姜成武猜测这老人至少也有八十岁了,可谓耄耋之年。

白发老人咳嗽了两声,睁开眼睛,他先前几乎是闭着眼睛的,对姜成武说道:你原是恶人族门下,后又做了青城派的掌门人?

白发老人说话沧桑。姜成武不会想到,白发老人会这样问他。他与白发老人素昧平生,这老人怎么会知道他的过去,定是叶堂主将自己知道的都告诉了他。姜成武摇摇头,说道:我并不是恶人族门下,但确实做过青城派的掌门人。

老人嚅动一下嘴唇,说道:你知道恶人族的第一任首领是谁吗?

姜成武说道:你是说恶首乌?

老人摇摇头,说道:错。然后,他眼里放出敏锐的光芒,说道:是恶老,乌不朽。

关于恶老乌不朽,姜成武先前已经听说过。他不是在不久前与青城派原掌门人常年在贵州六盘水交手,死于非命的嘛,白发老人为何要提他? 姜成武说道:我听说过,他不是死了吗?

老人说道:不错,他确实死了,你知道是谁将他置于死地?

姜成武不假思索地说道:当然是青城派原掌门人常年。

老人这时字正腔圆地说道:我就是常年!

这下姜成武又是瞪大了眼睛。这就是常年,这怎么可能? 真是奇了怪了。所有人都认为百药堂堂主叶去病死了,叶堂主却是好好地活着;所有人都认为常年与乌不朽交手于六盘水,双双死于非命,但常年却没有死,正与他说着话。这两人就这般地活生生地坐在他面前,这是怎么了,这事怎么都被我赶上了。常年接着说道:你真的以为常年死了吗? 姜成武肯定地点点头。常年侧身看了一眼叶去病,又转过身对姜成武说道:幸亏你不是恶人族门下,不然我杀了你。常年说这话,姜成武一点也不觉奇怪。青城派与恶人族,世代为敌,水火不相容,常年见了恶人族的人,能不杀吗? 常年见姜成武不说话,又说道:乌不朽确实死了,但我没有死,我受了重伤,隐身深山老林养伤,所以外界皆以为我死了。

姜成武若有所思,说道:原来是这样,常前辈活着,这是一件再好不过的事了,青城派弟子如果知道了这个消息,定是欢欣鼓舞,打心底里高兴。接着,他问:常前辈,你可知道青城山后面发生的事?

常年说道:我当然知道。

姜成武说道:那为何听之任之,任凭你弟为非作歹,残杀青城派弟子?

117

常年停顿了一会，叹口气，说道：我如果没有叶堂主，我的伤又如何好得这么快？我这样现在，我又如何能斗得了我弟弟常运。

姜成武这时已然明白，为什么叶堂主和常年会在一起，而且就在他眼前。姜成武想到这里，突然起身，双膝跪地，双手作揖，对常年说道：掌门前辈在此，请接受后生姜成武一拜。姜成武曾经接受常明等四大护门元老的请求，任青城派新一代掌门人，青城派原掌门人在此，他自然要屈膝作拜。常年这时"哈哈哈"仰天长啸，然后，伸出双手，对姜成武说道：请起，姜少侠不必拘礼。待姜成武重新坐定后，常年说道：当年我对常运不薄，不想他一直对我执掌青城派掌门人之位耿耿于怀，他利欲熏心，残杀我青城派那么多弟子，是可忍，孰不可忍，我怎么可能听之任之？不过，青城派有你掌印，定会发扬光大，我定会放心。

姜成武想想自己武功平平，却受常年老前辈如此器重，很是感动。他说道：后生才学肤浅，武功平平，只怕我有负前辈重托。

常年停了一会，接着说道：姜少侠，你听着，从今天开始，我就让你重拾青城派掌门人之位。

姜成武连忙说道：常前辈身体健硕，伤势也已复原，自然应该重掌青城派，这青城派掌门人之位本来就是前辈您的。

常年摇摇头，说道：我伤病虽然已除，但身疾难以根除，何况我年事已高，即使与常运交手，也没有必胜的把握，所以我让你来完成这个任务。

姜成武又说道：即便常前辈不愿做青城派掌门人，但常明也是胜任人选，应该支持常明做青城派掌门人，为何选我？

常年说道：你是掌门人最合适的人选，请不必为虑，常明的武学潜质不如你，我们父子不会再有这个兴趣，唯有你，青城派才会发扬光大。

姜成武受宠若惊，但他还是有些犹豫，说道：以我之功，哪里是常运的对手，前辈何必这般抬举我？

常年说道：这个姜少侠也不必为虑，我自有考虑。

一直沉默不语的叶堂主这时终于说话了，他说道：姜少侠听从常前辈的安排，自然能够战胜那常运，重掌青城派。

姜成武再也不好推辞了，便说道：有前辈指教，悉听尊便。

常年说道：现在，摆在你面前的两个任务，夺回青城派掌门人之位，夺回《百毒真经》，极其艰巨，你有没有信心？

姜成武看看常年，又看看叶堂主，很爽快地点点头，说道：有信心。

常年与叶堂主相视而笑。常年一只手按住右腿，艰难地站起身来。姜成武这时才明白，常年说的身疾，原来是他的右腿残废了。姜成武欲上前搀扶他，被他摆摆手拒绝了。常年何尝不想重执青城派掌门人之位？但他这身疾，确实无法与常运交手，所以他只好将此重任交给姜成武了。常年终于站起，然后艰难地向里挪动脚步，对姜成武说：你跟我来。

姜成武跟着常年，来到里面的一间密室。这里烛光更弱，整个密室较为昏暗。叶堂主并没有跟随他们进密室，而是将他们送到密室门口停下了，并将密室的门关上。常年指着一个石椅，对姜成武说道：你坐下。待姜成武坐下后，他说道：现在，我要将我的几十年的内力传给你。姜成武大为吃惊，连忙对常年说道：前辈大可不必，前辈将全身的内力传送给我，前辈岂不成了废人一个，万万不可。常年听姜成武这么一说，面色凝重，说道：我本来已是废人一个，姜少侠为何不能成全，了了我愿，我们齐心协力对付常运，才是最重要的。姜成武看着常年满脸严肃的表情，知其所言似是不容置疑，只好抿住嘴，朝常年点点头。接着，常年坐到他背后，将他的上衣撩起，然后双手按在他后背上，暗暗发力。很快，姜成武的后背青烟缭绕，层层扩散，直至整个密室云气蒸腾。大约一个时辰，就听常年大喊一声，整个人似被炸药爆出，身移几米之外的墙边，撞墙倒地。姜成武血脉贲张，内息升腾不止，随着常年这一声之后，他整个人浑身一颤抖，顿时昏厥。

又大约两个时辰，叶堂主推门而入。他走到姜成武身边，拍拍姜成武的肩膀，问：姜少侠，你没事吧？姜成武仍然昏迷不醒。这时，一个更为苍老的声音，从墙边传来：他没有事的。这声音出自常年之口。常年依在墙脚，因为说了这一句话，更显虚弱而无力。叶堂主走上前，将常年搀起，喊了一声"前辈"。常年尽管虚弱，他仍然拼出全身的气力哈哈一

119

笑,说道:天助我也。很快,他又恢复平静,对叶堂主说道:我现在如常人一般,也算是返璞归真了,痛快。叶堂主将他搀扶到石桌边,让他依伏石桌,然后走出门去。很快,他端来一碗药汤,对常年说道:前辈,你喝了它,补补身子。常年像个听话的孩子一般,抬起头来,双手端起药汤,很快就喝了它,然后伏在桌上休息。常年刚睡了去,姜成武就蠕动起身子来,醒了。他浑身是汗,豆大的汗珠从额上滚落。叶去病转过身,对他说道:姜少侠,你感觉如何?姜成武慢慢地直起腰,伸张四肢,然后说道:我感觉体内翻江倒海,现在才平息下来。叶去病示意他坐着别动,便又出门端进一碗药汤,递给姜成武。姜成武很快接过,便喝了它。叶去病见他喝了药汤,问:感觉怎么样?姜成武回答:很好。

没过多长时间,常年与姜成武恢复如常。姜成武功力大增,而常年却成了再平常不过的人了,按武林的说法,他也就是废人一个。但他并不以自身的武功废弃而后悔,相反,对把功力传给姜成武而由衷高兴。临分别的时候,常年对姜成武说道:从明天开始,你继续习练少林金刚拳,会感觉不一样。姜成武正愁自己武功进益太慢,如今获常年所传几十年的内力,如获至宝,他都不知道如何感激常年老前辈了。与其说些感激的话,不如满足前辈心愿,誓要除去常运,夺回青城派掌门人之位。

姜成武走出洞口,身轻如燕。他一个箭步,居然飞掠好几棵树木之梢,差一点撞着前面的一棵大树。接着,他又出手冲拳,居然将一棵碗口粗的树拦腰击折,“嘎吱”倒下。接着,他试着练一套少林金刚拳的套路,结果所到之处,风生云起,叶落枝碎。姜成武都不敢相信眼前的事实了,天哪,我这是什么神功,如此厉害。试了一阵,他便停下来,像往常一样回到百药堂,一切依旧。他白天做工,晚上练武,他就像什么也没发生一样。毛小山忙毛小山的活,他根本不知道姜成武这些天的变化。

大约过了半个月,姜成武突然向毛小山辞行。毛小山很是诧异,问:你去哪里?姜成武不好说谎,便对他说去一趟青城山那边,看一看他的师兄常明他们。毛小山尽管有些迟疑,但并没有拦他。青城山,他是应该去一趟的,只不过太危险。姜成武告别了毛小山,又来向叶去病和常年辞行。他们十分高兴。叶去病执意要陪姜成武随行,被姜成武婉拒了。姜成武心想,这一趟去青城山,誓要夺回青城派掌门人之位,叶堂主去了,只怕我无暇顾及,反而增加他的危险系数,我不如只身前往,了无牵挂。常年拍拍他的肩膀,说道:很好,我要你活着去青城山,更要你活着回到百药堂,我们等你。

姜成武很干脆地点点头,信心满满地出发了。

少林金刚拳

去青城山,要不要与常明他们联系呢?

常运人多势众,我单枪匹马前去挑战,是否有必胜的把握? 通知常明等人参加,我又担心他们有危险。走在前往青城山的路上,姜成武反复思量,是否要与常明等人联系。最后他还是决定先联系常明等人。虽然他们参与有危险,但是多一个人就多一分力量,我悉心保护他们便是。姜成武又想,我如果夺得青城派掌门人之位,这个位子我迟早要交还常明的,我有我的重要的事做,常明参与,对他个人的经历和威望只会加分。姜成武突然想起,如果常明知道他父亲还活着,那他该多高兴。

离青城山大约十里之地,有一座荒废的古庙。古庙附近渺无人烟,一片荒凉。姜成武根据常明在少林寺的时候透露的地址,很快就找到了这座古庙。常明、赵怀远、毕克等人正好在庙里。看到姜成武,常明等人喜出望外。姜成武看到毕克断了一只胳膊,心里酸酸的。他走到毕克身前,伸手拍拍他的肩膀,什么话也没说。毕克很是感动,他用右手握枪猛地插在地上,说道:掌门请放心,我照样可以上山杀敌。姜成武欣慰地笑了。这时,常明走上前,关切地问姜成武:姜掌门,我们一直很担心你呢,你的半年散没发作吧? 姜成武耸耸肩,说道:半年散到期时,我吃了何茵给我的解药,现在好好的。赵怀远不知所云,问:何茵?

姜成武冲着赵怀远一笑,说道:何茵就是恶姑圣使,恶人族攻打青城山失败后,已然解散,何茵弃恶从善,改邪归正。常明、赵怀远和毕克面面相觑。也许他们有疑虑,但很快他们还是相信了姜成武说的话,恶人从善,这是好事一桩。常明很快转移话题,对姜成武说道:姜掌门,你来得正好,我们这几天一直在协商攻打青城山之策呢。姜成武有些诧异。他们明明知道自己这几个人根本不是常运等人的对手,却要攻打青城山,这要冒多大的风险。但是,他们这勇气和胆量,姜成武很是佩服。姜成武冲他们点点头,说道:我与你们一起,誓要夺回青城山。常明、赵怀远、毕克同声说好。毕克更是将一把擦拭得雪亮的长枪递给姜成武。姜成武婉言谢绝了。他虽然是名义上的青城派掌门人,但是青城派的长枪他并没有真正使过。不会舞枪,带着它反而碍事,姜成武倚重的就是自己已练至炉火纯青的少林金刚拳。他上青城山,就是要以少林金刚拳挑战常运那不可一世的冲气拳。冲气拳和少林金刚拳都出自少林寺,只是那冲气拳已经不是当年正宗的少林冲气拳了,那常运将阴功与冲气拳糅合,冲气拳早已变了形,姜成武挑战他,就是要以正宗的少林金刚拳打破他的邪门冲气拳。姜成武环视四周,问:我们有多少人?常明说道:除我们几个之外,还有二十名青城派弟子,他们在附近待命。姜成武双手握紧拳头,对常明、赵怀远和毕克说道:很好,我们明晚行动。常明、赵怀远、毕克异口同声说道:是。

第二天晚上,月白风清。姜成武、常明、赵怀远、毕克以及青城派的弟子走出古庙,静悄悄地穿过乡野村落,直奔青城山。他们就像是一股执行特殊任务的突击队,或者说是敢死队,没有任何人指派他们,他们完全是自发而来,因为青城派的事是他们自己的事,是自己的事,就得自己解决,指望不得别人。大约四更时分,他们从后山摸到了山顶。他们看到了那一排熟悉的小木屋,看到了木屋门前的马灯光芒四射,看到了木屋其中的一间亮着灯光,似有人声喧哗。木屋门前的场地上,蓝衣人三五成群来回巡视,他们手里均拿着长枪。

姜成武示意他们在屋后埋伏,自己一展轻功,蹿上那间亮着灯光的房间的后窗。他这动作,让常明等人很是吃惊。几日不见,姜成武武功进益如此神速。姜成武捅开窗户纸往里看,呵,常运及手下得力干将正在饮酒作乐呢。常运长发飘飘,一袭蓝衣,他坐在屋中间,一手端着酒碗,一手拿着鸡腿,眉飞色舞。他的两侧和桌对面,坐着大约四五个手下,陪常运喝酒。这时,常运咬了一口鸡腿,鼓动着油嘴说道:这顿酒是给你们饯行的,喝了这顿酒,你们给我好好休息,明天出发。这次务必要追杀到常明那小子一干人,见到他们,格杀勿论,一个不留。常运说过,他手下随声说道:掌门请放心,这次我们一定斩草除根,那个破庙是挡不住他们几个人的脑袋的。姜成武听了这话,心惊不已,他们居然发现了常明等人的藏身之地,幸亏我赶到古庙与他们展开了这次行动,不然他们袭击古庙,常明他们岂不是非常的危险?

姜成武纵身而下,回到常明等人身边。常明悄声说道:通过窗户,我们可以下迷药,先将屋里的那几个人迷昏,然后,我们同时出击,杀他一个措手不及,将常运捆绑。姜成武摇摇头,悄声说道:常运就在那间屋里,正与手下饮酒,他对一般的迷药应该很敏感的,只怕迷不了他,反而让他第一时间反击,我们反而被动,常运急了,会乱打一气的。毕克问:那怎么办?姜成武说道:还是我前去叫阵,与常运单挑,你们见机行事。常明关切地问:你与他拼斗,怎是他对手?姜成武耸耸肩,说道:要想夺回掌门人之印,常运是避不了的,他与我交过手,定会轻敌,我也见机行事,不妨一试。常明等人尽管有些疑虑,但因没有什么其他更好的办法,便也就赞同了。

姜成武示意常明等人待在原地,他一个人大摇大摆地走到木屋前面场地。刚走到场地中间,就被巡视的蓝衣人发现。蓝衣人喝问:谁?话音刚落,姜成武一个纵身飞掠,挥手之间,便将几个蓝衣人撂倒,再也没有起来。因为,姜成武一出手,内功便震伤他们心脉,他们哪里还有反击之力?常明等人看到这种场面,又是吃惊,姜成武武功确实今非昔比,几个蓝衣人倒下之后,其他的蓝衣人围拢过来。这时,屋里的声音也戛然而止。接着,常运等人从屋里走出来。常运喝了不少酒,一脸酒气,他见到姜成武,似曾相识,梳理记忆不着,喊道:你是谁?姜成武不慌不忙地说道:我是谁,我是青城派掌门人姜成武啊。常运伸手一抹脸额,定睛一看,果不其然就是姜成武。这小子吃了豹子胆,夜闯青城山,打伤我手下弟子,活得不耐烦了。常运哈哈大笑,声如洪钟。他笑过之后,手下跟着大笑。常运指着姜成武对手下说道:我们正要追击这帮小子,青城派的叛逆,没想到他倒送上门来了。

姜成武等常运安静下来,上前几步,对他说道:你知道我到这里来干什么的吗?

常运又是大笑,接着阴阳怪调地说道:那你说说你到这里来干什么?

姜成武铿锵有力地说道:我要打败你,重新夺回青城派掌门人之位,这个位子本来就是我的。

常运更是大笑,几乎笑得前仰后翻。好长时间,他才止住笑,用手指着姜成武,质问:凭什么,凭你三脚猫的功夫?

常运果敢地说道:凭我少林金刚拳。

常运不再大笑,他轻蔑地审视着姜成武,说道:少林金刚拳,好啊,使出来,我就用少林冲气拳会会你,我劝你臭小子有什么遗言尽早说出来,到时候粉身碎骨了,可就悔之晚矣。常运心想,要练成少林金刚拳,有武功潜质的人,至少要五十年的时间,少林寺无方可从大师可谓独一无二,习练少林金刚拳用了几十年的时间,上次青城山一拼,也没胜我几分,这小子凭什么以少林金刚拳与我一搏,不知天高地厚,想死不成? 想死,我正好成全他。

姜成武仍然很镇定,他说道:常运你听着,我们不如来个约法三章。常运头一伸,佯装很好奇地听下去。姜成武接着说道:第一,我要与你单拼,生死由天,其他任何人不得掺和;第二,如果我胜出,请你带着你的随从一起滚出青城山,交出青城派掌门人之印和金字长枪,以后永不踏足青城山半步;第三,改邪归正,永不做危害武林之事。姜成武说完之后,常运一副玩世不恭之态,看看左右,突然又大笑起来。他心想,这小子武功平平,死到临头却大话连篇,就让他表演一番又有何妨,我毕竟是夺了他的金字长枪和大印的。于是,他轻描淡写地说道:你说约法三章,好,就约法三章,我遵守,只是要你死得明白。姜成武说道:那好,你说过遵守,那就请你发个毒誓,让你手下人做证,我如果败了,任由你处置。

姜成武与常运等人对峙之时,常明等人早已掠至场地外围树林中埋伏,这场面,他们看得清晰。他们真的为姜成武捏了一把汗。姜成武虽然武功进益神速,但他也不是常运的对手啊。姜成武是不是半年散解毒无望,心灰意冷,特意选择在青城山结束自己的生命不成? 想到这,常明心下大骇，但又不好鲁莽冲过去劝阻，只好按兵不动，见机行事。

常运想早点将姜成武除掉，还真的发起了毒誓：我常运对天发誓，如果我败在这臭小子姜成武手下，就按这臭小子说的约法三章办，如有违反，天打五雷轰，死无葬身之地。说过之后，常运哈哈大笑，说道：小子，过来受死吧。

常运话音刚落，姜成武就一个箭步掠至常运跟前，以迅雷不及掩耳之势，出手就是一拳，只听得"啪"的一声响，那常运猝不及防，被这一拳打出几米之远。常运站立不稳，差一点倒下。常运几乎被这一拳打蒙了，他站立好长时间才回过神来，酒也彻底醒了。这一拳正好打在常运的胸口上，常运突感胸口隐隐作痛，似是强大内力所伤。常运用手摸摸胸口，定眼看了一看眼前被他称作臭小子的姜成武，姜成武站在那里岿然不动。所有人都惊呆了。这小子何来神力，居然一拳将常运击出老远。常运恼羞成怒。他一个闪身蹿至姜成武跟前，顷刻之间，冲气拳呼啸而出。但是，姜成武已有防备，他早已暗运内力，出掌相迎。拳与掌相接，两个人同时一震，那功力的余波向四下散去，直将他们身边的几个随从击得后退数步。姜成武和常运站立良久，然后同时退后。这两招下来，常运不得不正视姜成武了。这小子确实是有备而来，与以前像换了一个人似的，这么短的时间他在哪里得到如此的内力神功，我切不可小视了。常运来不及细想，仍要出其不意，一个旋弧起势，如同离弦之箭，眼力不及，整个人已置身于姜成武跟前，但见他双手一提，那冲气拳直逼姜成武面门而来，力势何等威猛。潜伏在远处的常明看得真切，一阵惊呼，骇然闭上眼。幸亏姜成武与常运拼斗，吸引了所有人的注意力，不然，常明这声惊呼是很容易被人发现的。待常明睁开眼时，姜成武竟然毫发未损，倒是那常运已退出十余步，嘴角流着血。常运一边用手擦拭着嘴角的血，一边怒视着姜成武。那状态，似乎整个人都要爆炸似的。突然，"嗖嗖嗖！"常运看似不动声色，却是以最快的速度向姜成武连发三枚飞镖。姜成武本能地随手接住两枚，另一枚擦肩而过。直将姜成武肩部衣服穿透，划出一道血口。姜成武不会想到，常运会暗器伤人。他将手中飞镖弹出，伸手按住肩部。这时，他才知道，那飞镖有毒。他立即提振内力,调整内息,将毒排出体外。然后,他撕下自己身上的一块衣料,迅速将肩部伤口包扎住。常运见他受伤,又连发几枚飞镖。这回姜成武根本未接,而是直接闪过,结果那飞镖竟然将姜成武身后的两名蓝衣人击毙。常运大惊失色。

常运如此心狠手辣,姜成武再也顾不及他情面了。看不出起势,姜成武几个前滚翻,掠到常运跟前,常运还没有完全反应过来,姜成武少林金刚拳挥发自如,接连击到常运的胸口上,最后他双手用力一推,常运整个人被震出十米开外,撞到木屋的墙上,轰隆一声,木屋几乎在摇晃,常运"啊"的一声喷出一口鲜血,几乎要倒下去。场地上所有的蓝衣人都惊呆了。他们都不敢相信,自己的头领,堂堂的青城派掌门人竟然如此不堪一击。他们惊慌失措,你看看我,我看看你,但是,护主要紧,几个人很快奔到常运跟前,伸手将常运搀扶住,其余的人一个个提枪上阵,将姜成武团团围住。常运摇晃了一下脑袋,定一定神,眼里布满血丝,气急败坏。他欲作反击,但是顿感浑身乏力。姜成武没有将围攻他的蓝衣人放在眼里,大步走向常运,他前面的蓝衣人见状纷纷让开。姜成武走到常运跟前,问:常运,你可认输?常运有气无力地靠在木屋的墙上,摇摇头,又点点头。他的嘴角仍然流着血,他的眼里却有一团燃烧的火焰,牙齿也咬得嘣嘣响。姜成武站在他面前,又问了一句:常运,你认输吗?常运抬头看了一眼周围跃跃欲试的手下,然后冲姜成武吼道:为什么? 这是为什么? 姜成武斩钉截铁地说道:这是天意,你可认输? 常运一耷拉脑袋,点点头。姜成武以为他真的认输了,对他说道:我们之前有过约法三章,现在到你遵守约法三章的时候了。姜成武说过话,刚一转身,不想那常运突然又向他连发两枚飞镖。姜成武猝不及防,飞镖正好打在他的后侧背上。姜成武身子一僵,停在那里,他连忙用手将飞镖拔出,然后提振内力排毒。迅速恢复过来,转过身,他对常运说道:你好歹毒。这时,常运手下以为姜成武受伤,纷纷挺枪刺向姜成武,不想姜成武一个旋身,飞腿横扫所有刺向自己的长枪,只听得"刺啦啦"声响,长枪落地,蓝衣人倒下一片。

姜成武丢下这些蓝衣人,转身走到常运跟前,厉声说道:常运,你隐

126

身多年,学得绝世武功,但是,你学得如此深厚的武功,却没有用来做一件好事,你伤害生命太多,危害武林太重,我今天要废了你的武功,免得你以后继续为非作歹。说着,他双手提起,重重地按在常运的头上,突然发功。常运连喊两声"不要",但是他无能为力,无济于事,他身边的两个手下本欲出手抗击,但是,姜成武太过强势,他们哪里有还击的余地。只听得常运一声惨呼,整个人依着墙滑了下去,他身边的两个手下像被电击一般,弃他而去,常运瘫倒在地上,昏迷过去。

蓝衣人更是大惊失色。但是,他们很快又镇定下来,咬牙切齿,提枪重新将姜成武围住,要为常运报仇。常明等人见状,再也按捺不住,一个一个地从树林之中掠出,直插到姜成武身侧。双方很快形成对峙。这些蓝衣人,因为有姜成武神功惩戒常运在前,知道他的厉害,装腔作势罢了,哪敢上前拼命。姜成武对他们大声说道:如果你们想活命,就带着你们的师父早点下山;不想活命的话,就过来。蓝衣人面面相觑,欲前又止。姜成武又说道:如果你们现在就走,你们的师父还有救,不然,他不仅被废了武功,恐怕连性命都难保了。蓝衣人将信将疑,最后还是退却了。有的将长枪扔到地上,有的转身走向常运。常明扭头看着姜成武,两人相视而笑,舒了一口气。

也就在这时,突然一句苍老的声音从空中传来,"且慢!"这声音似是天外之音。所有人都听到了这声音,所有人抬起头来,睁大眼睛在空中搜寻。几乎是过了很长的一段时间,突然一个白影,从天而降,直落到木屋前面的场地上。所有人定眼一看,这个天外之客,却是一个光头老翁。常明、赵怀远、毕克一看,大为惊骇。蓝衣人当中的一位,眼尖嘴利,喊道:祖师爷! 祖师爷? 蓝衣人的祖师爷,那就是常运的师父了。常运这几十年隐匿江湖,练就绝世武功,原来就是师从这位光头老翁。常运武功尚且如此高深,这光头老翁岂不是绝世高人? 光头老翁落地后,旁若无人,一步一步地走向常运,边走边说道:徒儿,我来晚矣。他走到常运跟前,伸手轻轻地拍了拍常运的头部。常运仍然不省人事。接着,他将手放在常运的肩上,暗暗用力。常运似乎动了一下身体,眼睛微微地睁了一下,接着又闭上了。过了一会,光头老翁松开手,转过身来,他看

127

了看姜成武,又看了看周围的人,问道:是谁将他打成这样的?光头老翁话音刚落,姜成武挺身而出,对他说道:是我,姜成武。光头老翁审视了一下姜成武,然后慢步向姜成武走去,直走到姜成武跟前才停下。光头老翁仍然是一副苍老的声音:是你将他打成这样的?姜成武一边点点头,一边暗运内力,以防不测。光头老翁问过之后,突然抬起双手,似是发功,看他架势,定是要将姜成武击个粉碎。正在这个时候,他身后的常运却从昏迷中醒来,一字一句地对着光头老翁说道:师父,停手!光头老翁听到这声音,双手悬在空中。隔了一会,常运又说:师父,停手啊。光头老翁终于转过身,对常运说道:常运,你为什么要这样说?常运慢慢地坐正身子,对光头老翁说道:师父,就听了徒儿这话吧,徒儿从来没有要求过师父的。光头老翁愤愤地一挥手,叹了一声,然后走向常运。常运见师父走到跟前,说道:师父,我武功已废,再也不想参与武林之间的事了,你们走吧。说着,从衣兜里掏出青城派掌门人之印,递给姜成武。姜成武走过来接上。接着,常运对身边一位手下说道:金字长枪挂在屋里的台柱上,你去拿来,交给姜少侠。手下听了他的话,立即去屋里取了金字长枪出来,递给姜成武,姜成武伸手接过。这举动,并没有让光头老翁觉得诧异,他走到常运跟前,弯下腰来,对常运说道:我们一起走吧。说着,几个蓝衣人围拢过来,欲搀扶起常运。哪知,光头老翁朝他们一挥手,并没有让他们走近,而是自己弯下腰,将常运整个人抱起,然后离开木屋,向山下走去。常运头奁在光头老翁师父的肩上,看了一眼姜成武,便又闭上了眼。光头老翁前面,人们让出一条道来。光头老翁向前走去,很快消失于人们的视线。

这光头老翁是谁?姜成武自然不认识。但是,常明、赵怀远、毕克等人都有印象。因为他们在上一次的武林大会上,曾经见过此人。此人来头不小,上次武林大会临将结束时,突然现身,打败最后的几位高手,欲要攫取武林盟主之位,由此引发各大门派群起而攻之。最后,这光头老翁逃进深山,隐身不出。原来,这期间,他做了常运的师父。他此番出山,也许是为了常运,也许是想一试身手,为的是下一次的武林大会。

光头老翁走后,一些蓝衣人跟着走下山,追随他们而去,剩下的蓝衣人站在原地,异口同声说道:听从姜掌门发落。姜成武对这些弃枪的蓝衣人说道:弃暗投明,好事一桩,以后就留在青城山,做一名青城派的好弟子。蓝衣人同声称谢。这时,常明、赵怀远、毕克等人双手抱拳,同声说道:多谢姜掌门力挽狂澜,挽救青城派,祝贺姜掌门重新执掌青城派。

他们重新回到属于他们自己的久别的木屋。姜成武待他们坐定后,对常明说道:青城派重拾青城山,现在,大局已定,值此,我要将青城派掌门人之位让给常明师兄你,以你的聪明才智和武学,必能重振青城派,而我自己,也将要完成我自己的心愿,只怕力不从心。常明听到这话,连忙站起,说道:姜掌门万万不可,只有姜掌门执掌青城派,青城派才会延续昔日的威名,我等就是赴汤蹈火,也会义不容辞,并不影响姜掌门要完成自己的心愿,掌门人之位万万不可推辞。常明执意不接受掌门人之位,姜成武手执的掌门人之印和金字长枪,无法交出去,他只好收回成命。当下,他对常明说道:那好吧,我暂时坐着这青城派掌门人之位,过一段时间再行商榷,考虑到我还有其他一些事情需要完成,因此,我决定,青城派一切事务皆由常明师兄你负责,我离开青城山的时候,由你代行掌门人之职,赵师兄、毕师兄全力辅助。常明双手抱拳,说道:遵循掌门人之令。赵怀远、毕克同时抱拳,同声说道:谨听掌门人之教诲。说罢,姜成武将掌门人之印和青城派金字长枪郑重交给常明,说道:我将青城派掌门人之印和金字长枪交予你,请你代为保管,希望你保护好它,人在印在。常明双手接过掌门人之印和金字长枪,说道:感谢掌门人信任,常明定当不辱使命。

姜成武看着大家,突然想起一件事来。他对常明说道:有一件事我需要告诉你。常明问:姜掌门,什么事?姜成武展眉说道:你父亲,常年老前辈,他并没有死。姜成武这么一说,所有人都惊住了,特别是常明。这怎么可能?父亲明明是与恶人族恶老乌不朽在六盘水恶战,死于非命,怎么会没死呢?常明等人疑惑地抬起头,看着姜成武。姜成武肯定地说道:常年老前辈确实没有死,他还活着,我在京城百药堂见过他,不过……姜成武说到这里,停了下来。常明急切地问:不过什么?姜成武接着说道:常年老前辈虽然在京城,但他对武林之事一清二楚,对青城派最近的变故更是了如指掌,我今天重新夺回青城派掌门人之位也是他授意的。常明等人更是疑虑。姜成武说道:我今日练就少林金刚拳,完全是靠他老人家传输内力相助,他将几十年的内力传输给我,自己却成了废人一个。姜成武说到这里,又停顿了一会。赵怀远在一旁插话道:他为什么要将几十年的内力传输给你呢,姜掌门?姜成武说道:他有一个条件,就是要我夺回青城派掌门人之位,你们也许要问,他为什么不自己夺回青城派掌门人之位呢?我想,他可能是考虑到不想兄弟残杀,而且,他身患重疾,行动不方便,所以就将这个任务交给我。听姜成武如此一说,常明如释重负,他感慨道:谢天谢地,我父亲还活着,活着就好,活着就好。赵怀远、毕克也附和道:他老人家还活着,这是再好不过的事了。常明很快恢复平静,对姜成武说道:我明天就启程,接我父亲回来。姜成武摇摇头,对常明说道:你不用着急,他老人家在那边好好的,等我先回去向他老人家通报一声,你再接他不迟,如果他愿意,我也可以送他到这里来。常明说道:姜掌门说的也是,就按姜掌门说的意思办,十分感谢姜掌门。说着,几个人都笑了。

大事已定。毕克提议,为庆贺青城派正本清源及青城派原掌门人常年师父健在,姜掌门与所有青城派弟子不如今夜把酒言欢,以示庆祝和纪念。姜成武愉快地答应了。接着,青城派弟子手忙脚乱,很快将一顿丰盛的夜宵呈现在姜成武、常明等人面前。姜成武一声令下:兄弟们,今夜我们开怀畅饮,不醉不离席。青城派弟子同声欢呼。接着,觥筹交错,你来我往,喧闹声响彻整个青城山。

第二天醒来,太阳已上树梢。姜成武与常明等人一一告别,便走下山去。常明等人依依不舍,他们不甚明白,姜成武走的不是前山,而是后山,姜掌门不说,他们也不好过问。等到姜成武消失于山下,他们才回到自己的木屋和林间场地。

姜成武为什么走后山,是因为后山脚下有一位白眉大侠被囚禁于此,常明他们哪里知道。姜成武心想,当初白眉大侠对我和何茵说过,世上只有两件利器能够破解白眉大侠身上的镣铐,一件是少林金刚拳,一件是承影剑。少林金刚拳我已练成,正可以前去一试。

姜成武走进深谷,找到丛林之中的崖边,很快就发现了那个洞口。洞口与他第一次见到的并无二致,它被树木掩映着,一般人不易觉察。姜成武拨开树木丛,钻了进去。进到里面,伸手不见五指,黑漆漆一片。姜成武打开火折,向里探行。进到里面的厅屋,姜成武轻声呼喊着白眉大侠。但是,里面安静得很,只有姜成武的回声。他又叫了几声白眉大侠,仍然没有白眉大侠的回应。姜成武有些诧异。白眉大侠就是睡了,听到姜成武的声音也会醒来的。但是,他为什么没有回应呢?姜成武接着向里走,他将火折在屋里晃动,待他低下头时,他终于看清散落在地上的镣铐。镣铐四分五裂,唯独不见白眉大侠。姜成武看到这种情况,凝思一想,反而高兴。白眉大侠不在这里,说明他已经解开镣铐,重获自由了。

　　是谁救白眉大侠的呢?或许是他自己挣断了镣铐不成?会不会是东厂千户英布那个坏蛋将他转移了呢?英布既然可以用镣铐囚禁他,自然也有办法将镣铐打开的。姜成武在回京城的路上,一直被这心中的疑团缠绕着,他只知其果,不知其因,所以他很想弄个明白。

　　疾行两日,姜成武回到了京城百药堂。毛小山一阵欣喜,不停地问长问短。铭儿、婉儿也围拢过来,问姜叔叔有什么好玩的说给他们听听。姜成武说道:我帮常明等人赶走了常运,青城派重新坐镇青城山。毛小山半信半疑,请他细细道来。姜成武只好将青城山发生的事情一五一十地告诉他们,只是没有将自己的功夫说得那么高深,似乎全凭了自己和常明等人的智慧。毛小山仍有疑虑,但也只能藏在心里。姜成武因为有心事在身,不可能说得那么透。

　　姜成武现在的心事可多了。他要去见百药堂的叶堂主,还要将青城山的事向常年老先生禀报,他还有更重的心事,那就是报仇雪恨和打听表妹的下落。这些都是他自己的事,与别人无关,所以他必须要做。

　　到了夜晚,他顾不得休息,一个人悄悄来到小树林。他并没有像往常一样在小树林里练武,而是径直走到环城河边那棵古柳树下。他将古柳树下的青石板挪开,那个熟悉的洞口就呈现在他眼前,他转身看看四周,四周静寂无人,他便钻了下去。穿过一段地道,他看到前方明亮的灯火。接着,他听到百药堂堂主叶去病的声音:谁?声音从密室里发出,很显然,密室的门是开着的。姜成武喜出望外,说道:叶堂主,是我。叶堂主听到姜成武的声音,很是欣喜,他连忙走出门来,看见迎面而来的姜成武,上下打量着他,自言自语地说道:姜少侠,回来就好。说过之后,他将姜成武迎到密室,对坐在石凳旁的常年说道:姜少侠回来了。常年自是高兴,他欲站起身子,但是,腿脚不灵便,还是坐下了,他连忙示意姜成武坐。姜成武走到常年跟前,双手握拳,深深一拜,说道:我已完成常老前辈交代的任务,青城派重执青城山,常运已被赶出,应该不会再来了。常年很是激动,说道:谢谢你,姜少侠,姜掌门,你避免了我们兄弟残杀。叶去病在一旁附和道:是啊,可喜可贺。待姜成武坐下后,叶去病对他说道:我们深居洞穴,很想知道,你说说给我们听。姜成武了解他们急切的心情,便将青城山发生的情况,一五一十地道给他们听。说过之后,常年感慨地说道:天意,我那弟弟现在和我一样,都成了废人一个,但这是好事,没有了武功,便少了武林之中的是是非非、打打杀杀,我们便是一个平常的人,做一个平常人多好。叶去病说道:平常是福。转而对姜成武说道:姜少侠,你做了一件了不起的大事,威名很快传遍天下,但是,你是否还记得老夫曾经交代你的一件事?

姜成武不假思索地说道:自然记得,我定要夺回那《百毒真经》的,物归原主。

叶去病甚是高兴,说道:那就拜托了,不过,《百毒真经》是为东厂所掠,你要知道,东厂高手如云,个个身经百战,它比不得常运一人势单力薄,你切不可贸然行事,需作周全考虑,我们也不急在一时。

常年在一旁插话道:一个千户英布就难对付了,何况东厂,我们得小心为是。

姜成武点点头,说道:我会的。过了一会儿,姜成武想起一事,对常年说道:常老前辈,在青城山的时候,我将你健在的消息告诉了常明师兄,他万分激动,说要过来接你回去。我对他说,别急,你在京城好好的,等我回京城禀告一声再定,他同意了。我看出,他十分想念你。常老前辈,如果你愿意回青城山父子相聚,我随时可以送你回去的。

提到常明,常年自然牵挂,也很兴奋。他说道:多谢姜少侠,我迟早是要回去的,只是腿疾还得依赖叶堂主调理,过些时日再说吧。

姜成武说道:那也好,这里我也可以照顾你的。

说罢,叶去病与常年相视而笑。

姜成武又想起一事,突然问叶去病:叶堂主,百药堂遇劫,所有人都以为你死了,特别是毛神医毛小山,日日思念,我可否将你活着的消息告诉他呢? 叶去病摇摇头,说道:现在还不是时候,如果我想让他知道我还活着,我早就见他了。我想,迟些时日让他知晓,对他可能更好些。姜成武说道:好的,我知道了。姜成武只是觉得他师徒二人地上地下,咫尺天涯,很失人之常理,他多么希望他们师徒早日相见。

接着,姜成武便起身告辞,回到百药堂。

随师爷的一次外出

第二天醒来,姜成武刚走出门,毛小山就对他说,秦少石在院子里等他。

姜成武走出来,就见秦少石在院子里来回踱步,卫国站在一旁。秦少石见到姜成武,就对他说:师爷最近要出城办事,要你一同前往。姜成武略加思索,自然不好拒绝,便答应了。然后他问:什么时间? 秦少石说道:你等我通知。姜成武点点头。秦少石说过之后,转身走了,留下卫国守候百药堂。兄弟多日不见,本来是要叙叙旧的,秦少石什么话也没问,就走了。姜成武知道他很忙。

第二天晚上,秦少石来到百药堂,对姜成武说道:明天一早,我们出发,你到师爷的慕容府巷口等候。

第三天一早,姜成武就来到慕容府门前那条街的巷口等候。不一会儿,他就看见师爷慕容秋和秦少石从慕容府大门里出来。姜成武很是吃惊,师爷出行办事,除了他,怎么只带了秦少石一人。姜成武见到师爷,躬身叫了一声"师爷"，便和秦少石一起跟在师爷身后，三个人一同走出巷口，向京西方向走去。没走出多远，在西郊的一处林荫道边，就见一个伙计站在道边树下，手里牵着两匹高头大马。伙计见到师爷，连忙躬身行礼。秦少石上前，从他手里接过缰绳，牵出那两匹大马，等候师爷过来。师爷走近，从秦少石手里接过缰绳，然后翻身上马，一拉缰绳，那马向前奔去。接着，秦少石上了另一匹马，并示意姜成武上马坐在自己的身后。待姜成武上马坐定后，秦少石一拉马缰，那马迈开两蹄，向前追去，将那牵马的伙计远远地抛在后面。

骑马的感觉还真是不错。寒风拍打着脸颊，针刺一般，却让人有一种畅快淋漓的感觉。姜成武从小在南方长大，哪里骑过高头大马，新鲜、刺激、好奇，让他很兴奋。

坐在马背上，姜成武双手搂着秦少石的腰，好奇地问：我们去哪里？秦少石一边骑马，一边侧过头，说道：我们去陕西。

去陕西，姜成武不会想到，师爷他们会去这么远的地方。师爷在京城，是穆王爷身边的重臣和谋士，他为什么要离开京城，离开王爷，去遥远的陕西呢？难道有非常重要非常紧迫的事要办不成？

经过一天的长途奔突，傍晚时分，他们赶到了陕西东北边陲城市渭南。渭南，顾名思义，县城在渭水以南。它是八百里秦川最为宽阔的地带，素有"三秦要道，八省通衢"的美称。京城通往西安，渭南是必经之地。秦少石策马与师爷并驾，问师爷，是否可以在此小歇，明早再赶路？师爷正有此意，冲秦少石点点头。三个人下马，找到一家客栈住了下来。这家客栈名叫悦来客栈。店小二为他们开了两间上等房，师爷一间，秦少石和姜成武一间。吃过晚饭，刚刚安顿下来，姜成武将房间的门关上，便问秦少石：秦兄，我们要去陕西哪里？有何要务？秦少石悄声说道：我们去西安，见西安知府蒋言公。师爷要见西安知府，自然是有公务要办，姜成武不好再问下去。师爷指定由我随从，自然是信得过我的。姜成武心想，到了西安，一切便知。两人便各自上床就寝。

到了子夜时分，姜成武突然醒来。他口干舌燥，喉咙发痒，正要咳嗽，却浑身无力，呼吸有些紧张，还没有咳出来，整个人就陷入昏迷状态。

等他醒来的时候,房间里正在进行一场厮杀。房间的窗户是开着的,秦少石正与两个黑衣蒙面人交手。黑衣蒙面人定是从窗户潜入的,他们手里拿着长长的绣春刀,刀刀直逼秦少石要害。秦少石见招拆招,很快转为反攻。姜成武这下总算见识了秦少石的功夫。硬功硬在拳脚上,轻功有影无踪,闪忽不定。其中一个黑衣蒙面人举刀逆砍秦少石,结果被秦少石飞起一脚踢中腰部,黑衣蒙面人被砸向墙角,一声惨呼。姜成武欲起身,但浑身酥软,仍然不能动弹。正在这时,另一个黑衣蒙面人也发出一声惨叫,口吐鲜血,倒在地上。但是,两个黑衣蒙面人都没有死,他们艰难地支撑起身子,相视点点头,似是约定,然后同时将一粒药丸塞到嘴里,即刻毙命。秦少石上前,用手依次试一下黑衣蒙面人的鼻息,确定两人已死。他将其中一黑衣蒙面人脸上的黑布拉开,这人是一个青年武士,他从未见过,武士身上也无明显标志,秦少石无法确定黑衣蒙面人的身份。他走到姜成武跟前,将他扶起,然后倒了一杯水给他喝,姜成武身上香毒渐渐散去,这才恢复活力。

姜成武问:他们是什么人?

秦少石看着两个黑衣人寻思,对姜成武的疑问,他只有摇摇头。姜成武又问:这是什么迷毒,这么厉害?秦少石仍是摇摇头。姜成武自顾自地在房间里踱步,活动一下四肢,不好再说什么。突然秦少石像发现什么似的走到死去的黑衣蒙面人的旁边,将黑衣蒙面人随身携带的绣春刀拾起。他仔细翻看着绣春刀,终于看清那背面上的一个图案。这是一个印着"锦"字的图案,极为规范,极为明显。秦少石自言自语地说道:锦衣卫。姜成武也很好奇,他走到秦少石跟前,仔细地观察着这把刀,说道:他们是锦衣卫?正在这时,秦少石突然想起什么,说道:不好,走。然后,他奔出房间,直赴师爷的住处。姜成武跟在他的身后走出房间。

师爷房间的门是关着的。秦少石轻轻地敲了几下门,门便开了。师爷慕容秋穿着睡衣站在门口,示意秦少石和姜成武进来。姜成武进了房间,将房间的门关上。他刚转身,就看见房间里横七竖八地躺着好几个人,这些人与侵袭姜成武房间的黑衣蒙面人并无二致,看来是一伙的。姜成武上前一看,他们全都死了。秦少石忙问道:师爷无恙?慕容秋摇

135

摇头,说道:他们是锦衣卫。秦少石说道:我们房间也来了两位,他们死了,没有留下活口,他们是一伙的,都是锦衣卫。慕容秋说道:赶快收拾,立即出发。

他们简单地收拾了一下行李,随师爷奔出客栈,然后骑上高头大马,连夜向西安城方向飞奔而去。但是,他们还没有走出几十里地,刚进入一条林间小路,就遭到黑衣蒙面人的伏击。黑衣蒙面人早就埋伏在这里,一个个地蹲在树上,并不现身,等师爷他们进入埋伏圈,飞镖暗器雨点般投向他们。秦少石为了保护师爷,策马奔在师爷的前面,奋力地抵挡着飞镖暗器。姜成武坐在他后面,循声捕捉飞镖暗器,然后将拦住的飞镖暗器一一弹回,不时就有黑衣蒙面人从树上坠落,惨呼声此伏彼起。不一会,飞镖暗器中断了,一切归于沉寂。秦少石在前,突然对师爷说道:师爷,请跟我来。接着,他策马避开小路,进了树林。师爷跟在秦少石的后面,策马前行。他们绕开林中小路,穿越林间,直向西安城方向而去,将黑衣蒙面人远远地抛在后面。秦少石引师爷绕开林中小路,是为了防止中黑衣蒙面人在路上设下的陷阱,此举既是为了保护师爷,也是为了争取时间赶赴西安城。

他们到达西安城的时候,天已大白。这里遍地是雪,银装素裹。守城护卫戒备森严,城门也仅开着一个小缝,进出城的人都要经过严格盘查,看来这里似有异常。师爷等人有王爷令牌,进城自然不在话下。进得西安城,他们直奔知府大人蒋言公的府邸。蒋言公的府邸外围有许多护卫把守,进出的人更是严格盘查。秦少石有些纳闷,以前他随师爷来过知府官邸,不是这样的。蒋言公为人正直,体恤民情,秉公办事,深受百姓拥戴,西安城有过关于他门前不设岗的传说,今天却如临大敌,守卫森严,难道这里发生了什么大事?秦少石和姜成武随师爷下马,师爷手执令牌将马交与一护卫,然后进到知府大院。这里确实发生了大事,像是被人洗劫一般,有护卫和家丁死于一隅,还没有来得及抬走。有哭泣声从里传出,渐行渐近。师爷走进中堂,就有人上前问秦少石:你们要找谁,我家昨夜遭遇变故。说话的人正是知府大人蒋言公的大公子蒋栋才。师爷向蒋公子亮出王爷令牌,秦少石在一旁说道:师爷要找知府大人。蒋公子看到王爷令牌,心中一紧,抬头说道:正是家父,昨晚受伤,现卧伤在床。师爷脸色阴沉,说道:你带我去见他。蒋公子哪敢懈怠,连忙跨步在前面引路。师爷等人进到蒋言公的卧室,就见蒋言公躺在床上,闭着眼睛。他的床边,站着一位妇人和两丫鬟,妇人定是蒋言公的夫人了。蒋夫人脸上还挂着泪迹,极度疲顿,见到师爷,有些惊疑,但很快恢复镇静,说道:原来是慕容大人。慕容秋朝她摆摆手,并没有说话,而是径直走到床边,看着躺在床上的蒋言公。沉默良久,蒋夫人走到床前,轻声呼唤蒋言公。不一会儿,蒋言公微微地睁开眼睛。他看到慕容秋,很是惊讶,欲行坐起,但身体虚弱,没能坐起来。蒋夫人和蒋公子上前帮忙,将他轻轻扶起靠在床头。

蒋言公伸出一只手,欲言又止,一脸痛苦状。师爷上前,握住他的手,说道:我来晚矣。蒋言公说道:你没有来晚。师爷有些吃惊,他看看秦少石,又看看姜成武,然后对蒋言公说道:知府大人躲过一劫,也算是万幸。蒋言公又说道:幸亏护卫及时杀到,不然,下官要遭遇灭门之灾。师爷说道:你知道他们是谁?蒋言公摇摇头,说道:他们都是黑衣蒙面人,武功高强,要我交出"材料",并要杀人灭口。师爷感叹道:果然不出王爷所料。师爷说着,环视了一下室内,然后轻声问:"材料"是否有闪失?蒋言公展颜说道:万幸,"材料"周全,他们除伤我家几条性命,空手而归。知府大人说这话,似乎"材料"比身家性命重要。师爷点头表示欣慰,说道:知府大人劳苦功高。蒋言公侧过头,朝大公子蒋栋才招招手。蒋公子走到父亲跟前。蒋言公对蒋公子轻声耳语一番,蒋公子便离开床头,走进里面的一间密室。不一会儿,蒋公子便从密室出来,手里捧着一个精致的铁盒子。他直接走到慕容秋跟前,将铁盒子捧起。师爷看了一眼蒋公子,伸手将铁盒子打开,他看见里面摆放着一摞书卷,似乎很满意,然后又将铁盒子盖上。蒋公子站在原地,并没有放手,他对师爷说道:父亲说,这个交给你们。师爷冲蒋公子一笑,然后示意秦少石过来。秦少石走到师爷及蒋公子身边,伸手接过蒋公子递交过来的铁盒子,然后将铁盒子上锁,锁过之后,将钥匙递给师爷,自己却捧着那铁盒子。姜成武这时才弄明白,他与秦少石随师爷到此,原来就是为了这个铁盒子。

刚才师爷所说"材料",定是指铁盒子里面的书卷,它到底是什么样的材料呢? 如此神秘,如此重要。

慕容秋转身对知府大人蒋言公说道:我替王爷谢谢你,时间紧迫,我这就要赶往京城。蒋言公转动了一下身子,对师爷说道:替我向王爷问好,待身体康复,老身便亲自去京城向他老人家请安。说过之后,他侧过身一字一句地对大公子蒋栋才说道:栋才,替我送客。蒋公子听到这话,立即走到师爷跟前,意欲给师爷引路。师爷与知府大人告辞,向秦少石和姜成武使了一下眼色,便转身离开。蒋栋才一直将他们送到知府大院门外。

慕容秋他们出来,等候在外面的护卫迅速将马牵过来。师爷示意他们上马。秦少石骑上马,待姜成武跟上后,便对师爷说道:师爷,我们回去吗? 师爷神情严肃,说道:回去。接着,他们策马离开,穿过西安城,向着京城方向飞奔而去。一路烟尘腾起。

出西安城不到两个时辰,师爷见四下无人,便慢下速度,然后停了下来。秦少石见师爷下马,便将马勒停,翻身下马,姜成武自然也跟着下马。师爷手牵着马,走到秦少石跟前,对他说道:将盒子拿过来。秦少石不明就里,转身从马背上将那铁盒子取出,递给师爷。师爷从兜里掏出钥匙,将铁盒子打开,然后从铁盒子里面拿出那一摞被称作"材料"的书卷。他将厚厚的书卷塞进自己的衣服夹层,放好,然后重新将铁盒子锁上递给秦少石,自己拿着钥匙。做完这一切之后,师爷翻身上马,对秦少石和姜成武说道:我们走。秦少石将空铁盒子收好,三个人又策马继续赶路。

再往东北,就是一马平川的黄土高原。除了残留的积雪,处处都是黄土。寒风凛冽。寒风刮到人脸上,让人感觉就像刀子割着一样。这种寒冷的北方天气,姜成武一点也不适应。这个时候,骑在马上,姜成武就想起了南方温暖的冬天,阳光和煦,凉风习习,人来人往,这种场景,总是给人一种很惬意的生活感受。要是没有那场战事,他和表妹穿梭于大瑶山林荫小道,那是一件多么幸福的事。但是,此时此刻,骑在马上的是他和秦少石。如果换成他与表妹,那该多好。想到温暖的南方和表妹,他心中升起一股暖意。

因为赶时间,他们每到一个村镇,几乎都没有怎么停留,除非是填饥解渴。一路上,师爷总是严肃着面孔,不苟言笑。师爷不说话,秦少石和姜成武自然不好说什么。就这般地一路疾行,到了傍晚时分,他们赶到了山西境内的晋中。晋中是山西名镇,地理位置显要,也是西安往京城的必经之地。到了晋中,东向的黄土高原几乎是走到了尽头,再往东,就是太行山脉了。

进到晋中城里,慕容秋对秦少石说道:今晚在此留宿,明早再赶路。秦少石应了一声"好嘞",便找到一家客栈,将马交与店小二安置,几个人住进了一间大房。这家客栈叫西汾客栈。这间大房,分里外两小间。师爷住里间,秦少石和姜成武住外间,外间有两个床铺。这与先前的大不同,两小间,其实就是一大间,除了一扇薄门,几乎没有什么间隔。进了房间,姜成武顿感温暖。秦少石将房间仔细检查了个遍,没有发现异常,便将那铁盒子放置在床头底下不显眼的位置。铁盒子虽然是空的,但是秦少石明白师爷用意,仍然将它当作一件非常重要的宝物珍藏保管。将铁盒子藏好,秦少石走进里间,对师爷说道:我们是否去前厅用餐?师爷朝他点点头,说道:现在就去用餐。说着,几个人出了房间,来到前厅大堂。前厅大堂摆放着十来张饭桌,只有两桌坐了人,其余的皆空着。秦少石领师爷和姜成武选择一张靠墙的桌边坐下,吩咐店小二点菜。秦少石点了几道菜后,问师爷:要不要上酒?师爷摇摇头。师爷保护材料,处处谨慎,哪里有心思喝酒?秦少石吩咐店小二速速上菜。大约半个时辰,店小二就将秦少石所点的饭菜端上来了。三个人开始津津有味地吃起来。

吃到半个时辰,突然门外鱼贯而入十几个手持绣春刀的黑衣蒙面人。他们见了师爷三人,横冲直撞地围拢过来。大厅中间那两桌的客人见到这种阵势,惊慌失措,纷纷逃离。店小二眼睛瞪得老大,整个人像贴在墙上一般,动也不动。客栈后堂的伙计刚刚出来,就被这突如其来的阵势吓得缩回了身子,再也不敢露面。唯独没有惊慌失措的是师爷慕容秋、秦少石和姜成武三人。十几个黑衣蒙面人将他们围在中间。这时,有一个人走到师爷跟前不足三步之遥,显然这人是这伙人的头。他的两侧很突出地站着四个人,虎背熊腰,身强力壮。这四人与其他的黑衣蒙面人又显得不一样,至少与他们的头儿更近,身手应该更强,定是头儿手下打手中的打手。姜成武在他们进来的时候,曾抬头看了一眼他们,现在见师爷和秦少石埋头吃饭,也就像没看见他们一样,低头吃饭。师爷三人的漠视很让黑衣蒙面人不快。为首的黑衣蒙面人又上前一步,对师爷说道:你就是京城的师爷?师爷这时缓慢地抬起头,看了他一眼,不说话,又低下头吃饭。为首的又说道:京城的师爷为什么不在京城,跑到这里来干什么?师爷仍然不搭理。这时,头儿身边的四人说话了。他们似乎有些愤怒,同声说道:我们千爷问你话呢,是不是活得不耐烦了?"千爷"二字在师爷、秦少石和姜成武耳边一闪而过,他们从来没有听说过。话音刚落,四个人当中的一位高个突然上前手起刀落,"啪"的一声,那绣春刀竟然将秦少石身边的桌拐削去了一大块。

师爷终于放下手中的筷子,慢慢地抬起头来,看了一眼为首的那位千爷,轻蔑地说道:明人不做暗事,既然找师爷,为何不敢以真实面目示人?接着,他停顿了一会,又说道:师爷我有一句箴言,要说与你听,师爷行事一向如此,不与不相识的人说多余的话,不与人不人鬼不鬼的人打交道,不回答无头无面的人任何问题,你连脸都没有,我为什么要回答你?

师爷说这话,是想激怒千爷,以套出他的真实身份来。这帮黑衣蒙面人手里都拿着绣春刀,与前晚在树林伏击他们的那帮人无异,与昨晚潜入西安知府大人府邸的那群人无异,他们不是锦衣卫又能是谁?但是,即使他们是锦衣卫,那这场行动由谁指挥,由谁幕后指使,又听命于谁呢?他们冲着师爷而来,一路上对师爷的行踪了如指掌,似是有组织,有预谋,这太出乎师爷的意料了。黑衣蒙面人袭击知府大人府邸,不露声色,他们忌惮什么呢?千爷是谁?昨晚袭击知府大人府邸的行动难道也是千爷所为?师爷根据此人的言行,不断地在脑海里搜索着,结果还是一无所获。千爷没有暴露身份,但他却冲着师爷说话了。他说道:师爷不想回答我的问题,也无妨,不过,我倒是对师爷身边的一件物什感兴趣,希望师爷能够交出来,这样,我们双方就可以相安无事,井水不犯河水,不然,我们只有兵刃相见了。说着,他走到桌边,做出似要搜身的动作。就在这个时候,秦少石突然站了起来,他拦在千爷和师爷中间,头一抬,眉一扬,对千爷说道:不知道千爷说的是什么一件物什,为什么不说明白呢?千爷似乎并不把秦少石放在眼里,他手一挥,要将秦少石推开,但是,秦少石伸出胳膊抵挡。两人胳膊相抵,暗暗较劲,各显内力相搏。两人相持了一会儿,才松开,装作若无其事一样。一试内功,便知深浅。秦少石只感到此人内力深厚,武功不在自己之下。千爷退后几步,说道:它只不过是一个小铁盒子,对你们没有任何意义。秦少石说道:什么铁盒子,不会这么小,我们将它藏在身上吧?秦少石一边说着,一边调侃似的比画着。

千爷拿眼扫视了一下秦少石、师爷以及姜成武全身,相信他们真的不会将铁盒子藏在身上,他突然一声大笑,侧过身,对师爷说道:师爷应该知道铁盒子放在何处,还是交出来的好。师爷真像他刚才说的箴言一样,不予搭理。正在这时,几个黑衣蒙面人从客栈房间里走进来,直奔到千爷跟前,朝千爷呈了一下眼色,摇摇头。千爷眼神有些变化,他狐疑地审视着面前的秦少石、师爷和姜成武三人,然后大声说道:我们是冲着铁盒子而来,希望你们交出来,不然你们休想走出这里。停了一会,见无动静,他终于忍耐不住,手一挥说道:上。他手下四名高手及其他黑衣蒙面人同时上前,挥刀砍向秦少石、师爷和姜成武,似要将这三人剁成肉酱削成肉泥才罢。秦少石是不愿意让他们伤到师爷的,他挡在师爷面前,双手一挥,躲过四人的绣春刀,立时发功,似是千钧之力砸向冲在前面的四位黑衣蒙面人。四人猝不及防,只感到手一麻,挥刀无力,本能似的退后,其中一位似乎要撞着千爷的身子了。这是什么功?姜成武不曾见识,却是由衷地赞叹和敬佩。姜成武心想,陪师爷出来,是为保护师爷,并配合师爷完成任务,我不能站在一边闲着,现在也该我露一露身手的时候了。他向师爷身边移动半步,见两位黑衣蒙面人掠到自己身边时,他一个纵身,冲天而起,出手冲拳,将近前的两人击出几步之外,其中一人落到一张饭桌上,哀号一声,手中的绣春刀落地,发出咣当声响。姜成武这出其不意的动作让师爷和秦少石大为吃惊。冲在前面的黑衣蒙面人未伤着他们三人半根寒毛，却被他们不动身色地击退了。千爷有些震怒，又是手一挥，喊道：给我上。黑衣人又举刀上前。两位黑衣蒙面人分左右两边挥刀直刺姜成武，另有一位黑衣蒙面人趁姜成武不备，直向姜成武发来飞镖暗器，结果飞镖暗器被师爷飞起的筷子击落，发出"嘟嘟"之声。那两人挥刀刺向姜成武还没有近身，就被姜成武一个闪身掠到跟前，左右开弓击中胸口，两人身子一震，顷刻倒地。千爷初步见识了眼前这三人功夫的厉害了，自己的手下，并不是他们的对手，但他又不死心，便决定自己出马。他突然吆喝一声：停！所有黑衣蒙面人听到他的声音，戛然而止。千爷见师爷不动声色，便走到师爷身侧，对师爷说道：听说师爷是当年的武状元，定是武功不浅，今天正好是个机会，我倒想会一会师爷。师爷斩钉截铁地回答道：那你就试试。千爷接着说道：爽快，不过，话又说回来，比试总有个输赢，输赢也得有个奖惩，如果我赢了，就请师爷交出铁盒子，要是师爷赢了，我们走人，如何？师爷鼻孔里哼了一声，说道：希望你说话算话。

　　师爷话音刚落，千爷立即发功，顷刻之间，一股强大的气场向师爷袭过来。所有人看得明显，心都提到嗓眼。师爷坐在原地不动。但是，姜成武很快就发现师爷已眉宇凝聚，面色阴沉，双手攥紧拳头，似在暗暗运功。等到千爷向前两步，伸出双手冲向师爷时，师爷突然站起转身，旋即冲出双掌。千爷与师爷面对面，四掌相抵，两人像打在地上的两柱木桩，动也不动。不一会儿，两人手掌青烟缕缕，面部肌肉开始抽动。突然，轰然一声巨响，强大的气流向四处扩散。千爷与师爷突然分离，随气流飞出，相向而立。秦少石、姜成武被气流冲击，差一点倒地。黑衣蒙面人一个个像被狂风吹刮，有的撞上饭桌，有的人撞人倒地。千爷嘴角血流不止。双手似是被震麻了，整个人僵立着，一时不能动弹。最先动弹的却是师爷，他双手握拳，并活动了一下四肢，很快就恢复正常。他站在那里，看了一眼千爷，然后扫视了一下全场，稳如泰山。秦少石快步走向师爷，边走边问：师爷，你受伤了？师爷用手拍打了一下自己的肩膀，冲秦少石摇摇头。姜成武用手撑了一下身边的桌子，没有摔倒，他见秦少石奔到师爷跟前,便也走向他们。这时,千爷苏醒过来,他活动了一下全身,伸手抹了一把嘴角的血,看看四周,又看看师爷,然后抱拳对师爷说道:后会有期。接着,他一个转身,愤愤地对着身边一个个东倒西歪的黑衣蒙面人喊道"我们走",便气急败坏地走向客栈的门口。那些黑衣蒙面人灰溜溜地跟在千爷身后,顷刻从客栈消失。

　　黑衣蒙面人走后,师爷三人重新回到饭桌边坐下,师爷侧身对店小二说道:添两道菜。店小二好长时间像贴在墙上一般,惊魂未定,这时听到师爷喊话,便从墙上走出,飞也似的奔到师爷跟前,说道:请师爷吩咐。师爷点了两道菜,店小二记下后便要离开,师爷叫住了他,说道:来一壶酒。店小二听得清楚,这才离开去了后堂。不一会儿,菜和酒都上来了。师爷展颜说道:来,我们喝酒。秦少石站起身来,给师爷和姜成武倒酒。这一路奔波,惊险不断,姜成武第一次见师爷这么放松,便举起酒杯,对师爷说道:我敬师爷一杯。说着,便一饮而尽。师爷看着姜成武,爽朗地一笑,愉快地干了杯中酒。接着,秦少石也站起,敬师爷酒。师爷也不推辞,干了。秦少石接着倒酒。一边倒,一边想起什么似的问:师爷,千爷是谁?师爷抬起头,凝思说道:尚不清楚,看他武功,非同一般,应该是东厂的什么千爷。姜成武好奇地问:师爷,他使的是什么功夫呢?师爷用手撑着腮帮,看着姜成武寻思说道:他怎么会使火龙功呢?秦少石和姜成武异口同声重复了一遍:火龙功?师爷点点头,说道:不错,火龙功,这种功夫很久没有在江湖上出现了,可见此人深藏不露,如果他是东厂的人,这种功夫我怎么没听说。秦少石说道:师爷刚才说得对,说不定此人深藏不露,慢慢地,他就露出狐狸尾巴了。师爷点点头,然后举杯对秦少石和姜成武说道:我们喝酒。喝了这杯酒,师爷突然对姜成武说道:姜少侠,你的少林金刚拳是从哪学的?师爷这样一问,姜成武有些吃惊。刚才对付那些黑衣蒙面人,自己仅仅使了几招几式,就被师爷看出来了,师爷不简单。姜成武对师爷一笑,说道:是从少林寺无方可从大师那里学来的。师爷又是展眉一笑,温和地说道:无方可从大师有你这一高徒,他应该心满意足了。

　　不到一炷香的工夫,三个人将一壶酒喝得精光。秦少石酒兴未了,问师爷:师爷可否再开一壶?师爷看着他,笑了,说道:免了,还有很长的路要赶呢。作罢,几个人便起身回房。姜成武与师爷第一次饮酒,对师爷的了解更进了一步。平时,他看师爷不苟言笑,俨然学究之人,接近了他,也觉他平易近人,温和得很。姜成武又想,人家是当年的武状元,文武兼备之才,不然他怎么会是王爷身边的师爷呢?

回到客栈房间,师爷、秦少石和姜成武大吃一惊。这里凌乱不堪,一片狼藉。秦少石惊讶之余,就想起刚才前厅打斗之时,确有几个黑衣蒙面人中途进场,向千爷使眼色,定是这些人进了房间翻找那铁盒子。秦少石直奔床头,弯腰在床底下查找,结果那铁盒子还在,心下释然,冲师爷、姜成武一笑。姜成武说道:这铁盒子空空如也,他们即使找到了,也无价值。秦少石说道:师爷做两手准备,极有道理,关键时候,铁盒子也能抵挡一番,同他们周旋。姜成武看着秦少石,笑而不语。师爷走向里间,秦少石、姜成武也跟着他进去,结果里面也是七零八落。秦少石什么也没说,便着手整理里面的东西。姜成武也帮着整理。整理完毕,师爷说道:早点休息吧,明天一早还要赶路。秦少石、姜成武应声回到自己的房间。

一夜相安无事。第二天一大早,这个城市还沉浸在风雪连天的静悄之中,他们就已经骑上高头大马,整装出发了。一路上再也没有遇到过像黑衣蒙面人那样的突袭,他们马不停蹄,第二天傍晚,便进了北京城。

进了京城市区,师爷并没有向自家的慕容府方向,而且向着另一条街道行进。姜成武不解其意,以为师爷要到什么地方停留再回府。倒是秦少石明白其意,师爷要进见穆王爷。看来情况紧急。三人骑马直接奔到穆王府门前停下。早有穆王府的护卫认出师爷,前来牵马。师爷跳下马,将马绳交给护卫,直接进了王府大院。秦少石和姜成武也跳下马,跟着一名护卫进了穆王府。穆王府的大院红墙碧瓦,灯火辉煌。院内有一条宽阔的林中走廊直达里面两层楼的房屋,走廊上有木桥,下有水池,两边树木相映。那两层楼的房屋,定是王爷伏案和接见来客的地方,穆王爷将它命名为"清风阁"。姜成武见有四个护卫守着楼下大门。师爷让一名护卫前去通报,说师爷求见。很快,那名护卫便出来了,通知师爷进去。师爷看了一眼秦少石和姜成武，然后从秦少石行李中拿出铁盒子，吩咐他俩在此静候，他只身一人抱着铁盒子走了进去。清风阁的侧面，相距不足五十余米，也是一栋小二层的建筑。姜成武仔细一看，就看见"郡主阁"三个大字镶在门楣上熠熠生辉。姜成武骇然一惊，原来郡主就住在这里。姜成武走到两栋楼的中间，往里看，大约五十余米处，又是一栋两层楼的建筑，姜成武断定，那定是王爷与王妃的寝宫了。姜成武感慨顿生，穆王府富丽堂皇，好生气派。他回到秦少石身边，见秦少石心事重重地在楼前不停地来回踱步，便悄声对他说：穆王府好气派。秦少石只是冲他耸耸肩，并未回应。姜成武心情依旧，他转过身，怕错过什么似的，又是四处查看。姜成武并没有对师爷紧急求见王爷之事在意，倒是对穆王府里面的金碧辉煌惊叹不已。王府就是王府，夜晚都是这般美轮美奂，富丽多彩。惊叹之余，他才想起今天到此的任务。师爷不仅对秦少石，对自己也是非常地信任，不然怎么可能带我们进到穆王府。想到这，姜成武倒觉得有一份自豪感。自己一个穷乡僻壤的山娃子，不要说王府，不要说见王爷，也不要说京城，就是南宁府能去一趟，都是很大的奢望了。而如今，自己都踏足王府的土地，置身王府皇家大院，就像在做梦一样。想到这，姜成武就美滋滋地冲秦少石一笑。秦少石顿感莫名其妙。这一路日夜兼程，排除危险，总算将西安知府大人的"材料"平安地护卫到京城。师爷进见王爷，自然就是这事。他定是要将"材料"和那个铁盒子交与王爷。秦少石想着这些，等着师爷出来，半步也没有挪开。姜成武见秦少石一脸的严肃状，便收住笑容，站在那里，一动不动。姜成武心想，师爷出来也许有重要的事情交代，他哪里有心思欣赏这里的美景。正在这时，师爷在一名护卫引领下，走出这栋楼的大门。秦少石看见师爷，上前一步，然后和那名护卫一起领路。姜成武没有这经验，见师爷出来，朝他点一下头，便跟在师爷后面。师爷空着手出来，那铁盒子，甚至那"材料"书卷定然已交给王爷了。他们穿过走廊，穿过王府大院的大门，然后，骑上护卫准备好的那两匹高头大马。三个人便离开了王府。

离开王府，师爷径直回到了慕容府。他翻身下马，对秦少石和姜成武说道:时候不早了,早点休息吧。说着,便进了慕容府。姜成武与秦少石告别,秦少石随即进了慕容府,而他只身回到百药堂。

郡主穆姑娘

冬天里,百药堂的客流渐渐减少。姜成武难得清闲了些。

白天清闲,他晚上练功就顺延了一个时辰。按理说,姜成武将少林金刚拳练成,也算是功成名就了。但他不满足。他见过那么多武功高强之人,可谓山外有山,天外有天。不单是师爷,就是千爷,如果比起来,他也没有必胜的把握。所以,他不能止步不前。他甚至在想,能否在少林金刚拳的基础上,独创一套自己的武功来。所以,这些天,他一边练功,一边就在揣摩新的武功套路,希望能总结出一套属于自己的心得。

原先练武,铭儿、婉儿总是跟在他身边学练。但最近这段时间,基本上不见他们的身影了。许是室外夜晚异常寒冷,两个药童本都是南方孩子,终究没有坚持下来。其实,他们学武,本来也就是自愿的,没有人强求。姜成武并不希望他们学武,因为江湖险恶,不学更好。身边没有人,姜成武练武更加安心,也便于思考和揣测。所以,一到晚上,他就很投入,有时一练就练到了深夜。

有一天早上姜成武刚刚醒来,铭儿、婉儿就推开了他的房门,扑到他床前,喊道:姜叔叔,起床啦。姜成武揉揉惺忪的双眼,坐起身子,说道:今天我起迟了吗?两药童眯起眼睛冲他天真地一笑,点点头。姜成武立马翻身起床。两个药童站在门内一侧,看着他穿衣,然后跟着他到外面,看他洗漱。姜成武有些蹊跷,这两个药童今日怎么了?姜成武回到房间,两个药童又跟到房间。姜成武走到婉儿跟前,蹲下身子,双手捧起她的小脸,轻轻一拍,说道:这小脸怎么这样红红的?接着,他又握住她的双手,仔细地观察。婉儿的小手似是冻的,红红的。姜成武关切地问:你很冷吗?婉儿点点头,又摇摇头。铭儿在一旁,说道:早上我们出去堆雪人了,外面太冷,姜叔叔,你帮我们堆雪人吧。两个小鬼早早地跑到房间来,就是为了这事,姜成武不禁笑起来。他将婉儿的小手放在自己的手心里焐了一会，然后站起身来。他眼珠一转，对两个药童说道：雪人什么时间都可以堆的，不一定要在早上，早上是一天中最寒冷的，我们可以避开它，要是中午或者下午堆雪人，岂不是更好？两个药童觉得他说得有理，纷纷点头。姜成武接着说道：这么冷的天，你们两人穿得不多，叔叔今天带你们到城里买新衣服去，可好？铭儿、婉儿你看看我，我看看你，高兴得异口同声说道：好啊！好啊！姜成武也很高兴，说道：那好，我们去跟你师父说一声，一起上街去。

姜成武考虑要给两个药童买新衣服，并不是今天见了他们两人小手冻得红红的，才起一时之意，他好多天以前就想带他们到市里街道上转转，并给他们添件新衣服，只是苦于百药堂忙于活儿，接着又受师爷差遣外出，根本没有时间陪他们。等到有点时间了，他又开始了潜心练功，由于太过投入，几乎把这事给忘了。到京城这么长时间，姜成武还从来没有带他们去市里正儿八经地玩一趟呢。另外，姜成武想起要给铭儿、婉儿添衣服，还有一层考虑，那就是一年一度的春节就要到了。俗话说，大人盼插田，小儿盼过年。小儿盼过年，盼的就是过年有新衣服穿。铭儿、婉儿都是孤儿，没有了父母，只有师父和叔叔来照顾他们了。姜成武想到这里，心里沉沉的。

姜成武手牵着他们来到毛小山的诊室，说道：毛神医，今天我要带他们两个小鬼去市里玩。毛小山先是一愣，接着，站起身来，展眉一笑，说道：那是再好不过的。说罢，便从衣兜里掏出银两，递给姜成武，说道：你带些银两，给他们添些新衣服。姜成武接过银两，笑道：我们想到一块儿了，你这些钱，算是给他们买些玩的吃的，新衣服我已经决定给他们买了。铭儿、婉儿在一旁异常高兴，铭儿更是手舞足蹈，喊道：哦，我们有新衣服喽！我们有好玩的喽！这也是姜成武第一次见他们这般开心。

跟在姜成武后面，铭儿、婉儿欢呼雀跃。他们踏着积雪，顶着寒风，一步一步地向城里走去。路上行人稀少。大约半个多时辰，他们便来到永定门外。永定门应该是北京外城最大的一座门了，是南部出入京城的通衢道口，再往里，便是属于皇城的永定街。姜成武带两个药童穿过永定门，两边的屋舍商铺鳞次栉比，各种商品琳琅满目。不要说是铭儿、婉儿，就是姜成武也觉新鲜、刺激、赏心悦目。姜成武带他们一边走一边看，对他们说：看上什么，告诉叔叔。两人欢呼雀跃。看到糖葫芦，婉儿喊道：姜叔叔，我要。姜成武便上前给他两人每人买了一串。看到小灯笼，铭儿喊道：姜叔叔，我要。姜成武便又买了两个给他们一人一个。沿街一路往里走，铭儿、婉儿可谓收获不少。吃的，穿的，应有尽有，两人开心得很。姜成武看着他们两人如此开心，心里说不出的惬意。到了下午，永定街走到尽头，便是崇文门。两个药童余兴未了，便要进去看看。姜成武看时辰不早了，劝他们早点回去，下次可以再接着逛的。两人很听话地点点头，婉儿很懂事地说道：姜叔叔，我们回去吧，师父等着我们呢。说着，姜成武便带他们沿着永定街往回赶。

刚走出几步，姜成武就看见前面三个女孩向崇文门这边走来。三个女孩很是特别，前面的女孩戴着绒帽，上着缀花红绸棉袄，下穿紫红棉裙，棉裙往下直盖住深蓝色长靴，女孩手里拿着一根两尺长的铁棒，棒的一头拖着红色的絮带，絮带在空中飘舞。这女孩后面亦步亦趋地跟着另外两个女孩。姜成武不看则已，一看大吃一惊。这三个女孩不正是前些天到百药堂抓药的那几位吗？怎么会在这里见到她们呢？姜成武很快又想，在这里见到他们也没有什么值得大惊小怪的。她是郡主，这里是皇城，这是她的地盘，她当然可以在这里畅通无阻。郡主及她身边的丫鬟一边观赏店里的商品，一边向这里走来，三个女孩后面却没有了护卫跟随。姜成武傻呆呆地站着，不知道如何是好。这时，婉儿催促他道：姜叔叔，我们走吧。姜成武牵起婉儿的手，向前走去。等他抬头，郡主和两个丫鬟却不见了。姜成武四处搜索，就是不见郡主的踪影。姜成武转过身，看看自己身后的方向，仍然不见郡主的身影。姜成武不想错过，偏偏郡主这时候却消失了。他估计郡主应该在前面的哪个商铺里，所以看不到人，便又往前走去。走了几步，他突然看见前方街道里走出一个青年，此人一身飞鱼服，神采奕奕，趾高气扬，他一边走，一边两眼滴溜溜地观察着街道两边的商铺。此人走近一些，姜成武才看出他身后也跟着两位青年，这两人穿一身斗牛服，神采飞扬。看他们的派头，姜成武断定他们应该是在京城衙门里当差的纨绔子弟。姜成武牵着铭儿、婉儿靠到街边,以让出宽敞的街道让他们通行,免得无事生非。这些人惹不起,总得躲得起。但是,飞鱼青年走到姜成武前面一个商店门口时,却停下来了。接着,他身后的两位斗牛服青年也停了下来。三个人眼睛直勾勾地看着商店里面。飞鱼青年心花怒放,他身边的一位斗牛服青年还特意伸手在他眼前晃了晃,冲他嬉笑。

这时,姜成武看见郡主从商店里出来,又看见她的两个丫鬟跟着出来。郡主自然看见了飞鱼青年等三人,理也不理,从姜成武跟前擦身而过。郡主看了姜成武一眼,似是一怔,然后径直向姜成武身后的方向走去。飞鱼青年也是一怔,见郡主从面前擦肩而过,连正眼也不看他一下,很觉没趣,他鼻子里狠狠地哼了一声,朝两斗牛服青年耸耸肩,转身跟着郡主后面追了上去。郡主及两个丫鬟在前面走,飞鱼青年三人在后面追。很快,后面的人就追上了郡主。飞鱼青年拦在郡主前面,嬉皮笑脸地说道:这位姑娘且慢。郡主瞪了他一眼,停了下来,质问:敢问有何贵干?飞鱼青年扬扬得意,说道:本少爷从未见过如此美貌的姑娘,要讨个姓名地址,日后也好上门拜访。这时候,三男三女六人站在街道中间,引发周围的行人驻足观看,越聚越多。姜成武也很好奇,牵着铭儿、婉儿也加入围观的人群。郡主突然用手中的铁棒将飞鱼青年支开,说道:让开,姑娘满街都是,你向她们讨要去。飞鱼青年被郡主支开,先是一愣,接着,又跨步上前,重新拦在郡主前面。他看了自己的同伴一眼,对郡主说道:这位姑娘,本少爷不值得你认识吗?郡主只好又停下来,怒视着他。这时,他身边的斗牛服同伴上前一步说道:姑娘真是有眼不识泰山,连指挥同仁都不认识,孤陋寡闻。另一位同伴也附和道:少见少见。指挥同仁,郡主只是听说应该是锦衣卫的官衔,但是,锦衣卫又有什么了不起,郡主并没有把他放在眼里,她又一次地用铁棒将他们支开。但是,她手中的铁棒被指挥同仁抓住了。郡主欲将铁棒抽回,但对方握得太紧,根本抽不动。两人拉扯,暗暗较劲。郡主这时才知道,对方功力深厚,她心想今天算是遇到对手了。

两丫鬟在一旁看得急了,便上前呵斥飞鱼青年,没想到,飞鱼青年指挥同仁突然飞起一脚,将其中一个丫鬟踢出几米之远,重重地摔到地上,口吐鲜血,一时动弹不了。周围发出一声惊呼。所有人看得呆了。郡主见状,很是吃惊。这人如此嚣张,如此歹毒,光天化日之下,他怎么有这大胆子!郡主趁指挥同仁注意力转移,突然朝他也是飞起一脚。指挥同仁不会想到,眼前这位姑娘在暗暗运功之时,来了个突然袭击。那一脚正好踢中他膝关节。他腿一麻,身子一倾,整个人向后退去,差一点蹲下。郡主立时抽回铁棒,转身掠到倒下去的丫鬟身边,将她扶起,然后对另一位丫鬟说道:我们走。三个女孩向前奔去。指挥同仁摇晃了一下身子,渐渐地恢复过来。猛一抬眼,见三位姑娘已向前跑出了一大截,便愤怒地喊道:追。三人向前追去。姜成武被这突如其来的场面惊住了,他最不想看到的,就是美丽的郡主受他人欺负,更何况这位美丽的郡主他见过,也认识。所以,他牵着铭儿、婉儿也跟着他们向前跑去。

郡主要搀扶着丫鬟,哪里跑得开。她没跑出几十米,就被指挥同仁三人追上。指挥同仁更是抄到郡主前面,伸手拦住了她们。怒道:姑娘踢我一腿,休想走脱。郡主只好停了下来,她将搀扶着的丫鬟推到另一个丫鬟身前,交由她照应。对这帮恶人,已经没有什么可说的了,只有拼。只见她,腿一抬,一个转身,似陀螺旋转,掠向对方。但是,陀螺刚刚旋起,指挥同仁立时运功护体,郡主旋腿扫到他的腿上,就像撞上铜墙铁壁一般,轰然一响,结果郡主被震出几步之外,连带着两个丫鬟一起倒地。郡主这时才感觉到腿部剧烈疼痛。但是,指挥同仁却屹然而立,就像什么事都没有发生一样。郡主身边的丫鬟一脸痛苦地喊了一声:小姐!郡主咬咬牙,冲丫鬟摇摇头。接着,她忍住痛,重新站起。她站起时,就见那指挥同仁眼睛直视着自己,并向自己这边走来。他走到郡主跟前时,说道:你还是乖乖地听话,跟我走。他话音刚落,郡主手起棒落,直砍向他的头顶。指挥同仁并没有回避,任由铁棒打到自己头上。铁棒发出"当啷"声响。指挥同仁用手摸摸头,居然冲着郡主狂笑起来。郡主趁机又是一脚,但是,脚还没有踢到指挥同仁,就被他双手托住了。指挥同仁双手一拉,郡主另一只脚在地上铲了两下,整个人栽到前面,指挥同仁趁势一揽,双手将郡主整个人抱住。郡主挣扎,指挥同仁抱得更紧。指挥同仁脸上现出淫荡的笑容。郡主挣不脱,她猛然一使劲,将指挥同仁的双手拱起，头一低，猛地在他胳膊上狠狠地咬了一口。郡主将仇恨转化到他手上了。指挥同仁痛得嗷嗷叫，他胳膊上鲜血直流，紧紧抱着郡主的双手顿时松开。郡主挣脱后，奔向两个丫鬟。指挥同仁用一只手按着自己的胳膊伤口，牙齿咬得嘣嘣响。他身边的斗牛服同伙惊慌失措。指挥同仁这下被彻底激怒了。只见他双手握拳，大踏步地向郡主这边走来。郡主还没有转过身来，就已被他重重地一拳击中，郡主"哎哟"一声，整个人趴到受伤的那位丫鬟身上，口里吐出一股鲜血。

指挥同仁一不做，二不休，他对着郡主的后背又是一拳。但是，这一拳，他却没有打到郡主身上，而是打到一个人的手掌心里。他这一拳被人接住了。这个人就是姜成武。姜成武看到被称作指挥同仁的人欺负一个郡主，是可忍，孰不可忍，一腔热血翻江倒海，他必须出手相助了。指挥同仁一拳被人接住，先是一愣，接着，他要将自己的手抽回，但是他哪里抽得了。姜成武将他的手抓住不放，两人同时站直身子，姜成武愤愤地看着他说道：为什么欺负一个女孩子？姜成武说话声音不大，但指挥同仁听得清晰。突然眼前冒出这么一个人来，英雄救美，指挥同仁哪里能够容忍，他气不打一处来，恼羞成怒，眼睛瞪着姜成武吼道：这是少爷我的事，与你何干，你给我滚远点！说罢，他使了好大的劲，欲再次抽回自己的手，但是仍然没有成功。姜成武将他的手抓得紧紧的，就是不放。姜成武说道：你向姑娘说声道歉，我便放了你。让一向趾高气扬目中无人的指挥同仁当着众人的面对姑娘说声道歉，岂不是折煞他也，他哪里会肯？指挥同仁挣脱不了，另一只手暗运内功，突然握拳打过来。姜成武眼疾手快，指挥同仁那一拳正好打在自己另一只手的手腕上，疼痛难忍，几乎要叫出声来。几次努力，都没成功，指挥同仁知道自己遇到不一般的对手了，他气急败坏地冲着自己的两个斗牛服伙伴喊道：给我上。两伙伴见这架势，只好硬着头皮上。他们冲到姜成武跟前，出手冲拳。这两人功夫还是有一点的，但是，那拳头打到姜成武身上，姜成武似是不避，而是突发内功回击，两人没伤着姜成武，却被姜成武弹了回去，差一点摔到地上。姜成武根本不理会指挥同仁的两个伙伴，他对指挥同仁厉声问道：不给姑娘一个道歉吗？指挥同仁看着姜成武仍然有些愤怒,有些迟疑。姜成武见他仍无道歉之意,便暗运内功在他的手上加力。指挥同仁脸上青筋暴起,寒冷的雪天,豆大的汗珠开始从额上滑落。他终于忍耐不住,嘴里"哎哟"一声,说道:我答应了,大侠请放手。姜成武相信了他的话,将手松开。指挥同仁抽回自己的手,两手握在一起,不停地活动着自己的手关节,这才恢复到正常的状态。姜成武站在那里,等着他向郡主姑娘道歉。指挥同仁缓过劲来,非但没有向郡主道歉,反而趁姜成武扭头察看郡主这当口,突然一个螳螂捕蝉,两手像两把利剑,直向姜成武的面门冲刺而来。指挥同仁刚才两手相握,活动筋骨,原来是在暗运内功,欲出其不意。他的双手快要逼到姜成武面门时,姜成武身子下坠,避开来袭,突然双手出拳,那拳头喷薄而发,只打到指挥同仁的胸口上,指挥同仁身子一震,整个人被击出十来步之远,重重地摔到地上,头撞到一个围观群众的腿上,那人连忙后退。指挥同仁嘴里冒着血,血顺着他的脸颊往下流,在雪地上留下一道鲜红的印迹。他的两个伙伴,刚刚恢复过来,见到指挥同仁这种情况,便从雪地里站起来,走到指挥同仁身边,一脸惊恐之色看着他。指挥同仁这时有气无力地摇摇头,瞪着姜成武不说话。很快,他昏了过去。姜成武全然不作理会,他转过身,弯下腰,将郡主扶起,关切地问:你没有事吧?郡主摇摇头。两个丫鬟这时也凑到郡主身边,将她搀扶着。姜成武对她们说:我们走。正在这时候,郡主突然咬着牙,离开两个丫鬟,她歪歪倒倒地走到指挥同仁跟前,冷不丁地抬起脚,狠狠地踢了过去。指挥同仁身子一震,他居然抬起头来,睁开眼睛看了郡主一眼,然后又倒了下去,再度迷昏。姜成武示意两个丫鬟上前搀扶郡主,又向站在一旁的两个药童招一招手。铭儿、婉儿立即跑到姜成武跟前,两个丫鬟搀扶起郡主,几个人一起悄悄离开。人群中爆发出雷鸣般的掌声。掌声将指挥同仁从昏迷中惊醒,他睁开眼睛,艰难地抬起头扫视了一眼人群,人群中的掌声顿时熄灭了,全场安静下来。所有人目送着姜成武他们离开。这时,指挥同仁艰难地支撑起自己的身体,问姜成武:敢问少侠尊姓大名?姜成武一边往外走,一边扭过头,对他说道:行不改名,坐不改姓,姜成武。指挥同仁凝神寻思,也许他在想,我怎么没听说过这个名字。围观的人群向姜成武投去赞许的目光,直到姜成武等人从他们的视线里消失。

离开人群,他们沿着街道一路往西。走在路上,姜成武关切地问:郡主伤势如何?郡主确实伤得不轻,她被自己的两个丫鬟搀扶着,行动很是不便。她边走边侧过身朝姜成武说道:多谢少侠相救,并无大碍。姜成武与她并行,说道:郡主还是先到百药堂疗伤吧,百药堂的毛神医医术高明,应该很快就能治好郡主的伤。郡主正要说话,她身边的一个丫鬟说道:郡主,我们还是早点回王府治伤要紧,免得王爷担心。不想,郡主却摇了摇头,对丫鬟说道:我们去百药堂。两个丫鬟有些迟疑,但还是听从了她的话,她们跟在姜成武身后,向百药堂方向走去。

郡主没有直接回王府,而是选择到百药堂疗伤,是有自己的考虑的。她整天待在王府,实在闷得慌,所以总是想着要到外面见见世面,不想这一次却无端地出了状况,王爷要是知道她受伤了,定是认为她调皮闯祸,责骂是少不了的。如果王爷责骂起来,以后,要想轻松自由地走出王府,就很难说了。郡主心想,父亲慈祥,但更是一个严肃得令人敬畏的人,他要务缠身,最好不要让他分神分心,弄得我自己反而没有了自由,这多不好。百药堂本来就是售药疗伤的地方,我去疗伤名正言顺。更何况,百药堂前不久发生凶杀案,我父亲查办此案至今未破,这番前去,也许能帮上父亲的一点忙呢。那姜成武为人正直,对我有恩,他邀请我们去百药堂也是出于关心我,相信他应该是不会错的。再何况,有姜成武这个保护神在身边,我也用不着担心自己的安全了。想到这里,她身上的伤痛似乎减了不少,心里甜丝丝的。

到了百药堂,姜成武带她们直奔毛小山诊室。毛小山看到郡主,连忙示意扶郡主躺下,然后给她把脉。毛小山面色凝重,对姜成武说道:郡主受了内伤,需要些时日才能治愈。郡主和丫鬟听了这话,异口同声说道:那怎么行!郡主怎么可能在王府之外待些时日呢,王爷知道岂不大怒,追究起来,谁担这个责任?姜成武问:有没有更快的治疗方法?毛小山寻思说道:她内息有些紊乱,需要调理,最快也要两日,除非……姜成武急切地问:除非什么?毛小山看看郡主又看看两个丫鬟,说道:这需要姜少侠配合。姜成武不假思索说道:这是必须的,毛神医你尽管吩咐。

毛小山转过身,对郡主说道:郡主如果配合的话,半日即可治愈。郡主身体虚弱,额上已渗出汗珠,她咬着牙,说道:毛神医尽管说。毛小山说道:郡主,你身体内已有紫血淤积,需要传输真气,调整内息,排毒疗伤。毛小山这一说,不仅郡主、姜成武,连身边的两个丫鬟都明白了。郡主点点头,对两个丫鬟说道:你们都出去吧。丫鬟依依不舍,转身走出诊室。铭儿、婉儿也跟着走出诊室。毛小山看了姜成武一眼,示意他上前,而他自己也走出了诊室。

诊室就剩下郡主和姜成武两个人。姜成武有些紧张了。他向郡主走近一步,说道:郡主请解衣。郡主有些迟疑。室内出现片刻的宁静。这时,郡主喘了一口气,说道:姜少侠,请你闭上眼睛。姜成武想都没想,就闭上了眼睛。郡主又说道:你答应我,你为我传输内力,直到我穿上衣服,你才可以睁开眼睛。姜成武很干脆地回答:我答应你。郡主听到姜成武的确切回答后,艰难地支撑起身子,背对着姜成武,慢慢地解开自己的上衣以及文胸,她整个洁白的上躯呈现在姜成武的面前,但是,姜成武哪里能够看到。郡主解过衣服后,轻声对姜成武说道:我准备好了,姜少侠,你开始吧。姜成武悄然摸到郡主身后,伸出双手,暗运内功,然后将两掌按在郡主的后背上。郡主先是一震,接着,她就感到姜成武已开始在自己身上发力。姜成武不断将自己的真气输送到郡主体内。一缕青气,从郡主的背上慢慢升起,向外扩散。接着,缕缕青烟,升腾扩散。大约半个时辰,郡主突然啊的一声,口吐紫血,身子一软,倒到床上,昏迷过去。姜成武大为吃惊,他即时收功,睁开眼睛。接着,他看到了不该看到的场景。郡主半裸的身体尽收他眼底。她的皮肤是那样的白皙,光亮,冰清玉洁;她的双乳是那样的饱满有形。姜成武惊慌失措,连忙用双手捂住双眼,接着,他又闭上双眼将双手放开。姜成武关切地喊了一声郡主。郡主哪里听得见。姜成武见郡主没有反应,便摸索着上前一步,胡乱地将她的上衣提起,披在她的身上。然后,他慌里慌张地走出门。

毛小山及郡主的两个丫鬟等在外面,见姜成武出来,神色有些不对,毛小山急问:姜少侠,郡主她怎么样了?姜成武连忙说道:郡主昏迷过去了。毛小山展颜说道:很好,就让她休息一会儿吧,我去煎药等她醒来喝。姜成武急切地问：毛神医，郡主她没有事吧。毛小山坦然一笑，说道：我刚才听到她啊的一声吐出血，说明你传输内力成功，我相信郡主很快就会好的。毛小山这样一说，所有人这才放心。毛小山示意郡主的两个丫鬟进去照应郡主，自己离开这里去了伙房，姜成武只好等在外面。不一会儿，毛小山就端着一碗冒着热气的药汤过来。他敲敲门，里面没有应声。过了一会儿，他又敲敲门。里面传出郡主的声音：进来。毛小山推门而入，姜成武跟着进来。姜成武心里很是不安，脸都羞得红红的。郡主这时已端坐在床沿，虽然身体还是有些虚弱，但脸上的气色与以前大不一样。她抬起头，看了一眼姜成武。姜成武更加慌张。幸亏毛小山这时解了围，他端着药汤走到郡主跟前，问：郡主，你感觉怎么样？郡主说道：好多了。毛小山又说道：你身体虚弱，需要滋补，你喝了这碗药汤吧。两个丫鬟走过来，其中一位接过毛小山手中的碗，准备喂郡主喝药。郡主又看了一眼姜成武，说道：多谢毛神医，多谢姜少侠。姜成武如释重负，郡主终于没有在他们面前向自己发难。郡主说过之后，张开嘴，等着丫鬟喂自己喝药。

　　郡主喝了药汤之后，又休息了一个多时辰。她醒来的时候，感觉自己身体像经历了一次洗礼，轻松多了。她起身下床，拒绝两个丫鬟搀扶，在室内来回踱起步来，一点也没感觉到很吃力的样子。两个丫鬟很是惊喜，对郡主说道：郡主，你真的好了。郡主冲她们莞尔一笑。郡主接着从床侧拿起自己的铁棒，走出诊室，又走到室外。她看看天，这时天色已晚。郡主转过身，对毛小山说道：我们这就要回去了，多有打搅。毛小山脸上堆着笑容，说道：郡主客气，现在郡主痊愈，我们也就放心了。郡主突然走到姜成武跟前，将他的手握住，冲他又是莞尔一笑，说道：姜少侠，今天真的要谢谢你，后会有期！说着，朝两个丫鬟使了一下眼色，两个丫鬟灵机一动，立即从兜里掏出银两，递给毛小山。毛小山哪里敢收，连忙婉拒。郡主只好将丫鬟的银两拿起来，走到毛小山跟前，说道：这是本人的一点心意，也是你应该得的。毛小山不好拒绝，便伸手接过银两，嘴里连说两声：多谢郡主。郡主这时才转身走出院外，冲铭儿、婉儿一笑，并与他们打招呼告别。两个丫鬟忙不迭地跟在她身后。毛小山、姜成武也送到院外。

外面,遍地积雪,那条通往城区的小路清晰可见。郡主三人踩着积雪,地面上发出"咔嚓咔嚓"的声响。郡主手中的那枚铁棒,在寒风中发出耀眼的光芒。毛小山、姜成武目送着郡主,直到她们从他俩的视线里消失。

郡主走后,毛小山走进室内,而姜成武却在门口久久伫立。直到两个药童走到他身边,喊了他一声"姜叔叔",他才反应过来,转身回到室内。

第五章　东厂黑手无处不在,王明作恶死有余辜

指 挥 同 仁

　　夜深人静。姜成武躺在床上,辗转反侧,久不能寐。

　　想起郡主,他就觉得脸红,心跳加快。这是他又一次真正地看见女人的肌肤,又一次看见女人的身体。罪过。自己明明答应过郡主,要等到她穿衣服才可以睁开眼睛的。自己明明看得很清楚她的半裸着的身体,这是不可以找任何借口为自己开脱的。郡主醒来,发觉自己的上衣被人披上,一定会认为我偷看了她的身体,一定会认为我违背了对她的承诺,我不守信用,我用心不良。她一定对我很失望。虽然她后来冲着我微笑,并对我说过谢谢,这都是她在人前的举动,礼节性的,她心里一定恨我,甚至鄙视我。这都怪我。姜成武想到这里,真希望郡主能站在他面前,给他一个解释的机会。其实,解释有什么用?事情已经发生了,又如何能够改变?更何况,这事也不是光靠解释才能说得清的。姜成武心中念叨,郡主,我不是那样的人,希望你能够原谅我,大人不计小人过,小人眼前穿堂过。后悔了很长时间,姜成武才意识到,光后悔有什么用?要想挽回影响,只有靠以后的行动。姜成武希望自己能有这个机会。姜成武安慰自己道:路遥知马力,日久见人心,郡主,我会做给你看的。表过决心,他心里舒坦多了。接着,他就想起白天见到郡主的情景。郡主那般俊俏、活泼、执拗。她出门在外,丫鬟喊她小姐,而不叫郡主,她行事并不张扬。她见到无理取闹的恶少一点也不畏缩,一点也不屈服。她是一个美丽、正直、疾恶如仇的女孩,这样的女孩却是一位郡主。

　　由郡主,姜成武不知怎的,突然想到了何茵。他第一次见女人的肌肤,那是何茵。她皮肤白皙,他却没有那种心跳的感觉。事后,他也没有

这般羞涩与后悔。难道,那是因为当时他对何茵还没有好感,对她还没有正面地认识和交往?想到这里,姜成武自己都觉得好笑。何茵现在何处?她到长白山了吗?现在是寒冷的冬天,长白山一定是冰天雪地。她一个南方人,哪里受得了那里的气候?她去长白山,不仅是为了她自己,也是为了我。要找千年雪参,谈何容易?我真应该陪她一道去的,免得她一个人孤独,担惊受怕,遭遇艰难困苦。我真希望自己早早地将事情办好,去找她。

想到办好自己的事,姜成武心里就有些乱。他要办的事还真不少。他要为百药堂堂主叶去病夺回《百毒真经》,他答应过叶堂主的。他要为自己死去的父母乡亲报仇,这是他对天发过誓的,他必须做。他要找到表妹,这是他最大的心愿。表妹现在境况如何,他全然不知。到京城也有些时日了,他连表妹的信息都一无所知,他能不急吗?他到京城来之前,就曾说过,表妹,今生今世,我一定要找到你。他在心里呼喊:表妹,我真的好想你。思前想后,辗转反侧,一直到子夜时分,姜成武才进入梦乡。

第二天,秦少石和卫国来到百药堂。秦少石将姜成武叫到一边,对他说:百药堂近日可有什么异常?姜成武回答:没有任何异常。秦少石向卫国招了一下手,然后一起察看了一遍百药堂四周,两人并没有什么发现。姜成武有些好奇,他走到秦少石跟前问:有什么发现吗?秦少石走到墙拐,见无其他人,对姜成武轻声说道:师爷觉得百药堂堂主叶去病可能没有死。姜成武有些吃惊。这个秘密他们怎么会知道得这么快呢?我是否应该将这个秘密告诉他们呢?当初,我答应过叶堂主不说出去。秦少石说过之后,用手拍拍姜成武的肩膀,说道:有什么新的情况,请及时告诉我,如果叶堂主还活着,保护叶堂主是最重要的。姜成武点点头,说道:我知道了。

秦少石和卫国走后,姜成武心想,要不要将师爷怀疑叶堂主还活着的情况告诉叶堂主本人呢?叶堂主一直到现在没露面,他自己活着的消息连他的徒弟都没有告诉,更别说师爷和王爷了,这也许有他的苦衷,完全可以理解。另外,查办百药堂凶杀案,秦少石似乎很少问毛神医一些情况,难道是因为毛神医一年多不在百药堂,他并不知晓百药堂情况的缘故?

晚上,一切安静下来之后,姜成武走进那片小树林,他开始练功了。这些天来,他一直想创立一套属于自己的武功体系,但由于分心,始终不得要领。今天又是如此。他脑子里总是装着太多的疑问和思考,所以练起功来,欲速则不达。练了两个时辰,他就停了下来。他察看了一下四周。四周静寂无人。他重新来到那棵古柳树下,挪开青石板,钻进了地道。

叶堂主叶去病在地道那间石屋里调配药材,常年坐在他的身侧,两人见姜成武进来,很是欣喜。姜成武问候他们一声,叶堂主就关切地问他外面的情况。姜成武心下清楚,叶堂主对外面的情况多半是了如指掌,问他,也只是希望了解叶堂主自己还掌握不了的情况。姜成武不兜圈子,对叶堂主说道:师爷可能知道叶堂主你还活着。叶去病很是吃惊。他看了一眼常年,凝思说道:虽然有点出乎我的意料,但王爷主导查办百药堂惨案,真相迟早会大白于天下的。停顿了一会,他又说道:我暂时不想暴露身份,只是希望那些残害百药堂伙计的人尽快浮出水面,现在,师爷和王爷知道我还活着,是应该告诉他们真相了。他说过之后,屋内安静下来。过了一会,常年打破沉默说道:叶堂主走出地道,也许更利于王爷他们破案。叶堂主点点头,说道:是啊。

叶去病对姜成武说道:你出去以后,告诉毛小山以及秦少石他们无妨,是福不是祸,是祸躲不过。常年说道:叶堂主说得是,该面对的还是要面对,姜少侠,还有我,我们终究要走出这个地道的。姜成武拱手抱拳,对两位前辈说道:前辈说得是,保护二位前辈生命安全,成武定当竭尽全力。

姜成武告别叶堂主和常年,走出地道,准备回百药堂。他刚走出那片小树林,就听见百药堂方向打杀声响起。姜成武大为震惊。莫非又是那帮黑衣人侵袭百药堂?他疾步向前掠去。奔到百药堂附近时,借着月色,看出黑压压的人群将百药堂团团围住。这些黑衣人的黑衣像斗牛服,姜成武想起在永定街时指挥同仁的两个同伙穿的就是斗牛服,难道他们都是一伙的？正在这时，百药堂里传出一个人的呐喊声，那声音说道：所有的锦衣卫听着，将他们统统杀光！原来，锦衣卫终于按捺不住，明火执仗地来袭击百药堂了。打杀声愈演愈烈，很显然，百药堂里面早已交上火了。天哪，百药堂里除了秦少石派去的几个护卫，就毛神医、铭儿、婉儿以及百药堂伙计这些人了。交火定是护卫与锦衣卫之间。姜成武哪里再敢犹豫，一个纵身，借助身前一棵大树，掠到百药堂屋顶之上。他被百药堂院子里正在进行的一场混战震惊了。

锦衣卫都是一码色的黑衣斗牛服，与他们拼杀的不仅仅是秦少石、卫国及护卫，另有几个熟悉的身影更让他吃惊不小。在打斗的人群中，他没有看见毛神医，没有看见铭儿、婉儿，也没有看见百药堂的伙计，却看到了青城派的三位护门元老常明、赵怀远、毕克。接着。姜成武又看见穿着飞鱼服的指挥同仁和他的两个斗牛服同伙在晃动。他们怎么也在这里？他们真是一伙的？他们叫他指挥同仁，那他就是锦衣卫的指挥同仁了。

锦衣卫确实名不虚传，个个武功高强，凶猛顽强，不战到最后，都不会放弃抵抗，刀砍到脖子上，才会惨呼一声倒地。恶少指挥同仁站在那里观战，指手画脚，他身边的两个同伙形影不离地护卫着他。姜成武想，这恶少为什么胆敢调动锦衣卫袭击百药堂呢？姜成武倒佩服起秦少石和卫国，他们以一敌五，以一敌十，英勇杀敌。常明和赵怀远、毕克他们也身手敏捷，越战越勇。锦衣卫不断有人受伤，有人惨呼倒地。与此同时，外面的锦衣卫又不断地向里拥入。战了半个时辰，卫国突然受伤。他中了锦衣卫飞驰过来的长矛镖枪，那枪直插进他的背里，卫国啊的一声倒地。秦少石闻声赶过来施救，结果被一拥而上的锦衣卫拦在中间。秦少石劈开一条血路，掠到卫国跟前，将他扶起，关切地喊道：卫国！卫国张开嘴，正想说话，但说不出，突然头一耷拉，就咽了气。秦少石见自己多年的伙伴死于眼前，悲痛欲绝，满腔仇恨似乎都要喷出胸腔。他将卫国放下，立时起身，只见他像一头疯狂凶猛的狮子，扑向锦衣卫。不一会，毕克受伤了。他中了锦衣卫的毒镖，站在那里摇摇晃晃，结果被另一位锦衣卫直刺一枪，倒在地上不省人事。常明本想救他，但苦于身前的锦衣卫一个挨着一个，无法脱身，他眼睁睁地看着毕克死去。接着，他便将悲痛化为力量，眼里喷出愤怒的火焰，似要将所有的锦衣卫燃烧了才是。

一转眼之间，姜成武就看到卫国和毕克相继死去，恨得咬牙切齿，眼里喷发着愤怒的火焰，一个纵身，便从屋顶上飞身而下，直插到恶少指挥同仁跟前。指挥同仁全神贯注指挥着这场战斗，待他定睛一看，站在他面前的正是他今晚欲要捕获的姜成武时，顿时吓得魂飞魄散。他组织如此强大的力量前来捕捉姜成武，姜成武却神不知鬼不觉，偏偏这个时候突然露面。怔了片刻之后，他突然伸出双手，将身侧的两个同伙一把揪住，挡在姜成武和他之间。趁这当口，他脚底抹油，一个转身，一个跨步，瞬间从大门里掠出门外。接着，大喊一声：撒！姜成武出手冲拳，将面前的两人击倒。两人倒地后，立即爬起，屁滚尿流地窜出门外。锦衣卫听到指挥同仁的命令，狼奔豕突，仓皇而逃。

姜成武走到毕克身前，蹲下身子，将毕克翻转身，然后伸手将他的双眼合上。这时，常明、赵怀远也走了过来。三个人站在毕克身边，久久伫立，说不出一句话来。而秦少石和一些护卫也走到卫国身前，深深地向他一鞠躬，然后，众护卫将他的尸体抬起，走向室外。也就在这时，毛小山打开室内的门，走到院子里，他身后跟着两个药童和百药堂的众多伙计。秦少石没有与姜成武打一声招呼，心情沉重地跟在护卫后面，走出院门。打斗的时候，是秦少石一声高喊，让毛小山将室门紧闭，并最早与锦衣卫的人拼斗于院落，这才保住了他们十来个人的性命。常明和赵怀远、毕克来得正是时候，他们刚刚走进百药堂，就被黑压压的锦衣卫包围住了。接着，拼杀就开始了。毛小山走到姜成武跟前，说道：人死不能复生，节哀顺变。常明伸出手拍拍姜成武的后背，以示安慰，然后说道：我们要将毕克师弟带回青城山。百药堂的伙计从室内抬出木板，将毕克放置在上面，然后抬到院子中间的雪地上，并在他的尸体上盖了一块白布。

常明对姜成武说道：我们这次来，是想接父亲回青城山的，结果遇上锦衣卫洗劫百药堂。毛小山上前插话道：谢谢你们，救了百药堂，救了我们。姜成武心情沉重，说道：百药堂惹上锦衣卫，凶多吉少，我们要做其他的选择。毛小山有些疑虑,问:我们还有选择的余地吗?除非我们离开这里。姜成武看着毛小山,点点头,说道:毛神医,我们确实没有选择的余地,这里很危险。毛小山看看众人,又看看房屋四周,似乎有些不舍地点了点头。姜成武接着说道:指挥同仁这一趟回去,恐怕不会善罢甘休,他还会来的,只怕下一次来,他的阵势更大,手段更加残忍。毛小山说道:真不知道这指挥同仁是什么来头,我们应该尽快将刚才发生的情况报告王爷。姜成武点点头,说道:秦兄自会禀报师爷、王爷的。姜成武接着对大家说道:他们这次离开,不会那么快就来的,今晚你们好好休息,明天我们再作打算。说罢,众人散去。常明和赵怀远站在那里并没有离开。姜成武对常明说道:你父亲好好的,明天我带你们去见他。他说这话时,毛小山站在一旁瞪大了眼睛。

第二天起来,姜成武陪常明、赵怀远吃过早点,便走出百药堂,来到小树林。三个人穿过小树林,来到河边那棵古柳树下。姜成武仔细观察,见四下无人,便弯腰挪开青石板。三个人依次钻了下去。毛小山看他们外出,似有疑虑,但是,因为姜成武没说什么,他也不好问。昨晚,常明说过,来京城接父亲回青城山。他父亲常年不是死于六盘水与恶人族恶老乌不朽的一场恶战吗?毛小山真是一头雾水,又觉得常明说话并不是胡言乱语。难道他父亲没有死?原来姜成武知道他父亲没有死,但他为什么没有告诉我呢?是怕给我添麻烦,还是怕我走漏风声?不管怎么说,真相很快就会见分晓。

姜成武径直将两人带到石屋。叶去病正在屋内研究药谱,见三人进来,连忙放下手里的活,站起。姜成武向双方介绍,这是青城派常明师兄、赵怀远师兄,这是百药堂叶堂主。常明上前,双手握拳,说道:拜见叶堂主。叶堂主看着常明,很是高兴。他示意常明稍等,自己走进了密室。不一会,叶堂主将一位白发老人从里面搀出。常明早就目不转睛地注视着密室的门口,见老人出来,一眼就认出自己的父亲。他跨步上前,深情地看着父亲,叫了一声:父亲! 常年眼睛眯成了一条缝,看着常明,然后,伸出一双颤抖着的手。常明上前,将父亲的双手握住,又叫了一声"父亲"。这时,赵怀远也上前,双手握拳,对常年说道:赵怀远拜见掌门人。

常年看着常明，又看看赵怀远，然后从常明手中抽出双手，朝赵怀远摆摆手，向前挪步。常明连忙上前，和叶堂主一起搀扶着他，并将父亲搀到一个石凳上坐下。待常年坐下后，常明站在他面前，说道：父亲，你真的没有死。常年又伸出手，拉住儿子常明的手，说道：父亲不是那么容易死的。常明弯下身子蹲了下来，他抽出自己的手，抚摸着父亲的一条腿，说道：父亲，你这腿？常年用手拍拍儿子常明的肩膀，说道：中了乌不朽的毒镖，幸亏叶堂主施救，留得老命。常明站起身来，双手抱拳，对叶去病说道：多谢叶堂主。叶去病摆摆手，说道：我仅是尽微薄之力。常明又说道：父亲在此，对叶堂主多有打扰。叶去病说道：不必客气。常明又转身对父亲常年说道：我们这次来，是接父亲回青城山，父亲，你和我们一起回去吧。常年点点头，说道：回去也好，生是青城山的人，死是青城山的鬼。听到常年说愿意回青城山，常明和赵怀远相视而笑。常明说道：父亲，我们还是尽快启程吧，青城山的弟子都想早日见到你。常年看看叶去病，然后对常明又是点点头。姜成武看到这种喜人的场面，心里也觉高兴，说道：掌门前辈，你们父子终于相聚，这是再好不过的事。常年抬起头，看着姜成武说道：应该谢谢你，我没有看错人。

接着，常明和叶去病帮常年收拾起行李。收拾完毕后，常年站起身来，转向叶去病。叶堂主见状，连忙走过来。两位老人四手相握，什么话都没有说。此时无声胜有声。常年依依不舍地转过身，走向洞外。常明和赵怀远走过来，搀扶着他一起向前走。走到地道里，常年终于停下脚步，转身对叶去病说道：叶堂主请留步，后会有期。叶去病停下来，与常年等人告别。姜成武一直将他们带出洞口。走在树林里，常明对姜成武说道：姜掌门，我们这就要回青城山，姜掌门可一起回呢？姜成武凝思说道：本来我是应该护送掌门前辈回青城山的，只是这里最近事情不少，一时难以脱身，不能前往，有劳两位师兄了。常明说道：姜掌门客气了，青城山随时恭候姜掌门，我们这就告辞。姜成武双手抱拳，与常明、常年和赵怀远告别。几个人沿着树林中姜成武指引的另一条小路走去，姜成武目送着他们，直到他们从林间消失。

回到百药堂，毛小山问：常明呢？姜成武说道：走了。毛小山又问：

他父亲呢？姜成武回答说：被常明和赵师兄接走了，他们回青城山了。毛小山又问：常年真的还活着？姜成武点点头，说道：嗯，很抱歉，我没有将常年还活着的消息告诉你……姜成武正要接着往下说，却被毛小山打断了。毛小山说道：这我能理解。姜成武说道：是常年掌门前辈将自己一生的内力传给了我。毛小山说道：我看出你武功进益神速，应该是有人传教，不然你怎么可能打败常运？又怎么可能救郡主于恶少指挥同仁魔爪？姜成武说道：你都知道了。毛小山笑道：我猜的。姜成武也笑起来，说道：有一件事我相信你还不知道。毛小山问：什么事？姜成武说道：今天晚上我带你去见一个人，见了，什么都知道了。毛小山很是好奇，姜成武要带他见什么人呢？他在脑子里搜索好长时间，也没想出来这个人是谁。越是想不出来，越是好奇。他说道：一言为定。

到了晚上，姜成武准备出门，毛小山想起白天姜成武说的事，便问：姜少侠去哪里？姜成武若无其事地说道：去树林练武啊。毛小山说道：你白天说过，要带我去见一个人，没有忘了吧？姜成武耸耸肩，说道：怎么会忘呢？等我练武回来，便带你去见。说着，便走出门去。大约两个时辰后，姜成武回到百药堂。铭儿、婉儿以及百药堂所有的伙计都休息了，毛小山一个人坐在诊室静静地等候姜成武。他仍然想不起来，姜成武要带他去见谁。姜成武径直走到诊室毛小山面前，对他说：我们走。毛小山将信将疑，跟在姜成武后面走出了百药堂。两人走进那片小树林，姜成武仔细观察四周有无动静，才缓缓地走到那棵古柳树下。

姜成武移开青石板。毛小山看到青石板下面有一条地道，大为惊诧。自己在百药堂行医这么多年，从来没有发现百药堂附近还有这么一条通道。姜成武到京城才多少天，他怎么这般熟悉？待毛小山进了地道，姜成武将青石板重新合上，然后，姜成武走在前面，领着毛小山往里走。走到石屋，毛小山就看见了一个人。这个人年龄不小，他背对着毛小山。毛小山一时分辨不出站在他面前的人是谁，正疑虑间，这个人慢慢地转过身来。毛小山看到这个人，都不敢相信自己的眼睛了。他来不及细想，"扑通"一声跪到地上，喊道：师傅！叶堂主缓缓向前两步，伸出手在他肩上拍了两下，说道：小山起来。毛小山站了起来。他端详着师傅,说道:你真的没死。叶去病突然呵呵一笑,说道:我就那么容易死吗?毛小山激动不已,说道:那就好,师傅好好的。他上前一步,搀着师傅叶堂主的胳膊到石凳上坐下,说道:徒儿这就接师傅回百药堂。毛小山说过之后,不想叶去病却摇了摇头,说道:为师暂时还不能回去。毛小山明白师傅用意,说道:那也好,师傅健在,徒儿再高兴不过了。叶去病看看姜成武,又看看毛小山,说道:东厂的人残害我十几条人命,夺我药典,我岂会饶了他们?姜成武这时说道:叶堂主,我们定是要讨回公道的。叶去病良久才侧过身,对姜成武说道:姜少侠,明晚我们一起去见师爷。姜成武有些惊讶,但很快就平静下来。叶堂主要见师爷,这是再正常不过的了。姜成武很干脆地嗯了一声。屋内片刻的宁静。过了一会儿,叶去病打破沉默,说道:你们回去吧。毛小山有些不放心,他看看屋内,对叶堂主说道:师傅这里缺什么?我尽快送过来。叶去病笑道:这里什么都不缺,你们有空来看看我就是了,不过,东厂的走狗到处都是,小心为妙。毛小山和姜成武相视而笑,然后两人告辞,转身走出了石屋。

回到百药堂,毛小山对姜成武说道:多谢姜少侠,让我们师徒相见。姜成武说道:我隐瞒了好长时间叶堂主的信息,望毛神医见谅。姜成武这么一说,毛小山反而不好意思,是他自己错怪了姜成武。毛小山说道:如果我是你,也会这样做的,你为我们大家考虑,真的谢谢你。姜成武笑而不语,走回自己的房间。

第二天,秦少石来到百药堂。他将姜成武和毛小山召集到姜成武的房间,对他们说:百药堂需要暂时关闭,你们尽快转移。姜成武和毛小山大吃一惊,两人同时问:怎么会这样?秦少石说道:这是王爷的意思,你们越快越好。秦少石见姜成武和毛小山仍然迟疑地看着自己,进一步地说道:王爷担心你们的安危,王爷查办百药堂凶杀案,锦衣卫居然明目张胆地围攻百药堂,你们应该能看出来,这里面多复杂。姜成武问:指挥同仁何以指挥锦衣卫?秦少石说道:何谓指挥同仁?指挥同仁就是锦衣卫的指挥同仁,他当然可以指挥锦衣卫了。毛小山接着问:指挥同仁何许人也?秦少石说道:指挥同仁,人称京城恶少,你知道他的背后是谁吗?毛小山与姜成武抬起头,互相看看,同时摇摇头。秦少石说道:指挥同仁名叫王明,王明有个叔叔叫王力,王力是东厂厂公,也叫东厂督主,别说锦衣卫了,整个东厂都是王力指挥,锦衣卫依附于东厂。听秦少石如此一说,姜成武和毛小山心下骇然,原来一切的背后,竟是东厂。

秦少石感叹一声,说道:王力目前是圣上最信任的宦官,穆王爷都要让他三分,东厂如果插手百药堂,事情就更复杂了。当下,我还不清楚,为什么指挥同仁王明带领锦衣卫围剿百药堂。姜成武插话:可能是因为我的缘故。秦少石看着姜成武,有些不解。姜成武说道:那天我带铭儿、婉儿去永定街,看见指挥同仁欺负郡主,便出手相救,他定是为报复而来。秦少石若有所思,然后说道:这恐怕是原因之一,可能还有其他因素,在这之前,百药堂就曾遭遇多次侵袭。毛小山说道:皇上已经决定由王爷查办百药堂凶杀案,锦衣卫以及东厂的人仍然不放过百药堂,他们的确没有把王爷放在眼里。秦少石说道:所以王爷要求你们撤出百药堂。毛小山突然冒出一句问秦少石:王爷会不会处境不妙?秦少石凝神看看毛小山,又看看姜成武,说道:我这就告辞,你们按我说的办就行。毛小山说的话他不好明着回答。秦少石转身欲走,姜成武连忙问他:师爷在慕容府吗?秦少石停下脚步,看着姜成武说道:在。然后便离开了。秦少石走后,毛小山愁眉不展,他对姜成武说道:指挥同仁王明这么快就打听到你在百药堂,他在京城耳目不少,我们还是尽快撤离。姜成武说道:就像秦兄所说,他们不光是冲着我而来,可能还冲着你师傅叶堂主。毛小山说道:应该是的,我们现在就撤,宜早不宜迟。姜成武点点头。

很快,他们就将百药堂的伙计遣散了。然后,他们收拾一些重要的药材和实物,带着铭儿、婉儿离开了百药堂。他们没有去别的地方,而是趁四下无人的时候,打开了古柳树下的青石板,依次钻进了地道。百药堂再次大门紧闭。

当天晚上,姜成武就和叶堂主叶去病一起,走出了地道,潜行至慕容府。师爷慕容秋见到叶堂主,并不吃惊,而是示意他和姜成武坐到椅上,然后吩咐侍从上茶。秦少石站在一边。秦少石心想,姜成武白天问他师爷可在府上,原来是要引叶堂主拜会师爷。师爷说道:叶堂主逃过一劫,万幸。叶堂主躬身说道:苟且偷生,承蒙师爷抬爱。这时,侍从将茶端上。师爷示意叶堂主和姜成武喝茶,自己也端起茶盏嗓了一口茶水。放下茶盏,师爷对叶堂主说道:他们知道你没有死,所以不断地要来找你。姜成武心下猜想,"他们"自然是指锦衣卫和东厂的人。叶堂主说道:师爷说得是。师爷接着说道:最近一段时间,我们要做好防范,切不可轻易暴露自己。叶堂主点点头,说道:谨记师爷教导,百药堂所有的人都已转移。师爷看了一眼姜成武,又看看秦少石,对叶堂主说道:以静观动,才是上策。师爷想起什么似的,说道:《百毒真经》落在他们手里,只怕遗患无穷。叶堂主说道:种种迹象显示,他们是在按照上面的秘方制毒。师爷说道:他们不会善罢甘休的,我们要有所准备。叶堂主说道:师爷所言极是。师爷又啜了一口茶,然后说道:你们还是早点回去休息吧,保持联系。叶堂主和姜成武听到师爷这么一说,便起身告辞。师爷吩咐秦少石道:护送叶堂主回去。秦少石回声"是",立即引叶堂主和姜成武离开慕容府。

叶堂主过去本来就是慕容府的常客,他对王爷和师爷极为敬重,所以,回来的时候,他二话没说,便将秦少石引到了地道口。姜成武本来就是秦少石的拜把兄弟,对他自然不会设防。三个人走进地道,进到石屋,药童铭儿、婉儿都已经睡了,毛小山还在研究药谱。叶堂主示意秦少石稍坐片刻。秦少石没有犹豫就坐了下来。姜成武说道:原来王爷和师爷早就料到叶堂主没有死。秦少石说道:王爷也许想牵出东厂的人。姜成武突然冒了一句:东厂真有那么厉害吗?秦少石说道:东厂有皇帝撑腰,到处欺压忠良,残害百姓,在全国制造太多的冤假错案,致使民怨沸腾。姜成武说道:难道皇帝不知情吗?为何要为他们撑腰?秦少石愤愤地摇摇头,说道:说来话长,皇帝也是登位不久,他被一些人蒙蔽了眼睛。姜成武又说道:王爷是皇帝的弟弟,他应该更信任王爷,依靠王爷。秦少石感叹一声,说道:希望如此。这时,毛小山插话道:王力只不过是一个太监,他何德何能,如此深得皇帝信任,委以大任?叶堂主叶去病说道:皇帝偏听偏信也未可知,不过,皇帝信任王力,是有缘由的。姜成武问:是什么缘由呢?

叶常主停顿了一会,说道:当今的圣上,虽然顺利地登上皇位,却也是一个经历不凡、大起大落之人。他的命运随着他父亲也就是英宗朱祁镇的命运而波动。英宗当年宠信太监王振，听信他的谗言，亲率大军征讨蒙古瓦剌，特立现在的皇帝宪宗朱见深为皇太子。经历土木堡之变后，英宗被蒙古瓦剌俘虏，其弟郕王朱祁钰登基称帝，遥尊英宗为太上皇，改元景泰。瓦剌要挟大明无果，无奈之下，释放英宗。英宗回到京城后，景泰帝随即将他软禁在南宫。并废除皇太子，朱见深随之也被囚禁。父子二人被这一锁就禁了七年。景泰八年，石亨等人发动夺门之变，英宗复位称帝，改元天顺。英宗复位后，重新确立现在的宪宗朱见深为皇太子。天顺八年，英宗病逝，皇太子朱见深登位，封父亲庙号英宗。

叶去病接着说道：土木堡之变，英宗被俘时，英宗的护卫将军樊忠万分愤怒，抡起铁锤砸向王振的脑袋，王振这个祸国殃民的恶宦，当场毙命。这个王振不仅是英宗宠信的大太监，也是当年服侍当今圣上、当时还是皇太子的朱见深的东宫局郎，可见当今圣上对他的感情。宪宗登位，时常想起当年服侍自己的宦官，即东厂厂公王振。但是王振已死，宪宗便想起王振的弟弟王力。王力是王振同父同母的弟弟，当年两人一同进宫，一同飞黄腾达。爱屋及乌，宪宗下旨，委任王力为东厂的厂公，也就是督主。东厂现在权力很大，他能调动锦衣卫，并直接对皇帝负责。

叶堂主说完，停顿了一会。秦少石接过话茬，说道：王明是王力的侄儿，他们是一条线的，这条线直通皇帝和万贵妃。叶去病感慨地说道：是啊，你们应该知道，我们遇到的是一个什么样的危局。听到这里，姜成武恍然大悟。他义愤填膺，说道：难怪指挥同仁到处横行霸道，欺压百姓，原来他是有恃无恐。叶去病冲着姜成武点点头，说道：我们尽量不要与他们正面冲突，视事而谋动。秦少石同意他的说法，说道：叶堂主说得对。叶去病又说道：我们听从王爷和师爷吩咐和调遣。秦少石很是感动，他站起身来，对他们说：王爷和师爷信得过你们。说罢，便向两人告辞。毛小山主动上前，送秦少石走出石屋，走出地道。

锦衣卫指挥使府

离大年三十还有几天时间的时候,姜成武等人隐身于地道里深居简出,但是,地面之上,京城之内,却发生了一件惊天动地的大事。

都察院右都御史钟道赞在家庆祝六十岁寿辰时,好好地,却突然倒毙身亡。都察院是大明最高的监察、弹劾及建议机关,在朝廷内外举足轻重。都察院左右都御史都是皇帝钦定的命官。左都御史是韩雍。右都御史死了,这可不是一件小事。宪宗皇帝听到这个消息,极为震惊。钟道赞一向身体硬朗,每天坚持上朝,从来没有抱病缺席过。他突然在家中暴毙,连皇帝都觉蹊跷。难道有人在寿宴上下毒不成?皇帝命人彻查此案。但是,接受皇帝御令调查此案的,正是东厂的厂公,也就是督主王力。

姜成武、叶堂主知道这个消息,是事隔几天之后从秦少石那里听说的。大年三十那天,秦少石一大早就来到地道的石屋,将师爷吩咐捎带的年货交给叶堂主,然后歇下来,对他们说道:钟都御史死了,这可不是小事,他生前是王爷的知交,与师爷也相识,他为人坦荡,疾恶如仇,他死得太突然,太离奇,连皇帝都认为他是被人所害。叶堂主和姜成武十分惊讶,说道:有这等事?秦少石感叹一声,说道:种种迹象显示,王爷处境不妙。叶堂主表示赞同,他说道:让东厂来插手这事,只怕对王爷不利。姜成武又开始愤愤不平,说道:这世道,为什么正直的人总是受到伤害?姜成武愤慨,毛小山在一旁附和。

秦少石神情严肃地说道:我到这里来,是要提醒你们,小心为妙,京城到处都是东厂和锦衣卫的密探,我们千万要小心。姜成武正要说话,不想秦少石却对他说道:姜弟,今晚我们要有一次外出,你做好准备。姜成武问:今晚是除夕,我们需要出城吗?秦少石说道:就在城内。姜成武回答说:我知道了。毛小山主动请缨,说道:秦少侠,在下是否可以一同前往?秦少石冲他摇摇头,说道:此去凶多吉少,你还是在这里陪叶堂主。秦少石冲叶堂主一笑,便匆匆离开了。

秦少石走后,姜成武、叶去病和毛小山面面相觑,不知道说什么好。时局如此严峻,他们哪里还有心思过这个年,他们似乎预感到这个被称作皇城根下的城市,空气中到处都飘散着腥风血雨的味道。

到了晚上,秦少石穿一身夜行服,外披粗布青衫,悄悄来到那片小树林,然后蹲在河边等候姜成武。不一会儿,姜成武便从地道里出来,与秦少石会合。两人穿过小树林,沿着河边向东走去。远处不断传来鞭炮的噼里啪啦的声响,环城河对岸,红灯笼稀稀点点,将鳞次栉比的房屋映照得若隐若现。走在河边,姜成武忍不住问:秦兄,我们要去哪里?秦少石观察了一下四周,从牙缝里挤出几个字:锦衣卫指挥使府。姜成武听到这话,眼睛瞪得老大。锦衣卫指挥使府,那就是锦衣卫指挥使的官邸。姜成武好奇地问:锦衣卫指挥使是谁?秦少石回答说:千户英布。姜成武又是吃惊,问:千户英布怎么会是锦衣卫指挥使呢,他不是东厂的人吗?秦少石说道:英布确实是东厂的千户,但是他最近升迁了,皇帝根据王力的提名,任命他为锦衣卫的指挥使。姜成武恍然大悟,感叹道:原来是这样。接着,他又问:那他不是已经离开东厂了?秦少石说道:姜弟有所不知,锦衣卫、东厂是一家,锦衣卫创立时,初衷是掌管皇帝仪仗和侍卫,洪武十五年,为加强中央集权统治,朱元璋特令其掌管刑狱,赋予巡察缉捕之权,从事侦察、逮捕、审问等活动,从此以后,锦衣卫的性质就变了。后来,皇帝宠信宦官,东厂的权力随之扩大,皇帝令锦衣卫归附东厂,东厂根据需要可以随时调动锦衣卫,这就是锦衣卫和东厂的隶属关系。现在千户英布被任命为锦衣卫指挥使,只不过是东厂进一步强化和控制锦衣卫的举措,东厂和锦衣卫成了王力等人打击异己、残害忠良、扩张自己势力范围的工具。姜成武说道:当今圣上怎么可以让这些人为所欲为,为非作歹呢?秦少石叹了一口气,说道:当今圣上登位不久,百废待兴,需要处理的事情很多,也许他不知情,或者他是有意而为之。姜成武说道:穆王爷应该向圣上奏明,圣上应该防止东厂、锦衣卫权力过大。秦少石又是感叹,说道:穆王爷确实是这么想的,但是,王爷的处境并不妙。试想,穆王爷本是皇帝的弟弟,皇帝刚刚登位,本就对帝位有担心之虞,穆王爷在朝廷,威望日隆,皇帝哪有那种胸怀对皇弟不存防范之心。

姜成武说道:难为王爷了。

　　走了一段,两人上堤。又是一片树林。见四下无人,姜成武又问:王力怎么不提拔指挥同仁王明当锦衣卫的指挥使呢?秦少石说道:他何尝不想这样做?只是那恶少王明当上指挥同仁才一个月,他胆子再大,也得避点嫌。姜成武边走边说道:豺狼当道,蛇鼠一窝。秦少石说道:皇帝也许是被蒙蔽也未可知,我也不是斫轮老手,很多事情我也看不清,但我相信,总会有拨云见日的一天。姜成武说道:但愿如此。接着,他又问:师爷为什么要我们今晚去指挥使府呢?秦少石说道:选择在除夕夜,定会有戏可看,你不是答应叶堂主要夺回《百毒真经》吗?你不知道《百毒真经》在哪,你怎么夺回?这就叫不入虎穴,焉得虎子。姜成武自嘲地一笑,说道:我是应该想到的。秦少石说道:除夕夜应该是很好的选择,他们也许会放松警惕。秦少石接着说道:王爷和师爷断定,百药堂惨案,锦衣卫、东厂绝对脱不了干系,王爷查办此案,一直未破,王爷很是着急,是到采取主动出击、引蛇出洞的时候了。所以,我向师爷提议,潜入锦衣卫指挥使府,追查《百毒真经》的下落,并搜集锦衣卫、东厂犯案的证据,此举风险很大,但值得一试。姜成武说道:愿随秦兄完成任务,赴汤蹈火,在所不辞。秦少石很是感动,说道:有姜弟出面,我信心十足,不过,姜弟切记,我们只是探明情况,不宜出手,更不要打草惊蛇,暴露自己的身份,如果我们过早地暴露了身份,只会对王爷不利,我们得安全地去,安全地回来,这才是最重要的。姜成武说道:我记住了。两人说着,走出树林,向城区街道掠去。

　　街道两边,灯火辉煌,人影幢幢,爆竹声不时响起,好不热闹。时至成化开元第三年,皇帝曾有旨意,为彰显大明盛世,海内承平,国泰民安,国人需以隆重热烈的方式庆祝即将到来的新年。所以这个除夕,京城的大街小巷,好不热闹。皇帝颁了圣旨,希望与普天同庆,而皇帝自己,却并没有在除夕之夜与文武百官同乐,而是将文武百官和皇后撇到一边,自己跑到宠妃万贵妃的寝宫缠绵寻欢。秦少石与姜成武在街道上疾行,并不引人注目,大过年的,谁会注意到他们?穿过几条街道,越过宣武门,姜成武远远地看见锦衣卫指挥使府黑魆魆的大片建筑,要不是有几

171

处灯笼的光芒闪映,那里就像是一个大黑箱罩在街道边的地面上。姜成武转过身,观察周围的环境,结果,他又看见远处黑黝黝的城墙和巍巍的城楼,很是惊讶。姜成武走到秦少石跟前,用手朝那方向指了指。秦少石凑到他耳边,对他说道:那就是紫禁城。姜成武心下骇然。紫禁城,也就是皇宫,是当今圣上生活和工作的地方,更是市民禁地,难怪如此威严和肃穆。表妹岂不就在皇宫?想到这,姜成武内心激热,这是他与表妹分别后,第一次有了近距离的感觉。正激动时,秦少石突然用手抵了一下他的胳膊,对他说:我们走。接着,两人潜入指挥使府后面的一片树林,一步步地向院墙逼近。

指挥使府院墙外,不时地有锦衣卫在巡逻。他们十人一队,间隔不到吸两口烟的时间。这个时间,对秦少石和姜成武来说,完全可以利用。两人分别掠至两棵大树后面,见巡逻的卫兵队列交错分开,相约乘虚而入,纵身掠过高墙,然后落到院中。他们落脚的地方,树木相间,光线昏暗,没有被发现。他们依在树边,很快就看见前面有一个宽阔的场地以及场地那边连片的楼房,场地上方灯火辉煌,除了一些护卫,聚了不少的人。楼房与场地之间的大门口更是通明,两边也站了人,中间留出一个通道。不一会儿,从大门里走出五个人来。秦少石和姜成武不看则已,一看心惊不已。走出来的人当中,姜成武认识的就有身着斗牛服的千爷和身着飞鱼服的恶少锦衣卫指挥同仁王明。中间两人以及旁边的一位年轻太监,姜成武就不认识了。中间两人身材高大,一胖一瘦,那胖者是个年老太监,他身穿蟒服,两手交叉在身后,受其他人簇拥,摇头晃脑,趾高气扬,他身边的瘦者身穿锦衣卫飞鱼服,一副阿谀奉承之态。姜成武看了一眼秦少石,秦少石朝他耸耸肩,似乎看出他的疑虑,悄声说道:穿蟒服者,东厂厂公,也就是督主王力,他身边的那位,就是千户英布,不过他现在已经不仅仅是千户了,他摇身一变成了锦衣卫的指挥使。姜成武又是惊骇,气都不敢大出一口。秦少石接着说道:那边上的年轻太监,名叫汪直,他是王力手下干将,很受宠的。姜成武默默地点点头。两人依在树边,仔细地观察着前面的状况,一动不动。

督主王力与英布走到场地中间,看看四周,又看看夜空,然后脸上洋

172

溢着笑容,甚是高兴。指挥使千户英布躬一下身子,对督主王力说道:请督主欣赏烟火。他话音刚落,几声炮响,接着烟花在空中绽放,映亮了整个夜空。姜成武和秦少石幸亏分别依在一棵大树的后面,不然,这天地光亮,他们也会被看得分明。鞭炮声不断,烟火在空中不断地放出繁花似锦的图案。场地上掌声、叫好声不绝于耳。姜成武哪里见过这等热闹的场面,心都要飞到天上去了。大约半个时辰,烟火才渐渐熄灭。接着,场地与楼房之间被人为地让出一条道来,王力在英布等人的簇拥下离开场地,走进了楼房,从姜成武、秦少石等人的眼前消失了。场地上的人群,除了护卫和巡视的锦衣卫,都渐渐地散去。姜成武心下在想,这大过年的,王力选择在锦衣卫指挥使府这里过年,足见他对自己的心腹英布和侄儿王明的信任和重视。锦衣卫、东厂结成了一家,他们抱团取暖,势力更加强大,只怕以后遭殃的人会更多了。

等安静下来后,秦少石朝姜成武使了一下眼色,便沿着树林绕到围墙边的暗处,然后他们又沿着围墙掠到那边楼房的侧面。灰暗的楼房上方有几处窗户闪着亮光,那窗户是在二层楼之上,秦少石瞅准一个窗户,对姜成武使一下眼色,两人相约纵身,倚墙飞上窗台。他们飞上窗台后,就听到楼下的脚步声由远而近,姜成武侧身回看,就见锦衣卫的巡逻卫兵从楼下穿过,因为昏暗,他们并没有发现倚在窗台上的自己和秦少石。姜成武抬起头时,秦少石已将窗户的薄纸捅破。姜成武也试着捅破窗纸朝里看。二层楼的这间房,似是中堂,又似是密室,密室的大门紧闭,门内有两人护守,王力等五人坐在中间一个圆形大桌的四周,大桌上摆放着果品和点心。王力、英布、王明、千爷以及汪直五人,以王力为中心,交头接耳,谈笑风生。姜成武看到这种场面,心里愤愤地骂道:蛇鼠一窝。

姜成武侧耳细听,就见那英布对大太监王力说道:主公大人亲临府第,令这里蓬荜生辉,我们备感荣幸。众人附和。王明说道:叔叔以前过大年,都是吩咐我们去督使府的,今年到这里,意义不同凡响。王力很愿意听到这些恭维的话,他眼睛眯成了一条缝,笑道:换换环境,换换口味而已。接着,汪直在一旁插了一句:主公平时日理万机,难得有这般清闲和雅兴与我们同乐,这真是上天的美意。王力脸上的笑容更浓密了,他伸出兰花指,指着汪直说道:小汪子,你总是很会说话,我就喜欢你这点。小太监汪直连忙说道:主公过奖。说过之后,房间里出现片刻的宁静。因为王力伸出的兰花指并没有放下,而是在桌上就手掇了一块酥饼放到自己的嘴里,慢慢地嚼动。众人很有耐心地等待着他细嚼慢咽,谁都不说话。英布可能等得不耐烦了,也伸手掇了一块酥饼放在嘴里嚼起来。王力啜了一口茶,然后对着大家说道:大过年的,皇帝放我们的假,我就有时间与你们一起过年了,今年过年,我也是特别高兴的,今年皇帝交代的事,我们都完成得井井有条,皇帝是满意的,另外,我不与你一起欢度除夕之夜,还能与谁呢?你们都是我最信任的人。众人异口同声说道:主公抬爱。这时,王明突然插了一句,说道:只可惜,那百药堂的堂主至今逍遥在外,过了这个年,我们定要叫他死在我们面前。王明真是王力的侄儿,不然谁会在这大家正说得高兴的时候,哪壶不开提哪壶?王力只是收敛了一些笑容,并不生气,他说道:区区一个叶堂主,犯不着扫我们的兴,那《百毒真经》已在我们手上,百药堂的堂主还有多少利用价值,你们不妨想一想,《百毒真经》,我已让人细细研究,不出多少时日,它所有的谜都会解开。英布说道:《百毒真经》如果被我们破解,江湖上的制毒解毒,那便是唯我独尊,我们还怕那些三脚猫的功夫做什么?说罢,众人大笑。这时王明又插话道:叔叔还是提防穆王爷才是,他受皇帝指派,查办百药堂一案,这多少对我们是不利的。王明说了这话,英布、千爷、汪直都觉得他有点仰仗他叔叔了,肆意妄为,故意显摆,这要是他们三人,是不敢说的。不想,王力突然哈哈大笑,笑过之后,他说道:你以为穆王爷就是那么深得皇帝信赖吗?皇帝让他查案,是要分派一点事情给他做,我看他能查出什么来。英布听了这话,在一旁不住地点头。王明好像是吃了什么药似的,昏了头没完没了,他又说道:叔叔,西安那边我们迟了一步,又该如何是好?穆王爷是存了心要与我们作对。王力说道:这个我已经做了安排,谅那师爷和穆王爷的铁盒子送不到皇帝面前。王明连声说道:这就好。接着,他又想起什么似的,说道:叔叔,那都察院右都御史钟道赞的死,又有人怀疑到东厂,叔叔还是小心为是。王力听了这话,眉头皱了起来,他真的有些不耐烦了,冲王明摆摆手,说道:你小子有完没完? 大过年的,什么事那么了不得要在这里提,天塌下来,你个子又不高,你急什么烦什么? 王明碰了一鼻子灰,连声地对王力说道:叔叔说得是,侄儿明白了。接下来,又是片刻的宁静。还是王力打破了沉默,对大家说道:今天是过年,我们说点别的,高兴高兴。众人附和。王明心直口快,不经意地说了这些,却给窗外的秦少石和姜成武提供了相当丰富的信息。所谓说者无心,听者有意,原来,很多的事情都与东厂有关。

这时,门口传来敲门声。两个护卫转身从里面将门打开。一个穿斗牛服的锦衣卫走了进来,他径直走到英布旁边,对他轻声说道:指挥使,可否上菜? 指挥使抬起头,看看督主王力,正要说话,不想王力都替他说了:上菜,当然上菜,我们要吃年夜饭了呢。英布朝进来的那人点了点头,那人便走了出去。不一会儿,外面就有两人推着餐车走了进来。他们将一碟一碟的菜肴放在桌上,然后摆上酒,并给桌上的每个酒杯倒上酒。两人当中一人留下做服务,另一人推着餐车退出了。守卫迅速将门关上。接着,大家频频举杯,觥筹交错,你敬我还,不亦乐乎。酒过三巡,英布站起身,弯着腰,对王力轻声说道:主公,卑职为给主公除夕助兴,特意安排了娱乐节目,望主公笑纳。英布话音刚落,主公连番点头,说道:好好好。英布像领着圣旨一般,连忙冲门边守卫拍了两掌。那守卫也像是领了圣旨一般,连忙转身,将门打开。接着,五个艳丽的女人翩翩滑进室内。两个守卫重新将门关上。在圆桌之间的空地,美女们开始了舞蹈。五个美女,性感娇媚,秀色可餐。桌边的男人半男人眼都直了,口都干了。他们停止了说话,停止了喝酒,停止了互动,一门心思要饱眼福。跳了半个多时辰,英布又是站起,他看了一眼王力,然后连拍两掌,那五个美女像领了圣旨一般自行解散,飞也似的投奔到桌边。王力先是一愣,继而开怀大笑,伸手便将身边的美女搂住,嘴里说道:好,好,好。其他人自然效仿,一人一个美女,一点也不含糊。

看到这里,姜成武有些耳根发热,不知所措,倒是秦少石替他解了围。秦少石用手抵了抵他的肩膀,悄声说道:我们走。说着,两人纵身跳下窗户,落到墙边暗处。然后,他们沿着墙边阴暗角落,潜入树林,又借助树木,掠出院外。两人走到刚才来时的街道,街道两旁依然热闹。秦少石并没有往回去的方向走,而是拐到另一条街道。姜成武跟在他后面有些疑惑,便问:秦兄,我们去哪里?秦少石停下脚步,对他说:我们去东厂厂部。姜成武这一下又是吃惊不小。转而又想,秦兄决定去东厂厂部,定是有他的思考,我配合他的行动就是了。

东厂厂部与锦衣卫指挥使府不远,仅隔着两条街道。两人没走多长时间,就看见东厂厂部的大院和里面一排一排两层的楼房耸立在街道一侧,很是威严肃杀。厂部外围同样是重兵把守,并有巡逻卫兵间隔巡视。这里一点也没有过年的气氛,安静得很。耳边传来的,也仅是远处的鞭炮声和欢笑声。姜成武仍然有些纳闷,厂公王力、千爷等人去了锦衣卫指挥使府欢度除夕年夜,我们来这里会有什么斩获呢?正疑虑间,秦少石一个暗示,他便跟着秦少石迅速掠到墙边,然后翻墙入院。院里很大,除楼前灯笼映照,整个院落并不那么明亮。两人很快掠到后排那栋楼房,纵身上了二楼。二楼静寂无人。秦少石领着姜成武从一个一个的房门前穿过。最后,他停在了一个门口。这个门上有一个匾额。姜成武上前一看,依稀看出"研发部"三个黑漆字样。姜成武这时才恍然大悟。秦兄选择这么晚来这里,定是冲着《百毒真经》,刚才在锦衣卫指挥使府,王力说过,他已让人研读《百毒真经》,那《百毒真经》定是放在研发部。这下来对了,来得正是时候。

秦少石暗运内功,欲将门上铁锁掰开。但是,铁锁坚固无比。秦少石怕弄出声响,略一思忖,便与姜成武纵身下楼,然后掠到这栋楼的后身。两人各自一个飞掠,便上了窗台,然后他们破窗而入,可谓轻而易举。室内黑漆漆一片,秦少石和姜成武只好亮出火折。研发部由两间房组成。外面整齐地摆放着很多的书柜。秦少石对姜成武悄声说道:我们找《百毒真经》。姜成武点点头。两人开始在书柜前分片翻看。他们将书柜里所有的书籍翻看了个遍,一无所获。他们只好将目标对着里面的一间房屋。秦少石上前提手运功,徒手就将里间的门锁砸开,推门而入。因为在室内,虽然有些声响,但不至于惊动到外面巡视的兵士。里面的房间与外面的一般大小,有一张桌案摆放在门里一侧,靠墙处也摆放着一组书柜,但这组书柜却是铁皮的。铁皮书柜加了锁,引起了秦少石和姜成武的注意。秦少石走到柜前,不费多大的气力,就将铁皮书柜的铜锁砸开。接着两人一起翻找。不一会儿,姜成武终于在铁皮柜的底层发现了那部《百毒真经》,他将它捧在手,如获至宝,欣喜若狂,然后又将它交给秦少石。秦少石接过《百毒真经》,激动之情无法言表,他说道:我们走。说着,两人熄灭火折,转身掠至窗口,然后纵身跳下。他们很快就逃离出东厂厂部,这一切都做得极为巧妙,神不知鬼不觉。那厂公王力在锦衣卫指挥使府把酒言欢,哪里会想到,他背负重案而获得的《百毒真经》,这时却不翼而飞。走在大街上,秦少石与姜成武相视而笑。两人一边走一边在想,那王力要是知道了《百毒真经》丢失,岂不是气得脸上青筋暴出?

两人走到分岔路口时,相视大笑,然后小声话别。秦少石从衣服夹层掏出《百毒真经》递给姜成武,说道:谢谢你,我回去禀告师爷,定会对你重重有赏,现在我将《百毒真经》交给你,由你转交叶堂主,也算是物归原主,了却你我一番心愿。姜成武接过《百毒真经》,看着秦少石,不知道说什么好了。秦少石上前,拍拍他的肩膀,然后转身走了。姜成武站在那里,注视着秦少石渐行渐远的背影,直到他消失才转身往河边地道走去。

王 明 之 死

姜成武回到地道石屋的时候,叶堂主正坐在油灯前看药谱,毛小山坐在一旁碾药,铭儿、婉儿已经睡了。本来,他们要等着姜成武回来一起吃年夜饭的,两个药童更是盼着姜成武早点回来带他俩玩,但是,他们左等右等,就是不见姜成武回来,所以草草地吃了年饭。吃过年饭不大一会儿,两个药童困意来袭,就休息去了。这个除夕,他们过得太过简单。对他们,姜成武甚至有些歉意。

但是,当姜成武走到叶堂主面前,将一本《百毒真经》呈现给他时,叶去病都不敢相信自己的眼睛了。他几乎是颤抖着双手接过《百毒真经》,仔细地打量着它,并用嘴吹掉它表面的其实并不存在的灰尘,然后将他捧在怀里。毛小山站在一旁也是激动不已。叶去病激动地对姜成武说道:这么快,你就把它夺回来了,我都不知道应该怎样谢谢你。姜成武耸肩一笑,说道:叶堂主何必客气,物归原主,这是再好不过的了,放在东厂那里,只会危害武林。叶去病仍然沉浸在喜悦之中,他转身走进密室,将《百毒真经》放在密室墙角的一个铁盒里,然后回到姜成武跟前,说道:你还没吃饭吧,我去做。姜成武很干脆地嗯了一声。毛小山连忙说道:我去做。说着,便走开了。不一会儿,毛小山就将一盘热气腾腾的饺子端到姜成武面前的石桌上。姜成武着实饿了,他贪婪地吸了一口饺子冒出的热气,美滋滋地喊道:太美了。然后狼吞虎咽起来。叶去病一边看他吃饺子,一边称赞姜成武:《百毒真经》失而复得,姜少侠太辛苦了!姜成武吃着饺子,抬起头,对叶去病说道:这得感谢秦兄,是他带我深入东厂才将《百毒真经》找到的。叶去病瞪大了眼睛,问:东厂?姜成武很干脆地点点头,说道:是啊。接着,他一五一十,将秦少石与他一起夜闯锦衣卫指挥使府,听得王力说出《百毒真经》藏身之秘密,然后夜袭东厂厂部劫得《百毒真经》,等等,整个过程,说给叶堂主听。叶堂主听得入神,拍案称奇,说道:这真是传奇。

叶堂主被姜成武和秦少石的侠义所感动,他郑重其事地对姜成武说道:你为我做了这么多,我也要为你做一件事。姜成武不仅感动,也觉好奇,心想,叶堂主已经为我做了不少的事了,连我的功夫都应该得益于他,他还要为我做什么呢? 姜成武说道:是我答应叶堂主要寻回《百毒真经》的,叶堂主不必客气。叶去病说道:小山听着,有了《百毒真经》,研究半年散解药就会如虎添翼,我们务必潜心研究,争取将半年散解药早日制成,以让姜少侠早日解脱,全身心地投入报仇寻亲和对付东厂的行动。姜成武放下筷子,双手抱拳,对叶去病说道:多谢叶堂主,多谢毛神医。半年散毒性未除,永远是他的心病。如果叶堂主能研制出解药,那是再好不过的了。先前,叶堂主就已经有过重大发现,长白山千年雪参可以解除半年散毒性。但是,长白山千年雪参何其珍贵,世间罕见,哪里能寻到呢? 何茵千里追寻,至今未返,可见那千年雪参不易得手。何茵是否成功,是一个大大的问号。

晚上睡在木板床上,姜成武突然就想到了何茵。何茵去长白山音信杳无,不知道她境况如何。我在这里,只有深深地祝愿她早日寻到千年雪参,早点解除她体内的毒,她如果回到这里,我身上的毒也会早日解除。接着,姜成武又想,何茵聪明伶俐,要是她在我身边,很多事情就会迎刃而解。我去找韩雍算账,我去找我表妹,她一定能够为我出谋划策,我的行动将会事半功倍,直至完成心愿。

一连几天,秦少石都没有来找他,姜成武以地道为家,每天与两个药童玩得愉快。有时,他也走出地道,到附近查看,探听街面上的信息。有时,他也带两个药童到附近的河边或者林间玩耍。每次悄悄从百药堂经过时,他都会很想进去看看,但是,百药堂铁将军把门,像一座庙宇静静地耸立在那里,就是进去了也还是那样子,没有实际意义,他只好打消了进去的念头。但是,百药堂留给他的永远是无法磨灭的痛苦的记忆。这个记忆,时时让他警醒。

一天,姜成武闲着无事,一大早就走出地道,来到大街上。街上积雪未融,行人如织。卖糖葫芦、卖豆腐脑、卖泥人的声音不绝于耳,耍猴的、跑龙套的,引得一簇一簇的人围观,将一条笔直的街道挤得弯弯曲曲。姜成武漫无目的地在街上转悠,突然就发现人群中有三个人极为熟悉。那三个人正是上次在永定街上看到的三位:恶少指挥同仁王明和他的两个随从。王明一边从人群中穿梭,一边嘴里叼着卷烟,两个随从形影不离地跟在他后面。看情形,王明似乎有什么事要办。姜成武心想,这恶少出现,准没有什么好事,我反正闲着,何不跟在他后面看个究竟?王明三人径直往前,穿街走巷。姜成武跟在后面就觉得蹊跷,他们这不是往百药堂方向去吗?光天化日之下,难道他们又要去查抄百药堂?百药堂早已被封,物是人非,再查也查不出个名堂来。莫非《百毒真经》丢失,王力气急败坏,要派人毁了百药堂不成,或者派人查找新的线索,夺回《百毒真经》?

临近百药堂时,姜成武远远地看见百药堂周围都是锦衣卫。等王明三人赶到时,千爷正从大门里出来。两人耳语一番,千爷将手一挥,锦衣卫开始撤离。有两个锦衣卫从里面抬出一个大箱。那箱子沉甸甸的,两个锦衣卫抬得很吃力,里面定是装满了药材之类的东西。《百毒真经》都不在了,他们要这些药材有何用?锦衣卫撤出后,千爷与王明两人说了几句话就分开了。千爷随大批的锦衣卫走了,丢下王明三人站在百药堂门口四处查看。不一会儿,他们便离开百药堂,向那边小树林走去。这片小树林正是姜成武每天练武的地方,也是通往河边的必经之路。姜成武心下疑虑,他们为什么要往小树林去呢?叶堂主居住的地道就在河边,难道他们知道了什么?如果他们发现了地道,那叶堂主岂不是很危险?正疑虑间,突然听到身边一个女的声音喊道:快,追上去。姜成武转过身一看,自己身侧的林荫道上,正是郡主穆姑娘和她的两个丫鬟向这边走来。姜成武这一惊非同小可。幸亏他走在林荫道一侧的树林中,不然郡主很容易就会发现他的。姜成武顺着郡主的手势往后看,结果他看到了大队人马跟在郡主后面,这些人定是王爷的护卫。郡主一定是盯上王明了,也许她就是要报上次永定街受辱之仇。姜成武躬下身子,等郡主一行人通过后,便尾随在他们身后。郡主本来走在前面,等走到百药堂门前时,她突然退后,用手一挥,让随行的护卫往前。护卫们接到指令,拥向小树林。不一会,双方就交上手了。姜成武没有离得那么近,仅听见树林里的打杀声阵阵猛烈。他向前掠进几步,看见郡主和两个丫鬟站在百药堂的侧面,也就是小树林的边缘。很显然,郡主不出面,而是让这些着装没有明显标志的护卫趋前剿杀。打杀的场面向里转移,郡主以及姜成武也向里移动。没走出几步,姜成武就看见王明的两个随从陈尸地上,这么快他们就死了,剩下王明一人在树林中逃窜。郡主的手下护卫紧追不舍,他们与王明不时地交手,王明负伤,边打边逃。大约半个时辰,王明被他们围在中间。王明这厮既不投降,也不求饶,面对强敌,顽固地抵抗。王明哪里是他们的对手?不到一袋烟的工夫,王明身负重伤,倒在地上,奄奄一息。护卫们手里举着剑,一步一步地逼近他。王明眼看大势已去,回天无术,他绝望地说了一句:你们会后悔的。然后死于乱剑之下。姜成武本想跳出救下王明,以免闹出更大的人命案,于王爷不利,正犹豫间,哪里会想到那些护卫出手这么快。姜成武只好按兵不动。那些护卫将王明斩杀后,其中一个为首者,走到郡主跟前,向她禀报王明已死。郡主先是一惊,然后安静下来,对他吩咐一番,然后,和两个丫鬟一起转身走了。郡主走后,护卫们将王明等人的尸体抬到河边,将他们绑上石头,丢进河里。小树林里很快安静下来,就像什么都没发生过一样。

姜成武心想,王明等人作恶多端,这样死去,也是应有的下场。王力唯一的亲人,他的侄儿死于非命,他岂会善罢甘休?话又说回来,这也许就是一宗无头命案,即使王力怀疑是王爷的人干的,那也仅是怀疑而已,相信他一时还很难查出个线索来。姜成武倒有些暗暗庆幸,郡主做得确实巧妙,天衣无缝。姜成武回到地道石屋,第一时间将刚才小树林里发生的事原原本本地告诉了叶堂主。叶堂主听了姜成武的叙述,很是吃惊,既而面露喜色。他说道:王明死有余辜,他死了,我们反而了却一桩心事,郡主聪明干练,倒叫人佩服。

神 秘 老 人

王力的魔爪到处伸张,可谓横行天下,但是他受到的打击,也是接踵而来。先是西安知府蒋言公的奏章落入穆王爷手中,这对他是大大的不利。接着,《百毒真经》得而复失,他甚至背负百药堂十几条人命案的嫌疑。现在他最器重和信任的侄儿王明突然之间失踪了,这更让他气急败坏。他甚至将英布、千爷、汪直等人叫到跟前,咬牙切齿地吼道:就是掘地三尺,也要找出王明来,如果他死了,就是大海捞针,也要找到杀害王明的凶手。

王力发话之后,东厂的便衣遍布京城,特别是穆王府周围和百药堂这一带。王明是与千爷在百药堂分手之后失踪的,百药堂及其附近地区自然是重大嫌疑之地。不管是白天还是晚上,百药堂周围及小树林里总会有便衣来回走动。姜成武听到风声,白天几乎不出地道,只有到晚上的时候,他倾听到外面没有任何动静,才会来到地面。姜成武在地道的时候就想,那王明莫非怀疑到了这里有个秘道不成,不然,他怎么可能要在这小树林里探访呢？也许他联想到那次锦衣卫袭击百药堂，所有的人都死了，唯独叶堂主叶去病逃之夭夭。叶堂主之前不可能得到风声，有人要夜袭百药堂，他只有临时逃脱。如果没有秘道，这人怎么可能逃脱呢？叶堂主得以生还，百药堂附近一定有一条密道。幸亏王明在发现地道之前就死了，不然，他们发现地道，后果不堪设想。

风声很紧。姜成武失去了与秦少石的联系，有些焦虑和担心。王力与穆王爷本来就是政坛上的老对头，长期积压的仇恨，谁都有置对方于死地之心。《百毒真经》重新回到叶堂主身边，王明死了，这使得王力及其所控制的东厂、锦衣卫直接将矛头指向了穆王爷。王力目前是皇帝的宠臣，穆王爷虽然是当今圣上的弟弟，但他的处境却非常不妙。穆王爷在明处，而王力却藏在暗处。王力是一个处心积虑、暗藏杀机、心狠手辣之人。王力有皇帝撑腰，穆王爷未必是他的对手。穆王爷、师爷、秦兄，是否明白自己当前所处的环境，是否有必要的防备，是否知道自己的命运危机？想到这里，姜成武就急切地想要见一见秦少石。晚上的时候，叶堂主看出姜成武焦虑不安，对他说道：秦少侠这么多天没有过来，不知道外面发生了什么事，你不妨去探听探听。姜成武正有此意，冲叶堂主点点头。不想，叶堂主又说道：外面气氛紧张，你不妨易容再去。叶堂主这话，自然是保护姜成武，免出意外。毛小山在一旁说道：师傅这个主意不错。姜成武想想也是，自己也算是百药堂的伙计，又与东厂的人及锦衣卫交过手，目标异常明显，易容确实是个好办法。叶堂主的易容之术，极其高明，只是江湖上鲜有人知。

半个时辰，叶堂主就为姜成武做了易容之术。姜成武拿过铜镜一照，自己都不认得自己了。镜中的自己成了一个满脸胡子拉碴的中年人。姜成武双手抱拳称谢，然后转身走出石屋。

姜成武走出地道，小心翼翼地潜入河边，然后沿着河边向东走了半里才上岸。月白风清，他没有看到人影晃动。上了街道，姜成武就看见三三两两的人在走动。这些人之中，姜成武无法辨认有没有东厂的便衣。姜成武才不管这些，他已是易容之身，并无顾忌，所以他旁若无人，大摇大摆地向着慕容府方向走去。走到慕容府前面那条街道拐弯处，有一座酒楼很是明显,名曰富祥酒楼。其他的酒楼,都是门庭冷落车马稀,唯独富祥酒楼,门庭若市,灯火辉煌。人还没有走近,里面的喧哗声就飘到姜成武的耳朵里了,好不热闹。姜成武心想,我去慕容府那边必定引人注目,我没有见到秦兄,反而让那些便衣跟上,脱身都难。我不如在酒楼吃顿美食,静观其变。如果秦兄从这里经过,我也能看得见的。看到他,知道他平安就好,即使不相见,也没关系。另外,我深居洞穴,好多天都没吃上一顿饱饭了,我该在此饱食一顿,我吃我的,东厂的那些恶人,他们忙他们的,我气他们。说着,便一脚跨了进去。他刚进门,便有店小二上前引路,将他引到靠窗户的一个两人座的桌边。这个桌边,姜成武能透过窗户将酒店外面的街道一览无余。姜成武悠然自得,吩咐店小二:一壶酒,一盘烤鸭,一盘猪蹄,一盘青菜。店小二应声记下,很快便离开了。

姜成武这一身打扮走进来,并没有引起厅内客人的注意。他们喝酒,划拳,聊天,不亦乐乎,整个大厅热气沸腾。姜成武坐定之后,又扫视了大厅一眼,结果他的目光定在了一个地方。大厅的一个拐角处,他看见有四个他熟悉的人围坐在一张桌边,他们是秦少石、郡主还有两个丫鬟。姜成武这一惊不小。这些天,秦少石一直没有去河边,姜成武原以为非常时期,他受师爷派遣,有什么特殊的事要办,没想到,他却与郡主在一起,不像有什么紧要的任务在身。他怎么会与郡主在一起呢?以前从来没见过他们在一起的。姜成武转念又想,秦少石本来就是师爷手下干将,师爷是穆王爷的幕僚,秦少石与郡主应该是熟悉的,他们在一起很正常。姜成武看到他们在一起,却听不到他们说话。正在这个时候,店小二非但没有将酒菜送上来,却将一个白发白须白眉的老人引到他对面坐下。老人穿粗布长衫,外套棉夹,他向店小二点了一碟花生米,一盘红烧肉,一壶酒,然后冲姜成武友善地一笑。店小二走后,老人没话找话地对姜成武说道:还是京城好啊,这般热闹。姜成武礼貌地冲他一笑。这时,店小二将姜成武点的酒菜端上桌子,摆好碗筷,对姜成武京味十足地说了一句"客官请慢用",便转身走了。姜成武拿起筷子夹了一块烤鸭放在嘴里,贪婪地嚼了几口,然后自斟自饮起来。烤鸭端上桌,就引得对面老人注目,他嘴都馋了。又见姜成武喝酒,闻到酒香他就像要陶醉一样。姜成武见他这般,便说道:老人家,一起喝吧。没想到,老人愉快地点点头,伸手将姜成武的酒壶提起来就往自己的碗里倒酒。他一边倒,一边说:这位兄弟,不瞒你说,我已经三天没喝酒了。姜成武就觉得好笑。三天没喝酒就馋成这样,我都一个月没喝酒了,上次喝酒是和秦兄在前面那条街的酒肆。老人将酒倒满后,双手端起碗,对着姜成武举起来,说道:这位兄弟,干杯。姜成武应声举杯,喝了一口碗中的酒。姜成武放下碗,才看清老人一口便将一碗酒喝干了。姜成武劝老人吃菜,将酒壶提起,给老人斟酒。老人一点也不含糊,伸出筷子就夹了一大块烤鸭送到嘴里,然后大嚼起来。姜成武见老人吃得津津有味,喝得畅快淋漓,心里油然而生与他相见恨晚的感觉。姜成武捧起碗,高兴地对老人说道:老人家,我敬你。说着,两人举碗相碰,然后都干了碗中酒,接着倒酒。这时,店小二将老人点的菜和酒也端上来了。老人笑嘻嘻地说道:放在一起,今天我们喝个痛快。他这话正合姜成武心意。姜成武在地道里沉寂了好多天之后,有一种被释放了的感觉。姜成武冲老人愉快地说道:好!

酒过三巡,节奏放慢了。姜成武想起什么似的,问:老人家,你刚才说,还是京城好,你是刚来京城的吗? 老人咽下一口菜,看了一下四周,然后对姜成武说道:我是昨天才进城的啊。姜成武问:从何而来? 老人说道:南方。姜成武这下来了兴趣,说道:南方好啊,南方至少没这么冷,这里冰天雪地的,弄得拳脚都施展不开。老人说道:看来兄弟也是南方人,幸会幸会,不过京城还是有一点好的,喝酒好地方,越是冷的天,喝酒越痛快,兄你说是不是? 姜成武说道:极是。接着,又是喝酒。姜成武自认还是能喝一点酒的,但是,没想到,眼前这位老人酒量这么大。不到半个时辰,两人将两壶酒都喝了个底朝天。姜成武问:老人家,再来一壶? 老人爽朗地回应:再来一壶。于是,姜成武吩咐店小二上一壶酒。店小二离得远,姜成武吩咐店小二的声音有点大。他这一叫,就引得那秦少石和郡主的注意。姜成武很清楚地看出秦少石转过身来,和郡主一起朝他这里观看。姜成武这时才恍然大悟,我喝了酒嗓门就大了,说话声就这特色,改不了的,秦少石自然能听出。秦少石和郡主不约而同地抬起头,朝姜成武这边看了一下,有些疑虑,很快又转过头去,并没有什么反应。也许秦少石听出的是姜成武的口音,但是,这边坐着的却不是姜成武,口音相似罢了,并不在意。而郡主,对他本来就没有那么熟悉,听了他的声音也没当作一回事。店小二将酒送上来后,姜成武站起身来接着倒酒。他刚刚将老人的碗倒满,老人却对他使了个眼色,突然悄声对他说:这里面有好多的便衣。姜成武有些吃惊,他手提着酒壶,差一点停在了空中。他抬头扫视了一眼周围,并没有发现可疑之人。姜成武心下就在想,这老人是谁,他怎么知道这里有便衣呢? 姜成武不动声色地坐了下来,佯装很好奇地问:便衣? 他们是些什么人? 老人斜眼溜了周围一圈,轻声对姜成武说道:他们是东厂的人。这下,姜成武更是惊异。姜成武放下酒壶,双手抱拳,说道:佩服佩服,这个你也能看出来。姜成武观察身前身后,并没看出哪些是东厂的便衣。这时,老人更是凑近他,说道:兄弟你晚上要是没事,想不想跟我一起调教调教他们? 姜成武趁着酒兴,说道:好哇。然后他悄声说道:我早就听说了,他们不是什么好东西,今晚就跟老人家长长见识。老人听姜成武这么一说,甚是高兴,说道:喝了这碗酒,我们就不喝了,留几分清醒还要教训人呢,如何? 姜成武点头应允,说道:按你老人家说的办。

两人喝酒放慢了速度,一口一口地抿。过了一会,老人突然对姜成武说:你认识百药堂的堂主叶去病? 姜成武正思考怎么回答他的时候,老人说道:天底下没有比他的易容术再高明的了,我应该叫你小兄弟才是。姜成武这一下眼睛都要瞪大了。他本以为叶堂主为他易容,谁也看不出破绽,哪想到出来第一天就被人识破了。姜成武显得有些尴尬。老人还没等到姜成武说话,就爽朗地一笑,说道:这么说,叶去病并没有死? 姜成武心中一惊:他到底是谁? 这老人说这些,他会不会是东厂的人呢? 他不会是英布、千爷他们易容换装,看出我的身份,特意与我套近乎的吧? 因为东厂知道叶堂主的太多,也千方百计探听他的近况。如果他是东厂的人,我无意中向他吐露了叶堂主的秘密,岂不是置叶堂主于不利之地? 我可要小心为妙。老人说道:所有人都说叶堂主被杀,我就觉得奇怪,叶堂主智慧超群,有高超的防身之术,曾经九死一生,他怎么会轻易地死去呢? 姜成武反守为攻,说道:你对他很了解? 老人说道:我到京城,本来第一个要拜访的就是他,只可惜,百药堂被贴了封条,他下落不明,唉,真希望他能有个安身之所,不要让那些东厂的走狗找到他。老人提到东厂,总是有些愤懑之意,老人刚才说到调教东厂的便衣,现在又骂他们是走狗,他没必要这么伪装自己的,姜成武越来越觉得他应该不是东厂的人了。两人正说着话,秦少石那边几个人吃好喝好,站起身来。秦少石喊店小二过来结账,店小二一溜烟地跑到秦少石跟前。秦少石掏出银两,结果被郡主劝阻了。郡主执意要自己埋单,她朝丫鬟使了一下眼色,丫鬟心领神会,很快掏出银两递给店小二。店小二看看秦少石,又看看郡主,接过丫鬟递过来的银两,脸上堆着笑容,说道:小的收钱了,客官请走好。这个酒楼,离穆王府非常近,郡主又是常客,店老板以及店小二自然认得郡主,也许是郡主之前就有交代,所以他们见到郡主,就如同其他客人一样,并不是那么恭敬。店家如此,但是,那些知道郡主身份的客人却不一样了。郡主随秦少石走出大厅的时候,就有几处的客人肃然站起,向郡主行礼。秦少石和郡主等人刚走出酒楼,姜成武对面的老人便站起,吩咐店小二结账。等店小二跑过来的时候,姜成武就看见有五个应该是东厂的便衣从不同方向站起,然后鱼贯走出酒楼。姜成武自然不会让老人埋单,他还没等老人掏出银两,就已经将准备好的银两递到店小二手里。结过账,两人很快走出富祥酒楼。

走到外面,姜成武就看见前面五个人若无其事地跟在秦少石、郡主等人后面。秦少石和郡主边朝穆王府方向走,便说着话,似乎并不知道后面有盯梢。便衣走在姜成武他们前面的大街上,与行人并无二致,秦少石要是回头看到了他们,也不一定察觉出异样。快走到穆王府前面时,穆王府门前的护卫走上前来,向郡主行礼。郡主与秦少石告别,连同丫鬟一起走进了穆王府。秦少石将郡主送到穆王府后,转身回去。他与五个跟在自己身后的东厂便衣撞个正着。秦少石顿时警觉起来。他特意绕开,异向而行。走过一段,秦少石又与姜成武和老人擦肩而过。姜成武走出不到十米,转过身来看秦少石,但是秦少石不见了。姜成武心想,他护送郡主到穆王府,时候不早了,是该早点回去休息。五人见姜成武往回走,并没有转身跟他身后,而是径直穿过穆王府门前,向街道的另一边走去。他们为什么不转而跟踪秦少石呢?难道他们是冲着郡主而来,抑或冲着穆王府而来?五人在前面走,终于放慢了步伐,老人跟在后面却突然加快了脚步,姜成武只好也跟着加快。与五人大约十来米远的时候,老人突然大声地说起话来。他说话语速很慢,醉意朦胧。姜成武很快明白其意,他是酒后装醉。走到五人身后时,老人冲姜成武喊道:这前面是人是鬼的谁呀,挡着老夫的去路。五人缓下脚步,从中间让出一条道来。老人一边语无伦次地唠叨,一边走到这五人中间侧过身,对后面的姜成武说道:这几个龟孙子好乖,真给老夫我让出一条道来了,走,我们超这几个龟孙子面前去。他这话终于刺激到了这五个人,他们就像约好了似的,突然挥拳向老人袭来。老人装醉,巧妙地躲过袭击。他这巧妙,让人看不出他是有意还是无意。接着,五个人将老人和姜成武围在中间。老人停下脚步,伸手在自己眼前一扫,然后瞪着眼嚷道:龟孙子给老夫让开,老夫要赶着回去睡觉呢。老人似醉,却是在有意刺激这些人。这些人突然从不同方向掠到老人身侧,以迅雷不及掩耳之势,从腰间抽出绣春刀,直逼老人的头部。姜成武看到这个气势,一个闪身退后,顺势击出两掌,他身前的一个便衣,猝不及防,身子一震,向前扑去。姜成武此时定睛一看,老人已经闪出五个人的包围圈了。那被姜成武击中的便衣,与对面那位袭击老人的便衣突然撞在一起,双双倒地。老人站在他们的身后,鼓起掌来,幸灾乐祸的样子。倒地的两人颠颠歪歪站起,五人立即转身,又将老人围在中间,然后,不约而同,绣春刀同时刺向老人。老人这回并没有闪身退出,而是一个螳螂扫腿,将五个人同时撂倒。五个人倒在地上,各显窘态,老人站在一旁,拍手称快。接着,老人冲姜成武说道:小兄弟,你来玩一会,我歇歇。姜成武早已料到这五个东厂的便衣,并不是什么高手,陪他们玩玩,正好可以消除这些天来的心头沉闷之气,于是,他一个纵身,便跃到这几个人中间,说道:你们五个大男人为什么要欺负一个老人,来,我陪你们玩。五个人欲从地上站起,但还没有立起身子,感觉到腿脚不灵敏,一个个地站立不稳。姜成武等不及，走到一个便衣跟前，趁着酒兴，一拍他肩膀，说道：你小子成点气候好不好。说着，就势一推，这人就像一柱朽木，顷刻倒地，嘴里发出一声惨呼。姜成武有些吃惊，自己并没使上多少内力，这人这么不经推打。他哪里知道，这五人与老人拼斗时，已经受了内伤，他们伤在老人的一个螳螂扫腿。姜成武见这人倒地不起，便对其余四个说道：你们一起上，我手都痒了。四个人突然发力，同时举刀砍向姜成武。姜成武一个侧身下沉，然后连击四掌，"咚咚咚咚！"四人应声倒地。五个人都倒在地上，动弹不得。姜成武轻飘飘地站起，用手轻轻地拍打了一下自己的肩膀，冲老人说道：老人家，他们一点也不好玩，我们走吧。老人站在一边，脸上泛起笑容，说道：确实不好玩，那我们走。说着，两人拍拍手，一起向来时的方向走去。走了一截，老人突然返身，走到那五个仍倒在地上唉声叹气的便衣身边，噼里啪啦，每个人脸上扇了两大耳光，然后，指着他们说道：以后再像你们的主子一样到处作恶，我一掌劈了你们。五个人倒在地上不住地点头求饶。

老人回到姜成武身边，说道：小兄弟，我发现我今天对他们开恩了，留了他们的狗命。姜成武笑道：他们是东厂的走狗，放他一回，好让他们好自为之。两人说着，哈哈大笑。

拐过了一条街，姜成武便要与老人告别。老人看看天，有些不舍。姜成武对老人说道：老人家，今晚是我去年以来最开心的一晚，调教那些走狗，痛快。老人伸出手，拍拍姜成武的肩膀，说道：小兄弟，以后有机会，我带你一起打他们的主人。姜成武说道：好啊，不过，我怎么找你呢，你住哪儿？老人突然爽朗地笑起来，说道：老夫天马行空，独往独来，风餐露宿，住无定所，你要找我，还真的不是那么容易的，不过，我可以找你的。说罢，便与姜成武告别，一溜烟就从姜成武面前消失了。姜成武意犹未尽，他在街上站了一会，摇了摇头，心想这老人真是个老顽童，武功高强，却如此神秘，然后便迈出大步，向河边走去。

姜成武还没有走出一条街，突然一个人从天而降，拦在他面前。姜成武这一惊非同小可。他全身的酒气顿时消失，定下神来后，他揉揉眼睛，才看清，这人不是别人，正是秦少石。姜成武又惊又喜，正要上前说话,突然想起自己已是易容装束,何不探探他?姜成武站在那里注视着秦少石,一动不动。秦少石两手交在身后,向姜成武走来。待走到姜成武跟前,他说道:姜弟,这么晚了,在此有何贵干?姜成武又是吃惊。刚才神秘老人还说,叶堂主是当今世上易容之术最高超的人,我这还没见几个人,这易容之面目就被人认出来了,以后要是见了千爷、英布、王力这些人,岂不是一眼就被识破?姜成武突然大笑一声,伸出双手。两人紧紧地抱在一起。好长时间,两人才分开。姜成武第一句话就说:秦兄,我这易容装束,你怎么就看出了?秦少石说道:我是谁,我是秦少石啊,姜弟怎么变,也是我姜弟啊,我能认不出来吗?他这么一说,姜成武更觉得好奇,瞪着一双疑惑的双眼看着他。秦少石见他这般,说道:你在富祥酒楼喝酒的时候,我就认出你了。姜成武好奇地问:你是怎么认出我的?秦少石一本正经地说道:声音,声音啊,你对店小二喊话的声音,我就听出来了,其实那时你也看到了我,我看你还朝我这边看了一眼呢。秦少石接着说道:听了你的声音,我看到你,当时还有些疑虑,我有意观察了一下你的举动,又想起叶堂主本来就是当今易容之术高人,你与他在一起,这样再正常不过的了,所以断定就是你了。姜成武这才恍然大悟。

秦少石说道:这些天,因为听说王明失踪了,师爷担心东厂那边怀疑到王爷身上,所以特派我去保卫郡主,以防万一,所以最近一直没空见你,多多见谅哦。秦少石说罢,双手握拳作揖。姜成武说道:当时看到你在富祥酒楼,真想走过去,与你痛饮几杯。秦少石说道:这个记在我身上,改天我请你。两人走了一段,秦少石停下脚步,侧过身,突然问:那人是谁?姜成武一时没有反应过来,停下脚步,反问:谁?秦少石接着又走,不让话题弄得那么严肃,边走边说:老人。姜成武这时才想起刚才那位老人,他说道:我也不知道啊。秦少石说道:我看他跟你很熟似的。说到这里,姜成武来劲了,他凑到秦少石身边,说道:他跟谁一见面都会熟的,我们像是有缘,酒楼就那么一个座位留给他了,我们一起喝酒,然后,他就说这里有好几个东厂的便衣,说要调教调教他们,接着,我们喝过酒就出来调教他们了。秦少石说道:我们也注意到了那些便衣,我送郡主回府上,就看到你们教训他们,他功夫不弱。姜成武这时才想起,当时秦

189

少石一闪身不见了,原来并没有走开,而是身在暗处观察,伺机而动。他对秦少石说道:他功夫非同一般,而且他看出我易过容,并且说,是百药堂的叶堂主为我易容的。秦少石有些吃惊,说道:这人是何方神圣,这么厉害,有机会,我定要会一会这位神秘高人。姜成武说道:那很简单,他会来找我的。秦少石提醒姜成武道:不过,江湖险恶,姜弟还是多留个心眼才是。姜成武说道:我原也对他怀疑的,但是,我看他对东厂恨之又恨,视为死敌,至少他不是东厂和锦衣卫的人。秦少石说道:姜弟说的也是,不过,不怕一万,就怕万一。姜成武说道:这个我知道的。

两人边走边聊,又到了分手的时候,秦少石悄声对姜成武说道:最近风声紧,东厂的便衣到处都是,你想想,那王明就是在百药堂附近失踪的,他们怎么会放过百药堂,你还是深居简出为好,有紧要的事,我会去找你的。姜成武应声说道:我明白的。说罢,两人各走各的路,渐行渐远,直至回到各自的住处。

第六章　武林联手营救郡主，林间结拜兄弟同心

郡主遭绑架

王爷加强了对郡主的保护，并派秦少石贴身护卫。但是百密一疏，郡主在一次外出活动中，还是出了状况。

这天一大早，秦少石就进了穆王府的大门，等候郡主出行。好多天囿于穆王府以及周边街区，郡主就觉得有些沉闷，需要出去呼吸新鲜空气。师爷不放心，除安排郡主随身护卫徐健、花百度和两个丫鬟随行外，还特意派出秦少石和王府六名护卫。外面春阳乍暖，郡主兴致极高，她边走边侧过身对秦少石说道：秦少侠，可否邀上姜少侠一同去骑马？秦少石灵机一动，回道：我已经很多天没见到他了，风声紧，我曾劝他避一避的。郡主脸上诡秘地一笑，说道：你应该知道他在哪的。秦少石寻思说道：时间紧促，一时恐难找到他。郡主作罢，继续赶路。

他们穿过几条街道，引得街上行人注目观看或示礼。不一会儿，他们就到了城郊。去郊外的马场，需要经过城郊的一处不大的林间。走进林间，秦少石开始警觉起来，他在前面探路。但是，没走出几步，就见前方突然站出一个人来。此人，蒙头蒙面，一袭黑衣，手执绣春刀立在林中小路中间。所有人大为吃惊。秦少石示意郡主停下脚步，他只身前往。走至与蒙面人相距十余步时，秦少石停了下来，问道：来者何人，为何要挡郡主的驾？蒙面人站在那里不说话，过了片刻，突然仰天大笑。笑过之后，向前跨出两步，突然向秦少石和郡主这边连发多枚飞镖。秦少石大喊一声"郡主小心"，连忙躲过飞镖。与此同时，郡主前面的一名护卫却中镖倒地，一命呜呼。秦少石大为震惊，大声命令护卫郡主，自己一个飞掠，趁蒙面人再次发镖之前，冲向对方。两人很快就交上手了。你来

我往,十余回合,两人不分上下。秦少石正要强攻时,不想,那蒙面人却突然转身,向郊外逃去。秦少石哪里愿意放过他。一个纵身,追了上去,很快两人就从郡主面前消失了。秦少石哪里知道,他中了袭击者的调虎离山之计。秦少石走后,树林里突然弥漫着一股黄色的药雾,将郡主等人笼罩。郡主、两个丫鬟以及五名护卫还没有来得及反应,就头晕目眩,悉数倒在地上。秦少石追蒙面人出了树林,进入一个村落。蒙面人突然不见了。秦少石这时才想起郡主,大喊不妙,立即转身返回。等他回到原地时,中毒倒下的人才一个个地苏醒,慢慢站起身来。秦少石大声问:郡主呢? 他们你看看我,我看看你,再看看周围,哪里有郡主的影子。秦少石吩咐道:分头找。于是,他们分头在树林中寻找,整个小树林都找遍,也没有见到郡主。很明显,蒙面人他们是冲着郡主来的,秦少石顿感事态严重,他当机立断,说道:我们回慕容府。

师爷慕容秋第一时间得知郡主被劫,大为震惊。秦少石请求师爷处置,师爷当即训道:危急关头,救人要紧,郡主从你身边走失,你要有决心将她救回,至于处分,等救了郡主再说。接着,他披上外套,吩咐秦少石随他一起去见穆王爷。穆王爷听到这个消息,却显得异常地镇静,他并没有责怪师爷和秦少石,而是感叹一声说道:他们是冲着我来的。师爷在一旁插话道:定是东厂所为。穆王爷点点头。秦少石心存内疚,主动请缨,说道:请王爷调拨一些人力,在下定要查出郡主下落。师爷说道:郡主被劫,幕后定有主使,如果他们加害郡主,就不会将她带走,想必他们是利用郡主,要挟王爷,不出两日,幕后主子定会浮出水面。穆王爷觉得师爷分析得很有道理,便说道:从现在开始,本府上下加强戒备,一有信息,及时上报,另外,师爷分派力量四下探查,我们还是要主动出击好。师爷领命,应声称是。接着,两人离开了王府。与此同时,郡主的两位贴身丫鬟也已回到王府,第一时间将郡主失踪的事向王妃周氏禀报。王妃大为惊骇,欲哭无泪,她急急忙忙奔到王爷身前,欲行转告,哪知王爷已知道这个消息,安慰她别急,正想办法处理,王妃这时才哭出声,哭出泪,接着泪如泉涌。

秦少石怀着内疚,开始了追查郡主下落的行动。这个行动,需要隐秘进行,大阵仗地搜寻,只会打草惊蛇,置郡主于危险境地。这个行动,他需要姜成武参与。这也是师爷的意思。姜成武与他联手,他才会如虎添翼,信心倍增,才会有更大的胜算。他与姜成武展开行动之外,师爷还安排人手对京城辖区及周边地区进行明察暗访。

正如师爷所料,第二天一大早,穆王府的门头突然钉着飞镖传书。开门的护卫将它揭下,立即呈报穆王爷。穆王爷展开一看,上云:王明何在? 就四个字和一个大大的问号。穆王爷立即差人通报师爷。师爷赶到王府,拿着布条仔细揣摩,然后说道:东厂所为,确定无疑。接着,他对穆王爷说道:王明前些时日失踪,王力定是认为王府所为,所以他们绑架郡主,要我们交出王明,他们不好直接明说,怕落下把柄。穆王爷凝眉说道:他就如此肯定,王明失踪与本王有关? 师爷说道:这也许是个借口,明的就是针对王爷了。穆王爷纵声一笑,说道:我倒要看看,他们是何方神圣,三头六臂不成? 师爷在一旁说道:郡主安危是当务之急,我已安排人手探查,一定要救出郡主。穆王爷说道:很好,万不得已,我便向皇上禀报小女被人绑架之事。师爷说道:既然他们暗地来,我们何不也暗地去呢? 给他一个飞镖传书,上云"与我无关",将球踢给他,让他猜去,谅他也不敢拿郡主怎么样。王爷觉得此法不妨一试。他问:王明失踪,还没有消息? 师爷回答:没有,也许他被人杀了也未可知。穆王爷凝神说道:何方高人,将事做得如此巧妙。师爷说道:东厂为非作歹,树敌太多,王明被对手所杀,也属正常。穆王爷点点头,对师爷说道:你去吧。师爷应声离开穆王府。穆王爷和师爷猜测王明被杀之谜,万万也不会想到王明正是郡主所杀。

师爷将飞镖传书拟定后,交代秦少石与姜成武去落实。子夜时分,秦少石与姜成武悄然来到东厂厂部。去年的大年夜,他们来过这里,所以这次来,他们更能避开东厂护卫的注意。待护卫巡逻的间隙,他们直接将飞镖传书投上门楣。他们回到厂部后身的林间,姜成武转身欲走,被秦少石叫住了。秦少石对他说道:既然来了,何不进去看看,也许郡主就在里面。姜成武想想也是。于是,两人沿着上次的路线来到东厂的院内。院内显得冷清,有几处灯笼的光相互辉映,巡逻的脚步声阵阵在他们耳边响起。他们抄到后排的楼房下面,然后从一侧纵身上了二楼。这座二楼的房屋,是整个厂部最暗的一栋楼。这里主要是药房、仓库、器械室等,包括那个研发部。他们沿着二楼的走廊从这头掠到那头,没有发现任何的动静和线索。他们有些失望地下楼,又沿着一楼查看了一遍,也无发现。他们将郡主关在哪里呢?两人又向前面一栋楼掠去。这栋楼有几间房屋亮着灯光。两人只能从楼的后面一个一个地侦察和排查。这栋楼似乎是营房。里面的鼾声此起彼伏,直冲到窗户外面,并没有关押郡主的迹象。关押郡主,那需要重兵把守的,但是这里没有。秦少石与姜成武准备继续往前面一栋楼探查,但是,他们抬起头看看天色时,天已经显出苍白的光来。他们只好撤回,一无所获。

离开东厂,走在路上,姜成武有些不解,说道:郡主会不会被他们关在另外的地方?秦少石说道:也未尝不可,东厂的基地到处都是,但是,郡主是他们看重的人,没有理由将她关押在东厂厂部以外的地方啊。走了一段路,秦少石对姜成武说道:我们弄点东西吃,然后去向师爷禀报。姜成武欣然应允。

两人来到大街上一家刚开门的早点店,秦少石要了两碗豆浆,四根油条,这是京城老百姓最爱吃的早点,两人津津有味地吃起来。吃完早点,姜成武正要起身出门,秦少石见室内无人,便叫住了他,对他说道:你坐下,我告诉你一条天大的消息。姜成武立即坐下,问:什么天大的消息?秦少石说道:你表妹在紫禁城藏书阁任护籍女史。姜成武喜出望外,问:真的?秦少石说道:当然是真的,可靠消息,你表妹算是万幸,没有被发配做女奴,护籍女史,就是图书护理员,每天还可以看书。姜成武感叹道:我表妹最喜欢看书了。受激动情绪影响,他情不自禁地对秦少石说道:秦兄,谢谢你。秦少石耸耸肩,说道:你说这是不是天大的好消息?姜成武面色顿时红润,说道:是的。接着,他突然想起一件事来,犹豫了片刻,对秦少石说道:我也有一件天大的消息不知道该不该说。秦少石也来了兴趣,说道:什么事,当然应该说了。姜成武说道:这件事与郡主有关,说出来,对于我们救郡主也许有益。秦少石急切地问:什么事,你说吧。姜成武终于说道:王明是郡主所杀。秦少石以为自己听错了,他简直不敢相信自己的耳朵,又问了一遍:你说什么？姜成武重复一遍,说道:王明是郡主所杀。秦少石听得明白,这下吃惊不小。他瞪大了眼睛看着姜成武。姜成武正在评估告诉秦少石这个消息的结果,经秦少石这么急切地问,他只好继续说下去:王明确实是郡主所杀,或者说,是郡主指使手下所杀,我亲眼所见。接着,他将那天郡主及其王府护卫围攻王明及其同伙的经过一五一十地对秦少石说了个遍。秦少石听后,仍然惊疑,他一连说了两句"郡主为什么要杀王明呢"。姜成武说道:之前,王明及其同伙,曾在永定街羞辱过郡主,郡主痛恨王明,所以,她要报仇,杀了他。秦少石顿感事态严重。他像是对姜成武又像是自言自语地说道:王力要是知道郡主杀了王明,那郡主岂能保命？姜成武也感到事态严重,不知如何是好了。秦少石接着说道:我们是否要将此事报告师爷？姜成武显得不知所措。秦少石凝思片刻,然后问:郡主及其手下知道你发现他们杀了王明吗？姜成武摇摇头,说道:我本来要制止他们杀王明的,怕引起严重的事态,但是他们动手太快,我只好隐身不出。秦少石说道:目前东厂的人还不知道王明被杀,只知道他失踪了,或者被绑架了,东厂树敌太多,也不能完全确定就是王府所为,所以目前郡主还算安全,但是,如果他们知道王明是郡主所杀,那郡主就危险了,我们得抓紧行动,赶在他们知道王明被杀真相前面,查到郡主的下落,救郡主出来。姜成武点头称是,说道:我听从秦兄安排。秦少石接着说道:这事暂时还不要报告师爷或王爷,以免引起王府恐慌,那天所有参与行动的人绝对要严守秘密,这就要减少他们的外出,这事我来布置。说过之后,秦少石站起身,对姜成武说道:姜弟,你说的确实是天大的消息,我们走。

　　他们刚回到大街上,突然就有一队人马向这边奔来。街上行人纷纷闪避。先遣的人马很快从他们面前通过,这队人马之后,却是一个步兵方阵。方阵中间,有一顶大轿。方阵从街上经过,似一阵海浪袭来,几乎填满了整个街道。秦少石和姜成武退回到早点店门口,姜成武问:好威武的阵仗。秦少石说道:这是大臣出行的阵仗,大臣坐在轿子里面。姜成武问:大臣是谁？秦少石说道:韩雍。姜成武不听则已,一听到这个名字,脑子都炸了。韩雍,韩雍,杀父仇人。仇人相见,分外眼红。姜成武眼睛瞪得老大,怒视着渐行渐近的那顶大轿。他两手握拳,暗运内功。秦少石看着这阵仗,突然想起姜成武与韩雍有不共戴天之仇,他转过身,看看姜成武,见姜成武怒目圆睁,两手握拳,正要发作,连忙上前一步,用手按住他肩膀,冲他摇了摇头。姜成武目不转睛地看着韩雍的大轿从面前经过,终于放松拳头,收敛自己愤怒的目光。待韩雍走后,姜成武对秦少石说道:为什么不让我杀了这狗贼? 秦少石悄声说道:现在不是时候。姜成武就有些不解,韩雍离自己这么近,正是自己报杀父之仇的大好时机,怎么就不是时候呢? 秦少石知道他疑虑未消,说道:这些兵士都是精兵,他身边跟随的四位是韩府的四大高手,他们是张飞、何况、车前草、安萌,武功非同一般,你这样冲上前,非但伤不了韩雍,只怕暴露目标,韩雍如果不死,知道你的身份,他岂能放过你? 看着远去的韩雍的阵仗,姜成武仍然有些愤愤不平,说道:让这恶人走了,我心何甘! 秦少石安慰他说道:君子报仇,十年不晚,我们走。姜成武慢慢地平复下来,跟在秦少石后面离开了早点店。

走了一截,秦少石便与姜成武分开。秦少石需要回慕容府禀报昨晚行动情况。他对姜成武说道:白天我们在一起,目标有点大,我们可以分头行动,目的就是查明郡主的下落,但是,切不可打草惊蛇。姜成武点头称是,然后转身向河边方向走去。

姜成武见四下无人,便回到地道里。叶堂主看见他,一连问了两个问题:见到秦少侠了吗? 打听到你表妹的下落了吗? 姜成武点点头。毛小山在一旁问:秦少侠那边安好? 姜成武回答说:他要护卫郡主,所以脱不开身。叶去病又问:你表妹怎么样? 姜成武回答:她很好,她在紫禁城藏书阁做女史。叶堂主和毛小山两人脸上都显出微笑,叶堂主说道:那是再好不过的了。姜成武脸上并没有显示出喜悦的表情,他自言自语地说道:紫禁城是进不了的,恐怕我这辈子都见不到表妹了。叶去病安慰他,说道:那也未必,世事很难预料的。叶去病转移话题,对他说道:易容感觉如何? 姜成武说道:挺好的,但是还是有人认出了我。叶去病问:谁? 姜成武说道:秦少石和一位老人。叶去病有些吃惊,说道:这怎么可能呢? 姜成武说道:秦兄也许是根据我说话的声音辨别出,但是,有一位神秘老人却一眼就认出我是易容之身。叶去病有些迷惑不解,问:一位神秘老人?姜成武说道:嗯,不过他功夫非同一般。叶去病问:他长什么样?姜成武说道:白发白须白眉,穿粗布长衫,外套棉夹。叶去病在脑海里搜索着对此人的印象,一无所获。他说道:莫非他也做了易容之术?姜成武又说道:神秘老人说出,我这易容是经过叶堂主之手,他应该认识你,也似乎了解你。叶去病仍然想不出这人是谁,他只好说道:武林之中,擅易容者,比比皆是,下次你见到他,问问就是,不过,慎重一点好。姜成武说道:叶堂主说的是。叶去病又说道:为便于出行方便,我看这易容之装也不必卸掉,至少东厂和锦衣卫那些喽啰们不是那么容易辨认出来。姜成武觉得叶堂主说得有道理,便说道:不卸更好。

叶堂主誓要研制出半年散的解药,他和毛小山足不出户,潜心研究《百毒真经》及其他药谱,无暇顾及外部的事务。而他们了解外部消息的渠道就只能是姜成武了。姜成武看在眼里,心里却是十分地感动。他不便打搅他们,只好带铭儿、婉儿到密室去练功。到了密室,姜成武先是教他们一些武功套路,让他们自己学,而他自己,却也开始了对武学的揣摩研究。少林金刚拳他已经练成,他不会满足于此,他需要追求更高境界。精湛的拳功比别人更胜一筹,取决于内力和速度。姜成武认为自己内力有余,但速度不足,他需要在速度上下功夫。他将油灯置于身前两步之远,然后对着油灯出手冲拳。他冲拳的速度一次比一次快,直至击出五百余拳,终于将油灯扑灭。铭儿、婉儿停止练功,看得呆了,然后发出惊呼。两个孩童鼓掌欢呼,姜成武连忙伸手,嘴里嘘了一声,示意他们别出声。姜成武用手抹了一下额头上的汗珠,对铭儿、婉儿说道:继续练。有榜样和偶像在前,两个药童自然愉快地练起来了。姜成武亮起火折,将身前的油灯点亮,接着操练。两个药童练了一会,就出去了。而他自己,这一练,就练了几个时辰。他已经明显感觉到自己武功进益之快。他终于停了下来,在心里说道:我应该给我自己的拳术取一个名字,以区别于少林金刚拳。取什么名字呢?这种拳,重在内力和速度,就叫它霹雳无影拳吧,我一定要将它练到至高境界。

子 夜 营 救

　　天刚刚擦黑,秦少石就来到地道石屋。见到姜成武,便说:师爷有请。姜成武、叶堂主和毛小山看秦少石脸色,就知道有急事。姜成武简单地准备了一下,便与秦少石离开了石屋。临出发前,叶堂主叮嘱:小心为妙。姜成武、秦少石点头应允。

　　出了地道,他们沿着河边往西,然后,过桥往南。姜成武觉得有些蹊跷,去慕容府,不是走这条道的。莫非慕容府外围有东厂的便衣监视,秦兄特意要绕道进入? 但是,他们越走越南辕北辙。再往南,就是京郊了。姜成武信任秦少石,跟随他出来办事,从来都不会问那么多。秦少石为什么要说师爷有请呢? 师爷不在慕容府,难道在郊外不成? 再往南,穿过一个村庄,前面是一座土丘。土丘上站着两个人,像是放哨的。秦少石和姜成武上了土丘,那两人先是警觉,后悄声与秦少石打招呼。秦少石停下脚步,站在土丘之上往回看,确信后面无人跟踪后,便往前下了土丘。土丘之下,是一座并不是很起眼的院落。院落里亮着灯光。姜成武看着那座院落,心想,秦兄要将我带到这里见师爷吗? 秦少石停下来,对姜成武说道:姜弟是否可以将易容之装卸掉? 这里都是自己人。姜成武毫不犹豫地就将易容之装卸掉,恢复原来的真面目。秦少石看着他显出原形,爽朗一笑,说道:我们进去。

　　院落大门有多人把守,他们见到秦少石,连忙将门打开,让秦少石和姜成武进去。秦少石和姜成武穿过院中场地,进到一座大屋。大出姜成武所料,更令姜成武惊讶不已,这座大屋的中堂里坐了好些人。这些人都是姜成武熟悉的人。他们是师爷、无方可从大师、觉悟师兄、常明、赵怀远、释疑师太、鲁天智、桂守一,还有一位年轻少侠,姜成武似曾相识,一时又想不起来。秦少石向在座的拱手抱拳,然后引姜成武坐到中间的一个空位上,自己却走到师爷身侧站立。姜成武的座位正好比邻常明。常明见到姜成武,很是惊喜,连番向他侧身拱拳。觉悟看到姜成武,也是喜悦挂在脸上。待大家都坐定后,师爷说道:将各位英雄招来,是有要紧的事商议。众人翘首倾听。师爷接着说道:五天前,穆王爷之女、郡主穆姑娘被人绑架,王爷与王妃心急如焚。听到师爷这么一说,众人吃惊不小,面面相觑。师爷接着说道:绑架郡主,我们猜是东厂的人。现在,我要向你们介绍一个人,在座的可有人认识他? 他就是龙门镖局少主魏晓天魏少侠。师爷将手指向坐在一旁的魏晓天。魏晓天连忙站起,向大家躬身示礼,然后坐下。姜成武刚才看他似曾相识,原来他就是魏晓天,去年与毛小山进京,路上有过一面之缘。魏晓天坐下之后,还专门冲姜成武作揖,也许他是在感谢去年的救命之恩。师爷接着说道:这里,我要替王爷王妃好好感谢魏少侠,是他将郡主下落告诉本府。师爷说完,停了一会,众人将目光一起投向魏晓天。师爷对魏晓天说道:魏少侠,你来说说。

魏晓天站了起来,扫视了一眼在座的,然后说道:四天前,我为东厂押镖,将一厚重大箱送往廊坊,东厂有千爷护送,途中我们发现箱中有轻微女声,才知道箱中有人,待千爷小解之时,我们轻敲木箱,里面传出"我是郡主,救我"的声音来。郡主,那定是穆王府的郡主,早前我们就已听说,东厂与王爷作对,定是东厂绑架了郡主。一路上,千爷防守缜密,我们无从下手,更何况,镖局需要坚守本业,维护信誉,所以只好按照他们的要求将郡主送到廊坊的一个基地。那个基地是东厂的训练基地。所以,我就将这个消息向师爷禀报了。

众人听了师爷和魏晓天这么一说,大致知道了事情的来龙去脉,也知道师爷找他们来的用意了。师爷这时说道:我找你们来,就是要你们帮忙,出手救郡主。众人纷纷应允。鲁天智更是大声说道:救郡主,我等义不容辞,请师爷吩咐。师爷说道:他们绑架郡主,明明是冲着王爷来的,却要暗里做,我们就来个以其人之道,还治其人之身,来一次突袭,悄悄地将郡主救出,如何? 众人异口同声,说道:听从师爷指令。师爷接着说道:既然来暗的,这事王府和我都不好出面,以免让人握住把柄,我之意,是由无方可从大师牵头,今晚就来个突袭行动。众人齐声应道:谨听师爷吩咐。接着,师爷对无方可从大师说道:突袭基地的行动,就委托大师了,希望做到万无一失,外面由秦少石和姜少侠接应。无方可从大师

199

听过,说道:阿弥陀佛,老衲定当完成任务。说着,无方可从大师便对大伙说道:我们这就行动。师爷与室内所有的人道别,然后,他走出了大屋。师爷走后,众人换上了夜行服,都成了蒙面人。待大家准备好后,无方可从大师对大家说道:我们走。说着,所有的人跟随无方可从大师鱼贯走出了大屋,走出了这个院落,消失在夜幕之中。

他们疾行三个时辰,便来到了廊坊城的外围。那座基地就坐落在城郊接合部,并不显眼。高高的围墙,里面黑漆一片。无方可从大师指示队伍停下来,然后,对秦少石和姜成武说道:你们在此埋伏,我们从后墙进入,赶在天亮之前将郡主救出。秦少石和姜成武点头应允。姜成武不忘说了一句"师父小心"。无方可从大师带领队伍一溜烟地蹿到围墙后面。秦少石和姜成武选择在路边树丛中埋伏等待。

姜成武始终注视着基地的动静。时间一分一秒地过去,姜成武和秦少石焦急地等待着。一个时辰之后,里面仍然没有动静,姜成武有些急了,他看看秦少石,哪知道秦少石比他更着急。又过了一个时辰,里面还是没有一点动静。姜成武终于忍耐不住,悄声对秦少石说道:我们是否要进去看看?秦少石少年老成,沉稳得很,对他说道:别急,再等等。姜成武又说道:不到两个时辰,天就要亮了,再要行动就不方便了。秦少石看着姜成武,不说话。姜成武欲言又止,他只好重新注视着基地的方向,焦急地等待着。大约半个时辰,姜成武看出有一溜串的黑影,顺着围墙而下,向这边蔓延而来。秦少石也注意到了。两人顿时警觉,向前探望。黑影越来越近,他们终于看清黑影正是无方可从大师他们。无方可从大师及其同伴一个不少地云集到秦少石和姜成武跟前。秦少石一个个地观察着他们,看他们有没有受伤,他们一个个的却是毫发未损。这时,郡主从人群中走上前,她走到秦少石和姜成武跟前,冲着他们俏皮地说道:两位少侠,小女子这边有礼了。说着,双手作揖。秦少石和姜成武只好双手抱拳,异口同声说道:郡主无恙,这是再好不过的了。秦少石转过身,对无方可从大师说道:我们走。接着,他们悄悄地离开了这里,护送郡主回京城。

赶至京郊时,天已经亮了。为避人耳目,他们几人组成一个小组分散行动,前后相隔不出半里,沿着树林或偏僻的河道,向着土丘那边的院落掠去。到了院落,太阳已经从东方冉冉升起。因为是白天了,他们如果将郡主送往王府,只怕招惹东厂的注意,所以他们暂时就选择在这里避一避,再作计议。不管怎么说,这是一次成功的解救,郡主在被绑架了五天五夜之后,重新回到了他们面前。秦少石对无方可从大师等人说道:多谢大师,多谢各位,你们暂时在此一避,我这就去将信息禀告师爷,好让王府宽心,待天黑,我便回来接应郡主回府。说着,便奔出了大屋,向慕容府方向掠去。

直到这个时候,觉悟才有单独的机会走到姜成武跟前,问长问短。也只有这个时候,常明、赵怀远等人才能走到姜成武跟前,与他寒暄,共享重逢时的欢乐。这个时候,郡主更是饶有兴趣地走到姜成武跟前,看着他诡秘地一笑,说道:前些天,你也和我一样,失踪了不成? 姜成武一本正经地说道:没有啊。郡主又说道:没有,我怎么去百药堂找不到你?姜成武说道:百药堂被封,为保安全,避人耳目矣。不想,郡主又说道:你一身武艺,避什么耳目? 姜成武只好冲她笑而不语。郡主佯装知趣地走开了。郡主走后,姜成武才定下心来,走到无方可从大师跟前,郑重地道一声"师傅"。无方可从大师见到姜成武,心情释然,说道:近期武功可有进益? 姜成武便将近期练功的实践和心得一一说给师傅听。无方可从大师十分高兴,说道:潜心练功,必成正果。姜成武受恩师鼓励,心里说不出的惬意。

林间三结义

无方可从大师等人成功解救郡主,穆王爷和师爷十分高兴。师爷在慕容府专门设素宴,感谢无方可从大师等人,穆王爷和王妃特意出席。宴后,穆王爷向师爷慕容秋专门交代了一番武林大会事宜,然后便和王妃打道回府了。

穆王爷走后,师爷召集无方可从大师等人开了一个小会。在会上,师爷将穆王爷的指示传达给大家,并对武林大会的准备情况提出了一些自己的思考。对于武林大会,各门各派都在精心准备,誓要争得武林盟主之位。也就是在这个小会上,师爷向无方可从大师提出,希望留觉悟在京城,协助秦少石、姜成武保护郡主。无方可从大师欣然应允。

当天晚上,觉悟和尚就被安排在慕容府,他和姜成武住在一个小屋里。秦少石送他们到屋里时,告诉他们说,自己就住在后面的一间房。姜成武有些激动,说道:这太好了,我们可以在一起了。秦少石说道:从明天开始,我们早出晚归,保护郡主。觉悟似乎忘却了自己佛门弟子的身份,喜形于色,说道:师傅说到京城,我就很激动,京城好玩的地方太多了,还有师弟在这里。姜成武眼一斜,说道:明天你看到穆王府,不比你少林寺的大雄宝殿气派才怪呢。说罢,三人相视而笑。

早上起来,三个人洗漱完毕,吃过早点,便穿戴整齐地离开慕容府,来到穆王府门前。觉悟着实被穆王府的宏伟建筑震慑了,他眼睛瞪得老大。姜成武走到他跟前,用手在他眼前晃了晃,他眼睛这才眨了眨,回过神来。秦少石走到大门前,穆王府护卫告诉他,郡主今天不出门了。秦少石略显失望,转身对姜成武和觉悟说道:我们回去。三个人便往回走。拐过一条街,秦少石说道:我带你们去一个地方。姜成武心想,秦兄见觉悟刚来京城,定是要带他见识见识了。姜成武还没有来得及回应,觉悟便说道:好啊好啊。接着,觉悟和姜成武跟在秦少石后面,转身向城郊方向走去。姜成武有些纳闷,为什么不在城里转呢,郊外有什么好玩的?

城市的建筑向身后隐去,前面是一片树林。姜成武这才想起,林间前方便是一个马场,秦兄定是要带我们去马场了。但是,进入林间后,秦少石却在小路上停了下来。他看看四周,接着又在林中转了一圈,然后回到姜成武和觉悟身边。姜成武和觉悟不明其意,瞪着眼看他。秦少石指着前面一条路,对姜成武和觉悟说道:这就是他们绑架郡主的地方。接着,他说道:我中了他们的调虎离山计,他们对郡主等人用的是一种急速软骨香的迷药。姜成武这时才明白秦兄带他们来这里的用意。秦少石说道:我一直在想,他们当时怎么知道我们要去马场,郡主一年去不了几次马场的。今天带你们来这里,是要向你们说明,穆王爷或者慕容府有奸细,这个奸细是在为东厂的人做事。秦少石这么一说,姜成武顿感事态严重。是啊,没人通风报信,东厂的人怎么知道郡主的行踪?没有经过充分的准备,他们又怎么会绑架得了郡主呢?穆王爷和慕容府如果出了奸细,那会是谁呢?觉悟眼珠一转,快人快语,突然对秦少石说道:你不会怀疑我姜弟是那个奸细吧?他这话一出,姜成武脸都涨红了。正欲说话,秦少石突然把手一挥,示意他不要说话,自己连忙说道:这怎么可能,我怎么可能怀疑姜弟呢?接着,他看了一眼觉悟,说道:我将你们带到这里来,是要你们帮我分析一下,郡主身边是不是出了奸细,如果出了奸细,师爷令我们护卫郡主,今后更要小心才是。姜成武若有所思,说道:也许师爷已经知道郡主身边出了奸细,特意吩咐我们护卫郡主。秦少石说道:要是郡主身边出了奸细,那王明的死会不会暴露呢?姜成武听秦少石这么一说,连忙看看四周。秦少石也转身看看四周,说道:暂不说这些,我们走。

三人沿着林间小路向前走。走了一截,秦少石突然停下来。他转过身,对姜成武和觉悟说道:我已知道,姜弟与觉悟师父是拜把弟兄,而我和姜弟也是拜过兄弟的,我现在就想有个提议,不如我们三人来一次结拜,成为兄弟,有苦同吃,有难同当,你们意下如何?觉悟反应很快,他说道:好啊。姜成武跟着说道:我同意。

他们来到林间的一块空地上,举行了一个简单的结拜仪式。三人跪在地上,对天发誓,从今往后,结为兄弟,同生死,共患难,永结同心。仪式结束后,三个人站起身来,姜成武和觉悟双手抱拳,称秦少石为大哥。秦少石激动地看着他们,点了点头,说道:叫我秦兄即可。接着,姜成武转过身,抱拳对觉悟说道:二哥,请接受小弟一拜。觉悟也很激动,上前一步,与姜成武来了一个拥抱。拥抱之后,三个人走到一起,手也握到了一起。

觉悟并没有忘记刚才秦少石的提议。他说道:我们三兄弟,今天就在这里来一次比试如何,算是切磋武艺,更重要的,是让我有一次学习机会。姜成武和秦少石相视而笑,点头称许。接着,他们在林间开始了比试。姜成武和觉悟自告奋勇地要进行第一场比武。两人在树林里摆开了阵势。觉悟一出招,便是少林金刚拳套路,攻势凌厉。姜成武一一化解。觉悟所以要使少林金刚拳套路，是因为姜成武学的也是少林金刚拳，他自己近日已经练成了少林金刚拳，与姜成武一别数日，他要领略姜成武少林金刚拳到底达到多高的境界。没想到，没出几招，姜成武便轻松化解。直到他使出少林金刚拳八九成的功力，仍然占不到上风。他喘着粗气，走到姜成武跟前，抱拳说道：佩服佩服，姜弟，你早已练成了少林金刚拳，武功绝对在我之上，师傅知道了，也会高兴的。姜成武面带微笑，显得轻松自如，他抱拳说道：过奖了，我向二哥学习的地方太多太多。秦少石这时走到姜成武跟前，对他说道：我与姜弟比试比试，请。姜成武说道：大哥请。

姜成武对秦少石使的仍然是少林金刚拳。姜成武连番出招，秦少石一一化解。姜成武这些套路，站在一旁的觉悟看得分明，这与刚才的武功套路如出一辙，只不过，姜成武由防守改为进攻了。令他惊讶的是，姜成武每一招套路，攻势凌厉，力度深沉。姜成武内力深厚，觉悟自叹不如。秦少石攻防自如，张力和跨度都很大，武功套路飘移不定，但招招刚劲有力。战至一百余个回合，两人竟然不分上下。觉悟心想，京城真是藏龙卧虎之地，我大哥如此年少，功夫如此出色，实是罕见，不愧是我大哥，今日结拜，实乃我之荣幸矣，阿弥陀佛。觉悟一恍惚之间，抬头一看，秦少石正站在离姜成武五步之外，两手在空中旋转，接着，他面前风生云起，很快一个巨大的云团便形成，那云团越来越有形，就像一个玻璃罩，罩在秦少石身前。姜成武见势，伸手一击，虽然很有力度，但是，他的手就像击在一块玻璃之上，手指有些发麻，那云团纹丝不动。姜成武就有些奇怪，明明是云气，怎么硬得像金刚？犹豫间，秦少石突然一只手从里面穿过云团，直击向姜成武，速度之快，似眼力所不及。姜成武猝不及防，被秦少石击到胸口，所幸力度不及，皮肉未伤。姜成武终于有了反击的机会。他重新运足内力，突然出手，十成的功力形成坚固的拳头，击向云团。轰然声响，云团破灭，秦少石整个人被击出十余步之外，撞到树上，差一点倒地。姜成武连忙上前，冲秦少石说道：大哥，你没事吧？秦少石用手捂了捂胸口，对姜成武说道：我没事。觉悟这时才反应过来，跑到秦少石跟前，说道：大哥，真的没事？秦少石冲觉悟一笑，然后，看了一眼姜成武,显出很轻松的样子,说道:我没事,还是姜弟的功夫最厉害。姜成武对秦少石抱拳说道:大哥承让。觉悟转身走到姜成武跟前,说道:姜弟,佩服佩服。姜成武被觉悟恭维得有些不好意思了,他连忙说道:我武功只是有些进益,二哥不必自谦。觉悟突然转过身,问秦少石:大哥,你刚才使的是什么功夫?我从来没有见识过。秦少石耸耸肩一笑,说道:这叫云盾功,我是向师爷学的,不到火候。姜成武也觉奇怪,这种功夫他从来没听说过,更别说见识。觉悟说道:也许我师傅知道这种功夫,但我却是未曾见识,大哥厉害,这功夫要是练成了,不仅防守坚如金石,进攻也是凌厉至极,江湖上谁人能敌。说罢,三人相视而笑。

三人往回走。刚走出十余步,突然前面站出一个黑衣蒙面人来。黑衣蒙面人手里拿着一把绣春刀,正虎视眈眈地注视着他们。三人停下脚步,有些吃惊。这人是怎么来的,竟然悄无声息,可见此人功夫之深。秦少石定睛仔细看,突然想起,此人正是前些天袭击郡主的那位蒙面人,自己正是中了他的调虎离山计,才让他们绑架郡主的计谋得逞。秦少石上前一步,大声斥道:来者何人,为何不敢以真面目示人?蒙面人并不作答,仍然虎视眈眈。姜成武对秦少石和觉悟说道:我们走。三人往前,但是没走出两步,蒙面人将绣春刀提起,拦住他们的去路。三人停了下来,他们已看出来者不善,各自暗运内功,做好动手准备。正在这时,蒙面人突然仰天长啸,声如洪钟。秦少石担心中了东厂的埋伏,不想在此与他周旋,便对姜成武和觉悟说道:我们走。说着,侧身欲绕弯向外走。但是,蒙面人"嗖"的一刀横在他面前,那绣春刀寒光闪闪,直逼得刺人眼。看到这种情况,觉悟却来了精神。他心想,今天是我们三兄弟结拜的大喜日子,何不三兄弟联手,小试牛刀,以示庆贺。

三人像约好了似的,同时出击。姜成武和觉悟出手冲拳,直逼蒙面人的面门而去,秦少石刀下侧身,一个螺旋扫腿。蒙面人一闪身,居然退出十步之外。三人大吃一惊。此人反应如此之敏捷,轻功如此之高。秦少石三人你看看我,我看看你,然后不约而同地向蒙面人掠去。他们还没有掠出几步,蒙面人突然挥刀相向而行,大踏步地向他们走来。那绣春刀闪着寒光,在凝固的空气中穿插,刺啦而响。掠近三人时,横刺竖砍,刀法凌厉,招招直逼人的要害。三人闪身避开,迅速组织反击。但是,觉悟还是被蒙面人刺中了胳膊。觉悟一震,连忙用手捂住胳膊,但是,因为伤口不小,那鲜血渗透手指流出来,然后滴到地上。觉悟只好退后,担心蒙面人绣春刀有毒,连忙提振内力排毒。姜成武一边避让蒙面人的绣春刀,一边侧过身问觉悟:你受伤了?觉悟站在一旁,说道:我没有事,姜弟,小心他的刀。觉悟不说,姜成武也知道蒙面人绣春刀的厉害。他暗暗运足内力,躲过蒙面人横刺过来的一刀,突然一个"鳄鱼摆尾",终于抵近扫上蒙面人一腿。蒙面人一个趔趄,向后退出两步。待他回过神来,挥刀"劈天一线",直向姜成武砍来。但是,他还是比姜成武慢了半个节拍。姜成武一个扫堂腿之后,突然之间,在他面前挺立,然后,冲拳雷霆万钧,直击蒙面人的胸口,蒙面人整个身子一震,撞到一棵树上。蒙面人被击,条件反射地砍了姜成武一刀。那绣春刀砍到姜成武的手臂上。只听得"嘎啦"一声响,所有人都以为绣春刀要将姜成武的手臂削成两截,但是,奇迹出现了,姜成武的手臂安然无恙,一点痕迹都没有留下。不仅秦少石、觉悟,就连蒙面人也彻底见证了姜成武少林金刚功夫的威力。姜成武的手臂,哪里是骨肉之肌,简直是金刚不摧之体。绣春刀砍在他手臂上,就像砍在一根钢柱上。蒙面人心神甫定,秦少石纵身冲上前去,以迅雷不及掩耳之势使出云盾功,蒙面人又是一个条件反射似的,挥刀砍向秦少石。他想都没有想到,他面前又是一个金刚之体。绣春刀根本破不了云团。蒙面人越发惊奇。正在他惊奇之余,秦少石出其不意,手如利剑,穿过云团,刺向蒙面人。可能是力度还不至上乘,蒙面人及时防备,避过一击。接着,蒙面人一个纵身,闪出十余步之外。前些天,郡主在此被伏击,秦少石就曾见识过蒙面人神奇的轻功,当时他追蒙面人到村落,蒙面人突然闪身不见了。

三人欲上前围攻,还没有掠出几步,就见蒙面人突然仰天长啸,三人停下脚步。蒙面人将绣春刀一挥,突然一个转身,跃入树林,转眼就不见了。三人恐其从其他地方或者身后闪出,四下查看,就是不见他的踪影。三人这才断定,蒙面人走了。

姜成武走到觉悟跟前,问:伤得怎么样?觉悟说道:没事。接着他说道:这人来势汹汹,却让他跑了,很是遗憾。秦少石凝神说道:此人不战,是要探听我们虚实。姜成武若有所思,说道:我们所有的功夫都暴露在他面前,对于他,我们却一无所知。秦少石看着蒙面人远去的方向,说道:此人既不是千爷,也不像千户英布,如果他是东厂的人,那他是谁呢?姜成武接过话茬说道:此人武功卓绝,不易对付,大哥是否可以向师爷禀告,也许师爷能分辨出。秦少石侧过身,对姜成武说道:小弟说得有理,我们回去。说着,三人打道回府。

表 妹 倩 影

阳春三月,北方梨花桃花飘香。

郡主哪里耐得住王府深宅大院的无聊和寂寞,不断地在父王面前撒娇,穆王爷经不住宝贝女儿的软攻细磨,终于同意郡主去郊外踏青。郡主兴高采烈。

这天一大早,郡主身穿绒毛小夹袄,在秦少石、姜成武和觉悟和尚的护卫下,容光焕发、精神抖擞地走出穆王府。郡主不愿带自己的贴身护卫徐健、花百度,她觉得这两人在自己身边就像两尊兵马俑,毫无情趣。郡主也不太愿意带自己的两位贴身丫鬟,是因为她要与姜成武等人在一起,她们显得有些累赘,这两个丫鬟没有什么武功,行动也不太方便。去郊外是有一段路程的。

半小时辰,他们便走出京城。郡主在前面走,三位少侠紧跟其后。三人显得拘谨、严肃,且过于警觉。郡主有意要放松他们的情绪,停下脚步,对他们说道:你们三人跟在我后面,我感觉我就像是一个犯人似的,大家随意点好不好?郡主这一说,秦少石快了两步,走到郡主身边,说道:护送郡主是我们的天职,郡主开心就好,不必介意我们。郡主不爱听秦少石说出这样的话。开心就好,你们这样,我能开心吗?她转身对姜成武说道:姜少侠,你过来。姜成武加快步伐,走到郡主身边,说道:郡主有何吩咐?郡主突然一笑,说道:我要你们一起出来,是要你们陪我出来玩的,不是执行什么任务,大家都别板着面孔,好像我欠你们什么似的。

郡主说罢,向前走去。姜成武和秦少石相互做了个鬼脸,两人跟着郡主向前。姜成武边走边问:郡主,这是要去哪里?姜成武主动一问,郡主反而放慢了步伐,侧过身对姜成武说道:燕山脚下,有一片桃林,现在正是桃花盛开的时节,我每年都要去这个地方,你们不会不想去吧?姜成武朝秦少石瞄了一眼,说道:当然想去。走在后面的觉悟,天性就是快人快语,哪里有什么悟性,他说道:我最喜欢看桃花了。不想,郡主却回了他一句:你一个和尚,可别想着走桃花运哦。说得觉悟脸上一红,好不尴尬。郡主的话,引得姜成武和秦少石笑起来。气氛顿时轻松起来。

郡主几乎是与姜成武并肩而行,秦少石和觉悟跟在后面不落半步。郡主边走边对姜成武说道:你是南方人,春天南方更美。姜成武附和着说道:暮春三月,杂花生树,群莺乱飞……郡主听他吟诵,然后说道:多美的地方,你很会风雅的呢。姜成武自嘲地一笑,说道:兵荒马乱,我们哪里有机会读书,小时候仅读了几年私塾,就会那么几句。郡主笑道:呵呵,姜少侠,你不仅武功高强,还挺会自谦的嘛。姜成武说道:不敢不敢。秦少石这时插话道:姜弟见多识广,文武双全。郡主突然意识到,刚才自己冷落了秦少石,特意补上一句:你也是。郡主说着,便抬起头,看着上方,自言自语地说道:这是南朝梁文学家丘迟的诗句,太美了。姜成武说道:郡主才是知识渊博呢。郡主自嘲地摇了摇头,大踏步地向前走去。觉悟不甘落后,加快步伐,突然说道:我一兄一弟,都是文武双全。他这一说,郡主却来了精神,说道:一兄一弟,莫非你们三人拜了兄弟不成?姜成武说道:正是。郡主又慢下脚步,侧身看看他们三人,然后说道:果真如此,很好很好,什么时候,你兄弟三人不嫌弃,收我一个妹妹,我们结拜兄妹如何?秦少石连忙说道:不敢。姜成武也说道:你是郡主,不宜。觉悟说道:不妥。郡主停下脚步,见他们也停下来之后,她说道:一个不敢,一个不宜,一个不妥,你们就是不想与我结为兄妹就是了。秦少石说道:郡主乃尊贵之体,岂能受我们江湖之气影响,万万不可。郡主眼睛直视着秦少石,说不出话来。过了一会,她转过身,看着姜成武,希望姜成武说话。姜成武不知道说什么好,自然沉默不语。郡主终于又说道:郡主怎么了?郡主就不能与人称兄道妹了?我是看出你们为人正派、侠义,才要与你们结拜兄妹,你们居然……

郡主平生第一次提出与人结拜兄妹却被拒绝,她有点接受不了,这大大地伤害了她的自尊,所以她情绪有些激动。为安抚郡主,姜成武说道:这事须从长计议,郡主回去可以冷静地想想,如果觉得可行,我们到时结拜不迟,只是现在太突然了,我们这样想,也是情有可原,即使我们愿意,王爷怎么想?因为你是郡主。姜成武这一缓兵之计,终于让郡主觉得在理。郡主说道:你们不愿意,便是不愿意,说什么我是郡主,说什么王爷,算了算了,算我没提。说罢,向前走去。

京城向北百多里处,有一座巨大的山脉绵亘东西,此山名曰燕山。燕山地理位置优越。春秋战国时期,燕国历几百年而不衰,成为七雄之一,燕山功不可没。成吉思汗铁木真历经五年,三次翻越燕山山脉,攻破长城,才使金中都(北京)沦陷,最后他死在南下的途中。提到燕山,不能不提到长城。长城就像一条长龙骑在燕山之脊,摇头摆尾,傲视苍穹。

燕山南麓,有一大片桃园。这里本是一片皇家园林,成化帝登位之初,政绩八字不见一撇,却在开放园林方面持宽松政策。这片园林不仅是皇家游览之地,官员百姓也可游历。不过,皇帝真到此,这里还是要封园的。

郡主走在前面,终于看到这片园林,她兴奋地指着园林的大门对姜成武说道:我们到了。园林大门口站着一排护卫,一个个铁着面孔。园林小吏,见到郡主,点头哈腰,主动给郡主引路。但是,姜成武和秦少石、觉悟却被挡在了园外。秦少石很是诧异。郡主跨进园门,却又折了回来。她质问园林小吏:园林不是对外开放的吗?为什么要拦住他们?园林小吏面露难色,说道:郡主有所不知,这园林平时是开放的,但今天不是。郡主问:是为何故?园林小吏说道:今天是万贵妃游历本园。

万贵妃是谁?姜成武和觉悟可能不知,秦少石略有所闻,郡主却是再清楚不过的了。万贵妃,本名万贞儿,山东诸城人。万贞儿的父亲万贵早年由于犯法被发配到边疆,她因此于幼年时被送入宫内做宫女。万贞儿十五岁时,姿色艳美,身材丰腴。当今皇帝朱见深为皇太子时,比他年长十九的万贞儿是他身边的保姆宫婢。但万贞儿心性机警,善于迎奉

209

其意,深得皇太子的抬爱和信任。朱见深的父皇明英宗出战被蒙古俘虏时,朱见深的叔叔景泰帝即位,改以自己的儿子朱见济为太子,将侄儿朱见深废黜幽禁。朱见深与万贞儿相依为命。直至英宗复位,朱见深重新被确立为太子,万贞儿与朱见深情悦不断。宪宗朱见深即位后,万贞儿于成化二年正月生皇长子,宪宗大喜,遣中使祀诸山川,遂封万贞儿为贵妃。谁也不曾想到,皇长子不到半岁,竟然夭折。宪宗和万贵妃为此悲痛欲绝。直到现在,万贵妃仍然郁郁寡欢。宫廷内外,谁人不知当今皇帝朱见深对万贵妃的万般宠爱?现在桃园被封,自然又是万贵妃前来散心。

郡主对园林小吏说道:万贵妃游园,只和身边一干人,冷冷清清有什么意思,自然美景,需要有人气,让他们进去,就是添些人气,有何不可?园林小吏很是犹豫。郡主接着问:万贵妃可有交代?园林小吏摇摇头。郡主说道:如果她没有特别交代,那就是我们都可以进去的了,当初皇帝有过圣旨,园林开放,与民同乐。园林小吏仍然犹豫,郡主又是冲他一笑,说道:我是郡主,你有什么不放心的?园林小吏拍了两下自己的大额头,下了几乎是一生中最大的决定,同意让姜成武、秦少石和觉悟进园。四个人进了园林,小吏才将园门关上。觉悟回过头,看看小吏,说道:早知道我们是非进不可的,何必狐假虎威?

南北朝萧纲形容桃花:"初桃丽新采,照地吐其芳。枝间留新燕,叶里发轻香。"《诗经》中说:"桃之夭夭,灼灼其华。"而韩愈在《题百叶桃花》里,点赞桃花:"桃花一簇开无主,可爱深红映浅红。"桃花谁人不喜,谁人不爱。

几人走在林间小路上,花香扑鼻,沁人心脾。郡主一边走,一边赏花观景。她将双手交在身后,一蹦一跳的,哪像是王府里的郡主,倒像是民间一个活蹦乱跳的小姑娘。受郡主的影响,姜成武等人放开手脚,也已陶醉于园林之中。郡主走在前面,突然停下来,等姜成武走到身边时,对他说道:以前都是随父王到这里来游玩的,今年却不同了,父王被各种事务交困,没有心情到这种地方了,我觉得好遗憾。姜成武安慰她道:你随穆王爷来此,我们就不能来这种地方了。郡主莞尔一笑。接着,两人往前走,拐过一个岔口,走到另一条小路上,直将秦少石和觉悟丢在后面一大截。这条小路窄又长,两边桃枝伸出,依次在眼前交错,两人只好不断地低下头从中穿行。穿行一段路,郡主突然拉住姜成武的手,对他说:快,我们去那边看看。姜成武很是窘迫,但他终究没有抽回自己的手,任由郡主牵引。但是,他的内心忐忑不安。除了表妹,他从来还没有拉过女人的手呢。以前和表妹在瑶山山林中穿行,他都拉着表妹的手。两人就像是两只快乐的小鸟。现在,物已去,人已非,拉他手的却是郡主。想到表妹,看着面前的郡主,他有一种罪恶般的感受。他意识到,他是不该与郡主拉手的。他使了一点劲,要将手抽回,但是,郡主却握得很紧,不肯松开。姜成武不好违拗。又走过一段,路边出现一条小溪。溪水清澈见底,泛着银光。水面之上,不时有落下的桃花随波逐流。郡主驻足观赏,无意中松开了姜成武的手。

郡主神情专注,也许落花流水挑起了她的回忆,令她触景生情。也许,这片刻宁静中动态的美,让她流连忘返。姜成武站在她身边,弯下腰一同观察着这小溪流水,却突然想起南方村寨中的溪流。家乡的一山一水,一草一木,他都记得真切,刻骨铭心。每到春暖花开的时候,父老乡亲都会走出门户,来到村前寨后,山上溪边,赏花观景,享受大自然的美景。其景可欣,其乐融融。现在,这一切都一去不复返了,因为,没有了村寨,家乡人丁殁没,乡野荒芜,鸡犬之声已远去,那里早已经成了荒凉的无人区,即使有溪间流水,又有谁去欣赏呢?就如同这溪中落花,落花有意,流水无情。想到这,姜成武心情沉重,他直起腰,见郡主仍然注视着溪流,沉默不语,便说道:郡主,我们走吧。郡主这时才回过神来,抬头看看天空,转身离开溪流。这时,秦少石和觉悟走到他们跟前,秦少石看见郡主,没话找话地说道:这里好美。郡主并没有理会,径直沿着小路向前走去。

走了一会,郡主又停下。她看到了也许是这个桃林最大的一棵桃树。她走到桃树下面,自个儿地转了一圈,然后闭目深呼吸。姜成武不明其意,其实她是在调整心情。郡主回到小路上,心情果然好起来。她冲姜成武一笑,说道:人面桃花相映红,我是不是脸上很有水色?姜成武无心欣赏她的脸色,他感到有些不自然,便应了一声"哦"。他哪里知道女孩子的心思。

这条路的尽头是一个土坡,他们走完这条路,便上了土坡。土坡也是被桃树掩映。他们站在土坡之上,四处观望,偌大的一片桃林尽收眼底。他们这时才看出,这个园林,除了他们之外,不远处还有一拨一拨的人群。他们与桃林相间,时隐时现。看到这些人,如同过眼云烟,郡主一扫而过。但是,姜成武无心赏花,眼睛却定格在一群人身上。那群人为首的定是万贵妃了。她身边前呼后拥的,除了两名宫廷太监之外,都是清一色的宫女。姜成武刚刚才听说过万贵妃,这么快就一睹芳容了。但是,看万贵妃并不是他的目的,也并不是出于他的好奇,他是留了一个心眼的。万一这群人当中,有表妹的身影呢。他当然不作幻想,他只是希望出现万一的情形。

但是,这万一的情形竟然真的出现了。当万贵妃这拨人从土坡前的小路上经过时,万贵妃自然不会在意土坡上的这几个人,这些人本来就不起眼,看见了也无所谓,她万贵妃乃金玉之躯,何须对这些人抬眼一顾,但是,姜成武却看见了万贵妃身后一个美丽的宫女。他看得真切。这名宫女,上着绫罗绸缎夹袄,下穿蓝花镂绣裙袍,脚穿一双红鞋,在这拨人当中款款细步,她虽然没有万贵妃那般华丽尊贵,却也是这拨人当中美丽得最为出众的一位。姜成武一眼就认出了她。那正是他朝思暮想的表妹!姜成武眼神专注执着,引起郡主、秦少石和觉悟的注意。郡主看见了不远处万贵妃那拨人缓缓而行,并不在意,心想姜成武是没见过贵妃尊容,好奇而已。但是,郡主很快就发现,姜成武是在专注着一个人。她仔细地看看那个人,着实美丽动人。她又看看姜成武,姜成武的眼睛随着那个人在转动。郡主用手在姜成武眼前晃了晃。姜成武定了定神,重新注视着前方。过了一会,他突然自言自语地说道:表妹,表妹。说话如同梦呓。郡主瞪大了眼睛,问:你说什么,那位宫女是你表妹?姜成武全然没听到郡主说的话,突然张嘴喊道:表妹。他话刚出口,郡主连忙上前伸手捂住他的嘴。秦少石、觉悟也被眼前姜成武的举动惊呆了。郡主说道:你喊什么喊,不要命啦?试想想,万贵妃乃当今圣上最宠幸的贵妃,地位早已超过周皇后,在她的宫女侍从当中,怎么可能出现一个异性男人相识的女子呢?在宫中,谁人都知道,万贵妃喜猜疑,心胸狭窄,对自己看不顺眼的女人心狠手辣,周皇后就是因为她的缘故,被排挤,皇后位置形同虚设。这个时候,她如果知道宫女当中有人冒出个表哥,谁知道她会使出什么手段来。姜成武镇定情绪,看着渐渐远去的表妹,喃喃自语:那是我表妹,我终于见到表妹了。他说过之后,眼睁睁地看着表妹随万贵妃等人走到园林门口,消失了。

秦少石将信将疑,走上前,问:你能确认,她是你表妹?姜成武点点头,有气无力地说道:表妹走到哪里,我都会认得的,她就是我表妹。郡主说道:她就是你表妹,你现在也不能相认的,你不想让你表妹过得安稳些,你就去找她。秦少石在一旁安慰他说道:是啊,你应该感到高兴才是,你见到你表妹了。觉悟也劝说道:你见到你表妹了,多开心。姜成武经他们一劝,突然一声大笑,笑过之后,他说道:是啊,我应该高兴才是,我见到我表妹了,她好好的,这就好。见他这般喜怒无常,郡主白了他一眼,转身向坡下走去。秦少石和觉悟依次拍拍他肩膀,冲他一笑,然后,同时在他身后推了一把,说道:走吧。

郡主在前面漫步,无心赏花,似有重重心事。她也许在想,姜成武表妹多幸福,有这样一位表哥在牵挂着她,思念着她,而我呢,至今孑然一身,形影相吊,我心目中的白马王子到现在还没有出现,刚刚对姜成武有些好感,并想接近他,突然之间他又冒出一个表妹来。从他的眼神就可以看出他对他表妹的一往情深,但是,他表妹深居皇宫,怎么可能与他结成百年之好?只怕这相思太苦了他。姜成武等人见郡主沉默寡言,不便打搅,只好跟在她身后默默前行。女孩子就是这样,有什么心思,都挂在脸上。脚下的小路通向西边,走完这条小路便是园林的西门。到了西门,郡主这才意识到园林主要路径都走完了,正欲转身,打道回府,姜成武却意犹未尽,他指着前方的山脉对郡主说道:郡主,你看,那就是燕山,那就是长城。郡主没反应。姜成武又说道:时辰还早,我们何不去登长城呢?郡主有些犹豫,她看看秦少石,又看看觉悟,她似乎看出他们都有急切登山的愿望,不好扫他们的兴,于是说道:那就去登长城吧。她话音刚落,觉悟高兴得就要跳起来。

　　燕山脚下草木茂盛,树木成林。四人沿着一条山路向山上进发。这条山路是园林通往八达岭长城的必经之路。觉悟心情愉快,他蹿到姜成武跟前,伸手拍拍他的肩膀,说道:小弟要不要与我比试一下脚力? 在少林寺,天天走路就是爬山。姜成武看看郡主,说道:郡主意下如何,我们一起。郡主不好扫姜成武和觉悟的兴,说道:也好。姜成武征求秦少石的意见,秦少石欣然应允。觉悟正要起步,被姜成武止住了。姜成武说道:我有个提议,不知道你们可支持? 让郡主先跑,半个时辰之后,我们三兄弟再竞跑,如何? 郡主看着姜成武,抿嘴一笑。秦少石和觉悟异口同声说道:这主意很好。话音刚落,姜成武对郡主说道:郡主请。郡主转身迈开大步,向山上走去,很快就没了身影。郡主走后大约半个时辰,姜成武一声"开始",三人如同离弦之箭,从同一起跑线向山上飞去。你追我赶,披荆斩棘,也就半个多时辰,三人就上了长城。秦少石第一个上,接着觉悟,接着才是姜成武。姜成武双手拱拳,对秦少石和觉悟说道:还是你们先到。觉悟似乎很高兴。秦少石抬头审视着姜成武,说道:姜弟不会是承让吧,以你的功夫应该是第一的。觉悟在一旁说道:是啊,小弟,莫非是让我们开心? 姜成武摇摇头,说道:略逊一筹,甘拜下风。说着,姜成武下意识地看看四下,突然惊呼:郡主呢?

　　是啊,郡主是沿着这条山路跑在前的,唯有到达长城。但是,长城内外,燕山上下,眼力所能及的地方,哪里有郡主的身影? 郡主是应该在长城上等他们的,怎么会不见了呢? 他们走到长城垛墙边,两边查看,又上了一个烽火台,四下查看,都一无所获。姜成武、秦少石和觉悟这才意识到问题的严重性。秦少石对着长城下面,大声地喊着"郡主,郡主"。无人应答。姜成武对秦少石说道:我们分头找吧。秦少石点点头。正在这时,却有一个女子的声音从上一个烽火台传来。三个人同时抬头一望,原来是郡主在上面招手。三人喜出望外。三人刚才向上观望时,并没有看到郡主,许是郡主故意隐身。不管怎么说,郡主安全无恙就好。秦少石冲姜成武一笑,说道:走。三人又如同离弦之箭,向上掠去。姜成武当下就在想,郡主悄无声息地就掠到了长城高处,显得异常轻松,可见其轻

214

功非同一般。

长城，不愧为中国亘古至今最为宏伟的建筑。它立于险峰之上，雄奇峻峭，气势恢宏，历尽春秋冬夏，不改峥嵘。郡主所在，是八达岭长城最高的烽火台。三人掠至郡主身边时，就见郡主气色极佳，哪里像爬了那么高的山路和长城石阶。郡主冲姜成武说道：我已在此等候你们很长时间了。姜成武笑而不语，心里倒是佩服郡主轻功上乘。

站在这里，四下观看，可谓一览众山小。向东南方向看，远处的桃林依然清晰，山上松杉傲立，槐柳发青。春风暖意，沁人心脾。仰望北方，群山错落有致，疾风劲吹。远山之后，是辽阔的草原。郡主说道：我十岁的时候，父王就带我登长城了，以后几乎每年都要来的。姜成武说道：难怪你上长城，气不喘，汗不出呢。

正在这时，觉悟突然喊道：你看。姜成武侧过身，就见觉悟用手指着北边的一座山峰。所有人都顺着觉悟的手势向前看。那是一座不算太高的山峰，山峰之巅有一个平台。平台之上，却是两个人在晃动。那分明是两个男人在拼斗。两人手里都握着剑。既像是两个武林人士在比武，又像是一对仇人在厮杀。郡主等人看得入神。论武功套路，论长相，他们分不清这两人到底是谁。但是，他们很快就看出，这两人年纪已是不轻。剑与剑相搏，出神入化，声音掠过山峪，穿透空气，传入姜成武等人的耳中。秦少石定神细看，终于看出那身着长袍的黑衣老者是东厂的人，另一人青布长须，他就想不起来是谁了。因为，只有东厂的人才会有这身着装。接着，郡主也看出来了。她一边看一边轻声说道：这像是约好了的比拼，也像是有人将东厂的人引到关外报仇。觉悟看得认真，惊叹两人的功夫，便说道：使了这么多招，仍不见分晓，何方高人？姜成武看着两人过招，一时也分不出是何套路。战至半个时辰，那黑衣人突然一展轻功，向姜成武下方的长城掠来。黑衣人刚出，那长须老人指剑追击。两人越过山峪，很快就跃上长城。长城之上，他们又厮杀开来，全然没有发觉几百米上方还有四个青年人在注视着他俩。觉悟说道：我们应该出手相助，铲除东厂那老贼。姜成武似乎心中有数，说道：分明是东厂的人败阵，想逃走，何必我们出手？秦少石一边看一边点头说道：我看他逃不过的。秦少石一语中的。长须老者见黑衣人转身欲跳下长城之际，突然举剑，似以十成的功力，刺向黑衣人侧身。黑衣人速度还是慢了半成，被剑刺中。只听得黑衣人一声惨呼，整个人向城墙下面倒去。那剑刺得太狠，半截都插入了黑衣人体内。黑衣人倒下去的时候，长须老者就势抽出剑。黑衣人又惨呼一声，在城墙下方空中翻了个身，然后就直挺挺地摔了下去。长须老者上前两步，站在城墙边沿朝下看了半晌，也许觉得那黑衣人没了动静，这才将剑在长袖上擦拭血迹，然后，用嘴吹了吹，便将剑插入剑鞘，霎时，向长城下方飞掠而去，很快就没了身影。

长须老者消失好长时间，他们几个人才回过神来。郡主耸耸肩，说道：我们刚才应该在他走之前去见见他，只怕我们再也难以见到他了。秦少石说道：他与东厂的人为仇，他就是我们的朋友。姜成武转过身，对郡主和秦少石说道：我们去看看。说着，几个人沿着长城向下走去。到两人打斗的地方，他们朝下看了看。那黑衣人仍然躺在树丛里。秦少石第一个纵身跳下。他弯下腰，用手拭一拭黑衣人的鼻息，然后冲上面摇摇头。接着，他伸手摸摸黑衣人的口袋，里面除了银两，什么也没有。秦少石将银两放回黑衣人的口袋，然后纵身掠上，回到郡主等人身边。郡主等人看着他。秦少石说道：他是东厂的千户皮云。郡主大为惊异，重复一句：他是千户皮云？秦少石点点头。

姜成武和觉悟自然不知，但是，郡主和秦少石对皮云再熟悉不过。皮云与另一位千户英布可以说是东厂厂公王力的左膀右臂。此人心狠手辣，作恶多端，为害四方。秦少石与他私下交过手，自感武功难以胜他。郡主曾经与他狭路相逢，差一点受他伤害。提到此人，郡主至今心有余悸。郡主自言自语地道：他死了好，罪有应得，死有余辜，东厂少了一个恶人。

又见白眉大侠

为保护郡主，加强穆王府的护卫，秦少石、姜成武、觉悟三人被安排在穆王府居住。他们就住在穆王府大门右侧的一座平房里。姜成武睡在穆王府,总是有些不踏实。这里条件虽好,环境虽优,又有秦少石和觉悟两位老兄做伴,但是,他仍然觉得不踏实。

自从在桃园见了表妹一面,姜成武脑子里恍恍惚惚,表妹形象不时浮现。表妹安好,他本是欣喜,但是,心中的向往更加迫切了。表妹比以前看似风光,容光焕发,却藏不住深层的焦虑。她眼睛总是向外张望,精神有些迷茫。她是应该看到我的,不知道她可认出我了。我看见她,却不能相认,我多想走上前去,像以前那样,拉起她的手,但这是不可能的。她深居皇宫大院,不知道什么时候我们才能相见。这一天总归要到来的,表妹,你一定要好好的。

想过表妹,姜成武很快又想到了百药堂叶堂主。已有时日不见他和毛神医、铭儿、婉儿了,不知道他们可好。叶堂主和毛神医为我研究药谱,誓要治好我的病毒,真难为他们了。他们出行不便,是否吃用无忧?东厂的人从来就没有放过百药堂,附近到处都是耳目,应该不会发现他们吧?我应该去看看他们,白天不便,这夜深人静,正是时机。

姜成武想到就要做到。他脑子一热,就从床上起来,走到隔壁房间,轻轻地推了推熟睡中的秦少石。秦少石睁开眼睛,问:你怎么不睡?什么事?姜成武轻声说道:我要去看看叶堂主他们。秦少石揉揉眼,坐起身子,说道:我陪你一起去。姜成武摇摇头,说:还是我自己去吧,这里需要人手的。秦少石重新躺下,说道:你多加小心。姜成武嗯了一声,转身走出室外,并没有惊动觉悟。

外面仍有些寒意。街道静谧。只有不远处的富祥酒楼还亮着灯,灯光映红了门前的街道,但是酒楼里面已没有了平日的喧哗,只有少许的声音从里面传去。姜成武从酒楼门前一闪而过,突然就想起在酒楼与一个白发白眉白须的老人见面的情形。老人大大咧咧,疯疯癫癫。但是老人武功非同一般。他行走京城,独往独来,无牵无挂,也是逍遥快乐。他教训东厂那些走狗,却是畅快淋漓,很是解气。

姜成武穿过几条街道,确信身后没人跟踪,便向河边走去。他走的并不是经过百药堂去河边的路,而是绕开百药堂,离它很远的地方插入河边的。河边有一片林子,微风习习,树影婆娑。姜成武心想,东厂的人终究发现不了线索,这夜深人静的,都撤回去了,所以,他看不到一个行人,哪怕是酒鬼,更别说是便衣了。但是,他刚刚踏入沿河小路时,前面一棵斜伸出来的大树挡去了他的去路。他定睛一看,树上直挺挺地躺着一个人。刚刚还想着连个酒鬼都没见到,这下就见着了。只有酒鬼才会这么晚躺在树上酩酊大醉。姜成武走到树前,想绕过去。但是,他刚走到树下,树上的人突然一个翻身,"咕咚"一声,掉了下来。他重重地落到地上,落到姜成武身前。姜成武大吃一惊。那人落下后,并没有倒在地上,而是蹲在地上,在姜成武跟前站起。借着月色,姜成武不看则已,一看,却喜出望外。这不就是前些天与自己在富祥酒楼把酒言欢的老人吗?我刚刚想到他,他就出现了。姜成武一阵惊喜,说道:老人家,你怎么在这里?老人站在姜成武面前,眯着眼,说道:小兄弟,别来无恙,我说过,我可以找到你的。姜成武冲他一笑,说道:我也希望见到你啊。老人非常高兴,说道:好久没有人陪我喝酒了。姜成武点点头,说道:不如我们现在去喝酒。姜成武想想,与老人在此相见,地道是去不成了,不如顺水推舟,与他喝个痛快。不想,老人却说道:你不去地道啦?姜成武这一惊非同小可。老人怎么会知道他要去地道?莫非他知道了地道口,甚或他知道了地道里住着的人?他知道叶堂主和毛神医住在里面?姜成武疑虑地看着老人,不知道说什么好。老人似乎看出姜成武的疑虑,说道:你放心吧,地道好好的。姜成武说道:你去过?老人说道:要不是我,东厂的人可能就进去了。姜成武又是吃惊。老人接着说道:东厂的两个便衣发现了那块青石板,正要将它打开,我赶过去,点了他们穴位,然后,背到河边喂鱼去了。姜成武问:他们知道地道里有人?老人说道:也许知道,也许不知道,但我知道地道里有人,他是叶堂主。姜成武问:你见过他?老人说道:我们没照面,我只是看到他夜里出来过。姜成武更是惊疑,重复着老人的话问:他夜里出来过?老人说道:是啊,他夜里出来过,而且不止一次,所以我才知道地道里有人,而且知道是叶堂主,所以,我就好奇,要探个究竟,因为百药堂惨案之后,很多人都知道叶堂主被害,所以,我看见东厂的便衣发现了叶堂主的行踪要进地道时,就将他们结果了。姜成武脸上露出微笑,说道:叶堂主应该谢谢你。老人甚是高兴,

218

说道:你应该谢谢我才是。姜成武问:为什么？老人脸上露出诡秘的笑容,说道:因为你是叶堂主的朋友。姜成武顺水推舟:那我谢谢你,我们喝酒去。老人高兴得手舞足蹈,说道:好嘞。说着两人沿着姜成武走过来的路折回,直到附近酒楼。

酒楼里食客很少,也就两桌而已。老人并没听从店小二的指引,径直走到里面靠墙的桌边坐下。还没等姜成武坐定,老人便吩咐店小二,要一壶酒,一碟花生米,一盘烧鸡,一盘猪蹄。待店小二将酒送到桌上时,老人显得手足无措,就像酒鬼好长时间终于见到酒一样。姜成武接过酒壶,便将老人面前的碗里倒满酒。老人急不可待,菜还未到,便端起碗就喝了一口。然后,他冲着姜成武说道:好酒,好酒,你也先来一口。姜成武依他喝了一口,并没有他那么享受。店小二终于将所有的菜都上齐,老人不管三七二十一,伸手拿起一个鸡腿吃起来。吃完鸡腿,才想起身边还坐着个姜成武,便说道:吃,吃,吃。姜成武觉得这老人很有趣,很会享受,便也不扫他的兴,与他一起吃起来。接着喝酒。你来我往,不到半个时辰,一壶酒就见了底。姜成武不想多喝,但老人意犹未尽。姜成武只好吩咐店小二再上一壶酒。老人很高兴,说道:这酒,要么不喝,要喝,就得喝个尽兴,我喝酒,把它当作是一种享受,喝酒,可以忘了一切烦恼,回去睡得更香,何乐而不为？他说这话,似乎看出姜成武有很多麻烦。姜成武经他这么一说,兴趣也来了,连声说道:极是,极是。于是,两人又喝起来。喝得正酣,老人突然停下来,一本正经地问:你真的不知道我是谁？姜成武仔细地看了看老人,摇摇头。老人叹息一声,说道:常在江湖行走,要多留一个心眼才是。姜成武又仔细地看了一眼老人,仍然认不出他是谁,随即说道:说得极是。老人看他也认不出自己,便说道:我是白眉大侠。姜成武眼睛瞪得老大,说道:原来是白眉大侠,小弟有眼不识泰山,见谅见谅。老人说道:你仔细地观察,是会发现我的。姜成武又仔细地看着白眉大侠,终于看出白眉大侠虽然易容,但以前的一些印象仍然显露出来。他身材高大,方脸宽额,白眉横陈,熠熠闪光。更重要的,白眉大侠说话的声音一点也没有变。姜成武心下思虑,我是应该想到是他的,我怎么就没有想到呢。姜成武问:老前辈,你被囚于青城山深峪的洞穴里,如何脱身的呢?你身上的镣铐呢?白眉大侠爽朗一笑,说道:东厂那帮狗贼,做梦也不会想到,我会自己解除镣铐,逃出山洞。姜成武颇为欣喜,问道:那镣铐坚硬无比,你是怎么打开的呢?白眉大侠说道:我以前对你说过,解开那镣铐,世上只有两种利器,一种是承影剑,一种就是少林金刚拳,既然没有承影剑,我只好借助少林金刚拳了。姜成武好奇地问:你练成了少林金刚拳?白眉大侠点点头,说道:天下无难事,只怕有心人,我没有想到,借助沉重的镣铐,更容易练就少林金刚拳。姜成武双手握拳,说道:佩服。但他仍有疑虑,如果不知道少林金刚拳的套路,又如何能修炼成功呢?白眉大侠看出姜成武的疑虑,说道:很多年前,也是一个非常时期,我认识一位少林寺高僧,他临死前,将少林金刚拳秘谱,让我过目,我看过后将秘谱归还给他,他带着秘谱一起西去,但我记住了大部分内容,之后很多年,我一直坚持习练,这两年,是东厂的镣铐让我走了捷径。原来如此。姜成武说道:《天罡影功》秘籍是否安全,你不怕东厂的人跟踪你?白眉大侠坦然一笑,说道:他们永远也不会得到《天罡影功》秘籍的,我何惧东厂的人,倒是他们看我逃脱,有些提心吊胆了。白眉大侠说过之后,端起一碗酒,对姜成武说道:我们喝酒。两人举碗对饮。白眉大侠将一碗酒很快喝完,然后说道:我可不想那么快与东厂的人交锋,我要慢慢折磨他们,所以我易容。姜成武接过他的话茬说道:而且你一般都在夜里活动,白天睡觉,或者在京城外围采取行动。白眉大侠笑道:你小子越来越聪明了,很好。姜成武突然问道:长城之上,有一位神秘的侠客与东厂千户皮云恶斗,最后皮云死于长城脚下,那位神秘的大侠便是你?白眉大侠说道:正是。姜成武赞道:白眉大侠功夫了得,小弟佩服。白眉大侠甚是高兴,说道:皮云死有余辜。

　　第二壶很快见了底。姜成武酒兴正酣,对白眉大侠说道:再来一壶如何?没想到,白眉大侠摇了摇头,说道:今天到此为止,下次再喝。他是见了姜成武脸红脖子红,才这样说的。姜成武不再坚持,便吩咐店小二结账,白眉大侠止住了他,说道:且慢。他并没有动身要走的样子,似乎是要姜成武陪他再坐一会。姜成武见白眉大侠有话要说,便朝店小二摆摆手,坐在那里洗耳恭听。白眉大侠突然问:何茵呢?姜成武这才想起来,当初认识白眉大侠是和何茵一起的,白眉大侠对何茵有印象,姜成武说道:她去东北快半年了。白眉大侠问:原来你们不在一起,她为何要去东北?姜成武叹息了一声,说道:我和她都中了恶人族的半年散,何茵根据叶堂主的手迹,悟出只有长白山的千年雪参可以解毒,所以她就去了。白眉大侠脸上显出一丝忧虑之色,说道:千年雪参早已绝迹,哪里能够寻得,她这一去,只怕两手空空。姜成武开始有些焦虑,说道:都快半年了,如果她寻得千年雪参,早该回来了,就怕她没有寻得,又不愿意回来,继续寻找,太难为她了,转眼半年就要到了,我们都是快要死去的人,我很想在死之前见上她一面,对她说声谢谢。说着,似乎有些感伤。白眉大侠安慰他道:何茵聪明伶俐,她自会有办法的,她觉得有希望,所以才会去追寻。姜成武目光凝滞,自言自语地说道:真希望她好好地活着回来。白眉大侠说道:她是个好姑娘。接着,他又问:叶堂主对半年散也是无解?姜成武说道:千年雪参解半年散之毒就是叶堂主研究出来的,何茵根据他的提示才去东北的,但是叶堂主也知道,千年雪参难寻,所以他现在正和他的弟子毛神医潜心研制新的解毒办法,他纯粹是为了救我。白眉大侠说道:叶堂主令人敬佩。

两人沉默不语。过了一会,白眉大侠又突然问道:你见到你表妹了?姜成武点点头,说道:嗯。白眉大侠说道:她怎么样?姜成武说道:她很好,她在紫禁城藏书阁任护籍女史。白眉大侠说道:好差使,她以前读过书?姜成武说道:我表妹读过书的,很有一些学问的,还会弹琴。白眉大侠又问:你表妹很漂亮?姜成武显示出骄傲的神情,说道:她是世上我见过的最漂亮的女人。白眉大侠说道:情人眼里出西施。姜成武较真地说道:我说的是实话。白眉大侠突然说道:不好。姜成武问:什么不好?白眉大侠皱了皱眉,说道:你表妹是个大美人,既有学问,又会弹琴,这就不好了。姜成武瞪着大眼看着白眉大侠。白眉大侠凝神说道:就怕她被皇帝看上,这样,你就永远不能与她在一起了。白眉大侠不说则已,一说,令姜成武心中骇然一动。姜成武自言自语地念道:皇帝,皇帝。他心想,我怎么没想到皇帝呢,表妹在皇宫里出没,她超凡脱俗,卓尔不群,出类拔萃,是有可能被皇帝看上的,这可如何是好,她做了妃子,我们更没有可能在一起了。白眉大侠看出姜成武焦虑之情,劝慰他道:你要有这个思想准备,她深居皇宫大院,你是很难见到她的,更别说在一起了。姜成武感伤地说道:我这些天见她一面,还是在她陪万贵妃游园的时候,我都不知道她可认出我。白眉大侠好奇地问:万贵妃?姜成武点点头,说道:嗯,她是当今圣上的宠妃,权倾朝野。白眉大侠说道:那不是很好嘛,对你表妹更有利。姜成武有气无力地摇摇头,说道:万贵妃可不像你说的那样,是个好妃子,她独断专行,嫉贤妒貌,我担心表妹受她欺负。白眉大侠感叹道:原来是这样啊。姜成武又说道:表妹那么善良,哪里敌得过皇宫里面的钩心斗角,尔虞我诈?白眉大侠安慰他道:也许她比你想象的要好,你也不必杞人忧天,你有什么打算?姜成武一声叹息,说道:恐怕我这辈也不可能与表妹走到一起了,但我一定要见到她,我要知道她心里的感受。白眉大侠伸手拍拍他的肩膀,说道:希望我能帮上你。姜成武知道这是白眉大侠安慰他的话。皇宫太深,戒备森严,高手如云,他怎么帮我。

　　两人又沉默了一阵,白眉大侠抬起头,对姜成武说道:时候不早了,我们回去。姜成武从记忆中回到现实,连忙招呼店小二结账。两人走出酒楼,肩并肩地行走在大街上。晚风冷冷,夜已深,大街上几无行人。两人清醒了许多。姜成武问:你这样跟我一起行走,不怕他们起疑心?白眉大侠说道:我这一生就没有个怕字。姜成武大笑,说道:上次,你玩他们好过瘾,以后更要带上我。白眉大侠哈哈大笑,说道:兄弟出场,一个顶俩,两个顶十。不知不觉,白眉大侠就将姜成武送到了穆王府门前了,他这才转身消失在夜色之中。

第七章　表妹皇宫遭遇临幸，内心泣血情深未了

王 爷 进 谏

京城有一块地方被称为紫禁城，所有人都知道，那是皇帝待的地方。几个月前的晚上，姜成武就远远地看到过紫禁城的城墙和建筑，威严，黑魆魆的，巍峨挺拔，令人生畏。没想到这么快，穆王爷就带他们三人进了紫禁城。

紫禁城堪称世上除了长城之外的最为宏伟的建筑了。这得感谢明朝第三代皇帝朱棣。朱棣迁都北京之后，第一件事，就想着要建一座坚不可摧的皇帝的居所，紫禁城应运而生。它更像是一座金钟罩，坚固无比。紫禁城外墙高有十米，墙下便是宽阔的护城河。城墙四面各设城门一座。城内宫殿建筑布局沿中轴线向东西两侧展开。红墙黄瓦，画栋雕梁，金碧辉煌。殿宇楼台，错落有致，雄伟壮观。曾有太师赋云：朝暾夕曛中，仿若人间仙境。

姜成武、秦少石和觉悟随穆王爷是上午从南门进紫禁城的。进了城门，除王爷外，姜成武三人被皇宫护卫解除了所有的武装。姜成武东张西望，早已被这里的气宇轩昂的建筑和戒备森严的氛围所震慑了。秦少石曾经多次随王爷到此，已是习惯，多见不怪。王爷走到太和殿前，就有内官来报，皇帝正在上朝。皇帝上朝，王爷一般不列其位，除非有重大事项需由皇帝钦准才可上朝。穆王爷随即绕过太和殿，向北中和殿方向走去。临近中和殿时，姜成武、秦少石和觉悟就被内官挡在了殿外。内官吩咐姜成武三人到侧亭静候，三人看着穆王爷进了中和殿，只好转身去了侧亭。何谓中和殿？中和殿便是皇帝上朝中途休息的地方。

王爷在中和殿等了约有一个时辰，皇帝终于回到这里。皇帝身边除

了大内高手护卫外,有两个太监跟随。紧跟在皇帝身后的太监便是汪直。穆王爷都有些吃惊。汪直这么快就被提为皇帝贴身太监了,可见他很受皇帝宠信。成化帝朱见深身材高大,虎背熊腰,走起路来龙威四溢,霸气逼人。成化帝头戴镶金丝条冠冕,身着金黄龙袍,走到中和殿时,见到穆王爷,先是一怔,然后大笑上前。穆王爷连忙施礼。成化帝道:弟不必多礼。声如洪钟。成化帝指着一个太师椅示意穆王爷坐。皇帝未坐,王爷哪敢坐。等成化帝坐到龙椅上之后,穆王爷才坐到皇帝指定的椅子上。成化帝坐定后,问:弟有何事?穆王爷看看皇帝身边的汪直,欲言又止。皇帝明白其意,便示意跟前的汪直和门口一侧的太监回避。汪直等人走后,成化帝对穆王爷说道:弟请讲。

穆王爷站起身来,从腰间掏出一个大信封,然后从里面抽出一沓信函,递给成化帝过目。成化帝接过信函,然后展开,一一过目。看着看着,他眉宇凝聚。间或他抬起头来看穆王爷一眼,不说话,直到看过,仍然定在那里凝神寻思。穆王爷坐在那里,观察着皇帝表情的变化,不好随意打搅。好长时间,成化帝才从牙缝里挤出几个字,他对穆王爷说道:韩雍做得过火了,东厂也有些过分。穆王爷终于看到皇帝的态度,说道:这都是真实的事情,有人证、物证。成化帝说:抗暴与造反是两回事,死了那么多人,是应该有人为此负责的。穆王爷说道:整个瑶山北麓人烟稀少,草木不生,鸡犬之声不闻,几成废墟。成化帝皱紧了眉头,说道:韩雍向我禀报的不是这种情况,说是有乡民暴动造反,所以调兵前去镇压。穆王爷说道:当地年年受灾,苛捐杂税繁重,民不聊生,地方官员不顾百姓死活,层层盘剥,百姓怨声载道,积怨很深,厚积必薄发。如果我们地方官员及时将真实情况上报朝廷,及时赈灾放粮,多做安抚劝慰工作,这种惨案即可避免,只可惜,祸已酿成。成化帝深深地叹息一声,说道:朕将派人彻查此事。穆王爷甚感欣慰,说道:那是再好不过的。过一会,成化帝问:百药堂案确是东厂所为?穆王爷说道:千真万确。成化帝又问:仅是为了一部《百毒真经》?穆王爷说道:不仅仅是,东厂权力过大,四处伸手,引起很多人的不满,这些人包括文武大臣和地方官,以及百姓。成化帝说道弟所言极是,朕也有所耳闻,并有多位大臣上奏,指东厂种种弊行。穆王爷说道:请皇上明鉴。成化帝说道:朕明白的。穆王爷见此,便起身告辞,结果被成化帝示意坐下。成化帝说道:今日之事,弟来得及时,朕定会查清发落,感谢弟为朕着想,忧国忧民。穆王爷说道:这是尽臣的本责,理所当然。成化帝朗声一笑,然后说道:这个暂且一放,我那侄女安好?成化帝指的侄女,自然就是穆王爷的千金宝贝女儿,郡主穆姑娘矣。穆王爷说道:甚好,只是有些顽皮。成化帝说道:女孩子顽皮活泼乃是天性,你回去告诉她,我这个皇伯她也不来看了?穆王爷连忙拱手,说道:这都是我的过错,回去定要责处,望皇兄勿怒龙颜,以后她不会这样的了。成化帝连连摆手,说道:你可别责怪我那宝贝侄女,朕只是想见见她而已。穆王爷站起身,说道:多谢皇兄恩顾。说过之后,便又坐下。

穆王爷进中和殿进谏的时候,姜成武却没有闲着。皇宫护卫在紫禁城内侧巡视,离这边有点远。姜成武见四下无人,便沿着侧亭画廊向北探行。觉悟问:你去哪里?姜成武有意无意往前走,不搭理。秦少石向觉悟使了一下眼色,觉悟若有所悟,便不好打搅他。姜成武胜似闲亭漫步,心里却盘算着能否见到表妹。他往前行走,远近根本看不到一个宫女,更别说表妹了。直至保和殿东面,仍然不见一个女人的影儿。姜成武有些失望。一排巡视的大内护卫从他面前经过,并没有询问他,也许这不属于巡视的护卫管辖,因为大凡能进紫禁城的人,在门口就已经通过了严密的关卡,何况他是跟着王爷进来的。姜成武反而觉得坦然。这里神秘是神秘,却也没有外界传闻的那样阴森恐怖,除皇帝皇后皇子皇孙等人外,所有人都提心吊胆,大气都不敢出一口。姜成武就觉得自己呼吸顺畅。正在这时,保和殿里的台阶之上,走下来三个人,一名太监和两名内官。这三人站在保和殿走廊之上就已经看到了姜成武。三人径直走到姜成武跟前,太监严肃着面孔训道:你是什么人?在紫禁城,太监的地位可想而知,他身边的两名内官倒成了陪衬。姜成武冲他一笑,说道:随王爷朝觐皇上,王爷在中和殿,我没事在此散步。太监板着脸说道:去去去,王爷面见皇上,你就得在中和殿外静候,这里是皇宫禁地,不可在此走动。姜成武朝他一躬身,只好往回走。三个人看着姜成武回到秦少石和觉悟身边，这才转身走向保和殿。

　　姜成武走到秦少石面前，没说话，只是抬头看了看中和殿。秦少石对他使了一个眼色，轻声说道：站在中和殿正门口的那个人，你还记得吧？姜成武仔细打量着那个人。远远地看去，他就是一个年轻的太监，没什么特别的，一时还没有想起来。秦少石见他疑虑，便说道：他就是汪直。姜成武恍然大悟。除夕夜，姜成武随秦少石在指挥使府见过他，同他在一起的还有东厂厂公王力、千户英布、指挥同仁王明。汪直一直是东厂厂公王力手下，应该是东厂的人，他怎么会在皇宫呢？秦少石似乎看出姜成武的疑虑，说道：王力就是当今皇帝最信任的大内总管，虽然是太监，但是皇帝早已经把东厂大权交与他，汪直平时都在皇帝身边，可能那晚皇帝去陪万贵妃了，他才有机会与王力等人共度除夕夜。姜成武说道：两个心术不正之人服侍在皇帝身边，只怕皇帝也要受其影响，王爷进谏皇帝，只怕会招致东厂那帮人的疯狂报复。秦少石感叹道：一切皆有可能。觉悟本来一心浏览这里的景致，听到秦少石说到东厂，便也走过来倾听。也就在这时，穆王爷从中和殿里出来。汪直以及手下太监和内官站在门口恭送穆王爷，待穆王爷走下台阶，他们才折回中和殿。

　　秦少石等人见穆王爷下了中和殿，连忙走上前去。三人跟在穆王爷后面，一同绕过太和殿，走出了紫禁城。穆王爷的玉辇及其护卫一直等在紫禁城外。穆王爷坐上玉辇后，姜成武等人跟在后面，打道回府。一路上，穆王爷虽然不说话，但气色很好，看来他面见皇帝还算顺利。姜成武、秦少石等人的担心，渐渐放松下来。

郡 主 情 愫

　　自从上次郡主被劫后，穆王爷要求师爷加强王府护卫。王府周围护卫力量加强，几近清场，东厂的便衣要想接近穆王府也不是那么容易。但是，很多事情并不是想象的那么简单。

　　早晨，姜成武睡得正香，就有郡主的护卫徐健来敲门。觉悟出来开门，徐健问：姜少侠呢？觉悟朝里喊道：姜弟，有人找！姜成武披上衣服走出卧室,见徐健,便问:找我？徐健点点头,说道:郡主有请。

　　姜成武随即出门,跟在徐健后面。徐健并没有向穆王府主楼走近,而是走向穆王府大门。姜成武在想,每次郡主出行,除徐健、花百度外,都需要秦少石、觉悟及自己一道护卫,这次却只通知自己一人前往,是为何故？姜成武走出大门,见郡主已经双手向外交叉着站在门口。郡主一袭连衣长裙,神采飞扬。姜成武走上前,施礼,说道:见郡主。郡主看到姜成武,莞尔一笑,然后说道:这里前方不远的地方,有一座公园,不知道你去过没有,今天本姑娘特别想喝那里的凉茶,所以就邀你一同前往,你不会不乐意吧？郡主说罢,用手指了指穆王府大门右侧的方向。以前,姜成武护送郡主或者出入穆王府,从来都是从门前左方出入,郡主所指方向,姜成武还真的没去过。姜成武欣然应允,随口问道:是否通知秦兄和觉悟兄一同前往？郡主摇了摇头,说道:就让他们休息休息吧,地方不远,有你和他们陪同,我也就放心了。郡主说的"他们"自然是指徐健和花百度以及其他的几名护卫。郡主说着,已迈步向右,姜成武不好说什么,只有跟在她后面。但是,郡主走了几步,似乎感觉不妥,便慢下脚步,等姜成武跟上,和姜成武并肩而行。

　　郡主兴致很高。她边走边对姜成武说道:你是南方人,现在是春夏之交,应该是你的季节了。姜成武沉默不语。郡主又说道:很多人羡慕我们这些生在王爷之家的人,但是,他们没有想到,我倒是更羡慕他们,我如果生在平常百姓家,那该多好,没有繁文缛节,没有门户之见,没有等级之分,也没有人生安全之虞。郡主就像是自言自语,姜成武仍然沉默着。郡主突然面色阴沉起来,像是有什么心事。过了一会儿,她又突然变得和颜悦色,对姜成武说道:我才不需要王府那些习气呢,我要充分享受外面的阳光和空气,你说是不是？姜成武回道:是。这下两人都沉默了。走了一段路,郡主说道:今天我没让他们俩跟着来,是因为我对你的武功有绝对的信心。姜成武连忙说道:郡主过奖。郡主问:你的功夫是跟谁学的？姜成武回答道:少林寺高僧无方可从大师。郡主若有所悟,说道:我知道他的,无方可从大师在你这么大的时候也许武功并没有那么强呢,你已经达到了很高的境界。姜成武道:郡主过奖。郡主说

227

道:希望在武林大会上,你有很好的表现。姜成武点点头,说道:希望不会让郡主失望。

两人一边走一边说笑,很快就到了公园门口。徐健第一个进了公园,四下查看,然后引郡主去一个露天的凉亭。郡主和姜成武面对面坐于凉亭里的石凳上。待郡主坐定后,徐健只身离开凉亭。郡主吩咐摊主夫妻来两杯凉茶,并要了两杯酥梨汤。不一会,徐健回到凉亭,他随即安排几名护卫在周围巡视,自己和花百度按剑立于凉亭一隅。又一会儿,摊主夫妻送上凉茶。这座公园,也许是因为时辰尚早,游人不多,三三两两的,只是在公园的小路上漫步。姜成武观察四周,游园的几乎都是老少妇孺,青壮男士百十米才见一人。姜成武与郡主一边喝茶,一边聊天。过了一会儿,摊主夫妻又将酥梨汤端到他们面前。郡主说道:我从小就喜欢喝的,你尝尝。姜成武端起酥梨汤,喝了一口。郡主问:怎么样?姜成武很享受地说:很好,这是我第一次喝这么好的果饮。郡主冲姜成武笑起来,说道:就是不好喝,你也会这么说的。姜成武略显尴尬,说道:我说的是实话。郡主又笑了。郡主环视四周,姜成武也跟着查看。徐健已经站在郡主身后不远处,眼睛不停地观察着四周。花百度站在亭外,同样保持着警惕。

过了一会儿,郡主突然问:你到京城,就是为了找你表妹?姜成武回答说:算是吧。郡主问:什么叫算是吧?姜成武眼睛偏离郡主,他看着外面的行人,不说话。郡主知道,她这话无意之中触到了姜成武内心深处的那根弦,但是,她内心里也有一根弦,她不能不问。郡主又问:上次在园林,你见到你表妹,后来你见过她吗?姜成武对郡主摇了摇头。郡主说道:我担心你们很难见面的。姜成武仍是不言语。郡主又说道:她深居皇宫,是出不来的。姜成武轻轻地叹了一口气,说:那我就去找她。郡主伸出手在他面前晃了晃,瞪大了眼睛说道:皇宫大院,是可以随便进去的吗?姜成武说道:虽然难,机会还是有的,前些天,我和秦兄、觉悟兄随王爷就去了一趟紫禁城,但是我没有见到表妹。郡主问:见到她又如何?姜成武沉默不语。郡主接着说道:你能带她出来吗?要知道,皇宫大院,高手如云,戒备森严,你又如何能与表妹团聚?姜成武说道:无论风险有多大,我都要见到表妹,我要带她出来。郡主欲言又止。两人沉默。过了一会儿,郡主打破沉默说道:对表妹,你要有心理准备,不是你想象的那么简单。姜成武不语。郡主又说道:我说这些,你别介意,我们是朋友,我只是担心你。姜成武说道:谢谢郡主关心。郡主冲他一笑,说道:你心情一直不好,这会影响到我,所以我今天约你到这里来,劝劝你。姜成武是一个执着己见的人,郡主说这些他根本听不进去。听得多了,又不好制止,他只好端起茶杯,敬郡主茶。郡主知道他的心思,莞尔一笑,两人举杯同饮。放下茶杯,郡主说道:我们不说这个,换个话题。姜成武点头称是。郡主说道:说说你在南方的生活。

姜成武说道:在南方,我们的生活很普通,很清贫,现在说这些,已经没有什么意义了。郡主收敛笑容,问:此话怎讲? 姜成武叹了一口气,说道:你知道什么叫官逼民反吗? 郡主凝神看着姜成武,等待他说下去。姜成武脸上露出悲愤的神情,说道:在我的家乡,方圆百里,现在已经是没有人烟了,因为一年前的一次大屠杀,除了我和表妹几个人,我所有的乡亲,包括我的父母,无一幸免。郡主神情严肃,说道:我已听说,一年前的大瑶山战事,说乡民造反,朝廷派兵镇压。姜成武抬起头,直视着郡主,说道:就算是造反,他们为什么要造反呢? 如果没有那么重的苛捐杂税,如果他们的土地没有被剥夺,如果官府没有欺压威逼他们,他们怎么会造反呢? 姜成武接着说道:我父母为了让我不饿着肚子,他们一天吃不上一顿米糊,乡亲们也是如此,而那些官府里的人,一个个花天酒地,纸醉金迷。郡主略有所悟,说道:原来是这样。姜成武说道:走投无路之下,他们只有联合起来向官府讨说法,而在官府看来,这些乡民就是刁民,图谋造反,这种情况反映到上面,上面根本不去调查了解,就是两个字,镇压。郡主皱着眉头,看着姜成武。姜成武继续说道:在我的眼前,成千上万的乡亲倒下去,他们死于官兵的炮火和屠刀,他们身首异处,惨不忍睹,战事结束后,留下的是尸横遍野,血流成河。因为悲愤,姜成武已经说不下去了。郡主问:除了你表妹她们几个人,你是唯一的幸存者? 姜成武点点头,说道:应该是这样。郡主哀叹一声,说道:是谁主使了这场战事,难道是皇帝不成? 姜成武恨恨地说道:韩雍。郡主疑虑地看着姜成武,问:是韩雍?姜成武点了点头。郡主说道:我明白了,是韩雍向皇帝上了一份奏折,强烈要求派兵前往瑶山镇压?姜成武说道:就是他。郡主说道:韩雍就是广西人,我听说,广西都使杨千里是他内弟,而就在不久前,杨千里失踪,韩雍曾邀东厂出面查案,但到现在,仍无头绪。姜成武说道:杨千里已经死了。郡主问:你怎么知道?姜成武看看四周,见徐健等人离得有些远,便悄声说道:他被恶人族斩首,被扔进凤凰湖里了。郡主大为吃惊,说道:真有这事,你怎么知道的?姜成武说道:大瑶山战事结束后,我被恶人三煞救到恶人岛,亲眼看见杨千里被他们所杀。郡主又问:他们为什么要杀杨千里呢?姜成武说道:杨千里多次派兵围剿恶人岛,并杀了恶人三煞恶老大的首徒,他们夜袭都使府,是为报仇。郡主感叹一声,说道:原来是这样,杨千里也是罪有应得,只不过他是死在恶人族的手里。姜成武愤愤说道:我倒是想亲手杀了杨千里,只可惜恶老大没有给我这个机会。郡主说道:你在恶人族的环境里待过,却没有受他们的影响,本姑娘倒是佩服,来,我们喝。郡主端起酥梨汤,姜成武跟着也端起面前的酥梨汤。两人举杯同饮。

郡主第一次听姜成武说起自己的身世,原来还有这么多的故事在里面。故事着实凄美、悲壮。郡主心中油然而生对姜成武的同情和敬重来。郡主说道:你到京城,不仅是为你表妹。姜成武仍然沉浸在对过去的回忆之中。郡主又说道:你还为了另一个人。姜成武抬起头来。郡主看着姜成武,一字一句地说道:你更是为了韩雍。郡主话音刚落,姜成武十分肯定地回答说:不错,他欠下我所有死去的乡亲的命,几十万条之多,他一个人都抵不了的,但是,他必须抵。郡主说道:我也希望他死。姜成武有些疑惑。郡主说道:他与东厂王力仗着皇上的信任,狼狈为奸,飞扬跋扈,横行朝野。姜成武说道:他的下场不会比杨千里好多少。郡主若有所思,说道:父王已经把他的种种恶行向皇上进谏了。姜成武说道:我不会等到让皇上降他的罪。郡主急切地问:那你打算怎么办?姜成武斩钉截铁地说道:我要自己去拿他的命。郡主冲姜成武点点头,说道:好样的,我可以帮你。姜成武摇摇头,说道:我不想连累郡主。郡主说道:我自然不会与你一起行动,但我还是可以帮你,比如我可以向你提供信息。姜成武甚是欣喜,展颜说道:多谢郡主。郡主脸上重新露出笑容,说道:我不仅仅是帮你,也是帮我自己,更是帮父王。

两人坐在凉亭一边喝茶,一边聊天,不知不觉两个时辰过去了。和煦的阳光,照在公园的一花一草上,也照在游人的脸上身上。这种自然与人的景致,姜成武进京以来第一次见到。一阵凉风从外面袭来,将郡主和姜成武的长发掀起。郡主眉清目秀,灿若桃花,一缕刘海在额前飘逸,衬出郡主的无限娇媚。姜成武看着郡主,越发觉得她美丽出众。而郡主有意无意欣赏着凉亭外的美景,时不时地却扭过头来看姜成武一眼,似有重重心事在心头。姜成武不仅武功高强,而且人品出众,应该说,是郡主见到过的最有好感的男人,也是唯一令她动心的男人。爱慕之心油然而生。她甚至自私地认为,要是没有他表妹这一层,该有多好。但是,姜成武对表妹的爱恋和执着,并没有令郡主烦心,反而令她更加敬重。男人,就应该这般有情有义。但是,姜成武与他表妹没有未来的前景,反而让郡主生出一丝希望来。郡主内心里是希望他们能够重逢,相聚在一起,和和美美,但是,她知道,那是不可能的,除了皇帝,没有人有那么大的力量能让他们在一起。姜成武对表妹痴心不改,只怕这种没有希望的结局,让姜成武受一辈子的伤害。郡主很是纠结。她都不知道自己该怎么做了。

两人沉默不语。公园里突然多了一些游人。姜成武觉得不对劲,因为多起来的游人当中,大多是男性,而且他们就行走在凉亭周围。姜成武对郡主说道:我们回去吧。郡主心事重重,突然被姜成武打断,有些不解,便转过头看着姜成武。姜成武冲郡主使了一下眼色,郡主很快心领神会。她看看四周,已然明白,这里似乎有不少的便衣。于是,她站了起来,对姜成武说道:我们回去。姜成武跟着站起。就在这时,突然一阵飞镖暗器雨点般地向这边袭来。幸亏姜成武和郡主有所准备,一一将飞镖挡下。姜成武一个纵身,掠到郡主身边,然后吩咐徐健、花百度等人护送郡主迅速撤离。

他们刚刚撤出凉亭,飞镖暗器却突然而止。姜成武、郡主回头查看,所有的游人行走正常,就像什么都没有发生一样。姜成武断定,那些飞镖暗器皆是混杂在游人之中的便衣所为,但他不好一一辨别,护送郡主回府是最要紧的。姜成武、徐健和花百度将郡主围在中间,郡主的其他护卫断后,他们缓缓地向公园门口撤离。正在这时,飞镖暗器又起,雨点般地射向郡主。姜成武左忽右闪,一一将射向郡主的暗器拦下。他在保护郡主的过程中,终于看清飞镖暗器出自游走在各处的便衣之手。他们极为分散,秦少石和觉悟又不在身边,姜成武不好出击。突然花百度一声哀呼,身中暗器,在姜成武的侧面晃悠一下,支撑不住,倒在地上。姜成武连忙上前。这时,飞镖暗器又止。花百度倒地后,很快就口吐白沫,一句话都没有说出,就咽了气。姜成武吩咐一名护卫将花百度扶起,背着他往回撤。如果花百度回到府中,姜成武便能对他验伤查案。

　　花百度倒地身亡后,游人当中有人惊叫,引得众多的游人纷纷向外逃离。他们逃往另外一个方向,这边的门口及其附近仍然行人稀少。姜成武等人护送郡主撤至公园门口时,突然门口站出来一个蒙面人。此人身高马大,手执绣春刀,他立于大门之外,似是一夫当关之势。姜成武一看,此人不是别人,正是上次在郊外林中使出调虎离山之计绑架郡主,更是我三兄弟林中结拜之日与我们交手之人。此人功夫了得,以前都是在郊外或夜晚出没,现在竟然是在大白天采取行动了,而且是在离穆王府不远的地方。姜成武吩咐徐健道:你保护郡主。说过之后,他只身走在郡主前面,向着蒙面人一步一步地走去。他要应付眼前的蒙面人,不知道这人又要耍什么阴谋诡计,但他不会像上次那样再中他的调虎离山之计了。他向前探去,但又不能离郡主太远。如果身后的便衣再次施发飞镖暗器,没有他的保护和抵挡,只怕郡主和徐健等人都会受伤。姜成武等人就是这样小心翼翼地走向公园门口。走近门庭时,站在门外的蒙面人突然一声长啸。姜成武厉声喝道:来者何人? 蒙面人不言语。姜成武又喝道:来者听之,你面前的这位便是王府的郡主,如有不敬,该当何罪? 蒙面人才不管姜成武厉声吆喝,突然将绣春刀横在面前,直对着郡主。姜成武怒发冲冠,一个箭步,便掠至蒙面人身侧,出手冲拳。蒙面人似有防备,突然一个纵身,就闪出了几步开外。姜成武再次出击,又扑了个空着。姜成武心下琢磨,此人欲取郡主,必然要先对我下手,看他气势夺

232

人,为什么却不和我直接交手呢? 如果不将我除去,他又如何能够直取郡主? 要知道,时间对他越来越不利,因为这是在离穆王府很近的地方。姜成武回看郡主安然无恙,便又出击。姜成武心想,今天他就是不战,我也要试一试他的武功,掌握他的底细。姜成武使出几个猛招,但很快又被蒙面人一一化解。姜成武正要快速闪击,使出少林金刚拳时,蒙面人却突然亮出绣春刀向姜成武横劈过来。姜成武立时收拳,一个旋弧,避过绣春刀。待他正欲反击时,却听得郡主一声大叫。姜成武回头查看,就见一把锋利的剑,从侧面插进郡主的身体。那剑寒光闪闪。姜成武哪敢相信,那把剑出自徐健之手!

姜成武无暇顾及与蒙面人的打斗,一个飞掠,冲到郡主跟前,猛击一拳,直打到徐健的胸口上。徐健大号一声,被击出丈许之外,差一点倒地。徐健双手捂住胸口,艰难地站立着。一股鲜血从他嘴里喷出。徐健腾出一只手,擦拭了一下嘴角的血迹,发出一声狰狞的狂笑。也就在这时,郡主慢慢地倒下,姜成武一个侧身下沉,将郡主托住,然后将她抱在怀里。他对几名护卫说道:快,回穆王府。说罢,他抱着郡主一个纵身,如同蜻蜓点水,向着穆王府方向奔去。护卫跟着他的方向,往回撤退。就在姜成武托住郡主的那一瞬间,蒙面人已经飞掠到徐健跟前,将徐健揽起,飞也似的向着公园外面另一个方向掠去,很快他们就从人们的视线中消失了。

姜成武双手托抱着郡主,疯也似的冲进穆王府,然后直上郡主殿,将郡主放在榻上。很快,王府上下引起一阵骚动。穆王爷接到传报,极为震怒,第一时间赶到郡主殿。不一会,王妃也至。接着,秦少石、觉悟也赶过来了。郡主躺在床榻上,仍处于昏迷状态,那枚剑还插在她的身上。王爷王妃见状,急得团团转。穆王爷喊道:快叫医师。丫鬟随即去叫医师。姜成武转过身,双手握拳,跪到地上,对穆王爷说道:小人护卫不力,请求王爷处罚。穆王爷一跺脚,瞪着眼,怒道:都什么时候了,快想办法,救人要紧。姜成武只好站起身来。他寻思一动,对穆王爷说道:郡主受伤不轻,可能伤及内脏,望王爷速差人去请叶堂主。穆王爷反应极快,他看了一眼秦少石和觉悟,然后对姜成武说道:你们三人现在就去请叶堂主。姜成武、秦少石有些迟疑。这是大白天，这样大阵仗地去请叶堂主，只会引人注目，说不定还会招惹麻烦。穆王爷看出他们的疑虑，催促道：你们现在就去，救郡主要紧。三人领命，迅速离开。姜成武走后，不一会儿，师爷也赶到了这里。

姜成武急中生智。他遣人将轿子从王府里抬出，自己和秦少石、觉悟坐在里面。见四下无人，轿子才停到河边。姜成武从轿子里出来，沿着河边，来到那条地道。他见到叶堂主，向他说明原委。叶堂主二话没说，带上一些药物，随姜成武出发了。铭儿、婉儿见到姜成武，激动异常，围着他不停地叫叔叔。姜成武已经好长时间没到这里来了，叶堂主和毛神医潜心研药倒也罢了，可是苦了两个药童。两个药童除了习武，便是读书，终日不见阳光，自然闷得慌。姜成武看着两个药童，内心很是愧疚，这次又不能与他们在一起，令他们很失望。姜成武安慰他们说道：叔叔这次请叶堂主外出，是为救人，等过了这阵子，叔叔定接你们出去，好好地玩一阵。叶堂主收拾好了之后，跟着姜成武一同出门。毛神医、两个药童一直将他们送到地道口。两人来到河边。叶堂主坐上轿子，姜成武、秦少石和觉悟一路护卫，很快，他们就到了穆王府。也许有便衣发现姜成武等人外出，这很正常，王府每天都有轿子外出，但是，他们根本就不会发现叶堂主。叶堂主随姜成武进了郡主殿，直奔郡主榻边。见过王爷王妃，叶堂主看到郡主仍处于昏迷状态，脸上顿时现出忧虑神情。叶堂主坐到榻侧，给郡主把脉。穆王爷问：她怎么样？叶堂主凝眉说道：她气息微弱，这枚剑带毒，需要将剑拔出，止血清毒。穆王爷站在一边，连声说好。王妃站在王爷身旁，由一贴身丫鬟搀扶，她心情沉重，眼含泪水，面色焦虑，一句话也没说。

为了不干扰叶堂主救治，穆王爷将师爷、秦少石、姜成武等人招到一边。穆王爷终于问姜成武：这到底是怎么回事？姜成武看看师爷等人，简明扼要地将郡主遇刺的过程如实地说了一遍。姜成武说到蒙面人，说到徐健，所有人都大为震惊。徐健，这个跟随郡主多年的护卫，竟然是个内奸。而那个蒙面人，定是东厂所派。徐健与蒙面人里应外合，既然蒙面人是东厂的人，那徐健岂不是东厂早就安插在王府的探子？想到这里,穆王爷和师爷几乎惊出一身冷汗。师爷突然问姜成武:花百度是怎么死的? 姜成武回答说:他中了东厂便衣的飞镖,不是徐健所为。师爷吩咐秦少石道:你去带人查验。秦少石应声走出了郡主殿。站在一旁的觉悟觉得待在这里不合时宜,便说道:我陪秦兄一起去。师爷点头应允。觉悟飞也似的奔出郡主殿。秦少石和觉悟走后,穆王爷对师爷说道:务必查明蒙面人,不要放过徐健。师爷领命,说道:在下这就去办。师爷转身欲出,穆王爷叫住他,对他说道:至于东厂那边,我们另作计议。师爷嗯了一声,转过身,朝姜成武招招手,示意他一起出去。姜成武见师爷走出房间,向穆王爷告辞,然后跟在师爷后面走出了郡主殿。

离开郡主殿,姜成武突然想起一事。上次郡主带人追杀王明,幸亏徐健未曾参加,郡主一直就很讨厌徐健,不然,郡主早就遇上危险了。想到这,姜成武又惊出了一身冷汗。

韩 雍 其 人

紫禁城西边大约五里处,有一座典雅的院落,一般百姓都知道,那是王公大臣的府邸。不错,这座建筑就是明都察院左都御史韩雍的府邸。

韩雍,在都察院,原先仅是个金都御史,相当于朝廷的四品官员,与左右都御史的正二品不可同日而语,后因为攀上王力,进而受到皇帝赏识,皇帝特晋升他为都察院左都御史,并将这座宅院奖给了他。

每天一大早,韩雍要做的第一件事,就是走到院子里练太极拳,这是他的恒久不变的执着的爱好。练太极拳,时间长了,是应该修身养性的,但他练太极拳,除成就了一套自身的武功外,并没有深谙其中的真谛,相反,他脾气暴躁,喜怒无常,骄横跋扈。对外,他恃强凌弱,残酷无情;对内,六亲不认,韩府上下,人心惶惶。连他手下四大护卫高手张飞、何况、车前草、安萌,都对他无所适从,常常心生恐惧。就在两个月前,他夫人阿娇,因为无法忍受他冷酷无情的杀手禀性,上吊自杀了。阿娇自尽,还有另一层意思,她也是大瑶山的人,她无法忍受自己的乡亲惨遭韩雍等人的屠杀,既痛恨这场战事,又觉愧对乡亲,终于追随乡亲们而去。阿娇之死,韩雍居然没有掉一滴泪。早早地出殡,他就像打发一个叫花子,他仍旧出行,上朝,练太极拳,就像什么事都不曾发生一样。

这天早晨,韩雍像往常一样在院子里练太极拳。四大护卫高手张飞、何况、车前草、安萌,守卫在院子的四周。韩雍练了一个时辰,突发奇想,叫安萌过来陪练,这是从来没有过的。安萌诚惶诚恐走到韩雍面前,还没有站稳,就被韩雍飘然而至的看似不经意的一拳,打到前胸。安萌猝不及防,整个身子一震,然后,他就像是一棵飘移的木桩一样向后倒去。他倒下去的时候,眼睛直勾勾地看着韩雍,眼睛里满是惊异、恐惧。安萌倒下去的跨度非常大,大约五步之遥,脚在地面上蜻蜓点水,然后他撞到院子中的一棵大树,树一震,接着发出沙沙声响。张飞、何况和车前草吃惊地看着安萌倒下去,他鼻孔里、嘴里的血向外流,直流到他的胸前和地上。安萌倒下去后,一点也没有动弹,就死了。张飞、何况和车前草大为惊诧,他们想上前去搀扶他,但苦于韩雍站在那里,面无表情,凶神恶煞,哪里敢动?韩雍仍站在那里,见安萌没动静,知道他应该死了,便说道:这般不经打,如何保护我?说过之后,他哈哈大笑。这笑声令张飞等人毛骨悚然。笑过之后,韩雍朝张飞等人手一挥,厉声说道:将他抬出去。张飞等人这时才挪动脚步,跑到安萌身前,几个人手忙脚乱,将安萌抬起。而此时的韩雍,两手拍拍身子,转身进了红楼。他刚才那令人毛骨悚然的笑,是在庆幸自己将太极神功练至更进一成。

韩雍刚刚坐下用餐,就有门侍来报,汪公公来见。其他人来了,韩雍可以坐以待见,但是汪公公来了,他不能不重视。汪公公是谁?汪公公就是当今圣上以及万贵妃面前的大红人,太监汪直。韩雍条件反射似的从座位上站起,一边拍打着衣服上的粉尘,一边随门侍走到院子里。在大门口,韩雍见到汪公公,连忙躬身作揖,嘴里说道:汪公公大驾光临,有失远迎,见罪见罪。汪直双手作揖还礼。他脸上并没有堆上笑容,这种情况,大半是他今天有急事而来。韩雍走在前面,将汪公公引至会客厅,示意他坐到太师椅上,接着吩咐侍从上茶。茶上来后,韩雍又是一句恭维的话,说道:汪公公光临,令寒舍蓬荜生辉。汪公公没有那么多废话。他看看站在会客厅门口的侍从,又看看韩雍。韩雍明白其意,立即朝侍从挥挥手。侍从即时退出。汪公公说道:韩都御史偏安一隅,倒沉得住气。韩雍见他这么一说,心中一凝。汪公公抛出一句话后,反而不紧不慢,他伸出左手端起茶杯,右手跷起兰花指轻轻提起茶杯的盖子,接着低下头啜了一口茶。将茶咽下后,他这才说道:穆王爷在皇上面前告了你一状。韩雍听到这话,眉心一皱,眉毛顿时拧成了疙瘩。他瞪大了眼睛,说道:什么?穆王爷告我御状?汪公公眉头一展,似笑非笑,说道:穆王爷说,大瑶山暴动,你滥杀无辜?韩雍终于控制不住自己的情绪,怒道:明明是暴动,何谓滥杀无辜。汪公公又说道:暴动是因为抗暴,之前,民众受灾,地方官屯粮不放,并加重苛捐杂税,官逼民反。韩雍嘴里狠狠地哼了一声,说道:杨千里都有呈情报告,白纸黑字。汪公公道:杨千里都不见鬼影了,能说明什么?韩雍强压住自己的怒火,缓和一下语气,问汪公公:皇上意下如何?汪公公又啜了一口茶,说道:皇上钦定彻查,你刚才说杨千里,可有他的下落?韩雍摇摇头。韩雍心里翻江倒海:暴动就应该镇压,我们是为大明江山着想,皇上应该明白的,他也应该理解我们的良苦用心,为什么还要心存置疑呢?就因为是穆王爷告御状吗?以前不是有传闻,皇上与穆王爷有隔阂,面和心不和,心照不宣,皇上总是提防着自己的弟兄。现在,皇上莫非信任起自己的弟弟来了,居然置自己过去钦定的御案于不顾。穆王爷此举,分明是冲着我而来的,他为何要这么做?他与我本没有什么过节,井水不犯河水,他为什么要将手伸到我韩雍头上来呢,难道我韩雍就是这么好惹的吗?

　　汪直仔细地观察着韩雍的表情变化,不温不火地问道:韩都御史,你怎么看?韩雍狠狠地啐了一口,说道:他是王爷,我能怎么看!汪直说道:难道你就坐以待毙?我今天来只是把这个消息告诉你,我可不想韩都御史无辜受到伤害。韩雍感激不尽,说道:多谢公公提醒抬爱。汪直又说道:穆王爷这次不仅告了你的御状,还告了东厂及王公公的御状。韩雍抬起头,吃惊地看着汪直。汪直说道:穆王爷说,东厂手伸得太长了,到处残害忠良,制造冤案。韩雍愤愤说道:他这是陷害厂公,无稽之谈,皇上越是信任的人,他越是要打压,他想干什么?汪直说道:厂公知道了这事,也很生气,现在,我们都是一条船上的人。韩雍克制住自己的

237

怒火,说道:汪公公说得极是,小官唯厂公、汪公公马首是瞻。汪直又啜了一口茶,然后将啜到嘴里的零星茶末唆到茶杯里,说道:穆王爷告你御状,本应由东厂去查实的,但是,穆王爷连东厂一并告了,皇上自然不会安排东厂查办了,这对韩都御史来说,凶多吉少啊。韩雍脸色有些发紫,瞬间,额头上渗出几颗汗珠来。他伸手抹了抹额上汗珠,对汪直说道:小官听从汪公公吩咐。汪公公脸上露出少有的笑容,他顾左右而言他,说道:杨千里真的就这么消失了吗? 没有一点他的消息? 韩雍说道:我已派人明察暗访,就是不见他的踪影,他一生树敌太多,被仇人所杀也未可知。汪直说道:他如果被仇人所杀,那也是好事一桩,怕就怕,他还活在世上。韩雍瞪大了眼睛看着汪直,不知道他说这话的真正用意。汪直接着说道:你有没有想过,他会不会被穆王府的人带走了? 经汪直这么一说,韩雍脑子滴溜溜地转得快了。是啊,我怎么没想到,杨千里如果没有死,那定是被穆王府的人带走了。穆王爷要置我于死地,杨千里就是有力的证据。杨千里虽然是我的嫡系,但他哪里经得住穆王爷的软硬兼施,利诱威逼,他会将于我不利的证据全然说出,这可如何是好? 汪直说道:如果杨千里落在穆王爷手下,那可就是扳倒你韩都御史的撒手锏,韩都御史可要小心啊。韩雍听了这话,心都凉了半截,额上的汗珠争先恐后地滚落。汪直更进一步地说道:你不想在皇上查实之前先下手为强吗? 韩雍连忙说道:当然想。汪直脸上的笑容舒展开来,眉毛一根根地翘起,他说道:如果韩都御史不想等皇上派人查实你在大瑶山的所作所为,不如听我一计。汪直说着,突然停了下来,他转过头看看四周,似乎很担心有人窃听。韩雍立即站起身来,走到汪直跟前,躬下身子,说道:请汪公公明示。汪直见韩雍走近,也躬了一下身子,对他轻声耳语一番。韩雍竖着耳朵听,眉头紧皱,心都要跳出喉咙来。渐渐地,他豁然开朗,恍然大悟。听完汪公公细说,他站起身子,双手作揖,说道:佩服,小官全力以赴。然后,他回到原位。汪直说了一通之后,又啜了一口茶,然后站起来,对韩雍说道:我得告辞了,皇上这阵子去了万贵妃那里,说不定就会回来,我是不能耽搁太多时间了。说着,便往门外走去。韩雍连忙站起,跟在他身后,说道:汪公公日理万机,小官不便久留,日后小官承望汪公公多多照顾。汪直走到院子里,与从外面回来的张飞等人打了个照面,便出了韩府。韩雍一直将他送到府门外,直到他的坐轿从自己的眼前消失。

汪直刚才对韩雍耳语一番,是为面授机宜。那意思是:韩雍直接向皇上呈一份御状,直指穆王爷的不是,证据,他这里有;网罗亲信高手,直接对穆王府下手,目标是穆王爷、郡主、师爷、杨千里,不留活口。汪直说了这些,唯独一件事说得不准。那就是,杨千里,大约一年之前,就做了恶人三煞的刀下鬼了,他们居然不知。

韩雍送走汪公公后,回到院子里。见张飞等人立于院中,便说道:你们到我房里来。三个人跟在他后面,进了会客厅。韩雍将正在收拾茶碟的侍从打发后,对张飞等人说道:你们今晚就出发,给我找一个人。张飞等人看着他,聚精会神地听。韩雍说道:我拟一封信,你交给他。张飞等人异口同声说道:请韩大人放心,我等定将不辱使命。张飞等人立即准备纸笔。韩雍不假思索,很快就草拟了一封信,然后叠好,装入信封,递给张飞。张飞捧起信封一看,上面写着三个大字:严之过。张飞、何况、车前草,面面相觑。这三个字,如此陌生,他们从来没见过,也从来没听说过这个人,韩大人为什么要请这么一个人呢? 韩雍脸上露出一丝阴笑,但很快就变得异常严肃,说道:你们去广州沙湾古镇找这个人。说着,他站起身来,从身后靠墙橱柜的抽屉里取出一个如同火折一般的物什,递给何况,说道:你们到了沙湾古镇,找一个隐秘的地方,放这个信号,就会有人与你们会合,你们直接将这封信交给他就行。张飞、何况、车前草异口同声称"是",然后转身离开。三人离开后,韩雍重新坐到太师椅上,一种自鸣得意的阴笑在脸上舒展开,他抬起头来,眼睛深邃地看着天花板,嘴里突然发出一声咬牙切齿的怪叫。那叫声似乎要穿过天花板,直插云霄。

张飞、何况和车前草接令,哪敢懈怠,他们很快就出发了。

广州沙湾古镇,是一个在明朝有着几百年历史的古镇,以古建筑和石子老路著称。祠堂、庙宇、古民居、商业老街比比皆是,镇上的人,古朴的装饰,彼此相敬如宾,礼尚往来,更显这里民风古朴。但是,这样一个人人称道和流连忘返的地方,却住着一位与韩雍这样的人有着很深渊源的神秘人物,不免令人有些不可思议。张飞等人来到古镇的时候,已是夜晚。但是,这里却热闹非凡。镇上,灯火辉煌,游人如织,欢声笑语,此伏彼起。三人第一次踏足南方小镇,这里的一切都是新鲜的。张飞本来要在第一时间发信号,将信交给严之过了事,但是,何况和车前草却受好奇心驱使,要到镇上溜达,张飞拗不过他们的一再坚持,便随了他俩。三人便一起沿着古镇往里走。商店鳞次栉比,行人穿红挂绿,张飞等人流连忘返。三人走至街道的一个拐弯口时,突然一个人从他们身侧飘然而过,似乎是与他们每个人都轻轻地撞了一下。还没等他们反应过来,这个人就不见了。三个人觉得好奇,这个人怎么了?不过,他们又觉得这个人不像是惹事,也许就是一个酒鬼。一条街走到头,张飞侧过身,对何况和车前草说:办事要紧。三个人离开街道,来到一座庙宇的屋后,见四下无人,何况伸手往衣服夹层里掏那个韩雍交给他的火折一般的物什。他手伸进去了,神情变了,就是找不到那个火折一般的物什。何况面部表情的变化,让张飞和车前草顿觉蹊跷。何况面部肌肉由松弛变得紧凑,睛睛瞪得老大。张飞问:你怎么了?何况这时才从牙缝里挤出几个字来,"信号不见了"。张飞和车前草大为吃惊,异口同声地说道:什么,信号不见了!何况几乎将自己的裤腿都摸了个遍,他彻底绝望了。信号弹不见了,他发什么信号。发不了信号,那封信如何交出去。信交不出去,他三人如何向韩雍韩大人交代?想到这,不仅何况,连张飞、车前草脸色都变了。正在这时,张飞突然有意无意地伸手摸了摸上衣口袋,又在自己身上乱摸,一无所获,他像掉进了冰窟窿,全身从头凉到脚。车前草急切地问:怎么了,信也不见了?张飞眼睛无神,目光凝滞了,说不出话来。何况已从自身的惊慌失措之中恢复过来,重复着车前草说过的话,道:信不见了?张飞这时才点点头。三个人面面相觑,豆大的汗珠从每个人的额头上渗出。三个人异口同声说道:怎么办?

还是车前草在两人面前显得冷静得多,他问张飞:你仔细想想,信是怎么丢失的呢?张飞一展思绪,从京城韩府开始回忆,一路跨越,直到现在站立的地方,突然,他恍然大悟,对车前草说道:还记得,刚才我们在街口拐弯的时候,一个人从我们身边飘忽而过吗?车前草与何况很快记起,同声附和道:不错。三个人顿时彻悟,原来是他!何况补上一句,说道:信号弹也是被他所窃。张飞厉声说道:什么被窃,是被抢!何况连忙说道:是是是,被抢。他是谁?张飞等人再也不觉得此人是个酒鬼了,他原来是一位武林高手。张飞等人自认武功高强,但此人神出鬼没,来无影,去无踪,功夫远在他们之上,他们连他是啥模样都不知晓,更别说是什么人了。此人怎么知道张飞身上有信?他是一路盯梢到此,还是原本就在镇上对外人临时起意实施突袭呢?张飞等人满脑子都是糨糊。

车前草身子转了一圈,四处查看,然后对张飞说道:找到此人才是关键,不然,我们如何回去交差。张飞、何况这才醒悟。张飞说道:快,我们去查找此人。接着,他们三人沿着原路返回到街口拐弯处,向着刚才酒鬼一般的人逃逸的方向追去。他们追寻了整个一条街,又几乎追寻了整个镇子,没有发现一个可疑之人。他们一无所获,垂头丧气。何况如同丧钟一般地撕裂着嗓子说道:我们怎么办?

张飞愤愤地说:怎么办,我们回去,向韩大人如实禀报。提起韩大人,何况与车前草窸窸窣窣,噤若寒蝉,他们苦着脸看着张飞。张飞说道:我们不是有意丢失,只怪那人武功太高,相信韩大人自有分寸。车前草附和着说道:是啊,在这里苦等,无济于事,只怕耽搁了韩大人的事。何况仍然后怕,说道:虽然不是有意丢失,但韩大人也不会轻易放过我们的,毕竟是我们的过错。他这一说,车前草就有些认同,开始犹豫了。何况进一步说道:韩大人现在练成了太极神功,他根本可以不需要我们了,这般回去只怕凶多吉少,不如,我们就此落跑,也好为自己找一条生路。车前草说道:何况兄说的也是,韩大人凶狠起来,哪里顾得我们性命?安萌老弟就是前车之鉴。两人这一说,想想安萌,兔死狗烹,张飞就有些动摇了。他站在那里,脑子里思绪翻腾。最后,他斩钉截铁地说道:走,脱离韩府。何况和车前草喜出望外,说道:好,以后再也不给韩雍打工了。

三个人拍拍屁股,看也不看小镇一眼,便向着镇外方向走去。走在路上,何况说道:韩大人生性多疑,心狠手辣,大瑶山战役,他和他的军队杀了我们多少乡亲,他怎么就没有受到惩罚呢?车前草愤愤说道:呸,你还叫他韩大人,叫他畜生就是了,他杀人如麻,他就是杀人魔王。张飞受他俩影响,说道:你说得对,我们在他手下共事,没得到一丁点的好处,却常常受他打压,安萌死在他手里,他眼都不眨,他毫无人性。三个人一直往西北方向行走,共同声讨韩雍的种种恶行,不知不觉,就走进一片矮树林。但是,没走进林中多远,突然前面冒出一个黑影,拦住他们的去路。何况第一个看到黑影。他停下脚步,示意张飞、车前草朝前看。张飞、车前草看到黑影,大为吃惊。夜深人静,莫非是遇上打劫的不成?张飞喝道:来者何人?来人不言语,只是喉咙里发出阴冷的怪笑。何况忍不住又喝道:是人是鬼,请亮明身份。来人终于说话了,一句苍老的声音飘进张飞等人的耳朵。此声音道:几个鼠辈,置主人于不顾,苟且偷生,你们有何资格说主人的不是?三人心中一凝。主人,他是说我们的主人韩雍,难道他知道我们是谁?但是,多一事不如少一事。张飞说道:你是何人,我们本应井水不犯河水,为何在此拦住我们?来人不再拐弯抹角,说道:我自然要将你们送回到主人身边。他这一说,张飞等人大为吃惊。此人来者不善,他是与韩雍一伙的。张飞缓和了一下语气,说道:我们只是未完成主人交代的任务,无颜回去见他,所以便要回归乡野,前辈为何不成人之美?来人突然大笑起来,声如洪钟,笑过之后,他说道:说得轻松,有什么话,请回去当面对你主子说,无须在此话痨。听了这话,何况怒气冲冲,说道:我们要是不回去呢?来人又是哈哈大笑。笑过之后,他说道:那要看你们可有那本事从我身边逃脱。

来人站在那里,自始至终没挪动半步。三个人与他对峙,始终看不清他的真实面目。何况按捺不住,暗自运功,欲要突然袭击。就在这时,张飞突然目瞪口呆,心都要蹦到嗓子眼了。此人不正是刚才在镇上盗取他身上那信的酒鬼一般飘忽而去的神秘人吗?他扭头看看何况,哪知何况已然纵身,张飞嘴里喊道"不要",但是迟了,何况已经掠至黑影面前,突然出手。张飞只听得轰的一声,何况从黑影那边飞出,撞到自己身上。张飞后退几步,正欲伸出双手搀扶何况,哪知何况撞到他后,整个身子坠地,嘴里发出一声惨呼,就再也没有动弹了。张飞大为惊骇。车前草看到何况受伤,并没有意识到何况已死去,他不假思索,一个箭步,冲到黑影面前。黑影如法炮制,同样将他击到张飞身侧。车前草还没有来得及再看一眼自己多年的兄弟张飞和何况,更是没有弄明白伤他的黑影是谁,就一命呜呼了。瞬间倒下去两位兄弟,张飞都不敢相信眼前的事实。他站在那里看看何况,看看车前草,又看看远处的黑影,脑子里嗡嗡作响。过了一会,他才恢复过来。他的腿开始哆嗦。黑影站在那里,若无其事,厉声说道:你不想与我一同回去见主人吗? 张飞打了一个激灵,条件反射似的回道:是是,我跟你回去见韩大人。

黑影转身向北走去,张飞乖乖地跟在他后面。走近黑影时,他才看出,黑影是穿着一件黑色风衣。黑影不回头,他仍然看不清他的真实面目。直到天色微明,黑影走进一家客栈,与张飞相对坐于一张桌边时,张飞才彻底看清他的面孔。此人已是耄耋之年,剑眉上扬,鬓发已白,要不是他从自己身上盗取那封信,又是眼见何况与车前草被他打死,此人眉清目秀,面无凶相,张飞真应该相信,他是一位侠骨柔情的武林前辈。但是,此人面善心不善,出手毒辣,杀人于无形,张飞心生恐惧,哪里对他有一丝丝好感,他真是从心里恨到骨子里,只是慑于此人的淫威和功力,张飞不好发作而已。何况和车前草是自己多年的兄弟,他们的命岂能枉送,我定是要为他们报仇的。黑衣老人指着店小二端上来的小笼包对张飞说道:吃。张飞看也不看他一眼,伸手拿起小笼包子就吃。两人吃了一笼包子,喝了几口水便上路了,没有一句多余的话。走出客栈不到几里地,一座小山挡住了他们的去路。黑衣老人只好领着张飞绕山道而行。沿山道往下的路口,突然有两人从山顶上飞下。张飞又是一惊。黑衣老人却面不改色。两人飞至黑衣老人面前不足五步之遥。两人一高一矮,手持利剑,怒目横陈。黑衣老人说道:来者何人? 来人中的高个说道:站不改名,坐不改姓,我们是南海天涯派散人左克明、左克勤。很显然,黑衣老人并不认识这两人,但听这两人自报家门,微微一震。左克明说道:我们跟你已经多时了,今天休想逃脱。黑衣老人哈哈大笑,然后说道:左右是你们何人? 左克明说道:南海天涯派总舵主,乃家父也。黑衣老人突然轻蔑地一笑,说道:上月才与他交手,他别来无恙? 这时,左克勤怒发冲冠,说道:家父遭你毒手,今天你是十条命也逃脱不了的。黑衣

243

老人假装一愣,接着展眉说道:左右死了?你们是为他寻仇而来?左克明说道:只有你这种人才会使出阴险毒辣的手段置人于死地,克勤弟,休要与他多言,只管拿严之过这老东西的狗命就是。张飞不听则已,一听,心下骇然:严之过?韩雍韩大人差我将信送达的人就是他。信是他盗取的吗?他知道我是韩大人的手下吗?我这番回去,韩大人岂不是要了我的命?张飞疑虑恐惧之时,严之过突然又是哈哈大笑,却让人瘆得慌。笑过之后,他说道:左右的潜水功倒是令我佩服,他败在旱地无水,今天你们来寻仇,是在错误的时间,选了个错误的地方,我劝你们还是回去吧,别枉送卿卿性命。左氏兄弟哪里听得进。说时迟,那时快,突然一个纵身,两人闪电一般掠至严之过身前,同时挥剑刺向严之过。严之过站在那里纹丝不动。待左氏兄弟近到跟前时,突然一个后仰身,躲过两剑,但他并没有倒下去,而是一个旋弧,重新在两人中间前方站起,还没等两人反应过来,他左右开弓,一边一拳。张飞听到咕嘟几声响,不忍看,眼睛闭上了。何况和车前草就是这样送命的。待他睁开眼时,却不见了左氏兄弟,只见严之过大踏步地向前走去。左氏兄弟倒在树下,很快站起。两人应该受伤了,但伤势不重。严之过走过来,是要结束他两人的性命,以绝后患。左氏兄弟武功不弱,看来他们有一拼了。张飞心想,他们恶斗,我在这里当看客,毫无意义,我不如趁这个机会逃脱,免得严之过将我带到韩大人面前,韩大人一气,出手就是太极神功,一掌叫我毙命。张飞想到这,脑子一转,脚底抹油,趁他们交战正酣时,纵身向山下掠去。

张飞掠至山脚下,看见前面有一座村庄。张飞心想,我何不去村里避一避,待过了今天,我再回我的故乡。刚走出几步,张飞转念又想,万万不可。这村庄是山下往北的必经之地。那严之过如果不死,必然要找到村里来,我何以逃脱。张飞站在田野小路中间,四处张望,终于看见不远处有一条河,便忙不迭地就向那河边奔去。河水汤汤,河的两岸绿树成荫。张飞多少年没有这种重返大自然、自由呼吸新鲜空气的感觉了。他沿着河边林中小路,大踏步地朝西北方向走去。张飞心想,这条河并不是南北向的,那严之过万万不可能找到河边的,就算是他找到河边,也不可能断定自己就是往西北向的。他这样想着,心中惬意,情不自禁竟然哼起小调来。走出还不到半个时辰，张飞突然看见前方一棵树上靠着一个人。此人一身黑衣，背对着他。张飞心想，这人是谁，大白天的没事靠在树上，别有一番风雅呢。正想着，那人转过身来，张飞不看则已，一看，魂都吓得飞到河的那一边去了。此人正是严之过。严之过逼视着他，说道：你以为你能逃得了吗？张飞立马堆上笑容，讨好似的说道：你是高人，我哪里能逃得了，跟你走，不逃了。严之过也没有对他不客气，转过身就上了河岸，然后向北走去。张飞乖乖地跟在他后面，亦步亦趋。张飞头脑就是这般简单，他还以为严之过就是神人呢。他逃跑的时候，哪里会想到，那严之过在山上与左氏兄弟打斗，对他逃跑的路线一览无余。

走了一段路，张飞终于忍耐不住，大着胆子问严之过：前辈，你把左氏兄弟打死了？严之过并不理会，仍然往前走。又过了一会，张飞问：南海天涯派是个什么派，他们会什么潜水功？严之过放慢脚步，轻蔑地看了张飞一眼，说道：你觉得在我面前死去的人都不值得死吗？他这一开口，张飞觉得自己与严之过近了一步，便又说道：他们与你这样的高手作对，死是值得的。严之过听了这话，突然瞪了张飞一眼。张飞一震，连忙改口，说道：死有余辜，死有余辜。两人接着往北方赶。张飞想到左氏兄弟片刻之间，与何况、车前草兄弟一样死于严之过的掌下，朝严之过的背影恶狠狠地瞪了一眼。

一路风尘。走到安徽境内一座小镇时，严之过看见一家客栈的门前拴着一匹马。他一个箭步走上前，将马缰解开，纵身跳上马，然后直眼看着张飞。张飞哪敢违拗，屁颠颠地跟着跃上马，坐在他后面。严之过一拍马背，那马发出撕裂天空的长啸，向镇外奔去。张飞一路奔波疲乏，不一会儿，就依在严之过的身后睡着了。

张飞这一睡，直到天黑才醒来。他揉揉眼，问严之过：前辈，我们到哪里了？严之过根本不搭理。张飞看看四周，终于看到京郊的一条熟悉的河流，才知道京城到了。想到很快就要回到韩府，他心里又开始恐惧起来。韩大人哪里会饶了我，不一拳将我打死才怪。眼前的老怪物，冷血无情，根本是不会救我的。我命将休矣，该怎么办？逃是逃不脱的。

张飞只好又把希望寄托在严之过身上。他又试探着问：前辈，在沙湾古镇，从我们身上盗取韩大人那封信的莫非是前辈你？严之过突然回了一句：不错。张飞大为吃惊，说道：那信本来就是送给前辈你的，你是怎么知道我身上有信的呢？严之过说道：不知道。张飞有些纳闷，接着又问：那你为何要盗取我的信？严之过有些不耐烦，回道：你是说，所有到我地盘上的可疑人物，我都不可以试探一下吗？张飞连忙说道：可以，可以的，小生只是敬佩前辈功夫了得，实乃当世高人。严之过赶他的路，不作声。张飞大着胆子又说道：信被盗，我们哪有脸面回到韩府见韩大人，所以才生逃跑之意，还望前辈包涵。张飞说得再多，严之过再也没有一句话回他，直到韩府。张飞恐惧更甚，跟在严之过身后，战战兢兢走到韩雍韩大人面前。

早有门侍回报，严之过求见。韩雍站在会客厅的中间，等着严之过的到来。见到严之过，韩雍双手作揖，说道：弟子韩某在此恭候师傅多时了。严之过走到韩雍面前，并没有笑脸相迎，而是，微微地点了一下头，然后顺着韩雍的手势，坐到韩雍身侧的太师椅上。韩雍这时才想起严之过身后还站着个张飞，便厉声问：何况、车前草呢？张飞身子一抖，正欲回答，不想严之过抢在他之前回答道：死了。韩雍有些吃惊，问：死了，怎么死的？张飞又要回答，还是被严之过抢了个先，严之过说道：我打死的。韩雍面无表情，说道：他们就是这样不济事，死了也好。韩雍说过之后，侧过身，对张飞说道：你总算把信送到师傅手里了，去吧，我要赏你银子的。张飞站在那里哪敢挪开身子，他浑身打战，眼睛看看严之过，又看着韩雍韩大人，支支吾吾地"我"个不停。韩雍看着他哆嗦个不停，厉声问道：你什么，把话说清楚。张飞浑身哆嗦得更厉害，正欲张口，严之过抢在他之前，看了韩雍一眼，对他说道：韩大人说了，你完成了任务，等着回去领赏吧。张飞听到这话，如同临死的人遇到了救星，头一抬，双手一拜，说道：多谢前辈。说过之后，才想起韩大人，便喊道：多谢韩大人。韩雍莫明其妙，狐疑地看看严之过，又看看张飞。严之过又补上一句：你快点下去吧。张飞连忙答应了一声，转身就退出了会客厅。

张飞心想，自己逃过了一劫。严之过武功高强，也不是自己先前所

246

看到的那样一点人性也没有。他到底是个什么样的人呢？是个什么样的人，张飞不可能知道得那么细，但是，严之过是韩雍的师傅，韩雍是个什么样的人，张飞知道得一清二楚，严之过能好到哪儿去吗？

纪姑娘被临幸

宋人张先有词云："伤高怀远几时穷？无物似情浓。离愁正引千丝乱，更东陌、飞絮蒙蒙。嘶骑渐遥，征尘不断，何处认郎踪！双鸳池沼水溶溶，南北小桡通。梯横画阁黄昏后，又还是、斜月帘栊。沉恨细思，不如桃杏，犹解嫁东风。"这应该是姜成武表妹纪姑娘此时的心境。

晚上，姜成武躺在床上，夜不能寐。郡主遇险得救，他仍然有些不安。那个蒙面人是谁？他为何三番五次要对郡主下手？既然他是东厂的人，恐怕不仅仅是针对郡主这么简单，他们定是冲着王府和穆王爷而来。从最近几天王府的动向看，穆王爷已经意识到自身的安危了。师爷几乎每天都待在王府，我们三兄弟也常住这里，目的自然是加强穆王府的护卫，保护郡主和穆王爷。

但是，郡主外出为什么要撇开大哥和二哥呢？她不知道这是很危险的吗？也许，她想寻个清静的地方，找个人说说话，我又何必作无谓的联想？更何况，郡主知道我对表妹一往情深，她主动对我说过，要帮我的忙。郡主是一位多么善良正直的女子，我多么希望她能够找到如意郎君，过上美满幸福的生活。

由郡主，姜成武情不自禁地就想到表妹。他对表妹的思念已是刻骨铭心。那天见到表妹之后，他就一直恍恍惚惚，眼前总是出现表妹的美丽的身影。好容易见上表妹一面，却隔得那么远，没有说上半句话，这令他深感遗憾。不行，我一定要见到表妹，带她走。就是流落他乡，我也要和表妹在一起，长相厮守。但是，紫禁城戒备森严，我又如何能见到她呢？又如何能带她一起走出皇宫呢？紫禁城也不是铁板一块，我既然能够进去，就有可能见上表妹一面。

姜成武越想越兴奋。越兴奋，越是睡不着觉。睡不着觉，他干脆起身,给自己倒了一杯水喝。秦少石走到他身后,突然对他说:怎么了,想着郡主的事?姜成武猛然一惊,见是秦少石,连忙说道:不是,不是。秦少石伸手拍拍他肩膀,说道:郡主并无大碍,睡觉吧。说罢,秦少石自己也倒了一杯水喝。姜成武转身准备休息,突然想起心里憋着的话,对秦少石说道:大哥,我想见表妹。秦少石一愣,然后问:你怎么见呢?姜成武站在那里一时说不出话来。秦少石说道:你不会夜闯皇宫吧?姜成武摇摇头,说道:我也不知道,我只是想见表妹一面。秦少石心想,姜成武思表妹心切,是有可能做出异常举动的,现在是什么时候,雨未至,风却满楼,切不可因一时冲动酿成大错。秦少石说道:你先睡觉去,我想想办法。姜成武点点头,回屋就寝。躺在床上,姜成武有些后悔刚才的唐突。我想见表妹是我自己的事,却还要大哥为我劳神。姜成武本来并不想对秦少石透露想见表妹的,只是秦少石说他是否想着郡主的事,所以他才拿表妹来搪塞。由此可见,姜成武此时的心境,着实比以前复杂得多。

　　秦少石说到做到,真把姜成武想见表妹的事当成一件重要的事来安排了。几天后的一天下午,秦少石突然对姜成武说道:晚上我们去紫禁城。姜成武有些吃惊,瞪大了眼看着秦少石。秦少石说道:师爷刚才说了,皇上晚上召见穆王爷。姜成武急切地问:皇上有什么重要的事需要晚上召见穆王爷?秦少石冲他一耸肩,说道:皇上什么时候召见,都是重要的事,你准备一下。姜成武好奇地问:没什么准备的啊?秦少石问:你不想见你表妹了?姜成武回道"想啊",突然恍然大悟,说道:听从大哥安排。秦少石面露笑容,对他说道:到时候你听我的就行了。姜成武欣喜万分,愉快地回答一声"嗯"。

　　傍晚时分,穆王爷的坐轿从穆王府起驾。穆王爷坐在轿中,师爷、秦少石、姜成武和觉悟以及穆王爷的卫队跟随在两侧。大约半个多时辰,穆王爷的坐轿停在了紫禁城南门外。卫队留下,师爷、秦少石、姜成武和觉悟只身随穆王爷走进了紫禁城。穿过太和殿、中和殿,就见保和殿灯火辉煌,周围人影憧憧。穆王爷在内侍的引领下走至保和殿台阶下面,便由迎候在此的汪直接应,陪穆王爷上了台阶,而师爷、秦少石、姜成武和觉悟止步于此。秦少石见穆王爷进了保和殿,突然将外衣脱下,然后将里面的一套衣服除下,递给姜成武,对他说道:你穿上这个。姜成武接过衣服一看,是一套内侍太监服饰,很是惊讶地看着秦少石。秦少石用手指了前方侧翼,对姜成武说道:你表妹在藏书阁,你只有一个时辰的时间,去见她一面,小心为妙。姜成武扭头看看师爷,师爷转身故作回避,他看看觉悟,觉悟冲他耸耸肩,也将身子转了过去。姜成武恍然大悟,万分惊喜,他连忙转身,向藏书阁方向走去,边走便穿上那套太监的服饰。为了让我见上表妹一面,他们这都是预谋好了的。难为秦兄了,师爷定然知道,说不定穆王爷也知晓,他们都在帮我。想到此,姜成武感动得就差眼泪没有流出来。

姜成武向里侧疾行,见一行人提着灯笼巡视,潜到墙角,待巡视的太监走后,他重新向里走去。很快,一座建筑呈现在他面前。这座建筑有几处灯光。灯光是从二楼的窗户发出的。姜成武再往前,就看见这座建筑的周围十步一柱五步一桩地立着护卫。姜成武有些吃惊,这分明是藏书阁,有必要站那么多护卫吗?莫非是怕人偷了这里的经书不成?从正面进去,很容易引起注意,姜成武沿着附近的亭栏绕到藏书阁的后面,这里他没看到一个护卫的影儿。二楼有两个窗口也亮着灯光。姜成武不及细想,一个纵身便跃上其中的一座窗户。偏偏就是这么巧。这座窗户里面正是姜成武表妹纪姑娘的寝室。姜成武一眼就认出表妹。表妹纪姑娘一身长裙,外穿红绫袄青缎背心,正坐在灯下看书,背对着窗户。姜成武又惊又喜,轻轻地喊了一声:表妹。纪姑娘没听见。姜成武正要再喊时,突见一女侍从外面推门进来,对纪姑娘说道:不早了,纪女史,你该休息了。纪姑娘似没听见,看来她看书有些入迷了。侍女走到纪姑娘跟前,又说了一声。纪姑娘微微一震,冲女侍一笑,说道:知道了,你休息吧。女侍并没有转身,说道:女史更要注重身体才是。纪姑娘朝女侍点了一下头,女侍这才转身走出,并将门掩上。纪姑娘将书合上,站起身来。姜成武冲她又喊了一声:表妹。表妹似乎听见了,抬起头,寻声在房间里查看,然后转过身,看了看窗户。姜成武索性将窗户轻轻打开。纪姑娘大惊失色,正要喊叫,结果被姜成武止住了。姜成武探出头,并伸出手在嘴边嘘了一声,说道:我是姜成武。纪姑娘终于看清姜成武,这才镇定下来,问:怎么是你,表哥?姜成武纵身一跃,掠到纪姑娘身前,喊了一句:表妹,是我。表妹又惊又喜,说道:真的是你,表哥。表妹情不自禁地就要上前拥抱姜成武,待她伸出双手来,突然又停下了,连忙转过身。姜成武伸出的双手也停在了空中,他等待着的拥抱场面却没有出现。姜成武又情不自禁地喊了一声:表妹。

　　沉默了一阵,表妹慢慢地转过身,她满眼泪水,看着姜成武说道:表哥,你没有死?姜成武见表妹泪水汪汪,心中一凝,说道:表妹,我好好的,你看。说着,他用双手拍打着自己的身体,冲表妹一笑。纪姑娘深情地看着姜成武,说道:表哥,我以为你死了,原来你也在这里。姜成武冲表妹耸耸肩,对表妹说道:我在穆王府当差,这衣服是借的。说着,他上前一步,伸出双手,欲拉表妹的手,但表妹没有回应。姜成武又上前一步,将表妹的手握在手里,但不一会儿,表妹又将手抽出,头也低下了。姜成武有些吃惊,不以为然,动情地喊了一声:表妹,我好想见你。纪姑娘低头不语。过了一会儿,纪姑娘说道:你是怎么来的?似乎岔开了话题。姜成武说道:说来话长,我为了寻你,来到京城,皇上今晚召见穆王爷,我得有机会见上你一面,我只有一个时辰的时间。纪姑娘听后,抬头看着表哥,说道:我真的以为你死了。姜成武抬起头,回忆道:如你一样,我是那场战事的幸存者,我身边的所有人都死了,我受了重伤躺在那里,看见你被他们押上囚车,我心都碎了,之后我千方百计地打听你,最后找到这里。纪姑娘听了这话,泪水顺着脸颊往下流。纪姑娘哽咽着说道:表哥,你又何苦,就当我死了算了。姜成武说道:表妹,我当然要找到你,我们说过今生今世不分离的。纪姑娘突然停止哭泣,伸手擦拭着眼泪。姜成武见状,连忙从兜里掏出手帕,要给表妹拭眼泪,被纪姑娘转身回避了。姜成武说道:这手帕,也是你给我的,我一直留着。表妹将眼泪擦干,看了姜成武一眼,然后也从衣兜里掏出一条手帕来。姜成武一看,跟自己的一模一样,他当然记得,这两条手帕,是他们当初的定情物。表妹走到哪里,带到哪里,一直将它藏在身边,可见表妹对我一往情深。姜成武眼睛有些湿润了。不想,纪姑娘却将自己的手帕递给姜成武,并说道:表哥,这条手帕,我将它还给你,就当作心中的回忆吧。姜成武不明白她说这话的意思，并没有将手帕接住。姜成武说道:表妹,这是我送你的,你的手帕在我这里,我一直珍藏着,视同生命。纪姑娘怕惊动女侍,悄悄地走到门边,将门关严扣紧,然后转身走到姜成武跟前,对他说道:表哥,恐怕表妹这辈子与你有缘无分了。姜成武有些吃惊,瞪大了眼睛看着表妹。纪姑娘说道:那场战事,改变了我们之间的命运,我们不可能走到一起的。

　　姜成武面部表情几乎要凝固了,他目视着表妹,很久才反应过来,说道:你说什么? 纪姑娘又重复一遍,道:表哥,我们不可能走到一起的。有一条青筋从姜成武的额上暴起,姜成武有些急了,他急切地说道:表妹,我今晚来,不仅是要见你,还要与你商量,我定要带你出去的。纪姑娘连忙摆手,说道:表哥,万万不可。姜成武疑惑地看着表妹,问:表妹,你怎么了? 纪姑娘故作镇静,她终于将表哥的手拉起,说道:表哥,你知道这是什么地方吗? 姜成武回道:这是紫禁城啊。纪姑娘又说道:你以为,我进了紫禁城,就可以随便地出去吗? 姜成武将表妹的双手握住,说道:我能进到这个地方,我就有可能带你出去的。纪姑娘说道:这是不可能的,你进来,是随了穆王爷,但是,你一个人出去都难,何况带上我,这怎么可能。姜成武将表妹的手握紧,说道:不可能,也要让它变成可能,我会想办法的,有很多的朋友,他们都可以帮我们的,穆王爷,师爷,秦兄,觉悟兄,等等,我一定要将你带出去。纪姑娘听他这么一说,泪水又出来了,她说道:纵然如此,我也是不可能跟你出去了。姜成武又是惊讶,刚刚舒缓的表情,又凝固了。他说道:表妹,为什么这样说,你依恋这里的荣华富贵吗? 你习惯了这里的纸醉金迷吗? 姜成武话还没有说完,纪姑娘便凝神逼视着他,令他再也说不下去了。纪姑娘厉声反问:我是这样的人吗? 姜成武站在那里愣住了。纪姑娘接着说道:表哥,我们所有的亲人都不在了,你是我唯一的亲人,我再也不希望你遇上杀身之祸,你听我的,还是回去吧。姜成武坚决地摇了摇头,说道:我会继续练我的武功,表妹,你一定要等我,我会来救你出去的。纪姑娘摇摇头,平静地说道:你救不了我的,即使你武功再高。姜成武又开始急了,他将表妹的双手抛脱,伸出自己的双手将表妹抱住,但是表妹挣脱了。姜成武叫了

251

一声"表妹",说道:莫非你变心了?他不说则已,这么一说,表妹的泪水又止不住地往下流。姜成武用手帕给表妹擦拭眼泪,被表妹拒绝了。纪姑娘擦拭着自己的眼泪,然后冷冷地说道:表哥,我告诉你吧,就在昨天晚上,皇帝来了这里。姜成武还没有反应过来,思绪跟着表妹的话语转,他重复着表妹说的话:皇帝来了这里。突然,他眼睛瞪得老大,眼球要爆出似的,终于意识到了表妹所说的情况,大声说道:什么?皇帝来了这里,你说谎,皇帝怎么可能晚上来这里?他有乾清宫、保和殿、中和殿,有永宁宫可去,他为什么要到你藏书阁来?表妹满脸绯红,她看着姜成武说道:皇帝哪里不可以去的,他到这里来,我能阻挡得了他吗?姜成武渐渐地平息下来,问:他对你怎么样了?表妹退后一步,站在那里低着头,不说话。她无须再说,姜成武也知道了昨晚发生的事。姜成武震惊了。刚刚还是昂起的脑袋,突然间耷拉下来。他悲愤地说道:怎么会这样?表妹,你说,怎么会这样?纪姑娘镇静地说道:他到这里,我连死的机会都没有。姜成武又重复了一句:怎么会这样!

纪姑娘平静地对姜成武说道:你走吧,就当我这个表妹不在世上也罢。姜成武仍在坚持:不,我一定要带你出去。也许他说话的声音太大,纪姑娘的寝室门口突然响起了敲门声。连敲几下之后,女侍的声音传进两人的耳鼓:纪女史,纪女史。纪姑娘连忙对着门喊道:没事,你休息吧。外面的敲门声、说话声再也没有响起。纪姑娘怕惊动女侍和外面的护卫,悄声对姜成武说道:你走吧。姜成武看看窗外,时间已经到了,他对表妹欲言又止,欲上前又迈不开脚步,直愣愣地站在那里,不知道如何是好。纪姑娘又说道:你还是回去吧,惊动了这边的人,你我都活不了。姜成武看着表妹,悲愤地哼了一声,然后说道:我不管,我会来救你的。说罢,一个纵身跃上窗台,然后消失在窗口。姜成武走后,纪姑娘走到窗口,俯身下看,就见姜成武轻飘飘地落到地上,转过身,朝她看了一眼,然后,就从她眼皮底下消失了。

姜成武回到秦少石等人身边时,穆王爷还没有出来,秦少石关切地问:见到你表妹了?姜成武点点头,接着他转过身,对师爷说道:多谢师爷关心。这次见到表妹,没有师爷默许及鼎力相助,是不可能的,所以他要谢谢师爷。师爷突然呵呵笑起来,说道:见到你表妹,你该睡个好觉了,你们年轻人啊。这时,穆王爷轻微的一声咳嗽从保和殿那边传过来。师爷、秦少石听到声音,立即迎上前去。秦少石和觉悟也跟了上去。穆王爷看来心情很好。汪直将穆王爷送了一小程,便告辞回去。穆王爷将手一摆,冲汪直说道:你回去吧,服侍皇上要紧。汪直行礼,说道:奴才这就回去,王爷慢走。穆王爷看看师爷,将手抬起,说道:我们回去。穆王爷一行大步向宫门迈去,然后打道回府。

姜成武回到住处,脑子里翻江倒海,思绪奔腾。自己千辛万苦,好不容易见到表妹,表妹却已经被皇上临幸了。这对他来说,无异于晴天霹雳。命运怎么如此不公? 命运怎么如此捉弄人? 表妹对自己情深意切,如果不是皇帝,她怎么可能不答应与我一起远走高飞呢? 皇帝,可恨的皇帝。杀我乡亲百姓的最后决策者是皇帝,临幸我表妹,夺我所爱的也是皇帝。这个昏君,他欠我的太多了。他和杨千里,韩雍,东厂一样,都是我的仇人,成化老儿,我恨死你了! 不管怎么说,我还是要将表妹救走,我们找一个无人的地方,安居乐业。我必须加紧苦练功夫,只有这样,才能救出我表妹,只有这样,我才能报父母和乡亲们的血海深仇。姜成武想到这里,居然一腔热血,汹涌澎湃,他真的就坐起身子下床,来到外面的空屋,悄无声息地练起了功。

姜成武表妹所说的是事实。就在姜成武去紫禁城藏书阁见表妹的头一天晚上,当今圣上成化帝朱见深突然驾临藏书阁。皇上为什么要去藏书阁? 说来有些巧合。皇上一般晚上都待在永宁宫。永宁宫就是万贵妃的寝宫。皇上自从当上太子,就与大自己十七岁的贴身侍女万贞儿缠绵不清。当上皇帝之后,万贞儿摇身一变,成了贵妃,皇帝对她宠幸有加。因为万贵妃,皇帝几乎都不拿正眼看其他嫔妃佳丽,连周皇后也没有放在眼里。本来这几天晚上都要去永宁宫的,但就在前一天晚上,万贵妃突然对皇帝说道:贞儿这几天突遇不适,定是受了风寒,又加上每月一次的老例附身,皇上还是回避几日,待贞儿静养复原,定会好好服侍皇上。皇上见万贵妃眼圈红红,面容憔悴,心生怜惜,但是还是听了她的话,安慰一番万贵妃后,便回到了乾清宫。离开了万贵妃的第一晚,朱见深皇帝哪里睡得着,想着万贵妃的千般温情,万般体贴,皇上辗转反侧,夜不能寐。总算熬过了一夜,第二天下朝之后,皇上想,我不能这样下去了,万贵妃那里去不了,我不如到藏书阁去看看书,以打发时光,我也确实很长时间没有去藏书阁了。第二天晚上,也就是姜成武去藏书阁的前一晚,皇帝朱见深突然驾临藏书阁。皇帝驾临,并没有大阵仗地前呼后拥,皇帝仅带了汪直以及御前护卫等人,目的也是不想引起万贵妃耳目的注意,引发猜测,以示皇帝对万贵妃专心不贰。但是,皇帝去藏书阁,名曰打发时光,其实还是存了一点私心的。因为,就在一个月前,皇帝去藏书阁查阅历代帝王传记时,曾经见过身边一位女史,清秀脱俗,聪慧雅致,没有半点宫廷中的矫揉造作和脂粉味,心中泛起片片涟漪。现在正好可以再去看看。皇帝驾临,并没有让姜成武表妹纪姑娘感到受宠若惊,她也没有惊慌失措,只是颇感意外。她更是没有刻意逢迎,只是尽自己的职责做自己应该做的事。她站在书案旁边,皇帝仔细地看了看她。就是这个女史,皇帝记得很清楚。皇帝看着纪姑娘,纪姑娘满脸绯红,娇柔,秀色可餐。

　　成化帝朱见深问:你到这里多长时间了?纪姑娘回答道:回皇上,将近一年了。皇帝问:你是哪里人?纪姑娘回答道:广西瑶山人。成化帝略有思虑,便转身坐到案头,将桌上的一本典籍拿起来翻看。翻了几页,似是看不下去,便将典籍放到一边。纪姑娘上前一步,问:皇上想要看什么书,奴婢便去调来。成化帝侧身,又看了一眼纪姑娘,说道:你给我拿一本《唐太宗传略》来。纪姑娘转身去书架边,直接将《唐太宗传略》取下,送到成化帝身前。成化帝看了一下封面,并没有翻阅,而是转过身,问纪姑娘:你说说,唐太宗最英明的地方在哪里?纪姑娘不假思索地说道:应该是纳谏。成化帝没说话,继续看着纪姑娘。纪姑娘接着说道:皇帝是一国之君,如果他能听得进别人所提的建议,那是再好不过的了,皇帝是不应该听取身边小人的谗言。成化帝点点头,说道:你说得对,先前就有王爷进谏,令朕疑虑再三,你给了朕启示,朕回去就要慎重思考,有错必纠。成化帝转回到桌前,将《唐太宗传略》翻开,还没有看上一页,又侧过身,问纪姑娘:帝王之道,何为上?纪姑娘说道:体察民情,万民在心中,则为上。成化帝点点头,向纪姑娘招招手,纪姑娘上前一步。成化帝又问:新朝伊始,你对朕有什么建议?纪姑娘说道:拨乱反正,树立新风。成化帝甚是满意,说道:想不到,一个女史,也能说出治国理念,朕不虚来。说着,又向纪姑娘招招手,说道:你坐朕腿上来。纪姑娘又是满脸绯红,低下了头。成化帝又说了一遍:你坐上来。纪姑娘抬起头,说道:不敢。成化帝道:为何不敢?纪姑娘说道:帝乃真龙之体,天地之尊,民女身份卑微,不敢近前。成化帝又道:是朕让你坐上来,有何不敢?纪姑娘仍站在那里不动。这时,站在门内侧一旁的汪直上前几步,走到纪姑娘身侧,倾身对纪姑娘说道:圣上旨意,女史万幸矣,请纪女史上坐。汪直说过,便退回原地。成化帝脸上显出微笑,眼睛似乎眯成一条缝地看着纪姑娘。纪姑娘有些迟疑,脸红得更甚,娇柔含羞之态可掬。纪姑娘表面还算平静,内心却是翻江倒海。尽管她对当今圣上并无好感,甚至充满憎恨和仇视,尽管她心如死灰,看破尘土,但是,她想了解那场战事的真相,她想知道亲人有无生还的奇迹,眼前就是机会。她知道,她稍有不从,便会引来杀身之祸。她要坚强地活下去,只有活下去,一切才有机会。所以,在成化帝面前,她几乎没有了选择的余地。

纪姑娘抬起头,很平静地看了一眼成化帝,然后上前两步,坐到他的腿上。汪直看到这种场面,连忙退出门外,然后将门掩上。成化帝见纪姑娘顺从地坐到自己的腿上,甚是满意。他伸出双手,搂住纪姑娘的腰身,仔细地打量着纪姑娘。纪姑娘天生美色,自然纯净。她身材丰满有度,玲珑娇艳。成化帝愈看愈心生怜爱,愈看愈情不自禁。成化帝将她的宫服外套除去,他隐隐约约见到了他一生中从未见过的无与伦比超凡脱俗的真正的女性的身体。他见到了之后,并不忍用手去破坏眼前的纯净,而是将她的宫服穿上。纪姑娘心跳得要蹦出来似的,她侧过头,看了一眼前方靠墙的一排书橱,便闭上了眼。成化帝并不知道,此时,有两滴泪从她的眼中悄悄地滚落,滚落到她衣服上,深深地印在她的肌肤上。成化帝将她的衣服披上后,将她扶起,自己也站起身来,然后,他抓住她的手,一步一步地向门口走去。成化帝刚刚将门拉开,汪直走上前,将门打开,然后,将成化帝和纪姑娘引向寝室。在门口的走廊上,纪姑娘的女侍站在墙边,躬身垂手,又惊又喜。

　　并不像皇帝对其他嫔妃的临幸,成化帝临幸纪姑娘,悄无声息,宫中除了汪直以及皇帝身边的几个人,几乎无人知晓。到第二天凌晨,成化帝才被汪直在门口唤醒。汪直轻声喊道:皇上,天快亮了,今天还有早朝的。成化帝突然跃起,自己穿戴完毕,便走出门去,然后随汪直等回到乾清宫。成化帝走后,藏书阁依然平静如常。与先前相比,只是外围多了一排护卫,内部多了几个女史一般的女侍。变化最大的,便是纪姑娘。从昨晚开始,她已经不是一名普遍的女史了,也不是姜成武心目中的表妹纪姑娘了。她已是一名等待被冠名的妃子了。

　　纪姑娘万万没有想到,她被成化帝临幸的第二天,表哥姜成武找上门来。表哥不仅没有死,而且一直在寻找我的下落。他不仅没有变化,他仍然对我痴心不改。这对纪姑娘来说,岂不是椎心的痛楚!上天,就是这般不公。

第八章 多行不义韩雍自毙，无影神功锋芒初露

韩 雍 之 死

姜成武控制不住自己的情绪，执意要找韩雍报仇。秦少石和觉悟非常理解他的心情，两人决意同他一起出击。时间就定在晚上，三人约定三更出发。三个人穿着夜行服，堂而皇之地穿过穆王府大门，然后没入夜幕下的街道。

半个多时辰后，他们潜行到韩府院墙外围一棵大树的下面。韩府大门内外，亮着灯笼。有三五成群的护卫在韩府外围巡视。他们在这之前，已将韩府的大致情况摸得很熟。姜成武目光炯炯地注视着韩府的动静，等待着秦少石一声令下。秦少石全神贯注地观察着韩府周围，他要选择这些护卫巡视中的空隙，以便开展行动。时机到了，秦少石看看姜成武，又看看觉悟，三人正准备行动时，却突然听到远处传来一阵阵脚步声。这脚步声越来越近，越来越响。不到一会儿，脚步声集中到秦少石、姜成武和觉悟身前的韩府门外广场。姜成武三人都不敢相信自己的眼睛了。这里几乎开进了一支军队，瞬间将韩府围得水泄不通。韩府的侍卫如临大敌，惊慌失措。这支队伍聚集后，中间让出一条路直通韩府大门，其中的首领，从人群中趾高气扬地走到韩府门前，将手里的黄轴展开，对着韩府门前战战兢兢的侍卫念道：奉天承运，皇帝诏曰，即刻捉拿韩雍，查封韩府，驱逐韩府所有族眷，钦此。韩府侍卫听到此语，立即跪地求饶。这支军队便是皇家的御林军。查办韩府，不动用御林军是不行的。指挥官宣毕，士兵便一窝蜂地拥向韩府。韩府里面顿时乱成一片。

进去了百余人，剩下的几十名士兵围在韩府外面。姜成武、秦少石和觉悟面面相觑，莫名其妙。还是觉悟悄然说了一句：这么快，韩雍就完

蛋了,早知如此,我们何必多此一举?他这一说,竟将秦少石逗笑了。秦少石说道:多行不义必自毙,看来穆王爷进谏起了作用。觉悟又说了一句,道:姜弟,我们是否回去呢?姜成武断然喝住,说道:不,我要看到韩雍被他们押出来。秦少石点点头,说道:也是,既来之,则安之,我定要看看这个狗官被押解的下场。

三个人倚在一棵大树的两侧,全神贯注地注视着韩府里的动静。觉悟有种幸灾乐祸的感觉,他站在那里将一只手搭在姜成武的肩膀上。韩府里乱哄哄地嚷成一片。有挥指官的喝令声,有女人的哭泣哀号声,有往来冲撞的脚步声。不到半个时辰,韩府中突然有火光冒起,接着,火光冲天。谁也不会想到,这时,韩府起火了。韩府中有人喊:救火!有人喊:抓韩雍。也就在这时,韩府中,火光之上,突然跃出三人,掠过火光,如空中飞人,直落到韩府另一侧的围墙上,接着,三人又从围墙上跃下,消失在夜幕中。这一幕,姜成武、秦少石和觉悟三人看得真切,目瞪口呆。天啊,这空中飞人当中,中间那个,正是韩雍。谁有这么深的功夫,居然救出韩雍?姜成武和秦少石、觉悟又是面面相觑。秦少石突然反应过来,说道:快!追!三个人同时从树边闪出,直向韩府另一侧掠去。他们赶到那边时,除了院墙下面站着两排惊慌失措的士兵外,什么也没看见。秦少石叹了一声,说道:那人功夫那么深,我们是追不到他们的。说罢,三个人只好悻悻然地回到穆王府。

回到穆王府,三个人哪里睡得下?他们聚在一起,仍然想着刚才的事。秦少石说道:救韩雍的,难道是东厂的人不成?姜成武点头道:也未必。秦少石又说道:从未听说,韩府里藏着如此高人。觉悟在一旁插话道:韩雍与东厂的人也未必是一条路上的,他们之间也许没有我们想象的那么深的关系。姜成武说道:他们之间利益交割,彼此勾结,沆瀣一气,不足为奇。秦少石说道:我们也不必过虑,韩雍现在已经成了通缉犯,谁也护不了他,他能逃到哪里?逃过了一时,也逃不了永远。觉悟故作深沉地说道:也未必,他被高人救出,那人将他藏在山洞里,或者远隔天涯,他岂不是就逃脱了惩罚?秦少石若有所思,说道:我在想,这韩雍,如果仅仅是因为大瑶山动用军队滥杀无辜,皇帝未必要治他的罪,定是

258

还有其他原因。觉悟凑上前,对姜成武说道:你想想,大瑶山那场战事,是由皇帝钦定进行镇压的,他韩雍怎么说也是个执行者,皇帝如果因为这事治他的罪,岂不是打自己的耳光?大哥说得对,必有其他原因。秦少石冲姜成武一笑,双手轻轻拍着桌面,说道:韩雍就是跑了,也是苟且偷生,我们回去睡觉。说着,他站起身来,伸了个懒腰。姜成武和觉悟也跟着站起身来。于是,三个人一起回到寝室。

四五天过去了,韩雍杳无音信。抓捕韩雍的通缉令上写着,韩雍不仅在大瑶山事件中滥杀无辜,更是犯有严重的贪污、渎职罪行。姜成武、秦少石和觉悟看到通缉令,心想,这韩雍作恶多端,也是罪有应得,就是活着,永世也不得翻身了。韩雍这棵大树倒下了,穆王爷面前平坦了许多。但是,他们哪里知道,皇帝将韩雍法办,既是为了安抚穆王爷——新帝上任伊始,需要得到位高权重、受皇族和世人敬重的穆王爷的支持,也是为了树立新威,警示天下。皇帝自然要比韩雍聪明得多,他要用你,自然将你的功劳一一列举;他要是不用你,罗织罪名,轻而易举。为了巩固政权,借事治罪,借刀杀人,牺牲一个韩雍算什么!

就在韩府被抄的第六天晚上,穆王府门外,突然来了一个不速之客。此人对门侍喊道:我要见穆王爷。门侍问:你要见穆王爷有何事?来人说道:我有重要事情向穆王爷禀报。门侍不敢懈怠,连忙将此事报告给秦少石。秦少石在睡梦中被惊醒。姜成武和觉悟也起床来到寝室外。秦少石听到门侍的细述,顿觉事情重大,示意姜成武和觉悟稍等,自己跟着门侍走到大门口。一出大门,看到来人,秦少石大为惊讶——此人不是别人,正是韩府的张飞。张飞穿着一件破旧的粗布长衫,如同乞丐一般,与以往狐假虎威、神气活现的样子判若两人。秦少石问:王爷已经休息了,你有何事要见呢?张飞并不认识秦少石,他瞪着双眼看着秦少石,说道:我定要见穆王爷,时间紧急。秦少石心想,此人武功平平,谅他也耍不到哪里去,便朝门侍点了一下头,领张飞走进王府。

秦少石并没有将张飞领到穆王爷住处,而是带到自己的屋子。秦少石示意张飞坐下。姜成武和觉悟见状围过来,也是大为吃惊。姜成武知道这人就是张飞,他对秦少石说道:大哥,为何将张飞带到这里?张飞很是惊讶。他知道我是谁？秦少石对张飞厉声说道：你应该知道，穆王爷现在正在休息，他休息的时候，是不应该被打搅的。我们是穆王府的护卫，你有什么事告诉我，如果我们觉得有必要，定会禀告穆王爷的。张飞看看秦少石，又看看姜成武和觉悟，尽管有些迟疑，但还是说了。他说道：我知道韩雍的下落。秦少石、姜成武和觉悟面面相觑。秦少石问：你知道韩雍的下落，为什么要对我们说？你可以告知官府的。张飞说道：我跟随在韩雍身边，自然知道他生平最恨的是穆王爷，他最近被皇帝定罪，包括韩雍在内的很多人都知道，是因为穆王爷进谏的缘故。姜成武在一旁厉声问道：你为什么要出卖自己的主子呢？张飞说道：韩大人平时就是一个冷酷无情、杀人不眨眼的混世魔王，在他手下，没少吃他拳头和辱骂。我的手下两兄弟，一个被他打死，另一个被他的师傅打死，他毫无怜悯之心，我早就想弃他而去。秦少石若有所思，他看看姜成武，又看看觉悟，然后对张飞说道：韩雍藏在何处？张飞说道：韩雍藏在燕山脚下的一个山洞里，今晚是最佳时间，过了今晚，可能谁也找不到他了。姜成武急切地问：此话怎讲？张飞说道：今晚，他是一个人在山洞里。秦少石说道：官府缉拿韩雍时，韩府出现了大火，韩雍被人救出，救他的人是谁？张飞说道：此人乃当今武林高手，他是韩雍的师傅，叫严之过。严之过？秦少石、姜成武和觉悟三人都从脑海里过滤关于严之过的信息，一无所知。秦少石问：那晚韩府大火，有三个人从韩府冲天而去，便是韩雍他师傅将他救出？张飞回答说：正是。秦少石又问：还有一个人是谁？张飞回答道：是我。觉悟在一旁说道：严之过武功高强，你不怕他事后找你算账？张飞说道：所以，我只有求助于穆王爷，只有他才能保护我。秦少石点点头，凝思片刻后说道：你确信，韩雍今晚是一个人在洞里？他师傅呢？张飞说道：官府派人去缉拿韩雍，我和他师傅在外极力阻挡。韩雍看大势已去，纵火烧了韩府，结果他自己也被大火烧成重伤。他师傅趁着夜晚，出去给他寻医问药了，留下我一个人守护韩雍，估计他师傅一时还回不来。秦少石听了张飞所说的话，立即说道：时间紧急，我们走。

三个人穿上夜行服，抄了家伙，与张飞一起出发了。张飞在走出穆王府大门口的路上仍有些迟疑，他一边走，一边侧过头，问秦少石：不向穆王爷禀报此事了？秦少石说道：穆王爷在休息，时间紧迫，将那韩雍擒了来再禀报不迟。接着，他们出了穆王府大门，四人无语，向那燕山方向掠去。

行至燕山脚下，张飞在前面带路，四个人小心翼翼，向洞口那边走去。绕过一座小山，他们才潜至洞口。那洞口藏于深峪丛林之中，别说是晚上，就是白天也不易觉察。至洞口边，四人停下。为慎重起见，秦少石让张飞先进洞。张飞轻声说道：我将你们引到洞口，你们将他擒了就是，我进去如何面对他？姜成武觉得张飞说得也是，既然韩雍在里面，我们进去拿他就是。姜成武正要进洞，被秦少石拉住了。秦少石担心，洞里情况不明，我们贸然进去，如果中了他们的埋伏又将如何？秦少石转身，对张飞悄声说道：还是你先进去吧，我们紧随其后，你发出声音，他是不会怀疑的，如何？张飞也怕他们怀疑自己，这个时候不表现，更待何时？二话没说，便钻了进去。张飞进去后，秦少石、姜成武和觉悟看看洞口四周，见无动静，便跟着钻了进去。

洞里黑漆漆的，他们只能借助洞口微弱的亮光往里探行。也许是听到声响，里面有人试探着说话：是张飞吗？是师傅吗？果然是韩雍的声音。张飞答曰：是我。韩雍听是张飞，厉声说道：你到哪去了？师傅叫你守在我身边，你怎么不说一声就走了？你不会是向官府通风报信去了吧？韩雍对自己手下说话，从来就没有过拐弯抹角。张飞说道：难不成我在洞里大解？韩雍没再说话，嘴里"哎哟"哼了两声，许是伤痛在折磨他。再往里，便能看见微弱的亮光一闪一闪。张飞走到前面停住了。秦少石等人绕过一个石屏，也停住了。因为，他们都看到了灯光下躺在石板上的韩雍。韩雍躺在石板上，微闭着双眼，哼哼哈哈。听到一点动静，韩雍警觉地睁开双眼。他看到四个人站在他的前面。他这一惊非同小可。他瞪大了眼怒视着张飞，连喊了三声"你"，气得额上的青筋暴起。秦少石只说了四个字：韩雍，走吧。说罢，三个人上前，将韩雍架了起来。韩雍"哎哟"了一声，身子似乎不能动弹。姜成武恨到心口上，干脆将他一把抓起，向洞外走去。韩雍两条腿拖在地上，他整个人像一条咸鱼，任由姜成武摆布。

他们走出洞口，沿着原路返回。走到郊外的一片矮树林时，韩雍嘴里叫得厉害。身上疼痛是一方面，也许他这般叫喊就是为了引起他师傅严之过的注意，希望严之过能来救他。姜成武早就恨不得一掌将韩雍劈了，这般叫喊更令他憎恶，他索性取出腰间的汗巾塞到韩雍的嘴里，然后将韩雍提起，向前疾行。待行至穆王府门前广场时，韩雍侧头看到"穆王府"三个大字，眼睛瞪得老大，几乎要渗出血来。他们将我擒到穆王府，我命休矣。韩雍惊慌失措，整个身子挣扎不休。穆王府的门侍和护卫围上前，姜成武将韩雍整个人摔在地上。韩雍胆战心惊地蜷缩在地上，恐惧地看着站在自己面前的几个人。秦少石上前，对门侍说道：这是韩雍，我们将他擒了来。门侍示意开门。但是，就在这时，韩雍以前所未有的爆发力从地上跃起，突然一拳将门侍击出五米之远，撞在门框上，倒地身亡。韩雍疯了似的从就近的一名护卫身上拔出佩刀，还没等所有人反应过来，突然将刀架在自己脖子上一拉，接着，他脖子上的血喷涌而出，溅到姜成武等人的身上。所有人大惊失色。韩雍仰面倒在地上，头一耷拉，再也没有动弹。秦少石连忙上前，蹲下身子，伸手试试他的鼻息，摇摇头。秦少石站起身子，对护卫说道：将他的尸体抬走，你们谁也不许乱说，明天一早，我便向师爷、王爷禀报。说罢，护卫手忙脚乱，将韩雍的尸体抬走，众人散去。

姜成武等人回到寝室，心里沉甸甸的，总感觉事情不是那么顺当。秦少石心里很是自责。如此重大的事情，事先应该向师爷或者穆王爷汇报一下，再采取行动，但自己竟然擅作主张，遑能将韩雍带回。姜成武则后悔自己没有问清那场战事的情况，就让这个恶贯满盈的仇家自我了断。姜成武在心里恨恨地说：我该亲手杀了他才是。是啊，谁也不会想到，那韩雍会来这一手。韩雍也许是觉得，将他带回穆王府，不如自行了断更好。穆王爷是他最大的仇家，怎么可能放过他？其实，他应该想到，他被皇帝定罪后，他出现在哪里，都必死无疑。

姜成武最后安慰自己：他自我了断，与我杀了他无异，我也算是替父母乡亲报仇了。

262

王 府 厄 运

穆王爷得知韩雍在自家府院外面自杀身亡,并没有责怪秦少石。他对师爷和秦少石等人说道:我去向皇上禀报,这事到此为止。

韩雍死了,微不足道,皇帝心里并没有泛出半点涟漪。他只是令刑部出了个安民告示。紧接着,刑部新的通缉令又贴上了全国的大街小巷。新的通缉令的要犯改成了严之过。

俗话说,防天灾防人祸防小人。韩雍死了,穆王爷总算舒了一口气。韩雍之死,也拉近了穆王爷与成化帝兄弟之间的感情。成化帝登基伊始,自然需要得到穆王爷的鼎力支持。但是,他真的那么信任穆王爷吗?真的那么看重他与穆王爷之间的兄弟之情吗?

韩雍死了,姜成武自然少了心头之恨。他又开始练他的功夫了。他只有永远不停地练,才能自成体系,达到至高境界。于是,夜深人静的时候,他便起床,在寝室外的空屋中一个人静悄悄地操练起来。有时怕有动静,影响他人,他便走到室外。穆王府院子里有一处场地,树木掩映,没有灯光,只有月色,姜成武走进去就进入了忘我的境地。少林金刚拳讲究的就是力度和速度。只有快、准、有力,千变万化,变有形为无形,功夫才能达至上乘,才能克敌制胜。姜成武一般都要在这片小树林里练一个时辰,但是,今天晚上,他却练了两个时辰。因为,越是深入,越是心无旁骛,功力越是有进益,这非常出乎他的意料。他突然发力,一拳打到一棵大树上,轰的一声,那棵大树被拦腰折断。姜成武都不敢相信眼前的现实。姜成武看看双手,双手毫发未损。他又惊又喜,双手握拳,感叹道:我练成了霹雳无影拳!

这时,院子里聚了好多人,主要是护卫,他们听到了响声。有人说:那边,那边。几个人跑到这片树林,见是姜成武,顿时放松了警惕。姜成武对他们说道:没事,我在这里练武。众人散去。姜成武站在那棵树桩前,心情久久不能平静,全然没有注意到身后还站着秦少石和觉悟。听到响声,秦少石和觉悟立即起床,他们未见到姜成武,便循声来到树林里,潜在一棵大树后面,见姜成武一个人在那里潜心练功,也不打搅。护卫赶来,又散去后,他们才同时闪身到姜成武身后。姜成武沉迷于自己的武功,竟然没有觉察到他俩的到来。姜成武试着出拳,拳力所及,阵阵生风。他收住拳,站在那里,仍然仔细品味,久久不愿离去。秦少石悄悄上前一步,伸手拍了一下他的肩膀。姜成武骤然一动,发现原来是秦少石和觉悟,便说道:惊吓到你们了。觉悟在一旁说道:姜弟,你已练成无影拳神功了。秦少石冲姜成武点点头,说道:就是,祝贺姜弟大功告成。姜成武摇摇头,自谦地说道:二位过奖,我还没有到那一步。功无止境,学无止境,我还要努力才是。秦少石说道:你有这份平常心就好,我们回去吧。三个人说着,便转身回到寝室。

第二天醒来,姜成武神清气爽,浑身有力。皇上之前吩咐过,每天上朝时,穆王爷列席朝议。为此,穆王爷身边能调动的人都调动起来了,王府上下各负其责,忙得不亦乐乎。姜成武虽然比平时忙碌,但他的职责仍然是和秦少石他们一起做好穆王爷的护卫工作,可谓任务重,责任大。他每天早上起来,就要和师爷、秦少石、觉悟以及穆王爷的卫队一起负责穆王爷往返穆王府至紫禁城的路上安全。依平常,穆王爷上了早朝,中午便可回到穆王府吃午饭的,但是,今天却有些特殊。早朝结束后,皇上却心血来潮,留穆王爷陪自己午膳。皇命不可违。穆王爷只好陪同成化帝去养心殿用餐,而师爷、姜成武等人则被皇室内侍安排在太和殿用餐。成化帝与穆王爷一边用餐,一边海阔天空,谈天说地。两人身边,除了少量的内侍服侍用餐外,只有汪直在场。因为汪直在场,穆王爷说话极为慎重。成化帝似乎找到了当年兄弟在一起聚会时的那种感觉。那时,他还不是皇帝,兄弟之情,一往情深。成化帝登位伊始,两人兄弟之情昭示天下。接下来,阴错阳差,两人关系渐渐淡化,成化帝过分信任和听任身边的宠臣,兄弟之间有过将近大半年的隔阂期。现在,皇帝重拾亲情,主动化解横在兄弟之间的猜疑和漠视。两人用过餐后,成化帝意犹未尽,特意吩咐,安排一场歌舞会,供二人欣赏。一场精心安排的歌舞秀进行了一个时辰才结束。结束之后,成化帝邀穆王爷游园。紫禁城的御花园,平时也仅是供皇帝与皇后、妃子游览,穆王爷以前来过,之后就极少涉足。今日承蒙皇帝垂青,享此厚遇。直到黄昏时分,穆王爷才与成化帝告别,躬身说道:多谢皇兄垂约,愚弟这就告辞。成化帝一直将穆王爷送至御花园门口,才与穆王爷分开。就这样,穆王爷大半天的时间,就被成化帝打发光了。穆王爷走出紫禁城,起驾回府,天色已经晚了。

成化帝如此厚待穆王爷,并不是无缘由的。应该说,他是着眼于政治考量。成化帝登位虽已有一段时间,政权应该稳固,但是,成化帝心里也清楚,由于长时间的外部战争、内部政权更迭,积重难返,内部倾轧,你死我活,纷争不息,皇帝身边值得信赖和依靠的人不多,成化帝只有维系与穆王爷的兄弟之情、君臣之责,才能将政权坐实坐牢。所以,成化帝权衡再三,或者是作为权宜之计,他需要得到自家兄弟的倾力支持和配合。因而,成化帝最近显得对穆王爷格外亲近。这种亲近,哪怕是牺牲自己的宠臣韩雍。另外,成化帝今日邀穆王爷陪自己用餐、看歌舞表演、游园,也是这几天自己闷得慌。万贵妃又受了风寒,需要静养,自己不便打搅。其他的嫔妃他是想去临幸又顾虑重重,或许是在万贵妃面前发过誓,今生今世,唯爱万美人一人。

晚上,姜成武吃过饭,便要去昨晚的林子里练武。他走出寝室,穿过一段院中走廊,来到那片林地。四下静寂无人。姜成武摆好姿势,很快便投身到忘我的境地。练了一个多时辰之后,他要使出无影拳最厉害的招数。只见他凝神运气,抬起双手,对着前面的一棵大树,欲要使出全身的气力。但是,他就要出手时,突然被一个声音喝住:住手。声音就来自后方。待他转过身来,这才看清,站在他面前的,却是郡主穆姑娘。穆姑娘双手交叉在胸前,扭着头,瞪着眼,俏皮地看着姜成武。穆姑娘将双手一摊,说道:你别再打了,再打,那声音会惊动整个王府的人,包括我父王。姜成武练武,哪想到这些?他双手抱拳,对穆姑娘说道:打搅郡主,请郡主见谅。郡主扑哧一声笑了,随后说道:听说你练成了无影拳,了不起。姜成武说道:郡主过奖了,我只不过坚持练功,自然有所进益,但还不算是高强的武功。穆姑娘笑而不语。姜成武问道:郡主身体痊愈了吗?穆姑娘回道:这都多少天了,我还不痊愈吗?本姑娘如果没有痊愈,能这般地站在你面前吗?姜成武只好赔笑恭维道:那就好,那就好。穆

265

姑娘自言自语地说道:这得多谢叶堂主。语气温和得多了。

　　两人走出那片场地,在王府大院里的林间小道转悠。上次白天,穆姑娘约姜成武外出,结果遭遇不测。那还是在白天,而且离穆王府不远,现在是晚上,穆姑娘更没有想要到外面的念头了。虽然她有姜成武护卫,虽然姜成武练成了无影拳,但是,谁能断定,姜成武的武功能敌东厂的那些高手?东厂已经失去了韩雍这个政治盟友,他们岂能放过穆王府的人?前车之鉴,穆姑娘岂能不慎之义慎?穆姑娘走在前面,走到走廊的一处亭子间时,停了下来。穆姑娘在一条长木凳上坐下,并示意姜成武坐到自己身边。姜成武坐下后,两人同时观看着王府里的夜景,一时无语。王府的夜景被楼舍、树木、灯光和流水声点缀着,别有一番典雅、迷蒙的意境。姜成武向来没有那种追寻和享受某种意境的雅兴。他坐了一会儿之后,便没话找话地说道:我已经很长时间没有见到叶堂主和毛神医了。穆姑娘从宁静中醒来,侧过身,说道:毛神医称为神医,叶堂主是他的师傅,应该称什么?姜成武与穆姑娘在一起,已经没有拘束感了,为调节气氛,他随口说道:应该称作神医的师傅啊。一点也不幽默。穆姑娘白了他一眼,说道:神医之上,应该称作医神,或者医圣。姜成武若有所思,说道:我只听说,东汉时期的张仲景被称为医圣,他著过《伤寒论》,只可惜,这本典籍现在下落不明。穆姑娘瞪着眼睛看着他,展眉说道:看不出来,你还懂得不少呢。姜成武自嘲地一笑,说道:很小的时候,父亲就对我说过的啊。穆姑娘正要问有关他父亲的情况,突然想起,上次姜成武对她说过,大瑶山那场战事,父母乡亲死于非命,话到嘴边,便咽了下去。姜成武见她欲言又止,便说道:时候不早了,郡主刚刚康复,需要休养,还是回去休息吧。这一催促,让穆姑娘顿生愠怒,说道:我这阵子静养身子,闷死了,刚刚好些,出来走走,你又不想陪我。姜成武被穆姑娘一通数落,说不出话来。过了一会儿,还是穆姑娘站起身来,对他说道:我们走吧,你送我到郡主阁。姜成武也站起身来,对穆姑娘说道:郡主别生气,我不是那意思。见穆姑娘已迈出脚步,便也不迟疑,亦步亦趋地跟在穆姑娘身后。穿过那段长长的园中走廊,姜成武一直将穆姑娘送到郡主阁楼下,便与穆姑娘告别。穆姑娘冲姜成武莞尔一笑,说道:你回去吧。说着,转身就进了郡主阁。姜成武这才转身回到自己的寝室。

姜成武刚刚回到自己的寝室躺下,还没有来得及回味刚才与郡主在一起时的情形,就听见外面响起了打杀声。打杀声从穆王府的大门口,一直响到里面。有人喊道:有刺客。姜成武一个鲤鱼打挺翻起身,掠出寝室。这时,他看见秦少石、觉悟也已掠出室外。三个人聚在一起,秦少石说道:去看看。

他们掠到门口,就见门内倒了一大片护卫。有人死了,有人惨呼,有人从四面八方往这边赶。场面甚是混乱。姜成武等三人大吃一惊。他们同时抬头四下查检,发现一条黑影突然从园中一棵树上飞出,直扑向穆王爷的寝宫。三个人毫不犹豫,同时纵身,向黑影的方向掠去。穆王爷的寝宫早已经有众多护卫把守。但是,这些护卫,又怎能敌过这个黑影?这人的轻功堪称世上一流,功夫更是一绝,等姜成武三人赶到时,穆王爷寝宫一楼的门卫倒了一大片。黑影已经蹿上了二楼。黑影有如此的功夫,为何要从大门口闯入,一路杀来?他完全可以从外面直接飞到墙里,并直接掠到穆王爷的寝宫二楼。看来,他是带着仇恨而来。他要将穆王府杀个片甲不留,他要直取穆王爷的性命。但是,黑影在二楼走廊,遇到了一个人,很快二人交上了手。借着二楼映出的灯光,姜成武一眼就认出,那个人是师爷。但那黑影,姜成武一时难以辨别。黑影穿着一身黑色的夜行服,蒙着面,身形矫健。一番打斗之后,师爷突然举起双手,在胸前旋起,接着,他身前云气翻腾,那云气渐渐凝聚,越聚越浓,越聚越厚,师爷面前很快就形成了玻璃罩一般的防护盾牌。姜成武已然明白,师爷的云盾功已经练成。师爷对面丈许之外的蒙面黑衣人,也将双手在胸前旋起,极快的速度,他身前也凝起了一团云雾,接着云团翻滚。这是什么功,姜成武从来没见过。蒙面黑衣人将云团玩转于掌中,似乎要控制那云团奔涌而出。云团越滚越大,就像一个膨胀了的气球,顷刻间就要爆炸。果不其然,待云团胀到一定的时候,蒙面黑衣人果断地将手一推。那云团就像一个风火轮,直向师爷这边袭来。风火轮没有触到师爷的身体,就与师爷面前的云盾撞上,发出巨响。云团与云盾喷发出的雾气向外扩散,很快将师爷和蒙面黑衣人淹没,并将二楼整个走廊淹没。所有人都被这声响震慑,他们本能地侧了一下身子,有人将手捂住耳朵。待他们重新抬起头,观望二楼时,却不见了师爷和黑衣人的身影。

也就在这时,穆王府大门口又响起了喊杀声。姜成武第一时间转过头,就见有两个黑衣人已从墙外飞入,正落到院子里的树林里。姜成武二话没说,纵身而出,向那两个黑衣人奔去。秦少石、觉悟见状,跟着转身扑向树林。姜成武很快与黑衣人交上手。但是,因为林间空地不大,俩黑衣人手里都拿着绣春刀,姜成武被俩黑衣人左右夹击,并没有得手。待他看准机会,正准备出手时,秦少石和觉悟从天而降,稳稳地站在他的身侧。俩黑衣人见状,丢下姜成武等人,飞也似的向着穆王爷的寝宫掠去。姜成武急中生智,突然向两人打出飞镖暗器。前面的黑衣人逃之夭夭,后面的黑衣人中镖落地。秦少石顾不得这些,连忙对姜成武和觉悟说道:保护穆王爷和郡主要紧。说罢,他飞也似的向前面那黑衣人追去。觉悟也随他一起飞掠而去。姜成武有些迟疑,纵身上前掠到落地的黑衣人身前。那黑衣人趴在地上,整个身子在抽搐。姜成武上前,弯下腰,伸手就将黑衣人翻开,然后又将黑衣人蒙在头上的黑布揭下。姜成武大吃一惊——这人不是别人,正是徐健。他先前是郡主穆姑娘的贴身护卫。徐健看到姜成武,全身抖得更厉害。姜成武厉声问道:前面黑衣人是谁?徐健说道:千户不休,姜少侠饶了我。姜成武又问:刚才二楼上与师爷交手的黑衣蒙面人是谁? 徐健说道:我们根本不知道那人是谁,我和千户不休大人一直守候在穆王府外围伺机而动,见里面打杀声起,知道有人突袭穆王府,便趁混乱潜入这里,不想,这么快就被你们发现。徐健说过之后,不忘补上一句:姜少侠饶我。这时,两名穆王府的护卫赶到,姜成武将徐健交给他们,然后对徐健说道:你等着对穆王爷说吧。说过之后,一个纵身,便向穆王爷的寝宫掠去。还没有掠出几步,就在刚才姜成武与郡主交谈的亭子间,姜成武不期遇上了一个黑衣蒙面人。这黑衣蒙面人正是刚才与师爷正面交锋的那位。姜成武不容分说,一拳打过去。但是,他这一拳很快被黑衣蒙面人接住。黑衣蒙面人抓住他的手,正要暗暗用劲,却突然松开了。姜成武乘机又是一拳,这一拳正好打在黑衣蒙面人的肩部。黑衣蒙面人身子一震,整个人向亭外滑去。黑衣蒙面人滑到亭外,并没有倒地,而是随手抓住走廊边沿的栏杆,重新站起。姜成武一个箭步蹿上前,再发力出拳,不想,黑衣蒙面人脚底抹油,一个侧身旋起,直向穆王府的另一边围墙掠去。又接着,他一个纵身,飞过围墙,消失在夜幕之中。这时,姜成武突然听见穆王爷的寝宫前打斗的声响,他哪里顾得上去追黑衣蒙面人,一个纵身,便向打斗的地方掠去。

打斗的声响出自觉悟与千户不休两人的交手。秦少石不在现场,定是护卫穆王爷去了。姜成武飞掠至觉悟身边时,就见觉悟突然倒地,口里吐出一股鲜血。姜成武连忙上前,扶起觉悟。觉悟抬起头看了一眼姜成武,没有说出话,便低下头,昏迷过去。姜成武命人抬他到室内,吩咐道:叫医师。自己只身向千户不休掠去。那千户不休将觉悟击伤后,自己也受了伤,哪里顾得与姜成武正面冲突,便三十六计,走为上计。只见他一个纵身,向墙边翻去,然后飞也似的跃过围墙,消失在夜幕之中。姜成武无心追他,转身向穆王爷的寝宫掠去。

寝宫一、二层楼,这时已被王府的护卫层层围住。姜成武上了二楼,却不见秦少石和师爷的人影。再往里,仍是不见他二人。不仅如此,除了惊慌失措躲在室内各个拐角的内侍及丫鬟外,也不见穆王爷、王妃。姜成武问内侍:王爷、王妃呢?内侍回答说:他们已转往密室。姜成武这时才想起郡主穆姑娘。他一个转身,又跑到郡主阁,然后直奔二楼。他差一点与郡主穆姑娘撞个满怀。姜成武连忙问:郡主,你没事吧?穆姑娘冲他摇摇头。姜成武又问:你怎么在这?穆姑娘侧起头,闪着一双大眼睛,问:这是郡主阁,你觉得我应该在哪儿?姜成武扭头看了一眼站在不远处的一群护卫,冲穆姑娘一笑,说道:郡主安全就好。说着,便转身下楼。穆姑娘见他突然下楼,便喊了一声"姜少侠"。姜成武只好停下脚步。穆姑娘上前几步,走到姜成武身边,说道:你去哪里?你是觉得我现在安全了吗?姜成武知道她又拿自己调侃,便说道:去看穆王爷可有危险。穆姑娘也冲姜成武一笑,说道:父王他安全得很。姜成武问:你怎么知道?穆姑娘俏皮地点点头,说道:我是他闺女,我怎么就不知道?姜成武有些纳闷。他这憨厚的窘态,穆姑娘最喜欢。穆姑娘说道:实话告诉你吧,免得你思前想后,云里雾里,我父王的寝宫有密室,一般人是进不去的,他一生躲过无数次的突袭和暗杀,毫发未损,他自然有极严密的防护措施。姜成武若有所悟,接着问:那么,郡主你呢?穆姑娘莞尔一笑,说道:我这里也有密室啊,你要不要去参观一下?姜成武摇摇头,说道:免了。姜成武站在这里,心有不安,他不时地扭头看看外面。穆姑娘看出他的心思,便说道:说不定那边需要你。姜成武冲穆姑娘笑笑,一边转身一边说道:我去了。

姜成武一时没看见秦少石,原来秦少石得知王爷王妃安全地转移到密室后,便急忙找寻师爷。他与姜成武在院中亭子里碰面。姜成武问:师爷呢?秦少石摇摇头,说道:我们分头找。结果,还是姜成武在郡主阁和寝宫之间的一个墙脚暗处找到了奄奄一息的师爷。师爷躺在地上,发出轻微的喘息声。姜成武走上前,将他搀起,喊了一声"师爷"。师爷这时微微睁开眼,有气无力地对姜成武说道:我中了火龙功。姜成武问:那黑衣蒙面人是东厂的千爷?师爷摇摇头,没说话。姜成武喊了一声"快来人",便有秦少石和几名护卫即时赶到。秦少石上前与姜成武一起,将师爷搀起,然后抬到穆王府的清风阁。穆王府的清风阁有一间房平时就是为师爷设置的,这里可以办公,也可以就寝。姜成武等人将师爷抬到床上,师爷刚刚睡倒,便抬起头,对秦少石和姜成武说道:速去请叶堂主。姜成武知道师爷伤得不轻,时间紧迫,可能只有叶堂主才能救他的命。姜成武说道:我去请叶堂主。秦少石点点头,留下照顾师爷。不一会儿工夫,穆王爷和郡主穆姑娘也来到清风阁。秦少石与所有的护卫跪到地上,秦少石说道:请王爷和郡主恕罪,我等护卫不当。穆王爷说道:都起来吧,救师爷要紧。这时,突然一名护卫来报:觉悟和尚已死。穆王爷阴沉着脸说道:他为保护我而死,我无法向无方可从大师交代。

姜成武一边飞掠,一边疑虑重重。江湖上谁都知道,东厂的千爷擅长火龙功,除此之外,不曾听说还有谁会此神功。那个黑衣蒙面人不是东厂的千爷,他到底是谁?他居然用火龙功将师爷击成重伤。要知道,师爷曾经与千爷交手,千爷的火龙功并没有伤到师爷,但这次,这黑衣蒙面人差一点要了师爷的命。难道他的火龙功比千爷的更加出神入化,更具杀伤力不成？他与我交手,本可以将我打败的,何以在我击他一拳之后,他却逃之夭夭了？莫非他与师爷交手时也中了云盾功的伤？师爷说,他中了黑衣蒙面人的火龙功,火龙功到底是一种什么功呢？它真的这么厉害？觉悟兄现在怎么样了？千户不休不仅功夫高强,而且心狠手辣,他就是在郊外林地绑架郡主、公园突袭郡主的蒙面人。他几次与我近距离接触,不露声色,我都没有真正与他交过手,根本不知道他使什么功,他居然将觉悟兄打伤。觉悟兄,你一定要好好的,你我兄弟一场,同病相怜,我们一定要走过这段打打杀杀出生入死的时光,过上平稳安定的生活。姜成武思虑重重,直到河边地道口。他见四下无人,便将地道口的青石板移开,钻了进去。叶堂主和毛神医见到他,又惊又喜。姜成武四处查看,知道铭儿、婉儿已经睡了,便对叶去病叶堂主说道:师爷有难,需要叶堂主速去救他。叶堂主瞪大了眼睛问:师爷他怎么了？姜成武说道:他受了火龙功的伤。叶堂主的眼睛瞪得更大了。他凝神说道:火龙功,怎么会有火龙功呢？他一边在脑海中搜索,一边火速准备起药材和医药用具,直到准备妥当,对姜成武说道:走。说着,他便和姜成武一起走出了地道。

两人赶到穆王府的时候,姜成武听到觉悟不幸身亡的消息,大为震惊。秦少石走到他身边,将他抱住。姜成武悲从心中来,怒从胆边生,他愤愤地说道:千户不休,你要还我兄弟一条命。

姜成武鬼门关前走一遭

师爷被秦少石、姜成武等人护送回慕容府治疗。叶堂主对秦少石和姜成武说道:师爷伤势严重,内脏受损,需要半个月时间治疗才有可能康复。得知师爷有救,秦少石、姜成武松了一口气。秦少石考虑到这段时间穆王爷更需要重点保护,便安排好师爷的护理事宜,与姜成武一起重新回到穆王府。

回到穆王府,秦少石、姜成武按照穆王爷的吩咐,立即差人去少林寺向无方可从大师报信。第三天的时候,无方可从大师及几名弟子便赶到了穆王府,他们将觉悟的真身运回了少林寺。穆王爷特指派姜成武护送觉悟,结果被无方可从大师婉拒了。无方可从大师自然明白,王府现在是非常时期,怎可缺失高徒护卫? 穆王爷说道:此事惊动了皇上,皇上近日已派人加强这里的护卫力量了。

送走觉悟,姜成武悲痛欲绝。姜成武走出恶人岛后,有缘与觉悟和尚相识,从此结拜兄弟,共赴生死。觉悟看破红尘,淡泊名利,视金钱如粪土,他谨记大师的教诲,热肠侠义,惩恶扬善,他重视兄弟的情义,尊重兄弟之间的想法,言行如一,冲锋陷阵,勇往直前。没想到,这么快,他就离开了。男儿有泪不轻弹,姜成武想到觉悟,眼睛就湿润了,豆大的泪珠从眼角滚落。他何尝不想放声大哭? 但是,他控制住了自己的情绪。他不想让自己的情绪影响到秦少石等人。秦少石此时心情也好不到哪儿去。他们同为兄弟,"遥知兄弟登高处,遍插茱萸少一人"。

从徐健嘴里,他们总算知道了事情的大致原委。黑衣蒙面人并不是和千户不休一起展开行动的,也许他根本就不知道什么千户不休。而千户不休和徐健,也只是夜晚守候在穆王府附近,刺探情报,见机行事。这晚,他因为看到穆王府内乱作一团,知道有人突袭穆王府,于是,他们趁乱潜入穆王府,欲趁机刺杀穆王爷,扫除东厂面前的拦路虎。不承想,千户不休为自己的行为付出了不小的代价。没刺杀成穆王爷不说,暴露了一个徐健不说,他们过早地暴露了东厂欲暗地里铲除穆王爷的目的。

穆王爷将一些事安排好之后,便着手处置徐健。徐健也算是老谋深算,他隐藏在穆王府多年,将穆王府的大大小小的事件作为重要情报出卖给了东厂,王府上下竟浑然不知。秦少石将徐健提到穆王爷面前,说道:穆王爷,就是这个内奸。穆王爷淡淡地说了一句:将他交给内务部。秦少石愤怒地踢了他一脚,就将他交给内务部了。没几天,内务部就传来消息。徐健被问斩,罪名是谋刺王爷。徐健还不算是软骨头,他仅供出了东厂的千户不休,其他一概守口如瓶。这事皇上也知道了,并未大怒。为了应付皇上,东厂厂公王力将此事归咎为千户不休个人行为,将其责打五十大棒,开除厂籍了事。通过此事,穆王爷隐约看出皇兄对自己的态度的变化。

王府遭劫,说得上有惊无险的倒是郡主穆姑娘。神秘的黑衣蒙面人也好,千户不休和徐健也好,他们都是冲着穆王爷而来,穆王爷早有准备,安然无恙,郡主却目睹了王府遭袭的全过程。她知道是东厂所为,但是,她却无能为力。东厂是皇帝直接掌管的部门,它之所以坐大,皆是因为皇上重视、依重。皇上钦定的人和事,谁能改变得了呢?郡主本人不行,穆王爷也不行。郡主开始为父王的命运而担忧。东厂已经将药捻儿埋在了穆王府,只是还没有真正点着而已。躲得了初一,可否躲得了十五?这样下去,总不是事。父王总不能一直躲在密室里吧?这个时候,她就想到了姜成武。姜成武是值得她信赖的朋友,更重要的是他武功高强。他练成了绝世武功无影拳。那晚黑衣蒙面人就是被他打跑的。如果他能形影不离地守护在父王的身边,那安全因素自会增加。想到这,她便一个箭步奔到了父王跟前,一五一十地把自己的想法对父王说了。结尾她还说了一句:父王,师爷受伤,当今世上,能够真正保护您的,可能只有姜成武了,当然,还有秦少石。穆王爷扑哧一笑,说道:我的闺女倒关心起老父的安危了,真是长大了。郡主噘着嘴,说:不好吗?穆王爷喜笑颜开,说道:好好好。接着,穆王爷说道:姜成武确实是个人才,他还是保护你合适。我这边已经有安排,我的护卫工作暂时由秦少石负责,我上朝的时候,由秦少石和姜成武及护卫队同时护送。你平时待在府中,不要出去便是。郡主知道父王决定的事,一般都不容更改,便随声说道:那好吧,听父王的。说着,便向穆王爷告辞,回到郡主阁。在郡主阁,她将姜成武又前前后后地想了一番,心里甜丝丝的。

　　郡主减少外出活动,姜成武除了白天和秦少石一起护送穆王爷上朝,晚上的时间基本上就是练功,有时也陪郡主穆姑娘在院子里散步。这天晚上,姜成武练功回来,躺在床上,又想起了那黑衣蒙面人。那天在亭子里与他短暂交过手,却没有试出他的武功来。姜成武只是见过黑衣蒙面人与师爷交手时所发火龙功的威力,的确非同一般。师爷当时眼睁睁地看着黑衣蒙面人将火龙生起,只好用云盾功抵抗。如果能在黑衣蒙面人发功之时,破了他的招数,那火龙功成不了形,哪里还有威力?姜成武在想,我就是要找到火龙功始发的破解之招。黑衣蒙面人,火龙功……思前想后,他突然脑中一凝,就想到了一个人。张飞说过,韩雍的师傅严之过武功高强,当世一绝,这火龙功,除了英布手下的千爷,岂不是非他莫属?是了,这黑衣蒙面人就是严之过。他徒弟韩雍因穆王爷向皇帝进谏,被抄家问斩,他为给徒弟报仇而刺杀穆王爷也未可知。另外,徐健供述,他和千户不休袭击穆王府,并不是和黑衣蒙面人一同行动的,既然徐健都不知道那黑衣蒙面人是谁,这更证明黑衣蒙面人就是严之过了。严之过如果与东厂结成同盟,沆瀣一气,那可如何是好?这千户英布、千户不休未除,千爷未死,东厂未损,却又冒出一个神秘的武林高人严之过。这些人就像猛兽一样,一个个地蹿了出来,对着穆王爷张开血盆大口。当务之急,我要把有关严之过的信息,及时地告诉秦兄和穆王爷,以好让他们做好防范,思虑抗敌之策。姜成武本来是一个头脑简单的人,曲折的经历、生死的考验,使得他思虑重重,心思缜密,他变成了另外一个人。

第二天,他随秦少石护送穆王爷上朝,还没有来得及将严之过的情况告之秦少石和穆王爷,却得到了一条令他极为震惊的消息。宫里内侍告诉秦少石,皇帝临幸表妹纪姑娘的事,万贵妃知道了。万贵妃不好抱怨皇帝,却将一腔怨气撒到纪姑娘身上。纪姑娘很快被转移到柳贵妃静宫当侍从。柳贵妃是谁?柳贵妃原来是与万贵妃平起平坐的贵妃,但是,万贵妃受宠后,柳贵妃日渐受皇上冷落,万贵妃极尽手段,排挤、诽谤、打压柳贵妃,柳贵妃最终被皇帝钦令转到静宫,革心洗面,闭门思过。可怜柳贵妃不仅长年见不到皇帝,而且窝在静宫,整日郁郁寡欢。将纪姑娘打发到静宫,做柳贵妃的丫鬟,就如同将她打入了冷宫。姜成武听到这个消息,立即担心起表妹纪姑娘的处境来。皇宫本来就是是非之地、无情之渊。表妹,一个善良女人,怎么敌得过宫廷里面强大的世俗力量?她的周围,全是争风吃醋、尔虞我诈的人。在这样的环境中,表妹如何能够安身?姜成武心事重重,秦少石自然明白他是为表妹担心。秦少石安慰他道:说不定,你以后见她更方便呢。姜成武想想也是,表妹被安置到一个不为人关注的地方,也许以后见她的机会反而更多一些。想到这,他心里总算有了一丝宽慰。

回到寝室,觉悟的房间空荡荡的,姜成武和秦少石失落得很。姜成武几次走到觉悟的房间门口都没有进去,进去了他会太过伤感。但是,不管是什么情况,什么心情,姜成武内心里有一条定律是不会改变的,那就是练功。只有练功,才能让内心平静下来,心无旁骛;只有练功,才能达成自己心中的目标和愿望。这天晚上,姜成武正要去练功的时候,秦少石穿着一身夜行服来到他面前,对他说道:今晚你歇一歇,我们去外面看看。姜成武有些不解,他们一直都是在王府里守卫,为何要出去查看呢? 秦少石说道:王府的护卫只能在王府的周围巡视,他们根本发现不了那些高手的环伺,我们不如主动出击,排除周围险情,免得他们杀入王府,我们被动。姜成武二话不说,立即跟着秦少石走了出去。两人特意从林地墙边掠出院子。他们悄无声息,穆王府的门侍和护卫全然不知。越过围墙,避开巡逻的王府护卫,秦少石和姜成武沿着后街,往外探行。夜深人静,街道上空荡荡的,不见人影。秦少石和姜成武贴着街边暗处一边走一边仔细查看。走过一条街道,他们往回,接着又走上另一条街道,并未发现异常。他们沿着这条街道走到头,是一条宽阔的马路。正待他们转身时,却听到远处有一声马嘶。京城的夜晚,这种情况是很少有的。两人相视,同时点头,不约而同地向马嘶声处掠去。

走过两条街道,前面是环城河,越过环城河,几乎是京城近郊了。秦少石和姜成武看见前方有一座寺庙,静穆清寂。两人相约贴近寺庙。临近时,他们看见寺庙的侧面,一棵大树下面,拴着一匹马。他们走得悄无声息,马并未发现他们,所以没有被惊着。仅那一声长嘶将秦少石和姜成武引来之后,那匹马再也没有发出声响。两人觉得很奇怪,这座寺庙荒废已经很多年了,这里白天都很少有人进出,怎么会突然冒出一匹马呢? 大树下面,已没有了粮草,有的只是马粪。从种种迹象来看,马在此应该有几天了,只是无人问津,也许是饿了,马才会发出一声长嘶。有马在此,寺里难道有人不成? 秦少石心想,如果里面有人,定不是什么重要角色,也许是外地的游客,白天进城游玩,晚上在此歇息。也许是个隐士,在这里清静一段时间之后策马回程,不然怎么会将马拴在外面? 尽管如此,秦少石和姜成武还是警觉起来。借着月光,他们小心地向寺里探入。寺庙破败不堪,门窗破损,蛛网横结。真是罪过,大厅里有一尊佛像倒在地上,这里似乎没人来过的迹象。秦少石仍然不死心,返回外面,从一楼依着台阶,悄悄地上了二楼。姜成武跟在后面。二楼没什么区别。靠墙行走,他们却没有触及蛛网,这让秦少石和姜成武两人更加警惕。二楼有三间房。他们依次查看,格外小心。刚走进第二间房间,姜成武突感身体不适。腹内翻江倒海,胸口闷胀,接着血脉奔腾。姜成武有些站立不稳,突然伸出手扶墙而立。秦少石悄声问:你怎么了?姜成武站了一会,说道:我没有事。很快,刚才的症状便消失了,姜成武就像什么都没发生一样,跟在秦少石的后面。姜成武也觉得奇怪,自己身上怎么会有这种情况发生?这是从来没有过的。两人出了房间,接着往里。刚走到门口,姜成武刚才的症状又复发了。他强忍住疼痛,倚着门框,站立片刻之后才恢复镇定。秦少石先走进房间。这间房,门窗是紧闭着的,外面的月光照不进来。秦少石只好亮起火折。秦少石借助火折向里看,突然就看见一个人站在墙拐。秦少石大吃一惊。这个人已是耄耋之年,他剑眉上扬,鬓发已白,双手正在胸前旋动。姜成武这时也抬起头看到了这人。但是,已经迟了。两人看到这个神秘的老人面前升起云团时,突然想起在穆王府二楼那晚师爷与人打斗的场景。那云团岂不就是火龙功?秦少石嘴里喊了一声"快闪开",接着,纵身一跃,向门外掠去。秦少石刚越过姜成武,掠到门外,一声轰响,那云团就爆裂了,里面喷薄而出一个滚动的火球,直向门口这边袭来。刚才秦少石喊了一声"快闪开",是在提醒姜成武,但是,姜成武哪里能闪得开?他几乎是本能地运功抵挡,见火龙到跟前时,他又极力避开,但是,火龙太强势,撞在门上就爆炸了。火光四射,波光四溢。秦少石被轰到了楼下,重重地摔在地上。姜成武被冲出门外,倒在走廊上,差一点掉到楼下。寺庙外面的马又发出一声长嘶。接着是一片静寂。神秘的老人发功之后,并没有趁机上前,而是跌跌撞撞走出门,下了楼,然后骑上拴在寺庙外面的那匹马,很快就消失于京城的夜幕中。

　　大约半个时辰后,秦少石从地面上醒来。他全身灼痛,衣衫褴褛,伤痕累累。好在他受的都是皮外伤,并没有伤到筋骨。他皱着眉,忍住痛,

276

慢慢地站了起来。他看看楼上,第一时间就想着找姜成武。他似乎看到姜成武躺在二楼的走廊里,便以最快的速度上了二楼。姜成武躺在那里一动不动。秦少石走上前,将姜成武扶起,用手探他的鼻息。姜成武奄奄一息。秦少石这下急了。他急切地喊着姜成武的名字。姜成武闭着眼,没有回应。秦少石连忙将他扶起,背在身上,趁着夜色奔出寺庙,接着向穆王府方向奔去。秦少石刚进了穆王府,突然想起,穆王府的医师不一定救得了姜成武,他想到了叶堂主。和师爷一样,中了火龙功,也许只有叶堂主可以救。于是,他又重新冲出大门,头也不回,向慕容府方向奔去。

　　进了慕容府,秦少石将姜成武安排在自己以前的住处。早有内侍跟在他后面,一起张罗。秦少石将姜成武放下后,对内侍说道:看好他。自己便向师爷的住处奔去。因为师爷要封闭式治疗,所以那栋楼是紧闭着的。秦少石轻轻敲门,门内侍从出来开门,见秦少石,轻声说道:秦大人。秦少石急问:叶堂主呢? 侍从向里一指。秦少石顾不得那么多,直接向里走去。他进来的时候,叶堂主正聚精会神地抓药,并没有注意到他。师爷正躺在床上,额上盖着一条白毛巾。秦少石走到叶堂主跟前,悄声对他说:就在刚才,姜成武中了火龙功,他正躺在外面,如何是好? 叶堂主连忙放下手中的活,二话不说,便随秦少石走出了这栋楼。

　　来到秦少石的住处,叶堂主看着躺在床上的姜成武:他怎么会这样? 叶堂主坐到姜成武的身边,先给姜成武把脉,然后,用手试试他鼻息,又将他上身的衣服掀开,这下,他眉头皱得更紧了,眼神都有些异样。他突然站起身来,对秦少石说道:速将他抬到师爷那里,一并治疗,也许还来得及。秦少石立即将姜成武抱起,和叶堂主一起奔到师爷的住处。叶堂主吩咐秦少石将姜成武安置在师爷身边的侧榻上,然后,随手拿起一个小药瓶,对他说道:你用这个洗浴一下,这里需要安静。秦少石接过小药瓶,看了一眼姜成武,这才退出房间。他知道,这里需要安静,他也知道,叶堂主要他尽快治疗好自己身上的伤,穆王府和慕容府都需要他。秦少石回到自己的住处,很快就烧了一大盆水,然后,将那小药瓶里的液汁倒进水里,自己坐进了盆里。他一边将盆里的水捧起淋到身上,一边就暗暗地祈祷:姜弟,希望你没事,尽快地康复起来,我缺不了你。接着,他就想起了刚才寺庙里的一幕。又一次见到了火龙功,着实厉害。那个老者,自然就是严之过了。他瘦弱精明,却拥有如此惊世绝功。他将火龙功指向我们后,明明不能断定我们是死是活,他为什么不乘胜追击,直接置我们于死地,而是逃之夭夭?莫非,他自己也受了伤不成?是了。他先前与师爷交手,自然是受了伤的,他这几天定是在寺庙养伤,也许他伤快要好了的时候,被我们撞见,于是,突发火龙功。他是发了功,但他自己消耗内力不少,旧伤未除,又添新伤,这才选择逃脱。也好,这严之过逃出去了,自然要疗伤一段时间,这些日子他是不会来骚扰穆王府了。这段时间,正好师爷和姜弟可以疗伤。少了严之过,我们更担心的,就只有东厂那些人了。危险还是没有被解除。我需要更加小心提防才是。

但是,一连半月,东厂那边一点动静也没有,英布、千爷等人,好像从这个世界上消失了似的。

经过叶堂主半个多月的精心治疗,师爷终于康复。但是,姜成武却躺在那里一直昏迷不醒。叶堂主直急得头上冒汗,不停地在他身边来回踱步,对他的伤似乎是一筹莫展、无能为力了。这一天,秦少石走进师爷住处,来看望姜成武。看着仍处于昏迷状态中的姜成武,秦少石急切地问叶堂主:快半月了,姜弟至少应该苏醒过来。他这话突然提醒了叶堂主。是啊,师爷中了火龙功,治疗六七天就苏醒过来了,半个月就能康复,姜成武同样中了火龙功,为什么治疗难以奏效?难道姜成武中的不是火龙功?叶堂主突然想起,自己将近半年来煞费苦心潜心研究半年散解药,莫非姜成武是半年散到期了,外力催化而发作不成?叶堂主急切地对秦少石说道:秦少侠,你速去地道,告诉毛医师,就说姜少侠半年散发作了,让他将半年散解药拿来一试。秦少侠立即转身,忙不迭地向外奔去。奔走在路上,秦少石还在想,叶堂主终于研制出了半年散解药,这下姜弟有救了,甚好甚好。

秦少石走后,叶去病掐指一算,离姜成武上一次半年散发作到现在,再过几天就是整整半年。半年散,灵就灵在半年药效准时发作。早在以前,叶去病就听说,江湖上有一种药丸,名曰半年散,为恶人族发明。这种药丸服下后,半年就会发作。发作起来,人会头昏脑涨,疼痛难熬,心衰力竭,接着就暴毙而亡。这种药丸,江湖上也只有一种解药,可以缓解,但不能治根,这种解药就叫半年散解药,也是恶人族所专有。现在,恶人族的恶首乌已经不在人世,半年散解药随之烟消云散。但是,那些服了半年散的人,包括姜成武,只有等着解药来救,不然就是死路一条。这些年来,叶去病就是将半年散解药作为自己的研制重点。他派自己的弟子毛神医深入半年散重灾区,寻根探源。不入虎穴,焉得虎子?但是,毛神医在清河镇待了将近一年,一无所获。最后,还是叶去病独辟蹊径,多方研制,获得重大突破。那就是长白山千年雪参能够解除半年散剧毒。但是,长白山千年雪参早已在世间绝迹,没办法,叶去病带着毛神医寻找千年雪参的替代物品。直到不久前,叶去病和毛神医终于在几百种药材中找到近似于千年雪参特质的东北参。他们提其植物精华,与其他药材搭配提炼,制成药丸。只是未经试验,难以得知其效,所以,他们没有对姜成武说起这件事。叶去病只是希望在姜成武药性发作时,用来一试,但愿能将姜成武体内的半年散剧毒一次性解除,免除姜成武后顾之忧。现在,姜成武真的发作了,为什么不用它试试呢?也许奇迹就会出现。

当毛神医和秦少石出现在自己面前时,叶去病展颜一笑。叶去病向来对自己的医术充满自信。他从毛神医手里拿出药丸,亲自倒了一杯温开水,对毛神医说道:将姜少侠扶起。毛神医连忙走到姜成武床边,将他扶坐起来。秦少石上前帮助,两人一边一个将姜成武搀扶着。姜成武仍然闭着眼睛,处于昏迷中。叶去病端着一杯水上前,将水递给毛神医,然后他掐住姜成武的鼻子,使得姜成武将嘴张开。趁这机会,叶去病将药丸塞进姜成武嘴里,接着,给他灌水。姜成武终于将药丸服下。秦少石看着他,心里酸酸的。就在这时,姜成武突然睁开眼睛,咳嗽了一声,接着又是闭上眼,一切如常。叶去病示意毛神医和秦少石将姜成武放下,让他平躺着。叶去病悄声对毛神医说道:你回去吧。毛神医看了看姜成武,依依不舍地走出房间。叶去病接着示意秦少石出去,这里需要安静。秦少石也是很不情愿地走出去,他是多么希望姜成武尽快醒来。

姜成武昏迷了五个时辰,到了晚上的时候,突然睁开眼,见到叶去病坐在自己身边,连忙问:叶堂主,这是在哪里? 他话刚刚说完,就觉得头晕目眩,内心滚烫。叶去病倾下身子,关切地问:姜少侠,你醒了? 姜成武脸上显出痛苦的表情,吃力地说道:水,水,好渴。叶去病早已知道他醒来会喝水的,已有准备,便将水端到姜成武面前,扶他起来喝水。姜成武咬着牙,忍着剧痛,将叶去病端来的杯中水大口地喝下。喝下之后,他深深地叹了口气,然后有气无力地重新躺下。叶去病问:姜少侠,你觉得好些了吗? 姜成武脸上肌肉抽搐,说不出话来。叶去病连忙伸手给他把脉,震惊不已。姜成武身体滚烫,血脉奔涌,脉象紊乱。莫非是药效所致? 叶去病将手按在姜成武胸口,上下按抚。遇上这种情况,他也没有办法,只能细心观察。不一会儿,姜成武额上的汗珠不断地涌出,叶去病似乎看到了征兆。病人吃药之后出汗,那是好事。姜成武大声地喘了几口气,渐渐平静下来。他额上的汗,已经将下面的枕头洇湿了一大片。叶去病问:姜少侠,感觉怎么样? 姜成武侧过头,看了一眼叶去病,说道:腹部胀痛,我这是怎么了? 腹部胀痛,姜成武仍然在忍着,这从他脸上的表情可以看出。叶去病展颜一笑,说道:你总算醒来了。连忙掏出汗巾给他擦汗。叶去病说道:你体内的半年散发作了。姜成武有些吃惊,又若有所悟。叶去病接着说道:可能是你中了火龙功的伤,引发你体内的半年散提前几天发作。提到火龙功,姜成武突然想起师爷,他问:师爷安好? 叶去病说道:你放心吧,师爷他好好的,我估计他现在是在穆王府。姜成武连说两声“那就好”。叶去病站起身,然后端来一碗药汤,对姜成武说道:你再喝了它,固身养体,帮你恢复元气。姜成武主动仰起头,就将汤喝了下去。叶去病将被单盖到他身上,一边给他擦汗,一边对他说道:你少说话,需要静养。姜成武不说话,但是他腹痛仍未消除,他只好忍着,他额上汗流不止。这样流汗,又让叶去病担心起来。他重新给姜成武把脉,姜成武脉象仍然很乱。他体内的疼痛并未消除。晚上,秦少石又过来看,问怎么样。叶去病点点头又摇摇头,说:后天是最后期限,不知道药丸能否真正起作用。叶去病这样说,自然是没有多大的把握。秦少石本来寄予厚望,希望见证奇迹,不想,希望却变成了肥皂泡,在他面前幻灭了。秦少石忧心忡忡。

第二天,姜成武没有任何起色。他体内的疼痛不仅没有消除,反而加重了。他仍然疼痛难忍,满脸痛苦的表情,大汗淋漓。叶去病只有着急的份儿,束手无策,他最怕的就是明天的到来。他不得不承认,自己和毛神医多年来的心血前功尽弃,他不得不承认,他一世名医,却败给了恶人族的半年散。想到这里,叶去病抡起拳头狠狠地朝自己的额头拍了一下,他真的是痛心疾首。晚上的时候,穆王爷和师爷来到慕容府看望姜成武。他们见到姜成武躺在床上汗流不止,身体极度虚弱,心里很是难过。穆王爷问叶去病:叶堂主,有没有其他的办法,不要放弃任何的机会。叶去病摇摇头,说道:我这么多年研制的药丸都不能救他,其他哪有,我失败了,我愧对穆王爷,愧对师爷。这时,师爷突然说道:可否用内力转输,祛除他体内的毒,我来试一试。救姜成武要紧,谁也不会出面反对。叶去病点点头,说道:只好一试。说着,叶去病和秦少石上前,将姜成武轻轻地扶起,让他坐直。师爷走上前,将外套脱下,盘腿坐到床上姜成武的后面。接着,他提手运气,突然将双掌抵住姜成武的后背。不过一盏茶的时间,姜成武的后背青烟缭绕。师爷额上渗出大滴的汗珠,一颗一颗地往下滚落。突然,师爷和姜成武同时啊的一声,接着两人又同时倒在床上。师爷倒在床上,片刻就苏醒过来,他强迫自己坐了起来,但是,他身体却有些虚弱。叶去病连忙端来一碗参汤,让师爷喝下。秦少石上前搀扶着他。姜成武昏迷了一会之后,突然坐起,嘴里猛地吐出一股黑血。然后,又倒在床上,昏睡了过去。穆王爷和叶去病面面相觑。师爷尽管身体有些虚弱,但他喝了参汤之后,还是站了起来。他将衣服重新穿上,走到穆王爷身边。穆王爷将身边的一个椅子指给他坐。师爷坐到椅子上,穆王爷说道:师爷可有不适?师爷说道:谢穆王爷关心,我尚好。叶去病转过身,走到穆王爷身前,说道:穆王爷还是请回吧,姜少侠要等一段时间才能醒过来。穆王爷摆了摆手,说道:本王在这里等他醒来。穆王爷对姜成武如此厚爱,连叶去病都感动不已。师爷问:叶堂主,是否有效?叶去病向来说话不拐弯抹角,他说道:姜少侠中的不是一般的毒,现在很难说有没有效果,等他醒来便知。

穆王爷、师爷和秦少石三人等在房间里,他们都急切地希望见到姜成武好起来。大约一个多时辰,姜成武的咳嗽声给他们带来一阵惊喜。姜成武从昏迷中醒来。穆王爷、师爷连忙上前。姜成武睁开眼,见到穆王爷,正欲说话,但是他体内的疼痛折磨着他,他说不出话来。叶去病对穆王爷说道:穆王爷请回吧。穆王爷皱起眉头,问:难道就没有办法了吗?叫本府内的医师一试如何?叶去病怎敢违拗,只好冲秦少石点点头。秦少石连忙奔出室外。不一会儿,府上的医师都来了。他们看看姜成武,给他把脉,按他身上穴位,又翻看他瞳孔,然后,对穆王爷说道:他中毒太深,五脏六腑都已损伤,在下无能为力。穆王爷愤愤地叹了一口气,不知道说什么好了。师爷这时上前说道:穆王爷还是回去吧,让他们在此商讨,还有一天的时间。穆王爷想想也是,在此待着,只会给他们压力,反而错失最后的机会。于是,他走到姜成武跟前,安慰他道:你配合治疗,总会好起来的。又对叶去病说道:想尽一切办法救他。说着,他面色沉沉地走出房间。师爷走到叶去病跟前,什么话也没说,轻轻地拍了一下他的肩膀,然后,跟在穆王爷身后走了。秦少石接着跟出。房间里留下叶去病和王爷的医师,顿时安静下来。

穆王爷等人走后,姜成武突然咬咬牙,忍着剧痛,坐了起来。叶去病问:你怎么了?姜成武看着叶去病,说道:叶堂主,不要再为我劳神费力了,我知道半年散没有解药,只会是死,死并不可怕,我都已经死过几回了。说过之后,他歇了一会儿,喘了几口气。叶去病说道:你别想这么多,我们还在想办法呢。姜成武说道:谢谢叶堂主,谢谢你们!我在想,与其等死,为什么不趁自己还有那么一点力气,去跟东厂拼了。叶堂主,你说是不是?叶去病被姜成武这话,说得云里雾里。姜成武怎么了,是不是烧糊涂了,这个时候,还想着去与东厂的人拼命。叶去病连忙摆手,说道:姜少侠,千万不可,你现在正是半年散发作期,也不是他们的对手。姜成武说道:我感觉体内翻江倒海,内力就要外泄似的,我有的是力气。说着,他真的从床上坐起,然后下床,穿上夜行服。叶去病被他的举动惊呆了。他连忙劝阻。姜成武执意要外出,对叶去病说道:叶堂主,这是我个人的决定,反正是死,我为什么不拉一个东厂的人垫背呢?你们都不要拦我,我已经决定了。叶去病上前拦住他,一边阻止他外出,一边对王府的医师说道:快,去通知秦少侠,或者向师爷、穆王爷报告。医师们这才反应过来,拔脚向门外奔去。但是,姜成武速度更快,他一个箭步蹿至门前,将医师和叶去病拦住,说道:不要通知他们。说着,他退出门外,随手将门从外面关上,并上了锁。姜成武对门缝说了一声:叶堂主,各位医师,多有得罪;我去了。很快,整个人就消失不见了。

夜深人静。慕容府的门侍和护卫还没有反应过来,姜成武就已经走出大门,向东厂方向掠去。他一路疾行,大约半个多时辰,就赶到东厂外围的一个林地。他依在一棵大树下面,观察着东厂的动静。柔和的灯光,多么熟悉的围墙,一队一队的护卫在围墙外巡视。他瞅准机会,准备纵身掠入围墙,不想,身侧突然出现一道黑影。那黑影悄无声息,越走越近,很快就拦住了姜成武的去路。这黑影的身形举动,姜成武再熟悉不过。此人不是别人,正是千户不休。不一会儿,不休身后又鬼影一般上来四五个人。姜成武被团团围住。姜成武看着千户不休,眼里喷发出愤怒的火焰。他在心里喊道:觉悟兄,我给你报仇的机会到了。想到这,他突然仰天长啸。声音穿过树林,划破夜空,向外围扩散。东厂大院周围及里面的护卫听到笑声,陆续向树林这边簇拥着压过来。姜成武周边很快就被围成了一道人墙。姜成武不为所惧,他又一次地仰天长啸。笑声穿云拨雾,带着所有的愤怒和仇恨,令围困在他周围的人心惊胆战,不敢上前。笑声之后,姜成武厉声对不休说道:不休,你好歹也是个东厂的千户,你敢不敢与我一介草民单独较量?不休一开始见他反常,有些疑虑,不知道他一个人只身前往东厂是何目的。他本来是潜伏在穆王爷的外围观察穆王府的动向的,突见姜成武一人单枪匹马奔向东厂,便一路跟踪,并向东厂的人发出信号。不休听到姜成武的挑战后,哈哈一笑,他说道:东厂也是你闯的吗?死到临头,你还能笑得出来。姜成武鄙视着不休,吼道:你敢还是不敢?不休被姜成武逼问,当着众多东厂护卫的面,岂可退缩,便说道:那就让你今天死得明白。话音刚落,就一个箭步上前,突然举起绣春刀,砍向姜成武的面门。姜成武已有准备,侧身闪过,待他重新站稳时,那绣春刀又直逼面门而来,似要将他劈成两片。速度之快,非眼力之所及。姜成武整个人向后仰去,接着一个倒滚翻,掠出几步之遥。不休有些诧异。在郊外树林以及穆王府附近公园,他与姜成武都碰过面,知道姜成武武功不弱,但因为没有真正交过手,他自然不知姜成武武功套路。所以,他一边向姜成武发起进攻,一边却也是在试探着姜成武的武功深浅。攻防几十余招后,千户不休终于看出姜成武少林金刚拳精湛套路,甚是吃惊。少林金刚拳乃少林寺真传,莫非这小子来自少林寺不成?现在少林高手替穆王爷出头找到这里了,我们哪里能够避开,也好,我为厂公扫除障碍,岂不是好事一桩?千户不休瞄准机会,发起进攻,他一个飞纵,横刀刺向姜成武。他这一刀只是虚晃,他要利用姜成武极力护上的机会,乘虚攻其腿部。但是,他低估了姜成武。千户不休绣春刀劈近时,姜成武突然身子一倾,向左侧倒去,但他并没有倒下去,而且一个旋转,避开绣春刀,重新站立,接着,他那快如闪电的无影拳连环出击,只打到千户不休的肘部。千户不休整个人像被电击一般,战抖不已。他刚刚停息,勉强站住,又被姜成武双手一推,重重地撞到一棵大树上,轰然一声倒下,很快就不省人事了。姜成武双手握拳,舒了一口气。半年散发作,居然让他内力更甚。姜成武在心中默念:觉悟兄,我为你狠狠地惩罚了这个大恶人,你在地下安息吧。

姜成武转身向东厂大门方向走去。这时,护卫重新围拢上来,亦步亦趋。刚走出几步,突然前面从天而降两道黑影。借着月光,姜成武看见前面的那人身材瘦弱,穿着飞鱼服,似乎没见过,而他身边的那人却穿着斗牛服,姜成武再熟悉不过,这人正是千爷。姜成武似乎没有见过千爷身边的瘦弱男人,连千爷都依附于他,看来此人来头不小。姜成武心想,来得正好,我定要与你们拼个你死我活。他哪里会想到,千爷身边那人正是千户英布。东厂到底有多少个千户,谁人能知?姜成武突袭东厂,瞬间就有如此高手在外围狙击,可见东厂不是谁人都能闯进的。姜成武哪管这些,来的都是我的敌人,我杀一个是一个,杀两个赚一个,杀他个天昏地暗,我死得也算是轰轰烈烈,不枉在世上走一遭。姜成武怒目横对,旁若无人地大踏步向前迈进。待走到英布和千爷丈余之远时,姜成武突然纵身向他们掠去。英布和千爷显然很是吃惊。就是吃了豹子胆,也要看看前面是谁。姜成武就是初生牛犊,哪管前面是人是鬼,是龙潭虎穴,是刀山火海,开弓没有回头箭,视死如归,以十成的爆发力双拳向英布和千爷击去。但是,他刚刚跃起,头突然昏厥,接着,五脏就像要爆裂一样,身子一麻一软,整个人就倒在地上。所有人都大惊失色。莫非他是佯攻,抑或是装死,诱敌近身,反戈一击。英布和千爷你看看我,我看看你,然后小心翼翼地向前探去。姜成武倒在地上,一点动静都没有。英布和千爷胆子更大了。英布走到姜成武跟前,冲护卫说道:将他押到厂部去。几名护卫听到指令,虽然有些惊慌,但还是走上前来。也就是在这时,一道黑影从天而降。这黑影趁英布与千爷放松警惕上前查看姜成武之际,突然击出两掌。这人功夫了得,两掌击出"噼啪"之响,所有人都听得见。英布和千爷猝不及防,同时被击出几步之遥,英布险些撞到树上,千爷一个趔趄,差一点跌倒。等英布和千爷反应过来,姜成武已经被黑影救出老远了。英布气急败坏,喊道:追。千爷及护卫立即向黑影逃离的方向追去。但是,他们追出树林,到道路另一边的房屋时,不知所踪。送上门来的对手,转眼之间,就消失于眼前。英布、千爷顿觉失望,气急败坏,只好回身来查看千户不休。哪承想,千户不休躺在那里已气绝身亡。英布狠狠地哼了一声,对护卫们嚷道:速将千户不休运回厂部,其余加强巡视。

姜成武是在河边地道里的木板床上醒来的。醒来的时候,已是早晨,他身边站着七个人。姜成武抬头一一地看去,秦少石、叶去病、毛神医、白眉大侠、铭儿、婉儿,还有一位,长发披肩,长裙飘逸,竟然是何茵。姜成武看着何茵,说道:你怎么在这里?何茵笑而不答,姜成武又问:我没有死?众人冲他大笑。姜成武转向何茵,又问了一遍:你怎么在这里?何茵冲他莞尔一笑,说道:我为什么不可以在这里呢?何茵这一说,引众人又笑了。两个药童走上前,婉儿对姜成武说道:姜叔叔又可以带我玩了,也可以教我们练武了。姜成武终于笑了,他冲铭儿、婉儿点点头。姜成武又看着白眉大侠,说道:白眉大侠,你也在这?白眉大侠冲他做了个鬼脸,没说话。倒是站在一边的秦少石对他说道:你在东厂门外拼杀时,你体内的半年散突然发作,是白眉大侠救你到这里的。姜成武伸出双手,对白眉大侠说道:多谢老前辈。白眉大侠说道:我只是将你背到这里,真正救你的人不是我。这时,叶堂主叶去病对姜成武说道:姜少侠,你好人有好命,想死都死不掉,是白眉大侠和何姑娘救了你。姜成武看着两人,回忆起昨晚发生的事,很觉得蹊跷。我明明是在东厂大院外倒下去的,他两人何时出现,如何救得了我呢?特别是何茵,她只身去东北找寻长白山千年雪参,这个时候突然出现,这到底是怎么回事?叶去病转身端来一碗姜汤,对姜成武说道:姜少侠,你喝了这姜汤。姜成武抬起头,何茵上前扶他一把,姜成武大口地喝完姜汤,重新躺下。叶去病对他说道:你好好休息一会儿。姜成武额上渗出汗珠,身体仍然有些虚弱,听到叶堂主这么一说,他便闭上眼睛。众人这才散去。

秦少石担心穆王爷、师爷那边有事,便与叶去病告别,离开了地道。白眉大侠本来就是坐不住的人,他在这阴暗的角落里闲着,总觉得浑身不自在,紧跟秦少石后面,也走出了地道。何茵既然回来了,是不会轻易离开的,她丢不下姜成武,更何况,她也没地方去。她一个人坐在石凳上,埋着头不说话。铭儿、婉儿坐在她附近,以为她有心事,陪着她,也不说话。何茵当然有心思。自己离开京城,离开姜成武快半年了,幸亏自己来得及时,不然,她就再也见不到姜成武了。姜成武的命运,如她一样,就是这般的悲怜,曲折。何茵心想,我这次回来,再也不想离开他了,我也希望他远离那些打打杀杀,过上安定的生活。想到这里,何茵脸上泛出红光。突然,她一凝神,脸上红润顿消。不知道姜成武找到他表妹没有。转又一想,又觉得他不可能那么快找到表妹的。如果他找到表妹,这个时候,表妹应该在他身边的。就是暂时不在身边,也该有人去通知她,但是,他们谁都没提。

叶去病走到何茵面前,将一个包裹递给何茵,说道:这千年雪参世上罕见,就剩这一点了,你保管好它,以后还有大用处的。何茵站了起来,接过包裹,看了看叶去病,眼珠一转,又将包裹退回给叶去病。何茵说道:叶堂主,留给你吧,它是你发现的,应该归于你。叶去病有些惊愕,双手捧着包裹,说道:这怎么行,这是你在东北历经千辛万苦寻得的,我不能要。何茵摇了摇头,说道:如果不是你提到长白山千年雪参,我又怎么会去寻它,它又怎么会救了我和姜少侠两人的性命,我谢谢你都来不及,你还是收下它吧。毛神医走上前,劝师傅道:是啊,师傅,何姑娘也是一番好意,你收下它也是为了救那些需要救治的生命。叶去病不再坚持,他两手将包裹握得紧紧的,说道:那就谢谢何姑娘了。在何茵眼里,千年雪参已经完成了它的使命,她要它何用,留它在身边,只能是一种心酸,一种悲凄的回忆。叶去病转身将包裹交给毛神医,对他说道:你收好它。毛神医脸上现出少有的喜悦,双手将包裹接住,然后走向密室。何茵转过身,冲铭儿、婉儿一笑,对他们说道:这段时间,你们长大了不少,天天练武吗? 两个药童点点头,异口同声回答:嗯。何茵又问:你们读书吗? 两个药童同时摇摇头。何茵说道:从现在开始,我教你们读书。两个药童你看看我,我看看你,似乎很高兴。何茵转身,从一个柜子上拿起一本药谱,对两个药童说道:我们坐到灯光下,从识字开始。两个药童就像小学生一样,连忙将凳子端到灯光前,围拢在老师何茵身侧,听何茵教他们识字。

两个时辰后,姜成武从密室走了出来。见到何茵,姜成武上前拱手说道:多谢何姑娘相救。何茵抬起头,看着姜成武,莞尔一笑,没说话。姜成武扭头四下查看,问:白眉大侠走了? 何茵点点头。姜成武又问:何姑娘自身的半年散是否也解除了? 何茵看着他,俏皮地说道:我自然是救了自己,才会救你的,不然,我死了,怎么救? 她这一说,引得铭儿、婉儿忍不住笑起来。何茵低下头,对两个药童说道:今天就学到这里,下次继续。两个药童非常知趣,站起身来,走到姜成武两侧,一边一个同时将姜成武拉到凳子上坐下,然后离开。姜成武坐下后,并没有挪开身子,他冲何茵憨厚地一笑。两人坐得很近。姜成武问:你是怎么找到我的? 何茵说道:巧合吧,我找你,自然是依托百药堂了,我刚到百药堂时,见百药堂仍然被查封在,便四处查看,不一会儿,就见一人背着伤者往河边奔去,我悄然追上,认出那人就是白眉大侠,你知道,我们在青城山脚下山洞里见过他,又认出那伤者就是你,所以,我就在河边截住白眉大侠,然后,我们一起进了地道。姜成武夸道:你好轻功,好眼力。接着,他自问:白眉大侠怎么知道这地道的呢? 又想,白眉大侠行游不定,我和叶堂主、毛神医还有秦兄夜间不断出入地道,他知道地道所在,也是自然不过的。白眉大侠虽然与我分开,但他知我行踪,说不定经常暗暗地陪伴在我左右呢,只是我全然不知而已。何茵突然问:找到你表妹了吗? 姜成武脸上现出忧虑的神情,说道:见是见了。何茵问:此话怎讲? 姜成武目光有些呆滞,有气无力地说道:她身居皇宫大院,没有一点自由,如同被软禁一般。何茵安慰他道:你总算是见到她了,她活着就好。姜成武自言自语地说道:活是活着,却是很痛苦。何茵没说话,两人沉默了一会儿,姜成武接着说道:她许是想报仇雪恨,才情愿待在皇宫,不想跟我远走高飞,过平静的生活了。何茵问:你觉得她应该选择谁报仇呢? 姜成武回道:自然是皇上了,那场战事,死了那么多亲人,皇上就是罪魁祸首,这个仇能不报吗? 我都想亲手杀了皇帝。何茵若有所思,点点头,说道:你要记住,君子报仇,十年不忘,不过她一个弱女子,若有此心,岂不是太危险了,以卵击石,要么自取灭亡,要么玉石俱焚。何茵接着说道:我听说,皇帝查办韩雍,韩雍已经死了,这是韩雍死有余辜,皇帝这么做,也算是给那件事一点纠正。姜成武愤愤说道:死了那么多人,他们都是我的父老乡亲,怎一个纠正了事,一个开明的皇帝应该施行仁政,视百姓如父母,亲之护之,而不是刀枪相向,铁骑碾之,更何况,皇帝登位伊始,百废待兴,更应该做些顺应天时民意,行富国强民之举。何茵说道:你说得是。姜成武说道:不仅如此,那东厂爪牙密布,欺压忠良,为非作歹,皇帝宠信宦官,对东厂所为听之任之,这样的人有什么资格当皇帝,他就应该为他的昏庸、残酷付出代价。何茵说道:这样下去,皇帝终有恶报,只不过,以我们之力是不能对他怎么样的,他这样下去终究是要被越来越多的人反抗,直至推翻。何茵如此一说,姜成武觉得舒坦,他在考虑,是否将皇帝临幸表妹的事告诉何茵,思前想后,话到嘴边还是打住了。何必让这事打搅何茵呢。于是他转移话题,说道:唉,不说这些了,说说你去东北的情况,你这一去,已是半年,我想,那是万般辛苦的。何茵抬起头,看着姜成武,说道:你想知道吗? 姜成武点点头,说道:但说无妨。何茵突然扑哧一声笑了,说道:去东北,让我感触很深,我总算了却心愿。姜成武说道:你去了,太冒险,我一直担忧你。何茵自嘲地一笑,说道:不去尝试,我又怎么知道结果？姜成武说道：所以我佩服你。

何茵感慨道：人的生命太宝贵，我们不能轻易放弃它。姜成武点点头，说道：你是说给我听的，我明白的，活着就是希望，我都是死过几次的人了，我想我应该懂得生命的珍贵，以后会更加珍惜生命。何茵说道：这就对了。姜成武抬头看着何茵说道：你也要保重。何茵回道：我会的。姜成武脸上现出少有的微笑，他说道：说说你在东北的情况吧，我想听。何茵冲她凄婉地一笑，点点头。

点 血 神 功

何茵知道姜成武要寻表妹，找韩雍报仇，不便脱身，便依据百药堂堂主叶去病留下的手迹提示，留了一张纸条给姜成武，只身去了东北。

何茵一展光环，途中停留两次，便顺利降临长白山南麓。何茵是南方姑娘，生平第一次去东北，哪里适应东北的恶劣气候？时下隆冬，整个东北大地被厚厚的积雪覆盖，白皑皑的一片。千里冰封，万里雪飘。寒风从无垠的天际吹来，吹乱她的秀发，刺得她的耳朵和面颊像刀割一般。何茵在长白山脚下被冻得浑身发抖，看不见一个行人，只看见前方有一座被白雪掩盖着的村庄。何茵看出希望，窸窸窣窣向村庄走去。

村庄不大，居住着不到十户的人家。何茵敲开了第一户人家的门，一位白发苍苍的老人站在何茵面前，疑惑地问：你找谁？何茵不说话。老人见何茵冻得嘴唇发乌，眼光无神，连忙示意她进来。待何茵进了屋子，老人将门关上，吩咐老伴将火炉生起。老婆婆将一件棉衣给何茵披上，何茵坐在火炉边，半个时辰才恢复状态，她站起身来向两位老人致谢。老翁摆摆手，说道：姑娘是哪里人，这冰天雪地的，莫非迷了路不成？何茵脸上生出红云，对两位老人说道：我是南方人，是要去长白山的，没想到这里这么冷。老婆婆关切地说道：你一个南方姑娘，哪里受得了这般寒冷天气。老翁问：这么冷的天，为何要去长白山呢，山上比这还要冷得多。何茵看着老翁，只得实话告诉他：是为救人性命，寻千年雪参。两位老人甚是吃惊，你看看我，我看看你，愣了半晌，老翁才说道：姑娘，只怕你是白跑一趟了。何茵眼睛瞪得老大,问:老伯为何要这样说? 老翁说道:这里离长白山不远,这么多年还没有听说,谁挖出过千年雪参呢。老婆婆在一旁补充说:你就是挖出了千年雪参,即使你认得,你也带不出长白山。何茵又问:为何? 老翁叹了一口气,说道:五年前,我听说一位药农挖出过一棵千年雪参,但是,还不出两日,他就遭遇灭门之灾,从此以后,再也没听谁说起过千年雪参了。何茵心中一凛,听老伯这样说,只怕我真的是白跑一趟了,不过,我既然来了,又怎么会轻易放弃呢? 何茵问:老伯,这千年雪参也买不到吗? 老伯摇摇头,说道:市面上早已绝迹,不要说没有,就是有,谁也不敢卖呀。何茵问:这是为何? 老翁说道:灭门惨案在先,谁想冒生命危险? 何茵有些焦虑,问:我寻那千年雪参,是为救两个人的性命,难道就一点希望也没有了吗?

老翁眼珠在眼眶里打转,说道:有是有,但微乎其微。何茵急切地问:老伯说来听听。老翁看看老太婆,说道:这些年,东北出了个神秘人物,人称天池白头翁,想必内地也听说了,此人武功高强,杀人如麻,整个东北,人人谈其色变,避之唯恐不及,听说此人为了攫取千年雪参,杀害了无数的人,更有传闻,五年前药农灭门惨案也是他所为。何茵问:到哪里能找到这个人呢? 老翁和老婆婆听了这话,都瞪大了眼睛看着她。老翁说道:你为什么要去找他呢? 他是一个冷血动物,杀人魔王。何茵说道:无论如何,我都要试一试,我要挽救两个人的性命,其中一个人对我很重要。老翁与老伴相视无语。何茵问:老伯,没有其他的办法了吗? 老翁摇了摇头,说道:我们老两口,足不出户,对外面的世界了解不多,也许还有其他的办法我们全然不知。老翁这是在宽慰何茵。何茵站起身来,对两位老人说道:老人家,晚辈多有打扰,这就告辞。老婆婆劝慰她道:姑娘,你还是别去吧,在这里歇歇,回到南方去,南方暖和,东北不属于你。何茵哪里听劝,她将身上的棉袄脱下,递给老婆婆,说道:谢谢老婆婆,我既然来了,还是要试一试的。老婆婆见劝说不住,便又将棉袄递给何茵,说道:姑娘,这是我儿媳妇的棉袄,你穿着它比较适合,外面冷,能起点作用的。何茵站在那里有些忧虑,说道:你儿媳妇的棉袄,我怎么能够穿它? 老婆婆执意要将棉袄送给何茵,说道:我儿媳妇已经半年都没有回来了,在家也是晾着的。何茵疑虑顿生,她将棉袄拿在手里,关切地问:老婆婆,这是怎么了?老翁站在一旁,叹了一口气,说道:我那儿子几年前参加了部落部队,至今未归,媳妇半年前就寻他去了,音信杳无,留着这棉袄有何用。何茵感叹一声,说道:原来是这样,你儿子叫什么名字,以后也许能遇上呢。老婆婆连忙上前一步,说道:儿子叫完颜历台,媳妇叫完颜婷。何茵问:你们是女真族?老翁点点头。何茵说道:如果以后能见到他们,你们有什么话需要我转告他们?老翁皱着眉头,说道:我们也老了,如果他们还活着,希望他们回来看看我们。何茵愉快地答应了,将老婆婆送她的棉袄穿上。老两口一直站在门外,直到她消失在空旷的雪地里。

何茵离开村庄,向长白山方向艰难前行。到了晚上,她便将光环展开,沿着山路低空飞行。第二天一早,她就到了长白山山脉的中部山区。满山遍野,都是厚厚的积雪。

何茵刚刚在一座山腰上停下,就听见山下惊天动地的打杀声。何茵翻过山腰往前一看,原来这边山峪里正在进行着一场混战。一个个黑色的人影在雪地里跃动。双方投入的兵力不少,正胶着混战。鼓声、呐喊声、刀枪的搏击声、马嘶声,此伏彼起,从不同的角度传进何茵的耳鼓。双方的仇恨似乎达到了极点,彼此杀红了眼,刀光剑影,人仰马翻,刀起头落,何茵看得惊心动魄。这场战事,是谁也阻止不了的,何茵更是无能为力。它只能是两种结果,要么两败俱伤,同归于尽,要么一方战胜另一方。不管是哪种结果,双方都要死很多很多的人,这座山峪将要被鲜血染红,被尸体填满。何茵焦急万分,她只能眼睁睁地看着他们厮杀,看着他们一个个地死去。大约一个时辰之后,这场战事才接近尾声。整个山峪,除了死去的,也就剩下几十人了。幸存者都穿着皮袄,戴着皮帽,手里拿着长矛和砍刀。他们都不同程度地受了伤,一个个地立在那里,并没有欢呼胜利,他们脸色阴沉地扫视着自己死去的同伴。

人群中突然有人高喊:山上还有一人。所有人应声朝山上何茵这边仰望,他们发现了何茵。何茵刚才只顾着观战,哪里想到自己已暴露在山腰突出的部位。山下的人丢下自己死去的同伴,向山上追来。何茵本欲逃跑,转念一想,这荒山野岭,难得遇到一些人,我又何必逃走呢? 他们武功都不在我之上,我随时都有选择的余地。何茵站在那里并不挪动半步,等着他们上来。不一会儿,这群人就冲上山腰,围在何茵周围。令他们大为诧异的是,山上仅这女子一人。为首的上前两步,大声呵斥道:你是什么人! 边上一男子上前一步,说道:头,她定是建州的人,杀了她算了。人群中爆发出阵阵喊声:杀了她,杀了她! 首领将手一挥,声音停息。何茵并不畏惧,说道:我不是建州的人,我来自南方。何茵穿着山下老人送的棉袄,不易看出她是南方人。首领眼睛一亮,问:你真的是从南方来? 何茵冲她点点头。首领身旁的男子问:你是从京城来? 何茵又点点头。首领又问:来为何事? 何茵说道:是为寻千年雪参,救我朋友的命。这群人面面相觑,首领说道:千年雪参,说得容易,你以为是你想寻就寻的吗?! 首领话音刚落,他身旁的人又侧身对他说道:头,她从关内京城来,就是我们的客人,何不邀请她到我们寨上做客? 首领凝神看看同伴,然后说道:也好。首领转身对何茵说道:这冰天雪地,你是寻不到千年雪参的,不如去我们山寨一聚,再作计议。何茵想想也是,自己只身上山,越到山上越是没有人烟,那千年雪参长在地下,我是没有办法挖到它的,而眼前的这些人都是当地人,与他们熟了,也许他们有办法,说不定还能告诉我天池白头翁的下落呢。何茵冲他们点点头。

　　他们踏着积雪,翻过山腰,沿着山坡,下到另一边山峪。何茵跟在他们后面,远远地就看见,山峪里的木屋依山连成片,一层二层的,错落有致。房前屋后,不时有人走动。鸡犬之声相闻。何茵猜想,这便是他们所说的山寨了。首领一行人走进村子,村中老少争相出来迎接。但是,气氛很快就被悲伤所笼罩,有人脸上挂着泪珠,但却没有人大声哭喊。这些善良的人们似乎明白事理。刚才那场战斗,定是外族入侵,他们奋勇抗击,伤痕累累,牺牲巨大。

　　何茵很快被安置在一座大房子里的一间。这座房子是二层的木屋,一二层大约有七八间小屋,中间是个院子。这造型很有点像京城的四合院。何茵安定下来后,就有刚才站在首领身边的那人走进来,对何茵说道:我叫完颜烈,是这里的副卫,你有什么事可以直接找我。何茵一怔,转而问:你是完颜烈? 完颜烈说道:是啊,怎么说? 何茵摇摇头,说道:没什么,我知道了。完颜烈将一个热水袋放在屋里的一张桌子上,转身走了。完颜烈走后,何茵心里就想到,先前在山脚下的时候,就有老人曾托付她,如果找到他们的儿子媳妇,希望带个话,老人家的儿子就叫完颜历台。他们都是女真族,我何不打听打听呢。何茵走出房间,来到院中。这里的人都很忙碌,几无闲人。有人在室内商议事,声音传出门外,有人往来搬东西,有人在院中练武。经过仔细观察,何茵知道首领也住在这里。何茵打听楼上还住着哪些人。有人告诉她,住的都是部落的头头们,还有两位是蒙古族派来的联盟特使。何茵凝神一想,那蒙古族为何要派特使,为何要联盟? 元朝早已被大明所取代,他们要搞什么联盟呢?

何茵回到房间不一会儿,完颜烈又走了进来。完颜烈说道:一个时辰后,我们首领要见你。何茵点头应允。完颜烈转身欲走,何茵叫住了他。何茵问:你们首领叫什么名字? 完颜烈回答道:完颜历台。何茵心中窃喜。一个时辰后,何茵被完颜烈带到首领的房间。首领很客气,主动站起身来,指着一个木椅示意何茵坐,然后给何茵倒了一杯水。何茵坐下后,喝了一口水。首领问:你从京城来? 何茵点点头。首领看看身边的完颜烈,说道:皇上登位到现在,我们这里至今没有派驻军队,靠几个巡查走马观花,有什么用。何茵问:此话怎讲? 首领叹了一口气,说道:皇上就不怕这里有异心?! 何茵顿悟,说道:我一个小女子,不懂政务的,皇上登位伊始,也许还没有忙到这边来,这里安定就好。首领摇摇头,说道:只怕这里不那么安定。

首领走到窗前,推窗看看外面的山景。外面,满山都是白皑皑的积雪。寒风裹着雪粒子吹进屋来,发出清脆的声响,给屋里平添了一分寒意。首领终于将窗户关上,转过身,对何茵说道:如果有人能将这里的信息,传给皇帝,让皇上知悉,那是再好不过的。何茵不解其意,瞪着一双眼睛看着他。首领回到自己的座位上,说道:不瞒你们说,我们这片广阔的地带,都属于女真族,但女真族又分海西女真、建州女真和东海女真,我们属于海西女真,自元朝蒙古大军灭亡后,海西女真上下一心,归顺朝廷,但是,我们的想法遇到了强大的阻力,我刚才说的异心指的就是建州女真,他们的野心可大了,不仅要兼并海西女真,还要兼并东海女真,更是要在东北之地建立自己的王朝。首领说过之后,停顿了一会。何茵问:有这等事,这不是要脱离大明的统治,分裂国家吗?首领点点头,说道:他们就是这么想的,也是这么做的,你看到的那场战斗,就是我们海西女真与建州女真的生死较量,他们吞并我们的土地,要我们臣服,我们只有反抗。这次他们虽然失败了,但他们不会善罢甘休的,他们还会再来,所以我们还要做好准备。这里的长白山就是我们的第一道屏障,如果我们守不住,后果将不堪设想,它甚至会连累到大明江山的基业。上次我们派往朝廷的特使,被他们派出的武林高手拦截杀害,我们正准备派出第二批特使前往京城呢,你来得正好。何茵说道:我一个小女人,做不了什么事的。首领说道:你能做到,你虽是一个女子,但是,你能只身到长白山来,可见你有钢铁般的意志,如果我们委托你当我们的特使,那将能完成任务。何茵推托道:我到这里来,是为寻千年雪参的,哪里能当得了什么特使,我就是到了京城,也进不了紫禁城的,更别说面呈皇帝了,你还是派出你们自己的特使吧。首领见何茵拒绝,并不生气,他站起身来,在室内来回踱了几步,然后,走到何茵跟前,说道:这事也不是那么急的,建州那边这次遭遇失败,一时半会也不会那么快再来侵犯,他们需要一段时间休整,这段时间,我们也需要休整的。你刚才所说,寻千年雪参,虽然很难,我们也可以为你想办法的。何茵脸上露出惊喜之色,仿佛那千年雪参正向自己飘过来。她说道:是真的吗?首领说道:我们尽地主之谊,总比你一个人上山人生地不熟要好上几倍,只是,现在这时节,冰封雪地,上不了山的,我们谁也到达不了山顶,何况是你。只有等天气转暖,冰雪融化,我们才可以上山。何茵恍然大悟,说道:原来是这样,我来得不是时候。站在一旁的副卫完颜烈说道:你来得正是时候,你可以在这里休息一段时间,然后,我们陪你上山挖千年雪参,然后再回京城啊。何茵知道他是在安慰自己,上山挖千年雪参,岂不是比登天还难,这个时候,她只好说出天池白头翁了。何茵说道:我上山,并不是要挖千年雪参的,我只是想找一个人。首领和完颜烈异口同声问:谁?何茵回答说:天池白头翁。听了这话,首领和完颜烈眼睛瞪得老大,半晌说不出话来。

　　还是完颜烈恢复得快,他说道:你为什么要找他啊?何茵说道:听说他有千年雪参。完颜烈和首领你看看我,我看看你。首领这才说道:你知道他是谁吗?你以为找到他就找到了千年雪参吗?何茵很干脆地回答道:我知道,他是一个大魔王,他嗜血如命,杀人如麻,但是,他是我目前听说过的唯一拥有千年雪参的人,不管怎么样,我都要试一试。首领愣了一下,说道:天池白头翁就一定住在天池吗?他一个人就像孤魂野鬼,游离于整个东北,你到哪里去找到他,这冰天雪地,他怎么会住在天池呢?何茵觉得首领说的也是,我这样盲目地上山寻白头翁,有多少把握?我不如在这里休息一段时间,打听清楚了再做决定更好,至少我还有好几个月的时间。实在见不到白头翁,弄不到千年雪参,我也要赶在半年散到期之前回去见上姜成武一面,死就死在一起,值得。何茵双手握拳,对首领说道:那就在此待一段时间,打扰各位了。首领和完颜烈喜形于色,首领说道:来的都是客,十分欢迎。何茵站起身来,转身欲走,突然想起什么似的,对首领说道:你叫完颜历台?首领有些惊诧,他直视着何茵说道:你怎么知道我的名字,你是谁?何茵莞尔一笑,说道:我叫何茵,打听你的名字很难吗?完颜历台不好意思地笑了,他这时才正眼仔细地看了看何茵。原来何茵如此之美。她一头秀发,面色红润,身形典雅,眉宇间蕴含着一股正气。何茵继续说道:就在一天前,我见过你的父母,他们就住在离这里一百多里的山脚下,这件棉衣你应该认得,它是你媳妇的,你父母执意要将它送给我穿。完颜历台端详着何茵手里拿着的棉袄,眼睛终于一亮。这件棉袄他再熟悉不过的了,是他结婚那年亲自到镇上买给新婚妻子穿的。完颜历台上前抓住棉袄,激动得说不出话来。何茵说:我还给你。完颜历台急切地问:她人呢?何茵有些疑惑,问:她不是跟你在一起吗?完颜历台手里捧着棉袄,说道:从家里出来,我就没有见到她。何茵凝神说道:怎么会这样,她半年前就从家里出来,寻你呢。完颜历台眼里泛光,无神地看着门外,自言自语地说:她出来都半年了,她怎么就没有找到我呢?见此情景,完颜烈走上前,对首领完颜历台说道:首领别难过,我这就派人去寻嫂子,会找到的。何茵也安慰他道:会找到的。过了一会儿,何茵又说道:你父母大人托我给你捎话,让你有空回去看看他们,他们太想你了。完颜历台这时才从回忆中恢复过来,说道:多少次就想着回去看看的,但是这里的事务哪里脱得了身,我是首领,我不仅要带领我的族人抵抗外族侵略,还要带领我的族人归顺大明王朝,我哪有空回去?何茵说道:男儿有志在四方,你是在做大事,他们会理解的,等有空再回去看看二老吧,这里没有什么事,我先回去了。完颜历台脑子空空,不知道说什么,只好冲何茵点点头,目送何茵离开屋子。

副卫完颜烈当初在山上时,要留何茵下来,并将她带到山寨,是存了一份奇想的。这何茵如此美丽大方,岂不是做首领压寨夫人的合适人选?首领带领族人抗击外来侵略,这么长时间都是孑然一身,他是应该找个媳妇的。殊不知,何茵现在又说出嫂子寻夫的事,完颜烈这份成人之美讨好首领的异想,只得被扼杀在萌芽状态。

何茵回到自己的住处,做好了在此停顿一段时间的准备。接下来的日子,何茵与当地村民打成了一片,她聪明、智慧、美丽,很快就被当地人所接受,深得他们的喜爱。时间一长,何茵就被当地人的热情感染了。建州女真势力越来越大,野心也越来越大,他们不仅想吞并海西女真,而且欲在东北建立自己的脱离大明的王朝。海西女真誓要阻止他们的野心,保持大明江山一统天下。何茵心想,如果我完成了自己的心愿,我完全有可能将他们的书信转交到皇帝手上,到时候我不妨一试。那两位蒙古特使在山寨仅住了两晚,便打道回府了,何茵经了解得知,他们是蒙古某部落的,到这里来,是要加深蒙古和女真族联盟的关系。蒙古的情况与这里有几分相似,有部落利用大明王朝管治式微、鞭长莫及的态势,欲谋求独立,而这两位特使所在的部落坚决抵制,他们与海西女真组成强大的联盟,互相支持,互为依靠。何茵心想,他们如此淳朴、执着,心系国家,我要为他们做一点事才是。一个月之后的一天晚上,何茵来到首领完颜历台的房间,对他说:首领,请你将递交给大明皇帝的书信写好,我在这里办完事,回到京城,定会想办法转交到皇帝手上。完颜历台非常高兴,欣喜之色挂在脸上。

何茵在海西女真人的山寨住了一个多月。到第二年春雪开始融化的时候，她便决定上山了。首领完颜历台安排两位熟悉山形的年轻人陪何茵上山。何茵万分感动。这段时间，何茵与这里的村民建立起了深厚的友情，她要离开这里了，村民们着实有些舍不得。

就在何茵出发前的一天，这座山寨一前一后突然走进来两个人。第一个人就是完颜婷。她是首领完颜历台失散多年的媳妇。她跟完颜历台的两个手下走到完颜历台面前时，完颜历台简直不敢相信自己的眼睛。他愣了半天，终于与完颜婷拥抱在了一起。完颜婷泪水汪汪，整个身子都在抽搐。她寻夫寻了半年，是完颜历台的两个手下在山外的一个村落里找到的。这是一件多么高兴的事，完颜烈向首领完颜历台提议，晚上在山寨举行一个庆祝会，结果被完颜历台拒绝了。完颜历台说道：这是个人的喜事，还是不要惊扰大家吧。另一个人是一位药农。此人中年向上，剑眉大眼，神气活现。他背着很重的药材来到山寨，出现在完颜历台和完颜烈的面前，他将药材卖给了山寨，收了银两，打算第二天早上上山采药。何茵听到这个消息，喜出望外。她找到这位药农，欲要跟她一起上山。药农似乎很高兴，欣然答应。药农对山形自然熟悉，何茵谢绝了另两位年轻人的陪护，她要只身与药农一起上山。就在这一天，首领完颜历台已经将写给皇上的书信拟好，交给何茵，希望何茵转交给皇上。何茵将信收好，信心满满地对完颜历台说道：首领你放心，我定当尽力完成。

第二天一早，何茵与山寨里所有的人告别，跟在药农的后面上山了。走在山上，药农夸她漂亮，夸她有胆识，夸她为人有义气。从他的话里，何茵似乎感觉出这人健谈耿直，诚实敦厚，放松了对他的警觉，与他交谈起来。何茵问：这位大叔，你经常上长白山采药吗？药农说：那当然，我是在长白山脚下长大的。何茵问：你采过长白山千年雪参吗？药农似乎很吃惊，说：姑娘为什么要这样问？何茵也不想绕弯子，说道：我是冲着长白山千年雪参而来。药农说道：长白山千年雪参不是一般人都能得到的，就看你有没有这个福分了。何茵说道：我知道很难找，我只是想知道，我有没有希望找到它。药农说道：你如果找别人，是一点希望也没有,找到了我,希望还是有那么一点点。何茵问:此话怎讲? 药农说道:我是说有那么一点点,就看你的造化了。何茵见他不愿意明说,也不好再问。两人沉默着向前。其时,已是春暖花开,山上的积雪早已融化,仅剩下远处的山顶被积雪覆盖,微风有些凉意,但并不刺骨。走了一会儿,何茵就感觉全身发热,心情也好了许多。何茵一边走一边问:你打算上到哪里? 药农说道:上到天池啊,那里有很多名贵的药材,另外,你不是也想去那里吗? 何茵有些诧异,问:你怎么知道我要去天池呢? 药农说道:你要去找一个人,因为你自己到长白山上,是根本找不到千年雪参的。何茵停下来,瞪着一双疑惑的双眼看着他,问:你知道我找谁? 药农说道:我当然知道,你是找天池白头翁。何茵愕然,说道:大叔,我真是服了你。药农诡秘地一笑,然后说道:在整个长白山地带,只有天池白头翁才会拥有千年雪参,其他人如果拥有,是不会活到第二天的。何茵质问:有这么厉害吗? 药农说道:长白山天池白头翁是长白山山王,他怎么可能让别人拥有千年雪参呢? 何茵问:他要这么多千年雪参干什么呢? 药农说道:千年雪参本来就不多,他当然是留着自己用了,千年雪参吃了耐寒,健身,祛病,提升内力,延年益寿。何茵说道:所以他就这么自私,不择手段,誓要占为己有?

临近傍晚时分,他们终于爬上了长白山主峰。药农告诉何茵,山那边就是长白山天池。何茵有些激动,她尽管疲倦,但还是一鼓作气地奔到了山的另一边。果不其然,一座偌大的高山湖泊呈现在眼前。

在远古时期,长白山是一座火山。几十年前,长白山火山突然喷发,当火山喷射出大量熔岩之后,火山口处形成盆状,时间一长,积水成湖。由于地处高山,名曰天池。长白山天池由此而来。

何茵举目望去,眼前的场景令她心潮起伏。池面如镜,波光粼粼,西边的落日红霞尽染,水面云蒸霞蔚,宛若缥缈仙境。天池四周被群峰环抱,峭壁百丈。湖光山色,绝妙的一幅人间美景。何茵心想,如果没有世间的纷争离合,在此休养生息,该有多好。

药农走到何茵身边,他对这里的美景习以为常。他对何茵说道:你要是喜欢,也可以长期待在这里,免了那些世间的浑浊。何茵觉得药农说的话有道理,但不现实。她站在崖边贪恋地吸了一口气,凝神一思,终于没有忘记自己来此的目的。她转身对药农说道:这就是长白山天池啊,百闻不如一见,只可惜我没有心思欣赏这里的美景。接着她说道:听你说,你好像对天池白头翁很了解,你知道他在哪里?药农爽声一笑,说道:白头翁居无定所,神出鬼没,我是很难找到他的。何茵问:你见过他?药农回答说:见过。何茵问:他在这一带出没?药农说道:应该是,他到处寻千年雪参。何茵说道:你带我去见他吧,你一定知道他在哪。何茵目光炯炯有神,她也是言辞恳切,药农似乎没有了拒绝的理由。他故作下了好大的决心似的,对何茵说道:你跟我来。何茵哪敢懈怠,忙不迭地跟在药农身后,向山顶走去。

这个山顶就是长白山主峰白头山的山巅。临近山顶时,药农却停下了脚步,他转身对何茵说道:我能知道的,他唯一落脚的地方,就是这上面了,如果他不在上面,我便无能为力,你上去吧。何茵有些疑惑,问:你不上去吗?药农摇摇头,说道:我怎么敢上去,他是一个喜怒无常的人,万一动怒,咔嚓一下,我人头落地,这条老命就丢在山上了,他杀人,就像踩死一只蚂蚁那么容易,你去吧,也许你命大。药农不上也罢,何茵已是非常感激。她说声"谢谢",便向山顶登去。药农见她上去,迅速向山下奔去,很快就不见人影了。

这座山的山顶就在上方,积雪已将其覆盖,何茵几乎找不出一条明显的通往山顶的路。寒意阵阵袭来,何茵连打了几个冷战。这时天色已晚,借着月色和积雪映照的白光,何茵没有半点犹豫,大踏步地向山顶上走去。攀到山顶,却是一块平整的场地。上面树木丛生,一人粗的松树比比皆是。呼啸的寒风将树上的雪粒吹落,打到她的脸上,似刀割一般。何茵站在一棵大树下面查看,除了厚厚的树木,并没有见到天池白头翁或者是一座房屋。她甚至有些失望。药农将她带到这里,看似无意,却是有意,似乎很有把握,这是何故?这山顶上如此安静,哪里有人的生命的迹象?既然来了,何茵就不会轻易放弃。她穿过树林,向山顶的另一边走去。走不出几丈之地,她依稀看见一座小木屋就坐落在山崖的边缘。小木屋由树枝铺顶,上面的积雪并不平整。小木屋的门是掩着的。

299

何茵一阵惊喜,没有半点疑虑,便上前敲门。敲了三下,无人应。何茵轻轻一推,门开了。何茵站在门口就看见屋内一隅的地上放着一个火盆,火盆里面炭火正旺。何茵更加确定天池白头翁就在这里。她朝屋里喊了一声,有人吗?无人应答。何茵接着喊时,突然一个人站在她面前。待她定睛一看,站在她面前的就是一个老人。老人已是耄耋之年,头上并无一根头发。鼻子底下八字白胡从嘴的两边拖到下巴。说他是白头翁,却并不是满头白发,而是白色的头皮,原来"白头翁"的称谓就是这么来的。老人还算硬朗。他站在何茵的面前,目光有些呆滞地看着何茵。何茵心想,这就是一个平常不过的老翁,哪里像人们传说的,面目狰狞、嗜血如命的杀人魔王天池白头翁呢?

天池白头翁还没等何茵说话,便侧过身子,说道:你进来吧。何茵向里走了几步,一直走到火盆边,弯下腰来取暖。白头翁将门轻轻地掩上。何茵感觉自己暖和了许多,这才站起身来。她显得极为镇静,扭头查看起屋里四周。这里并没有什么特别之处,除了火盆,便是一张木床,两张小木椅,床头有一个破旧的木箱,木箱没有锁,一把旧锁挂在上面,墙脚处有一堆木炭。何茵问:你就是长白山天池白头翁?白头翁走到她身旁,说道:不错。何茵爽朗地一笑,说道:老人家,找到你真不容易。白头翁突然大笑一声,说道:你一个丫头,为什么要找我?何茵并没有直奔主题,她转移话题,问:你平时就住这里吗?我也觉得你怪怪的,这高山雪地,住这有什么意思呢?白头翁并不搭理。何茵继续说道:你在外面的名声却不太好,他们把你说成是杀人魔王。白头翁眼睛瞪着何茵,质问:我是杀人魔王,你为什么还要往这里跑呢?难道你不怕死?何茵说道:我本来就是一个要死的人了,死又何惧?白头翁说道:死不足惧,为何还要寻千年雪参救自己,分明是怕死。何茵有些诧异,这老头比她想象的要精明得多。何茵说道:不错,我是为千年雪参而来,不过,我不光是为了救我自己的性命,更是为了救一位朋友的命。白头翁干笑一声,说道:朋友的命比自己的更重要吗?何茵很干脆地说道:不错。白头翁突然又哈哈大笑起来,笑过之后,他说道:这个世界上还有什么比自己的生命更重要的呢,我不相信朋友。何茵说道:你没有朋友,你当然不相信,也感觉不到。白头翁不停的笑声,令何茵突然想起一个人来。那个人就是药农。那药农如此和善,看似纯朴,谁会把他与恶魔一般的白头翁联系到一起呢? 他为什么卖了药材又要上山采药呢? 何茵要跟着上山,他二话没说欣然应允。到天池,接着到白头山主峰,他何等熟悉这条路线,仅仅是因为采药的缘故吗? 说到天池白头翁,他除了重复外界的传闻,并没有自己的描述。他将何茵未送到山顶,自己便下山无影了。何茵思前想后,突然就悟出,这药农不是别人,正是天池白头翁。何茵越想越是。后又一想,这白头翁为什么要以药农的面目出现呢? 除了说明他有深厚的易容之术外,这里面定会另有寓意。何茵问:你既然武功高强,为什么又要以药农的面目示人呢?

何茵这一问,着实令白头翁甚感诧异。这丫头确实不一般。我易容成药农都被她发现,我这易容之术,还从来没有人识破过。她一个女孩子,为了寻千年雪参,只身前往陌生之地,千辛万苦,她具有何等的胆识。另外,我看她翻山越岭,一路奔波,腿不酸,腰不痛,气不喘,武功根基一点也不弱。这样的年轻人,不正是我所需要的吗? 这真是,踏破千山无觅处,得来全不费工夫。

何茵说道:你既然知道我是冲着千年雪参而来,为什么不成全我呢? 白头翁说道:谈何容易,千年雪参多少年才发现一根,我岂可将它轻易送人? 何茵说道:这些年,你不择手段,收藏千年雪参,应该不止一根吧,用它很小的一部分来救人,又有何难? 白头翁说道:我是从来不送人的。何茵说道:我出银两如何? 白头翁说道:你认为,我缺银两吗? 何茵欲笑还止,说道:是啊,以你白头翁的武功和手段,自然不缺银两。何茵叹了一口气,说道:看来,我是白跑一趟了,我死不足惜,只是我那朋友曾经救过我的命,我让他失望了,这样的话,我死不瞑目。沉默。木屋里死一般地寂静。突然,白头翁说道:你要救你自己和朋友的命也不是没有可能,除非你答应我一个条件。何茵眼睛一亮,急切地问:什么条件? 白头翁说道:做我徒弟。何茵以为自己的耳朵听错了,但仔细一想,没有错。她有些惊诧了。这老头从山下,一直到这里,对我这么好,原来是有用意的。他有这么高深的武功,怎么会没有徒弟呢? 另外,他一个大魔头,嗜血如命,我又怎么可能做他的徒弟？如果我做他徒弟,无异于我又回到了恶人族,又何必当初弃暗投明,要重新做人呢？不可,万万不可。世上的恶人真是恶有恶报,尽管可以呼风唤雨,横行无忌,但是,收徒弟却都是万般艰难。当初恶人老三低声下气,万般讨好,就是要收姜成武做他的徒弟,结果竹篮打水一场空。何茵说道:这个条件我不能答应。

白头翁立马脸色大变,怒道:到了这里,由不得你不答应的。何茵神情严肃地说道:收徒弟是靠自愿,如果你靠强迫,你应该有很多徒弟了,恐怕也轮不到我。白头翁见她这么一说,觉得也有道理,怒气消了一半,便说道:你答应了我,我便好好待你,不仅与你千年雪参,而且将我练了几十年的绝世武功传授给你,何乐而不为？何茵不紧不慢地说道:学武之人,自然希望练就绝世武功,但是,我如果做了你的徒弟,将会被世人唾骂,你自己应该知道,你坏事做绝,武林人士嗤之以鼻。白头翁哪里有耐心听何茵说这些痛骂自己的话,便说道:这么说,你是不答应了？何茵非常肯定地说道:不答应。白头翁并没有生气,他转身走出屋外,不到片刻,又走了进来,对何茵说道:可能你永远也走不出这里。语气虽然平和,却带着威逼。他说出这话,并没有出乎何茵的意料。何茵心想,他一个大恶人,是什么事都做得出来的。我要不是救人,又何必到此受他威胁？我既然来了,又何足畏惧？何茵说道:你将我囚禁在这里,我是救不了人了,我自己反正也是死,但是,你还是收不了徒弟的。白头翁真的生气了,他将手一抛,走出门去,没几步,又折身将门关上锁住,从门缝里抛出一句话来,我五天回来一次问你一声,直到你答应为止。说罢便没了身影。何茵在心里骂道:这个大恶人,真的要将我囚禁在这里了。何茵想想也是,这个十恶不赦的大魔头,杀人无数为的是掠夺千年雪参,他又怎么会轻易将那千年雪参送与人？何茵走到门口,用手扒门,门哪里能扒得开！这里虽然是木屋板门,但是对何茵来说无异于铜墙铁壁。何茵舒了一口气,开始在屋内翻找起来。这里既然是白头翁居住的地方,那千年雪参就有可能藏在这里。找到千年雪参,我再想办法逃出去。何茵翻找了一遍,哪里有千年雪参！她不死心,又翻找了一遍,仍然一无所获。她有些失望地骂了一句白头翁“这个老奸巨猾的恶魔”。何茵在

302

想,难道他还有另外的住处,这里仅是他的一个藏身之地。他现在出去了,定是去他另外的住所。我如果能出去,跟踪他,定能找到千年雪参。

何茵在屋内找不到千年雪参,又将目光转向四周,希望找到出去的突破口。她终于发现墙壁上方那扇不大的窗户。何茵一个纵身,便跃上窗户。她轻轻地用手一推,那窗户居然"吱吱"两声就被推开了。何茵朝外面一看,黑乎乎的什么也看不见。何茵心想,这后窗的位置说不定紧挨着万丈深渊,我不明白外面的情况,这般翻窗跳下,岂不是摔个粉身碎骨?白头翁说五天来一次,我有的是时间,何不等到明天?而且,白头翁将我锁在这里,也许他现在并没有离开,他知道我有那么一点功夫,自然担心我撬开板门弃千年雪参而去,这岂不枉费了他带我上山的心机了?我还是等到明天看清楚这里的情况再说。何茵将窗户关上,跳了下来。她刚刚在那张木凳子上坐定,又突然想起。这白头翁何等精明狡猾,他又怎么会没有想到那窗户很容易被推开呢?是他疏忽,还是他有意而为之?如果他是有意而为之,他要将我囚禁,却又要让我从这窗户逃脱,是为何故?我大老远地来,很累了,是该歇息了,只有等到明天再说了。何茵站起身来,从墙脚处拿来一根木炭,放进火盆,然后,她就坐在火盆边的木凳上打起盹来。

何茵第二天醒来,外面已是春光明媚。阳光从窗户和门缝里照射进来,将木屋照个透亮。何茵伸了个懒腰,站起身来,然后走到门口依着门缝往外看。外面的雪地上泛着晶莹的光辉,两行脚印依稀可见。何茵根据脚印分析,白头翁着实下山去了。何茵立即转身,走到窗户下,纵身一跃,就上了窗户。她推窗往外一看,另一座山峰离得很远,窗户下面就是万丈深渊。何茵心想,我昨晚幸亏没有跳下去。何茵伸出头,四下查看,终于发现,窗户侧面的山腰上树木丛生。何茵想,我完全可以从这里逃出去。但是,我逃出去又如何?逃到山外,回到京城?这等于我放弃了千年雪参。这么轻易放弃,于心何甘?另一种结果,从这里逃出去,可能还没有下山,就被白头翁抓了来,重新囚禁在这里。不管怎么说,出去了总比囚在这里等要好得多。我一天不答应做他徒弟,他就会永远地将我关在这里。他逍遥无事,却苦了我在这里白白地消耗时间。出去了,我才会有机会,我可以变被动为主动。何茵回头看了一下屋内,便从窗户上纵身一跃,直落到木屋一侧的树林里。何茵本来是要寻着白头翁下山的脚印,跟踪他,但是,她在这片悬崖边树林中还没有走出几步,就见前方一个黑乎乎的土坑。何茵顿觉好奇,探身上前,她眼前的一幕让她大为震惊。这个坑里骷髅成堆,坑的边沿闪着灵光,阴森恐怖。何茵无法估量这是多少人的头骨。她心里骂道,这白头翁残害多少无辜者的性命,如此歹毒残忍,不得好死。何茵离开崖坑,向上攀登,不一会就到了山顶平地。何茵回过头,从这里再也没有看到那个坑。何茵心想,白头翁在这里挖了这么一个神秘的大坑,堆了那么多的头骨,我要不是从后窗逃脱,是根本无法发现的。这些死去的人是因为持有千年雪参被他杀害,似乎不太可能。极有可能的是,他利用这些人练一种阴功。这些被他杀害的人以及千年雪参成就了他绝世武功。

何茵站在来时的山口,向山下望去。重峰错致,丛林茂密。她根本看不出来时的路。唯有天池,如日月明镜,镶嵌在不远的山中,极为醒目。何茵想着那白头翁去了山下,也许就在天池附近,我何不去暗暗查找一番? 找到白头翁的藏身之处,也许就能找到千年雪参。白头山山顶没有,也许天池那边就有。何茵不再犹豫,便寻着白头翁下山的脚印向山下掠去。

没走出一段,积雪没了,脚印自然消失。何茵便直奔天池方向。但是,她还没有到达天池,就远远地看见白头翁蹲在前面的一棵大树下面,背对着她。何茵心想,这恶人蹲在这里,自然是守着她的,既来之则安之,我又何必避开他? 何茵径直往前走,白头翁不动声色。待何茵走到他身侧时,白头翁突然站了起来,拦在山中小路的中间,转过身来。何茵走到他跟前,怒斥道:不给千年雪参也罢,将我囚禁山上,是何道理! 白头翁发出一声怪笑,说道:我是讲道理之人吗? 我知道你会从后窗逃脱的,这下你更知道,我是何等心狠手辣之人了。何茵怒道:你确实是心狠手辣之人,拿别人的生命练自己的邪功,你是人吗? 白头翁不气还笑,说道:那些不愿意做我徒弟的人,都成了我练功的工具,他们不是很傻吗? 何茵朝他啐了一口,说道:他们才是正直之人,只因不愿意与你同流合

304

污,才惨遭你毒手。白头翁说道:我看出你是习武之才,才决定收你为徒,你别不知好歹。何茵说道:我既不想做你徒弟,也放弃寻那千年雪参了,我只想回去,见上我朋友最后一面。说着,便大步绕开他朝山下走去。白头翁哪里愿意放她走,一个纵身又拦在她面前。何茵不假思索,突然从背后衣服里抽出长刀,朝白头翁的手臂上砍去。那长刀本是恶人族护身武器,只因上面刻着何茵的名字,所以她随身携带,不忍丢弃。长刀砍下去,白头翁纵身一闪,轻易躲过。何茵一不做二不休,白头翁退到哪里,她便举刀砍向哪里。半个时辰,何茵未伤着白头翁半根寒毛,自己反倒觉得累了。何茵见白头翁躲闪的空儿,灵机一动,突然将光环展开,纵身一跃,她撑着光环向山下飞去。但是,她刚飞出十余丈远,就听见光环被实物击中,"咣当"一声,成了碎片,何茵失去依附,摔到地上。因为飞得不高,何茵并未受伤。她刚站起身来,白头翁却慢悠悠地走到她跟前,阴阳怪调地对她说道:你还是乖乖地跟我回去,答应做我徒弟,免得受皮肉之苦。何茵怒不可遏,待白头翁走近时,突然抽刀直劈他的面门。但是,这一次,又让白头翁避开了。白头翁反手一击,直将何茵手中的长刀弹出身外,落到几十丈远的山下,"当啷"作响。白头翁出手力道,不同凡响。接着,他伸手点中何茵穴位,令何茵木偶一般立在那里,白头翁又伸手一揽,将何茵整个人搭到背上,如同背着一捆柴火,他捡起长刀,向山上走去。

还是山顶那间木屋。白头翁将何茵扔到地上,然后解开她穴位,对她说道:自己送上门来,就不要想着离开了。何茵骂道:你个大魔头,你不得好死。白头翁并不理会,他走出门去,顺手将门关严,从门缝里丢给何茵一句话,"你好好考虑,我五天后再来,你是逃不掉的",便向山下走去。何茵坐在地上,看看四周,依旧沉寂。火盆里的炭火即将燃尽,何茵站起身来,往里面放置了一根木炭。她抬头看看后窗,后窗却被关得严严实实,并钉上了很粗的铁钉。何茵心想,这么快后窗就被封上了,莫非这个大魔头是在我下山的空当,上山来干的。这老魔头为我动了不少心机,我一时半会是回不去了。何茵坐到木凳上,叹了一口气,不知如何是好。这个时候,她想到了姜成武。他在京城还好吗?他见到他表妹了吗？他是否替父母乡亲们报仇了？那韩雍，深居京城大院，戒备森严，前呼后拥，他又如何能报得了仇呢？想到这里，何茵很是担心，更是为姜成武的命运悲怜。姜成武在做什么呢？他会继续练功吗？他身中半年散，不会提前发作吧？何茵接着又在想，百药堂惨案，是否真相大白了？百药堂叶堂主身在何处？他提醒我们长白山千年雪参可以医治半年散之毒，那他也许还知道，除了长白山，其他地方也能弄到千年雪参，比如宫廷，比如京城大户人家？姜成武知道他还活着，也许已经找到了他。说不定，叶堂主已经将姜成武体内的半年散之毒排除了。如果是这样，我还是想方设法早点回到京城，姜成武得救了，我也有生还的希望，总比在这里耗着好。但是，如果叶堂主对半年散束手无策呢？他们只能将唯一的希望寄托在我身上。为了姜成武，也为了我自己，我定当不辱使命才是。

何茵待在木屋，终日无所事事，也无所作为。时间一天天地过去，何茵急也无用。到第五天的时候，白头翁终于来到门外，对着门缝问何茵：你答应做我徒弟吗？何茵生气不理他。白头翁语气平和，又问了一句：你想好了，愿意做我徒弟吗？何茵怒道：大魔头想得倒美，你死了这份心吧。白头翁并不生气，听了这话，转身就走，很快就消失于屋前场地。白头翁走后，何茵冲到门边，喊道：喂，喂，大魔头，你开门啊。她的声音从门缝里飘出，很快就被山风转走，没有留下任何的回音。何茵再一次地失望了，她气急败坏，猛地抬腿朝门上踹了一脚。"当嘟"一声，木门似铁门，动也不动。何茵这时才知道，这木门的厚度哪是自己拳脚所能打开的。白头翁老奸巨猾，这木屋岂止关过何茵一人？

大魔头白头翁这一去，又要等它五日才会回来。他这是在考验何茵的意志和耐力。何茵岂能不知他的想法？但是，这第二个五日开始的时候，何茵就在想，这样下去不是办法。大魔头能耗得起时间，我耗不起。他身体精神都好得很，不知道还要活多久，害多少人，我如果得不到千年雪参，就活不过这个夏天了。不仅是我，姜成武也是。我为什么要让白头翁这个大魔头牵着鼻子走呢？何不以我的智慧，主动出击，牵住白头翁的鼻子走呢？何茵心想，我如果口头上答应了他，做他徒弟，他就会送我千年雪参,这岂不是救了我和姜成武两人的性命? 对于人来说,生命是最宝贵的,我们没有权利让它轻易消失。但是,我也不能因为挽救自己和姜成武的生命,而丧失做人的原则。我如果以我的智慧,既要得到千年雪参,又不丧失做人的原则,岂不是两全其美的好事? 我要认真思考,不妨一试,一定要以自己的智慧打败白头翁。接下来的时间,何茵苦思冥想,精心设计自己的可行方案。直到第二个第五天的时候,她的脸上才露出少有的一丝丝的笑容。

这一天上午,太阳暖洋洋地照在白头山的上空,空气清新如常,山风习习。白头翁如期而至。他走到门前,对着门缝喊道:你想好了吗? 何茵靠在屋里的木凳上佯装不理会。白头翁又喊了一声:你想好了做我徒弟吗? 何茵仍然不作声。白头翁转身就走。他还没有走出几步,就被何茵叫住了。何茵仍然坐在屋里的木凳上,她说道:做你徒弟也不难。何茵知道,她说出这话,白头翁一定能听得见。果不其然,不一会儿,何茵就听见走近的脚步声,接着是开门声,很快,木门就被打开了。白头翁走进门来,喜形于色地对何茵说道:你是答应做我徒弟了? 何茵点点头,说道:不错。白头翁显得很激动,他双手抱在胸前,自言自语地说道:终于有人肯做我徒弟了,我真是太高兴了。何茵正色道:你要知道,我是因为千年雪参才答应做你徒弟的,你不能勉强我太多。白头翁仍然激动着,连声说道:那是那是。何茵终于站了起来,严肃地对白头翁说道:我答应做你徒弟,你除了教我功夫和送我千年雪参外,也要答应我三个条件。白头翁愉快地点点头,说道:什么条件,你说。何茵在屋里一边踱步,一边凝神说道:第一,从我拜师那刻起,你不得再无辜杀人,也不得靠杀人来练阴功;第二,你不能限制我的自由,我有很多自己的事要做,你不能干涉;第三,我虽然是你徒弟,但在人面前我不会叫你师傅,只会直呼其名,我需要你帮忙的时候,你就要出手相助。何茵停顿了一会,接着说道:如果你答应了我这三个条件,我便拜你为师。白头翁很认真地听取了何茵说的每一句话,可以想象,他内心的斗争非常激烈。寻寻觅觅这么多年,各种手段使尽,好不容易才有人愿意做他徒弟了,却提出这么多条件。这个女孩性格刚烈,我要是不答应她的条件,她是不可能妥协的。

到头来,我还是竹篮打水一场空,没有徒弟。这些条件对我来说都不难,收徒弟要紧,答应她便是了。

白头翁说道:我答应你。何茵有点不大相信自己的耳朵了。她说道:你可是想好了,如果你答应了我,便要按我说的做到,我如何能相信你?白头翁有点急了,他眉头一皱,说道:我发誓。何茵差一点要笑出声来,她说道:我本来是不相信你的,即使你发了誓,但是,你对自己的徒弟发的誓,我总该相信一点。白头翁担心何茵存疑,说道:我虽然恶,但也不是轻易发誓的。何茵说道:那好,从现在开始我便做你的徒弟,我到半年散到期还有两个多月的时间,这两个月我就在山上跟师傅学艺,并打理这里的一切,两个月之后,我便要带着千年雪参下山,你看如何?白头翁显得异常激动。他心想,我向来也是天马行空,独往独来,我自然要给徒儿自由才是。于是连说了三个"好啊"。说过之后,他想起什么似的,对何茵说道:徒儿,我们还要举行一个拜师仪式。何茵说道:依你,我觉得还是简单一点好。白头翁说道:简单,简单,我只请一个人见证。何茵问:谁?白头翁说道:漠河老怪。何茵说道:从来没听说过这个人,他是谁?白头翁昂起头,说道:我们在东北斗了七十年,他咒我今生今世不会有徒弟的,如果有人拜我为师,他要给我磕三个响头,自称老儿。何茵心想,又是一个恶人。便说道:那好,我们就要让这个老儿见识见识。白头翁高兴地闪到屋外,然后拿起火折,对着北方的天空施放了一支烟火。

第二天中午,漠河老怪赶到山顶,见到场地上的白头翁,便说道:老腐,这么快通知我来,有何要事,比武才过去半年,你并不占我上风。白头翁骂道:谁让你个老不死的来比武啊,通知你来,是要你见证我徒儿的拜师仪式。漠河老怪瞪着一双疑虑的眼睛看着白头翁,说道:我说老腐,太阳从西边出来啦,哪个是人是鬼的瞎了眼,要做你徒弟,叫他出来我见见。他话说完,白头翁便冲屋里喊了一声"徒儿,你出来"。话音刚落,何茵应声从屋里走出来,落落大方地站在两个老魔头的面前。漠河老怪看见出来的是一个女的,眼睛顿时放光。他上下打量着何茵,面部表情翻江倒海。他这表情,让何茵就觉得恶心。这老怪物应该与白头翁年龄相仿,头上的白发稀稀拉拉,马脸拉得老长,脸上的一条刀伤异常明显。

漠河老怪眯着眼对何茵说道:我刚才还说,谁瞎了眼要做老腐的徒弟,丫头,你现在改变主意还来得及,我没有见证,就不算是徒弟,你不如跟了我去漠河,那里有吃有穿,享不尽的荣华富贵。何茵自从第一眼见到这个漠河老怪之后,就再没拿正眼瞧他。何茵啐了一口,说道:我答应做他徒弟,岂是你改变得了的?白头翁插到何茵和漠河老怪的中间,对漠河老怪说道:老不死的,你省省吧,叫你来见证我收徒的,再啰唆,我不客气了。漠河老怪说道:怎么,要比试啊,奉陪。白头翁两手叉腰,说道:比就比。两人互不相让,一副要比试武功的架势。何茵连忙制止,说道:比武还是下次吧,今天还有重要的事做。白头翁愤愤说道:就是,幸亏徒儿提醒了我,老腐,听明白了吗?漠河老怪耷拉着脑袋不说话。

接着,何茵按照自己的方式安排了一个简单的拜师仪式。拜师仪式上,何茵口是心非地叫了白头翁一声"师傅"。白头翁激动之情溢于言表。拜师仪式刚结束,白头翁便厉声对漠河老怪喝道:老不死的,跪下。漠河老怪丈二和尚摸不着头脑,正要发怒,白头翁又说道:当初我们说好了的,我收了徒弟,你便要给我磕三个响头,你可不要耍赖。漠河老怪这才恍然大悟。他一脸的苦相,近似求饶地看着白头翁。白头翁催促道:你快点吧。漠河老怪真的跪到地上,对着白头翁连磕了三个响头。他这动作,直把白头翁乐得眉飞色舞。漠河老怪磕了三个响头之后,腾地站起身来,一句话也没说,气鼓鼓地冲出门外,然后向山下奔去。何茵不解,白头翁却习以为常。他不这般,就不是漠河老怪了。

接下来的时间,何茵主要精力就是放在练功上。白头翁答应过她,要将自己几十年的功力传授给她,他说得到会做得到的。白头翁之所以作恶江湖,傲视群雄,就是因为他练就了一种邪门毒功,名其曰:麒麟功。所谓麒麟功,就是功夫深到一定的时候,全身皮肤加厚,形成鳞甲,别人伤不了他身。白头翁要将这种功传授给何茵,被何茵拒绝了。何茵说道,这种邪功,我不练。她要求白头翁传授她内力。白头翁自然照办。在一个月白风清的夜晚,何茵端坐在木屋的木床上,她解开上衣,露出后背。白头翁端坐在她身后,两手按在何茵的后背上慢慢用力,不一会儿,青烟缕缕,很快形成缭绕之势。大约半个时辰后,何茵突然啊的一声,口吐鲜血,倒在床上,不省人事。白头翁将一件衣服搭在她身上,走出屋外。白头翁为人恶毒,却不近女色,这似乎不合常理。其实,他并不是一个真正的男人身,说话阴阳怪气,走路扭扭捏捏。很多人只知道他是白头翁,却不知道他的白头是怎么来的,他是因为练邪功而至头皮发白,如同白癜风一样。也许因为这个,何茵才放下顾虑留在山顶,也许因为这个,她才保全了女儿之身。大约一个时辰,何茵从床上醒来。她满头是汗,身体极度虚弱。她躺了一会儿,感觉自己好了许多,便支撑着坐了起来,连忙将上衣穿上,缓缓地下床。白头翁这时走进屋内,端起一碗汤,递给何茵。何茵大口地就将它喝了下去。又休息了一会儿,何茵体力渐渐恢复,她变得容光焕发,精神抖擞。白头翁说道:我已将我近七十年的内力传输给你了,你是否感觉到现在浑身有力?何茵伸伸胳膊,点点头,说道:不错。白头翁说道:内力传输给了你,以后你多练习就是了。何茵直到现在,才终于开口对白头翁说了一声"谢谢"。

何茵着实聪明,她凭借自己丰厚的内力按照自己的套路夜以继日地练功。不几日,她就练成一种新功。这种功,从她的指间发出,能穿透非常坚固的物体。这种功,通过手指,点到为止,瞬间能将点到的液体凝固。何茵都不敢相信,自己武功进益如此神速。白头翁看到何茵在他面前展示,用食指将一块厚木穿透,目瞪口呆。他说道:你终于练成了点穴神功。何茵觉得他说的这种功并不惊人,心想,我练功,专门针对坏人的,我要叫那些坏人热血凝固,望而生畏,就叫它点血神功吧。从此以后,江湖上又多了一种奇妙的绝世武功,叫作点血神功。

何茵预计回程的时候到了,她需要回到京城。临走的时候,她向白头翁告别,并索要千年雪参。白头翁依依不舍,但不好阻拦,他转身将墙拐的一个暗门打开,将里面的一根长白山千年雪参拿出递给何茵,说道:这根千年雪参足以救你朋友的命,你拿去吧。何茵看他将千年雪参拿出,这才有些恍然。当初我如果在这屋里多搜寻,便能找到这千年雪参,免了不少周折,还不至于违心拜白头翁为师。不过,事物都有两面,我拜他为师,他如能止了杀人的恶习,也算是做了一件善事。何茵接过千年雪参,有些疑惑。这根不大的千年雪参仅能救姜成武一个人的性命,还有我呢？何茵问：那我呢？白头翁说道：你什么？何茵说道：这一根仅能救我朋友的命，我怎么办？白头翁说道：你没有事的。何茵眼珠一转，逼问道：你不会又玩什么花招，让我去了京城又赶着回来求你？白头翁说道：徒儿说哪里的话，你记得我传授给你内力时，给你端了一碗汤吗？何茵说道：记得。白头翁说道：那便是千年雪参，记住，师傅已经给你解过毒了。何茵有些惊喜，问：真的？白头翁点点头，说道：当然是真的，你应该知道它是什么味的。

何茵想想也是，便对白头翁说了一声"谢谢"，将那根千年雪参揣在腰间，双手抱拳，与白头翁告别。然后，她飞也似的奔出门外，向山下掠去。

第九章　阵前痛失白眉大侠,夜闯皇宫无功而返

白眉大侠之死

　　姜成武的思绪伴随着何茵的陈述在飞舞。他非常感动。他看着何茵说道:这么辛苦,太难为你了,你救了我的命,谢谢你。何茵冲他一笑,说道:我也是为自己。

　　一别数月,姜成武总想找些话与何茵叙叙。他说道:你回来了,就不要走了,我们帮穆王爷做些事,一起对付东厂。何茵点点头,说道:不仅如此吧,恐怕还要救出你表妹。姜成武欲言又止。何茵说道:你当初追到京城,就是要找到你表妹,找韩雍报仇,现在韩雍已死,你心里也许就只有你表妹了,她深居皇宫大院,你自然不放心,定要想方设法救出她。姜成武淡淡地说道:恐怕不是那么容易。何茵说道:以你我之力,总会有机会救她出来的。姜成武一脸忧虑,说道:也许我们可以救她,但她自己不愿意出来又如何? 何茵问:你说什么? 姜成武说道:我去过皇宫,见过表妹,她处境并不好,但是,她不想跟我走出皇宫。何茵问:她是不想连累你。姜成武突然变得激动起来,他冲何茵说道:你知道吗? 她被皇帝临幸了。何茵有些吃惊,但仔细一想,也属正常。她说道:你表妹定是绝色佳人,所以被皇帝看上。姜成武愤愤说道:皇帝就是我们的大仇人,她怎么可以这样? 何茵安慰他道:别这么说她,她有选择的余地吗? 姜成武低下头沉默不语。何茵又说道:她也许这样想,只有接近皇帝,才可能有机会报仇。姜成武抬起头,说道:我也这么想过,但是,这太难为她了,我们还是不说这个吧。停了一会儿,姜成武说道:你练了点血神功,什么时候我向你讨教。何茵说道:好啊,只怕你现在不是我对手。姜成武开玩笑说,什么邪功这么厉害? 何茵正色道:我练的可不是邪功。

两人说着话,何茵想起一件事,问姜成武:穆王爷安好？姜成武说道:他受东厂打压暗算,皇帝对他时好时坏,若即若离,他处境也好不到哪儿去,所以我刚才说,我们要帮他。何茵说道:如果穆王爷被他们推倒,这个王朝就没得救了。姜成武说道:我就纳闷,皇帝为何不信任自己的兄弟,却对东厂那些宦官宠信有加。何茵说道:我们先不说这个,我想见穆王爷,你能否安排我见到他？姜成武说道:见穆王爷不是难事。何茵大悦,说道:我有要事需见他。姜成武当然知道何茵说的要事,问:什么时间？何茵回答:越快越好。姜成武说道:那就今晚。

　　到了晚上,姜成武和何茵向叶堂主说明情况,悄悄地离开了地道。他们趁着夜色,直奔穆王府。姜成武找到秦少石,向秦少石说明情况,秦少石立马向穆王爷通报。穆王爷非常重视,在会客厅接待了何茵。何茵没有多余的开场白,直接将书信递给穆王爷。穆王爷接过书信,何茵这才说道:这是女真族的海西女真首领完颜历台写给皇帝的信,请穆王爷尽快转呈皇上,东北形势不容乐观,建州女真阻止海西女真归顺大明。穆王爷甚是惊讶,问:有这等事？何茵说道:不仅东北女真族四分五裂,蒙古形势也不容乐观,我在东北的时候,就有蒙古的部落特使反映,他们那边部落战争不断。穆王爷说道:东北和蒙古,朝廷都派有驻军,也设有都司,那些都督和指挥使都干什么去了,怎么不见他们有汇报？何茵说道:说来有些复杂,原因有三:第一,前几年朝廷内乱,这些派出的机构换防频密,现在他们又持观望,无心主事;第二,这些都司,不乏贪官污吏,他们当中有人早就与建州女真苟合,对他们的行径,听之任之;第三,以为部落之间的纠纷冲突,成不了大事,放任一些部落坐大。穆王爷说道:你分析得对,小洞不补,大洞尺五。何茵说道:还有一事,更需要向穆王爷禀报,这也仅是我的推测,未及考证。我怀疑长白山天池白头翁与建州女真有联系,或许关系密切,我在长白山脚下海西女真村寨时,白头翁就曾去探访过,他是以药农的身份出现,我猜他是有目的的,如果朝廷再不重视,采取措施,这样下去,可能要危及国体,直接分割大明一统江山。穆王爷蹙眉说道:不错,事关重大,我明天就要面呈皇上。何茵展颜一笑,双手抱拳,说道:民女已将信转交,这就告辞。穆王爷本欲挽留,看她风里火里如此干脆,便作罢。何茵、姜成武和秦少石起身向穆王爷告辞。

第二天穆王爷上朝,他的护送队伍中就多了一位女性,何茵。何茵穿一身护卫制服,有些别扭,却也不失英姿飒爽,姜成武看在眼里,只是想笑。王爷上朝之后,他们走在紫禁城内,何茵看得眼花缭乱。何茵跋山涉水,去过很多地方,哪里到过皇宫大院!何茵跟在姜成武身后,轻声对姜成武说道:你表妹在什么地方?姜成武朝前方努努嘴,说道:那边。何茵看着前方,说道:你可以去见你表妹了。姜成武说道:我哪是想见就见的呢,这周围有多少双眼睛注视着我们?何茵看看四周,虽然附近鲜少有人,但不远处的城墙边,御林军林立,并有巡查的护卫在院内穿梭。姜成武说道:你还没有走出这附近十余步,便有内侍上前劝诫。何茵不解,问:那你上次是怎么见你表妹的呢?这句话却让一旁的秦少石听得分明,秦少石停下脚步,对何茵说道:何姑娘,那是要经过精心策划,精心安排,姜弟才可以见到他表妹的。何茵若有所思,点了点头。

穆王爷下朝之后,回到穆王府。他立即召集师爷等人商议事,秦少石、姜成武、何茵还有郡主,都到场。郡主见何茵与姜成武一同进来,女人的敏感促使她好奇地打量起何茵来,何茵看了她一眼,知是王爷的千金郡主,未作理会,便坐到属于自己的座位上。一开始,穆王爷说道:皇上不是每天都上朝了,今天朝议又推迟了,我去找皇上,皇上在后宫万贵妃那里,我力谏皇上重视朝政,皇上却不理不睬,此种情形令人忧虑。成化伊始,百废待兴,可皇上越来越不理朝政了,朝纲紊乱,宦官张狂,贵妃失仪,朝野颇有怨言,这样下去,势必危及国体。穆王爷这样一说,许是激发了姜成武累积于心的仇恨,穆王爷话还没有说完,姜成武突然说道:这样的人岂可做皇帝!姜成武这一说,秦少石,师爷慕容秋,眼睛瞪得老大。果不其然,穆王爷突然伸手拍了一下身边的太师椅扶手,喝道:放肆!客厅空气顿时凝固。姜成武知道自己失言,低下头,再也不敢发声。师爷慕容秋自然知道姜成武因为自身的遭遇对当今皇帝充满敌意,便缓解气氛,对穆王爷说道:姜少侠也是一时兴起,并无恶意,请王爷恕罪。穆王爷展眉,说道:姜少侠乃血气方刚之人,也是就着本王所说之话而言,本爷也不追究,不过,自今往后,本府上下,本王希望再也不要听到这样的话。姜成武抬起头来,坐在那里不吱声。何茵和郡主不约而同地看了他一眼,姜成武冲她们故作轻松态耸耸肩。穆王爷接着转入正题,说道:我们既然说服不了皇帝,但是,我们可以保持自身的本色,维护正义,维护皇上的尊严,维护大明江山的稳定。穆王爷说过之后,停顿下来,端起茶杯呷了一口茶,接着说道:近期我们需要做两件事,这两件事极为重要,一件就是应对东厂,东厂猖狂之极,很多大臣痛之恨之,他们也将希望寄托在本王身上,本王责无旁贷,另一件事,东北部落之间的战争不断,大有失控之势,皇上授意本王处理这事,近期本王将派师爷前往东北,联络海西女真部落,并对其他部落做一些劝解安抚工作,看效果如何再作下一步的考量,总之,东北地区的局势一定要稳定。穆王爷说了一阵,又端起茶杯呷了一口茶,继续说道:师爷离开这阵子,王府的护卫工作由秦少尉负责。穆王爷刚停下,郡主穆姑娘却说道:东北猖獗,师爷外出,我担心父王的安危。穆王爷说道:东厂猖獗,除了暗杀和偷袭,他们还不敢明着对付本王,只是王府之内戒备切不可放松,我不希望这里再有什么闪失。秦少石听到这话,连忙拱手说道:谨遵王爷教导,誓死保卫王府安全。穆王爷嗯了一声,说道:好,现在你们回去吧,师爷留下。众人散去。

晚上,秦少石要请姜成武和何茵聚餐,姜成武和何茵欣然接受。姜成武说道:不如邀请郡主一道参加。秦少石点头应允,说道:好啊,不过,这得你去邀请,你面子比我大。秦少石这一说,引得何茵侧目看姜成武。何茵心想,这秦少石话里有话,姜成武除了表妹之外,说不定还有漂亮的郡主穆姑娘呢,他哪里会想到我?何茵如果没有见到郡主,也许不会作此联想,但是,她今天见着了,就觉得郡主端庄秀丽,清新高雅,人见人爱,穆王爷还说过姜成武血气方刚,何茵心里很不是滋味。女人的心思天知道,何茵明明是吃醋了。姜成武倒没有在意,他对何茵说道:走,我们去邀请郡主。何茵白了他一眼,说道:还是你去邀请吧,我去不合适。姜成武只好丢下何茵,径直向郡主阁走去。不到一盏茶的工夫,姜成武就和郡主一前一后有说有笑地走到何茵和秦少石跟前。秦少石见到郡主,连忙说道:拜见郡主。郡主嘻嘻一笑,说道:不是说过了,我们之间何

315

需这些礼数？秦少石冲郡主一笑。这时，何茵礼节性地躬一下身子，对郡主说道：见过郡主。穆姑娘看着何茵，爽朗一笑，说道：何姑娘不要这样，以后我们就是姐妹了，何必客气！何茵不知道说什么好，姜成武突然插话道：是啊，是啊，以后你们就是好姐妹了。姜成武话音刚落，穆姑娘和何茵同时白了他一眼，穆姑娘转身对秦少石说道：我们走。四个人走出穆王府。他们沿着穆王府门前街道，进了富祥酒楼。一进大厅，姜成武就觉得异样。虽然所有人都看到他们进来，唯有两人坐于大厅一隅，桌上只有一盘花生米，无心喝酒，却有心观察他们四人。姜成武心想，定是东厂的探子，他们以便衣身份游离于穆王府周围，伺机窥探穆王府的动向，以向主子汇报，现在是吃饭时间，他们便在这里了。秦少石也看出来了，他大声地呼唤店小二：上菜，上酒。然后对郡主和姜成武、何茵说道：姜弟大难不死，得以重生，应该好好庆贺，另外，何茵远道而回，算是为她洗尘接风，今天请到郡主参加，那是再好不过的了，我们定是要喝上几杯。众人附和。

　　这一顿饭吃了两个时辰。酒不多不少，两壶。姜成武和秦少石谈笑自如，几无禁忌。何茵和郡主穆姑娘脸生红云，彼此渐渐熟悉，很快就以姐妹相称。饭局结束，秦少石结了账，四个人便站起离席。坐于大厅一隅的贼眉鼠眼的两人一盘花生米吃到现在，见姜成武四人离开，便也吩咐店小二结账。姜成武四人出了酒店，便回穆王府。秦少石回过头，远远地看见那两人探出头来，朝这边张望。秦少石感叹道：东厂到底有多少狗子，遍地乱窜，我真想打断这两人的狗腿。郡主说道：打狗看主人，你就让他们在这里转来转去又有何妨，不影响我们吃饭，不影响我们谈天说地，不影响我们观星星月亮。众人大笑。明月当空，早有穆王府的门侍和护卫在门口让出一条道来，恭迎四人回到穆王府。姜成武待郡主走后，悄声对秦少石说道：趁师爷还在府上，这里还算清闲，我想回去看一下叶堂主他们。秦少石问：现在？姜成武点点头。秦少石说道：也罢，去去便回，路上小心为是。姜成武嗯了一声。何茵在一旁说道：我陪你去。秦少石看看何茵，说道：也好。接着，姜成武和何茵离开住处，走出穆王府大门。

姜成武出入穆王府早有经验,外面东厂的探子不是那么容易盯梢他的。他们即使发现他的踪影,也会很快被姜成武抛脱的。姜成武行无定程,走无名路,声东击西。当下,姜成武和何茵出了穆王府,沿着街道一侧向河边方向走去。还没有走出多远,姜成武就发现后面有人跟踪。姜成武断定,还是刚才酒楼的那两个人。他向何茵使了个眼色,两人没入巷子,然后,他们纵身上了沿街的屋顶。姜成武和何茵在屋顶上飞越,直到街道的尽头,他们才隐入路边林间。姜成武在前面如同蜻蜓点水,何茵紧跟其后一点也不落单,轻功了得,姜成武在心里啧啧称赞。他们来到河边。走了一段路,姜成武上岸看看动静,然后领着何茵走到河边。但是,那个准确的位置,古柳不见了,姜成武大为震惊。他连忙上前。青石板也不见了,地道口大开。姜成武转身对何茵说道:不好。何茵走上前,已然明白,这里已被人侵袭过。姜成武挪开一块乱置的石头,钻进地道。何茵二话没说,也跟了进去。没走进几步,就有一个人拦在他们面前,一动不动。姜成武亮出火折。一看竟是前些天在东厂院外与自己拼杀的千爷。千爷躺在地上,鼻孔血迹斑斑,身上衣裳破损,伤痕累累,看来死去不久。姜成武想到叶堂主等人,连忙向里掠去,边走边喊"叶堂主,毛神医"。无人回应。未到密室,又见毛神医躺在血泊中,已是气绝身亡。姜成武震惊加悲愤,自言自语地说道:毛神医,这是谁干的? 走进密室,里面空无一人,物什零乱。姜成武环视四周,急切地喊:叶堂主。喊了好久,无人应答,又喊:铭儿,婉儿。还是无人应答。何茵说道:叶堂主和铭儿、婉儿莫非被他们擒了去? 姜成武冷静一想,极有可能。两人转身向外。就在这时,一种"吱吱"的响声从墙拐传来。两人停下脚步。"吱吱"声又起,接着一道暗门从墙拐处打开。姜成武警惕地上前查看。他和何茵突然看见暗门里站着三个人,塞塞窣窣。铭儿、婉儿依偎在叶堂主怀里,很是惊恐。三人见是姜成武,走出暗门。铭儿、婉儿直扑到姜成武怀里,大声痛哭起来。姜成武拍拍两个药童的后背,安慰道:别怕,叔叔回来了。两个药童止住哭,仍在抽搐。姜成武问:叶堂主,是东厂所为? 叶堂主说道:他们发现了这里,趁你们不在的时候,突袭了这里,幸亏白眉大侠赶来,不然老夫和两孩儿命休矣,只可惜,我那徒儿去了。白眉大侠？姜成武和何茵面面相觑。叶堂主接着说道:两个时辰前,白眉大侠刚好来这里,问姜少侠病况。不一会儿,东厂千爷杀将进来。白眉大侠和徒儿为了保护我和两孩童,拼命与其厮杀。结果,徒儿毙命,千爷死于白眉大侠剑下。白眉大侠将我和两孩儿安顿后,冲出洞外,我想,他是与东厂的千户英布交上手了。姜成武看着何茵,皱起眉头。何茵说道:这次突袭,不是东厂大规模的行动,定是千户英布和千爷的偷袭。叶堂主点点头,说道:何姑娘分析得对。何茵继续说道:他们发现了这里,所以没有采取大规模的行动,可能是怕惊动穆王爷。姜成武说道:他们还是发现了这里。何茵又说道:定是那晚白眉大侠救你的时候,被他们追踪,发现这里的。姜成武说道:不见外面有动静,白眉大侠与他们拼斗,定是凶多吉少。何茵说道:是啊,我们这就去看看。姜成武转身对叶去病说道:叶堂主,你们在这里暂避,我们在附近查看,很快就会回来带你们转移。说罢,便与何茵一起,冲出地道。

　　他们迎着月色,在地道上方的小树林中查找。没有打斗的声响,也没有人走动的迹象,姜成武就有些纳闷,白眉大侠到底身在何处？两人分头查找,找了大约半个时辰,却远远地看见百药堂黑魆魆地立在那里,于是向其掠近。姜成武心想,百药堂虽然被封,但总是很诡异。莫非英布特意将白眉大侠引到这里,藏什么玄机？两人走到百药堂墙边,见四周无动静,不约而同翻墙掠入。院子里空荡荡的,唯有一个人躺在里屋的门口。地上有很多的血迹。他们上前一看,正是白眉大侠！姜成武连忙弯下腰,用手试他的鼻息,哪里还有呼吸。姜成武将白眉大侠的双眼合上,悲从中来。白眉大侠与姜成武见面不多,相处极少,但却是神交。两人无话不谈,意气相投,同仇敌忾,配合默契。白眉大侠与东厂不共戴天,他没有将东厂的英布等人铲除,这就去了,岂可瞑目！姜成武眼里布满血丝,悲愤地说道:英布老儿,你逃不掉的！白眉大侠,我一定要替你报仇！何茵在一旁劝慰道:我们让白眉大侠入土为安吧。姜成武这才站起,又弯腰将白眉大侠背起,和何茵一起回到树林。他们刨开树下泥土,将白眉大侠葬在这里。姜成武在他的坟上立了一块木匾,何茵在上面刻上"白眉大侠之墓"六个大字。葬了白眉大侠,姜成武和何茵回到地道。

318

姜成武连唤两声，叶堂主才推开暗门，和铭儿、婉儿一起出来。姜成武说道：我们走。叶堂主不再迟疑，简单地收拾好行李，便跟在姜成武后面。何茵手牵着铭儿、婉儿，一同出发了。他们沿着河边，没入街道阴暗的地带，大约半个多时辰，便到了穆王府。在京城，他们唯一能去的地方，也是安全的地方，只能是穆王府了。

皇 帝 赐 婚

白眉大侠和毛神医的死，令秦少石悲愤不已。秦少石将叶堂主和两个药童安顿好后，第二天穆王爷上朝的时候，便将此事禀报穆王爷。穆王爷自是震惊。东厂已经猖狂到无法无天的地步了，他们分明是冲着穆王爷而来。穆王爷对秦少石说道：近期减少外出活动，等师爷回来，再作考量。姜成武拱手称是。

秦少石、姜成武和何茵被解除武装，进了紫禁城。他们徘徊于紫禁城太极殿和中和殿中间一侧的凉亭等候穆王爷下朝。这已是穆王爷隔了五天之后的上朝了。皇帝因为太过宠幸万贵妃，无心过问朝政，将大权交给大内总管王力。很显然，在王力与穆王爷的较量中，王力占了上风。皇帝表面上对穆王爷厚待有加，暗地里却防范不懈，哪里愿意看到他坐大，威信日隆，功高震主？所以，在这一点上，皇帝宁愿看到王力把持局面。皇帝今天莅朝时，就宣布将原来自己直接把持着的一些权力下放给王力。众大臣颇有疑义，但因为是皇帝直接宣布了，又慑于王力的淫威，没有人站出来反对。穆王爷站在皇帝的对面，众大臣的最前面，他听得真真切切，也不好反对。他侧身时，看到王力脸上诡秘的笑容，那是一种得意的笑，也是一种阴险的笑。下朝后，皇帝吩咐他去中和殿。穆王爷随皇帝下了太和殿，一路上忐忑不安，不知皇兄是何意思，有何要事要对他说。到了中和殿，皇帝满脸笑容，示意穆王爷坐，似乎把刚才上朝时宣布的重要事项忘到了九霄云外。王力扬扬得意，紧随他们之后，止于中和殿大门口，像个把守。王力身侧形影不离的，便是汪直。

穆王爷是个直性子的人，他坐定后，便问皇上：皇兄有何吩咐？皇上没有直接回答,而是哈哈大笑。穆王爷丈二和尚摸不着头脑。笑过之后,皇上才开口说话,道:叫吾弟来,不是谈公事,而是有天大的喜事要跟你商议。穆王爷双手拱道:皇兄直说就是,愚弟遵旨。皇上连忙摆摆手,说道:这样跟你商议,也不可太勉强,但皇兄我倒觉得是好事一桩。穆王爷说道:请皇兄明示。皇帝说道:我那侄女至今未出阁,一直是我的心头之病,侄女不小了,已是谈婚论嫁的年龄,有人向皇兄推荐一人,皇兄觉得值得考虑,此人青年才俊,学识俱佳,更是名门望族,与我那侄女结成连理,也算是男才女貌,门当户对。皇上说到此,停了下来,伸手端起茶盏啜了一口茶。穆王爷问:此人是谁?皇帝说道:礼部尚书李怀中的令郎。穆王爷若有所思,说道:那应该是工部侍郎李小中。皇帝说道:正是。穆王爷说道:那自然是好事,小女之事有劳皇兄费心,皇兄可否允愚弟回去与弟媳说一声,并做小女的工作?皇上略有迟疑,但很快又展颜说道:那是,那是。穆王爷说道:小女的脾性皇兄也是知道的,怪我宠坏了,她要是一口答应,那是再好不过的了;要是她倔脾气犯了,一口回绝,愚弟得和弟媳慢慢做她工作,请皇兄允我一点时间。皇帝说道:吾弟说得对,这事也不能太勉强,但皇兄我觉得是好事一桩,你回去再考虑吧。穆王爷双手又拱礼,说道:知道了,皇兄如没有别的事,愚弟这就告辞。说罢站起身来。皇帝将茶盏放下,也站起身来。穆王爷说了一声"多谢皇兄",便转身走出殿外。王力站在门口,满脸堆笑,护送穆王爷直到殿下才转身返回。姜成武等人看到穆王爷出来,便迎上前去。穆王爷面色阴沉,不苟言笑,姜成武和秦少石不便打扰,两人和何茵一起默默地跟在他身后,直到出了紫禁城。

穆王爷坐在轿子里越想越闷闷不乐。皇兄为什么要这么做?皇兄说,有人向他推荐李小中,谁不通过我而直接向皇帝推荐呢?满朝上下,谁会这么做,谁敢?这人不是王力还能是谁?王力为什么要这么做?这李小中很多人不知道,但他的父亲礼部尚书李怀中谁人不知?但是,他与大内总管王力的关系又有多少人知道?李怀中就是王力的妹夫。李小中是李怀中的独子,王力是个宦官,孑然一身,没有子女。侄儿王明死后,王力便将外甥李小中视为己出,百般爱护。当初,王明看上郡主,王力是知道的。王明死于非命,王力一直怀疑这事与本王有干系,应该是我王府的人干的,但是苦于没有证据,他也只有痛恨在心的份。现在,他要拿另一位自己的嫡系向本王示好,是何目的?他为什么不直接向我提起呢,而要皇上向我施压?穆王爷接着又想,王力老谋深算,他这么做定有他的考量的。他向我提这门亲事,知道我不会轻易答应的,这多没面子,所以他向皇上推荐,由皇帝出面,胜算更大,更不失颜面。更重要的,他应该是从长远来考虑的。皇上同父同母兄弟仅我一人,即使皇帝不太信任我,也不会对我怎么样。如果他王力与我联姻,即使以后朝廷有什么震荡,这两大家族也是稳固得很。东厂狼烟四起,天下树敌,很难说,哪一天皇上清醒起来不会动他王力。现在,他与我联合,自然是绑上皇亲一族,至少免除后顾之忧。王力这么盘算,着实是高人。可是,若与他家联姻,我穆王爷一世英名岂不是毁于一旦?如果拒绝,皇兄那边如何能过?皇兄虽然说不要太勉强,其实也说了,这是再好不过的姻缘。意思很明确,他要促成这段姻缘,即是赐婚,这可如何是好?

轿子直接抬进了穆王府,到清风阁停下。穆王爷下了轿,一句话也没说,就进屋了。秦少石、姜成武见穆王爷心情不佳,断定是与见了皇帝有关,不便打扰,与何茵一起,转身回到自己的住处。

到了晚上,吃过晚饭后,姜成武便约何茵去林中场地练武,铭儿、婉儿也吵着要去。铭儿说:姜叔叔好久没有教我们练武了。婉儿在一旁不住地点头。姜成武看着何茵,何茵说道:一起吧。两个药童欢呼雀跃。接着,四个人来到林中。姜成武对何茵说道:点血神功如此神奇,能否让我们见识见识?何茵一口答应,便走到场地中间。她刚刚迈开手脚,姜成武身边突然走近一个人。何茵停下动作,看出来人正是郡主穆姑娘。姜成武也是吃惊,便和郡主打招呼。郡主不搭理,瞪着眼看着姜成武。姜成武愣了,看着郡主,这才发现郡主情绪不好,一脸愁云,像是刚刚哭过。姜成武问:郡主,你怎么了?郡主低下头,仍然不搭理。何茵这时走上前,对郡主说道:郡主,没有事吧?郡主朝何茵摇摇头。姜成武不明就里,正要说话,不想郡主却对他说道:姜成武,你过来。说罢,便转身向亭子那边走去。姜成武看看何茵,何茵朝他努努嘴,示意他随郡主过去。

何茵心想,郡主一定是什么事生气了,要当面质问姜成武。姜成武只好转身向亭子那边走去。姜成武走后,铭儿对何茵说道:何阿姨,你教我们练武。何茵冲两个药童一笑,说道:好啊。

亭子里,郡主狠狠地坐到石凳上,等着姜成武。姜成武走到她身边,问:郡主,有什么事吗? 郡主没说话。姜成武讨个没趣,便转身坐到郡主身边,说道:郡主今天是怎么了? 谁惹你生气了? 郡主这时才从嘴里吐出一个字来:你。姜成武莫名其妙,说道:我几天都没见到郡主,怎么会惹郡主生气呢? 请郡主明示,如果是我惹郡主生气了,愿意承担全部罪责。他这一说,令郡主平静了许多。姜成武见郡主不说话,劝慰道:郡主有什么烦心事不妨一说。郡主这才抬起头,看了姜成武一眼,努着嘴,说道:父王要将我许配给人,一个我不喜欢的人。姜成武又是一笑。他以为是什么事让郡主这么不开心呢,原来是这事。姜成武说道:这个简单,不喜欢的话,对穆王爷说一声,退了就是。郡主愤道:退你个头啊。郡主这一反呛,令姜成武不知道说什么好了。郡主也许意识到自己言重了,她从来没这样说过姜成武,便缓和一下语气,说道:要是随便能退的话,我犯得着这般烦恼吗? 你知道这个人是谁吗? 姜成武摇摇头,说:不知道。郡主说道:这人是礼部尚书李怀中的儿子工部侍郎李小中。姜成武有意瞪大了眼睛,看着郡主,说道:好大的官,还是名门望族。郡主脱口而出"望你个","头"字没说出来就打住了。郡主停顿了一会,说道:你知道李怀中是谁吗? 姜成武回答:礼部尚书,你刚才说了。郡主说道:李怀中是大宦官王力的妹夫。姜成武这才恍然大悟:就是东厂的厂公王力啊。郡主说道:岂止是东厂的厂公,他还是大内总管呢,是皇帝和万贵妃身边的大红人。姜成武说道:坏蛋一个。郡主说道:李怀中父子和他是蛇鼠一窝,谁愿意与他们为伍,这样的人我能嫁吗? 姜成武附和着说道:不能嫁。姜成武接着说道:你是肯定不愿意的了,如果是这样,你可以直接对穆王爷说,让穆王爷去拒绝他们。郡主问:什么理由? 姜成武说道:就说小女不愿意。郡主摇头,遥望天空。天上明月生辉,银光倾泻。穆王府平静异常,唯有池边蛙鸣间歇而起。郡主说道:事情不是你说得这么简单,这亲是皇帝提的。姜成武有些诧异,问:什么,皇帝! 郡主点点

322

头,说道:不仅仅是提亲,就是赐婚,父王都没有办法,烦就烦在这。姜成武感叹一声,说道:原来如此。郡主突然干哭了两声,然后说道:我怎么办啊?

姜成武能有什么办法?他说道:还是拒绝的好。郡主白了他一眼,说道:等于没说。姜成武又说道:你把想法告诉父王,相信穆王爷会有办法的。郡主说道:父王当然不希望我嫁这样的人家,问题是,怎么对皇帝说呢?都怪你。姜成武问:这怎么能怪我呢?姜成武被郡主这一句"都怪你"弄蒙了。他思前想后,觉得自己跟这件事一点关系也没有。他哪里知道郡主的心思?郡主自从永定街邂逅姜成武后,一直对他有好感,心生爱慕之情多次对姜成武暗送秋波,哪承想,这个倔驴仍然对表妹不死心,置她的温情和爱恋于不顾。如果她与姜成武好合在前,哪有皇帝赐婚这后来的事?想到这里,郡主站起身来,一甩手,说道:算了,我还是自己想办法吧,你陪你的何姑娘练武去吧。她这话显然带着对另一个女人的醋意。说了这话,她丢下姜成武,一个人快步流星地向郡主阁走去。姜成武愣在那里,不知如何是好。他为郡主所急,却又想不出任何办法来。姜成武在亭子里苦思冥想,全然没有注意到此时身后默默地站着一个人。这个人不是别人,正是何茵。刚才在林子中,姜成武跟郡主走后,何茵感觉郡主不对劲,怕有什么意外,便将铭儿、婉儿早早地遣送回住处,只身一人悄悄地来到亭子边的一棵树下。郡主和姜成武的谈话,她悉数听得明白。原来郡主是为皇帝赐婚而烦恼,原来郡主早就对姜成武怀有爱慕之情。何茵心想,姜成武对表妹执着痴情,完全没有体会到郡主对他的好意和爱恋,他自然也不会体会到我对他的倾慕之情,这让我明白,他心里只有表妹,哪怕有一丝丝的希望,他都不会放弃,这让我更加敬重他,我只有把对他的情分放在心里才是。这时,姜成武站起身来,他看了一眼郡主阁,一个人默默地回到自己的住处。何茵的思绪被姜成武打断,待姜成武走后,她才悄悄地转身回去。

三天后的上午,穆王爷要求面见成化帝。皇帝通过王力传话,今天没空,要他第二天上殿。第二天,穆王爷一早就去了中和殿,直到临近响午时,才见到了皇帝。穆王爷拜毕,皇帝就问:吾弟有何事?穆王爷拱手

323

说道:有一事,愚弟特来向皇兄负荆请罪。刚要往下说,就被皇帝打断了。皇上说道:是为我那小侄女的事吧?穆王爷面呈难色,说道:正是。皇上说道:这么说,我那小侄女连伯父的面子也不给啰,这明明是好事。穆王爷说道:都怪愚弟平时娇惯了她。皇上凝眉说道:你对她说过,这是我的主意了吗?穆王爷说道:说过了,她吵着要见皇兄。皇上说道:你为什么不让她来见我?穆王爷说道:我已将她禁在室内,面壁思过。皇上说道:这又何必!穆王爷正要说话,被皇帝打断了。皇上说道:她为什么要反对呢,莫非她有自己的相好?穆王爷说道:小女平时东奔西走,自由惯了,愚弟和内媳疏于调教,也不知道她是什么心思,只说是不想嫁人。皇上说道:这也没什么,也许小侄女觉得自己年纪尚轻,多玩几年,暂时不想嫁人也是可以理解的。穆王爷内疚说道:都怪我平时娇纵,这般不听父劝,愚弟甘愿接受皇兄处置。皇上摆摆手,说道:吾弟说哪里的话,小侄女怎么说,我们就依了她,让她玩几年,大一点再说。穆王爷又是双手拱拳,说道:多谢皇兄不降罪,愚弟回去一定好好管教小女。皇上说道:吾弟回去也不要太过苛严,你告诉她,伯父听她的,收回成命,你也不要禁她,让她过两天来见我。穆王爷展颜道:愚弟遵旨。皇上突然哈哈大笑起来,笑过之后,对穆王爷说道:你顺便对王力说一声,解释一下,这样更好。穆王爷若有所思,说道:我也有此意,一定一定,愚弟这就退下。说着,他朝皇帝双手作揖,转身走出了中和殿。心情好了很多。他想想也是,皇兄至今膝下无嗣,一直将小女视同己出,他这般宠爱也属人之常情。殊不知,皇帝这般轻描淡写,也是有他的寓意的。他岂能为这件事而伤了自己兄弟的和气?

当天晚上,郡主喜滋滋地找到姜成武。本来,姜成武与何茵约好了,去院中林地练武。他和何茵刚走出门,就被郡主叫住了。郡主说道:姜成武,你过来。说着,她转身就去了亭子间。姜成武看了一眼何茵,耸耸肩,便追着郡主的影子去了。在亭子间,郡主刚刚坐到石凳子上,就冲着姜成武笑。姜成武心想,前几天还在伤心落泪,现在却这么开心,莫非遇上什么喜事了?姜成武也坐到石凳上郡主的身边,问:什么事,郡主这么开心?郡主摇头晃脑,噘着嘴对姜成武说道:当然是喜事。姜成武说道:

郡主说来听听。郡主突然向姜成武这边挪动几步,几乎要挨着姜成武的身子了,她说道:上次皇上赐婚,你猜怎么着?姜成武冲她眯了一下眼睛,冷冷地说道:大婚告成,皆大欢喜,皇上像嫁自己的女儿一样重视。姜成武话音刚落,郡主就啐了他一口,并用胳膊撞了他一下,说道:重视个头啊。姜成武碰了一鼻子灰,鼓着嘴,坐在那里不吱声了。郡主这才意识到自己反应过度,便缓和了一下语气,说道:这是喜事吗,早就跟你说过,我不要这门亲事。停了一会儿,她温和地说道:你都不可想象,皇上定过的事都改变了,父王已将这门亲事退了。姜成武这才试探着问:皇上知道吗,他能同意退吗?这是赐婚。郡主冲他诡秘地一笑,说道:父王已经向皇上说了,皇上同意撤回自己的谕旨。姜成武说道:随了你愿,那是再好不过的。郡主说道:父王出面,皆大欢喜。姜成武说道:恐怕不是皆大欢喜了,公公不高兴了。郡主说道:管他高兴不高兴呢,蝲蝲蛄想吃天鹅肉,我岂能与狗贼的外甥联系在一起,有辱声名啊。姜成武纠正道:癞蛤蟆。郡主高兴地一点头,说道:是的,癞蛤蟆。姜成武站起身来,对郡主说道:祝贺你。便要告辞。这有些出乎郡主意料。郡主说:不想坐会儿吗?姜成武说道:还要练功呢。郡主不好挽留,便也站起身来,对姜成武说道:你去吧。至少她心里有些失望,姜成武还没有转身,她就已经转身离开了。

夜 闯 皇 宫

穆王府最近平静得多。

东厂的人没来寻衅,也许他们需要忙着自己的重要的事,也许他们并不知道师爷出行,穆王府内部略显空虚的实情,也许他们针对穆王府的更大的阴谋正在酝酿之中。总之,穆王府近日安静了许多。穆王爷不受皇上重视,大小事务就减少了不少,上朝的次数也在不断地减少。穆王爷难得清闲,大量的时间都用来读书,有时他也召集秦少石、叶堂主和姜成武等人谈一些事。叶堂主就经常被穆王爷约去闲谈。穆王爷对两个药童也是喜爱有加。他专门安排人指导他们读书,这反而减轻了何茵的负担。何茵的生活也显得平静。她几乎与姜成武如影随形,这让秦少石少不了生出一些羡慕来。何茵适应了这里的生活,性格也比以前活泼开朗,她谈笑风生,行事自如,更是越发变得滋润、秀丽、可人。

何茵,清秀美丽,姜成武不知是有意还是无意,几乎不拿正眼看她。何茵总是把对他的爱慕放在心里,不曾表露。她知道,即便表露,也没有用,因为几乎所有人都知道,姜成武心里只有表妹。姜成武有意无意地把何茵当成了妹妹。这让秦少石生了不少的遐想。先前秦少石与郡主亲密得很,自从姜成武来了以后,郡主对他就像换了一个人似的,不苟言笑,也不愿与他多说话,见到姜成武,活蹦乱跳,有说不完的话,就想与姜成武单独在一起。现在何茵来了,明明姜成武对表妹一往情深,与何茵视同兄妹,但何茵的存在也没有秦少石的份。何茵只当他是大哥哥似的,有敬无爱。秦少石就有些想不通。好你个姜成武,你还真是个情种呢。我好歹也是七尺男儿,英俊潇洒,要文能文,要武能武,偏偏女孩子都不喜欢我,这是为什么?姜成武人不机灵,也不圆滑,更不会说话,但是,他诚实、敦厚、侠义、正直,他似乎比秦少石更胜一筹,所以女孩子喜欢。

夜深了。姜成武睡不着。他悄悄地起床,独自一人来到屋后的林地。他没有练武,而是一个人静静地在林间漫步。王府大院静悄悄的。姜成武转到亭子间的石凳上坐了下来。生活看似平静,姜成武的内心却是起伏波动。他又思念起表妹来了。表妹被转到静宫当了柳贵妃的侍从,处境会怎么样?柳贵妃会对她好吗?万贵妃会不会找借口又去折磨她?静宫其实就是禁宫。表妹哪里有半点的自由?与其这样的生活,不如离开皇宫。表妹现在应该想通了,她一定是在盼着离开皇宫呢。离开皇宫,希望只能寄托在我身上了。我必须将她带走,然后我们离开京城,在一个无人打搅的地方开始我们平静的生活。最近,我的武功又有进益,进入皇宫大院应该没问题。早一天行动,表妹就会早一天脱离苦海,我就能早一天与她团聚。趁着这夜深人静,我应该行动才是。姜成武越想越激动,一时兴起,便要夜闯皇宫,将表妹救出来,然后远走高飞。他心血来潮,霍地站起身来,悄悄地回到住处,换上夜行服,然后又悄悄地走到院墙边。他正要飞身上墙时,却被突如其来的一个身影挡在了面前。姜成武定睛一看,原来是何茵。他这一惊非同小可。何茵悄声说道:夜闯紫禁城,你想到后果没有?姜成武心想,何茵着实聪明,她知道我要夜闯皇宫,便说道:我不管那么多,我要救我表妹。何茵说道:只怕你去了,救不了你表妹,还害了她,甚至连累穆王爷和秦大人。姜成武主意已定,哪里听从何茵劝阻,说道:我一人做事一人当,无论如何,我都要试一试。何茵又说道:你还是冷静一点好,我们可以想一个周全的办法。姜成武摇了摇头,说道:表妹被关在静宫,她一定很痛苦,如果我不去救她,她真的没有机会了。何茵说道:也许她没有你想象的那么糟。姜成武说道:我还是要试一试。何茵知道姜成武去意已决,不好劝阻,便改口道:我陪你一起去!姜成武瞪大了眼睛,说道:这太危险,我还是一个人去吧。何茵冲他摇了摇头,不说话。姜成武拗不过,只好说道:那我们一起吧。说罢,何茵转过身,两人一前一后飞过院墙,向紫禁城方向掠去。

来到紫禁城外,两人潜伏在街道阴暗的拐角,远远地看去,紫禁城城墙之上,有御林军护卫来回晃动。城墙之下,便是泛着银光的护城河。正门外两侧,御林军持枪林立,外围更有巡视的兵士穿梭不停。紫禁城戒备森严,可谓水泄不通。姜成武用手指着城墙之下的护城河,何茵心领神会。姜成武从腰间抽出一麦秆,递给何茵,没想到何茵自己也抽出一根麦秆来。姜成武佩服何茵,想得细致,准备得周到。两人相约掠至河边,很快滑进水里。好在姜成武和何茵都是南方人,水性从小练就,护城河自然难不倒他们。他们很快游到紫禁城城墙根下。接着,惊奇的一幕出现了。高耸的城墙之上,两人如同壁虎向上爬行,直至墙头边停下。待城墙上巡视的御林军护卫走动留出空隙,两人突然纵身,像鬼影一般掠过城墙,落到紫禁城内。进了紫禁城,熟悉的场面尽收眼底。太和殿、中和殿、保和殿、亭廊、岗哨,一一在目。姜成武每次进紫禁城,都会留心观察这里的一切,为他将来可能采取的行动,做好铺垫。要是以前,他还不敢贸然行动,近期他自我感觉武功进益明显,霹雳无影拳已经成形,夜闯皇宫不在话下。但是,他没有看到静宫。静宫是嫔妃闭门思过的地方,怎么可能坐落于显著的位置?姜成武朝何茵努努嘴,两人沿着暗处,向后宫探行。月亮躲在厚厚的云层中,凉风习习,正好掩护着他们的行动。皇宫里,不时地有护卫来回巡视,他们岂能发现姜成武和何茵? 姜成武和何茵向里探行,他们依次走过无数的宫殿,才发现后宫一隅的静宫。静宫孤零零地立在那里,门前并没有护卫。姜成武大喜过望。何茵也是窃喜。何茵伸手朝静宫后面指了指,姜成武立即绕到侧面,留下何茵在外面守候。

静宫的后面阴森静寂,但是,高高的窗户上亮着灯光,灯光有些微弱。姜成武没有半点犹豫,噌地一下蹿上窗户。他捅开窗纸朝里看,这似乎是一个卧室。一个着装艳丽的女人正坐在床头埋头看书。从外形看,应该是表妹了。姜成武看看里面卧室的门,是关着的。姜成武对着下面轻轻呼唤表妹的名字。连唤两声,不见答应,也不见表妹抬头张望。姜成武急了,便轻轻地敲窗户。还是没有反应。姜成武怕惊动周围巡视的护卫,干脆将窗户轻轻推开,纵身跳了下去。他正好跳到女人面前。女人抬头一看,大吃一惊,正要叫喊,姜成武一看不是表妹,便迅速点中女人的哑门穴。女人呆坐在床沿,两眼直视着他,一动不动。姜成武用手在她眼前晃了晃,示意她不要发声。女人眼中充满恐惧、哀求。姜成武点开她的哑门穴,轻声对她说道:你不要喊叫,我便不会伤害你。女人半信半疑,仍是一副哀求的眼神看着他,点点头。姜成武说道:我不是来找你的,我找我表妹,她叫纪姑娘,我知道她在静宫。他这一说,女人才放松了警惕。姜成武接着问:你是谁? 女人这才说道:我是柳贵妃。姜成武又问:我表妹呢? 柳贵妃说道:她在隔壁的房间。姜成武说道:你带我去见她。柳贵妃说道:万万不可。姜成武瞪着眼看她,柳贵妃说道:她房间里还有一位侍从,是从永宁宫遣送过来的,我怀疑她是永宁宫的探子,你这样去见你表妹,除非杀了那个侍从。姜成武想想也是,我本来是要来救表妹的,何必要杀人,不妥。姜成武有些迟疑。柳贵妃说道:你要见她容易,不如你藏在这里,我去叫她。姜成武凝神说道:也好,你可别要什么花招。柳贵妃说道:我本来就是一个受责的贵妃,能要什么花招,我和纪姑娘同病相怜,你大可放心。姜成武信了柳贵妃说的话,便藏到床后。柳贵妃特意搞出些动作声响,然后将卧室的门从里打开。隔壁房

328

间很快有人问:柳贵妃,有事吗? 熟悉的声音,姜成武一听,便知是表妹。柳贵妃说道:我要吃药的,不知道药放在哪了,纪姑娘可知晓? 接着,窸窸窣窣的声音从里面传来。纪姑娘从外面走了进来。柳贵妃特意说道:声音小点,别吵醒了黄姑娘,将门关了吧。姜成武心想,黄姑娘便是从永宁宫遭送过来的侍从了。纪姑娘将门从里关上,转过身来。姜成武依着床幔看得清晰。看着熟悉的面孔,熟悉的人,他突然看得呆了。这是怎么回事? 表妹娘穿着睡衣,却挺着个大肚子,步履蹒跚。表妹怀孕了? 她怎么会挺着个大肚子呢? 纪姑娘走到屋内帮柳贵妃寻找药品,被柳贵妃叫住了。柳贵妃说道:纪姑娘,你别找了,我叫你来,是有话对你说。待纪姑娘停下,走到她跟前时,她说道:我说什么,你只管听着,不要喊叫,你表哥来看你了。正当纪姑娘满脸狐疑地看着柳贵妃,端详着她话中的意思时,姜成武从后面走了出来。他走到纪姑娘面前,轻轻地喊了一声"表妹"。纪姑娘虽然有了思想准备,但还是有些吃惊。吃惊之余,纪姑娘说道:表哥,你怎么到这里了? 说罢,她看看室内,又抬头看看窗户,便知道了一切。姜成武说道:我想带你出去。纪姑娘看看柳贵妃,说道:这怎么可能? 姜成武说道:我们离开这里,外面有人接应,这是最好的机会。纪姑娘看着姜成武,说道:你走吧,我是不可能跟你走的。姜成武有些急了,说道:我带你出去,离开京城,然后,我们去安静的地方自由自在地生活,免了这里的烦恼和忧伤,多好,表妹? 纪姑娘看着姜成武,眼睛已湿润了。她说道:表哥,我对不起你,我们是不可能结合到一起的了,我对你早已死了心,你走吧,走得远远的,再也不要回来。姜成武站在那里,眼中饱含着悲愤,更是着急。这时,外面突然响起了呐喊声,似是何茵被宫内护卫发现,引发骚动。姜成武看看窗口,又看看纪姑娘,不知如何是好。正在这时,柳贵妃指着纪姑娘的肚子,对姜成武说道:你没看到她身体不便吗? 她哪里能跟你一起走? 姜成武看着表妹隆起的大肚子,愤愤地叹了一口气,便转过身,掠上窗台,丢下纪姑娘,头也不回地跳了下去。他这动作,令柳贵妃大为惊异。天下竟然有如此高人。姜成武走后,留下纪姑娘坐在床沿痛哭不已。

以何茵的机智和功力,她是不可能被大内护卫发现的。只因为姜成武潜入静宫时,那窗户一直开着,这引起了宫中巡视护卫的注意。要知道,按宫中规定,静宫的窗户是不允许开着的,不然怎么叫静宫,怎么闭门思过? 于是,这些护卫向静宫靠近,大有将静宫围个水泄不通之势。何茵急了,她只好从静宫近处向外逃离,以引开这些护卫。姜成武跳下窗户时,下面并无人群。因为何茵已经将骚乱的场面引到了静宫以东五十余米处广场上。何茵渐渐被他们围住。包围圈渐渐缩小。这些护卫个个精良,他们之中不乏大内高手,姜成武看到这个场面,急了。为了引起何茵注意,他突然对着何茵亮了一下火折。火折一闪而过,护卫是很难发现的。他相信何茵应该看到。因为何茵总是面对着静宫这边,她是在等姜成武。果不其然,何茵发现了墙边的姜成武。何茵突然纵身跃起,以快如闪电的速度向姜成武这边掠过来,她踩过无数的护卫的人头,直落到姜成武的跟前。如此神功,姜成武看得呆了。那些护卫真是形同虚设,等他们反应过来,何茵已经不知所踪了。何茵对姜成武轻声说道:我们走。接着,两人从这些护卫的后身消失了。这些护卫自始至终只发现一人,那就是何茵,他们连姜成武的影子也没看见,就像一群无头苍蝇,在紫禁城内到处乱窜。姜成武和何茵力拔千斤,搅动一潭池水,牵着紫禁城内护卫的鼻子走,他们出来的时候,极为顺畅。他们乘着城墙上护卫巡视的间隙,纵身掠过城墙,跃入护城河中。

回到住处,何茵问:你表妹呢? 姜成武一脸的失望情绪,冲何茵摇了摇头。何茵又问:她不愿意跟你走,还是你改变了主意? 姜成武眼睛里布满了血丝,他愤愤地对何茵说道:休息吧,以后别提我表妹了。何茵一头雾水,无奈地看着他,直到他转身回自己的房间。

第二天上午,姜成武一个人心事重重地走到林子里,何茵看出他的心思,便跟了来。何茵忍不住问姜成武:昨晚是因为外面的动静,让你没能将表妹带出来? 姜成武这才回答道:不是。何茵一脸疑虑地看着姜成武。姜成武不好回避,开口说道:她根本不想跟我出来。何茵问:是为何故? 姜成武叹了一口气,说道:她挺着个大肚子,既不便,也不想跟我走。何茵若有所思,说道:她怀了皇帝的龙种? 姜成武没好气地说:是吧。何茵说道:那她定是不可能跟你走的了。姜成武愤愤地说道:皇帝是谁?

皇帝就是我们的大仇人,她要怀仇人的种,真不知道是怎么想的?何茵安慰他道:她深居皇宫,她是没有选择的余地的,她有她的苦衷,这不能怨她。姜成武说道:她明明知道不该,为什么还要一错再错呢?她的处境并不好,但是她的心变了。何茵说道:我们应该多为她想想,下次你可以问个明白。姜成武说道:没有下次了。何茵说道:你可以再去看她的啊。姜成武抬头看着远方的天空,说道:她叫我永远也不要去找她,她说,我们是不可能的,她如此绝情。何茵说道:她说这话,是为了你,她不希望你为她担风险。姜成武又愤愤地说道:她是为了她自己,她是为了改变自己的处境,特意这般错将下去的。何茵说道:她不是这样的人。姜成武重复了一句:真不知道她是怎么想的?何茵又道:不说这些吧,我们练武。

火　龙　功

姜成武和何茵夜闯皇宫的事惊动了紫禁城,惊动了满朝文武,也惊动了皇帝。谁有这么大的胆子?谁有这么深的武功?来袭者是谁?他们是一人,还是团伙?背后的主子是谁?他们夜闯皇宫,意欲何为?这真是一个谜。

皇帝责成王力查处此案。王力责成东厂和刑部查办此案,查了几天,他向皇帝禀报,没有线索。这成了一宗悬案。静宫的窗户是柳贵妃吩咐人打开的,因为夏天里面太闷太热。王力同时禀报皇帝,是否要惩处柳贵妃。皇帝摆摆手,算了吧。柳贵妃已经这样了,念在昔日之情,何必一点情面不给?但是,皇帝仍然龙颜大怒。他当着众人的面质问王力:要是这般的刺客进了皇宫,对朕图谋不轨,咋办?王力铁青着脸,腰都弯到膝盖上,说道:奴才这就去布防,加强护卫力量,皇上请放心。这真是王力,要是其他的大臣,早就革职查办了。皇帝只是冲王力摆摆手,王力低着头阴着脸,退出了。

外界不知,穆王府的人岂会不知?他们都会想到这是姜成武所为,甚或还有何茵参与。谁都知道,姜成武表妹被软禁在静宫。穆王爷从紫禁城回到府上,第一时间就将姜成武招到清风阁,问及此事。姜成武当即承认,并将与何茵一起进皇宫去见表妹之事一一细说。穆王爷对他亲如父,他没有必要撒谎。穆王爷并没有责怪他,只是说,见表妹可以理解,但风险太大,以后要慎重行事。接着,秦少石走到姜成武面前,调侃他道:夜闯皇宫,这么大的事也不对兄弟说一声,多一个人多一个帮手啊。姜成武不好意思地回答他:大哥事务繁忙,不敢让大哥分心。秦少石拍拍他肩膀,一句带过:兄弟我还是佩服你和何茵,我长这么大,还是第一次听说,有人夜闯皇宫,等有时间你细细给我道来,你是怎么进出的。姜成武冲他一阵憨笑。叶堂主见到姜成武,说道:姜少侠的功夫更是今非昔比。他没有见识何茵的武功,所以他以为夜闯皇宫皆是姜成武的主使。姜成武淡然处之。

这些天,姜成武的心情很差。他在想着表妹对他说过的话,为其所困。他似乎已感觉到,表妹对他心意已决,不可能再有爱意。表妹现在唯一的想法,可能就是将腹中的孩子生下来,过上一种平静的生活。这应该是一个女人或者母亲的正常的想法。如果她置腹中孩儿于不顾,与我远走高飞,她不一定快乐,也不一定感觉到幸福。我是不是太过勉强她了?她经历了许多,也许会改变许多,只是我对她不够了解而已。也许她真的是为了我。她不想拖累我,让我早点死心,过上属于我自己的生活,她定是这样想的。表妹,也许你用心良苦,这又何必?

姜成武和何茵夜闯皇宫之事,却在郡主穆姑娘内心深处掀起涟漪。姜成武对他表妹一往情深,这令穆姑娘很感动。他真的是可以为了他表妹,上刀山,下火海。世上有多少男人能这般痴情?姜成武对她表妹情真意切,我又怎么可以拆散他们?我虽然对姜成武爱慕已久,但是,他心有所属,我又何必横插一杠呢?更何况,就算姜成武不能与他表妹好合,这中间还有一个何茵。我看何茵对他早已心存爱慕,只是因为有表妹在,没有表露而已。我和姜成武在一起的时候,我看出她天性的嫉妒。这种女人的嫉妒,只有女人了解,也只有女人能够体会。我看姜成武对她,也是亲切有加,比亲兄妹还亲。在姜成武面前,别说他表妹,就是何茵我也是竞争不过的。因为姜成武从来就没有对我有过儿女之情,他总是把我当作郡主,他对我只有敬重,时刻想着保护我。既然如此,我又何必要感情用事?我必须放弃对姜成武的情感,退一步,海阔天空,心境才会怡然。我应该祝福姜成武和表妹才是,希望他们有情人终成眷属。我不能与姜成武结成百年好合,我至少还有与姜成武的朋友情谊,至少还有姜成武像哥哥一般地站在我身边,我应该知足了。姜成武夜闯皇宫,让郡主明白了一个道理。姜成武不是她的人。不是她的,就不能勉强。

穆王府平静得很。这有点像暴风雨来临之前的平静。穆王爷派师爷去东北执行特殊的任务,现在应该是回来的时候了。但是,师爷至今未归,也无音信。穆王爷甚是担忧。师爷该不会遇上麻烦吧。东北地形复杂,部落冲突不断,高手如云,师爷一人前往,定是凶多吉少。穆王爷放心不下,将秦少石召到清风阁,说道:师爷这一趟赴东北,还没有回来,你发一道飞鸿传书,召他速回。秦少石领命照办。但是,飞鸿传书发出,两天不见回音,这下穆王爷真的急了。师爷可是穆王爷的左膀右臂,多少年来,师爷为穆王爷出生入死,对他忠心耿耿,从无怨言。穆王爷也视师爷为莫逆之交,如同知己。两人相互依存,风风雨雨几十年。现在,师爷一去一个月,毫无音信,穆王爷有很多的事等着与他商议呢,叫他如何不着急?穆王爷吩咐秦少石,师爷如有消息,第一时间告诉他。秦少石应声称是。

其实,师爷两天前就已经回到京城。他为什么没有回到穆王府,是因为他在回到穆王府之前就遇到了不测的事。那天夜里,师爷风尘仆仆往回赶,待他掠近穆王府外围时,却突然发现有两个人影在闪动。师爷立即停下,依在一棵大树后面观察。那两人影正向穆王府院墙靠近。师爷依着朦胧的月色定睛一看,大为吃惊。那走在前面的人不是别人,正是严之过。在穆王府清风阁,师爷曾与他正面交锋过。当时,师爷被他的火龙功所伤。经过一段时间的休整,这严之过又在蠢蠢欲动了,欲要置穆王爷于死地。但是,他后面那人是谁呢?严之过在前面引路,后面那人亦步亦趋,师爷见其走路轻飘,已然看出此人似乎武功不弱。这两人要是进了穆王府,穆王府岂能安宁?他们的目标定是穆王爷,以王爷身边的护卫和秦少石、姜成武等人,加上我,恐怕都不是这两人的对手。

穆王爷即使有机会藏到密室,王妃和郡主等人是否能够逃脱? 要是王妃和郡主落到他们手里,以此要挟,穆王爷岂能置之度外? 不行,我必须将他们引开,使得他们夜袭王府的计划落空。师爷灵机一动,瞅准机会,突然出手,向两人连发四枚飞镖器暗。师爷在发出飞镖暗器的同时,悄然纵身飞掠至街道墙拐处。严之过等人不愧是高手之中的高手。飞镖暗器还没有近身,就被他们发现,闪身避过。随之而来的,他们出手以飞镖还击。飞镖雨点般向那棵树袭来,幸亏师爷闪身快,未能伤着。严之过可能考虑到穆王府外围有埋伏,这个时候不宜贸然行动,而且他看出袭击他们之人武功不弱,此时不如撤去,先将这人解决再说。当下,严之过向身后之人暗示,两人同时向师爷方向掠来。他们追到街道墙拐处,却不见了师爷的踪影。他们便向巷里追去。他们以快如闪电的速度穿梭于附近的每一条街道,没有发现他们要找的人。于是,他们将范围扩大。他们相信,此人武功不弱,但不至于高到这么快就在他们面前消失了。

师爷原本是想将严之过两人引开,然后,他折回穆王府。他有重要的情报需要向穆王爷禀报,他也需要了解他去东北后这些日子,穆王府最新的情况,穆王爷是否安好。严之过这两人来袭,说明穆王爷仍然安然无恙,不然他们何必要夜袭穆王府。但是,师爷欲折回时,却发现严之过两人紧追不放,他急中生智,跳进一户人家的小院,才避免相遇。师爷听到他们脚步声轻轻远去,便返回到街道口,却突然发现严之过绕了一圈又向这边掠来,他只好向郊外掠去。他这一飞掠就掠到了环城河的一座桥上才停下来。他如果沿着河边往南行一个里程,也许就到百药堂下方的那个地道口了,虽然那里已成废墟,但仍然可以容他藏身。他没有往南,而是依在桥下方的桥墩,倾听上面的动静。隔了一会儿,他见外面并无动静,以为严之过他们走远了,便闪身返回桥上。他刚刚站定,就看见路的两边严之过和他的同伙向这边走来。这两人轻功了得,师爷竟然甩脱不掉。躲不过,师爷只好正面迎击。他站在路边,暗暗地提振内力。严之过终于看清了师爷的真相,嘿嘿一笑,说道:原来是师爷,又见面了。师爷斥道:深更半夜,人不人鬼不鬼的,又要去穆王府作甚歪门邪道? 龌龊之人! 严之过嘿嘿一笑,说道:本人做事,向来只问目标,不问方式和手段。说罢，突然一个纵身，向师爷飘来。待掠到师爷身边时，严之过突出双掌，直抵师爷面门。师爷有所防备，即时转身，然后出拳还击。两拳对双掌，啪的一声，两人同时被震出丈余之外。严之过那位神秘同伙站在一边，看他们打斗，大有一副事不关己的观望架势。严之过刚刚站定，便伸出双手在空中盘旋，很快，他胸前云气翻腾，渐渐地云气凝集，形成一个大大的云团。师爷一眼看出，严之过在使火龙功。他立即提手用力，以云盾功相克。那火轮很快向这边袭来，在师爷面前与云盾相撞，发出轰的一声巨响，火光四射，直接将师爷冲出几步之远。严之过的火龙功更有进益，形成的速度比以前快了许多，爆发力更强，师爷施展云盾功还是慢了几拍，以至云盾还没有出击，火轮就已经逼到师爷跟前，师爷受伤在所难免。师爷差一点倒地，但他很快站稳，欲要反击。哪知严之过已挟火龙功的余威，掠到跟前，朝他飞起一脚。这一脚踢到师爷腿上，师爷猝不及防，整个人飞起，直到五步之外落下，站立不稳，倒在地上。师爷倒的地方真不是位置，正好倒在严之过那位神秘同伙的面前。只见那人，飞起一脚，就像踢一个皮球一样。师爷飞过桥头，直落入环城河中。严之过和同伙站到桥上，就看见河中巨大的水花渐渐收缩，然后水面归于平静。两人料定，师爷喂河中的鱼去了。严之过转身对同伙说道：我们去穆王府。同伙看看天，天有一些泛白，似乎黎明就要到来。严之过也看看天，只好放弃攻击穆王府的计划，转身走了。

师爷为何这样不经打？以前他与严之过较量过，至少可以一拼，但是，这次他在严之过面前如此不堪一击，是为何故？原来，他在东北的时候，受过内伤。谁有这么深的功夫，竟然将师爷致伤？这个人不是别人，正是何茵的师傅天池白头翁。他在探访建州女真的过程中，遭遇天池白头翁。白头翁当时以中年药农的面目出现，憨厚和善的样子，师爷都没有看出来。但是，天池白头翁却一眼看出师爷不是东北本地人，而且武功不弱，便要出手试一试。他这一试，就和师爷干上了。不出十余回合，师爷直落下风，他不仅伤不到白头翁，反而被白头翁多次击倒在地。最后那一掌，白头翁直将师爷击到山下，如果师爷不是就此逃离，很可能命休矣。他逃出一里之外才敢停下来歇息，直感到背部火灼一般的痛楚,五脏俱裂。幸亏海西女真首领完颜历台对他施救,才让他没有留下顽疾。完颜历台叮嘱他,需要静心休养。他自己也知道,内伤不是那么快就复原的。从完颜历台那里,他才得知他遇上天池白头翁了。

师爷落入水中,用了自己最后的气力,闭气、下潜,待桥上两人走后,潜游至岸边,头刚靠到岸石上,便昏迷过去。是早起的渔翁发现了他,将他拖进渔船,带到家中,然后遣女儿去附近的药铺购药帮他调理,才得以让他苏醒过来。他身体极度虚弱,静养两天之后以自身的真气排毒,才渐渐地恢复状态。师爷向渔翁父女告别,并讨教尊姓大名,来日必将回报。渔翁推托再三,最后才说道:老朽虚名张风生,小女张小凤。师爷本来要走,听到他说话的口音突然来了兴趣,便问道:张先生是南方人,为何要在京城的河里打鱼呢? 因为之前,他就已经对张氏父女家中摆设生疑,这里很有道家风范。张先生说道:不瞒你说,我们确实是南方人,家乡变故,北上京城谋生。话中自有隐情。师爷要一语点破,说道:我有一位老友,也是南方人,与先生同姓,他是武当山张真人,不知先生可认识? 师爷这一说,渔家父女大为吃惊。张风生看看女儿张小凤,脸上露出喜色,说道:我看前辈应是习武之人,原来你是师叔老友,请受我一拜。说罢便要作拜。师爷连忙卜前阻止,说道:不必多礼,你是武当山弟子,幸会幸会,张真人好久未见,近日安好? 张风生说道:他很好,正在为武林大会的事做准备。师爷想想也是,武林大会很快将至,武林各界翘首以待,精心准备,跃跃欲试,武当自然不会例外。穆王爷曾经邀约武林各派首领来京城密谋武林大会事宜,他是极不希望武林大会之时武林盟主之位落入旁门左道。师爷说道:为何先生留在京城? 张风生说道:实不相瞒,小生在此,是受武当所派,来此打探京城武林动向,因为这次的武林大会将在燕山脚下举行,小生还有另一任务,就是打探东厂动向。师爷点头称许。张风生问:敢问前辈尊姓大名,小生下次见到师叔,也好通报。师爷说道:我乃慕容秋。张风生父女先是惊讶,后是惊喜。张风生说道:原来是师爷前辈啊,小生父女甚感荣幸,师叔多次对晚辈谈及师爷及穆王爷,无不自豪喜悦,穆王爷可好? 师爷说道:他还好。接着,两人又寒暄几句,师爷说时间紧迫,有要事向穆王爷禀报,这才告辞。

师爷趁着夜黑,赶回穆王府。姜成武、秦少石以及何茵,无不欣喜。秦少石对师爷说道:穆王爷盼你回来,要我第一时间向他通报。师爷说道:我这就去向穆王爷禀报。他还没有来得及回到自己的府上,便风尘仆仆赶往穆王府的清风阁。

第十章　表妹违心作情义决，神功助力驱魔惩恶

燕山武林大会

武林大会是武林界的盛会，它终于如期而至。

中原武林大会每十年进行一次。上一次大会在襄阳举行，临近尾声即将产生一位武林盟主时，却突然冒出来一位神秘的光头老翁搅局，武林大会演绎成武林各派追讨大会，一盘散沙。从此武林群龙无首。光头老翁引得武林各派群起攻之，逃进深山老林，隐身不出，只是在去年青城山现身一次，他从姜成武跟前带走了常运。

考虑到以往武林大会存在的不足，这次武林大会被纳入朝廷的管辖范围内，成化帝钦定由穆王爷主导。早在一年多以前，穆王爷就召集武林各大门派商议，今年的武林大会定址京郊燕山，并对武林大会报名制度、武林盟主产生程序进行变革，即取消报名制度，由武林各大门派推出代表应战，全程实行淘汰制，最后胜者被朝廷册封为武林盟主。

金秋十月，京城已是寒风习习。燕山脚下，已摆开战场。御林军和锦衣卫将这里团团围住。穆王爷和郡主穆姑娘端坐在舞台的正上方，他们的身后站着师爷、秦少石及其多名护卫，穆王爷的身边，坐着东厂的厂公王力。王力身后站着千户英布、严之过、汪直等人。坐在第一排的还有刑部尚书史可广、少林寺方丈俱空契斌大师等。以前的武林大会，少林寺只是观战，不派代表应战，产生的武林盟主少林寺全力配合。这次武林大会，也是如此，少林寺不派代表参加，无方可从大师仅是以个人名义参加比武。姜成武因为头上还顶着青城派掌门人之位，被青城派一举推荐为出征的代表，所以他现在不能站在穆王爷身后。何茵平时与姜成武总是形影不离，所以她此时也站在姜成武不远的地方。舞台的正下

方,便是各门各派的代表。他们是少林寺无方可从大师、青城派姜成武、武当派张真人、峨眉派释疑师太、华山派鲁天智、昆仑派桂守一、天柱门派天柱神尊、南海天涯派左令辉、龙门镖局魏震天,等等,比武开始前,姜成武队伍的后面突然加入光头老翁、天山道首等神秘客,让穆王爷及所有在场的人大为吃惊。何茵受现场气氛的感染,临时决定也加入了进来。比武队伍的周围便是各大门派的弟子及围观的群众。人群中就有常明、赵怀远、毕克、叶去病等人。

师爷一声令下,比武开始。第一个上场的,是张真人对天柱神尊。这两人本就是老对手。一年多以前,他们在青城山附近曾有一拼,结果两败俱伤。现在伤好了,冤家又聚首。两人一交手,就吸引了所有人的目光。太极连环剑对碧血剑法。人影晃动,剑影闪烁,战至五十回合,两个时辰过去了,仍然不见分晓。穆王爷就有些急了。这样下去,武林大会要开到几天才能结束? 正思虑间,天柱神尊趁张真人"回弹",突然一个"海底捞月"斜刺,碧血剑法最厉害的一招将张真人的一只胳膊削去了一大截,掉到地上。张真人咬紧牙关,另一只握剑的手再一次地"回弹",一个"利剑穿心",将剑插进了天柱神尊的心口。张真人这才疼痛难忍,松开剑,倒在地上。武当派的弟子连忙上前将张真人抬出,叶堂主连忙上前施救。天柱神尊用手按住剑,眼中现出恐惧之色,他仰天长叹,喊道"天哪",然后连人带剑跳下舞台,穿过层层围着的人群及御林军,向山上逃去,很快就没了身影。

第二场比武,上场的就是姜成武与鲁天智。这是由抽签抽到的,避也避不了。鲁天智连环火星剑已练至十成,但是,对上姜成武赤手空拳的无影拳却没有占到半点的便宜。何茵本来要借一把利剑给姜成武,但被姜成武拒绝了。姜成武贵在神速,千变万化,不出二十回合,鲁天智就被姜成武快于闪电的一拳击下舞台。鲁天智在舞台下方抱拳称赞:姜掌门武艺精湛,令鲁某敬佩万分。姜成武这下被所有人刮目相看了。何茵喜在心里,郡主穆姑娘亦喜形于色。秦少石这才真正看清他的无影神功。秦少石甚至臆想,本次武林大会,武林盟主之位,非姜成武莫属,他心里也是喜滋滋的。

接着比武轮番上场，都是一比一。第一轮下来，只有五人胜出。张真人和天柱神尊两败俱伤，算是平局，张真人因为胳膊被削去，放弃了接下来的比试。这样，第一轮胜出的人便是姜成武、无方可从大师、何茵、光头老翁、天山道首。五人抽签，姜成武对无方可从大师，光头老翁对天山道首，何茵轮空直接进入第三轮，她真是幸运得很。直让姜成武犯愁的是，自己要与师傅无方可从大师比武，而且是第一个上场。两人立于舞台中间，姜成武抱拳对无方可从大师说道：师傅，对你不住。无方可从大师伸手侧举，念道：阿弥陀佛，务必拿出你的真功夫来，为师更希望你青出于蓝而胜于蓝。姜成武说道：那弟子领教了。说罢，两人便展开拼斗。无方可从大师使的是正宗的少林罗汉拳，接着是少林金刚拳。姜成武使的也是这两种拳法。针尖对麦芒，两人龙腾虎跃，电闪雷鸣，战至五十回合不分胜负，令周围观战的人既大饱眼福，叹为观止，又不免失望，不知要到什么时候才决出胜负。少林武功，天下赞誉，名不虚传，眼见为实。就在难分难解之际，姜成武突然一闪念，心想无方可从大师本来就是我的师傅，由他胜出，力克群雄，直至登上武林盟主之位，乃是众望所归。这个位子，本来就是他的。我参加武林大会比武，只是不想看到光头老翁、天山道首等恶人胜出而为害武林。现在有无方可从大师在，我应该助他一臂之力，让他登上武林盟主之位，而不应该消耗他的内力，我应该就此罢手，好让他集中精力去战胜光头老翁等人。我虽然有战胜无方可从大师的可能，但是我必须输，并且我要输得其所，不让人看出破绽。这样想着，姜成武使了个虚招，突然撞上无方可从大师击来的金刚拳。只听得呼的一声，姜成武应声倒地。无方可从大师大为吃惊，欲上前拉他，哪知姜成武躺在地上作一脸的痛苦状，并双手抱拳告输。无方可从大师问：你怎么了？姜成武用手捂着心口，说道：我已无气力再战。结果，这一局无方可从大师胜出。接下来，光头老翁与天山道首的拼斗，直叫人看得心惊胆战。这两人都是神秘客，长期不在江湖行走，出场之前，谁也不知道他们功夫如何。一出场，就令人叫绝。原来这世上还有如此高人。光头老翁一出手，便是变化莫测的冲气拳。这令站立一旁的无方可从大师顿觉奇怪。他怎么会少林寺的家传功夫冲气拳呢？无方

340

可从大师极力从记忆中搜索起这个光头老者，却一无所获。无方可从大师不能断定光头老翁是谁，坐在穆王爷身边的少林方丈，却一眼认出光头老翁。光头老翁虽然老了，面部就像易容似的，但是他的动作身形并没有改变。这人分明就是三十年前从少林寺偷得《冲气拳》秘籍逃出少林寺的弟子空俱悲。按在少林寺的辈分比，他应该是方丈俱空契斌大师的师弟，更是无方可从大师的师兄。无方可从大师以前与他接触不多，自然认不出他来。方丈心想，常运曾经夺得青城派掌门人之印，使的就是冲气拳，我担心他是从哪里学得的，原来他是师从光头老翁空俱悲。空俱悲是拿我少林寺的功夫在外作恶，岂有此理？光头老翁空俱悲使出冲气拳后，天山道首赵无极闪身退后，旋即使出火流星。只见舞台上方，火花四溅。光头老翁像被电击一般，被抛出十米开外。所有人惊呆了。这火流星功夫如此厉害。师爷站在那里惊诧之余，却突然发现这天山道首原来就是那晚在桥头一脚将他踢到桥下河水中的那人，他是严之过的同伙。师爷扭头看看严之过，严之过站在王力身后正在扬扬得意呢。师爷心想，这场武林大会名义上是皇帝钦定由穆王爷主导，但是暗地里，王力及东厂的人在精心布局。他们安插自己的人马参加比武，誓要夺得武林盟主之位。这天山道首就是他们的人马。师爷接着又想，这天山道首使的火流星，与严之过使的火龙功同出一辙，应该是同根同源。但是，他的火流星比严之过的火龙功应该更进一筹，力道更足。果不其然，光头老翁虽然武功高强，但是在天山道首面前还是败下阵来，而且败得有点惨，因为他的两只耳朵被接踵而来的火流星震聋了。他什么都听不见，连天山道首闪到身后也不知觉，结果被天山道首一拳击中脑门，他有一种肝脑俱裂的阵痛，从舞台中央跌落到舞台下面，然后连滚带爬地冲出人群，消失于人们的视线。

这样，进入第三轮的，只有无方可从大师、天山道首和何茵三人了。穆王爷有些担忧了。从比武的情况看，这三人当中天山道首武功应是最高。姜成武早早地败下阵来，穆王爷、师爷很为无方可从大师和何茵捏把汗。这样比下去，无方可从大师和何茵要是败了，武林盟主之位岂不是非天山道首莫属了？怎么会这样?！

接着抽签。无方可从大师对天山道首赵无极，何茵又是轮空。何茵怎么这么巧，她不费吹灰之力，就直接进到第三轮。除了姜成武、穆王爷、师爷、秦少石、郡主、叶堂主以及青城派的护门元老常明等人，谁都对何茵感到陌生。唯有姜成武和秦少石对她的武功略知一二，但也没有真正见识她武功究竟有多高。所有人都认为，虽然她取巧，但是只要一战，她就会在高手面前败下阵来。她一个女孩子，怎么可能成为武林盟主呢？无方可从大师与天山道首赵无极终于交起手来。你来我往，步步惊心。无方可从大师是少林当之无愧的得道高僧。他已将少林罗汉拳、少林金刚拳练至出神入化、鬼斧神工。但是，他遇上了世外高人天山道首，他节节败退。他几乎无法破解天山道首的火流星。结果，他被火流星震伤心脉，倒地不起，姜成武和少林弟子连忙上前将他抬出舞台，叶堂主丢下张真人，给他施救，才算保住了他一条命。此时此刻，所有人的目光盯着舞台上站着的两个人，天山道首赵无极、何茵。王力、英布和严之过几乎要欣喜若狂了。武林盟主天山道首唾手可得，天山道首就是东厂招募的人，武林盟主收归东厂帐下，从今往后，王力和东厂就可以号令天下武林了。王力似乎是轻蔑地看了一眼穆王爷。他看到了穆王爷忧虑而严肃的面孔，心中窃喜。

何茵在想，要想打败天山道首，只有破了他的火流星才行。火流星威力太猛，连无方可从大师都无力阻挡，我如何能破得了？我虽然功力深厚，但是，我无论如何也不能用硬功抵挡火流星，我只有退避周旋，令他不断地发功消耗内力，待他功力减弱时，我再一举击破。而此时站在舞台上的天山道首，几乎都不拿正眼看何茵。这么一个艳丽的弱不禁风的女子，哪里经得了我拳打脚踢？我要是发了火流星，岂不是将她烧成灰烬？我看还有谁能阻拦我登上武林盟主之位！

天山道首站在那里等待着何茵发起进攻。但是，何茵纹丝不动。天山道首急了，突然一个飞纵，掠至何茵身前，迅即向何茵突出一掌。他也许在想，我先给你一掌，将你推出舞台，摧残你的内力，使你再无反击之力，这样我们就可以早早地结束这场战斗。他不会想到，这一掌居然被何茵迎头相击的一掌给弹了回来。何茵这一掌功力无比，竟然将天山道首震出五步开外。所有人将目光投向何茵。何茵的判断是对的,天山道首只要不施火流星,她便要以硬功对他,她无所畏惧。天山道首本来就轻视何茵,怎么可能一开始就以火流星对何茵呢?现在他知道了,何茵能够站在这里,可不是什么等闲之人。她如此年轻,功力却如此深厚,这似乎是有违常理。天山道首在想,我要早早地结束战斗,必须使出我的撒手锏,只有这样我才能一招胜出,无须与她无休止地缠斗。天山道首想到做到,突然伸出双手在面前旋转,很快他面前云气翻腾,接着一个火轮在他面前翻转,天山道首熟悉地把玩着火轮,突然双手向前一推,火轮如山崩之石向何茵袭来,速度之快,非眼力所及。何茵正欲避开,哪承想,她面前突然掠出一个人来。这人如幽灵一般闪到何茵面前,随手伸出一个寒光闪闪的三角铁器。火轮撞到铁器,发出刺耳的轰鸣,转眼间,那火轮爆炸,气流回弹,直将天山道首击下舞台,重重地摔在地上。而台上,此人与何茵站在那里岿然不动。这幽灵一般闪到台上的人是一位中年人,一袭白布粗衣,头上戴着一顶毡帽,像一个药农,他刚才就站在台下一群围观的人前面。他站在下面的时候,曾引起师爷、严之过、英布等人的警觉,但是,他并无反常之举,所以谁也没在意他。现在,此人闪出,全场皆惊。更令人惊奇的是,他居然能抵挡住天山道首威力无比的火流星,自己却毫发未损。这人功夫如此之深,莫非是天外来客。正当所有人惊疑未定之时,何茵突然说道:白头翁,你来这里干什么?

白头翁?不错,此人便是长白山天池白头翁。穆王爷、师爷、秦少石、姜成武、王力等人听到何茵说出白头翁,惊住了。他们瞪大眼睛看着白头翁,才知他是易容之身。他怎么来了?武林大会本来就是武林的一次盛会,武林各大门派,甚至天柱神尊、天山道首可以来,他为什么不可以来呢?他既然来了,为什么不报名参加比武呢?难道他对夺得武林盟主之位不感兴趣?他既然来了,为什么不与自己的徒弟何茵相认呢?他是暗中保护何茵,伺机待发?穆王爷、师爷脸上现出忧虑的神情。莫非十年前武林大会乱局再现?十年前,武林大会进行到快结束时,突然冒出一个光头老翁搅局,武林大会不欢而散。这次难道又是这种情况?

白头翁将三角铁器举到面前,用嘴吹了吹,然后对何茵说道:徒儿,我是不想让他那火流星伤着你。说完,他突然用手捂住嘴。当初在长白山何茵拜他为师时,曾经约法三章,他不能在人面前叫她徒儿的,她也不会在人面前叫他师傅。白头翁突然想起这话,知道自己说漏了嘴,这才连忙用手捂住。何茵怒道:谁要你来帮忙?白头翁一句"徒儿",所有人都听到了,原来这白头翁是何茵的师傅。难怪何茵有此胆量参加武林大会,见高手而不惧,原来她师承高人,功夫不弱。既然白头翁与何茵是师徒关系,那为什么何茵对师傅如此盛气凌人,那白头翁就像乖孙子一样,耷拉着头,缩手缩脚地站在何茵面前,他连说了两遍"我我",就没有话了。何茵大声说道:你给我下去,滚回长白山去,我永远都不想看到你。白头翁经她一阵训斥,一脸苦相,他低着头,眼睛上翻,对何茵说道:我这就下去,你别生气。说罢,便拿着三角铁器,悻悻地走下舞台,站回到原来的位置。台下所有的人都松了一口气,接着爆发出一阵嬉笑。何茵站在台上,看着师傅白头翁远去,然后抱拳转了一圈,算是对大家表达歉意。这时,人群中已经有人喊"武林盟主"了。但是,这时,天山道首却从台下掠上台来。他莫名其妙地被人挡住了他的火流星,他调整内力自我疗伤,很快恢复过来,便重新上台。刚才何茵与白头翁的对话他一句也没听见。重新上台时,也没有见到白头翁。其实一开始,他就没有看清白头翁。只是一道白影闪到何茵面前,接着就破了自己的火流星,火光闪烁。他站在台上,四处张望,破局者鬼影不见人。也好,我且打败何茵再说。站在下方的白头翁自然也没有想到,天山道首此时会重新上台,他好像没有伤到体内,白头翁开始为何茵焦虑。如果没有白头翁刚才上场,何茵今天是不大可能战胜天山道首的。正是由于白头翁上场助力,何茵现在不想胜天山道首也难。因为就在刚才那一瞬间,何茵似乎看出了白头翁对天山道首亮出的制胜法宝,这个制胜法宝就是三角铁器。火流星遇上寒冷的三角铁器便会爆破,气流回弹。我没有三角铁器,但我身上却藏着寒冷的铁器长刀,何不拿来一试?如果我掌握角度,定能破天山道首的火流星毒招。也许这正是白头翁特意给她的启发。何茵见天山道首上前,并不胆怯,她站在那里注视着天山道首,纹丝不动。天山道首站定之后,突然就向何茵发起了火流星。他相信这次不会

344

再有人上前阻挡。火流星抡起的速度比上次更快,冲击力更强,呼啸而至。火流星冲到何茵跟前时,何茵突然从身后抽出长刀,迎火流星正面而上。火流星撞上长刀的平面,轰鸣一声,顿时爆炸,火光四射。白头翁刚才上场那一幕又重现了。回弹的气流击向天山道首。天山道首猝不及防,整个人再一次被轰到台下,倒在地上。这一次他受伤更重。他鼻孔流着血,身上已是衣衫褴褛。待他镇静下来,已感到心口隐隐作痛。自己创立绝世武功火流星,还从来没有失过手,现在居然被两个陌生人击破,是为何故?是他们武功太高,还是我火流星火候不足,让他们看出破绽?特别是那个小姑娘,我如果败给她,岂不是一世威名毁于一旦,叫我以后如何在江湖上立足,还说什么武林盟主?不行,我一定要将她铲除。天山道首愤愤地从地上站起,一个闪身便掠到何茵跟前。天山道首在想,我两次施发火流星都被他们所破,我何须再用火流星呢?凭我几十年积淀的深厚内力,我谅她也比拼不过。天山道首几乎没有停留,一拳击向何茵。但是,他的动作比何茵慢了一拍。何茵见他被轰下舞台时,就已经做好了他会回来再次出击的防范。待他闪到面前时,何茵突然出掌。掌与拳相击,咔嚓作响。两人并没有分开,而是掌与拳像粘在了一起一样。天山道首不会想到,他面前的女孩功力如此深厚,她几乎是用了超出自己几倍的气力将自己的拳握住,抽都抽不出来。就在天山道首欲抽回自己的手时,何茵紧握不放,一个侧身,另一只手以迅雷不及掩耳之势,直点到天山道首的胸口。天山道首整个人像触了电一般一震,顷刻间整个人被平移出舞台,重重地摔到台下。他躺在地上动弹了几下,又几次努力想站起身子,但都没有成功,只好直挺挺地躺着。所有人大为震惊。舞台上方英姿飒爽的年轻姑娘何茵此时才真正地令所有人刮目相看,惊作天人。除了她师傅天池白头翁,还有姜成武、秦少石、师爷、穆王爷、叶堂主,谁都不知道她刚才使的是什么功。何茵承传师傅几十年内力而练成的点血神功,今天总算真正地展示出来了。何茵独自一人在台上站立良久,台下爆发出雷鸣般的掌声。而就在这个时候,台下的天山道首突然站起身来,他口喷鲜血,仰天长啸,然后喊道:这怎么可能,这怎么可能!接着,他边喊边双手举起,在原地转了一个圈,然后一阵大笑,向围观的人群走去。人群纷纷闪避,给他让出一条道来。天山道首嘴里又喊着"这怎么可能,这怎么可能"向山上奔去。人们迟疑不定地看着他远去的背影,有人说道:他许是疯了。不错,他确是疯了。

何茵是当之无愧的武林盟主了。穆王爷上前将皇帝授予武林盟主的黄腰带和御印交到她手上。全场掌声雷动。各大门派武林人士,齐刷刷双手作揖,异口同声喊道:恭贺盟主,我等今后唯盟主马首是瞻。何茵连忙向他们挥手。师爷、姜成武、秦少石、叶堂主以及郡主等人上前道贺。此时何茵,脸上现出幸福的笑容。她对姜成武腼腆地说道:我何曾想过要当武林盟主?姜成武说道:武林盟主,非你莫属。何茵又说道:这应该是我对你说的,你与大师比试,我看得清的。何茵是说,姜成武与无方可从大师比武时,双方都有承让之嫌,姜成武如果比下去,武林盟主很难说不是他。他们只顾着说话,全然没有留意东厂厂公、大内总管王力愤而站起,然后脸色铁青地离开座位,英布、汪直、严之过等人跟随在他身后,很快就从人们的视线里消失了。

何茵站在台中央,突然想到什么,四处张望。但是,她再也没有看到她的师傅白头翁。

这次武林大会,没有在混乱中收场,却在官方主导下产生了一位年轻貌美的武林盟主,那就是何茵,从此武林留下一段佳话。

穆王爷被贬

武林大会进行时,何茵与天山道首恶斗,也曾受伤。她手持长刀抵挡天山道首火流星时,被震伤心脉,只不过她还能坚持住。回到穆王府,经叶堂主一调理,很快恢复状态。

为庆祝何茵加冕武林盟主,穆王爷专门在王府举行了一次庆功午宴。穆王爷、王妃、郡主、师爷、秦少石、姜成武、何茵、叶堂主,甚至铭儿、婉儿等,悉数参加。穆王爷难得这么开心,与大家频频举杯。席间,穆王爷专门举杯走到何茵面前,对她说道:盟主既得,统领武林任重道远。何茵受宠若惊,连忙站起,说道:从今往后,听从王爷调遣。两人碰杯,一干而尽。穆王爷眼中对何茵生出爱怜之色，但他不便于表露，很快回到自己的座位。何茵乃精明之人，岂会没有意识到，但她的内心已被姜成武占去了全部，又如何能容得了他人？

　　回到自己的住处，何茵又对姜成武说道：这个武林盟主，我实在当之有愧，你的无影神功已出神入化，达到至高境界，我很想与你比试，如果我赢了，我便继续做我的武林盟主，如果我输了，我便要将盟主之位，让给你。姜成武眉头一皱，直言道：武林大会，我已是败下阵来，为何还要奚落我呢？何茵以为他生气了，便说道：我没有这意思，我一介女流之辈，是真的不想做什么武林盟主，当初一试，主要是担心名门正派人手不济，盟主之位落入旁门左道之手。姜成武说道：向你讨教武艺，我乐而为之，只是武林盟主之位，以后不要再说了，没有人对此持异议，你又何必推让？何茵抿嘴说道：我做武林盟主也好，你得答应我一个请求。姜成武问：是何请求？何茵说道：以后不要以武林盟主视我，更不要疏远我。姜成武若有所思，说道：也罢，我们本来就是好朋友。何茵这才愉快地笑了。何茵说的确是内心的实话，她宁可不做什么武林盟主，也不希望与姜成武之间因为武林盟主之位有半点的隔阂和尊位之分，她还要像以前那样与姜成武相濡以沫，如影随形。女孩子的心思就是这样，既复杂又简单。当天晚上，他们相约来到住处后面的树林，两人承诺拿出自己的看家本领比试，即点血神功对无影神功。比试进行了一个多时辰，都没有比出上风，却引来了师爷、秦少石、叶堂主甚至郡主等人的围观。这比武林大会最后的决战更加惊心动魄，扣人心弦。又一个时辰过去了，仍然不见分晓。师爷对何茵的点血神功，已是见识，现在才算真正领略到姜成武无影拳的神奇之处，他惊叹其力度之强，似是排山倒海，雷霆万钧。师爷感叹，当今武林，已是长江后浪推前浪，后生可畏，人才辈出，我等已不如他们矣。郡主立于一侧，对姜成武生出无比的敬佩之心，却对何茵嫉妒有加。姜成武与他表妹几乎是不可能的事，与何茵却好像是天生一对，地造一双。她将目光投向了秦少石。秦少石为人忠厚，尽职尽责，武功也不弱，是难得的俊才，我以后不要以郡主的身位居高临下对他才是。他和姜成武，包括何茵，年轻有为，是难得的人才，都是我的好朋友,我应该对他们更加友善才是。郡主看秦少石的时候,却没想到,秦少石这时也扭过头来,看了郡主一眼。四目对注,转又离开,别有一番滋味在心头。郡主怎么可能对我眉目传情?她是郡主,我是一介草民,在王府当差,郡主与仆人的爱情故事是不会发生的,尽管我心存幻想,但是不现实。想到这,秦少石又聚精会神地观看起姜成武和何茵比武,强迫自己忘了郡主。秦少石越来越敬佩姜成武的功夫,他们在一起已有时日,他是看着姜成武武功不断取得进益的,现在竟然达到了这种境界,可喜可贺。对于何茵,秦少石却感觉到神秘得很。他对她了解不多,接触不多,只知道,她以前功夫平平,去了一趟东北,当然是拜长白山天池白头翁为师,武艺大长,直至坐上武林盟主之位。天下还有这等奇女子! 又过了一个时辰,姜成武和何茵仍没有分出胜负。师爷就有些等不及了,他突然举起手在空中一拍,大喊一声:停。何茵和姜成武听到了师爷的声音,便收势复位。何茵擦拭了一下额上的汗水,抱拳对姜成武说道:佩服,有空再战。姜成武也是双手抱拳,对何茵说道:承让。两人相视而笑。师爷上前一步,对姜成武和何茵说道:这样比下去,只怕要到深更半夜也不见胜负,我看不要比了,势均力敌,很好。两人听罢,同时对师爷拱手抱拳。师爷说道:我要回去了,你们也回去休息吧。说着,便转身走开。郡主见状,便一个人匆匆地离开,回郡主阁了。姜成武等人一起回到自己的住处。

穆王府平静的生活非常表面化。谁也不会想到,一场更深层次的危机正向穆王府逼近。就在这一年快到年底的一天,穆王府门外突然来了大阵仗的人马。他们在穆王府门前停了下来,大量的御林军随及将整个穆王府围住。在这群队伍中,走出大内总管王力,以及汪直和皇家护卫若干人,他们直接走进穆王府。穆王府谁也不敢阻拦他们,因为他们是来宣读皇上圣旨的。穆王爷等人接到快报,纷纷跪伏在清风阁大厅内,等待王力宣旨。王力一副趾高气扬的架势,他走到穆王爷跟前,低头轻蔑地看了一眼穆王爷,喉咙里发出一声怪笑,然后将玉轴绫缎展开,照本宣科:穆王爷听旨……奉天承运,皇帝诏曰,因广西情治,特命朱见治穆王前往主政,任广西藩王兼行政使司,五日内到任,保留穆王封号,家眷随往,钦此。穆王爷听毕,如五雷轰顶,与伏跪的所有人一样目瞪口呆。他抬起头来,看着满脸喜悦的王力说道:本王要面见圣上。王力喉咙里又发出一声怪笑,说道:皇上有旨,五日内前往到任,不得觐见皇帝。穆王爷震惊而又疑惑。王力说道:穆王爷,还不快快接旨,你想抗旨吗?穆王爷只好上前接旨,口道:本王接旨,吾皇万岁万万岁。说罢,穆王爷从王力手里接过圣旨。王力看着穆王爷,脸上堆笑,说道:穆王爷,以后奴才就叫你藩王了不成?说着,转身走了,汪直等人一同往外。穆王爷、王妃、郡主、师爷、秦少石、姜成武、何茵等人面面相觑,不知所措。王力走后,丢下御林军驻扎在穆王府周围。看来,他们是要等着穆王爷等搬出王府才会撤军。

穆王爷岂是抗旨之人?但是,圣旨来得太突然,来得太出乎他的意料。皇帝为什么要下这道圣旨?莫非他认为穆王爷的存在对他是个威胁,榻卧之侧,岂容他人酣睡,所以,他要流放自己的兄弟,他要削弱穆王爷的权力和威望?早在上月,穆王爷在宫中的内侍心腹,就曾提醒穆王爷,近日皇上对他很恼火。穆王爷问:是为何故?内侍说道:东厂说已掌握穆王爷详细的资料,在皇帝面前告了穆王爷御状。穆王爷愕然,问:本王有什么可告的?内侍说道:四宗罪,欲为大瑶山镇压事件翻案,豢养武林人士,插手御林军,私下联络东北女真部落,他们说此为图谋不轨。穆王爷愤愤道:欲加之罪,何患无辞!内侍说道:穆王爷还是小心为是。回到府上,穆王爷想着内侍说的话,以为皇帝要召见他当面责问,便想好了应答之策,欲加解释。时间一天一天过去,皇帝并没有为此事召见他。穆王爷心想,皇上明察秋毫,谗言就是谗言,皇上自然要信任自己的兄弟,谗言应是不攻自破。哪承想,内侍的提醒,真的应验了。皇帝听信了东厂对他的诬陷,根本就不信任自己的兄弟。穆王爷这时才想到,皇兄也许早就对他存有防范之心了。历朝历代,已有先例。政权稳定后,皇帝最担心并提防着的往往是自己的亲兄弟。看来皇帝将我差遣去广西,还是存了一点兄弟之情的,他没有对我斩尽杀绝。第二天一大早,一些文武大臣前来穆王府送行,穆王爷才得知,他得罪的人不只是王力及整个东厂,他得罪的人还包括皇帝的宠妃万贵妃。穆王爷所经历的事,直接触及到了王力和万贵妃的利益,他们怎能放过他?

第二天上午,穆王爷、王妃、郡主、师爷、秦少石、姜成武、何茵、叶堂主、铭儿、婉儿等人,带着几乘的行李,离开了穆王府。穆王府外,除了御林军,便是闻讯赶来送行的人,有文武大臣,有街坊邻居,也有京城的百姓,可谓人山人海。穆王爷为人正派,刚正不阿,一向口碑很好,深得人心。穆王爷走后,大家依依不舍,有人祝福,有人顿哭。众人还没有散尽,穆王府的大门就被关上了,并被贴上了封条。寒风掠过穆王府的院墙,吹刮到人们的脸上,凉到心里,悲悲切切凄凄。

穆王爷一行由御林军和锦衣卫组成的队伍护送,其首领就是御林军都督万天雄。万天雄是谁?万天雄是集皇上千宠于一身的万贵妃的宝贝弟弟,身份显赫。郡主和王妃同坐一乘轿子,郡主挽着王妃的胳膊,心情沉重,一路无语。秦少石紧跟在她们身后。倒是姜成武,突然想起什么似的,停下脚步。何茵问:怎么了?姜成武没回应,继续走路,脚步却慢得很。刚出京城,姜成武又停下脚步。何茵上前,没说话,只是看着他。显然,姜成武是在做思想斗争。他终于对何茵说道:我要留下来。何茵问:为什么?姜成武看看前后的队伍,说道:我还有事要做,暂时不能跟他们前往。何茵说道:我留下来陪你。姜成武点点头。他快步上前,赶上秦少石,悄声对他说道:大哥,我要留下来,恕我不能前往。秦少石非常惊讶,但很快意识到,他也许是要见表妹最后一面,此去南方,路途遥远,以后他见表妹将是难上加难。秦少石点点头,说道:你留下也好,小心为是,办好事就回来,我们在广西等你。姜成武很感动,说道:我会的。接着,姜成武和何茵一起往前,向坐在轿中的穆王爷辞行。穆王爷将轿帘掀开,问姜成武:是要见你表妹一面?姜成武点点头。穆王爷说道:皇宫戒备森严,你们要小心。姜成武和何茵同时抱拳,说道:王爷,这就告辞。便转身向京城方向走去。郡主将轿帘掀开,回头看着姜成武和何茵远去的背景,黯然神伤。

纪姑娘情义已决

朗月寒风，犬声袭耳。

穆王府是不能去的了。何茵问姜成武：我们这就潜入紫禁城见你表妹吗？还是找个地方暂住？姜成武看看天，说道：时辰还早，我们去百药堂。两人沿着河边，趁黑向百药堂走去。

百药堂大门仍是紧闭。自从上次被封，就没有开启过。姜成武与何茵见四下无人，便翻墙而入。熟悉的院墙，熟悉的摆设物具，姜成武感叹时势变化，物是人非。两人在内室歇下。姜成武感慨地说：叶堂主再也回不了百药堂了。何茵附和着说：他就是回到这里，也很不安全，他跟随王爷，算是最好的选择了。姜成武岔开话题，说道：当初我们和毛神医来到这里，正赶上这里发生凶杀案，你断定叶堂主没有死，并依据叶堂主的提示去东北寻千年雪参，现在想起来，似乎很多事情，都是冥冥当中安排过了，我们如果见不到毛神医，就来不了京城，我也见不到我表妹，我们身上的半年散剧毒就会无药可医，我们也活不到今天，你更是做不了武林盟主，你说这是不是天意？何茵看着姜成武，说道：我相信也是，东厂王力等人依仗皇帝宠信，狐假虎威，违逆天意，做了不少伤天害理的事，我相信他们是不会有好的结果的。说到王力，姜成武就有些愤慨，他说道：这次留在京城，不仅仅是见我表妹，我还想会会他们呢。何茵说道：我知道你会这样想。姜成武有些诧异，想想也是，何茵何等聪明。

子夜时分，两人着一身夜行服，悄悄从百药堂出发了。外面狂风突起。冰天雪地，这么冷的天，是不便于从水中抵近紫禁城的围墙的。两人只有绕到北门。狂风卷着尘土刮向门楼。门楼上的护卫一个个地侧着身，逆风而避。这就是机会。姜成武和何茵突展轻功，闪到门楼附近的城墙下面，然后，同时纵身，鬼影一般掠上城墙，又翻墙而入。城楼上的护卫毫无觉察。两人沿着内墙，直接向里，很快掠至静宫后身。两人约定，像上次那样，姜成武只身潜入，带表妹一起走，何茵侧在楼下把风守护。何茵见姜成武蹿上墙，然后推开窗户，跳进里面，自己则贴在墙拐暗处,双眼不停地观察着附近的动静。

一个人影落到跟前,柳贵妃大吃一惊。见是姜成武,很快镇定下来。姜成武单刀直入,问:我表妹呢? 柳贵妃仰头看看窗户,对姜成武说道:她早已不在这里了。姜成武大为震惊,问:她去了哪里? 柳贵妃说道:她被万贵妃遣到安乐堂。姜成武有些诧异,重复了一遍:安乐堂? 柳贵妃说道:不错。姜成武愤愤道:万贵妃住哪? 我这就去找她算账! 柳贵妃这时瞪大了眼睛,说道:万万不可,万贵妃住的永宁宫,聚集的大内高手就有几十人,还有东厂、锦衣卫,以及御林军,你如何能找她算账? 只怕你还没有到永宁宫门口,就已经身首异处,更是连累你表妹纪姑娘。姜成武怒道:我表妹安好? 柳贵妃说道:由于万贵妃四处打压,你表妹受尽磨难,不知道以后会如何。柳贵妃这一说,姜成武更急了。他说道:我这就去安乐堂。柳贵妃连忙阻止他,说道:你表妹走时丢下话,说如果你来找她,让我转告你,她上次对你说的话不会改变,她与你只能是表兄妹,永远也不可能做成夫妻,她情义已决,现在你表侄已经出世,她只会把心思放在你表侄身上,请你以后不要再去找她。听了这话,姜成武茫然若失,口中念道:表妹,你真的就这般绝情! 柳贵妃安慰姜成武道:做不成夫妻,还是表妹,等将来她的境况改变了,她自然会去找你,你是她唯一的亲人,她怎么可能忘掉你呢? 她确实不容易。姜成武叹了一口气,转身欲走,柳贵妃突然叫住他,说道:你不想了解你们上次见面之后你表妹的境况吗? 你听了,也许就能理解她。姜成武停下脚步,对柳贵妃说道:你说吧。

柳贵妃走到桌边,给姜成武倒了一杯水,然后坐在姜成武对面,说道:在宫中,你表妹的命比我们还苦,她苦就苦在她怀的是皇帝的龙种,所以受到万贵妃的打压和折磨。说到这里,她停顿了一会,眼眶有些湿润,然后才继续说下去。

纪姑娘被贬到柳贵妃的静宫做侍从时,她怀孕的事很快就传到万贵妃的耳中。万贵妃岂能容她,便派宫中太监张敏前往查看,令纪姑娘堕胎。张敏本来是与汪直一起服侍皇上的,但万贵妃看他顺眼,便留他到自己的永宁宫做贴身门监。张敏带人来到静宫,看到纪姑娘挺着大肚

352

子,身体虚弱,心生怜悯。张敏以前跟柳贵妃很熟,关系不错,柳贵妃被贬入静宫的遭遇也颇令他同情。见此情景,张敏有心要保护纪姑娘。他对两人叮嘱一番,回报万贵妃说,纪姑娘得了病痞,不是怀孕。万贵妃将信将疑,仍然不放心,又派人将纪姑娘转至安乐堂禁闭,严加看守。安乐堂也是戒备森严。纪姑娘在安乐堂度日如年,终于将孩子生下。消息传到万贵妃耳中,万贵妃异常愤怒,将张敏找来训斥一顿,责令他前去灭口。张敏来到安乐堂,见到纪姑娘母子,同情心起,不忍杀子。纪姑娘怕张敏为难,流着泪对他说道:这孩子注定不能立世,你就杀掉他吧,还有我。张敏不从,反而劝慰纪姑娘道:皇上还没有儿子,为什么要抛弃这个皇子呢?于是,将婴儿藏于密室,派贴己专人用粉饵饴蜜哺之。安排周到,保密得体,万贵妃并不知情。后来,周皇后知道了这事,她因为被冷落移居西内宫,离安乐堂很近,便往来哺养,皇子才得以静养。所有这一切,成化帝一直被蒙在鼓里,一无所知。

柳贵妃眼泪汪汪地说道:这些都是我的贴身内侍从外面打听到的消息,情况就是这样,你表妹命运多舛,不知道以后的情况又将如何,安乐堂你也不要去了,去了只会增加你表妹的痛苦,更何况那里戒备森严。听罢柳贵妃的陈述,姜成武眼睛一闪,两行热泪从眼眶里滚落下来。沉默片刻,姜成武突然站起身来,一个纵身,跃上窗户,然后跳了下去。

古诗有云:水纹珍簟思悠悠,千里佳期一夕休。从此无心爱良夜,任他明月下西楼。

何茵走上前,并没有说话,两人沿着刚才的路线折身往回。掠出紫禁城,外面下起了大雪。何茵这时才问道:见到你表妹了?姜成武摇摇头,眼睛看着远方,说道:只怕永远也见不到她了。何茵无语。姜成武接着说道:她生下了皇子,一直躲避着万贵妃的打压,处境不妙,只可惜我无能为力,唉。何茵上前,伸手拍拍他的肩膀,以示安慰。两人接着一展轻功,向百药堂方向掠去。

鹅毛大雪纷纷下,京城无处不飞花。不到半个时辰,地面已是厚厚的积雪。两人回到百药堂,姜成武没说话,直接进了自己的房间。他心情不佳,一个人傻傻地坐在房间的椅子上,看着窗外。何茵不放心他,推门而入,将一件棉衣披到他身上。何茵说了一句,"你早点睡吧",便走出房间。何茵走后,姜成武这才站起身来,走到床边就寝。

以正义的名义

第二天醒来,姜成武走到院子里。院子里已是厚厚的积雪。姜成武脑子里空空如也。他无意识地伸手抓了一把雪,放在两手间搓揉。雪先是成团,后又成了碎片散落,只在姜成武手中留下一片水渍。姜成武接着又抓起一把雪,揉成团,抛向屋顶。雪球破碎发生清脆的声响。

何茵此时已站在他身后,看着姜成武近似玩耍的动作,没有打搅他。姜成武抛了个雪球,咣当一下,无意识地回头,才发现何茵,便冲她一笑。何茵感慨地说道:到了南方,就没有这样的雪景了。姜成武听了这话,突然说道:我何曾说过要回南方? 何茵凝神说道:我们不回南方了吗? 穆王爷、秦大人他们等着我们呢。姜成武抬头看着院外灰蒙蒙的天空,说道:我现在明白了,皇帝、东厂还有万贵妃,他们都是一丘之貉,蛇鼠一窝,做了那么多的坏事,因为他们,我不会这么轻易地离开的。何茵说道:你莫非是要找他们报仇不成,他们的势力太过强大,报仇谈何容易? 姜成武愤愤说道:即便如此,我也要让他们尝尝苦果。何茵说道:君子报仇,十年不晚,我们可以先回到南方,与穆王爷、师爷他们商议,再做打算吧。姜成武说道:那样的话,表妹就要多受一份苦。接着,他自言自语地说道:我虽然与她做不成夫妻,但她是我的表妹,我不想看到她受苦。何茵说道:岂止是你,我们也不想看到你表妹受苦,报仇之事,牵一发而动全身,弄得不好,也会连累到表妹的,还有穆王爷,我们定要考虑周全。姜成武沉默不语。何茵又说道:你想想,刺杀或者推翻皇帝,这可能吗? 就算我们成功了,如果没有了皇帝,你表妹生了皇帝的龙种,她的处境就能够改变了吗? 你再想想,万贵妃是谁? 万贵妃是皇帝的宠妃,目前的地位比皇后还要显贵,她那永宁宫已被护卫成铁桶一般,我们又如何下手?

何茵接着说道:现在剩下的就是东厂了,东厂厂公王力受皇帝宠信,为虎作伥,他指使东厂和锦衣卫打压异己,残害忠良,陷穆王爷于不义,可谓罪大恶极,除去这样的人,才会为民除害,才能让皇帝警醒,回归朝政,富民安邦。何茵痛快淋漓一席话,令姜成武心里一亮。姜成武对何茵说道:你岂止是聪明,更是明白事理。何茵冲他一笑,俏皮地问:那你说,我分析得可有道理? 姜成武说道:有道理。何茵说道:我们就选择最坏的,王力,还有东厂,如何? 姜成武说道:我本来也是要找他报仇的。何茵说道:也是为穆王爷报仇,还有白眉大侠、毛神医、觉悟兄弟,甚或你表妹。姜成武问:我表妹? 何茵说道:万贵妃使坏,都是王力、汪直这些人去执行,他们串通一气,当然也是你表妹的仇人了。说到表妹,姜成武的态度更加坚决了,他果断地点点头,说道:好,我们就干一番轰轰烈烈的事来。何茵听了这话,突然伸出一只手在他面前晃了晃,嘘的一声,然后对姜成武说道:我们不能轰轰烈烈地干,只能悄悄地做,为了现在活着的我们的朋友和亲人,我们不要连累他们。姜成武恍然大悟,说道:说的是。何茵又说道:我们铲除王力这些败类,不以武林的名义,也不以穆王爷等人的名义。何茵还没有说完,姜成武接着说道:我们是以正义的名义。说着,两人相视而笑。

穆王爷被贬往广西,早有地方官员恭候迎接,穆王爷等人很快被安顿下来。随同护送的御林军都督万天雄第一时间赶往紫禁城,向王力汇报,一切顺利。王力眼角鱼尾纹聚到一起,眉毛舒展,脸上就差没有笑出大变形。穆王爷被贬,王力从此了却心头大恨。他深得皇帝和万贵妃宠信,立于二人之下万人之上,从此一手遮天,颐指气使,将再也无人阻挡。王力扬扬得意,要在东厂厂部举行一次庆功宴。邀请的人就包括汪直、万天雄、千户英布、严之过,还有工部尚书杜维康、礼部尚书李怀中、都察院左都御史万鸣水。这个都察院左都御史原来是韩雍,韩雍死后就改为万鸣水了。万鸣水是谁? 万鸣水不仅是明都察院左都御史,更是万贵妃的侄儿。这七个人围坐在一起,觥筹交错,谈笑风生。席间,万天雄突然谈到穆王爷,说道:穆王爷一路上沉默不语,样子就像霜打的茄子,蔫了。众人大笑。杜维康讨好似的对王力说道:他当初千方百计地要陷害我们督主,他这下知道自己不自量力了。万鸣水在一旁说道:皇帝太过仁慈,这个老家伙应该被赐死才是。王力说道:他是翻不了身了,我已派人严密监视,这也是圣上的意思,他如果老实也罢,要是再作非分之想,那他的下场只会是死路一条。众人大笑。王力说道:我们喝酒。

这几个人兴高采烈地喝酒,全然没有注意到他们头顶的上方,屋梁之上,正蹲着一男一女两个人。这两个人在宴席开始之前,天刚黑的时候就从后窗进来了,悄无声息。这两个人就是姜成武和何茵。天黑的时候,他们凭借自己的轻功掠到屋梁之上,没有被东厂人发现。不被东厂人发现,这对他们来说,并不是什么难事。姜成武和何茵注视着下面正在喝酒谈天说地的几个人,伺机突击。房间的大门内侧,站着两位东厂的壮汉,他们背对着门,反手交在身后,全神贯注。有两位侍女站在一旁斟酒。王力等人刚才谈论穆王爷的话,姜成武和何茵听得真切,义愤填膺。席间,唯有千户英布和严之过只顾着敬酒饮酒,极少言语,许是他们虽然武功高强,但身份一般,地位低微所致,能坐上桌子已经不错了。姜成武分析,在这些人当中,论武功,当属严之过、英布最强,其他人虽然没交过手,应该不强。姜成武抬起头对何茵暗示,如果突击,将各有侧重。何茵心领神会。当下酒过三巡,王力等人酒酣耳热。王力兴致使然,说道:别提什么穆王爷,扫我们的兴,喝。他一举杯,所有人都举起杯来,于是都干了杯中的酒。王力酒杯还没有放下,突然"嗖嗖嗖"声响起,接着,有人哀号。姜成武和何茵所发飞镖暗器有的放矢,杜维康、李怀中、万鸣水被一镖封喉,倒地身亡。飞镖插进王力的胳膊,王力酒已大醒,疼痛难忍,又不敢伸手拔去飞镖,只好躲进桌底。万天雄、汪直、千户英布猝不及防,也都不同程度地受伤。唯有严之过,虽然喝了不少酒,但反应极快,躲过飞镖。紧接着,席上席下,乱作一团。门口的两位侍卫还没有反应过来,就被姜成武和何茵第二波飞镖击毙倒地。侍女大叫。

姜成武和何茵同时落下。姜成武第一动作便是将桌子掀翻。何茵直接与严之过和千户英布交上了手。姜成武看到王力蜷缩在地上,一只手按着另一只手,一副惊恐和痛苦之状。汪直和万天雄刚刚从惊恐中反应过来,就见屋子上方飞下两人,连忙应战。姜成武朝汪直飞起一脚,直将他踢飞到刚才倒去的门侍身边,再也懒得理他。万天雄本来是御林军将领,功夫也是有一点的,但是他看到姜成武那对汪直飞起的一脚硬功,知是遇到武林高手了,连忙往门口方向飞掠。估计他是想搬救兵,但是迟了,姜成武突发飞镖,那飞镖像长了眼一样,直接钉在万天雄的脖子上,万天雄哀号一声倒地,一只手还拖在门上,就一命呜呼了。王力满脸恐惧。姜成武穿着夜行服,王力从下往上看,没有看清他的脸,似曾相识,一时也记不起在哪里见过姜成武。如果是灯光照着姜成武的脸,王力定然一眼就认出,因为姜成武是他的老熟人了,在紫禁城,在武林大会上,他都见过,偏偏现在姜成武身影有些模糊。王力心想,三十六计,走为上计,便站起身来往门口方向逃,但是,姜成武上前一步,堵在他面前,他欲逃又止。姜成武见了王力,满腔怒火,白眉大侠、毛神医、结拜兄弟觉悟等人,都是此人所害,他今天来,就是要取王力性命的。他在想,对付王力,也许根本就不需要什么绝世武功无影拳。王力没有躲过这一脚,整个人被踢到墙上,然后落到地上,头破血流。姜成武又上前。就在这时,突然一声巨响,接着,房间里的灯光熄灭了。只见火星四射。这声响从何而来,原来是何茵破了严之过的火龙功,严之过受伤倒地。何茵一不做二不休,乘胜追击,一个纵身冲到千户英布跟前,还没有等千户英布反应过来,突然伸手一击,直击到千户英布的左肩上。千户英布一阵痉挛,全身颤抖,不一会,他居然倒地不醒,再也没有什么反应。这是何茵点血神功再现。神功所到之处,千户英布变得不堪一击。千户英布死在何茵手下,也算是死得其所,但他更是死有余辜。王力瘫在地上,看到这种场面,心里恐惧道,今日我命休矣。

严之过受伤并不重,他一个鲤鱼打挺从地上跃起,避开何茵,直向王力面前的姜成武掠去,待要近身时,他再一次突施火龙功。火龙功不像以前需要起势,他顺手即发,巨大的火龙喷着火舌直逼向姜成武的后背。哪承想,姜成武突然转身,无影拳连环出击,火龙顷刻瓦解,姜成武安然无恙。严之过不会想到,姜成武现在的武功已是出神入化,徒手硬功对火龙,摧枯拉朽。严之过正疑虑惊讶间,姜成武已穿过火龙的散光,无影拳直打到他的面门之上。严之过骤然倒地,已然鼻青脸肿嘴流血,他受伤不轻。

357

也许，王力命还不该绝。就在这时候，这个房间的大门突然大开，顷刻间从门外冲进来七八个黑衣壮汉。这些壮汉，都是东厂豢养和训练的高手。这些人冲进来，给正与何茵拼杀的严之过找到了机会，严之过受了重伤，他知道自己不是何茵和姜成武的对手，便趁姜成武看着门口的一刹那，突然一个纵身，向门口方向掠去。在掠去的过程中，他突然将瘫在地上的王力一把抓起，两人同时越出门外。接着，外面的打手仍在不断地往里冲，门口被堵得严严实实。姜成武和何茵根本无法从门口冲出去。姜成武当机立断对何茵喊道：我们走。何茵领会。两人同时纵身，腾空而起。他们从哪里来，就从哪里出。等这些人在黑暗中反应过来，姜成武和何茵已经从窗户上飞掠而出，消失得无影无踪了。

因为严之过临危施救，王力保住了一条命。他失去了一条胳膊。何茵射向他胳膊上的飞镖是有毒的，这些飞镖暗器，还是何茵在东北的时候白头翁师傅送她的，直到在东厂的老巢，她才用上。她这一用，杀伤力惊人。王力不仅少了一只胳膊，他的右腿因为姜成武凌空一腿，骨头被踢断了，无法接起，他成了一个瘸子。在这场突袭战斗中，罪大恶极的千户英布丧命。汪直因为一开始就装死，逃过一劫。严之过因为自身的高强的武功以及随机应变，保住了一条命。

姜成武和何茵顺利地回到了百药堂。姜成武问何茵：你受伤了没有？何茵反问：为什么会想到我会受伤呢？姜成武耸耸肩，说道：因为严之过的火龙功威力无比。何茵笑道：严之过的火龙功在长进，我们的功夫也在长进。姜成武冲何茵一笑，说道：你破了严之过的火龙功，了不得，我们的武功确实进益很快。

第二天醒来，姜成武想起昨晚的突袭，仍然有些愤慨，他对何茵说道：就差没有结果王力的狗命。何茵劝他道：他已废了半条命，还能成什么气候，就让他自生自灭吧。姜成武点点头。何茵问姜成武：我们是否回南方，将此事向穆王爷禀报？他们也许担心我们呢。姜成武有些疑虑。何茵知道他又想着表妹纪姑娘，便问：放心不下你表妹纪姑娘？何茵知道姜成武与他表妹是不可能的，姜成武念念不忘表妹，只会是苦了自己。姜成武说道：我确实担心她。何茵安慰他道：她也许会渡过难关的。姜成武问:何以见得?何茵若有所思,说道:她生下龙种,这也许能改变她的命运。姜成武没有想得那么多,也没有那么乐观,自然没有把何茵说的话放在心上。他感叹一声,对何茵说道:我们还是忘掉这里的一切吧,我们回南方去。何茵说道:顺其自然,也许就是最好的生活状态,将表妹放在心中,就是最好的亲情。何茵说出这话,她的内心需要存多大的度量!

到了晚上,两人告别百药堂,向城外掠去。到第二天晚上,他们就赶到了广西南宁藩王府。穆王爷正与师爷、秦少石等人商议事情,突然有侍卫来报,姜成武和何茵来到。穆王爷正要出门迎接,不想姜成武和何茵已经走了进来,甚是欣喜。姜成武向穆王爷等人一一施礼。穆王爷示意姜成武和何茵坐到自己侧面的椅子上。这两个位子正是郡主和秦少石见到他们后让出来的。郡主和秦少石让出位子后,坐到另一边师爷的侧面。姜成武没有在意,细心的何茵却已看出,秦少石和郡主这般同起同坐,似是一对。穆王爷让侍从端上茶,关切地问姜成武:我担心你还要些时日才能回到这里呢。姜成武侧过身,对穆王爷说道:怕王爷担心,特早点回来听候差遣。姜成武话音刚落,何茵在一旁说道:他留下来这几天,做了一件轰动京城的大事。穆王爷问:什么事?你们又闯皇宫了?何茵说道:穆王爷还是听他说吧。姜成武看看师爷,又看看秦少石和郡主,对穆王爷说道:当初返回京城,不仅是要见表妹,更是要找东厂的人报仇的。穆王爷凝思静听。姜成武继续说道:我和何茵前晚突袭了东厂。师爷和秦少石几乎是同时问:如何?姜成武说道:王力伤了一只胳膊和一条腿,定是瘸了,千户英布、万天雄、万鸣水、杜维康已毙命,严之过还有汪直逃走了。姜成武说得轻描淡写,除何茵之外,现场所有人几乎都不敢相信自己的耳朵,以为听错了。穆王爷好长时间才恢复过来,问:你们直接闯入东厂?姜成武和何茵同时点点头。秦少石在一旁问:你们没受伤?姜成武和何茵又是同时摇了摇头。师爷说:你们暴露目标没有?姜成武和何茵异口同声说道:应该没有。师爷突然说道:很好,你们做了一件了不起的事。接着,他对穆王爷说道:王爷,他们给我们出了一口恶气,这下皇帝应该醒醒了。穆王爷若有所思,说道:这个险冒得有点大,你们平安回来就好,这事很难说就此了结,我们要密切观察事态的发展。师爷说道:王爷说的是,近期我们行事更要慎重,静观外面的动静再说。这时,郡主却在一旁高兴地说道:这帮恶人,也有今日,全死了倒好。

但是,有一个人却没有死,这个人就是汪直。

几天之内,相安无事。但发生在京城东厂厂部的那场风波很快就通过其他渠道传到了穆王爷和师爷的耳朵里。王力确实是折了一条腿,成了瘸子,还断了一条胳膊,成了独臂。万贵妃着实在永宁宫大哭大闹了好几天,要皇帝查明此案。皇帝自然很震怒,下令都察院和刑部联合查办此案。负责查案的是都察院右都御史周不悔和刑部尚书司海棠。但是,一连查了几天,毫无线索。也许是东厂树敌太多,也许是王力等人作恶太多,周不悔和司海堂早就对王力恨之入骨。特别是这个司海堂,过去韩雍和万鸣水在都察院当左都御史时,他接韩雍当金都御史的,与这两位前任早生介隙,水火不容,调任刑部任职时,更是与韩雍和万鸣水老死不相往来。这下叫周不悔和司海堂查案,两人何不顺水推舟,顺应民意,将这场血腥的案件查无实处,以无头案上奏?皇帝也没办法,为了向万贵妃敷衍,便将都察院右都御史周不悔和刑部尚书司海堂撤职了事。但是,东厂不能一日无主,紫禁城不能一日没有大内总管,于是,皇帝与万贵妃一商量,让少了一条腿一条胳膊的王力休息,厚待以示安慰,其空缺由汪直继任。这场突击行动,或者说,穆王爷与王力的争斗,最大的受益者却是汪直。汪直听到这个消息,已是笑到喷饭。本是羽翼未丰的他,终于从后台跑到前台,登上了权力的高峰。

穆王爷等人得知这个消息后,发出一声叹息。但是,这件事,着实令成化帝有所警醒。最明显的标志,是成化帝削弱了东厂的权力。成化帝听取文武百官的意见,将东厂的一部分权力特别是稽查刑事案件的权力划归都察院和刑部。东厂和锦衣卫的机构和编制也相应缩减。更有甚者,对于东厂过去查办的一些大的冤假错案,立即进行复查,予以纠正。但是,他还没有纠偏到穆王爷的身上。他当然想过,是否让自己的兄弟穆王爷回京,但是,思来想去,不让穆王爷回到自己的身边,他认为是最安全的办法。

穆王爷主政广西,立即实行惠民新政。减轻税负,鼓励农耕,开荒植林,奖励迁徙。提倡手工业,鼓励农副产品交易。不到半年,广西便出现欣欣向荣新气象。

接下来的某个日子,姜成武和何茵去了一趟青城山。姜成武征得常年的同意,终于将青城派掌门人之印和金字长枪交给常明。自此青城派新一任的掌门人诞生,常明也。

第二年的春天,姜成武便想起要去大瑶山看看。那是他的故乡。他又想起了两年前的那场战事。但是,仇恨已经在他脑海中渐渐淡化了。他只是想去看看。他是从那里出来的,希望回到那里去。他将自己的想法对何茵一说,何茵不仅赞同,而且要陪他一起去。接着,他们向穆王爷、师爷、秦少石等人告辞,轻装出发了。

暮春三月,江南草长,杂花生树,群莺乱飞。

大瑶山又恢复了往日的生机。姜成武带何茵回到了自己的村庄。所有人他都不认识,但是,乡亲们对他们都极热情。姜成武问一位年轻人:你们是哪里人?年轻人回答说:我们是本地人啊。姜成武有些诧异。两年前的那场战事,乡亲们死亡无数,极少幸存,怎么可能会有这么多人呢?年轻人看出姜成武诧异的眼神,便说道:我们就是本地人啊,只是前两年出外谋生,现在都回来了,要建设乡样。年轻人接着问:你们是哪里人?姜成武愉快地回答道:我们也是本地人啊,与你们一样。年轻人又说道:那你们都留下来,与我们一起建设家乡吧。

姜成武与何茵相视而笑,愉快地答应了。

尾　声

1476年的一天,宪宗成化帝坐在乾清宫的龙椅上,门监张敏给他梳头。宪宗突然想起自己至今膝下无子,便黯然神伤,叹道:朕自登位,也算是励精图治,现国泰民安,人逢盛世,但是,为何天有唯怨,令朕无嗣,是天意不能成全乎?

张敏连忙伏地,对宪宗说道:臣死罪,万岁已经有了儿子。宪宗愕然,问:哪里有?张敏跪地不起,说道:臣说了之后就会死的,皇上得为小皇子做主。站在一旁的太监怀恩也伏地说道:张敏说的是事实,皇子潜养西内,今已六岁,一直隐匿消息不敢传出去而已。宪宗大喜,立马派使者去西内接皇子。使者来到纪氏处,纪氏抱着儿子泣道:你去吧,我恐怕是活不了,你见到一个身穿黄袍面上有须的人,他就是你的父亲。小皇子穿着小绯袍,乘小舆,拥至阶下,发披地,扑进宪宗怀里。宪宗把他抱置膝盖上,抚视久之,悲喜泣下:"真是我的儿子,这么像我。"宪宗随即给他取名朱佑樘,命令怀恩赴内阁向诸臣宣告这件事。群臣皆喜。第二天,大家恭贺,颁诏天下。接着命纪氏移居永寿宫,数度召见。万贵妃得知此事后,日夜怨泣:"群小给我。"同年5月,张敏被逼自杀,6月,姜成武表妹纪姑娘被迫害致死。同年7月,纪氏遗子被立为皇太子,由外祖母即宪宗生母亲自抚养,万贵妃加害不成。1487年9月,宪宗皇帝历政十三年后,因病去世,朱佑樘接位,即孝宗皇帝,名号弘治,其尊生母纪氏为孝穆纪太后。据史证,朱佑樘在位十八年,为人宽厚仁慈,躬行节俭,不近声色,勤于政事,重视司法,重用贤臣,创立"弘治中兴",朱佑樘成为明朝难得的开明皇帝。

姜成武自从离开京城,就再也没有见上表妹纪氏一面。表妹死讯传进姜成武耳朵时,姜成武如五雷轰顶,夜不能寐,内心却是在泣血。何茵也觉悲哀和愧惜,她一直在姜成武身旁安慰他。表妹之死,留给姜成武的永远是内心的惆怅和不安。斯人已去,情何以堪!

　　姜成武和何茵在大瑶山定居,直到第五年时,两人才成婚。成婚的时候,穆王爷、师爷、秦少石和郡主前往祝贺。第三年,他们的儿子出生,他们给儿子取名京瑶,那是大瑶山与京城两地的寓意。与此同时,秦少石和郡主也喜结连理。他们有了一个可爱的女儿,取名曰京宁,那是京城与南宁两地的寓意。宪宗驾崩之后,孝宗皇帝接叔父穆王爷回京,进驻穆王府,王妃及郡主、郡主爷秦少石、师爷慕容秋等人随同迁往。从此以后,穆王爷结束了藩王的生活,在穆王府安度晚年。